D1267787

Étonnant **Jules Verne** ! Né à Nantes en plein XIXᵉ siècle, en 1828, il invente le genre du roman scientifique, dans lequel l'information inédite, mêlée aux situations les plus audacieuses, abonde.

Après ses études secondaires, il entreprend une thèse de droit qu'il achèvera malgré la tentation de la littérature – tentation à laquelle il finira par céder, pour notre grand plaisir. Agent de change le jour, il se documente, la nuit, sur les mathématiques, la physique, la géographie, la botanique, afin de construire son œuvre.

Sa rencontre avec Hetzel sera décisive : ce grand éditeur, enthousiasmé par les manuscrits de Jules Verne, lui propose un contrat propre à stimuler l'ardeur de l'auteur de *Vingt mille lieues sous les mers*. Quatre-vingts romans ou longues nouvelles paraîtront ainsi : *Voyage au centre de la Terre*, *Le Tour du monde en quatre-vingts jours*, *Michel Strogoff*, *L'Ile mystérieuse*, *De la Terre à la Lune*, *Autour de la Lune*, *Cinq semaines en ballon* (publiés dans la collection Folio Junior)... La science, aux yeux de Jules Verne, est une science apprivoisée, mais elle est aussi la plus grande aventure de son siècle. Ce naïf, cet émouvant mélange de connaissances, de bricolage ingénieux, de fulgurantes visions futuristes nous fait toujours rêver.

Jules Verne est mort à Amiens en 1905.

Jules Verne
L'ILE MYSTÉRIEUSE

Gallimard Jeunesse

PREMIÈRE PARTIE

LES NAUFRAGÉS DE L'AIR

I

L'OURAGAN DE 1865 – CRIS DANS LES AIRS – UN BALLON
EMPORTÉ DANS UNE TROMBE – L'ENVELOPPE DÉCHIRÉE – RIEN
QUE LA MER EN VUE – CINQ PASSAGERS – CE QUI SE PASSE
DANS LA NACELLE – UNE CÔTE À L'HORIZON –
LE DÉNOUEMENT DU DRAME

— Remontons-nous?
— Non! Au contraire! Nous descendons!
— Pis que cela, monsieur Cyrus! Nous tombons!
— Pour Dieu! Jetez du lest!
— Voilà le dernier sac vidé!
— Le ballon se relève-t-il?
— Non!
— J'entends comme un clapotement de vagues!
— La mer est sous la nacelle!
— Elle ne doit pas être à cinq cents pieds de nous!

Alors une voix puissante déchira l'air, et ces mots retentirent:

— Dehors tout ce qui pèse!... tout! et à la grâce de Dieu!

Telles sont les paroles qui éclataient en l'air, au-dessus de ce vaste désert d'eau du Pacifique, vers quatre heures du soir, dans la journée du 23 mars 1865.

Personne n'a sans doute oublié le terrible coup de vent de nord-est qui se déchaîna au milieu de l'équinoxe de cette année, et pendant lequel le baromètre tomba à sept cent dix millimètres. Ce fut un ouragan, sans intermittence, qui dura du 18 au 26 mars. Les ravages qu'il produisit furent immenses en Amérique, en Europe, en Asie, sur une zone large de dix-huit cents milles, qui se dessinait obliquement à l'équateur, depuis le trente-cinquième parallèle nord jusqu'au quarantième parallèle sud ! Villes renversées, forêts déracinées, rivages dévastés par des montagnes d'eau qui se précipitaient comme des mascarets, navires jetés à la côte, que les relevés du *Bureau-Veritas* chiffrèrent par centaines, territoires entiers nivelés par des trombes qui broyaient tout sur leur passage, plusieurs milliers de personnes écrasées sur terre ou englouties en mer : tels furent les témoignages de sa fureur, qui furent laissés après lui par ce formidable ouragan. Il dépassait en désastres ceux qui ravagèrent si épouvantablement la Havane et la Guadeloupe, l'un le 25 octobre 1810, l'autre le 26 juillet 1825.

Or, au moment même où tant de catastrophes s'accomplissaient sur terre et sur mer, un drame, non moins saisissant, se jouait dans les airs bouleversés.

En effet, un ballon, porté comme une boule au sommet d'une trombe, et pris dans le mouvement giratoire de la colonne d'air, parcourait l'espace avec une vitesse de quatre-vingt-dix milles[1] à l'heure, en tournant sur lui-même, comme s'il eût été saisi par quelque maelström aérien.

1. Soit 46 mètres par seconde ou 166 kilomètres à l'heure (près de quarante-deux lieues de 4 kilomètres).

Au-dessous de l'appendice inférieur de ce ballon oscillait une nacelle, qui contenait cinq passagers, à peine visibles au milieu de ces épaisses vapeurs, mêlées d'eau pulvérisée, qui traînaient jusqu'à la surface de l'Océan.

D'où venait cet aérostat, véritable jouet de l'effroyable tempête? De quel point du monde s'était-il élancé? Il n'avait évidemment pas pu partir pendant l'ouragan. Or, l'ouragan durait depuis cinq jours déjà, et ses premiers symptômes s'étaient manifestés le 18. On eût donc été fondé à croire que ce ballon venait de très loin, car il n'avait pas dû franchir moins de deux mille milles par vingt-quatre heures?

En tout cas, les passagers n'avaient pu avoir à leur disposition aucun moyen d'estimer la route parcourue depuis leur départ, car tout point de repère leur manquait. Il devait même se produire ce fait curieux, qu'emportés au milieu des violences de la tempête, ils ne les subissaient pas. Ils se déplaçaient, ils tournaient sur eux-mêmes sans rien ressentir de cette rotation ni de leur déplacement dans le sens horizontal. Leurs yeux ne pouvaient percer l'épais brouillard qui s'amoncelait sous la nacelle. Autour d'eux, tout était brume. Telle était même l'opacité des nuages, qu'ils n'auraient pu dire s'il faisait jour ou nuit. Aucun reflet de lumière, aucun bruit des terres habitées, aucun mugissement de l'Océan n'avaient dû parvenir jusqu'à eux dans cette immensité obscure, tant qu'ils s'étaient tenus dans les hautes zones. Leur rapide descente avait seule pu leur donner connaissance des dangers qu'ils couraient au-dessus des flots.

Cependant, le ballon, délesté de lourds objets, tels que munitions, armes, provisions, s'était relevé dans les couches supérieures de l'atmosphère, à une hauteur de quatre mille cinq cents pieds. Les passagers, après avoir reconnu que la mer était sous la nacelle, trouvant les dangers moins redoutables en haut qu'en bas, n'avaient pas hésité à jeter par-dessus le bord les objets même les plus utiles, et ils cherchaient à ne plus rien perdre de ce fluide, de cette âme de leur appareil, qui les soutenait au-dessus de l'abîme.

La nuit se passa au milieu d'inquiétudes qui auraient été mortelles pour des âmes moins énergiques. Puis le jour reparut, et, avec le jour, l'ouragan marqua une tendance à se modérer. Dès le début de cette journée du 24 mars, il y eut quelques symptômes d'apaisement. A l'aube, les nuages, plus vésiculaires, étaient remontés dans les hauteurs du ciel. En quelques heures, la trombe s'évasa et se rompit. Le vent, de l'état d'ouragan, passa au « grand frais », c'est-à-dire que la vitesse de translation des couches atmosphériques diminua de moitié. C'était encore ce que les marins appellent « une brise à trois ris », mais l'amélioration dans le trouble des éléments n'en fut pas moins considérable.

Vers onze heures, la partie inférieure de l'air s'était sensiblement nettoyée. L'atmosphère dégageait cette limpidité humide qui se voit, qui se sent même, après le passage des grands météores. Il ne semblait pas que l'ouragan fût allé plus loin dans l'ouest. Il paraissait s'être tué lui-même. Peut-être s'était-il écoulé en nappes électriques, après la rupture de la trombe, ainsi qu'il arrive quelquefois aux typhons de l'océan Indien.

Mais, vers cette heure-là aussi, on eût pu constater, de nouveau, que le ballon s'abaissait lentement, par un mouvement continu, dans les couches inférieures de l'air. Il semblait même qu'il se dégonflait peu à peu, et que son enveloppe s'allongeait en se distendant, passant de la forme sphérique à la forme ovoïde.

Vers midi, l'aérostat ne planait plus qu'à une hauteur de deux mille pieds au-dessus de la mer. Il jaugeait cinquante mille pieds cubes[1], et, grâce à sa capacité, il avait évidemment pu se maintenir longtemps dans l'air, soit qu'il eût atteint de grandes altitudes, soit qu'il se fût déplacé suivant une direction horizontale.

En ce moment, les passagers jetèrent les derniers objets qui alourdissaient encore la nacelle, les quelques vivres qu'ils avaient conservés, tout, jusqu'aux menus ustensiles qui garnissaient leurs poches, et l'un d'eux, s'étant hissé sur le cercle auquel se réunissaient les cordes du filet, chercha à lier solidement l'appendice inférieur de l'aérostat.

Il était évident que les passagers ne pouvaient plus maintenir le ballon dans les zones élevées, et que le gaz leur manquait !

Ils étaient donc perdus !

En effet, ce n'était ni un continent, ni même une île, qui s'étendait au-dessous d'eux. L'espace n'offrait pas un seul point d'atterrissement, pas une surface solide sur laquelle leur ancre pût mordre.

C'était l'immense mer, dont les flots se heurtaient encore avec une incomparable violence ! C'était l'Océan sans limites visibles, même pour eux, qui le dominaient de haut et dont les regards s'étendaient alors sur un rayon de quarante milles ! C'était cette plaine liquide, battue sans merci, fouettée par l'ouragan, qui devait leur apparaître comme une chevauchée de lames échevelées, sur lesquelles eût été jeté un vaste réseau de crêtes blanches ! Pas une terre en vue, pas un navire !

Il fallait donc, à tout prix, arrêter le mouvement descensionnel pour empêcher que l'aérostat ne vînt s'engloutir au milieu des flots. Et c'était évidemment à cette urgente opération que s'employaient les passagers de la nacelle. Mais, malgré leurs efforts, le ballon

1. Environ 1 700 mètres cubes.

15

s'abaissait toujours, en même temps qu'il se déplaçait avec une extrême vitesse, suivant la direction du vent, c'est-à-dire du nord-est au sud-ouest.

Situation terrible, que celle de ces infortunés! Ils n'étaient évidemment plus maîtres de l'aérostat. Leurs tentatives ne pouvaient aboutir. L'enveloppe du ballon se dégonflait de plus en plus. Le fluide s'échappait sans qu'il fût aucunement possible de le retenir. La descente s'accélérait visiblement, et, à une heure après midi, la nacelle n'était pas suspendue à plus de six cents pieds au-dessus de l'Océan.

C'est que, en effet, il était impossible d'empêcher la fuite du gaz, qui s'échappait librement par une déchirure de l'appareil.

En allégeant la nacelle de tous les objets qu'elle contenait, les passagers avaient pu prolonger, pendant quelques heures, leur suspension dans l'air. Mais l'inévitable catastrophe ne pouvait qu'être retardée, et, si quelque terre ne se montrait pas avant la nuit, passagers, nacelle et ballon auraient définitivement disparu dans les flots.

La seule manœuvre qu'il y eût à faire encore fut faite à ce moment. Les passagers de l'aérostat étaient évidemment des gens énergiques, et qui savaient regarder la mort en face. On n'eût pas entendu un seul murmure s'échapper de leurs lèvres. Ils étaient décidés à lutter jusqu'à la dernière seconde, à tout faire pour retarder leur chute. La nacelle n'était qu'une sorte de caisse d'osier, impropre à flotter, et il n'y avait aucune possibilité de la maintenir à la surface de la mer, si elle y tombait.

A deux heures, l'aérostat était à peine à quatre cents pieds au-dessus des flots.

En ce moment, une voix mâle — la voix d'un homme dont le cœur était inaccessible à la crainte — se fit entendre. A cette voix répondirent des voix non moins énergiques.

— Tout est-il jeté?

— Non! Il y a encore dix mille francs d'or!

Un sac pesant tomba aussitôt à la mer.

— Le ballon se relève-t-il?

— Un peu, mais il ne tardera pas à retomber!

— Que reste-t-il à jeter au-dehors?

— Rien!

— Si!... La nacelle!

— Accrochons-nous au filet! et à la mer la nacelle!

C'était, en effet, le seul et dernier moyen d'alléger l'aérostat. Les cordes qui rattachaient la nacelle au cercle furent coupées, et l'aérostat, après sa chute, remonta de deux mille pieds.

Les cinq passagers s'étaient hissés dans le filet, au-dessus du cercle, et se tenaient dans le réseau des mailles, regardant l'abîme.

On sait de quelle sensibilité statique sont doués les aérostats. Il suffit de jeter l'objet le plus léger pour provoquer un déplacement dans le sens vertical. L'appareil, flottant dans l'air, se comporte comme une balance d'une justesse mathématique. On comprend donc que, lorsqu'il est délesté d'un poids relativement considérable, son déplacement soit important et brusque. C'est ce qui arriva dans cette occasion.

Mais, après s'être un instant équilibré dans les zones supérieures, l'aérostat commença à redescendre. Le gaz fuyait par la déchirure, qu'il était impossible de réparer.

Les passagers avaient fait tout ce qu'ils pouvaient faire. Aucun moyen humain ne pouvait les sauver désormais. Ils n'avaient plus à compter que sur l'aide de Dieu.

A quatre heures, le ballon n'était plus qu'à cinq cents pieds de la surface des eaux.

Un aboiement sonore se fit entendre. Un chien accompagnait les passagers et se tenait accroché près de son maître dans les mailles du filet.

— Top a vu quelque chose ! s'écria l'un des passagers.

Puis, aussitôt, une voix forte se fit entendre :

— Terre ! terre !

Le ballon, que le vent ne cessait d'entraîner vers le sud-ouest, avait, depuis l'aube, franchi une distance considérable, qui se chiffrait par centaines de milles, et une terre assez élevée venait, en effet, d'apparaître dans cette direction.

Mais cette terre se trouvait encore à trente milles sous le vent. Il ne fallait pas moins d'une grande heure pour l'atteindre, et encore à la condition de ne pas dériver. Une heure ! Le ballon ne se serait-il pas auparavant vidé de tout ce qu'il avait gardé de son fluide ?

Telle était la terrible question ! Les passagers voyaient distinctement ce point solide, qu'il fallait atteindre à tout prix. Ils ignoraient ce qu'il était, île ou continent, car c'est à peine s'ils savaient sur quelle partie du monde l'ouragan les avait entraînés ! Mais cette terre, qu'elle fût habitée ou qu'elle ne le fût pas, qu'elle dût être hospitalière ou non, il fallait y arriver !

Or, à quatre heures, il était visible que le ballon ne pouvait plus se soutenir. Il rasait la surface de la mer. Déjà la crête des énormes lames avait plusieurs fois léché le bas du filet, l'alourdissant encore, et l'aérostat ne se soulevait plus qu'à demi, comme un oiseau qui a du plomb dans l'aile.

Une demi-heure plus tard, la terre n'était plus qu'à un mille, mais le ballon, épuisé, flasque, distendu, chiffonné en gros plis, ne conservait plus de gaz que dans sa partie supérieure. Les passagers, accrochés au filet, pesaient encore trop pour lui, et bientôt, à demi plongés

18

dans la mer, ils furent battus par les lames furieuses. L'enveloppe de l'aérostat fit poche alors, et le vent s'y engouffrant, le poussa comme un navire vent arrière. Peut-être accosterait-il ainsi la côte !

Or, il n'en était qu'à deux encablures, quand des cris terribles, sortis de quatre poitrines à la fois, retentirent. Le ballon, qui semblait ne plus devoir se relever, venait de refaire encore un bond inattendu, après avoir été frappé d'un formidable coup de mer. Comme s'il eût été délesté subitement d'une nouvelle partie de son poids, il remonta à une hauteur de quinze cents pieds, et là il rencontra une sorte de remous du vent, qui, au lieu de le porter directement à la côte, lui fit suivre une direction presque parallèle. Enfin, deux minutes plus tard, il s'en rapprochait obliquement, et il retombait définitivement sur le sable du rivage, hors de la portée des lames.

Les passagers, s'aidant les uns les autres, parvinrent à se dégager des mailles du filet. Le ballon, délesté de leur poids, fut repris par le vent, et comme un oiseau blessé qui retrouve un instant de vie, il disparut dans l'espace.

La nacelle avait contenu cinq passagers, plus un chien, et le ballon n'en jetait que quatre sur le rivage.

Le passager manquant avait évidemment été enlevé par le coup de mer qui venait de frapper le filet, et c'est ce qui avait permis à l'aérostat allégé de remonter une dernière fois, puis, quelques instants après, d'atteindre la terre.

A peine les quatre naufragés — on peut leur donner ce nom — avaient-ils pris pied sur le sol, que tous, songeant à l'absent, s'écriaient :

— Il essaye peut-être d'aborder à la nage ! Sauvons-le ! sauvons-le !

II

UN ÉPISODE DE LA GUERRE DE SÉCESSION — L'INGÉNIEUR
CYRUS SMITH — GÉDÉON SPILETT — LE NÈGRE NAB — LE MARIN
PENCROFF — LE JEUNE HARBERT — UNE PROPOSITION
INATTENDUE — RENDEZ-VOUS À DIX HEURES
DU SOIR — DÉPART DANS LA TEMPÊTE

Ce n'étaient ni des aéronautes de profession ni des amateurs d'expéditions aériennes que l'ouragan venait de jeter sur cette côte. C'étaient des prisonniers de guerre, que leur audace avait poussés à s'enfuir dans des circonstances extraordinaires. Cent fois, ils auraient dû périr ! Cent fois, leur ballon déchiré aurait dû les précipiter dans l'abîme ! Mais le Ciel les réservait à une étrange destinée, et le 24 mars, après avoir fui Richmond, assiégée par les troupes du général Ulysse Grant, ils se trouvaient à sept mille milles de cette capitale de la Virginie, la principale place forte des séparatistes, pendant la terrible guerre de Sécession. Leur navigation aérienne avait duré cinq jours.

Voici, d'ailleurs, dans quelles circonstances curieuses s'était produite l'évasion des prisonniers — évasion qui devait aboutir à la catastrophe que l'on connaît.

Cette année même, au mois de février 1865, dans un de ces coups de main que tenta, mais inutilement, le général Grant pour s'emparer de Richmond, plusieurs de ses officiers tombèrent au pouvoir de l'ennemi et furent internés dans la ville. L'un des plus distingués de ceux qui furent pris appartenait à l'état-major fédéral, et se nommait Cyrus Smith.

Cyrus Smith, originaire du Massachussets, était un ingénieur, un savant de premier ordre, auquel le gouvernement de l'Union avait confié, pendant la guerre, la direction des chemins de fer, dont le rôle stratégique fut si considérable. Véritable Américain du nord, maigre, osseux, efflanqué, âgé de quarante-cinq ans environ, il grisonnait déjà par ses cheveux ras et par sa barbe, dont il ne conservait qu'une épaisse moustache. Il avait une de ces belles têtes « numismatiques », qui semblent faites pour être frappées en médailles, les yeux ardents, la bouche sérieuse, la physionomie d'un savant de l'école militante. C'était un de ces ingénieurs qui ont voulu commencer par manier le marteau et le pic, comme ces généraux qui ont voulu débuter simples soldats. Aussi, en même temps que l'ingéniosité de l'esprit, possédait-il la suprême habileté de main. Ses muscles présentaient de remarquables symptômes de tonicité. Véritablement homme d'action en même temps qu'homme de pensée, il agissait sans effort, sous l'influence d'une large expansion vitale, ayant cette persistance vivace qui défie toute mauvaise chance. Très instruit, très pratique, « très débrouillard », pour employer un mot de la langue militaire française, c'était un tempérament superbe, car, tout en restant maître de lui, quelles que fussent les circonstances, il remplissait au plus haut degré ces trois conditions dont l'ensemble détermine l'énergie humaine : activité d'esprit et de corps, impétuosité des désirs, puissance de la volonté. Et sa devise aurait pu être celle de Guillaume d'Orange au XVIIe siècle : « Je n'ai pas besoin d'espérer pour entreprendre, ni de réussir pour persévérer. »

En même temps, Cyrus Smith était le courage personnifié. Il avait été de toutes les batailles pendant cette guerre de Sécession. Après avoir commencé sous Ulysse Grant dans les volontaires de l'Illinois, il s'était battu à Paducah, à Belmont, à Pittsburg-Landing, au siège de Corinth, à Port-Gibson, à la Rivière-Noire, à Chattanoga, à Wilderness, sur le Potomak, partout et vaillamment, en soldat digne du général qui répondait : « Je ne compte jamais mes morts ! » Et, cent fois, Cyrus Smith aurait dû être au nombre de ceux-là que ne comptait pas le terrible Grant, mais dans ces combats, où il ne s'épargnait guère, la chance le favorisa toujours, jusqu'au moment où il fut blessé et pris sur le champ de bataille de Richmond.

En même temps que Cyrus Smith, et le même jour, un autre personnage important tombait au pouvoir des sudistes. Ce n'était rien moins que l'honorable Gédéon Spilett, « reporter » du *New York Herald*, qui avait été chargé de suivre les péripéties de la guerre au milieu des armées du Nord.

Gédéon Spilett était de la race de ces étonnants chroniqueurs anglais ou américains, des Stanley et autres, qui ne reculent devant rien pour obtenir une information exacte et pour la transmettre à leur journal dans les plus brefs délais. Les journaux de l'Union, tels que le *New York Herald*, forment de véritables puissances, et leurs délégués sont des représentants avec lesquels on compte. Gédéon Spilett marquait au premier rang de ces délégués.

Homme de grand mérite, énergique, prompt et prêt à tout, plein d'idées, ayant couru le monde entier, soldat et artiste, bouillant dans le conseil, résolu dans l'action, ne comptant ni peines ni fatigues ni dangers, quand il s'agissait de tout savoir, pour lui d'abord, et pour son journal ensuite, véritable héros de la curiosité, de l'information, de l'inédit, de l'inconnu, de l'impossible, c'était un de ces intrépides observateurs qui écrivent sous les balles, « chroniquent » sous les boulets, et pour lesquels tous les périls sont des bonnes fortunes.

Lui aussi avait été de toutes les batailles, au premier rang, revolver d'une main, carnet de l'autre, et la mitraille ne faisait pas trembler son crayon. Il ne fatiguait pas les fils de télégrammes incessants, comme ceux qui parlent alors qu'ils n'ont rien à dire, mais chacune de ses notes, courtes, nettes, claires, portait la lumière sur un point important. D'ailleurs, « l'humour » ne lui manquait pas. Ce fut lui qui, après l'affaire de la Rivière-Noire, voulant à tout prix conserver sa place au guichet du bureau télégraphique, afin d'annoncer à son journal le résultat de la bataille, télégraphia pendant deux heures les premiers chapitres de la Bible. Il en coûta deux mille dollars au *New York Herald*, mais le *New York Herald* fut le premier informé.

Gédéon Spilett était de haute taille. Il avait quarante ans au plus. Des favoris blonds tirant sur le rouge encadraient sa figure. Son œil était calme, vif, rapide dans ses déplacements. C'était l'œil d'un homme qui a l'habitude de percevoir vite tous les détails d'un horizon. Solidement bâti, il s'était trempé dans tous les climats comme une barre d'acier dans l'eau froide.

Depuis dix ans, Gédéon Spilett était le reporter attitré du *New York Herald*, qu'il enrichissait de ses chroniques et de ses dessins, car il maniait aussi bien le crayon que la plume. Lorsqu'il fut pris, il était en train de faire la description et le croquis de la bataille. Les derniers mots relevés sur son carnet furent ceux-ci : « Un sudiste me couche en joue et... » Et Gédéon Spilett fut manqué, car, suivant son invariable habitude, il se tira de cette affaire sans une égratignure.

Cyrus Smith et Gédéon Spilett, qui ne se connaissaient pas, si ce n'est de réputation, avaient été tous les deux transportés à Richmond. L'ingénieur guérit rapidement de sa blessure, et ce fut pendant sa convalescence qu'il fit connaissance du reporter. Ces deux hommes se plurent et apprirent à s'apprécier. Bientôt, leur vie commune n'eut plus qu'un but, s'enfuir, rejoindre l'armée de Grant et combattre encore dans ses rangs pour l'unité fédérale.

Les deux Américains étaient donc décidés à profiter de toute occasion; mais bien qu'ils eussent été laissés libres dans la ville, Richmond était si sévèrement gardée, qu'une évasion devait être regardée comme impossible.

Sur ces entrefaites, Cyrus Smith fut rejoint par un serviteur, qui lui était dévoué à la vie, à la mort. Cet intrépide était un Nègre, né sur le domaine de l'ingénieur, d'un père et d'une mère esclaves, mais que, depuis longtemps, Cyrus Smith, abolitionniste de raison et de cœur, avait affranchi. L'esclave, devenu libre, n'avait pas voulu quitter son maître. Il l'aimait à mourir pour lui. C'était un garçon de trente ans, vigoureux, agile, adroit, intelligent, doux et calme, parfois naïf, toujours souriant, serviable et bon. Il se nommait Nabuchodonosor, mais il ne répondait qu'à l'appellation abréviative et familière de Nab.

Quand Nab apprit que son maître avait été fait prisonnier, il quitta le Massachussets sans hésiter, arriva devant Richmond, et, à force de ruse et d'adresse, après avoir risqué vingt fois sa vie, il parvint à pénétrer dans la ville assiégée. Ce que furent le plaisir de Cyrus Smith, en revoyant son serviteur, et la joie de Nab à retrouver son maître, cela ne peut s'exprimer.

Mais si Nab avait pu pénétrer dans Richmond, il était bien autrement difficile d'en sortir, car on surveillait de très près les prisonniers fédéraux. Il fallait une occasion extraordinaire pour pouvoir tenter une évasion avec quelques chances de succès, et cette occasion non seulement ne se présentait pas, mais il était malaisé de la faire naître.

Cependant, Grant continuait ses énergiques opérations. La victoire de Petersburg lui avait été très chèrement disputée. Ses forces, réunies à celles de Butler, n'obtenaient encore aucun résultat devant Richmond, et rien ne faisait présager que la délivrance des prisonniers dût être prochaine. Le reporter, auquel sa captivité fastidieuse ne fournissait plus un détail intéressant à noter, ne pouvait plus y tenir. Il n'avait qu'une idée : sortir de Richmond et à tout prix. Plusieurs fois même, il tenta l'aventure et fut arrêté par des obstacles infranchissables.

Cependant, le siège continuait, et si les prisonniers avaient hâte de s'échapper pour rejoindre l'armée de Grant, certains assiégés avaient non moins hâte de s'enfuir, afin de rejoindre l'armée séparatiste, et, parmi eux, un certain Jonathan Forster, sudiste enragé. C'est qu'en effet, si les prisonniers fédéraux ne pouvaient quitter la ville, les fédérés ne le pouvaient pas non plus, car l'armée du Nord les investissait. Le gouverneur de Richmond, depuis longtemps déjà, ne pouvait plus communiquer avec le général Lee, et il était du plus haut intérêt de faire connaître la situation de la ville, afin de hâter la marche de l'armée de secours. Ce Jonathan Forster eut alors l'idée de s'enlever en ballon, afin de traverser les lignes assiégeantes et d'arriver ainsi au camp des séparatistes.

Le gouverneur autorisa la tentative. Un aérostat fut fabriqué et mis à la disposition de Jonathan Forster, que cinq de ses compagnons devaient suivre dans les airs. Ils étaient munis d'armes pour le cas où ils auraient à se défendre en atterrissant, et de vivres pour le cas où leur voyage aérien se prolongerait.

Le départ du ballon avait été fixé au 18 mars. Il devait s'effectuer pendant la nuit, et, avec un vent de nord-ouest de moyenne force, les aéronautes comptaient en quelques heures arriver au quartier général de Lee.

Mais ce vent du nord-ouest ne fut point une simple brise. Dès le 18, on put voir qu'il tournait à l'ouragan. Bientôt, la tempête devint telle, que le départ de Forster dut être différé, car il était impossible de risquer l'aérostat et ceux qu'il emporterait au milieu des éléments déchaînés.

Le ballon, gonflé sur la grande place de Richmond, était donc là, prêt à partir à la première accalmie du vent, et, dans la ville, l'impatience était grande à voir que l'état de l'atmosphère ne se modifiait pas.

Le 18, le 19 mars se passèrent sans qu'aucun changement se produisît dans la tourmente. On éprouvait même de grandes difficultés pour préserver le ballon, attaché au sol, que les rafales couchaient jusqu'à terre.

La nuit du 19 au 20 s'écoula, mais, au matin, l'ouragan se développait encore avec plus d'impétuosité. Le départ était impossible.

Ce jour-là, l'ingénieur Cyrus Smith fut accosté dans une des rues de Richmond par un homme qu'il ne connaissait point. C'était un marin nommé Pencroff, âgé de trente-cinq à quarante ans, vigoureusement bâti, très hâlé, les yeux vifs et clignotants, mais avec une bonne figure. Ce Pencroff était un Américain du nord, qui avait couru toutes les mers du globe, et auquel, en fait d'aventures, tout ce qui peut survenir d'extraordinaire à un être à deux pieds sans plumes était arrivé. Inutile de dire que c'était une nature entreprenante, prête à tout oser, et qui ne pouvait s'étonner de rien. Pencroff, au commencement de cette année, s'était rendu pour affaires à Richmond avec un jeune garçon de quinze ans, Harbert Brown, du New-Jersey, fils de son capitaine, un orphelin qu'il aimait comme si c'eût été son propre enfant. N'ayant pu quitter la ville avant les premières opérations du siège, il s'y trouva donc bloqué, à son grand déplaisir, et il n'eut plus aussi, lui, qu'une idée : s'enfuir par tous les moyens possibles. Il connaissait de réputation l'ingénieur Cyrus Smith. Il savait avec quelle impatience cet homme déterminé rongeait son frein. Ce jour-là, il n'hésita donc pas à l'aborder en lui disant sans plus de préparation :

— Monsieur Smith, en avez-vous assez de Richmond ?

L'ingénieur regarda fixement l'homme qui lui parlait ainsi, et qui ajouta à voix basse :

— Monsieur Smith, voulez-vous fuir ?

— Quand cela ?... répondit vivement l'ingénieur, et on peut affirmer que cette réponse lui échappa, car il n'avait pas encore examiné l'inconnu qui lui adressait la parole.

Mais après avoir, d'un œil pénétrant, observé la loyale figure du marin, il ne put douter qu'il n'eût devant lui un honnête homme.

— Qui êtes-vous ? demanda-t-il d'une voix brève.

Pencroff se fît connaître.

— Bien, répondit Cyrus Smith. Et par quel moyen me proposez-vous de fuir ?

— Par ce fainéant de ballon qu'on laisse là à ne rien faire, et qui me fait l'effet de nous attendre tout exprès !...

Le marin n'avait pas eu besoin d'achever sa phrase. L'ingénieur avait compris d'un mot. Il saisit Pencroff par le bras et l'entraîna chez lui.

Là, le marin développa son projet, très simple en vérité. On ne risquait que sa vie à l'exécuter. L'ouragan était dans toute sa violence, il est vrai, mais un ingénieur adroit et audacieux, tel que Cyrus Smith, saurait bien conduire un aérostat. S'il eût connu la manœuvre, lui, Pencroff, il n'aurait pas hésité à partir — avec Harbert, s'entend. Il en avait vu bien d'autres, et n'en était plus à compter avec une tempête !

Cyrus Smith avait écouté le marin sans mot dire, mais son regard brillait. L'occasion était là. Il n'était pas homme à la laisser échapper. Le projet n'était que très dangereux, donc il était exécutable. La nuit, malgré la surveillance, on pouvait aborder le ballon, se glisser dans la nacelle, puis couper les liens qui le retenaient ! Certes, on risquait d'être tué, mais, par contre, on pouvait réussir, et sans cette tempête... Mais sans cette tempête, le ballon fût déjà parti, et l'occasion, tant cherchée, ne se présenterait pas en ce moment !

— Je ne suis pas seul !... dit en terminant Cyrus Smith.

— Combien de personnes voulez-vous donc emmener ? demanda le marin.

— Deux : mon ami Spilett et mon serviteur Nab.

— Cela fait donc trois, répondit Pencroff, et, avec Harbert et moi, cinq. Or, le ballon devait enlever six...

— Cela suffit. Nous partirons ! dit Cyrus Smith.

Ce « nous » engageait le reporter, mais le reporter n'était pas homme à reculer, et quand le projet lui fut communiqué, il l'approuva sans réserve. Ce dont il s'étonnait, c'était qu'une idée aussi simple ne lui fût pas déjà venue. Quant à Nab, il suivait son maître partout où son maître voulait aller.

— A ce soir alors, dit Pencroff. Nous flânerons tous les cinq, par là, en curieux !

— A ce soir, dix heures, répondit Cyrus Smith, et fasse le Ciel que cette tempête ne s'apaise pas avant notre départ !

Pencroff prit congé de l'ingénieur, et retourna à son logis, où était resté le jeune Harbert Brown. Ce courageux enfant connaissait le plan du marin, et ce n'était pas sans une certaine anxiété qu'il attendait le résultat de la démarche faite auprès de l'ingénieur. On le voit, c'étaient cinq hommes déterminés qui allaient ainsi se lancer dans la tourmente, en plein ouragan !

Non ! L'ouragan ne se calma pas, et ni Jonathan Forster ni ses compagnons ne pouvaient songer à l'affronter dans cette frêle nacelle ! La journée fut terrible. L'ingénieur ne craignait qu'une chose : c'était que l'aérostat, retenu au sol et couché sous le vent, ne se déchirât en mille pièces. Pendant plusieurs heures, il rôda sur la place presque déserte, surveillant l'appareil. Pencroff en faisait autant de son côté, les mains dans les poches, et bâillant au besoin, comme un homme qui ne sait à quoi tuer le temps, mais redoutant aussi que le ballon ne vînt à se déchirer ou même à rompre ses liens et à s'enfuir dans les airs.

Le soir arriva. La nuit se fit très sombre. D'épaisses brumes passaient comme des nuages au ras du sol. Une pluie mêlée de neige tombait. Le temps était froid. Une sorte de brouillard pesait sur Richmond. Il semblait que la violente tempête eût fait comme une trêve entre les assiégeants et les assiégés, et que le canon eût voulu se taire devant les formidables détonations de l'ouragan. Les rues de la ville étaient désertes. Il n'avait pas même paru nécessaire, par cet horrible temps, de garder la place au milieu de laquelle se débattait l'aérostat. Tout favorisait le départ des prisonniers, évidemment ; mais ce voyage, au milieu des rafales déchaînées !...

« Vilaine marée ! se disait Pencroff, en fixant d'un coup de poing son chapeau que le vent disputait à sa tête. Mais bah ! on en viendra à bout tout de même ! »

A neuf heures et demie, Cyrus Smith et ses compagnons se glissaient par divers côtés sur la place, que les lanternes de gaz, éteintes par le vent, laissaient dans une obscurité profonde. On ne voyait même pas l'énorme aérostat, presque entièrement rabattu sur le sol. Indépendamment des sacs de lest qui maintenaient les cordes du filet, la nacelle était retenue par un fort câble passé dans un anneau scellé dans le pavé, et dont le double remontait à bord.

Les cinq prisonniers se rencontrèrent près de la nacelle. Ils n'avaient point été aperçus, et telle était l'obscurité qu'ils ne pouvaient se voir eux-mêmes.

Sans prononcer une parole, Cyrus Smith, Gédéon Spilett, Nab et Harbert prirent place dans la nacelle, pendant que Pencroff, sur l'ordre de l'ingénieur, détachait successivement les paquets de lest. Ce fut l'affaire de quelques instants et le marin rejoignit ses compagnons.

L'aérostat n'était alors retenu que par le double du câble, et Cyrus Smith n'avait plus qu'à donner l'ordre du départ.

En ce moment, un chien escalada d'un bond la nacelle. C'était Top, le chien de l'ingénieur, qui, ayant brisé sa chaîne, avait suivi son maître. Cyrus Smith, craignant un excès de poids, voulait renvoyer le pauvre animal.

— Bah ! un de plus ! dit Pencroff, en délestant la nacelle de deux sacs de sable.

Puis, il largua le double du câble, et le ballon, partant par une direction oblique, disparut, après avoir heurté sa nacelle contre deux cheminées qu'il abattit dans la furie de son départ.

L'ouragan se déchaînait alors avec une épouvantable violence. L'ingénieur, pendant la nuit, ne put songer à descendre, et quand le jour vint, toute vue de la terre lui était interceptée par les brumes. Ce fut cinq jours après seulement, qu'une éclaircie laissa voir l'immense mer au-dessous de cet aérostat, que le vent entraînait avec une vitesse effroyable !

On sait comment, de ces cinq hommes, partis le 20 mars, quatre étaient jetés le 24 mars, sur une côte déserte, à plus de six mille milles de leur pays !

Et celui qui manquait, celui au secours duquel les quatre survivants du ballon couraient tout d'abord, c'était leur chef naturel, c'était l'ingénieur Cyrus Smith !

III

CINQ HEURES DU SOIR — CELUI QUI MANQUE — LE DÉSESPOIR DE NAB — RECHERCHES AU NORD — L'ÎLOT — UNE TRISTE NUIT D'ANGOISSES — LE BROUILLARD DU MATIN — NAB À LA NAGE — VUE DE LA TERRE — PASSAGE À GUÉ DU CANAL

L'ingénieur, à travers les mailles du filet qui avaient cédé, avait été enlevé par un coup de mer. Son chien avait également disparu. Le fidèle animal s'était volontairement précipité au secours de son maître.

— En avant ! s'écria le reporter.

Et tous quatre, Gédéon Spilett, Harbert, Pencroff et Nab, oubliant épuisement et fatigue, commencèrent leurs recherches.

Le pauvre Nab pleurait de rage et de désespoir à la fois, à la pensée d'avoir perdu tout ce qu'il aimait au monde.

Il ne s'était pas écoulé deux minutes entre le moment où Cyrus Smith avait disparu et l'instant où ses compagnons avaient pris terre. Ceux-ci pouvaient donc espérer d'arriver à temps pour le sauver.

— Cherchons ! cherchons ! cria Nab.

— Oui, Nab, répondit Gédéon Spilett, et nous le retrouverons !

— Vivant ?

— Vivant !

— Sait-il nager ? demanda Pencroff.

— Oui ! répondit Nab. Et, d'ailleurs, Top est là !...

Le marin, entendant la mer mugir, secoua la tête !

C'était dans le nord de la côte, et environ à un demi-mille de l'endroit où les naufragés venaient d'atterrir, que l'ingénieur avait disparu.

S'il avait pu atteindre le point le plus rapproché du littoral, c'était donc à un demi-mille au plus que devait être situé ce point.

Il était près de six heures alors. La brume venait de se lever et rendait la nuit très obscure. Les naufragés marchaient en suivant vers le nord la côte est de cette terre sur laquelle le hasard les avait jetés — terre inconnue, dont ils ne pouvaient même soupçonner la situation géographique. Ils foulaient du pied un sol sablonneux, mêlé de pierres, qui paraissait dépourvu de toute espèce de végétation. Ce sol, fort inégal, très raboteux, semblait en de certains endroits criblé de petites fondrières, qui rendaient la marche très pénible. De ces trous s'échappaient à chaque instant de gros oiseaux au vol lourd, fuyant en toutes directions, que l'obscurité empêchait de voir. D'autres, plus agiles, se levaient par bandes et passaient comme des nuées. Le marin croyait reconnaître des goélands et des mouettes, dont les sifflements aigus luttaient avec les rugissements de la mer.

De temps en temps, les naufragés s'arrêtaient, appelaient à grands cris, et écoutaient si quelque appel ne se ferait pas entendre du côté de l'Océan. Ils devaient penser, en effet, que s'ils eussent été à proximité du lieu où l'ingénieur avait pu atterrir, les aboiements du chien Top, au cas où Cyrus Smith eût été hors d'état de donner signe d'existence, seraient arrivés jusqu'à eux. Mais aucun cri ne se détachait sur le grondement des lames et le cliquetis du ressac. Alors, la petite troupe reprenait sa marche en avant, et fouillait les moindres anfractuosités du littoral.

Après une course de vingt minutes, les quatre naufragés furent subitement arrêtés par une lisière écumante de lames. Le terrain solide manquait. Ils se trouvaient à l'extrémité d'une pointe aiguë, sur laquelle la mer brisait avec fureur.

— C'est un promontoire, dit le marin. Il faut revenir sur nos pas en tenant notre droite, et nous gagnerons ainsi la franche terre.

— Mais s'il est là ? répondit Nab, en montrant l'Océan, dont les énormes lames blanchissaient dans l'ombre.

— Eh bien, appelons-le !

Et tous, unissant leurs voix, lancèrent un appel vigoureux, mais rien ne répondit. Ils attendirent une accalmie. Ils recommencèrent. Rien encore.

Les naufragés revinrent alors, en suivant le revers opposé du promontoire, sur un sol également sablonneux et rocailleux. Toutefois, Pencroff observa que le littoral était plus accore, que le terrain montait, et il supposa qu'il devait rejoindre, par une rampe assez allongée, une haute côte dont le massif se profilait confusément dans l'ombre. Les oiseaux étaient moins nombreux sur cette partie du rivage. La mer aussi s'y montrait moins houleuse, moins bruyante, et il était même remarquable que l'agitation des lames diminuait sensiblement. On entendait à peine le bruit du ressac. Sans doute, ce côté du promontoire formait une anse semi-circulaire, que sa pointe aiguë protégeait contre les ondulations du large.

Mais, à suivre cette direction, on marchait vers le sud, et c'était aller à l'opposé de cette portion de la côte sur laquelle Cyrus Smith avait pu prendre pied. Après un parcours d'un mille et demi, le littoral ne présentait encore aucune courbure qui permît de revenir vers le nord. Il fallait pourtant bien que ce promontoire, dont on avait tourné la pointe, se rattachât à la franche terre. Les naufragés, bien que leurs forces fussent épuisées, marchaient toujours avec courage, espérant trouver à chaque moment quelque angle brusque qui les remît dans la direction première.

Quel fut donc leur désappointement, quand, après avoir parcouru deux milles environ, ils se virent encore une fois arrêtés par la mer sur une pointe assez élevée, faite de roches glissantes.

— Nous sommes sur un îlot ! dit Pencroff, et nous l'avons arpenté d'une extrémité à l'autre !

L'observation du marin était juste. Les naufragés avaient été jetés, non sur un continent, pas même sur une île, mais sur un îlot qui ne mesurait pas plus de deux milles de longueur, et dont la largeur était évidemment peu considérable.

Cet îlot aride, semé de pierres, sans végétation, refuge désolé de quelques oiseaux de mer, se rattachait-il à un archipel plus important ? On ne pouvait l'affirmer. Les passagers du ballon, lorsque, de leur nacelle, ils entrevirent la terre à travers les brumes, n'avaient pu suffisamment reconnaître son importance. Cependant, Pencroff, avec ses yeux de marin habitués à percer l'ombre, croyait bien, en ce moment, distinguer dans l'ouest des masses confuses, qui annonçaient une côte élevée.

Mais, alors, on ne pouvait, par cette obscurité, déterminer à quel système, simple ou complexe, appartenait l'îlot. On ne pouvait non plus en sortir, puisque la mer l'entourait. Il fallait donc remettre au lendemain la recherche de l'ingénieur, qui n'avait, hélas ! signalé sa présence par aucun cri.

— Le silence de Cyrus ne prouve rien, dit le reporter. Il peut être évanoui, blessé, hors d'état de répondre momentanément, mais ne désespérons pas.

Le reporter émit alors l'idée d'allumer sur un point de l'îlot quelque feu qui pourrait servir de signal à l'ingénieur. Mais on chercha vainement du bois ou des broussailles sèches. Sable et pierres, il n'y avait pas autre chose.

On comprend ce que durent être la douleur de Nab et celle de ses compagnons, qui s'étaient vivement attachés à cet intrépide Cyrus Smith. Il était trop évident qu'ils étaient impuissants alors à le secourir. Il fallait attendre le jour. Ou l'ingénieur avait pu se sauver seul, et déjà il avait trouvé refuge sur un point de la côte, ou il était perdu à jamais !

Ce furent de longues et pénibles heures à passer. Le froid était vif. Les naufragés souffrirent cruellement, mais ils s'en apercevaient à peine. Ils ne songèrent même pas à prendre un instant de repos. S'oubliant pour leur chef, espérant, voulant espérer toujours, ils allaient et venaient sur cet îlot aride, retournant incessamment à sa pointe nord, là où ils devaient être plus rapprochés du lieu de la catastrophe. Ils écoutaient, ils criaient, ils cherchaient à surprendre quelque appel suprême, et leurs voix devaient se transmettre au loin, car un certain calme régnait alors dans l'atmosphère, et les bruits de la mer commençaient à tomber avec la houle.

Un des cris de Nab sembla même, à un certain moment, se reproduire en écho. Harbert le fit observer à Pencroff, en ajoutant :

— Cela prouverait qu'il existe dans l'ouest une côte assez rapprochée.

Le marin fit un signe affirmatif. D'ailleurs ses yeux ne pouvaient le tromper. S'il avait, si peu que ce fût, distingué une terre, c'est qu'une terre était là.

Mais cet écho lointain fut la seule réponse provoquée par les cris de Nab, et l'immensité, sur toute la partie est de l'îlot demeura silencieuse.

Cependant le ciel se dégageait peu à peu. Vers minuit, quelques étoiles brillèrent, et si l'ingénieur eût été là, près de ses compagnons, il aurait pu remarquer que ces étoiles n'étaient plus celles de l'hémisphère boréal. En effet, la Polaire n'apparaissait pas sur ce nouvel horizon, les constellations zénithales n'étaient plus celles qu'il avait l'habitude d'observer dans la partie nord du nouveau continent, et la Croix du Sud resplendissait alors au pôle austral du monde.

La nuit s'écoula. Vers cinq heures du matin, le 25 mars, les hauteurs du ciel se nuancèrent légèrement. L'horizon restait sombre encore, mais, avec les premières lueurs du jour, une opaque brume se leva de la mer, de telle sorte que le rayon visuel ne pouvait s'étendre à plus d'une vingtaine de pas. Le brouillard se déroulait en grosses volutes qui se déplaçaient lourdement.

C'était un contretemps. Les naufragés ne pouvaient rien distinguer autour d'eux. Tandis que les regards de Nab et du reporter se projetaient sur l'Océan, le marin et Harbert cherchaient la côte dans l'ouest. Mais pas un bout de terre n'était visible.

— N'importe, dit Pencroff, si je ne vois pas la côte, je la sens... elle est là... là... aussi sûr que nous ne sommes plus à Richmond !

Mais le brouillard ne devait pas tarder à se lever. Ce n'était qu'une brumaille de beau temps. Un bon soleil en chauffait les couches supérieures, et cette chaleur se tamisait jusqu'à la surface de l'îlot.

En effet, vers six heures et demie, trois quarts d'heure après le lever du soleil, la brume devenait plus transparente. Elle s'épaississait en haut, mais se dissipait en bas. Bientôt tout l'îlot apparut, comme s'il fût descendu d'un nuage ; puis, la mer se montra suivant un plan circulaire, infinie dans l'est, mais bornée dans l'ouest par une côte élevée et abrupte.

Oui ! la terre était là. Là, le salut, provisoirement assuré, du moins. Entre l'îlot et la côte, séparés par un canal large d'un demi-mille, un courant extrêmement rapide se propageait avec bruit.

Cependant, un des naufragés, ne consultant que son cœur, se précipita aussitôt dans le courant, sans prendre l'avis de ses compagnons, sans même dire un seul mot. C'était Nab. Il avait hâte d'être sur cette côte et de la remonter au nord. Personne n'eût pu le retenir. Pencroff le rappela, mais en vain. Le reporter se disposait à suivre Nab.

Pencroff, allant alors à lui :

— Vous voulez traverser ce canal ? demanda-t-il.

— Oui, répondit Gédéon Spilett.

— Eh bien, attendez, croyez-moi, dit le marin. Nab suffira à porter secours à son maître. Si nous nous engagions dans ce canal, nous risquerions d'être entraînés au large par le courant, qui est d'une violence extrême. Or, si je ne me trompe, c'est un courant de jusant. Voyez, la marée baisse sur le sable. Prenons donc patience, et, à mer basse, il est possible que nous trouvions un passage guéable...

— Vous avez raison, répondit le reporter. Séparons-nous le moins que nous pourrons...

Pendant ce temps, Nab luttait avec vigueur contre le courant. Il le traversait suivant une direction oblique. On voyait ses noires épaules émerger à chaque coupe. Il dérivait avec une extrême vitesse, mais il gagnait aussi vers la côte. Ce demi-mille qui séparait l'îlot de la terre, il employa plus d'une demi-heure à le franchir, et il n'accosta le rivage qu'à plusieurs milliers de pieds de l'endroit qui faisait face au point d'où il était parti.

Nab prit pied au bas d'une haute muraille de granit et se secoua vigoureusement ; puis, tout courant, il disparut bientôt derrière une pointe de roches, qui se projetait en mer, à peu près à la hauteur de l'extrémité septentrionale de l'îlot.

Les compagnons de Nab avaient suivi avec angoisse son audacieuse tentative, et, quand il fut hors de vue, ils reportèrent leurs regards sur cette terre à laquelle ils allaient demander refuge, tout en mangeant quelques coquillages dont le sable était semé. C'était un maigre repas, mais, enfin, c'en était un.

La côte opposée formait une vaste baie, terminée, au sud, par une pointe très aiguë, dépourvue de toute végétation et d'un aspect très sauvage. Cette pointe venait se souder au littoral par un dessin assez capricieux et s'arc-boutait à de hautes roches granitiques. Vers le nord, au contraire, la baie, s'évasant, formait une côte plus arrondie, qui courait du sud-ouest au nord-est et finissait par un cap effilé. Entre ces deux points extrêmes, sur lesquels s'appuyait l'arc de la baie, la distance pouvait être de huit milles. A un demi-mille du rivage, l'îlot occupait une étroite bande de mer, et ressemblait à un énorme cétacé, dont il représentait la carcasse très agrandie. Son extrême largeur ne dépassait pas un quart de mille.

Devant l'îlot, le littoral se composait, en premier plan, d'une grève de sable, semée de roches noirâtres, qui, en ce moment, réapparaissaient peu à peu sous la marée descendante. Au deuxième plan, se détachait une sorte de courtine granitique, taillée à pic, couronnée par une capricieuse arête à une hauteur de trois cents pieds au moins. Elle se profilait ainsi sur une longueur de trois milles, et se terminait brusquement à droite par un pan coupé qu'on eût cru taillé de main d'homme. Sur la gauche, au contraire, au-dessus du promontoire, cette espèce de falaise irrégulière, s'égrenant en éclats prismatiques, et faite de roches agglomérées et d'éboulis, s'abaissait par une rampe allongée qui se confondait peu à peu avec les roches de la pointe méridionale.

Sur le plateau supérieur de la côte, aucun arbre. C'était une table nette, comme celle qui domine Cape-Town, au cap de Bonne-Espérance, mais avec des proportions plus réduites. Du moins, elle apparaissait telle, vue de l'îlot. Toutefois, la verdure ne manquait pas à droite, en arrière du pan coupé. On distinguait facilement la masse confuse de grands arbres, dont l'agglomération se prolongeait au-delà des limites du regard. Cette verdure réjouissait l'œil, vivement attristé par les âpres lignes du parement de granit.

Enfin, tout en arrière-plan et au-dessus du plateau, dans la direction du nord-ouest et à une distance de sept milles au moins, resplendissait un sommet blanc, que frappaient les rayons solaires. C'était un chapeau de neige, coiffant quelque mont éloigné.

On ne pouvait donc se prononcer sur la question de savoir si cette terre formait une île ou si elle appartenait à un continent. Mais, à la vue de ces roches convulsionnées qui s'entassaient sur la gauche, un géologue n'eût pas hésité à leur donner une origine volcanique, car elles étaient incontestablement le produit d'un travail plutonien.

Gédéon Spilett, Pencroff et Harbert observaient attentivement cette terre, sur laquelle ils allaient peut-être vivre de longues années, sur laquelle ils mourraient même, si elle ne se trouvait pas sur la route des navires !

— Eh bien, demanda Harbert, que dis-tu, Pencroff?

— Eh bien, répondit le marin, il y a du bon et du mauvais, comme dans tout. Nous verrons. Mais voici le jusant qui se fait sentir. Dans trois heures, nous tenterons le passage, et, une fois là, on tâchera de se tirer d'affaire et de retrouver monsieur Smith!

Pencroff ne s'était pas trompé dans ses prévisions. Trois heures plus tard, à mer basse, la plus grande partie des sables, formant le lit du canal, avait découvert. Il ne restait entre l'îlot et la côte qu'un chenal étroit qu'il serait aisé sans doute de franchir.

En effet, vers dix heures, Gédéon Spilett et ses deux compagnons se dépouillèrent de leurs vêtements, ils les mirent en paquet sur leur tête, et ils s'aventurèrent dans le chenal, dont la profondeur ne dépassait pas cinq pieds. Harbert, pour qui l'eau eût été trop haute, nageait comme un poisson, et il s'en tira à merveille. Tous trois arrivèrent sans difficulté sur le littoral opposé. Là, le soleil les ayant séchés rapidement, ils remirent leurs habits, qu'ils avaient préservés du contact de l'eau, et ils tinrent conseil.

IV

LES LITHODOMES – LA RIVIÈRE À SON EMBOUCHURE – LES « CHEMINÉES » – CONTINUATION DES RECHERCHES – LA FORÊT D'ARBRES VERTS – LA PROVISION DE COMBUSTIBLE – ON ATTEND LE REFLUX – DU HAUT DE LA CÔTE – LE TRAIN DE BOIS – LE RETOUR AU RIVAGE

Tout d'abord, le reporter dit au marin de l'attendre en cet endroit même, où il le rejoindrait, et, sans perdre un instant, il remonta le littoral, dans la direction qu'avait suivie, quelques heures auparavant, le Nègre Nab. Puis il disparut rapidement derrière un angle de la côte, tant il lui tardait d'avoir des nouvelles de l'ingénieur.

Harbert avait voulu l'accompagner.

— Restez, mon garçon, lui avait dit le marin. Nous avons à préparer un campement et à voir s'il est possible de trouver à se mettre sous la dent quelque chose de plus solide que des coquillages. Nos amis auront besoin de se refaire à leur retour. A chacun sa tâche.

— Je suis prêt, Pencroff, répondit Harbert.

— Bon! reprit le marin, cela ira. Procédons avec méthode. Nous sommes fatigués, nous avons froid, nous avons faim. Il s'agit donc de trouver abri, feu et nourriture. La forêt a du bois, les nids ont des œufs : il reste à chercher la maison.

— Eh bien, répondit Harbert, je chercherai une grotte dans ces roches, et je finirai bien par découvrir quelque trou dans lequel nous pourrons nous fourrer !

— C'est cela, répondit Pencroff. En route, mon garçon.

Et les voilà marchant tous deux au pied de l'énorme muraille, sur cette grève que le flot descendant avait largement découverte. Mais, au lieu de remonter vers le nord, ils descendirent au sud. Pencroff avait remarqué, à quelques centaines de pas au-dessous de l'endroit où ils étaient débarqués, que la côte offrait une étroite coupée qui, suivant lui, devait servir de débouché à une rivière ou à un ruisseau. Or, d'une part, il était important de s'établir dans le voisinage d'un cours d'eau potable, et, de l'autre, il n'était pas impossible que le courant eût poussé Cyrus Smith de ce côté.

La haute muraille, on l'a dit, se dressait à une hauteur de trois cents pieds, mais le bloc était plein partout, et, même à sa base, à peine léchée par la mer, elle ne présentait pas la moindre fissure qui pût servir de demeure provisoire. C'était un mur d'aplomb, fait d'un granit très dur, que le flot n'avait jamais rongé. Vers le sommet voltigeait tout un monde d'oiseaux aquatiques, et particulièrement diverses espèces de l'ordre des palmipèdes, à bec allongé, comprimé et pointu, — volatiles très criards, peu effrayés de la présence de l'homme, qui, pour la première fois sans doute, troublait ainsi leur solitude. Parmi ces palmipèdes, Pencroff reconnut plusieurs labbes, sortes de goélands auxquels on donne quelquefois le nom de stercoraires, et aussi de petites mouettes voraces qui nichaient dans les anfractuosités du granit. Un coup de fusil, tiré au milieu de ce fourmillement d'oiseaux, en eût abattu un grand nombre ; mais, pour tirer un coup de fusil, il faut un fusil, et ni Pencroff, ni Harbert n'en avaient. D'ailleurs, ces mouettes et ces labbes sont à peine mangeables, et leurs œufs même ont un détestable goût.

Cependant, Harbert, qui s'était porté un peu plus sur la gauche, signala bientôt quelques rochers tapissés d'algues, que la haute mer devait recouvrir quelques heures plus tard. Sur ces roches, au milieu des varechs glissants, pullulaient des coquillages à double valve, que ne pouvaient dédaigner des gens affamés. Harbert appela donc Pencroff, qui se hâta d'accourir.

— Eh ! ce sont des moules ! s'écria le marin. Voilà de quoi remplacer les œufs qui nous manquent !

— Ce ne sont point des moules, répondit le jeune Harbert, qui examinait avec attention les mollusques attachés aux roches, ce sont des lithodomes.

— Et cela se mange ? demanda Pencroff.

— Parfaitement.

— Alors, mangeons des lithodomes.

Le marin pouvait s'en rapporter à Harbert. Le jeune garçon était très fort en histoire naturelle et avait toujours eu une véritable passion pour cette science. Son père l'avait poussé dans cette voie, en lui faisant suivre les cours des meilleurs professeurs de Boston, qui affectionnaient cet enfant, intelligent et travailleur. Aussi ses instincts de naturaliste devaient-ils être plus d'une fois utilisés par la suite, et, pour son début, il ne se trompa pas.

Ces lithodomes étaient des coquillages oblongs, attachés par grappes et très adhérents aux roches. Ils appartenaient à cette espèce de mollusques perforateurs qui creusent des trous dans les pierres les plus dures, et leur coquille s'arrondissait à ses deux bouts, disposition qui ne se remarque pas dans la moule ordinaire.

Pencroff et Harbert firent une bonne consommation de ces lithodomes, qui s'entrebâillaient alors au soleil. Ils les mangèrent comme des huîtres, et ils leur trouvèrent une saveur fortement poivrée, ce qui leur ôta tout regret de n'avoir ni poivre ni condiments d'aucune sorte.

Leur faim fut donc momentanément apaisée, mais non leur soif qui s'accrut après l'absorption de ces mollusques naturellement épicés. Il s'agissait donc de trouver de l'eau douce, et il n'était pas vraisemblable qu'elle manquât dans une région si capricieusement accidentée. Pencroff et Harbert, après avoir pris la précaution de faire une ample provision de lithodomes, dont ils remplirent leurs poches et leurs mouchoirs, regagnèrent le pied de la haute terre.

Deux cents pas plus loin, ils arrivaient à cette coupée par laquelle, suivant le pressentiment de Pencroff, une petite rivière devait couler à pleins bords. En cet endroit, la muraille semblait avoir été séparée par quelque violent effort plutonien. A sa base s'échancrait une petite anse, dont le fond formait un angle assez aigu. Le cours d'eau mesurait là cent pieds de largeur, et ses deux berges, de chaque côté, n'en comptaient que vingt pieds à peine. La rivière s'enfonçait presque directement entre les deux murs de granit qui tendaient à s'abaisser en amont de l'embouchure ; puis, elle tournait brusquement et disparaissait sous un taillis à un demi-mille.

— Ici, l'eau ! Là-bas, le bois ! dit Pencroff. Eh bien, Harbert, il ne manque plus que la maison !

L'eau de la rivière était limpide. Le marin reconnut qu'à ce moment de la marée, c'est-à-dire à basse mer, quand le flot montant n'y portait pas, elle était douce. Ce point important établi, Harbert chercha quelque cavité qui pût servir de retraite, mais ce fut inutilement. Partout la muraille était lisse, plane et d'aplomb.

Toutefois, à l'embouchure même du cours d'eau, et au-dessus des relais de la haute mer, les éboulis avaient formé, non point une grotte, mais un entassement d'énormes rochers, tels qu'il s'en rencontre souvent dans les pays granitiques, et qui portent le nom de « Cheminées ».

Pencroff et Harbert s'engagèrent assez profondément entre les roches, dans ces couloirs sablés, auxquels la lumière ne manquait pas, car elle pénétrait par les vides que laissaient entre eux ces granits, dont quelques-uns ne se maintenaient que par un miracle d'équilibre. Mais avec la lumière entrait aussi le vent — une vraie bise de corridors —, et, avec le vent, le froid aigu de l'extérieur. Cependant, le marin pensa qu'en obstruant certaines portions de ces couloirs, en bouchant quelques ouvertures avec un mélange de pierres et de sable, on pourrait rendre les « Cheminées » habitables. Leur plan géométrique représentait ce signe typographique &, qui signifie *et cætera* en abrégé. Or, en isolant la boucle supérieure du signe, par laquelle s'engouffrait le vent du sud et de l'ouest, on parviendrait sans doute à utiliser sa disposition inférieure.

— Voilà notre affaire, dit Pencroff, et, si jamais nous revoyions monsieur Smith, il saurait tirer parti de ce labyrinthe.

— Nous le reverrons, Pencroff, s'écria Harbert, et quand il reviendra, il faut qu'il trouve ici une demeure à peu près supportable. Elle le sera si nous pouvons établir un foyer dans le couloir de gauche et y conserver une ouverture pour la fumée.

— Nous le pourrons, mon garçon, répondit le marin, et ces Cheminées — ce fut le nom que Pencroff conserva à cette demeure provisoire — feront notre affaire. Mais d'abord, allons faire provision de combustible. J'imagine que le bois ne nous sera pas inutile pour boucher ces ouvertures à travers lesquelles le diable joue de sa trompette !

Harbert et Pencroff quittèrent les Cheminées, et, doublant l'angle, ils commencèrent à remonter la rive gauche de la rivière. Le courant en était assez rapide et charriait quelques bois morts. Le flot montant — et il se faisait déjà sentir en ce moment — devait le refouler avec force jusqu'à une distance assez considérable. Le marin pensa donc que l'on pourrait utiliser ce flux et ce reflux pour le transport des objets pesants.

Après avoir marché pendant un quart d'heure, le marin et le jeune garçon arrivèrent au brusque coude que faisait la rivière en s'enfonçant vers la gauche. A partir de ce point, son cours se poursuivait à travers une forêt d'arbres magnifiques. Ces arbres avaient conservé leur verdure, malgré la saison avancée, car ils appartenaient à cette famille des conifères qui se propage sur toutes les régions du globe, depuis les climats septentrionaux jusqu'aux contrées tropicales. Le jeune naturaliste reconnut plus particulièrement des « déodars », essences très nombreuses dans la zone himalayenne, et qui répandaient un agréable arôme ! Entre ces beaux arbres poussaient des bouquets de pins, dont l'opaque parasol s'ouvrait largement. Au milieu des hautes herbes, Pencroff sentit que son pied écrasait des branches sèches, qui crépitaient comme des pièces d'artifice.

— Bon, mon garçon, dit-il à Harbert, si moi j'ignore le nom de ces arbres, je sais du moins les ranger dans la catégorie du « bois à brûler », et, pour le moment, c'est la seule qui nous convienne !

— Faisons notre provision ! répondit Harbert, qui se mit aussitôt à l'ouvrage.

La récolte fut facile. Il n'était pas même nécessaire d'ébrancher les arbres car d'énormes quantités de bois mort gisaient à leurs pieds. Mais si le combustible ne manquait pas, les moyens de transport laissaient à désirer. Ce bois, étant très sec, devait rapidement brûler. De là, nécessité d'en rapporter aux Cheminées une quantité considérable, et la charge de deux hommes n'aurait pas suffi. C'est ce que fit observer Harbert.

— Eh ! mon garçon, répondit le marin, il doit y avoir un moyen de transporter ce bois. Il y a toujours moyen de tout faire ! Si nous avions une charrette ou un bateau, ce serait trop facile.

— Mais nous avons la rivière ! dit Harbert.

— Juste, répondit Pencroff. La rivière sera pour nous un chemin qui marche tout seul, et les trains de bois n'ont pas été inventés pour rien.

— Seulement, fit observer Harbert, notre chemin marche en ce moment dans une direction contraire à la nôtre, puisque la mer monte !

— Nous en serons quittes pour attendre qu'elle baisse, répondit le marin, et c'est elle qui se chargera de transporter notre combustible aux Cheminées. Préparons toujours notre train.

Le marin, suivi d'Harbert, se dirigea vers l'angle que la lisière de la forêt faisait avec la rivière. Tous deux portaient, chacun en proportion de ses forces, une charge de bois, liée en fagots. Sur la berge se trouvait aussi une grande quantité de branches mortes, au milieu de ces herbes entre lesquelles le pied d'un homme ne s'était, probablement, jamais hasardé. Pencroff commença aussitôt à confectionner son train.

Dans une sorte de remous produit par une pointe de la rive et qui brisait le courant, le marin et le jeune garçon placèrent des morceaux de bois assez gros qu'ils avaient attachés ensemble avec des lianes sèches. Il se forma ainsi une sorte de radeau sur lequel fut empilée successivement toute la récolte, soit la charge de vingt hommes au moins. En une heure, le travail fut fini, et le train, amarré à la berge, dut attendre le renversement de la marée.

Il y avait alors quelques heures à occuper, et, d'un commun accord, Pencroff et Harbert résolurent de gagner le plateau supérieur, afin d'examiner la contrée sur un rayon plus étendu.

Précisément, à deux cents pas en arrière de l'angle formé par la rivière, la muraille, terminée par un éboulement de roches, venait mourir en pente douce sur la lisière de la forêt. C'était comme un escalier naturel. Harbert et le marin commencèrent donc leur ascension. Grâce à la vigueur de leurs jarrets, ils atteignirent la crête en peu d'instants, et vinrent se poster à l'angle qu'elle faisait sur l'embouchure de la rivière.

En arrivant, leur premier regard fut pour cet Océan qu'ils venaient de traverser dans de si terribles conditions! Ils observèrent avec émotion toute cette partie du nord de la côte, sur laquelle la catastrophe s'était produite. C'était là que Cyrus Smith avait disparu. Ils cherchèrent des yeux si quelque épave de leur ballon, à laquelle un homme aurait pu s'accrocher, ne surnagerait pas encore. Rien! La mer n'était qu'un vaste désert d'eau. Quant à la côte, déserte aussi. Ni le reporter ni Nab ne s'y montraient. Mais il était possible qu'en ce moment, tous deux fussent à une telle distance qu'on ne pût les apercevoir.

— Quelque chose me dit, s'écria Harbert, qu'un homme aussi énergique que monsieur Cyrus n'a pas pu se laisser noyer comme le premier venu. Il doit avoir atteint quelque point du rivage. N'est-ce pas, Pencroff?

Le marin secoua tristement la tête. Lui n'espérait guère plus revoir Cyrus Smith; mais, voulant laisser quelque espoir à Harbert :

— Sans doute, sans doute, dit-il, notre ingénieur est homme à se tirer d'affaire là où tout autre succomberait!...

Cependant, il observait la côte avec une extrême attention. Sous ses yeux se développait la grève de sable, bornée, sur la droite de l'embouchure, par des lignes de brisants. Ces roches, encore émergées, ressemblaient à des groupes d'amphibies couchés dans le ressac. Au-delà de la bande d'écueils, la mer étincelait sous les rayons du soleil. Dans le sud, une pointe aiguë fermait l'horizon, et l'on ne pouvait reconnaître si la terre se prolongeait dans cette direction, ou si elle s'orientait sud-est et sud-ouest, ce qui eût fait de cette côte une sorte de presqu'île très allongée. A l'extrémité septentrionale de la baie, le dessin du littoral se poursuivait à une grande distance, suivant une ligne plus arrondie. Là, le rivage était bas, plat, sans falaise, avec de larges bancs de sable, que le reflux laissait à découvert.

Pencroff et Harbert se retournèrent alors vers l'ouest. Leur regard fut tout d'abord arrêté par la montagne à cime neigeuse, qui se dressait à une distance de six ou sept milles. Depuis ses premières rampes jusqu'à deux milles de la côte, s'étendaient de vastes masses boisées, relevées de grandes plaques vertes dues à la présence d'arbres à feuillage persistant. Puis, de la lisière de cette forêt jusqu'à la côte même, verdoyait un large plateau semé de bouquets d'arbres capricieusement distribués. Sur la gauche, on voyait par instants étinceler les eaux de la petite rivière, à travers quelques éclaircies, et il semblait que son cours assez sinueux la ramenait vers les contreforts de la montagne, entre lesquels elle devait prendre sa source. Au point où le marin avait laissé son train de bois, elle commençait à couler entre les deux hautes murailles de granit ; mais si, sur sa rive gauche, les parois demeuraient nettes et abruptes, sur la rive droite, au contraire, elles s'abaissaient peu à peu, les massifs se changeant en rocs isolés, les rocs en cailloux, les cailloux en galets jusqu'à l'extrémité de la pointe.

— Sommes-nous sur une île ? murmura le marin.

— En tout cas, elle semblerait être assez vaste ! répondit le jeune garçon.

— Une île, si vaste qu'elle fût, ne serait toujours qu'une île ! dit Pencroff.

Mais cette importante question ne pouvait encore être résolue. Il fallait en remettre la solution à un autre moment. Quant à la terre elle-même, île ou continent, elle paraissait fertile, agréable dans ses aspects, variée dans ses productions.

— Cela est heureux, fit observer Pencroff, et, dans notre malheur, il faut en remercier la Providence.

— Dieu soit donc loué ! répondit Harbert, dont le cœur pieux était plein de reconnaissance pour l'Auteur de toutes choses.

Pendant longtemps, Pencroff et Harbert examinèrent cette contrée sur laquelle les avait jetés leur destinée, mais il était difficile d'imaginer, après une si sommaire inspection, ce que leur réservait l'avenir.

Puis ils revinrent, en suivant la crête méridionale du plateau de granit, dessinée par un long feston de roches capricieuses, qui affectaient les formes les plus bizarres. Là vivaient quelques centaines d'oiseaux nichés dans les trous de la pierre. Harbert, en sautant sur les roches, fit partir toute une troupe de ces volatiles.

— Ah! s'écria-t-il, ceux-là ne sont ni des goélands ni des mouettes!

— Quels sont donc ces oiseaux? demanda Pencroff. On dirait, ma foi, des pigeons!

— En effet, mais ce sont des pigeons sauvages, ou pigeons de roche, répondit Harbert. Je les reconnais à la double bande noire de leur aile, à leur croupion blanc, à leur plumage bleu cendré. Or, si le pigeon de roche est bon à manger, ses œufs doivent être excellents, et, pour peu que ceux-ci en aient laissé dans leurs nids!...

— Nous ne leur donnerons pas le temps d'éclore, si ce n'est sous forme d'omelette! répondit gaiement Pencroff.

— Mais dans quoi feras-tu ton omelette? demanda Harbert. Dans ton chapeau?

— Bon! répondit le marin, je ne suis pas assez sorcier pour cela. Nous nous rabattrons donc sur les œufs à la coque, mon garçon, et je me charge d'expédier les plus durs!

Pencroff et le jeune garçon examinèrent avec attention les anfractuosités du granit, et ils trouvèrent, en effet, des œufs dans certaines cavités! Quelques douzaines furent recueillies, puis placées dans le mouchoir du marin, et, le moment approchant où la mer devait être pleine, Harbert et Pencroff commencèrent à redescendre vers le cours d'eau.

Quand ils arrivèrent au coude de la rivière, il était une heure après midi. Le courant se renversait déjà. Il fallait donc profiter du reflux pour amener le train de bois à l'embouchure. Pencroff n'avait pas l'intention de laisser ce train s'en aller, au courant, sans direction, et il n'entendait pas, non plus, s'y embarquer pour le diriger. Mais un marin n'est jamais embarrassé, quand il s'agit de câbles ou de cordages, et Pencroff tressa rapidement une corde longue de plusieurs brasses au moyen de lianes sèches. Ce câble végétal fut attaché à l'arrière du radeau, et le marin le tint à la main, tandis que Harbert, repoussant le train avec une longue perche, le maintenait dans le courant.

Le procédé réussit à souhait. L'énorme charge de bois, que le marin retenait en marchant sur la rive, suivit le fil de l'eau. La berge était très accore, il n'y avait pas à craindre que le train ne s'échouât, et, avant deux heures, il arrivait à l'embouchure, à quelques pas des Cheminées.

V

AMÉNAGEMENT DES CHEMINÉES – L'IMPORTANTE QUESTION DU FEU – LA BOÎTE D'ALLUMETTES – RECHERCHE SUR LA PLAGE – RETOUR DU REPORTER ET DE NAB – UNE SEULE ALLUMETTE ! – LE FOYER PÉTILLANT – LE PREMIER SOUPER – LA PREMIÈRE NUIT À TERRE

Le premier soin de Pencroff, dès que le train de bois eut été déchargé, fut de rendre les Cheminées habitables, en obstruant ceux des couloirs à travers lesquels s'établissait le courant d'air. Du sable, des pierres, des branches entrelacées, de la terre mouillée bouchèrent hermétiquement les galeries de l'&, ouvertes aux vents du sud, et en isolèrent la boucle supérieure. Un seul boyau, étroit et sinueux, qui s'ouvrait sur la partie latérale, fut aménagé, afin de conduire la fumée au-dehors et de provoquer le tirage du foyer. Les Cheminées se trouvaient ainsi divisées en trois ou quatre chambres, si toutefois on peut donner ce nom à autant de tanières sombres, dont un fauve se fût à peine contenté. Mais on y était au sec, et l'on pouvait s'y tenir debout, du moins dans la principale de ces chambres, qui occupait le centre. Un sable fin en couvrait le sol, et, tout compte fait, on pouvait s'en arranger, en attendant mieux.

Tout en travaillant, Harbert et Pencroff causaient.

— Peut-être, disait Harbert, nos compagnons auront-ils trouvé une meilleure installation que la nôtre ?

— C'est possible, répondait le marin, mais, dans le doute, ne t'abstiens pas ! Mieux vaut une corde de trop à son arc que pas du tout de corde !

— Ah ! répétait Harbert, qu'ils ramènent monsieur Smith, qu'ils le retrouvent, et nous n'aurons plus qu'à remercier le Ciel !

— Oui ! murmurait Pencroff. C'était un homme celui-là, et un vrai !

— C'était... dit Harbert. Est-ce que tu désespères de le revoir jamais ?

— Dieu m'en garde ! répondit le marin.

Le travail d'appropriation fut rapidement exécuté, et Pencroff s'en déclara très satisfait.

— Maintenant, dit-il, nos amis peuvent revenir. Ils trouveront un abri suffisant.

Restait à établir le foyer et à préparer le repas. Besogne simple et facile, en vérité. De larges pierres plates furent disposées au fond du premier couloir de gauche, à l'orifice de l'étroit boyau qui avait été réservé. Ce que la fumée n'entraînerait pas de chaleur au-dehors suffirait évidemment à maintenir une température convenable au-dedans. La provision de bois fut emmagasinée dans l'une des chambres, et le marin plaça sur les pierres du foyer quelques bûches, entremêlées de menu bois.

Le marin s'occupait de ce travail, quand Harbert lui demanda s'il avait des allumettes.

— Certainement, répondit Pencroff, et j'ajouterai : heureusement, car, sans allumettes ou sans amadou, nous serions fort embarrassés !

— Nous pourrions toujours faire du feu comme les sauvages, répondit Harbert, en frottant deux morceaux de bois secs l'un contre l'autre.

— Eh bien, essayez, mon garçon, et nous verrons si vous arriverez à autre chose qu'à vous rompre les bras !

— Cependant, c'est un procédé très simple et très usité dans les îles du Pacifique.

— Je ne dis pas non, répondit Pencroff, mais il faut croire que les sauvages connaissent la manière de s'y prendre, ou qu'ils emploient un bois particulier, car, plus d'une fois déjà, j'ai voulu me procurer du feu de cette façon, et je n'ai jamais pu y parvenir ! J'avoue donc que je préfère les allumettes ! Où sont mes allumettes ?

Pencroff chercha dans sa veste la boîte qui ne le quittait jamais, car il était un fumeur acharné. Il ne la trouva pas. Il fouilla les poches de son pantalon, et, à sa stupéfaction profonde, il ne trouva point davantage la boîte en question.

— Voilà qui est bête, et plus que bête ! dit-il en regardant Harbert. Cette boîte sera tombée de ma poche, et je l'ai perdue ! Mais, vous, Harbert, est-ce que vous n'avez rien, ni briquet ni quoi que ce soit qui puisse servir à faire du feu ?

— Non, Pencroff !

Le marin sortit, suivi du jeune garçon, en se grattant le front avec vivacité.

Sur le sable, dans les roches, près de la berge de la rivière, tous deux cherchèrent avec le plus grand soin, mais inutilement. La boîte était en cuivre et n'eût point échappé à leurs yeux.

— Pencroff, demanda Harbert, n'as-tu pas jeté cette boîte hors de la nacelle?

— Je m'en suis bien gardé, répondit le marin. Mais, quand on a été secoués comme nous venons de l'être, un si mince objet peut avoir disparu. Ma pipe, elle-même, m'a bien quitté! Satanée boîte! Où peut-elle être?

— Eh bien, la mer se retire, dit Harbert, courons à l'endroit où nous avons pris terre.

Il était peu probable qu'on retrouvât cette boîte que les lames avaient dû rouler au milieu des galets, à marée haute, mais il était bon de tenir compte de cette circonstance. Harbert et Pencroff se dirigèrent rapidement vers le point où ils avaient atterri la veille, à deux cents pas environ des Cheminées.

Là, au milieu des galets, dans le creux des roches, les recherches furent faites minutieusement. Résultat nul. Si la boîte était tombée en cet endroit, elle avait dû être entraînée par les flots. A mesure que la mer se retirait, le marin fouillait tous les interstices des roches, sans rien trouver. C'était une perte grave dans la circonstance, et, pour le moment, irréparable.

Pencroff ne cacha point son désappointement très vif. Son front s'était fortement plissé. Il ne prononçait pas une seule parole. Harbert voulut le consoler en faisant observer que, très probablement, les allumettes auraient été mouillées par l'eau de mer, et qu'il eût été impossible de s'en servir.

— Mais non, mon garçon, répondit le marin. Elles étaient dans une boîte en cuivre qui fermait bien! Et maintenant, comment faire?

— Nous trouverons certainement moyen de nous procurer du feu, dit Harbert. Monsieur Smith ou monsieur Spilett ne seront pas à court comme nous!

— Oui, répondit Pencroff, mais, en attendant, nous sommes sans feu, et nos compagnons ne trouveront qu'un triste repas à leur retour !

— Mais, dit vivement Harbert, il n'est pas possible qu'ils n'aient ni amadou ni allumettes !

— J'en doute, répondit le marin en secouant la tête. D'abord Nab et monsieur Smith ne fument pas, et je crains bien que monsieur Spilett n'ait plutôt conservé son carnet que sa boîte d'allumettes !

Harbert ne répondit pas. La perte de la boîte était évidemment un fait regrettable. Toutefois, le jeune garçon comptait bien que l'on se procurerait du feu d'une manière ou d'une autre. Pencroff, plus expérimenté, et bien qu'il ne fût point homme à s'embarrasser de peu ni de beaucoup, n'en jugeait pas ainsi. En tout cas, il n'y avait qu'un parti à prendre : attendre le retour de Nab et du reporter. Mais il fallait renoncer au repas d'œufs durcis qu'il voulait leur préparer, et le régime de chair crue ne lui semblait, ni pour eux, ni pour lui-même, une perspective agréable.

Avant de retourner aux Cheminées, le marin et Harbert, dans le cas où le feu leur manquerait définitivement, firent une nouvelle récolte de lithodomes, et ils reprirent silencieusement le chemin de leur demeure.

Pencroff, les yeux fixés à terre, cherchait toujours son introuvable boîte. Il remonta même la rive gauche de la rivière depuis son embouchure jusqu'à l'angle où le train de bois avait été amarré. Il revint sur le plateau supérieur, il le parcourut en tous sens, il chercha dans les hautes herbes sur la lisière de la forêt — le tout vainement.

Il était cinq heures du soir, quand Harbert et lui rentrèrent aux Cheminées. Inutile de dire que les couloirs furent fouillés jusque dans leurs plus sombres coins, et qu'il fallut y renoncer décidément.

Vers six heures, au moment où le soleil disparaissait derrière les hautes terres de l'ouest, Harbert, qui allait et venait sur la grève, signala le retour de Nab et de Gédéon Spilett.

Ils revenaient seuls!... Le jeune garçon éprouva un inexprimable serrement de cœur. Le marin ne s'était point trompé dans ses pressentiments. L'ingénieur Cyrus Smith n'avait pu être retrouvé!

Le reporter, en arrivant, s'assit sur une roche, sans mot dire. Épuisé de fatigue, mourant de faim, il n'avait pas la force de prononcer une parole!

Quant à Nab, ses yeux rougis prouvaient combien il avait pleuré, et de nouvelles larmes qu'il ne put retenir dirent trop clairement qu'il avait perdu tout espoir!

Le reporter fit le récit des recherches tentées pour retrouver Cyrus Smith. Nab et lui avaient parcouru la côte sur un espace de plus de huit milles, et, par conséquent, bien au-delà du point où s'était effectuée l'avant-dernière chute du ballon, chute qui avait été suivie de la disparition de l'ingénieur et du chien Top. La grève était déserte. Nulle trace, nulle empreinte. Pas un caillou fraîchement retourné, pas un indice sur le sable, pas une marque d'un pied humain sur toute cette partie du littoral. Il était évident qu'aucun habitant ne fréquentait cette portion de la côte. La mer était aussi déserte que le rivage, et c'était là, à quelques centaines de pieds de la côte, que l'ingénieur avait trouvé son tombeau.

En ce moment, Nab se leva, et d'une voix qui dénotait combien les sentiments d'espoir résistaient en lui:

— Non! s'écria-t-il, non! Il n'est pas mort! Non! cela n'est pas! Lui! allons donc! Moi, n'importe quel autre, possible! mais lui! jamais. C'est un homme à revenir de tout!...

Puis, la force l'abandonnant:

— Ah! je n'en puis plus! murmura-t-il.

Harbert courut à lui.

— Nab, dit le jeune garçon, nous le retrouverons! Dieu nous le rendra! Mais en attendant, vous avez faim! Mangez, mangez un peu, je vous en prie!

Et, ce disant, il offrait au pauvre Nègre quelques poignées de coquillages, maigre et insuffisante nourriture!

Nab n'avait pas mangé depuis bien des heures, mais il refusa. Privé de son maître, Nab ne pouvait ou ne voulait plus vivre!

Quant à Gédéon Spilett, il dévora ces mollusques; puis, il se coucha sur le sable au pied d'une roche. Il était exténué, mais calme.

Alors, Harbert s'approcha de lui, et, lui prenant la main:

— Monsieur, dit-il, nous avons découvert un abri où vous serez mieux qu'ici. Voici la nuit qui vient. Venez vous reposer! Demain, nous verrons...

Le reporter se leva, et, guidé par le jeune garçon, il se dirigea vers les Cheminées.

En ce moment, Pencroff s'approcha de lui, et, du ton le plus naturel, il lui demanda si, par hasard, il n'aurait pas sur lui une allumette.

Le reporter s'arrêta, chercha dans ses poches, n'y trouva rien et dit:

— J'en avais, mais j'ai dû tout jeter...

Le marin appela Nab alors, lui fit la même demande, et reçut la même réponse.

— Malédiction! s'écria le marin, qui ne put retenir ce mot.

Le reporter l'entendit, et, allant à Pencroff:

— Pas une allumette? dit-il.

— Pas une, et par conséquent pas de feu!

— Ah! s'écria Nab, s'il était là, mon maître, il saurait bien vous en faire!

Les quatre naufragés restèrent immobiles et se regardèrent, non sans inquiétude. Ce fut Harbert qui le premier rompit le silence, en disant :

— Monsieur Spilett, vous êtes fumeur, vous avez toujours des allumettes sur vous ! Peut-être n'avez-vous pas bien cherché ? Cherchez encore ! Une seule allumette nous suffirait !

Le reporter fouilla de nouveau ses poches de pantalon, de gilet, de paletot, et enfin, à la grande joie de Pencroff, non moins qu'à son extrême surprise, il sentit un petit morceau de bois engagé dans la doublure de son gilet. Ses doigts avaient saisi ce petit morceau de bois à travers l'étoffe, mais ils ne pouvaient le retirer. Comme ce devait être une allumette, et une seule, il s'agissait de ne point en érailler le phosphore.

— Voulez-vous me laisser faire ? lui dit le jeune garçon.

Et fort adroitement, sans le casser, il parvint à retirer ce petit morceau de bois, ce misérable et précieux fétu, qui, pour ces pauvres gens, avait une si grande importance ! Il était intact.

— Une allumette ! s'écria Pencroff ! Ah ! c'est comme si nous en avions une cargaison tout entière !

Il prit l'allumette, et, suivi de ses compagnons, il regagna les Cheminées.

Ce petit morceau de bois, que dans les pays habités on prodigue avec tant d'indifférence, et dont la valeur est nulle, il fallait ici s'en servir avec une extrême précaution. Le marin s'assura qu'il était bien sec. Puis, cela fait :

— Il faudrait du papier, dit-il.

— En voici, répondit Gédéon Spilett, qui, après quelque hésitation, déchira une feuille de son carnet.

Pencroff prit le morceau de papier que lui tendait le reporter, et il s'accroupit devant le foyer. Là, quelques poignées d'herbes, de feuilles et de mousses sèches furent placées sous les fagots et disposées de manière que l'air pût circuler aisément et enflammer rapidement le bois mort.

Alors, Pencroff plia le morceau de papier en forme de cornet, ainsi que font les fumeurs de pipe par les grands vents, puis, il l'introduisit entre les mousses. Prenant ensuite un galet légèrement raboteux, il l'essuya avec soin, et, non sans que le cœur lui battît, il frotta doucement l'allumette en retenant sa respiration.

Le premier frottement ne produisit aucun effet. Pencroff n'avait pas appuyé assez vivement, craignant d'érailler le phosphore.

— Non, je ne pourrai pas, dit-il, ma main tremble... L'allumette raterait... Je ne peux pas... je ne veux pas !...

Et se relevant, il chargea Harbert de le remplacer.

Certes, le jeune garçon n'avait de sa vie été aussi impressionné. Le cœur lui battait fort. Prométhée allant dérober le feu du ciel ne devait pas être plus ému ! Il n'hésita pas, cependant, et frotta rapidement le galet. Un petit grésillement se fit entendre et une légère flamme bleuâtre jaillit en produisant une fumée âcre. Harbert retourna doucement l'allumette, de manière à alimenter la flamme, puis, il la glissa dans le cornet de papier. Le papier prit feu en quelques secondes, et les mousses brûlèrent aussitôt.

Quelques instants plus tard, le bois sec craquait, et une joyeuse flamme, activée par le vigoureux souffle du marin, se développait au milieu de l'obscurité.

— Enfin, s'écria Pencroff en se relevant, je n'ai jamais été si ému de ma vie !

Il est certain que ce feu faisait bien sur le foyer de pierres plates. La fumée s'en allait facilement par l'étroit conduit, la cheminée tirait, et une agréable chaleur ne tarda pas à se répandre.

Quant à ce feu, il fallait prendre garde de ne plus le laisser éteindre, et conserver toujours quelque braise sous la cendre. Mais ce n'était qu'une affaire de soin et d'attention, puisque le bois ne manquait pas, et que la provision pourrait toujours être renouvelée en temps utile.

Pencroff songea tout d'abord à utiliser le foyer, en préparant un souper plus nourrissant qu'un plat de lithodomes. Deux douzaines d'œufs furent apportées par Harbert. Le reporter, accoté dans un coin, regardait ces apprêts sans rien dire. Une triple pensée tendait son esprit. « Cyrus vit-il encore ? S'il vit, où peut-il être ? S'il a survécu à sa chute, comment expliquer qu'il n'ait pas trouvé le moyen de faire connaître son existence ? » Quant à Nab, il rôdait sur la grève. Ce n'était plus qu'un corps sans âme.

Pencroff, qui connaissait cinquante-deux manières d'accommoder les œufs, n'avait pas le choix en ce moment. Il dut se contenter de les introduire dans les cendres chaudes et de les laisser durcir à petit feu.

En quelques minutes, la cuisson fut opérée, et le marin invita le reporter à prendre sa part du souper. Tel fut le premier repas des naufragés sur cette côte inconnue. Ces œufs durcis étaient excellents, et, comme l'œuf contient tous les éléments indispensables à la nourriture de l'homme, ces pauvres gens s'en trouvèrent fort bien et se sentirent réconfortés.

Ah ! si l'un d'eux n'eût pas manqué à ce repas ! Si les cinq prisonniers échappés de Richmond eussent été tous là, sous ces roches amoncelées, devant ce feu pétillant et clair, sur ce sable sec, peut-être n'auraient-ils eu que des actions de grâces à rendre au Ciel ! Mais le plus ingénieux, le plus savant aussi, celui qui était leur chef incontesté, Cyrus Smith, manquait, hélas ! et son corps n'avait pu même obtenir une sépulture !

Ainsi se passa cette journée du 25 mars. La nuit était venue. On entendait au-dehors le vent siffler et le ressac monotone battre la côte. Les galets, poussés et ramenés par les lames, roulaient avec un fracas assourdissant.

Le reporter s'était retiré au fond d'un obscur couloir, après avoir sommairement noté les incidents de ce jour : la première apparition de cette terre nouvelle, la disparition de l'ingénieur, l'exploration de la côte, l'incident des allumettes, etc.; et, la fatigue aidant, il parvint à trouver quelque repos dans le sommeil.

Harbert, lui, s'endormit bientôt. Quant au marin, veillant d'un œil, il passa la nuit près du foyer, auquel il n'épargna pas le combustible.

Un seul des naufragés ne reposa pas dans les Cheminées. Ce fut l'inconsolable, le désespéré Nab, qui, cette nuit tout entière, et malgré ce que lui dirent ses compagnons pour l'engager à prendre du repos, erra sur la grève en appelant son maître !

VI

L'INVENTAIRE DES NAUFRAGÉS — RIEN — LE LINGE BRÛLE — UNE EXCURSION DANS LA FORÊT — LA FLORE DES ARBRES VERTS — LE JACAMAR EN FUITE — TRACE DE BÊTES FAUVES — LES COUROUCOUS — LES TÉTRAS — UNE SINGULIÈRE PÊCHE À LA LIGNE

L'inventaire des objets possédés par ces naufragés de l'air, jetés sur une côte qui paraissait être inhabitée, sera promptement établi.

Ils n'avaient rien, sauf les habits qu'ils portaient au moment de la catastrophe. Il faut cependant mentionner un carnet et une montre que Gédéon Spilett avait conservée par mégarde sans doute, mais pas une arme, pas un outil, pas même un couteau de poche. Les passagers de la nacelle avaient tout jeté au-dehors pour alléger l'aérostat.

Les héros imaginaires de Daniel de Foé ou de Wyss, aussi bien que les Selkirk et les Raynal, naufragés à Juan-Fernandez ou à l'archipel des Auckland, ne furent jamais dans un dénuement aussi absolu. Ou ils tiraient des ressources abondantes de leur navire échoué, soit en graines, en bestiaux, en outils, en munitions, ou bien quelque épave arrivait à la côte qui leur permettait de subvenir aux premiers besoins de la vie. Ils ne se trouvaient pas tout d'abord absolument désarmés en face de la nature. Mais ici, pas un instrument quelconque, pas un ustensile. De rien, il leur faudrait arriver à tout !

Et si encore Cyrus Smith eût été avec eux, si l'ingénieur eût pu mettre sa science pratique, son esprit inventif, au service de cette situation, peut-être tout espoir n'eût-il pas été perdu ! Hélas ! il ne fallait plus compter revoir Cyrus Smith. Les naufragés ne devaient rien attendre que d'eux-mêmes, et de cette Providence qui n'abandonne jamais ceux dont la foi est sincère.

Mais, avant tout, devaient-ils s'installer sur cette partie de la côte, sans chercher à savoir à quel continent elle appartenait, si elle était habitée, ou si ce littoral n'était que le rivage d'une île déserte ?

C'était une question importante à résoudre et dans le plus bref délai. De sa solution sortiraient les mesures à prendre. Toutefois, suivant l'avis de Pencroff, il parut convenable d'attendre quelques jours avant d'entreprendre une exploration. Il fallait, en effet, préparer des vivres et se procurer une alimentation plus fortifiante que celle uniquement due à des œufs ou des mollusques. Les explorateurs, exposés à supporter de longues fatigues, sans un abri pour y reposer leur tête, devaient, avant tout, refaire leurs forces.

Les Cheminées offraient une retraite suffisante provisoirement. Le feu était allumé, et il serait facile de conserver des braises. Pour le moment, les coquillages et les œufs ne manquaient pas dans les rochers et sur la grève. On trouverait bien le moyen de tuer quelques-uns de ces pigeons qui volaient par centaines à la crête du plateau, fût-ce à coups de bâton ou à coups de pierre. Peut-être les arbres de la forêt voisine donneraient-ils des fruits comestibles? Enfin, l'eau douce était là. Il fut donc convenu que, pendant quelques jours, on resterait aux Cheminées, afin de s'y préparer pour une exploration, soit sur le littoral, soit à l'intérieur du pays.

Ce projet convenait particulièrement à Nab. Entêté dans ses idées comme dans ses pressentiments, il n'avait aucune hâte d'abandonner cette portion de la côte, théâtre de la catastrophe. Il ne croyait pas, il ne voulait pas croire à la perte de Cyrus Smith. Non, il ne lui semblait pas possible qu'un tel homme eût fini de cette vulgaire façon, emporté par un coup de mer, noyé dans les flots, à quelques centaines de pas d'un rivage! Tant que les lames n'auraient pas rejeté le corps de l'ingénieur, tant que lui, Nab, n'aurait pas vu de ses yeux, touché de ses mains, le cadavre de son maître, il ne croirait pas à sa mort! Et cette idée s'enracina plus que jamais dans son cœur obstiné. Illusion peut-être, illusion respectable toutefois, que le marin ne voulut pas détruire! Pour lui, il n'était plus d'espoir et l'ingénieur avait bien réellement péri dans les flots, mais avec Nab, il n'y avait pas à discuter. C'était comme le chien qui ne peut quitter la place où est tombé son maître, et sa douleur était telle que, probablement, il ne lui survivrait pas.

Ce matin-là, 26 mars, dès l'aube, Nab avait repris sur la côte la direction du nord, et il était retourné là où la mer, sans doute, s'était refermée sur l'infortuné Smith.

Le déjeuner de ce jour fut uniquement composé d'œufs de pigeon et de lithodomes. Harbert avait trouvé du sel déposé dans le creux des roches par évaporation, et cette substance minérale vint fort à propos.

Ce repas terminé, Pencroff demanda au reporter si celui-ci voulait les accompagner dans la forêt, où Harbert et lui allaient essayer de chasser ! Mais, toute réflexion faite, il était nécessaire que quelqu'un restât, afin d'entretenir le feu, et pour le cas, fort improbable, où Nab aurait besoin d'aide. Le reporter resta donc.

— En chasse, Harbert, dit le marin. Nous trouverons des munitions sur notre route, et nous couperons notre fusil dans la forêt.

Mais, au moment de partir, Harbert fit observer que puisque l'amadou manquait, il serait peut-être prudent de le remplacer par une autre substance.

— Laquelle ? demanda Pencroff.

— Le linge brûlé, répondit le jeune garçon. Cela peut au besoin servir d'amadou.

Le marin trouva l'avis fort sensé. Seulement, il avait l'inconvénient de nécessiter le sacrifice d'un morceau de mouchoir. Néanmoins, la chose en valait la peine, et le mouchoir à grands carreaux de Pencroff fut bientôt réduit, pour une partie, à l'état de chiffon à demi brûlé. Cette matière inflammable fut déposée dans la chambre centrale, au fond d'une petite cavité du roc, à l'abri de tout vent et de toute humidité.

Il était alors neuf heures du matin. Le temps menaçait, et la brise soufflait du sud-est. Harbert et Pencroff tournèrent l'angle des Cheminées, non sans avoir jeté un regard sur la fumée qui se tordait à une pointe de roc ; puis, ils remontèrent la rive gauche de la rivière.

Arrivé à la forêt, Pencroff cassa au premier arbre deux solides branches qu'il transforma en gourdins, et dont Harbert usa la pointe sur une roche. Ah ! que n'eût-il donné pour avoir un couteau ! Puis, les deux chasseurs s'avancèrent dans les hautes herbes, en suivant la berge. A partir du coude qui reportait son cours dans le sud-ouest, la rivière se rétrécissait peu à peu, et ses rives formaient un lit très encaissé recouvert par le double arceau des arbres. Pencroff, afin de ne pas s'égarer, résolut de suivre le cours d'eau qui le ramènerait toujours à son point de départ. Mais la berge n'était pas sans présenter quelques obstacles, ici des arbres dont les branches flexibles se courbaient jusqu'au niveau du courant, là des lianes ou des épines qu'il fallait briser à coups de bâton. Souvent, Harbert se glissait entre les souches brisées avec la prestesse d'un jeune chat, et il disparaissait dans le taillis. Mais Pencroff le rappelait aussitôt en le priant de ne point s'éloigner.

Cependant, le marin observait avec attention la disposition et la nature des lieux. Sur cette rive gauche, le sol était plat et remontait insensiblement vers l'intérieur. Quelquefois humide, il prenait alors une apparence marécageuse. On y sentait tout un réseau sous-jacent de filets liquides qui, par quelque faille souterraine, devaient s'épancher vers la rivière. Quelquefois aussi, un ruisseau coulait à travers le taillis, que l'on traversait sans peine. La rive opposée paraissait être plus accidentée, et la vallée, dont la rivière occupait le thalweg, s'y dessinait plus nettement. La colline, couverte d'arbres disposés par étages, formait un rideau qui masquait le regard. Sur cette rive droite, la marche eût été difficile, car les déclivités s'y abaissaient brusquement, et les arbres, courbés sur l'eau, ne se maintenaient que par la puissance de leurs racines.

Inutile d'ajouter que cette forêt, aussi bien que la côte déjà parcourue, était vierge de toute empreinte humaine. Pencroff n'y remarqua que des traces de quadrupèdes, des passées fraîches d'animaux, dont il ne pouvait reconnaître l'espèce. Très certainement — et ce fut aussi l'opinion d'Harbert —, quelques-unes avaient été laissées par des fauves formidables avec lesquels il y aurait à compter sans doute ; mais nulle part la marque d'une hache sur un tronc d'arbre, ni les restes d'un feu éteint, ni l'empreinte d'un pas ; ce dont on devait se féliciter peut-être, car sur cette terre, en plein Pacifique, la présence de l'homme eût été peut-être plus à craindre qu'à désirer.

Harbert et Pencroff, causant à peine, car les difficultés de la route étaient grandes, n'avançaient que fort lentement, et, après une heure de marche, ils avaient à peine franchi un mille. Jusqu'alors, la chasse n'avait pas été fructueuse. Cependant, quelques oiseaux chantaient et voletaient sous la ramure, et se montraient très farouches, comme si l'homme leur eût instinctivement inspiré une juste crainte. Entre autres volatiles, Harbert signala, dans une partie marécageuse de la forêt, un oiseau à bec aigu et allongé, qui ressemblait anatomiquement à un martin-pêcheur. Toutefois, il se distinguait de ce dernier par son plumage assez rude, revêtu d'un éclat métallique.

— Ce doit être un « jacamar », dit Harbert, en essayant d'approcher l'animal à bonne portée.

— Ce serait bien l'occasion de goûter du jacamar, répondit le marin, si cet oiseau-là était d'humeur à se laisser rôtir !

En ce moment, une pierre, adroitement et vigoureusement lancée par le jeune garçon, vint frapper le volatile à la naissance de l'aile ; mais le coup ne fut pas suffisant, car le jacamar s'enfuit de toute la vitesse de ses jambes et disparut en un instant.

— Maladroit que je suis ! s'écria Harbert.

— Eh non, mon garçon ! répondit le marin. Le coup était bien porté, et plus d'un aurait manqué l'oiseau. Allons ! ne vous dépitez pas ! Nous le rattraperons un autre jour !

L'exploration continua. A mesure que les chasseurs s'avançaient, les arbres, plus espacés, devenaient magnifiques, mais aucun ne produisait de fruits comestibles. Pencroff cherchait vainement quelques-uns de ces précieux palmiers qui se prêtent à tant d'usages de la vie domestique, et dont la présence a été signalée jusqu'au 40e parallèle dans l'hémisphère boréal et jusqu'au 35e seulement dans l'hémisphère austral. Mais cette forêt ne se composait que de conifères, tels que les déodars, déjà reconnus par Harbert, des « douglas », semblables à ceux qui poussent sur la côte nord-ouest de l'Amérique, et des sapins admirables, mesurant cent cinquante pieds de hauteur.

En ce moment, une volée d'oiseaux de petite taille et d'un joli plumage, à queue longue et chatoyante, s'éparpillèrent entre les branches, semant leurs plumes, faiblement attachées, qui couvrirent le sol d'un fin duvet. Harbert ramassa quelques-unes de ces plumes, et, après les avoir examinées :

— Ce sont des « couroucous », dit-il.

— Je leur préférerais une pintade ou un coq de bruyère, répondit Pencroff ; mais enfin, s'ils sont bons à manger ?

— Ils sont bons à manger, et même leur chair est très délicate, reprit Harbert. D'ailleurs, si je ne me trompe, il est facile de les approcher et de les tuer à coups de bâton.

Le marin et le jeune garçon, se glissant entre les herbes, arrivèrent au pied d'un arbre dont les basses branches étaient couvertes de petits oiseaux. Ces couroucous attendaient au passage les insectes qui leur servent de nourriture. On voyait leurs pattes emplumées serrer fortement les pousses moyennes qui leur servaient d'appui.

Les chasseurs se redressèrent alors, et, avec leurs bâtons manœuvrés comme une faux, ils rasèrent des files entières de ces couroucous, qui ne songeaient point à s'envoler et se laissèrent stupidement abattre. Une centaine jonchait déjà le sol, quand les autres se décidèrent à fuir.

— Bien, dit Pencroff, voilà un gibier tout à fait à la portée de chasseurs tels que nous! On le prendrait à la main!

Le marin enfila les couroucous, comme des mauviettes, au moyen d'une baguette flexible, et l'exploration continua. On put observer que le cours d'eau s'arrondissait légèrement, de manière à former un crochet vers le sud, mais ce détour ne se prolongeait vraisemblablement pas, car la rivière devait prendre sa source dans la montagne et s'alimenter de la fonte des neiges qui tapissaient les flancs du cône central.

L'objet particulier de cette excursion était, on le sait, de procurer aux hôtes des Cheminées la plus grande quantité possible de gibier. On ne pouvait dire que le but jusqu'ici eût été atteint. Aussi le marin poursuivait-il activement ses recherches, et maugréait-il quand quelque animal, qu'il n'avait pas même le temps de reconnaître, s'enfuyait entre les hautes herbes. Si encore il avait eu le chien Top! Mais Top avait disparu en même temps que son maître et probablement péri avec lui!

Vers trois heures après midi, de nouvelles bandes d'oiseaux furent entrevues à travers certains arbres, dont ils becquetaient les baies aromatiques, entre autres des genévriers. Soudain, un véritable appel de trompette résonna dans la forêt. Ces étranges et sonores fanfares étaient produites par ces gallinacés que l'on nomme « tétras » aux États-Unis. Bientôt on en vit quelques couples, au plumage varié de fauve et de brun, et à la queue brune. Harbert reconnut les mâles aux deux ailerons pointus, formés par les pennes relevées de leur cou. Pencroff jugea indispensable de s'emparer de l'un de ces gallinacés, gros comme une poule, et dont la chair vaut celle de la gélinotte. Mais c'était difficile, car ils ne se laissaient point approcher. Après plusieurs tentatives infructueuses, qui n'eurent d'autre résultat que d'effrayer les tétras, le marin dit au jeune garçon :

— Décidément, puisqu'on ne peut les tuer au vol, il faut essayer de les prendre à la ligne.

— Comme une carpe ? s'écria Harbert, très surpris de la proposition.

— Comme une carpe, répondit sérieusement le marin.

Pencroff avait trouvé dans les herbes une demi-douzaine de nids de tétras, ayant chacun de deux à trois œufs. Il eut grand soin de ne pas toucher à ces nids, auxquels leurs propriétaires ne pouvaient manquer de revenir. Ce fut autour d'eux qu'il imagina de tendre ses lignes — non des lignes à collets, mais de véritables lignes à hameçon. Il emmena Harbert à quelque distance des nids, et là il prépara ses engins singuliers avec le soin qu'eût apporté un disciple d'Isaac Walton[1]. Harbert suivait ce travail avec un intérêt facile à comprendre, tout en doutant de la réussite. Les lignes furent faites de minces lianes, rattachées l'une à l'autre et longues de quinze à vingt pieds. De grosses épines très fortes, à pointes recourbées, que fournit un buisson d'acacias nains, furent liées aux extrémités des lianes en guise d'hameçon. Quant à l'appât, de gros vers rouges qui rampaient sur le sol en tinrent lieu.

1. Célèbre auteur d'un traité sur la pêche à la ligne.

Cela fait, Pencroff, passant entre les herbes et se dissimulant avec adresse, alla placer le bout de ses lignes armées d'hameçons près des nids de tétras ; puis il revint prendre l'autre bout et se cacha avec Harbert derrière un gros arbre. Tous deux alors attendirent patiemment. Harbert, il faut le dire, ne comptait pas beaucoup sur le succès de l'inventif Pencroff.

Une grande demi-heure s'écoula, mais, ainsi que l'avait prévu le marin, plusieurs couples de tétras revinrent à leurs nids. Ils sautillaient, becquetant le sol, et ne pressentant en aucune façon la présence des chasseurs, qui, d'ailleurs, avaient eu soin de se placer sous le vent des gallinacés.

Certes, le jeune garçon, à ce moment, se sentit intéressé très vivement. Il retenait son souffle, et Pencroff, les yeux écarquillés, la bouche ouverte, les lèvres avancées comme s'il allait goûter un morceau de tétras, respirait à peine.

Cependant, les gallinacés se promenaient entre les hameçons, sans trop s'en préoccuper. Pencroff alors donna de petites secousses qui agitèrent les appâts, comme si les vers eussent été encore vivants.

A coup sûr, le marin, en ce moment, éprouvait une émotion bien autrement forte que celle du pêcheur à la ligne, qui, lui, ne voit pas venir sa proie à travers les eaux.

Les secousses éveillèrent bientôt l'attention des gallinacés, et les hameçons furent attaqués à coups de bec. Trois tétras, très voraces sans doute, avalèrent à la fois l'appât et l'hameçon. Soudain, d'un coup sec, Pencroff « ferra » son engin, et des battements d'aile lui indiquèrent que les oiseaux étaient pris.

— Hurrah ! s'écria-t-il en se précipitant vers ce gibier, dont il se rendit maître en un instant.

Harbert avait battu des mains. C'était la première fois qu'il voyait prendre des oiseaux à la ligne, mais le marin, très modeste, lui affirma qu'il n'en était pas à son coup d'essai, et que, d'ailleurs, il n'avait pas le mérite de l'invention.

— Et en tout cas, ajouta-t-il, dans la situation où nous sommes, il faut nous attendre à en voir bien d'autres !

Les tétras furent attachés par les pattes, et Pencroff, heureux de ne point revenir les mains vides et voyant que le jour commençait à baisser, jugea convenable de retourner à sa demeure.

La direction à suivre était tout indiquée par celle de la rivière, dont il ne s'agissait que de redescendre le cours, et, vers six heures, assez fatigués de leur excursion, Harbert et Pencroff rentraient aux Cheminées.

VII

NAB N'EST PAS ENCORE DE RETOUR — LES RÉFLEXIONS DU REPORTER — LE SOUPER — UNE MAUVAISE NUIT QUI SE PRÉPARE — LA TEMPÊTE EST EFFROYABLE — ON PART DANS LA NUIT — LUTTE CONTRE LA PLUIE ET LE VENT — À HUIT MILLES DU PREMIER CAMPEMENT

Gédéon Spilett, immobile, les bras croisés, était alors sur la grève, regardant la mer dont l'horizon se confondait dans l'est avec un gros nuage noir qui montait rapidement vers le zénith. Le vent était déjà fort, et il fraîchissait avec le déclin du jour. Tout le ciel avait un mauvais aspect, et les premiers symptômes d'un coup de vent se manifestaient visiblement.

Harbert entra dans les Cheminées, et Pencroff se dirigea vers le reporter. Celui-ci, très absorbé, ne le vit pas venir.

— Nous allons avoir une mauvaise nuit, monsieur Spilett! dit le marin. De la pluie et du vent à faire la joie des pétrels[1]!

Le reporter, se retournant alors, aperçut Pencroff, et ces premières paroles furent celles-ci :

— A quelle distance de la côte la nacelle a-t-elle, selon vous, reçu ce coup de mer qui a emporté notre compagnon?

Le marin ne s'attendait pas à cette question. Il réfléchit un instant et répondit :

— A deux encablures, au plus.

— Mais qu'est-ce qu'une encablure? demanda Gédéon Spilett.

— Cent vingt brasses environ ou six cents pieds.

— Ainsi, dit le reporter, Cyrus Smith aurait disparu à douze cents pieds au plus du rivage?

— Environ, répondit Pencroff.

— Et son chien aussi?

— Aussi.

— Ce qui m'étonne, ajouta le reporter, en admettant que notre compagnon ait péri, c'est que Top ait également trouvé la mort, et que ni le corps du chien ni celui de son maître n'aient été rejetés au rivage!

— Ce n'est pas étonnant, avec une mer aussi forte, répondit le marin. D'ailleurs, il se peut que les courants les aient portés plus loin sur la côte.

— Ainsi, c'est bien votre avis que notre compagnon a péri dans les flots? demanda encore une fois le reporter.

— C'est mon avis.

— Mon avis, à moi, dit Gédéon Spilett, sauf ce que je dois à votre expérience, Pencroff, c'est que le double fait de la disparition absolue de Cyrus et de Top, vivants

1. Oiseaux de mer qui se plaisent surtout au milieu des tempêtes.

ou morts, a quelque chose d'inexplicable et d'invraisem-blable.

— Je voudrais penser comme vous, monsieur Spilett, répondit Pencroff. Malheureusement, ma conviction est faite !

Cela dit, le marin revint vers les Cheminées. Un bon feu pétillait sur le foyer. Harbert venait d'y jeter une brassée de bois sec, et la flamme projetait de grandes clartés dans les parties sombres du couloir.

Pencroff s'occupa aussitôt de préparer le dîner. Il lui parut convenable d'introduire dans le menu quelque pièce de résistance, car tous avaient besoin de réparer leurs forces. Les chapelets de couroucous furent conser-vés pour le lendemain, mais on pluma deux tétras, et bientôt, embrochés dans une baguette, les gallinacés rôtissaient devant un feu flambant.

A sept heures du soir, Nab n'était pas encore de retour. Cette absence prolongée ne pouvait qu'inquiéter Pencroff au sujet du Nègre. Il devait craindre ou qu'il lui fût arrivé quelque accident sur cette terre inconnue, ou que le malheureux eût fait quelque coup de déses-poir. Mais Harbert tira de cette absence des consé-quences toutes différentes. Pour lui, si Nab ne revenait pas, c'est qu'il s'était produit une circonstance nouvelle, qui l'avait engagé à prolonger ses recherches. Or, tout ce qui était nouveau ne pouvait l'être qu'à l'avantage de Cyrus Smith. Pourquoi Nab n'était-il pas rentré, si un espoir quelconque ne le retenait pas ? Peut-être avait-il trouvé quelque indice, une empreinte de pas, un reste d'épave qui l'avait mis sur la voie ? Peut-être suivait-il en ce moment une piste certaine ? Peut-être même était-il près de son maître ?...

Ainsi raisonnait le jeune garçon. Ainsi parla-t-il. Ses compagnons le laissèrent dire. Seul, le reporter l'approuvait du geste. Mais, pour Pencroff, ce qui était probable, c'est que Nab avait poussé plus loin que la veille ses recherches sur le littoral, et qu'il ne pouvait encore être de retour.

Cependant, Harbert, très agité par de vagues pressentiments, manifesta plusieurs fois l'intention d'aller au-devant de Nab. Mais Pencroff lui fit comprendre que ce serait là une course inutile, que, dans cette obscurité et par ce déplorable temps, il ne pourrait retrouver les traces de Nab, et que mieux valait attendre. Si le lendemain Nab n'avait pas reparu, Pencroff n'hésiterait pas à se joindre à Harbert pour aller à la recherche de Nab.

Gédéon Spilett approuva l'opinion du marin sur ce point qu'il ne fallait pas se diviser, et Harbert dut renoncer à son projet; mais deux grosses larmes tombèrent de ses yeux.

Le reporter ne put se retenir d'embrasser le généreux enfant.

Le mauvais temps s'était absolument déclaré. Un coup de vent de sud-est passait sur la côte avec une violence sans égale. On entendait la mer, qui baissait alors, mugir contre la lisière des premières roches, au large du littoral. La pluie, pulvérisée par l'ouragan, s'enlevait comme un brouillard liquide. On eût dit des haillons de vapeurs qui traînaient sur la côte, dont les galets bruissaient violemment, comme des tombereaux de cailloux qui se vident. Le sable, soulevé par le vent, se mêlait aux averses et en rendait l'assaut insoutenable. Il y avait dans l'air autant de poussière minérale que de poussière aqueuse. Entre l'embouchure de la rivière et le pan de la muraille, de grands remous tourbillonnaient, et les couches d'air qui s'échappaient de ce maelström, ne trouvant d'autre issue que l'étroite vallée au fond de laquelle se soulevait le cours d'eau, s'y engouffraient avec une irrésistible violence. Aussi la fumée du foyer, repoussée par l'étroit boyau, se rabattait-elle fréquemment, emplissant les couloirs et les rendant inhabitables.

C'est pourquoi, dès que les tétras furent cuits, Pencroff laissa tomber le feu, et ne conserva plus que des braises enfouies sous les cendres.

A huit heures, Nab n'avait pas encore reparu; mais on pouvait admettre maintenant que cet effroyable temps l'avait seul empêché de revenir, et qu'il avait dû chercher refuge dans quelque cavité, pour attendre la fin de la tourmente ou tout au moins le retour du jour. Quant à aller au-devant de lui, à tenter de le retrouver dans ces conditions, c'était impossible.

Le gibier forma l'unique plat du souper. On mangea volontiers de cette viande, qui était excellente. Pencroff et Harbert, dont une longue excursion avait surexcité l'appétit, dévorèrent.

Puis, chacun se retira dans le coin où il avait déjà reposé la nuit précédente, et Harbert ne tarda pas à s'endormir près du marin, qui s'était étendu le long du foyer.

Au-dehors, avec la nuit qui s'avançait, la tempête prenait des proportions formidables. C'était un coup de vent comparable à celui qui avait emporté les prisonniers depuis Richmond jusqu'à cette terre du Pacifique. Tempêtes fréquentes pendant ces temps d'équinoxe, fécondes en catastrophes, terribles surtout sur ce large champ, qui n'oppose aucun obstacle à leur fureur! On comprend donc qu'une côte ainsi exposée à l'est, c'est-à-dire directement aux coups de l'ouragan, et frappée de plein fouet, fût battue avec une force dont aucune description ne peut donner l'idée.

Très heureusement, l'entassement de roches qui formait les Cheminées était solide. C'étaient d'énormes quartiers de granit, dont quelques-uns pourtant, insuffisamment équilibrés, semblaient trembler sur leur base. Pencroff sentait cela, et sous sa main, appuyée aux parois, couraient de rapides frémissements. Mais enfin il se répétait, et avec raison, qu'il n'y avait rien à craindre, et que sa retraite improvisée ne s'effondrerait pas. Toutefois, il entendait le bruit des pierres, détachées du sommet du plateau et arrachées par les remous du vent, qui tombaient sur la grève. Quelques-unes roulaient même à la partie supérieure des Cheminées, ou y volaient en éclats, quand elles étaient projetées perpendiculairement. Deux fois, le marin se releva et vint en rampant à l'orifice du couloir, afin d'observer audehors. Mais ces éboulements, peu considérables, ne constituaient aucun danger, et il reprit sa place devant le foyer, dont les braises crépitaient sous la cendre.

Malgré les fureurs de l'ouragan, le fracas de la tempête, le tonnerre de la tourmente, Harbert dormait profondément. Le sommeil finit même par s'emparer de Pencroff, que sa vie de marin avait habitué à toutes ces violences. Seul, Gédéon Spilett était tenu éveillé par l'inquiétude. Il se reprochait de ne pas avoir accompagné Nab. On a vu que tout espoir ne l'avait pas abandonné. Les pressentiments qui avaient agité Harbert n'avaient pas cessé de l'agiter aussi. Sa pensée était concentrée sur Nab. Pourquoi Nab n'était-il pas revenu? Il se retournait sur sa couche de sable, donnant à peine une vague attention à cette lutte des éléments. Parfois, ses yeux, appesantis par la fatigue, se fermaient un instant, mais quelque rapide pensée les rouvrait presque aussitôt.

Cependant, la nuit s'avançait, et il pouvait être deux heures du matin, quand Pencroff, profondément endormi alors, fut secoué vigoureusement.

— Qu'est-ce? s'écria-t-il, en s'éveillant et en reprenant ses idées avec cette promptitude particulière aux gens de mer.

Le reporter était penché sur lui, et lui disait:

— Écoutez, Pencroff, écoutez!

Le marin prêta l'oreille et ne distingua aucun bruit étranger à celui des rafales.

— C'est le vent, dit-il.

— Non, répondit Gédéon Spilett, en écoutant de nouveau, j'ai cru entendre...

— Quoi ?

— Les aboiements d'un chien !

— Un chien ! s'écria Pencroff, qui se releva d'un bond.

— Oui... des aboiements...

— Ce n'est pas possible ! répondit le marin. Et, d'ailleurs, comment, avec les mugissements de la tempête...

— Tenez... Écoutez... dit le reporter.

Pencroff écouta plus attentivement, et il crut, en effet, dans un instant d'accalmie, entendre des aboiements éloignés.

— Eh bien... ? dit le reporter, en serrant la main du marin.

— Oui... oui !... répondit Pencroff.

— C'est Top ! C'est Top !... s'écria Harbert, qui venait de s'éveiller, et tous trois s'élancèrent vers l'orifice des Cheminées.

Ils eurent une peine extrême à sortir. Le vent les repoussait. Mais enfin, ils y parvinrent, et ne purent se tenir debout qu'en s'accotant contre les roches. Ils regardèrent, ils ne pouvaient parler.

L'obscurité était absolue. La mer, le ciel, la terre se confondaient dans une égale intensité des ténèbres. Il semblait qu'il n'y eût pas un atome de lumière diffuse dans l'atmosphère.

Pendant quelques minutes, le reporter et ses deux compagnons demeurèrent ainsi, comme écrasés par la rafale, trempés par la pluie, aveuglés par le sable. Puis, ils entendirent encore une fois ces aboiements dans un répit de la tourmente, et ils reconnurent qu'ils devaient être assez éloignés.

Ce ne pouvait être que Top qui aboyait ainsi! Mais était-il seul ou accompagné? Il est plus probable qu'il était seul, car, en admettant que Nab fût avec lui, Nab se serait dirigé en toute hâte vers les Cheminées.

Le marin pressa la main du reporter, dont il ne pouvait se faire entendre, et d'une façon qui signifiait: «Attendez!» puis, il rentra dans le couloir.

Un instant après, il ressortait avec un fagot allumé, il le projetait dans les ténèbres, et il poussait des sifflements aigus.

A ce signal, qui était comme attendu, on eût pu le croire, des aboiements plus rapprochés répondirent, et bientôt un chien se précipita dans le couloir. Pencroff, Harbert et Gédéon Spilett y rentrèrent à sa suite.

Une brassée de bois sec fut jetée sur les charbons. Le couloir s'éclaira d'une vive flamme.

— C'est Top! s'écria Harbert.

C'était Top, en effet, un magnifique anglo-normand, qui tenait de ces deux races croisées la vitesse des jambes et la finesse de l'odorat, les deux qualités par excellence du chien courant.

C'était le chien de l'ingénieur Cyrus Smith.

Mais il était seul! Ni son maître ni Nab ne l'accompagnaient!

Cependant, comment son instinct avait-il pu le conduire jusqu'aux Cheminées, qu'il ne connaissait pas? Cela paraissait inexplicable, surtout au milieu de cette nuit noire, et par une telle tempête! Mais, détail plus inexplicable encore, Top n'était ni fatigué, ni épuisé, ni même souillé de vase ou de sable!...

Harbert l'avait attiré vers lui et lui pressait la tête entre ses mains. Le chien se laissait faire et frottait son cou sur les mains du jeune garçon.

— Si le chien est retrouvé, le maître se retrouvera aussi! dit le reporter.

— Dieu le veuille ! répondit Harbert. Partons ! Top nous guidera !

Pencroff ne fit pas une objection. Il sentait bien que l'arrivée de Top pouvait donner un démenti à ses conjectures.

— En route ! dit-il.

Pencroff recouvrit avec soin les charbons du foyer. Il plaça quelques morceaux de bois sous les cendres, de manière à retrouver du feu au retour. Puis, précédé du chien, qui semblait l'inviter à venir par de petits aboiements, et suivi du reporter et du jeune garçon, il s'élança au-dehors, après avoir pris les restes du souper.

La tempête était alors dans toute sa violence, et peut-être même à son maximum d'intensité. La lune, nouvelle alors, et, par conséquent, en conjonction avec le soleil, ne laissait pas filtrer la moindre lueur à travers les nuages. Suivre une route rectiligne devenait difficile. Le mieux était de s'en rapporter à l'instinct de Top. Ce qui fut fait. Le reporter et le jeune garçon marchaient derrière le chien, et le marin fermait la marche. Aucun échange de paroles n'eût été possible. La pluie ne tombait pas très abondamment, car elle se pulvérisait au souffle de l'ouragan, mais l'ouragan était terrible.

Toutefois, une circonstance favorisa très heureusement le marin et ses deux compagnons. En effet, le vent chassait du sud-est, et, par conséquent, il les poussait de dos. Ce sable qu'il projetait avec violence, et qui n'eût pas été supportable, ils le recevaient par-derrière, et, à la condition de ne point se retourner, ils ne pouvaient en être incommodés de façon à gêner leur marche. En somme, ils allaient souvent plus vite qu'ils ne le voulaient, et précipitaient leurs pas afin de ne point être renversés, mais un immense espoir doublait leurs forces, et ce n'était plus à l'aventure, cette fois, qu'ils remontaient le rivage. Ils ne mettaient pas en doute que Nab n'eût retrouvé son maître, et qu'il ne leur eût envoyé le fidèle chien. Mais l'ingénieur était-il vivant, ou Nab ne mandait-il ses compagnons que pour rendre les derniers devoirs au cadavre de l'infortuné Smith ?

Après avoir dépassé le pan coupé de la haute terre dont ils s'étaient prudemment écartés, Harbert, le reporter et Pencroff s'arrêtèrent pour reprendre haleine. Le retour du rocher les abritait contre le vent, et ils respiraient après cette marche d'un quart d'heure, qui avait été plutôt une course.

A ce moment, ils pouvaient s'entendre, se répondre, et le jeune garçon ayant prononcé le nom de Cyrus Smith, Top aboya à petits coups, comme s'il eût voulu dire que son maître était sauvé.

— Sauvé, n'est-ce pas ? répétait Harbert, sauvé, Top ?

Et le chien aboyait comme pour répondre.

La marche fut reprise. Il était environ deux heures et demie du matin. La mer commençait à monter, et, poussée par le vent, cette marée, qui était une marée de syzygie, menaçait d'être très forte. Les grandes lames tonnaient contre la lisière d'écueils, et elles l'assaillaient avec une telle violence, que, très probablement, elles devaient passer par-dessus l'îlot, absolument invisible alors. Cette longue digue ne couvrait donc plus la côte, qui était directement exposée aux chocs du large.

Dès que le marin et ses compagnons se furent détachés du pan coupé, le vent les frappa de nouveau avec une extrême fureur. Courbés, tendant le dos à la rafale, ils marchaient très vite, suivant Top, qui n'hésitait pas sur la direction à prendre. Ils remontaient au nord, ayant sur leur droite une interminable crête de lames, qui déferlait avec un assourdissant fracas, et sur leur gauche une obscure contrée dont il était impossible de saisir l'aspect. Mais ils sentaient bien qu'elle devait être relativement plate, car l'ouragan passait maintenant au-dessus d'eux sans les prendre en retour, effet qui se produisait quand il frappait la muraille de granit.

A quatre heures du matin, on pouvait estimer qu'une distance de cinq milles avait été franchie. Les nuages s'étaient légèrement relevés et ne traînaient plus sur le sol. La rafale, moins humide, se propageait en courants d'air très vifs, plus secs et plus froids. Insuffisamment protégés par leurs vêtements, Pencroff, Harbert et Gédéon Spilett devaient souffrir cruellement, mais pas une plainte ne s'échappait de leurs lèvres. Ils étaient décidés à suivre Top jusqu'où l'intelligent animal voudrait les conduire.

Vers cinq heures, le jour commença à se faire. Au zénith d'abord, où les vapeurs étaient moins épaisses, quelques nuances grisâtres découpèrent le bord des nuages, et bientôt, sous une bande opaque, un trait plus lumineux dessina nettement l'horizon de mer. La crête des lames se piqua légèrement de lueurs fauves, et l'écume se refit blanche. En même temps, sur la gauche, les parties accidentées du littoral commen-çaient à s'estomper confusément, mais ce n'était encore que du gris sur du noir.

A six heures du matin, le jour était fait. Les nuages couraient avec une extrême rapidité dans une zone relativement haute. Le marin et ses compagnons étaient alors à six milles environ des Cheminées. Ils sui-vaient une grève très plate, bordée au large par une lisière de roches dont les têtes seulement émergeaient alors, car on était au plein de la mer. Sur la gauche, la contrée qu'accidentaient quelques dunes hérissées de cardons, offrait l'aspect assez sauvage d'une vaste région sablonneuse. Le littoral était peu découpé, et n'offrait d'autre barrière à l'Océan qu'une chaîne assez irrégulière de monticules. Çà et là, un ou deux arbres grimaçaient, couchés vers l'ouest, les branches projetées dans cette direction. Bien en arrière, dans le sud-ouest, s'arrondissait la lisière de la dernière forêt.

En ce moment, Top donna des signes non équivoques d'agitation. Il allait en avant, revenait au marin, et semblait l'engager à hâter le pas. Le chien avait alors quitté la grève, et, poussé par son admirable instinct, sans montrer une seule hésitation, il s'était engagé entre les dunes.

On le suivit. Le pays paraissait être absolument désert. Pas un être vivant ne l'animait.

La lisière des dunes, fort large, était composée de monticules, et même de collines très capricieusement distribuées. C'était comme une petite Suisse de sable, et il ne fallait rien moins qu'un instinct prodigieux pour s'y reconnaître.

Cinq minutes après avoir quitté la grève, le reporter et ses compagnons arrivaient devant une sorte d'excavation creusée au revers d'une haute dune. Là, Top s'arrêta et jeta un aboiement clair. Spilett, Harbert et Pencroff pénétrèrent dans cette grotte.

Nab était là, agenouillé près d'un corps étendu sur un lit d'herbes...

Ce corps était celui de l'ingénieur Cyrus Smith.

VIII

Nab ne bougea pas. Le marin ne lui jeta qu'un mot.

— Vivant ? s'écria-t-il.

Nab ne répondit pas. Gédéon Spilett et Pencroff
devinrent pâles. Harbert joignit les mains et demeura
immobile. Mais il était évident que le pauvre Nègre,
absorbé dans sa douleur, n'avait ni vu ses compagnons
ni entendu les paroles du marin.

Le reporter s'agenouilla près de ce corps sans mouvement, et posa son oreille sur la poitrine de l'ingénieur,
dont il entrouvrit les vêtements. Une minute — un
siècle ! — s'écoula, pendant qu'il cherchait à surprendre
quelque battement du cœur.

Nab s'était redressé un peu et regardait sans voir.
Le désespoir n'eût pu altérer davantage un visage
d'homme. Nab était méconnaissable, épuisé par
la fatigue, brisé par la douleur. Il croyait son maître
mort.

Gédéon Spilett, après une longue et attentive observation, se releva.

— Il vit ! dit-il.

Pencroff, à son tour, se mit à genoux près de Cyrus
Smith ; son oreille saisit aussi quelques battements, et

ses lèvres, quelque souffle qui s'échappait des lèvres de l'ingénieur.

Harbert, sur un mot du reporter, s'élança au-dehors pour chercher de l'eau. Il trouva à cent pas de là un ruisseau limpide, évidemment très grossi par les pluies de la veille, et qui filtrait à travers le sable. Mais rien pour mettre cette eau, pas une coquille dans ces dunes ! Le jeune garçon dut se contenter de tremper son mouchoir dans le ruisseau, et il revint en courant vers la grotte.

Heureusement, ce mouchoir imbibé suffit à Gédéon Spilett, qui ne voulait qu'humecter les lèvres de l'ingénieur. Ces molécules d'eau fraîche produisirent un effet presque immédiat. Un soupir s'échappa de la poitrine de Cyrus Smith, et il sembla même qu'il essayait de prononcer quelques paroles.

— Nous le sauverons ! dit le reporter.

Nab avait repris espoir à ces paroles. Il déshabilla son maître, afin de voir si le corps ne présenterait pas quelque blessure. Ni la tête, ni le torse, ni les membres n'avaient de contusions, pas même d'écorchures, chose surprenante puisque le corps de Cyrus Smith avait dû être roulé au milieu des roches ; les mains elles-mêmes étaient intactes, et il était difficile d'expliquer comment l'ingénieur ne portait aucune trace des efforts qu'il avait dû faire pour franchir la ligne d'écueils.

Mais l'explication de cette circonstance viendrait plus tard. Quand Cyrus Smith pourrait parler, il dirait ce qui s'était passé. Pour le moment, il s'agissait de le rappeler à la vie, et il était probable que des frictions amèneraient ce résultat. C'est ce qui fut fait avec la vareuse du marin. L'ingénieur, réchauffé par ce rude massage, remua légèrement les bras, et sa respiration commença à se rétablir d'une façon plus régulière. Il mourait d'épuisement, et certes, sans l'arrivée du reporter et de ses compagnons, c'en était fait de Cyrus Smith.

— Vous l'avez donc cru mort, votre maître? demanda le marin à Nab.

— Oui! mort! répondit Nab, et si Top ne vous eût pas trouvés, si vous n'étiez pas venus, j'aurais enterré mon maître et je serais mort près de lui!

On voit à quoi avait tenu la vie de Cyrus Smith!

Nab raconta alors ce qui s'était passé. La veille, après avoir quitté les Cheminées dès l'aube, il avait remonté la côte dans la direction du nord-ouest et atteint la partie du littoral qu'il avait déjà visitée.

Là, sans aucun espoir, il l'avouait, Nab avait cherché sur le rivage, au milieu des roches, sur le sable, les plus légers indices qui pussent le guider. Il avait examiné surtout la partie de la grève que la haute mer ne recouvrait pas, car, sur sa lisière, le flux et le reflux devaient avoir effacé tout indice. Nab n'espérait plus retrouver son maître vivant. C'était à la découverte d'un cadavre qu'il allait ainsi, un cadavre qu'il voulait ensevelir de ses propres mains!

Nab avait cherché longtemps. Ses efforts demeurèrent infructueux. Il ne semblait pas que cette côte déserte eût jamais été fréquentée par un être humain. Les coquillages, ceux que la mer ne pouvait atteindre — et qui se rencontraient par millions au-delà du relais des marées —, étaient intacts. Pas une coquille écrasée. Sur un espace de deux à trois cents yards[1], il n'existait pas trace d'un atterrissage, ni ancien ni récent.

Nab s'était donc décidé à remonter la côte pendant quelques milles. Il se pouvait que les courants eussent porté un corps sur quelque point plus éloigné. Lorsqu'un cadavre flotte à peu de distance d'un rivage plat, il est bien rare que le flot ne l'y rejette pas tôt ou tard. Nab le savait, et il voulait revoir son maître une dernière fois.

1. Un yard, mesure de longueur anglo-saxonne, vaut 0,914 mètre.

— Je longeai la côte pendant deux milles encore, je visitai toute la ligne des écueils à mer basse, toute la grève à mer haute, et je désespérais de rien trouver, quand hier, vers cinq heures du soir, je remarquai sur le sable des empreintes de pas.

— Des empreintes de pas ? s'écria Pencroff.

— Oui ! répondit Nab.

— Et ces empreintes commençaient aux écueils mêmes ? demanda le reporter.

— Non, répondit Nab, au relais de marée, seulement, car entre les relais et les récifs, les autres avaient dû être effacées.

— Continue, Nab, dit Gédéon Spilett.

— Quand je vis ces empreintes, je devins comme fou. Elles étaient très reconnaissables, et se dirigeaient vers les dunes. Je les suivis pendant un quart de mille, courant, mais prenant garde de les effacer. Cinq minutes après, comme la nuit se faisait, j'entendis les aboiements d'un chien. C'était Top, et Top me conduisit ici même, près de mon maître !

Nab acheva son récit en disant quelle avait été sa douleur en retrouvant ce corps inanimé. Il avait essayé de surprendre en lui quelque reste de vie ! Maintenant qu'il l'avait retrouvé mort, il le voulait vivant ! Tous ses efforts avaient été inutiles ! Il n'avait plus qu'à rendre les derniers devoirs à celui qu'il aimait tant !

Nab avait alors songé à ses compagnons. Ceux-ci voudraient, sans doute, revoir une dernière fois l'infortuné ! Top était là. Ne pouvait-il s'en rapporter à la sagacité de ce fidèle animal ? Nab prononça à plusieurs reprises le nom du reporter, celui des compagnons de l'ingénieur que Top connaissait le plus. Puis, il lui montra le sud de la côte, et le chien s'élança dans la direction qui lui était indiquée.

On sait comment, guidé par un instinct que l'on peut regarder presque comme surnaturel, car l'animal n'avait jamais été aux Cheminées, Top y arriva cependant.

Les compagnons de Nab avaient écouté ce récit avec une extrême attention. Il y avait pour eux quelque chose d'inexplicable à ce que Cyrus Smith, après les efforts qu'il avait dû faire pour échapper aux flots, en traversant les récifs, n'eût pas trace même d'une égratignure. Et ce qui ne s'expliquait pas davantage, c'était que l'ingénieur eût pu gagner, à plus d'un mille de la côte, cette grotte perdue au milieu des dunes.

— Ainsi, Nab, dit le reporter, ce n'est pas toi qui as transporté ton maître jusqu'à cette place ?

— Non, ce n'est pas moi, répondit Nab.

— Il est bien évident que monsieur Smith y est venu seul, dit Pencroff.

— C'est évident, en effet, fit observer Gédéon Spilett, mais ce n'est pas croyable !

On ne pourrait avoir l'explication de ce fait que de la bouche de l'ingénieur. Il fallait pour cela attendre que la parole lui fût revenue. Heureusement, la vie reprenait déjà son cours. Les frictions avaient rétabli la circulation du sang. Cyrus Smith remua de nouveau les bras, puis la tête, et quelques mots incompréhensibles s'échappèrent encore une fois de ses lèvres.

Nab, penché sur lui, l'appelait, mais l'ingénieur ne semblait pas entendre, et ses yeux étaient toujours fermés. La vie ne se révélait en lui que par le mouvement. Les sens n'y avaient encore aucune part.

Pencroff regretta bien de n'avoir pas de feu ni de quoi s'en procurer, car il avait malheureusement oublié d'emporter le linge brûlé qu'il eût facilement enflammé au choc de deux cailloux. Quant aux poches de l'ingénieur, elles étaient absolument vides, sauf celle de son gilet qui contenait sa montre. Il fallait donc transporter

Cyrus Smith aux Cheminées, et le plus tôt possible. Ce fut l'avis de tous.

Cependant, les soins qui furent prodigués à l'ingénieur devaient lui rendre la connaissance plus vite qu'on ne pouvait l'espérer. L'eau dont on humectait ses lèvres le ranimait peu à peu. Pencroff eut aussi l'idée de mêler à cette eau du jus de cette chair de tétras qu'il avait apportée. Harbert, ayant couru jusqu'au rivage, en revint avec deux grandes coquilles de bivalves. Le marin composa une sorte de mixture, et l'introduisit entre les lèvres de l'ingénieur, qui parut humer avidement ce mélange.

Ses yeux s'ouvrirent alors. Nab et le reporter s'étaient penchés sur lui.

— Mon maître ! mon maître ! s'écria Nab.

L'ingénieur l'entendit. Il reconnut Nab et Spilett, puis ses deux autres compagnons, Harbert et le marin, et sa main pressa légèrement les leurs.

Quelques mots s'échappèrent encore de sa bouche, — mots qu'il avait déjà prononcés, sans doute, et qui indiquaient quelles pensées tourmentaient, même alors, son esprit. Ces mots furent compris, cette fois.

— Ile ou continent ? murmura-t-il.

— Ah ! s'écria Pencroff, qui ne put retenir cette exclamation. De par tous les diables, nous nous en moquons bien, pourvu que vous viviez, monsieur Cyrus ! Ile ou continent ? On verra plus tard.

L'ingénieur fit un léger signe affirmatif, et parut s'endormir.

On respecta ce sommeil, et le reporter prit immédiatement ses dispositions pour que l'ingénieur fût transporté dans les meilleures conditions. Nab, Harbert et Pencroff quittèrent la grotte et se dirigèrent vers une haute dune couronnée de quelques arbres rachitiques. Et, chemin faisant, le marin ne pouvait se retenir de répéter :

— Ile ou continent ! Songer à cela quand on n'a plus que le souffle ! Quel homme !

Arrivés au sommet de la dune, Pencroff et ses deux compagnons, sans autres outils que leurs bras, dépouillèrent de ses principales branches un arbre assez malingre, sorte de pin maritime émacié par les vents ; puis de ces branches, on fit une litière qui, une fois recouverte de feuilles et d'herbes, permettrait de transporter l'ingénieur.

Ce fut l'affaire de quarante minutes environ, et il était dix heures quand le marin, Nab et Harbert revinrent auprès de Cyrus Smith, que Gédéon Spilett n'avait pas quitté.

L'ingénieur se réveillait alors de ce sommeil, ou plutôt de cet assoupissement dans lequel on l'avait trouvé. La coloration revenait à ses joues, qui avaient eu jusqu'ici la pâleur de la mort. Il se releva un peu, regarda autour de lui, et sembla demander où il se trouvait.

— Pouvez-vous m'entendre sans vous fatiguer, Cyrus ? dit le reporter.

— Oui, répondit l'ingénieur.

— M'est avis, dit alors le marin, que monsieur Smith vous entendra encore mieux, s'il revient à cette gelée de tétras, — car c'est du tétras, monsieur Cyrus, ajouta-t-il, en lui présentant quelque peu de cette gelée, à laquelle il mêla, cette fois, des parcelles de chair.

Cyrus Smith mâcha ces morceaux du tétras, dor t les restes furent partagés entre ses trois compagnons qui souffraient de la faim, et trouvèrent le déjeuner assez maigre.

— Bon ! fit le marin, les victuailles nous attendent aux Cheminées, car il est bon que vous le sachiez, monsieur Cyrus, nous avons là-bas, dans le sud, une maison avec chambres, lits et foyer, et, dans l'office, quelques douzaines d'oiseaux que notre Harbert appelle des cou-roucous. Votre litière est prête, et, dès que vous vous en sentirez la force, nous vous transporterons à notre demeure.

— Merci, mon ami, répondit l'ingénieur, encore une heure ou deux, et nous pourrons partir... Et maintenant, parlez, Spilett.

Le reporter fit alors le récit de ce qui s'était passé. Il raconta ces événements que devait ignorer Cyrus Smith, la dernière chute du ballon, l'atterrissage sur cette terre inconnue, qui semblait déserte, quelle qu'elle fût, soit une île soit un continent, la découverte des Cheminées, les recherches entreprises pour retrouver l'ingénieur, le dévouement de Nab, tout ce qu'on devait à l'intelligence du fidèle Top, etc.

— Mais, demanda Cyrus Smith d'une voix encore affaiblie, vous ne m'avez donc pas ramassé sur la grève ?

— Non, répondit le reporter.

— Et ce n'est pas vous qui m'avez rapporté dans cette grotte ?

— Non.

— A quelle distance cette grotte est-elle donc des récifs ?

— A un demi-mille environ, répondit Pencroff, et si vous êtes étonné, monsieur Cyrus, nous ne sommes pas moins surpris nous-mêmes de vous voir en cet endroit !

— En effet, répondit l'ingénieur, qui se ranimait peu à peu et prenait intérêt à ces détails, en effet, voilà qui est singulier !

— Mais, reprit le marin, pouvez-vous nous dire ce qui s'est passé après que vous avez été emporté par le coup de mer ?

Cyrus Smith rappela ses souvenirs. Il savait peu de choses. Le coup de mer l'avait arraché du filet de l'aérostat. Il s'enfonça d'abord à quelques brasses de profondeur. Revenu à la surface de la mer, dans cette demi-obscurité, il sentit un être vivant s'agiter près de lui. C'était Top, qui s'était précipité à son secours. En levant les yeux, il n'aperçut plus le ballon, qui, délesté de son poids et de celui du chien, était reparti comme une flèche. Il se vit, au milieu de ces flots courroucés, à une distance de la côte qui ne devait pas être inférieure à un demi-mille. Il tenta de lutter contre les lames en nageant avec vigueur. Top le soutenait par ses vêtements; mais un courant de foudre le saisit, le poussa vers le nord, et, après une demi-heure d'efforts, il coula, entraînant Top avec lui dans l'abîme. Depuis ce moment jusqu'au moment où il venait de se retrouver dans les bras de ses amis, il n'avait plus souvenir de rien.

— Cependant, reprit Pencroff, il faut que vous ayez été lancé sur le rivage, et que vous ayez eu la force de marcher jusqu'ici, puisque Nab a retrouvé les empreintes de vos pas!

— Oui... il le faut... répondit l'ingénieur en réfléchissant. Et vous n'avez pas vu trace d'êtres humains sur cette côte?

— Pas trace, répondit le reporter. D'ailleurs, si par hasard quelque sauveur se fût rencontré là, juste à point, pourquoi vous aurait-il abandonné après vous avoir arraché aux flots?

— Vous avez raison, mon cher Spilett. Dis-moi, Nab, ajouta l'ingénieur en se tournant vers son serviteur, ce n'est pas toi qui... tu n'aurais pas eu un moment d'absence... pendant lequel... Non, c'est absurde... Est-ce qu'il existe encore quelques-unes de ces empreintes? demanda Cyrus Smith.

— Oui, mon maître, répondit Nab, tenez à l'entrée, sur le revers même de cette dune, dans un endroit abrité du vent et de la pluie. Les autres ont été effacées par la tempête.

— Pencroff, répondit Smith, voulez-vous prendre mes souliers, et voir s'ils s'appliquent absolument à ces empreintes?

Le marin fit ce que demandait l'ingénieur. Harbert et lui, guidés par Nab, allèrent à l'endroit où se trouvaient les empreintes, pendant que Cyrus Smith disait au reporter:

— Il s'est passé là des choses inexplicables!

— Inexplicables, en effet! répondit Gédéon Spilett.

— Mais n'y insistons pas en ce moment, mon cher Spilett, nous en causerons plus tard.

Un instant après, le marin, Nab et Harbert rentraient.

Il n'y avait pas de doute possible. Les souliers de l'ingénieur s'appliquaient exactement aux empreintes conservées. Donc, c'était Cyrus Smith qui les avait laissées sur le sable.

— Allons, dit-il, c'est moi qui aurai éprouvé cette hallucination, cette absence que je mettais au compte de Nab! J'aurai marché comme un somnambule, sans avoir conscience de mes pas, et c'est Top qui, dans son instinct, m'aura conduit ici, après m'avoir arraché des flots... Viens, Top! Viens, mon chien!

Le magnifique animal bondit jusqu'à son maître en aboyant, et les caresses ne lui furent pas épargnées.

On conviendra qu'il n'y avait pas d'autre explication à donner aux faits qui avaient amené le sauvetage de Cyrus Smith, et qu'à Top revenait tout l'honneur de l'affaire.

Vers midi, Pencroff ayant demandé à Cyrus Smith si l'on pouvait le transporter, Cyrus Smith, pour toute réponse, et par un effort qui attestait la volonté la plus énergique, se leva. Mais il dut s'appuyer sur le marin, car il serait tombé.

— Bon! bon! fit Pencroff. La litière de monsieur l'ingénieur!

La litière fut apportée. Les branches transversales avaient été recouvertes de mousses et de longues herbes. On y étendit Cyrus Smith, et l'on se dirigea vers la côte, Pencroff à une extrémité des brancards, Nab à l'autre.

C'étaient huit milles à franchir, mais comme on ne pourrait aller vite et qu'il faudrait peut-être s'arrêter fréquemment, il fallait compter sur un laps de six heures au moins, avant d'avoir atteint les Cheminées.

Le vent était toujours violent, mais heureusement il ne pleuvait plus. Tout couché qu'il fût, l'ingénieur, accoudé sur son bras, observait la côte, surtout dans la partie opposée à la mer. Il ne parlait pas, mais il regardait, et certainement le dessin de cette contrée avec ses accidents de terrain, ses forêts, ses productions diverses, se grava dans son esprit. Cependant, après deux heures de route, la fatigue l'emporta, et il s'endormit sur la litière.

A cinq heures et demie, la petite troupe arrivait au pan coupé, et, un peu après, devant les Cheminées.

Tous s'arrêtèrent, et la litière fut déposée sur le sable. Cyrus Smith dormait profondément et ne se réveilla pas. Pencroff, à son extrême surprise, put alors constater que l'effroyable tempête de la veille avait modifié l'aspect des lieux. Des éboulements assez importants s'étaient produits. De gros quartiers de roche gisaient sur la grève, et un épais tapis d'herbes marines, varechs et algues, couvrait tout le rivage. Il était évident que la mer, passant par-dessus l'îlot, s'était portée jusqu'au pied de l'énorme courtine de granit.

Devant l'orifice des Cheminées, le sol, profondément raviné, avait subi un violent assaut des lames.

Pencroff eut comme un pressentiment qui lui traversa l'esprit. Il se précipita dans le couloir.

Presque aussitôt, il en sortait et demeurait immobile, regardant ses compagnons...

Le feu était éteint. Les cendres noyées n'étaient plus que vase. Le linge brûlé, qui devait servir d'amadou, avait disparu. La mer avait pénétré jusqu'au fond des couloirs, et tout bouleversé, tout détruit à l'intérieur des Cheminées !

IX

CYRUS EST LÀ — LES ESSAIS DE PENCROFF — LE BOIS FROTTÉ — ÎLE OU CONTINENT ? — LES PROJETS DE L'INGÉNIEUR — SUR QUEL POINT DE L'OCÉAN PACIFIQUE ? — EN PLEINE FORÊT — LE PIN PIGNON — UNE CHASSE AU CABIAI — UNE FUMÉE DE BON AUGURE

En quelques mots, Gédéon Spilett, Harbert et Nab furent mis au courant de la situation. Cet accident qui pouvait avoir des conséquences fort graves — du moins Pencroff l'envisageait ainsi — produisit des effets divers sur les compagnons de l'honnête marin.

Nab, tout à la joie d'avoir retrouvé son maître, n'écouta pas, ou plutôt ne voulut pas même se préoccuper de ce que disait Pencroff.

Harbert, lui, parut partager dans une certaine mesure les appréhensions du marin.

Quant au reporter, aux paroles de Pencroff, il répondit simplement :

— Sur ma foi, Pencroff, voilà qui m'est bien égal !

— Mais, je vous répète que nous n'avons plus de feu !

— Peuh !

— Ni aucun moyen de le rallumer.

— Baste !

— Pourtant, monsieur Spilett...

— Est-ce que Cyrus n'est pas là? répondit le reporter. Est-ce qu'il n'est pas vivant, notre ingénieur? Il trouvera bien le moyen de nous faire du feu, lui!

— Et avec quoi?

— Avec rien.

Qu'eût répondu Pencroff? Il n'eût pas répondu, car, au fond, il partageait la confiance que ses compagnons avaient en Cyrus Smith. L'ingénieur était pour eux un microcosme, un composé de toute la science et de toute l'intelligence humaine! Autant valait se trouver avec Cyrus dans une île déserte que sans Cyrus dans la plus industrieuse ville de l'Union. Avec lui, on ne pouvait manquer de rien. Avec lui, on ne pouvait désespérer. On serait venu dire à ces braves gens qu'une éruption volcanique allait anéantir cette terre, que cette terre allait s'enfoncer dans les abîmes du Pacifique, qu'ils eussent imperturbablement répondu : « Cyrus est là! Voyez Cyrus! »

En attendant, toutefois, l'ingénieur était encore plongé dans une nouvelle prostration que le transport avait déterminée, et on ne pouvait faire appel à son ingéniosité en ce moment. Le souper devait nécessairement être fort maigre. En effet, toute la chair de tétras avait été consommée, et il n'existait aucun moyen de faire cuire un gibier quelconque. D'ailleurs, les couroucous qui servaient de réserve avaient disparu. Il fallait donc aviser.

Avant tout, Cyrus Smith fut transporté dans le couloir central. Là, on parvint à lui arranger une couche d'algues et de varechs restés à peu près secs. Le profond sommeil qui s'était emparé de lui ne pouvait que réparer rapidement ses forces, et mieux, sans doute, que ne l'eût fait une nourriture abondante.

La nuit était venue, et, avec elle, la température, modifiée par une saute du vent dans le nord-est, se refroidit sérieusement. Or, comme la mer avait détruit les cloisons établies par Pencroff en certains points des couloirs, des courants d'air s'établirent, qui rendirent les Cheminées peu habitables. L'ingénieur se fût donc trouvé dans des conditions assez mauvaises, si ses compagnons, se dépouillant de leur veste ou de leur vareuse, ne l'eussent soigneusement couvert.

Le souper, ce soir-là, ne se composa que de ces inévitables lithodomes, dont Harbert et Nab firent une ample récolte sur la grève. Cependant, à ces mollusques, le jeune garçon joignit une certaine quantité d'algues comestibles, qu'il ramassa sur de hautes roches dont la mer ne devait mouiller les parois qu'à l'époque des grandes marées. Ces algues, appartenant à la famille des fucacées, étaient des espèces de sargasses qui, sèches, fournissent une matière gélatineuse assez riche en éléments nutritifs. Le reporter et ses compagnons, après avoir absorbé une quantité considérable de lithodomes, sucèrent donc ces sargasses, auxquelles ils trouvèrent un goût très supportable, et il faut dire que, sur les rivages asiatiques, elles entrent pour une notable proportion dans l'alimentation des indigènes.

— N'importe ! dit le marin, il est temps que monsieur Cyrus nous vienne en aide.

Cependant le froid devint très vif, et, par malheur, il n'y avait aucun moyen de le combattre.

Le marin, véritablement vexé, chercha par tous les moyens possibles à se procurer du feu. Nab l'aida même dans cette opération. Il avait trouvé quelques mousses sèches, et, en frappant deux galets, il obtint des étincelles ; mais la mousse, n'étant pas assez inflammable, ne prit pas, et, d'ailleurs, ces étincelles, qui n'étaient que du silex incandescent, n'avaient pas la consistance de celles qui s'échappent du morceau d'acier dans le briquet usuel. L'opération ne réussit donc pas.

Pencroff, bien qu'il n'eût aucune confiance dans le procédé, essaya ensuite de frotter deux morceaux de bois sec l'un contre l'autre, à la manière des sauvages. Certes, le mouvement que Nab et lui se donnèrent, s'il se fût transformé en chaleur, suivant les théories nouvelles, aurait suffi à faire bouillir une chaudière de steamer! Le résultat fut nul. Les morceaux de bois s'échauffèrent, voilà tout, et encore beaucoup moins que les opérateurs eux-mêmes.

Après une heure de travail, Pencroff était en nage, et il jeta les morceaux de bois avec dépit.

— Quand on me fera croire que les sauvages allument du feu de cette façon, dit-il, il fera chaud, même en hiver! J'allumerais plutôt mes bras en les frottant l'un contre l'autre!

Le marin avait tort de nier le procédé. Il est constant que les sauvages enflamment le bois au moyen d'un frottement rapide. Mais toute espèce de bois n'est pas propre à cette opération, et puis, il y a « le coup », suivant l'expression consacrée, et il est probable que Pencroff n'avait pas « le coup ».

La mauvaise humeur de Pencroff ne fut pas de longue durée. Ces deux morceaux de bois rejetés par lui avaient été repris par Harbert, qui s'évertuait à les frotter de plus belle. Le robuste marin ne put retenir un éclat de rire, en voyant les efforts de l'adolescent pour réussir là où, lui, il avait échoué.

— Frottez, mon garçon, frottez! dit-il.

— Je frotte, répondit Harbert en riant, mais je n'ai pas d'autre prétention que de m'échauffer à mon tour au lieu de grelotter, et bientôt j'aurai aussi chaud que toi, Pencroff!

Ce qui arriva. Quoi qu'il en fût, il fallut renoncer, pour cette nuit, à se procurer du feu. Gédéon Spilett répéta une vingtième fois que Cyrus Smith ne serait pas embarrassé pour si peu. Et, en attendant, il s'étendit dans un des couloirs, sur la couche de sable. Harbert, Nab et Pencroff l'imitèrent, tandis que Top dormait aux pieds de son maître.

Le lendemain, 28 mars, quand l'ingénieur se réveilla, vers huit heures du matin, il vit ses compagnons près de lui, qui guettaient son réveil, et, comme la veille, ses premières paroles furent :

— Ile ou continent ?

On le voit, c'était son idée fixe.

— Bon ! répondit Pencrott, nous n'en savons rien, monsieur Smith !

— Vous ne savez pas encore ?...

— Mais nous le saurons, ajouta Pencroff, quand vous nous aurez pilotés dans ce pays.

— Je crois être en état de l'essayer, répondit l'ingénieur, qui, sans trop d'efforts, se leva et se tint debout

— Voilà qui est bon ! s'écria le marin.

— Je mourais surtout d'épuisement, répondit Cyrus Smith. Mes amis, un peu de nourriture, et il n'y paraîtra plus. Vous avez du feu, n'est-ce pas ?

Cette demande n'obtint pas une réponse immédiate. Mais, après quelques instants :

— Hélas ! nous n'avons pas de feu, dit Pencroff, ou plutôt, monsieur Cyrus, nous n'en avons plus !

Et le marin fit le récit de ce qui s'était passé la veille. Il égaya l'ingénieur en lui racontant l'histoire de leur unique allumette, puis sa tentative avortée pour se procurer du feu à la façon des sauvages.

— Nous aviserons, répondit l'ingénieur, et si nous ne trouvons pas une substance analogue à l'amadou...

— Eh bien ? demanda le marin.

— Eh bien, nous ferons des allumettes.

— Chimiques ?

— Chimiques !

— Ce n'est pas plus difficile que cela, s'écria le reporter, en frappant sur l'épaule du marin.

Celui-ci ne trouvait pas la chose si simple, mais il ne protesta pas. Tous sortirent. Le temps était redevenu beau. Un vif soleil se levait sur l'horizon de la mer, et piquait de paillettes d'or les rugosités prismatiques de l'énorme muraille.

Après avoir jeté un rapide coup d'œil autour de lui, l'ingénieur s'assit sur un quartier de roche. Harbert lui offrit quelques poignées de moules et de sargasses, en disant :

— C'est tout ce que nous avons, monsieur Cyrus.

— Merci, mon garçon, répondit Cyrus Smith, cela suffira, pour ce matin du moins.

Et il mangea avec appétit cette maigre nourriture, qu'il arrosa d'un peu d'eau fraîche, puisée à la rivière dans une vaste coquille.

Ses compagnons le regardaient sans parler. Puis, après s'être rassasié tant bien que mal, Cyrus Smith, croisant ses bras, dit :

— Ainsi, mes amis, vous ne savez pas encore si le sort nous a jetés sur un continent ou sur une île ?

— Non, monsieur Cyrus, répondit le jeune garçon.

— Nous le saurons demain, reprit l'ingénieur. Jusque-là, il n'y a rien à faire.

— Si, répliqua Pencroff.

— Quoi donc ?

— Du feu, dit le marin, qui, lui aussi, avait son idée fixe.

— Nous en ferons, Pencroff, répondit Cyrus Smith. Pendant que vous me transportiez, hier, n'ai-je pas aperçu, dans l'ouest, une montagne qui domine cette contrée ?

— Oui, répondit Gédéon Spilett, une montagne qui doit être assez élevée...

— Bien, reprit l'ingénieur. Demain, nous monterons à son sommet, et nous verrons si cette terre est une île ou un continent. Jusque-là, je le répète, rien à faire.

— Si, du feu ! dit encore l'entêté marin.

— Mais on en fera, du feu ! répliqua Gédéon Spilett. Un peu de patience, Pencroff !

Le marin regarda Gédéon Spilett d'un air qui semblait dire : « S'il n'y a que vous pour en faire, nous ne tâterons pas du rôti de sitôt ! » Mais il se tut.

Cependant Cyrus Smith n'avait point répondu. Il semblait fort peu préoccupé de cette question du feu. Pendant quelques instants, il demeura absorbé dans ses réflexions. Puis, reprenant la parole :

— Mes amis, dit-il, notre situation est peut-être déplorable, mais, en tout cas, elle est fort simple. Ou nous sommes sur un continent, et alors, au prix de fatigues plus ou moins grandes, nous gagnerons quelque point habité, ou bien nous sommes sur une île. Dans ce dernier cas, de deux choses l'une : si l'île est habitée, nous verrons à nous tirer d'affaire avec ses habitants ; si elle est déserte, nous verrons à nous tirer d'affaire tout seuls.

— Il est certain que rien n'est plus simple, répondit Pencroff.

— Mais, que ce soit un continent ou une île, demanda Gédéon Spilett, où pensez-vous, Cyrus, que cet ouragan nous ait jetés ?

— Au juste, je ne puis le savoir, répondit l'ingénieur, mais les présomptions sont pour une terre du Pacifique. En effet, quand nous avons quitté Richmond, le vent soufflait du nord-est, et sa violence même prouve que sa direction n'a pas dû varier. Si cette direction s'est maintenue du nord-est au sud-ouest, nous avons traversé les États de la Caroline du Nord, de la Caroline du Sud, de la Géorgie, le golfe du Mexique, le Mexique lui-même, dans sa partie étroite, puis une portion de l'océan Pacifique. Je n'estime pas à moins de six à sept mille milles la distance parcourue par le ballon, et, pour peu que le vent ait varié d'un demi-quart, il a dû nous porter soit sur l'archipel de Mendana, soit sur les Pomotou, soit même, s'il avait une vitesse plus grande que je ne le suppose, jusqu'aux terres de la Nouvelle-Zélande. Si cette dernière hypothèse s'est réalisée, notre rapatriement sera facile. Anglais ou Maoris, nous trouverons toujours à qui parler. Si, au contraire, cette côte appartient à quelque île déserte d'un archipel micronésien, peut-être pourrons-nous le reconnaître du haut de ce cône qui domine la contrée, et alors nous aviserons à nous établir ici, comme si nous ne devions jamais en sortir !

— Jamais ! s'écria le reporter. Vous dites : jamais ! mon cher Cyrus ?

— Mieux vaut mettre les choses au pis tout de suite, répondit l'ingénieur, et ne se réserver que la surprise du mieux.

— Bien dit ! répliqua Pencroff. Et il faut espérer aussi que cette île, si c'en est une, ne sera pas précisément située en dehors de la route des navires ! Ce serait là véritablement jouer de malheur !

— Nous ne saurons à quoi nous en tenir qu'après avoir fait, et avant tout, l'ascension de la montagne, répondit l'ingénieur.

— Mais demain, monsieur Cyrus, demanda Harbert, serez-vous en état de supporter les fatigues de cette ascension ?

— Je l'espère, répondit l'ingénieur, mais à la condition que maître Pencroff et toi, mon enfant, vous vous montriez chasseurs intelligents et adroits.

— Monsieur Cyrus, répondit le marin, puisque vous parlez de gibier, si, à mon retour, j'étais aussi certain de pouvoir le faire rôtir que je suis certain de le rapporter...

101

— Rapportez toujours, Pencroff, répondit Cyrus Smith.

Il fut donc convenu que l'ingénieur et le reporter passeraient la journée aux Cheminées, afin d'examiner le littoral et le plateau supérieur. Pendant ce temps, Nab, Harbert et le marin retourneraient à la forêt, y renouvelleraient la provision de bois, et feraient main basse sur toute bête de plume ou de poil qui passerait a leur portée.

Ils partirent donc, vers dix heures du matin, Harbert confiant, Nab joyeux, Pencroff murmurant à part lui :

— Si, à mon retour, je trouve du feu à la maison, c'est que le tonnerre en personne sera venu l'allumer !

Tous trois remontèrent la berge, et, arrivé au coude que formait la rivière, le marin, s'arrêtant, dit à ses deux compagnons :

— Commençons-nous par être chasseurs ou bûcherons ?

— Chasseurs, répondit Harbert. Voilà déjà Top qui est en quête.

— Chassons donc, reprit le marin ; puis, nous reviendrons ici faire notre provision de bois.

Cela dit, Harbert, Nab et Pencroff, après avoir arraché trois bâtons au tronc d'un jeune sapin, suivirent Top, qui bondissait dans les grandes herbes.

Cette fois, les chasseurs, au lieu de longer le cours de la rivière, s'enfoncèrent plus directement au cœur même de la forêt. C'étaient toujours les mêmes arbres, appartenant pour la plupart à la famille des pins. En de certains endroits, moins pressés, isolés par bouquets, ces pins présentaient des dimensions considérables, et semblaient indiquer, par leur développement, que cette contrée se trouvait plus élevée en latitude que ne le supposait l'ingénieur. Quelques clairières, hérissées de souches rongées par le temps, étaient couvertes de bois mort, et formaient ainsi d'inépuisables réserves de combustible. Puis, la clairière passée, le taillis se resserrait et devenait presque impénétrable.

Se guider au milieu de ces massifs d'arbres, sans aucun chemin frayé, était chose assez difficile. Aussi, le marin, de temps en temps, jalonnait-il sa route en faisant quelques brisées qui devaient être aisément reconnaissables. Mais peut-être avaient-ils tort de ne pas remonter le cours d'eau, ainsi qu'Harbert et lui avaient fait pendant leur première excursion, car, après une heure de marche, pas un gibier ne s'était encore montré. Top, en courant sous les basses ramures, ne donnait l'éveil qu'à des oiseaux qu'on ne pouvait approcher. Les couroucous eux-mêmes étaient absolument invisibles, et il était probable que le marin serait forcé de revenir a cette partie marécageuse de la forêt, dans laquelle il avait si heureusement opéré sa pêche aux tétras.

— Eh! Pencroff, dit Nab d'un ton un peu sarcastique, si c'est là tout le gibier que vous avez promis de rapporter à mon maître, il ne faudra pas grand feu pour le faire rôtir!

— Patience, Nab, répondit le marin, ce n'est pas le gibier qui manquera au retour!

— Vous n'avez donc pas confiance en monsieur Smith?

— Si.

— Mais vous ne croyez pas qu'il fera du feu?

— Je le croirai quand le bois flambera dans le foyer.

— II flambera, puisque mon maître l'a dit!

— Nous verrons!

Cependant, le soleil n'avait pas encore atteint le plus haut point de sa course au-dessus de l'horizon. L'exploration continua donc, et fut utilement marquée par la découverte qu'Harbert fit d'un arbre dont les fruits étaient comestibles. C'était le pin pignon, qui produit une amande excellente, très estimée dans les régions tempérées de l'Amérique et de l'Europe. Ces amandes étaient dans un parfait état de maturité, et Harbert les signala à ses deux compagnons, qui s'en régalèrent.

— Allons, dit Pencroff, des algues en guise de pain, des moules crues en guise de chair, et des amandes pour dessert, voilà bien le dîner de gens qui n'ont plus une seule allumette dans leur poche !

— Il ne faut pas se plaindre, répondit Harbert.

— Je ne me plains pas, mon garçon, répondit Pencroff. Seulement, je répète que la viande est un peu trop économisée dans ce genre de repas !

— Top a vu quelque chose !... s'écria Nab, qui courut vers un fourré au milieu duquel le chien avait disparu en aboyant. Aux aboiements de Top se mêlaient des grognements singuliers.

Le marin et Harbert avaient suivi Nab. S'il y avait là quelque gibier, ce n'était pas le moment de discuter comment on pourrait le faire cuire, mais bien comment on pourrait s'en emparer.

Les chasseurs, à peine entrés dans le taillis, virent Top aux prises avec un animal qu'il tenait par une oreille. Ce quadrupède était une espèce de porc long de deux pieds et demi environ, d'un brun noirâtre mais moins foncé au ventre, ayant un poil dur et peu épais, et dont les doigts, alors fortement appliqués sur le sol, semblaient réunis par des membranes.

Harbert crut reconnaître en cet animal un cabiai, c'est-à-dire un des plus grands échantillons de l'ordre des rongeurs.

Cependant, le cabiai ne se débattait pas contre le chien. Il roulait bêtement ses gros yeux profondément engagés dans une épaisse couche de graisse. Peut-être voyait-il des hommes pour la première fois.

Cependant, Nab, ayant assuré son bâton dans sa main, allait assommer le rongeur, quand celui-ci, s'arrachant aux dents de Top, qui ne garda qu'un bout de son oreille, poussa un vigoureux grognement, se précipita sur Harbert, le renversa à demi, et disparut à travers bois.

— Ah! le gueux! s'écria Pencroff.

Aussitôt tous trois s'étaient lancés sur les traces de Top, et au moment où ils allaient le rejoindre, l'animal disparaissait sous les eaux d'une vaste mare, ombragée par de grands pins séculaires.

Nab, Harbert, Pencroff s'étaient arrêtés, immobiles. Top s'était jeté à l'eau, mais le cabiai, caché au fond de la mare, ne paraissait plus.

— Attendons, dit le jeune garçon, car il viendra bientôt respirer à la surface.

— Ne se noiera-t-il pas? demanda Nab.

— Non, répondit Harbert, puisqu'il a les pieds palmés, et c'est presque un amphibie. Mais guettons-le.

Top était resté à la nage. Pencroff et ses deux compagnons allèrent occuper chacun un point de la berge, afin de couper toute retraite au cabiai, que le chien cherchait en nageant à la surface de la mare.

Harbert ne se trompait pas. Après quelques minutes, l'animal remonta au-dessus des eaux. Top d'un bond fut sur lui, et l'empêcha de plonger à nouveau. Un instant plus tard, le cabiai, traîné jusqu'à la berge, était assommé d'un coup du bâton de Nab.

— Hurrah! s'écria Pencroff, qui employait volontiers ce cri de triomphe. Rien qu'un charbon ardent, et ce rongeur sera rongé jusqu'aux os!

Pencroff chargea le cabiai sur son épaule, et, jugeant à la hauteur du soleil qu'il devait être environ deux heures, il donna le signal du retour.

L'instinct de Top ne fut pas inutile aux chasseurs, qui, grâce à l'intelligent animal, purent retrouver le chemin déjà parcouru. Une demi-heure après, ils arrivaient au coude de la rivière.

Ainsi qu'il l'avait fait la première fois, Pencroff établit rapidement un train de bois, bien que, faute de feu, cela lui semblât une besogne inutile, et, le train suivant le fil de l'eau, on revint vers les Cheminées.

Mais, le marin n'en était pas à cinquante pas qu'il s'arrêtait, poussait un nouveau hurrah formidable, et, tendant la main vers l'angle de la falaise :

— Harbert ! Nab ! Voyez ! s'écriait-il.

Une fumée s'échappait et tourbillonnait au-dessus des roches !

X

UNE INVENTION DE L'INGÉNIEUR — LA QUESTION QUI PRÉOCCUPE CYRUS SMITH — LE DÉPART POUR LA MONTAGNE — LA FORÊT — SOL VOLCANIQUE — LES TRAGOPANS — LES MOUFLONS — LE PREMIER PLATEAU — LE CAMPEMENT POUR LA NUIT — LE SOMMET DU CÔNE

Quelques instants après, les trois chasseurs se trouvaient devant un foyer pétillant. Cyrus Smith et le reporter étaient là. Pencroff les regardait l'un et l'autre, sans mot dire, son cabiai à la main.

— Eh bien, oui, mon brave, s'écria le reporter. Du feu, du vrai feu, qui rôtira parfaitement ce magnifique gibier dont nous nous régalerons tout à l'heure !

— Mais qui a allumé ?... demanda Pencroff.

— Le soleil !

La réponse de Gédéon Spilett était exacte. C'était le soleil qui avait fourni cette chaleur dont s'émerveillait Pencroff. Le marin ne voulait pas en croire ses yeux, et il était tellement ébahi, qu'il ne pensait pas à interroger l'ingénieur.

— Vous aviez donc une lentille, monsieur ? demanda Harbert à Cyrus Smith.

— Non, mon enfant, répondit celui-ci, mais j'en ai fait une.

Et il montra l'appareil qui lui avait servi de lentille. C'étaient tout simplement les deux verres qu'il avait enlevés à la montre du reporter et à la sienne. Après les avoir remplis d'eau et rendu leurs bords adhérents au moyen d'un peu de glaise, il s'était ainsi fabriqué une véritable lentille, qui, concentrant les rayons solaires sur une mousse bien sèche, en avait déterminé la combustion.

Le marin considéra l'appareil, puis il regarda l'ingénieur sans prononcer un mot. Seulement, son regard en disait long ! Si, pour lui, Cyrus Smith n'était pas un dieu, c'était assurément plus qu'un homme. Enfin la parole lui revint, et il s'écria :

— Notez cela, monsieur Spilett, notez cela sur votre papier !

— C'est noté, répondit le reporter.

Puis, Nab aidant, le marin disposa la broche, et le cabiai, convenablement vidé, grilla bientôt, comme un simple cochon de lait, devant une flamme claire et pétillante.

Les Cheminées étaient redevenues plus habitables, non seulement parce que les couloirs s'échauffaient au feu du foyer, mais parce que les cloisons de pierres et de sable avaient été rétablies.

On le voit, l'ingénieur et son compagnon avaient bien employé la journée. Cyrus Smith avait presque entièrement recouvré ses forces, et s'était essayé en montant sur le plateau supérieur. De ce point, son œil, accoutumé à évaluer les hauteurs et les distances, s'était longtemps fixé sur ce cône dont il voulait le lendemain atteindre la cime. Le mont, situé à six milles environ dans le nord-ouest, lui parut mesurer trois mille cinq cents pieds au-dessus du niveau de la mer. Par conséquent, le regard d'un observateur posté à son sommet pourrait parcourir l'horizon dans un rayon de cinquante milles au moins. Il était donc probable que Cyrus Smith résoudrait aisément cette question « de continent ou d'île », à laquelle il donnait, non sans raison, le pas sur toutes les autres.

On soupa convenablement. La chair du cabiai fut déclarée excellente. Les sargasses et les amandes de pin pignon complétèrent ce repas, pendant lequel l'ingénieur parla peu. Il était préoccupé des projets du lendemain.

Une ou deux fois, Pencroff émit quelques idées sur ce qu'il conviendrait de faire, mais Cyrus Smith, qui était évidemment un esprit méthodique, se contenta de secouer la tête.

— Demain, répétait-il, nous saurons à quoi nous en tenir, et nous agirons en conséquence.

Le repas terminé, de nouvelles brassées de bois furent jetées sur le foyer, et les hôtes des Cheminées, y compris le fidèle Top, s'endormirent d'un profond sommeil. Aucun incident ne troubla cette nuit paisible, et le lendemain — 29 mars —, frais et dispos, ils se réveillaient, prêts à entreprendre cette excursion qui devait fixer leur sort.

Tout était prêt pour le départ. Les restes du cabiai pouvaient nourrir pendant vingt-quatre heures encore Cyrus Smith et ses compagnons. D'ailleurs, ils espéraient bien se ravitailler en route. Comme les verres avaient été remis aux montres de l'ingénieur et du reporter, Pencroft brûla un peu de ce linge qui devait servir d'amadou. Quant au silex, il ne devait pas manquer dans ces terrains d'origine plutonienne.

Il était sept heures et demie du matin, quand les explorateurs, armés de bâtons, quittèrent les Cheminées. Suivant l'avis de Pencroff, il parut bon de prendre le chemin déjà parcouru à travers la forêt, quitte à revenir par une autre route. C'était aussi la voie la plus directe pour atteindre la montagne. On tourna donc l'angle sud, et on suivit la rive gauche de la rivière, qui fut abandonnée au point où elle se coudait vers le sud-ouest. Le sentier, déjà frayé sous les arbres verts, fut retrouvé, et, à neuf heures, Cyrus Smith et ses compagnons atteignaient la lisière occidentale de la forêt.

Le sol, jusqu'alors peu accidenté, marécageux d'abord, sec et sablonneux ensuite, accusait une légère pente, qui remontait du littoral vers l'intérieur de la contrée. Quelques animaux, très fuyards, avaient été entrevus sous les futaies. Top les faisait lever lestement, mais son maître le rappelait aussitôt, car le moment n'était pas venu de les poursuivre. Plus tard, on verrait. L'ingénieur n'était point homme à se laisser distraire de son idée fixe. On ne se serait même pas trompé en affirmant qu'il n'observait le pays, ni dans sa configuration ni dans ses productions naturelles. Son seul objectif, c'était ce mont qu'il prétendait gravir, et il y allait tout droit.

A dix heures, on fit une halte de quelques minutes. Au sortir de la forêt, le système orographique de la contrée avait apparu aux regards. Le mont se composait de deux cônes. Le premier, tronqué à une hauteur de deux mille cinq cents pieds environ, était soutenu par de capricieux contreforts, qui semblaient se ramifier comme les griffes d'une immense serre appliquée sur le sol. Entre ces contreforts se creusaient autant de vallées étroites, hérissées d'arbres, dont les derniers bouquets s'élevaient jusqu'à la troncature du premier cône. Toutefois, la végétation paraissait être moins fournie dans la partie de la montagne exposée au nord-est, et on y aper-cevait des zébrures assez profondes, qui devaient être des coulées laviques.

Sur le premier cône reposait un second cône, légère-ment arrondi à sa cime, et qui se tenait un peu de tra-vers. On eût dit un vaste chapeau rond placé sur l'oreille. Il semblait formé d'une terre dénudée, que perçaient en maints endroits des roches rougeâtres.

C'était le sommet de ce second cône qu'il convenait d'atteindre, et l'arête des contreforts devait offrir la meilleure route pour y arriver.

— Nous sommes sur un terrain volcanique, avait dit Cyrus Smith, et ses compagnons, le suivant, commen-cèrent à s'élever peu à peu sur le dos d'un contrefort, qui, par une ligne sinueuse et par conséquent plus aisé-ment franchissable, aboutissait au premier plateau.

Les intumescences étaient nombreuses sur ce sol, que les forces plutoniennes avaient évidemment convul-sionné. Çà et là, blocs erratiques, débris nombreux de basalte, pierres ponces, obsidiennes. Par bouquets iso-lés, s'élevaient de ces conifères, qui, quelques centaines de pieds plus bas, au fond des étroites gorges, formaient d'épais massifs, presque impénétrables aux rayons du soleil.

Pendant cette première partie de l'ascension sur les rampes inférieures, Harbert fit remarquer des empreintes qui indiquaient le passage récent de grands animaux, fauves ou autres.

— Ces bêtes-là ne nous céderont peut-être pas volontiers leur domaine, dit Pencroff.

— Eh bien, répondit le reporter, qui avait déjà chassé le tigre aux Indes et le lion en Afrique, nous verrons à nous en débarrasser. Mais, en attendant, tenons-nous sur nos gardes !

Cependant, on s'élevait peu à peu. La route, accrue par des détours et des obstacles qui ne pouvaient être franchis directement, était longue. Quelquefois aussi, le sol manquait subitement, et l'on se trouvait sur le bord de profondes crevasses qu'il fallait tourner. A revenir ainsi sur ses pas, afin de suivre quelque sentier praticable, c'était du temps employé et des fatigues subies. A midi, quand la petite troupe fit halte pour déjeuner au pied d'un large bouquet de sapins, près d'un petit ruisseau qui s'en allait en cascade, elle se trouvait encore à mi-chemin du premier plateau, qui, dès lors, ne serait vraisemblablement atteint qu'à la nuit tombante. De ce point, l'horizon de mer se développait plus largement; mais sur la droite, le regard, arrêté par le promontoire aigu du sud-est, ne pouvait déterminer si la côte se rattachait par un brusque retour à quelque terre d'arrière-plan. A gauche, le rayon de vue gagnait bien quelques milles au nord; toutefois, dès le nord-ouest, au point qu'occupaient les explorateurs, il était coupé net par l'arête d'un contrefort bizarrement taillé, qui formait comme la puissante culée du cône central. On ne pouvait donc rien pressentir encore de la question que voulait résoudre Cyrus Smith.

A une heure, l'ascension fut reprise. Il fallut biaiser vers le sud-ouest et s'engager de nouveau dans des taillis assez épais. Là, sous le couvert des arbres, voletaient plusieurs couples de gallinacés de la famille des faisans. C'étaient des « tragopans », ornés d'un fanon charnu qui pendait sur leurs gorges, et de deux minces cornes cylindriques, plantées en arrière de leurs yeux. Parmi ces couples, de la taille d'un coq, la femelle était uniformément brune, tandis que le mâle resplendissait sous son plumage rouge, semé de petites larmes blanches. Gédéon Spilett, d'un coup de pierre, adroitement et vigoureusement lancé, tua un de ces tragopans, que Pencroff, affamé par le grand air, ne regarda pas sans quelque convoitise.

Après avoir quitté ce taillis, les ascensionnistes, se faisant la courte échelle, gravirent sur un espace de cent pieds un talus très raide, et atteignirent un étage supérieur, peu fourni d'arbres, dont le sol prenait une apparence volcanique. Il s'agissait alors de revenir vers l'est, en décrivant des lacets qui rendaient les pentes plus praticables, car elles étaient alors fort raides, et chacun devait choisir avec soin l'endroit où se posait son pied. Nab et Harbert tenaient la tête, Pencroff la queue ; entre eux, Cyrus et le reporter. Les animaux qui fréquentaient ces hauteurs — et les traces ne manquaient pas — devaient nécessairement appartenir à ces races, au pied sûr et à l'échine souple, des chamois ou des isards. On en vit quelques-uns, mais ce ne fut pas le nom que leur donna Pencroff, car, à un certain moment :

— Des moutons ! s'écria-t-il.

Tous s'étaient arrêtés à cinquante pas d'une demi-douzaine d'animaux de grande taille, aux fortes cornes courbées en arrière et aplaties vers la pointe, à la toison laineuse, cachée sous de longs poils soyeux de couleur fauve.

Ce n'étaient point des moutons ordinaires, mais une espèce communément répandue dans les régions montagneuses des zones tempérées, à laquelle Harbert donna le nom de mouflons.

— Ont-ils des gigots et des côtelettes ? demanda le marin.

— Oui, répondit Harbert.

— Eh bien, ce sont des moutons ! dit Pencroff.

Ces animaux, immobiles entre les débris de basalte, regardaient d'un œil étonné, comme s'ils voyaient pour la première fois des bipèdes humains. Puis, leur crainte subitement éveillée, ils disparurent en bondissant sur les roches.

— Au revoir ! leur cria Pencroff d'un ton si comique, que Cyrus Smith, Gédéon Spilett, Harbert et Nab ne purent s'empêcher de rire.

L'ascension continua. On pouvait fréquemment observer, sur certaines déclivités, des traces de laves, très capricieusement striées. De petites solfatares coupaient parfois la route suivie par les ascensionnistes, et il fallait en longer les bords. En quelques points, le soufre avait déposé sous la forme de concrétions cristallines, au milieu de ces matières qui précèdent généralement les épanchements laviques, pouzzolanes à grains irréguliers et fortement torréfiés, cendres blanchâtres faites d'une infinité de petits cristaux feldspathiques.

Aux approches du premier plateau, formé par la troncature du cône inférieur, les difficultés de l'ascension furent très prononcées. Vers quatre heures, l'extrême zone des arbres avait été dépassée. Il ne restait plus, çà et là, que quelques pins grimaçants et décharnés, qui devaient avoir la vie dure pour résister, à cette hauteur, aux grands vents du large. Heureusement pour l'ingénieur et ses compagnons, le temps était beau, l'atmosphère tranquille, car une violente brise, à une altitude de trois mille pieds, eût gêné leurs évolutions. La pureté du ciel au zénith se sentait à travers la transparence de l'air. Un calme parfait régnait autour d'eux. Ils ne voyaient plus le soleil, alors caché par le vaste écran du cône supérieur, qui masquait le demi-horizon de l'ouest, et dont l'ombre énorme, s'allongeant jusqu'au littoral, croissait à mesure que l'astre radieux s'abaissait dans sa course diurne. Quelques vapeurs, brumes plutôt que nuages, commençaient à se montrer dans l'est, et se coloraient de toutes les couleurs spectrales sous l'action des rayons solaires.

Cinq cents pieds seulement séparaient alors les explorateurs du plateau qu'ils voulaient atteindre, afin d'y établir un campement pour la nuit, mais ces cinq cents pieds s'accrurent de plus de deux milles par les zigzags qu'il fallut décrire. Le sol, pour ainsi dire, manquait sous le pied. Les pentes présentaient souvent un angle tellement ouvert, que l'on glissait sur les coulées de laves, quand les stries, usées par l'air, n'offraient pas un point d'appui suffisant. Enfin, le soir se faisait peu à peu, et il était presque nuit, quand Cyrus Smith et ses compagnons, très fatigués par une ascension de sept heures, arrivèrent au plateau du premier cône.

Il fut alors question d'organiser le campement et de réparer ses forces, en soupant d'abord, en dormant ensuite. Ce second étage de la montagne s'élevait sur une base de roches, au milieu desquelles on trouva facilement une retraite. Le combustible n'était pas abondant. Cependant, on pouvait obtenir du feu au moyen des mousses et des broussailles sèches qui hérissaient certaines portions du plateau. Pendant que le marin préparait son foyer sur des pierres qu'il disposa à cet usage, Nab et Harbert s'occupèrent bientôt avec leur charge de broussailles. Le briquet fut battu, le linge brûlé recueillit les étincelles du silex, et, sous le souffle de Nab, un feu pétillant se développa, en quelques instants, à l'abri des roches.

Ce feu n'était destiné qu'à combattre la température un peu froide de la nuit, et il ne fut pas employé à la cuisson du faisan, que Nab réservait pour le lendemain. Les restes du cabiai et quelques douzaines d'amandes de pin pignon formèrent les éléments du souper. Il n'était pas encore six heures et demie que tout était terminé.

Cyrus Smith eut alors la pensée d'explorer, dans la demi-obscurité, cette large assise circulaire qui supportait le cône supérieur de la montagne. Avant de prendre quelque repos, il voulait savoir si ce cône pourrait être tourné à sa base, pour le cas où ses flancs, trop déclives, le rendraient inaccessible jusqu'à son sommet. Cette question ne laissait pas de le préoccuper, car il était possible que, du côté où le chapeau s'inclinait, c'est-à-dire vers le nord, le plateau ne fût pas praticable. Or, si la cime de la montagne ne pouvait être atteinte, d'une part, et si, de l'autre, on ne pouvait contourner la base du cône, il serait impossible d'examiner la portion occidentale de la contrée, et le but de l'ascension serait en partie manqué.

Donc, l'ingénieur, sans tenir compte de ses fatigues, laissant Pencroff et Nab organiser la couchée, et Gédéon Spilett noter les incidents du jour, commença à suivre la lisière circulaire du plateau, en se dirigeant vers le nord. Harbert l'accompagnait.

La nuit était belle et tranquille, l'obscurité peu profonde encore. Cyrus Smith et le jeune garçon marchaient l'un près de l'autre, sans parler. En de certains endroits, le plateau s'ouvrait largement devant eux, et ils passaient sans encombre. En d'autres, obstrué par les éboulis, il n'offrait qu'une étroite sente, sur laquelle deux personnes ne pouvaient marcher de front.

Il arriva même qu'après une marche de vingt minutes, Cyrus Smith et Harbert durent s'arrêter. A partir de ce point, le talus des deux cônes affleurait. Plus d'épaulement qui séparât les deux parties de la montagne. La contourner sur des pentes inclinées à près de 70° devenait impraticable.

Mais, si l'ingénieur et le jeune garçon durent renoncer à suivre une direction circulaire, en revanche, la possibilité leur fut alors donnée de reprendre directement l'ascension du cône.

En effet, devant eux s'ouvrait un éventrement profond du massif. C'était l'égueulement du cratère supérieur, le goulot, si l'on veut, par lequel s'échappaient les matières éruptives liquides, à l'époque où le volcan était encore en activité. Les laves durcies, les scories encroûtées formaient une sorte d'escalier naturel, aux marches largement dessinées, qui devaient faciliter l'accès du sommet de la montagne.

Un coup d'œil suffit à Cyrus Smith pour reconnaître cette disposition, et, sans hésiter, suivi du jeune garçon, il s'engagea dans l'énorme crevasse, au milieu d'une obscurité croissante.

C'était encore une hauteur de mille pieds à franchir. Les déclivités intérieures du cratère seraient-elles praticables ? On le verrait bien. L'ingénieur continuerait sa marche ascensionnelle, tant qu'il ne serait pas arrêté. Heureusement, ces déclivités, très allongées et très sinueuses, décrivaient un large pas de vis à l'intérieur du volcan, et favorisaient la marche en hauteur.

Quant au volcan lui-même, on ne pouvait douter qu'il ne fût complètement éteint. Pas une fumée ne s'échappait de ses flancs. Pas une flamme ne se décelait dans les cavités profondes. Pas un grondement, pas un murmure, pas un tressaillement ne sortait de ce puits obscur, qui se creusait peut-être jusqu'aux entrailles du globe. L'atmosphère même, au-dedans de ce cratère, n'était saturée d'aucune vapeur sulfureuse. C'était plus que le sommeil d'un volcan, c'était sa complète extinction.

La tentative de Cyrus Smith devait réussir. Peu à peu, Harbert et lui, en remontant sur les parois internes, virent le cratère s'élargir au-dessus de leur tête. Le rayon de cette portion circulaire du ciel, encadrée par les bords du cône, s'accrut sensiblement. A chaque pas, pour ainsi dire, que firent Cyrus Smith et Harbert, de nouvelles étoiles entrèrent dans le champ de leur vision. Les magnifiques constellations de ce ciel austral resplendissaient. Au zénith, brillaient d'un pur éclat la splendide Antarès du Scorpion, et, non loin, cette β du Centaure que l'on croit être l'étoile la plus rapprochée du globe terrestre. Puis, à mesure que s'évasait le cratère, apparurent Fomalhaut du Poisson, le Triangle austral, et enfin, presque au pôle antarctique du monde, cette étincelante Croix du Sud, qui remplace la Polaire de l'hémisphère boréal.

Il était près de huit heures, quand Cyrus Smith et Harbert mirent le pied sur la crête supérieure du mont, au sommet du cône.

L'obscurité était complète alors, et ne permettait pas au regard de s'étendre sur un rayon de deux milles. La mer entourait-elle cette terre inconnue, ou cette terre se rattachait-elle, dans l'ouest, à quelque continent du Pacifique ? On ne pouvait encore le reconnaître. Vers l'ouest, une bande nuageuse, nettement dessinée à l'horizon, accroissait les ténèbres, et l'œil ne savait découvrir si le ciel et l'eau s'y confondaient sur une même ligne circulaire.

Mais, en un point de cet horizon, une vague lueur parut soudain, qui descendait lentement, à mesure que le nuage montait vers le zénith.

C'était le croissant délié de la lune, déjà près de disparaître. Mais sa lumière suffit à dessiner nettement la ligne horizontale, alors détachée du nuage, et l'ingénieur put voir son image tremblotante se refléter un instant sur une surface liquide.

Cyrus Smith saisit la main du jeune garçon, et, d'une voix grave :

— Une île ! dit-il, au moment où le croissant lunaire s'éteignait dans les flots.

XI

AU SOMMET DU CÔNE — L'INTÉRIEUR DU CRATÈRE — LA MER
TOUT AUTOUR — NULLE TERRE EN VUE — LE LITTORAL À VOL
D'OISEAU — HYDROGRAPHIE ET OROGRAPHIE — L'ÎLE EST-
ELLE HABITÉE ? — BAPTÊME DES BAIES, GOLFES, CAPS,
RIVIÈRES, ETC. — L'ÎLE LINCOLN

Une demi-heure plus tard, Cyrus Smith et Harbert
étaient de retour au campement. L'ingénieur se bornait
à dire à ses compagnons que la terre sur laquelle le
hasard les avait jetés était une île, et que, le lendemain,
on aviserait. Puis, chacun s'arrangea de son mieux pour
dormir, et, dans ce trou de basalte, à une hauteur de
deux mille cinq cents pieds au-dessus du niveau de la
mer, par une nuit paisible, « les insulaires » goûtèrent un
repos profond.

Le lendemain, 30 mars, après un déjeuner sommaire,
dont le tragopan rôti fit tous les frais, l'ingénieur voulut
remonter au sommet du volcan, afin d'observer avec
attention l'île dans laquelle lui et les siens étaient emprisonnés pour la vie peut-être, si cette île était située à
une grande distance de toute terre, ou si elle ne se trouvait pas sur le chemin des navires qui visitent les archipels de l'océan Pacifique. Cette fois, ses compagnons le
suivirent dans cette nouvelle exploration. Eux aussi, ils
voulaient voir cette île à laquelle ils allaient demander
de subvenir à tous leurs besoins.

Il devait être sept heures du matin environ, quand
Cyrus Smith, Harbert, Pencroff, Gédéon Spilett et Nab

quittèrent le campement. Aucun ne paraissait inquiet de la situation qui lui était faite. Ils avaient foi en eux, sans doute, mais il faut observer que le point d'appui de cette foi n'était pas le même chez Cyrus Smith que chez ses compagnons. L'ingénieur avait confiance, parce qu'il se sentait capable d'arracher a cette nature sauvage tout ce qui serait nécessaire à la vie de ses compagnons et à la sienne, et ceux-ci ne redoutaient rien, précisément parce que Cyrus Smith était avec eux. Cette nuance se comprendra. Pencroff surtout, depuis l'incident du feu rallumé, n'aurait pas désespéré un instant, quand bien même il se fût trouvé sur un roc nu, si l'ingénieur eût été avec lui sur ce roc.

— Bah! dit-il, nous sommes sortis de Richmond, sans la permission des autorités! Ce serait bien le diable si nous ne parvenions pas un jour ou l'autre à partir d'un lieu où personne ne nous retiendra certainement!

Cyrus Smith suivit le même chemin que la veille. On contourna le cône par le plateau qui formait épaulement, jusqu'à la gueule de l'énorme crevasse. Le temps était magnifique. Le soleil montait sur un ciel pur et couvrait de ses rayons tout le flanc oriental de la montagne.

Le cratère fut abordé. Il était bien tel que l'ingénieur l'avait reconnu dans l'ombre, c'est-à-dire un vaste entonnoir qui allait en s'évasant jusqu'à une hauteur de mille pieds au-dessus du plateau. Au bas de la crevasse, de larges et épaisses coulées de laves serpentaient sur les flancs du mont et jalonnaient ainsi la route des matières éruptives jusqu'aux vallées intérieures qui sillonnaient la portion septentrionale de l'île.

L'intérieur du cratère, dont l'inclinaison ne dépassait pas trente-cinq à quarante degrés, ne présentait ni difficultés ni obstacles à l'ascension. On y remarquait les traces de laves très anciennes, qui probablement s'épanchaient par le sommet du cône, avant que cette crevasse latérale leur eût ouvert une voie nouvelle.

Quant à la cheminée volcanique qui établissait la communication entre les couches souterraines et le cratère, on ne pouvait en estimer la profondeur par le regard, car elle se perdait dans l'obscurité. Mais, quant à l'extinction complète du volcan, elle n'était pas douteuse.

Avant huit heures, Cyrus Smith et ses compagnons étaient réunis au sommet du cratère, sur une intumescence conique qui en boursouflait le bord septentrional.

— La mer ! la mer partout ! s'écrièrent-ils, comme si leurs lèvres n'eussent pu retenir ce mot qui faisait d'eux des insulaires.

La mer, en effet, l'immense nappe d'eau circulaire autour d'eux ! Peut-être, en remontant au sommet du cône, Cyrus Smith avait-il eu l'espoir de découvrir quelque côte, quelque île rapprochée, qu'il n'avait pu apercevoir la veille pendant l'obscurité. Mais rien n'apparut jusqu'aux limites de l'horizon, c'est-à-dire sur un rayon de plus de cinquante milles. Aucune terre en vue. Pas une voile. Toute cette immensité était déserte, et l'île occupait le centre d'une circonférence qui semblait être infinie.

L'ingénieur et ses compagnons, muets, immobiles, parcoururent du regard, pendant quelques minutes, tous les points de l'Océan. Cet Océan, leurs yeux le fouillèrent jusqu'à ses plus extrêmes limites. Mais Pencroff, qui possédait une si merveilleuse puissance de vision, ne vit rien, et certainement, si une terre se fût relevée à l'horizon, quand bien même elle n'eût apparu que sous l'apparence d'une insaisissable vapeur, le marin l'aurait indubitablement reconnue, car c'étaient deux véritables télescopes que la nature avait fixés sous son arcade sourcilière !

De l'Océan, les regards se reportèrent sur l'île qu'ils dominaient tout entière, et la première question qui fut posée le fut par Gédéon Spilett, en ces termes :

— Quelle peut être la grandeur de cette île ?

Véritablement, elle ne paraissait pas considérable au milieu de cet immense Océan.

Cyrus Smith réfléchit pendant quelques instants ; il observa attentivement le périmètre de l'île, en tenant compte de la hauteur à laquelle il se trouvait placé ; puis :

— Mes amis, dit-il, je ne crois pas me tromper en donnant au littoral de l'île un développement de plus de cent milles[1].

— Et conséquemment, sa superficie ?...

— Il est difficile de l'apprécier, répondit l'ingénieur, car elle est trop capricieusement découpée.

Si Cyrus Smith ne se trompait pas dans son évaluation, l'île avait, à peu de chose près, l'étendue de Malte ou Zante, dans la Méditerranée ; mais elle était, à la fois, beaucoup plus irrégulière, et moins riche en caps, promontoires, pointes, baies, anses ou criques. Sa forme, véritablement étrange, surprenait le regard, et quand Gédéon Spilett, sur le conseil de l'ingénieur, en eut dessiné les contours, on trouva qu'elle ressemblait à quelque fantastique animal, une sorte de ptéropode monstrueux qui eût été endormi à la surface du Pacifique.

Voici, en effet, la configuration exacte de cette île, qu'il importe de faire connaître, et dont la carte fut immédiatement dressée par le reporter avec une précision suffisante.

La portion est du littoral, c'est-à-dire celle sur laquelle les naufragés avaient atterri, s'échancrait largement et bordait une vaste baie terminée au sud-est par

1. Environ 45 lieues de 4 kilomètres.

un cap aigu, qu'une pointe avait caché à Pencroff, lors de sa première exploration. Au nord-est, deux autres caps fermaient la baie, et entre eux se creusait un étroit golfe qui ressemblait à la mâchoire entrouverte de quelque formidable squale.

Du nord-est au nord-ouest, la côte s'arrondissait comme le crâne aplati d'un fauve, pour se relever en une sorte de gibbosité qui n'assignait pas un dessin très déterminé à cette partie de l'île, dont le centre était occupé par la montagne volcanique.

De ce point, le littoral courait assez régulièrement nord et sud, creusé, aux deux tiers de son périmètre, par une étroite crique, à partir de laquelle il finissait en une longue queue, semblable à l'appendice caudal d'un gigantesque alligator.

Cette queue formait une véritable presqu'île qui s'allongeait de plus de trente milles en mer, à compter du cap sud-est de l'île, déjà mentionné, et elle s'arrondissait en décrivant une rade foraine, largement ouverte, que dessinait le littoral inférieur de cette terre si étrangement découpée.

Dans sa plus petite largeur, c'est-à-dire entre les Cheminées et la crique observée sur la côte occidentale qui lui correspondait en latitude, l'île mesurait dix milles seulement; mais sa plus grande longueur, de la mâchoire du nord-est à l'extrémité de la queue du sud-ouest, ne comptait pas moins de trente milles.

Quant à l'intérieur de l'île, son aspect général était celui-ci : très boisée dans toute sa portion méridionale depuis la montagne jusqu'au littoral, elle était aride et sablonneuse dans sa partie septentrionale. Entre le volcan et la côte est, Cyrus Smith et ses compagnons furent assez surpris de voir un lac, encadré dans sa bordure d'arbres verts, dont ils ne soupçonnaient pas l'existence. Vu de cette hauteur, le lac semblait être au même niveau que la mer, mais, réflexion faite, l'ingénieur expliqua à ses compagnons que l'altitude de cette petite nappe d'eau devait être de trois cents pieds, car le plateau qui lui servait de bassin n'était que le prolongement de celui de la côte.

— C'est donc un lac d'eau douce ? demanda Pencroff.

— Nécessairement, répondit l'ingénieur, car il doit être alimenté par les eaux qui s'écoulent de la montagne.

— J'aperçois une petite rivière qui s'y jette, dit Harbert, en montrant un étroit ruisseau, dont la source devait s'épancher dans les contreforts de l'ouest.

— En effet, répondit Cyrus Smith, et puisque ce ruisseau alimente le lac il est probable que du côté de la mer il existe un déversoir par lequel s'échappe le trop-plein des eaux. Nous verrons cela à notre retour.

Ce petit cours d'eau, assez sinueux, et la rivière déjà reconnue, tel était le système hydrographique, du moins tel il se développait aux yeux des explorateurs. Cependant, il était possible que, sous ces masses d'arbres qui faisaient des deux tiers de l'île une forêt immense, d'autres rios s'écoulassent vers la mer. On devait même le supposer, tant cette région se montrait fertile et riche des plus magnifiques échantillons de la flore des zones tempérées. Quant à la partie septentrionale, nul indice d'eaux courantes ; peut-être des eaux stagnantes dans la portion marécageuse du nord-est, mais voilà tout ; en somme, des dunes, des sables, une aridité très prononcée qui contrastait vivement avec l'opulence du sol dans sa plus grande étendue.

Le volcan n'occupait pas la partie centrale de l'île. Il se dressait, au contraire, dans la région du nord-ouest et semblait marquer la limite des deux zones. Au sud-ouest, au sud et au sud-est, les premiers étages des contreforts disparaissaient sous des masses de verdure.

Au nord, au contraire, on pouvait suivre leurs ramifications, qui allaient mourir sur les plaines de sable. C'était aussi de ce côté qu'au temps des éruptions, les épanchements s'étaient frayé un passage, et une large chaussée de laves se prolongeait jusqu'à cette étroite mâchoire qui formait golfe au nord-est.

Cyrus Smith et les siens demeurèrent une heure ainsi au sommet de la montagne. L'île se développait sous leurs regards comme un plan en relief avec ses teintes diverses, vertes pour les forêts, jaunes pour les sables, bleues pour les eaux. Ils la saisissaient dans tout son ensemble, et ce sol caché sous l'immense verdure, le thalweg des vallées ombreuses, l'intérieur des gorges étroites, creusées au pied du volcan, échappaient seuls à leurs investigations.

Restait une question grave à résoudre, et qui devait singulièrement influer sur l'avenir des naufragés.

L'île était-elle habitée ?

Ce fut le reporter qui posa cette question, à laquelle il semblait que l'on pût déjà répondre négativement, après le minutieux examen qui venait d'être fait des diverses régions de l'île.

Nulle part on n'apercevait l'œuvre de la main humaine. Pas une agglomération de cases, pas une cabane isolée, pas une pêcherie sur le littoral. Aucune fumée ne s'élevait dans l'air et ne trahissait la présence de l'homme. Il est vrai, une distance de trente milles environ séparait les observateurs des points extrêmes, c'est-à-dire de cette queue qui se projetait au sud-ouest, et il eût été difficile, même aux yeux de Pencroff, d'y découvrir une habitation. On ne pouvait, non plus, soulever ce rideau de verdure qui couvrait les trois quarts de l'île, et voir s'il abritait ou non quelque bourgade. Mais, généralement, les insulaires, dans ces étroits espaces émergés des flots du Pacifique, habitent plutôt le littoral, et le littoral paraissait être absolument désert.

Jusqu'à plus complète exploration, on pouvait donc admettre que l'île était inhabitée.

Mais était-elle fréquentée, au moins temporairement, par les indigènes des îles voisines? A cette question, il était difficile de répondre. Aucune terre n'apparaissait dans un rayon d'environ cinquante milles. Mais cinquante milles peuvent être facilement franchis, soit par des praos malais, soit par de grandes pirogues polynésiennes. Tout dépendait donc de la situation de l'île, de son isolement sur le Pacifique, ou de sa proximité des archipels. Cyrus Smith parviendrait-il sans instruments à relever plus tard sa position en latitude et en longitude? Ce serait difficile. Dans le doute, il était donc convenable de prendre certaines précautions contre une descente possible des indigènes voisins.

L'exploration de l'île était achevée, sa configuration déterminée, son relief coté, son étendue calculée, son hydrographie et son orographie reconnues. La disposition des forêts et des plaines avait été relevée d'une manière générale sur le plan du reporter. Il n'y avait plus qu'à redescendre les pentes de la montagne, et à explorer le sol au triple point de vue de ses ressources minérales, végétales et animales.

Mais, avant de donner à ses compagnons le signal du départ, Cyrus Smith leur dit de sa voix calme et grave:

— Voici, mes amis, l'étroit coin de terre sur lequel la main du Tout-Puissant nous a jetés. C'est ici que nous allons vivre, longtemps peut-être. Peut-être aussi, un secours inattendu nous arrivera-t-il, si quelque navire passe par hasard... Je dis par hasard, car cette île est peu importante: elle n'offre même pas un port qui puisse servir de relâche aux bâtiments, et il est à craindre qu'elle ne soit située en dehors des routes ordinairement suivies, c'est-à-dire trop au sud pour les navires qui fréquentent les archipels du Pacifique, trop au nord pour ceux qui se rendent à l'Australie en doublant le cap Horn. Je ne veux rien vous dissimuler de la situation...

— Et vous avez raison, mon cher Cyrus, répondit vivement le reporter. Vous avez affaire à des hommes. Ils ont confiance en vous, et vous pouvez compter sur eux. N'est-ce pas, mes amis?

— Je vous obéirai en tout, monsieur Cyrus, dit Harbert, qui saisit la main de l'ingénieur.

— Mon maître, toujours et partout! s'écria Nab.

— Quant à moi, dit le marin, que je perde mon nom si je boude à la besogne, et si vous le voulez bien, monsieur Smith, nous ferons de cette île une petite Amérique! Nous y bâtirons des villes, nous y établirons des chemins de fer, nous y installerons des télégraphes, et un beau jour, quand elle sera bien transformée, bien aménagée, bien civilisée, nous irons l'offrir au gouvernement de l'Union! Seulement je demande une chose.

— Laquelle? répondit le reporter.

— C'est de ne plus nous considérer comme des naufragés, mais bien comme des colons qui sont venus ici pour coloniser!

Cyrus Smith ne put s'empêcher de sourire, et la motion du marin fut adoptée. Puis, il remercia ses compagnons, et ajouta qu'il comptait sur leur énergie et sur l'aide du Ciel.

— Eh bien, en route pour les Cheminées! s'écria Pencroff.

— Un instant, mes amis, répondit l'ingénieur, il me paraît bon de donner un nom à cette île, ainsi qu'aux caps, aux promontoires, aux cours d'eau que nous avons sous les yeux.

— Très bon, dit le reporter. Cela simplifiera à l'avenir les instructions que nous pourrons avoir à donner ou à suivre.

126

— En effet, reprit le marin, c'est déjà quelque chose de pouvoir dire où l'on va et d'où l'on vient. Au moins, on a l'air d'être quelque part.

— Les Cheminées, par exemple, dit Harbert.

— Juste! répondit Pencroff. Ce nom-là, c'était déjà plus commode, et cela m'est venu tout seul. Garderons-nous à notre premier campement ce nom de Cheminées, monsieur Cyrus?

— Oui, Pencroff, puisque vous l'avez baptisé ainsi.

— Bon! quant aux autres, ce sera facile, reprit le marin, qui était en verve. Donnons-leur des noms comme faisaient les Robinsons dont Harbert m'a lu plus d'une fois l'histoire: la « baie Providence », la « pointe des Cachalots », le « cap de l'Espoir trompé »!...

— Ou plutôt les noms de monsieur Smith, répondit Harbert, de monsieur Spilett, de Nab!...

— Mon nom! s'écria Nab, en montrant ses dents étincelantes de blancheur.

— Pourquoi pas? répliqua Pencroff. Le « port Nab » cela ferait très bien! Et le « cap Gédéon... »

— Je préférerais des noms empruntés à notre pays, répondit le reporter, et qui nous rappelleraient l'Amérique.

— Oui, pour les principaux, dit alors Cyrus Smith, pour ceux des baies ou des mers, je l'admets volontiers. Que nous donnions à cette vaste baie de l'est le nom de baie de l'Union, par exemple, à cette large échancrure du sud, celui de baie Washington, au mont qui nous porte en ce moment, celui de mont Franklin, à ce lac qui s'étend sous nos regards, celui de lac Grant, rien de mieux, mes amis. Ces noms nous rappelleront notre pays et ceux des grands citoyens qui l'ont honoré: mais pour les rivières, les golfes, les caps, les promontoires, que nous apercevons du haut de cette montagne, choisissons des dénominations qui rappellent plutôt leur

127

configuration particulière. Elles se graveront mieux dans notre esprit, et seront en même temps plus pratiques. La forme de l'île est assez étrange pour que nous ne soyons pas embarrassés d'imaginer des noms qui fassent figure. Quant aux cours d'eau que nous ne connaissons pas, aux diverses parties de la forêt que nous explorerons plus tard, aux criques qui seront découvertes dans la suite, nous les baptiserons à mesure qu'ils se présenteront à nous. Qu'en pensez-vous, mes amis ?

La proposition de l'ingénieur fut unanimement admise par ses compagnons. L'île était là sous leurs yeux comme une carte déployée, et il n'y avait qu'un nom à mettre à tous ses angles rentrants ou sortants, comme à tous ses reliefs. Gédéon Spilett les inscrirait à mesure, et la nomenclature géographique de l'île serait définitivement adoptée.

Tout d'abord, on nomma baie de l'Union, baie Washington et mont Franklin, les deux baies et la montagne, ainsi que l'avait fait l'ingénieur.

— Maintenant, dit le reporter, à cette presqu'île qui se projette au sud-ouest de l'île, je proposerai de donner le nom de presqu'île Serpentine, et celui de promontoire du Reptile (Reptile-end) à la queue recourbée qui la termine, car c'est véritablement une queue de reptile.

— Adopté, dit l'ingénieur.

— A présent, dit Harbert, cette autre extrémité de l'île, ce golfe qui ressemble si singulièrement à une mâchoire ouverte, appelons-le golfe du Requin (Shark-gull).

— Bien trouvé ! s'écria Pencroff, et nous compléterons l'image en nommant cap Mandibule (Mandible-cape) les deux parties de la mâchoire.

— Mais il y a deux caps, fit observer le reporter.

— Eh bien, répondit Pencroff, nous aurons le cap Mandibule-Nord et le cap Mandibule-Sud.

— Ils sont inscrits, répondit Gédéon Spilett.

— Reste à nommer la pointe à l'extrémité sud-est de l'île, dit Pencroff

— C'est-à-dire l'extrémité de la haie de l'Union ? répondit Harbert.

— Cap de la Griffe (Claw-cape), s'écria aussitôt Nab, qui voulait aussi, lui, être parrain d'un morceau quelconque de son domaine.

Et, en vérité, Nab avait trouvé une dénomination excellente, car ce cap représentait bien la puissante griffe de l'animal fantastique que figurait cette île si singulièrement dessinée.

Pencroff était enchanté de la tournure que prenaient les choses, et les imaginations, un peu surexcitées, eurent bientôt donné :

A la rivière qui fournissait l'eau potable aux colons, et près de laquelle le ballon les avait jetés, le nom de la Mercy — un véritable remerciement à la Providence.

A l'îlot sur lequel les naufragés avaient pris pied tout d'abord, le nom de l'îlot du Salut (Safety-island).

Au plateau qui couronnait la haute muraille de granit, au-dessus des Cheminées, et d'où le regard pouvait embrasser toute la vaste baie, le nom de plateau de Grande-Vue.

Enfin à tout ce massif d'impénétrables bois qui couvraient la presqu'île Serpentine, le nom de forêts du Far-West.

La nomenclature des parties visibles et connues de l'île était ainsi terminée, et plus tard, on la compléterait au fur et à mesure des nouvelles découvertes.

Quant à l'orientation de l'île, l'ingénieur l'avait déterminée approximativement par la hauteur et la position du soleil, ce qui mettait à l'est la baie de l'Union et tout le plateau de Grande-Vue. Mais le lendemain, en prenant l'heure exacte du lever et du coucher du soleil, et en relevant sa position au demi-temps écoulé entre ce lever et ce coucher, il comptait fixer exactement le nord de l'île, car, par suite de sa situation dans l'hémisphère austral, le soleil, au moment précis de sa culmination, passait au nord, et non pas au midi, comme, en son mouvement apparent, il semble le faire pour les lieux situés dans l'hémisphère boréal.

Tout était donc terminé, et les colons n'avaient plus qu'à redescendre le mont Franklin pour revenir aux Cheminées, lorsque Pencroff de s'écrier :

— Eh bien, nous sommes de fameux étourdis !

— Pourquoi cela ? demanda Gédéon Spilett, qui avait fermé son carnet, et se levait pour partir.

— Et notre île ? Comment ! Nous avons oublié de la baptiser ?

Harbert allait proposer de lui donner le nom de l'ingénieur, et tous ses compagnons y eussent applaudi. quand Cyrus Smith dit simplement :

— Appelons-la du nom d'un grand citoyen, mes amis, de celui qui lutte maintenant pour défendre l'unité de la république américaine ! Appelons-la l'île Lincoln !

Trois hourras furent la réponse faite à la proposition de l'ingénieur.

Et ce soir-là, avant de s'endormir, les nouveaux colons causèrent de leur pays absent ; ils parlèrent de cette terrible guerre qui l'ensanglantait ; ils ne pouvaient douter que le Sud ne fût bientôt réduit, et que la cause du Nord, la cause de la justice, ne triomphât, grâce à Grant, grâce à Lincoln !

Or, ceci se passait le 30 mars 1865, et ils ne savaient guère que, seize jours après, un crime effroyable serait commis à Washington, et que, le vendredi saint, Abraham Lincoln tomberait sous la balle d'un fanatique.

XII

Les colons de l'île Lincoln jetèrent un dernier regard autour d'eux, ils firent le tour du cratère par son étroite arête, et, une demi-heure après, ils étaient redescendus sur le premier plateau, à leur campement de la nuit. Pencroff pensa qu'il était l'heure de déjeuner, et, à ce propos, il fut question de régler les deux montres de Cyrus Smith et du reporter.

On sait que celle de Gédéon Spilett avait été respectée par l'eau de mer, puisque le reporter avait été jeté tout d'abord sur le sable, hors de l'atteinte des lames. C'était un instrument établi dans des conditions excellentes, un véritable chronomètre de poche, que Gédéon Spilett n'avait jamais oublié de remonter soigneusement chaque jour.

Quant à la montre de l'ingénieur, elle s'était nécessairement arrêtée pendant le temps que Cyrus Smith avait passé dans les dunes.

L'ingénieur la remonta donc, et, estimant approximativement par la hauteur du soleil qu'il devait être environ neuf heures du matin, il mit sa montre à cette heure.

Gedéon Spilett allait l'imiter, quand l'ingénieur, l'arrêtant de la main, lui dit :

131

— Non, mon cher Spilett, attendez. Vous avez conservé l'heure de Richmond, n'est-ce pas ?

— Oui, Cyrus.

— Par conséquent, votre montre est réglée sur le méridien de cette ville, méridien qui est à peu près celui de Washington ?

— Sans doute.

— Eh bien, conservez-la ainsi. Contentez-vous de la remonter très exactement, mais ne touchez pas aux aiguilles. Cela pourra nous servir.

« A quoi bon ? » pensa le marin.

On mangea, et si bien que la réserve de gibier et d'amandes fut totalement épuisée. Mais Pencroff ne fut nullement inquiet. On se réapprovisionnerait en route. Top, dont la portion avait été fort congrue, saurait bien trouver quelque nouveau gibier sous le couvert des taillis. En outre, le marin songeait à demander tout simplement à l'ingénieur de fabriquer de la poudre, un ou deux fusils de chasse, et il pensait que cela ne souffrirait aucune difficulté.

En quittant le plateau, Cyrus Smith proposa à ses compagnons de prendre un nouveau chemin pour revenir aux Cheminées. Il désirait reconnaître ce lac Grant si magnifiquement encadré dans sa bordure d'arbres. On suivit donc la crête de l'un des contreforts entre lesquels le creek[1] qui l'alimentait prenait probablement sa source. En causant, les colons n'employaient plus déjà que les noms propres qu'ils venaient de choisir, et cela facilitait singulièrement l'échange de leurs idées. Harbert et Pencroff — l'un jeune et l'autre un peu enfant — étaient enchantés, et, tout en marchant, le marin disait :

1. Nom que les Américains donnent aux cours d'eau peu importants.

— Hein ! Harbert ! comme cela va ! Pas possible de nous perdre, mon garçon, puisque, soit que nous suivions la route du lac Grant, soit que nous rejoignions la Mercy à travers les bois du Far-West, nous arriverons nécessairement au plateau de Grande-Vue, et, par conséquent, à la baie de l'Union ?

Il avait été convenu que, sans former une troupe compacte, les colons ne s'écarteraient pas trop les uns des autres. Très certainement, quelques animaux dangereux habitaient ces épaisses forêts de l'île, et il était prudent de se tenir sur ses gardes. Le plus généralement, Pencroff, Harbert et Nab marchaient en tête, précédés de Top, qui fouillait les moindres coins. Le reporter et l'ingénieur allaient de compagnie, Gédéon Spilett, prêt à noter tout incident, l'ingénieur, silencieux la plupart du temps, et ne s'écartant de sa route que pour ramasser, tantôt une chose, tantôt une autre, substance minérale ou végétale, qu'il mettait dans sa poche sans faire aucune réflexion.

— Que diable ramasse-t-il donc ainsi ? murmurait Pencroff. J'ai beau regarder, je ne vois rien qui vaille la peine de se baisser !

Vers dix heures, la petite troupe descendait les dernières rampes du mont Franklin. Le sol n'était encore semé que de buissons et de rares arbres. On marchait sur une terre jaunâtre et calcinée, formant une plaine longue d'un mille environ, qui précédait la lisière des bois. De gros quartiers de ce basalte qui, suivant les expériences de Bischof, a exigé, pour se refroidir, trois cent cinquante millions d'années, jonchaient la plaine, très tourmentée par endroits. Cependant, il n'y avait pas trace des laves, qui s'étaient plus particulièrement épanchées par les pentes septentrionales.

Cyrus Smith croyait donc atteindre, sans incident, le cours du creek, qui, suivant lui, devait se dérouler sous les arbres, à la lisière de la plaine, quand il vit revenir précipitamment Harbert, tandis que Nab et le marin se dissimulaient derrière les roches.

— Qu'y a-t-il, mon garçon? demanda Gédéon Spilett.

— Une fumée, répondit Harbert. Nous avons vu une fumée monter entre les roches, à cent pas de nous.

— Des hommes en cet endroit? s'écria le reporter.

— Évitons de nous montrer avant de savoir à qui nous avons affaire, répondit Cyrus Smith. Je redoute plutôt les indigènes, s'il y en a sur cette île, que je ne les désire. Où est Top?

— Top est en avant.

— Et il n'aboie pas?

— Non.

— C'est bizarre. Néanmoins, essayons de le rappeler.

En quelques instants, l'ingénieur, Gédéon Spilett et Harbert avaient rejoint leurs deux compagnons, et, comme eux, ils s'effacèrent derrière des débris de basalte.

De là, ils aperçurent, très visiblement, une fumée qui tourbillonnait en s'élevant dans l'air, fumée dont la couleur jaunâtre était très caractérisée.

Top, rappelé par un léger sifflement de son maître, revint, et celui-ci, faisant signe à ses compagnons de l'attendre, se glissa entre les roches.

Les colons, immobiles, attendaient avec une certaine anxiété le résultat de cette exploration, quand un appel de Cyrus Smith les fit accourir. Ils le rejoignirent aussitôt, et furent tout d'abord frappés de l'odeur désagréable qui imprégnait l'atmosphère.

Cette odeur, aisément reconnaissable, avait suffi à l'ingénieur pour deviner ce qu'était cette fumée qui, tout d'abord, avait dû l'inquiéter, et non sans raison.

— Ce feu, dit-il, ou plutôt cette fumée, c'est la nature seule qui en fait les frais. Il n'y a là qu'une source sulfureuse, qui nous permettra de traiter efficacement nos laryngites.

— Bon! s'écria Pencroff. Quel malheur que je ne sois pas enrhumé!

Les colons se dirigèrent alors vers l'endroit d'où s'échappait la fumée. Là, ils virent une source sulfurée sodique, qui coulait assez abondamment entre les roches, et dont les eaux dégageaient une vive odeur d'acide sulfhydrique, après avoir absorbé l'oxygène de l'air.

Cyrus Smith, y trempant la main, trouva ces eaux onctueuses au toucher. Il les goûta, et reconnut que leur saveur était un peu douceâtre. Quant à leur température, il l'estima à 95° Fahrenheit (35° cgr au-dessus de zéro). Et Harbert lui ayant demandé sur quoi il basait cette évaluation:

— Tout simplement, mon enfant, dit-il, parce que, en plongeant ma main dans cette eau, je n'ai éprouvé aucune sensation de froid ni de chaud. Donc, elle est à la même température que le corps humain, qui est environ de 95°.

Puis, la source sulfurée n'offrant aucune utilisation actuelle, les colons se dirigèrent vers l'épaisse lisière de la forêt, qui se développait à quelques centaines de pas.

Là, ainsi qu'on l'avait présumé, le ruisseau promenait ses eaux vives et limpides entre de hautes berges de terre rouge, dont la couleur décelait la présence de l'oxyde de fer. Cette couleur fit immédiatement donner à ce cours d'eau le nom de Creek-Rouge.

Ce n'était qu'un large ruisseau, profond et clair, formé des eaux de la montagne, qui, moitié rio, moitié torrent, ici coulant paisiblement sur le sable, là grondant sur des têtes de roche ou se précipitant en cascade, courait ainsi vers le lac sur une longueur d'un mille et demi et une largeur variable de trente à quarante pieds. Ses eaux étaient douces, ce qui devait faire supposer que celles du lac l'étaient aussi. Circonstance heureuse, pour le cas où l'on trouverait sur ses bords une demeure plus convenable que les Cheminées.

Quant aux arbres qui, quelques centaines de pieds en aval, ombrageaient les rives du creek, ils appartenaient pour la plupart aux espèces qui abondent dans la zone modérée de l'Australie ou de la Tasmanie, et non plus à celles de ces conifères qui hérissaient la portion de l'île déjà explorée à quelques milles du plateau de Grande-Vue. A cette époque de l'année, au commencement de ce mois d'avril, qui représente dans cet hémisphère le mois d'octobre, c'est-à-dire au début de l'automne, le feuillage ne leur manquait pas encore. C'étaient plus particulièrement des casuarinas et des eucalyptus, dont quelques-uns devaient fournir au printemps prochain une manne sucrée tout à fait analogue à la manne d'Orient. Des bouquets de cèdres australiens s'élevaient aussi dans les clairières, revêtues de ce haut gazon que l'on appelle « tussac » dans la Nouvelle-Hollande; mais le cocotier, si abondant sur les archipels du Pacifique, semblait manquer à l'île, dont la latitude était sans doute trop basse.

— Quel malheur! dit Harbert, un arbre si utile et qui a de si belles noix!

Quant aux oiseaux, ils pullulaient entre ces ramures un peu maigres des eucalyptus et des casuarinas, qui ne gênaient pas le déploiement de leurs ailes. Kakatoès noirs, blancs ou gris, perroquets et perruches, au plumage nuancé de toutes les couleurs, « rois », d'un vert éclatant et couronnés de rouge, loris bleus, « blues-mountains », semblaient ne se laisser voir qu'à travers un prisme, et voletaient au milieu d'un caquetage assourdissant.

Tout à coup, un bizarre concert de voix discordantes retentit au milieu d'un fourré. Les colons entendirent successivement le chant des oiseaux, le cri des quadrupèdes, et une sorte de clapement qu'ils auraient pu croire échappé aux lèvres d'un indigène. Nab et Harbert s'étaient élancés vers ce buisson, oubliant les principes de la prudence la plus élémentaire. Très heureusement, il n'y avait là ni fauve redoutable ni indigène dangereux, mais tout simplement une demi-douzaine de ces oiseaux moqueurs et chanteurs, que l'on reconnut être des «faisans de montagne». Quelques coups de bâton, adroitement portés, terminèrent la scène d'imitation, ce qui procura un excellent gibier pour le dîner du soir.

Harbert signala aussi de magnifiques pigeons, aux ailes bronzées, les uns surmontés d'une crête superbe, les autres drapés de vert, comme leurs congénères de Port-Macquarie; mais il fut impossible de les atteindre, non plus que des corbeaux et des pies, qui s'enfuyaient par bandes. Un coup de fusil à petit plomb eût fait une hécatombe de ces volatiles, mais les chasseurs en étaient encore réduits, comme armes de jet à la pierre, comme armes de hast au bâton, et ces engins primitifs ne laissaient pas d'être très insuffisants.

Leur insuffisance fut démontrée plus clairement encore, quand une troupe de quadrupèdes, sautillant, bondissant, faisant des sauts de trente pieds, véritables mammifères volants, s'enfuirent par-dessus les fourrés, si prestement et à de telles hauteurs, qu'on aurait pu croire qu'ils passaient d'un arbre à l'autre comme des écureuils.

— Des kangourous! s'écria Harbert.
— Et cela se mange? répliqua Pencroff.

— Préparé à l'étuvée, répondit le reporter, cela vaut la meilleure venaison !...

Gédéon Spilett n'avait pas achevé cette phrase excitante, que le marin, suivi de Nab et d'Harbert, s'était lancé sur les traces des kangourous. Cyrus Smith les rappela, vainement. Mais ce devait être vainement aussi que les chasseurs allaient poursuivre ce gibier élastique, qui rebondissait comme une balle. Après cinq minutes de course, ils étaient essoufflés, et la bande disparaissait dans le taillis. Top n'avait pas eu plus de succès que ses maîtres.

— Monsieur Cyrus, dit Pencroff, lorsque l'ingénieur et le reporter l'eurent rejoint, monsieur Cyrus, vous voyez bien qu'il est indispensable de fabriquer des fusils. Est-ce que cela sera possible ?

— Peut-être, répondit l'ingénieur, mais nous commencerons d'abord par fabriquer des arcs et des flèches, et je ne doute pas que vous ne deveniez aussi adroits à les manier que des chasseurs australiens.

— Des flèches, des arcs ! dit Pencroff avec une moue dédaigneuse. C'est bon pour des enfants !

— Ne faites pas le fier, ami Pencroff, répondit le reporter. Les arcs et les flèches ont suffi, pendant des siècles, à ensanglanter le monde. La poudre n'est que d'hier, et la guerre est aussi vieille que la race humaine — malheureusement !

— C'est ma foi vrai, monsieur Spilett, répliqua le marin, et je parle toujours trop vite. Faut m'excuser !

Cependant, Harbert, tout à sa science favorite, l'histoire naturelle, fit un retour sur les kangourous, en disant :

— Du reste, nous avons eu affaire là à l'espèce la plus difficile à prendre. C'étaient des géants à longue fourrure grise ; mais, si je ne me trompe pas, il existe des kangourous noirs et rouges, des kangourous de rochers, des kangourous rats, dont il est plus aisé de s'emparer. On en compte une douzaine d'espèces...

— Harbert, répliqua sentencieusement le marin, il n'y a pour moi qu'une seule espèce de kangourou, le « kangourou à la broche », et c'est précisément celle qui nous manquera ce soir !

On ne put s'empêcher de rire en entendant la nouvelle classification de maître Pencroff. Le brave marin ne cacha point son regret d'en être réduit pour dîner aux faisans-chanteurs ; mais la fortune devait se montrer encore une fois complaisante pour lui.

En effet, Top, qui sentait bien que son intérêt était en jeu, allait et furetait partout avec un instinct doublé d'un appétit féroce. Il était même probable que si quelque pièce de gibier lui tombait sous la dent, il n'en resterait guère aux chasseurs, et que Top chassait alors pour son propre compte ; mais Nab le surveillait, et il fit bien.

Vers trois heures, le chien disparut dans les broussailles, et de sourds grognements indiquèrent bientôt qu'il était aux prises avec quelque animal.

Nab s'élança, et, effectivement, il aperçut Top dévorant avec avidité un quadrupède, et que, dix secondes plus tard, il eût été impossible de reconnaître dans l'estomac de Top. Mais, très heureusement, le chien était tombé sur une nichée ; il avait fait coup triple, et deux autres rongeurs — les animaux en question appartenaient à cet ordre — gisaient étranglés sur le sol.

Nab reparut donc triomphalement, tenant de chaque main un de ces rongeurs, dont la taille dépassait celle d'un lièvre. Leur pelage jaune était mélangé de taches verdâtres, et leur queue n'existait qu'à l'état rudimentaire.

Des citoyens de l'Union ne pouvaient hésiter à donner à ces rongeurs le nom qui leur convenait. C'étaient des « maras », sorte d'agoutis, un peu plus grands que leurs congénères des contrées tropicales, véritables lapins d'Amérique, aux longues oreilles, aux mâchoires armées sur chaque côté de cinq molaires, ce qui les distingue précisément des agoutis.

— Hurrah ! s'écria Pencroff. Le rôti est arrivé ! Et, maintenant, nous pouvons rentrer à la maison !

La marche, un instant interrompue, fut reprise. Le Creek-Rouge roulait toujours ses eaux limpides sous la voûte des casuarinas, des banksias et des gommiers gigantesques. Des liliacées superbes s'élevaient jusqu'à une hauteur de vingt pieds. D'autres espèces arborescentes, inconnues au jeune naturaliste, se penchaient sur le ruisseau, que l'on entendait murmurer sous ces berceaux de verdure.

Cependant, le cours d'eau s'élargissait sensiblement, et Cyrus Smith était porté à croire qu'il aurait bientôt atteint son embouchure. En effet, au sortir d'un épais massif de beaux arbres, elle apparut tout à coup.

Les explorateurs étaient arrivés sur la côte occidentale du lac Grant. L'endroit valait la peine d'être regardé. Cette étendue d'eau, d'une circonférence de sept milles environ et d'une superficie de deux cent cinquante acres[1], reposait dans une bordure d'arbres variés. Vers l'est, à travers un rideau de verdure pittoresquement relevé en certains endroits, apparaissait un étincelant horizon de mer. Au nord, le lac traçait une courbure légèrement concave, qui contrastait avec le dessin aigu de sa pointe inférieure. De nombreux oiseaux aquatiques fréquentaient les rives de ce petit Ontario, dont les « mille îles » de son homonyme américain étaient représentées par un rocher qui émergeait de sa surface, à quelques centaines de pieds de la rive méridionale. Là vivaient en commun plusieurs couples

1. Environ 200 hectares.

de martins-pêcheurs, perchés sur quelque pierre, graves, immobiles, guettant les poissons au passage, puis, s'élançant, plongeant en faisant entendre un cri aigu, et reparaissant, la proie au bec. Ailleurs, sur les rives et sur l'îlot, se pavanaient des canards sauvages, des pélicans, des poules d'eau, des becs-rouges, des philédons, munis d'une langue en forme de pinceau, et un ou deux échantillons de ces ménures splendides, dont la queue se développe comme les montants gracieux d'une lyre.

Quant aux eaux du lac, elles étaient douces, limpides, un peu noires, et à certains bouillonnements, aux cercles concentriques qui s'entrecroisaient à leur surface, on ne pouvait douter qu'elles ne fussent très poissonneuses.

— Il est vraiment beau! ce lac, dit Gédéon Spilett. On vivrait sur ses bords!

— On y vivra! répondit Cyrus Smith.

Les colons, voulant alors revenir par le plus court aux Cheminées, descendirent jusqu'à l'angle formé au sud par la jonction des rives du lac. Ils se frayèrent, non sans peine, un chemin à travers ces fourrés et ces broussailles, que la main de l'homme n'avait jamais encore écartés, et ils se dirigèrent ainsi vers le littoral, de manière à arriver au nord du plateau de Grande-Vue. Deux milles furent franchis dans cette direction, puis, après le dernier rideau d'arbres, apparut le plateau, tapissé d'un épais gazon, et, au-delà, la mer infinie.

Pour revenir aux Cheminées, il suffisait de traverser obliquement le plateau sur un espace d'un mille et de redescendre jusqu'au coude formé par le premier détour de la Mercy. Mais l'ingénieur désirait reconnaître comment et par où s'échappait le trop-plein des eaux du lac, et l'exploration fut prolongée sous les arbres pendant un mille et demi vers le nord. Il était probable, en effet, qu'un déversoir existait quelque part, et sans doute à travers une coupée de granit. Ce lac n'était en somme qu'une immense vasque, qui s'était remplie peu à peu par le débit du creek, et il fallait bien que son trop-plein s'écoulât à la mer par quelque chute. S'il en était ainsi, l'ingénieur pensait qu'il serait peut-être possible d'utiliser cette chute et de lui emprunter sa force, actuellement perdue sans profit pour personne. On continua donc à suivre les rives du lac Grant, en remontant le plateau; mais, après avoir fait encore un mille dans cette direction, Cyrus Smith n'avait pu découvrir le déversoir, qui devait exister cependant.

Il était quatre heures et demie alors. Les préparatifs du dîner exigeaient que les colons rentrassent à leur demeure. La petite troupe revint donc sur ses pas, et, par la rive gauche de la Mercy, Cyrus Smith et ses compagnons arrivèrent aux Cheminées.

Là, le feu fut allumé, et Nab et Pencroff, auxquels étaient naturellement dévolues les fonctions de cuisiniers, l'un en sa qualité de Nègre, l'autre en sa qualité de marin, préparèrent lestement des grillades d'agoutis, auxquelles on fit largement honneur.

Le repas terminé, au moment où chacun allait se livrer au sommeil, Cyrus Smith tira de sa poche de petits échantillons de minéraux d'espèces différentes, et se borna à dire:

— Mes amis, ceci est du minerai de fer, ceci une pyrite, ceci de l'argile, ceci de la chaux, ceci du charbon. Voilà ce que nous donne la nature, et voilà sa part dans le travail commun! A demain la nôtre!

142

XIII

CE QUE L'ON TROUVE SUR TOP – FABRICATION D'ARCS ET DE
FLÈCHES – UNE BRIQUETERIE – LE FOUR À POTERIES – DIVERS
USTENSILES DE CUISINE – LE PREMIER POT-AU-FEU –
L'ARMOISE – LA CROIX DU SUD – UNE IMPORTANTE
OBSERVATION ASTRONOMIQUE

— Eh bien, monsieur Cyrus, par où allons-nous commencer? demanda le lendemain matin Pencroff à l'ingénieur.

— Par le commencement, répondit Cyrus Smith.

Et en effet, c'était bien par le « commencement » que ces colons allaient être forcés de débuter. Ils ne possédaient même pas les outils nécessaires à faire les outils, et ils ne se trouvaient même pas dans les conditions de la nature, qui, « ayant le temps, économise l'effort ». Le temps leur manquait, puisqu'ils devaient immédiatement subvenir aux besoins de leur existence, et si, profitant de l'expérience acquise, ils n'avaient rien à inventer, du moins avaient-ils tout à fabriquer. Leur fer, leur acier n'étaient encore qu'à l'état de minerai, leur poterie à l'état d'argile, leur linge et leurs habits à l'état de matières textiles.

Il faut dire, d'ailleurs, que ces colons étaient des « hommes » dans la belle et puissante acception du mot. L'ingénieur Smith ne pouvait être secondé par de plus intelligents compagnons, ni avec plus de dévouement et de zèle. Il les avait interrogés. Il connaissait leurs aptitudes.

143

Gédéon Spilett, reporter de grand talent, ayant tout appris pour pouvoir parler de tout, devait contribuer largement de la tête et de la main à la colonisation de l'île. Il ne reculerait devant aucune tâche, et, chasseur passionné, il ferait un métier de ce qui, jusqu'alors, n'avait été pour lui qu'un plaisir.

Harbert, brave enfant, remarquablement instruit déjà dans les sciences naturelles, allait fournir un appoint sérieux à la cause commune.

Nab, c'était le dévouement personnifié. Adroit, intelligent, infatigable, robuste, d'une santé de fer, il s'entendait quelque peu au travail de la forge et ne pouvait qu'être très utile à la colonie.

Quant à Pencroff, il avait été marin sur tous les océans, charpentier dans les chantiers de construction de Brooklyn, aide-tailleur sur les bâtiments de l'État, jardinier, cultivateur pendant ses congés, etc., et comme les gens de mer, propre à tout, il savait tout faire.

Il eût été véritablement difficile de réunir cinq hommes plus propres à lutter contre le sort, plus assurés d'en triompher.

« Par le commencement », avait dit Cyrus Smith. Or, ce commencement dont parlait l'ingénieur, c'était la construction d'un appareil qui pût servir à transformer les substances naturelles. On sait le rôle que joue la chaleur dans ces transformations. Or, le combustible, bois ou charbon de terre, était immédiatement utilisable. Il s'agissait donc de bâtir un four pour l'utiliser.

— A quoi servira ce four ? demanda Pencroff.

— A fabriquer la poterie dont nous avons besoin, répondit Cyrus Smith.

— Et avec quoi ferons-nous le four ?

— Avec les briques.

— Et les briques ?

— Avec de l'argile. En route, mes amis. Pour éviter les transports, nous établirons notre atelier au lieu même de production. Nab apportera des provisions, et le feu ne manquera pas pour la cuisson des aliments.

— Non, répondit le reporter, mais si les aliments viennent à manquer faute d'instruments de chasse ?

— Ah ! si nous avions seulement un couteau ! s'écria le marin.

— Eh bien ? demanda Cyrus Smith.

— Eh bien, j'aurais vite fait de fabriquer un arc et des flèches, et le gibier abonderait à l'office !

— Oui, un couteau, une lame tranchante... dit l'ingénieur, comme s'il se fût parlé à lui-même.

En ce moment, ses regards se portèrent vers Top, qui allait et venait sur le rivage. Soudain, le regard de Cyrus Smith s'anima.

— Top, ici ! dit-il.

Le chien accourut à l'appel de son maître. Celui-ci prit la tête de Top entre ses mains, et, détachant le collier que l'animal portait au cou, il le rompit en deux parties, en disant :

— Voilà deux couteaux, Pencroff !

Deux hurrahs du marin lui répondirent. Le collier de Top était fait d'une mince lame d'acier trempé. Il suffisait donc de l'affûter d'abord sur une pierre de grès, de manière à mettre au vif l'angle du tranchant, puis d'enlever le morfil sur un grès plus fin. Or, ce genre de roche arénacée se rencontrait abondamment sur la grève, et, deux heures après, l'outillage de la colonie se composait de deux lames tranchantes qu'il avait été facile d'emmancher dans une poignée solide.

La conquête de ce premier outil fut saluée comme un triomphe. Conquête précieuse, en effet, et qui venait à propos.

On partit. L'intention de Cyrus Smith était de retourner à la rive occidentale du lac, là où il avait remarqué la veille cette terre argileuse dont il possédait un échantillon. On prit donc par la berge de la Mercy, on traversa le plateau de Grande-Vue, et, après une marche de cinq milles au plus, on arrivait à une clairière située à deux cents pas du lac Grant.

Chemin faisant, Harbert avait découvert un arbre dont les Indiens de l'Amérique méridionale emploient les branches à fabriquer leurs arcs. C'était le « crejimba », de la famille des palmiers, qui ne porte pas de fruits comestibles. Des branches longues et droites furent coupées, effeuillées, taillées, plus fortes en leur milieu, plus faibles à leurs extrémités, et il n'y avait plus qu'à trouver une plante propre à former la corde de l'arc. Ce fut une espèce appartenant à la famille des malvacées, un « hibiscus heterophyllus », qui fournit des fibres d'une ténacité remarquable, qu'on eût pu comparer à des tendons d'animaux. Pencroff obtint ainsi des arcs d'une assez grande puissance, auxquels il ne manquait plus que les flèches. Celles-ci étaient faciles à faire avec des branches droites et rigides, sans nodosités, mais la pointe qui devait les armer, c'est-à-dire une substance propre à remplacer le fer, ne devait pas se rencontrer si aisément. Mais Pencroff se dit qu'ayant fourni, lui, sa part dans le travail, le hasard ferait le reste.

Les colons étaient arrivés sur le terrain reconnu la veille. Il se composait de cette argile figuline qui sert à confectionner les briques et les tuiles, argile, par conséquent, très convenable pour l'opération qu'il s'agissait de mener à bien. La main-d'œuvre ne présentait aucune difficulté. Il suffisait de dégraisser cette figuline avec du sable, de mouler les briques et de les cuire à la chaleur d'un feu de bois.

Ordinairement, les briques sont tassées dans des moules, mais l'ingénieur se contenta de les fabriquer à la main. Toute la journée et la suivante furent employées à ce travail. L'argile, imbibée d'eau, corroyée ensuite avec les pieds et les poignets des manipulateurs, fut divisée en prismes d'égale grandeur. Un ouvrier exercé peut confectionner, sans machine, jusqu'à dix mille briques par douze heures ; mais dans leurs deux journées de travail, les cinq briquetiers de l'île Lincoln n'en fabriquèrent pas plus de trois mille, qui furent rangées les unes près des autres, jusqu'au moment où leur complète dessiccation permettrait d'en opérer la cuisson, c'est-à-dire dans trois ou quatre jours.

Ce fut dans la journée du 2 avril que Cyrus Smith s'occupa de fixer l'orientation de l'île.

La veille, il avait noté exactement l'heure à laquelle le soleil avait disparu sous l'horizon, en tenant compte de la réfraction. Ce matin-là, il releva non moins exactement l'heure à laquelle il reparut. Entre ce coucher et ce lever, douze heures moins vingt-quatre minutes s'étaient écoulées. Donc, six heures douze minutes après son lever, le soleil, ce jour-là, passerait exactement au méridien, et le point du ciel qu'il occuperait à ce moment serait le nord[1].

A l'heure dite, Cyrus releva ce point, et, en mettant l'un par l'autre avec le soleil deux arbres qui devaient lui servir de repères, il obtint ainsi une méridienne invariable pour ses opérations ultérieures.

Pendant les deux jours qui précédèrent la cuisson des briques, on s'occupa de s'approvisionner de combustible. Des branches furent coupées autour de la clairière, et l'on ramassa tout le bois tombé sous les arbres. Cela ne se fit pas sans que l'on chassât un peu dans les environs, d'autant mieux que Pencroff possédait maintenant quelques douzaines de flèches armées de pointes

1. En effet, à cette époque de l'année et pour cette latitude, le soleil se levait à 5 h 48 min du matin, et se couchait à 6 h 12 min du soir.

très acérées. C'était Top qui avait fourni ces pointes, en rapportant un porc-épic, assez médiocre comme gibier, mais d'une incontestable valeur grâce aux piquants dont il était hérissé. Ces piquants furent ajustés solidement à l'extrémité des flèches, dont la direction fut assurée par un empennage de plumes de kakatoès. Le reporter et Harbert devinrent promptement de très adroits tireurs d'arc. Aussi, le gibier de poil et de plume abonda-t-il aux Cheminées, cabiais, pigeons, agoutis, coqs de bruyère, etc. La plupart de ces animaux furent tués dans la partie de la forêt située sur la rive gauche de la Mercy, et à laquelle on donna le nom de bois du Jacamar, en souvenir du volatile que Pencroff et Harbert avaient poursuivi lors de leur première exploration.

Ce gibier fut mangé frais, mais on conserva les jambons de cabiai, en les fumant au-dessus d'un feu de bois vert, après les avoir aromatisés avec des feuilles odorantes. Cependant, cette nourriture très fortifiante, c'était toujours rôtis sur rôtis, et les convives eussent été heureux d'entendre chanter dans l'âtre un simple pot-au-feu ; mais il fallait attendre que le pot fût fabriqué, et, par conséquent, que le four fût bâti.

Pendant ces excursions, qui ne se firent que dans un rayon très restreint autour de la briqueterie, les chasseurs purent constater le passage récent d'animaux de grande taille, armés de griffes puissantes, dont ils ne purent reconnaître l'espèce. Cyrus Smith leur recommanda donc une extrême prudence, car il était probable que la forêt renfermait quelques fauves dangereux.

Et il fit bien. En effet, Gédéon Spilett et Harbert aperçurent un jour un animal qui ressemblait à un jaguar. Ce fauve, heureusement, ne les attaqua pas, car ils ne s'en seraient peut-être pas tirés sans quelque grave blessure. Mais dès qu'il aurait une arme sérieuse, c'est-à-dire un de ces fusils que réclamait Pencroff,

Gédéon Spilett se promettait bien de faire aux bêtes féroces une guerre acharnée et d'en purger l'île.

Les Cheminées, pendant ces quelques jours, ne furent pas aménagées plus confortablement, car l'ingénieur comptait découvrir ou bâtir, s'il le fallait, une demeure plus convenable. On se contenta d'étendre sur le sable des couloirs une fraîche litière de mousses et de feuilles sèches, et, sur ces couchettes un peu primitives, les travailleurs, harassés, dormaient d'un parfait sommeil.

On fit aussi le relevé des jours écoulés dans l'île Lincoln, depuis que les colons y avaient atterri, et l'on en tint depuis lors un compte régulier. Le 5 avril, qui était un mercredi, il y avait douze jours que le vent avait jeté les naufragés sur ce littoral.

Le 6 avril, dès l'aube, l'ingénieur et ses compagnons étaient réunis sur la clairière, à l'endroit où allait s'opérer la cuisson des briques. Naturellement, cette opération devait se faire en plein air, et non dans des tours, ou plutôt, l'agglomération des briques ne serait qu'un énorme four qui se cuirait lui-même. Le combustible, fait de fascines bien préparées, fut disposé sur le sol, et on l'entoura de plusieurs rangs de briques séchées, qui formèrent bientôt un gros cube, à l'extérieur duquel des évents furent ménagés. Ce travail dura toute la journée, et, le soir seulement, on mit le feu aux fascines.

Cette nuit-là, personne ne se coucha, et on veilla avec soin à ce que le feu ne se ralentît pas.

L'opération dura quarante-huit heures et réussit parfaitement. Il fallut alors laisser refroidir la masse fumante, et, pendant ce temps, Nab et Pencroff, guidés par Cyrus Smith, charrièrent, sur une claie faite de branchages entrelacés, plusieurs charges de carbonate de chaux, pierres très communes, qui se trouvaient abondamment au nord du lac. Ces pierres, décomposées par la chaleur, donnèrent une chaux vive, très grasse, foisonnant beaucoup par l'extinction, aussi pure enfin que si elle eût été produite par la calcination de la craie ou du marbre. Mélangée avec du sable, dont l'effet est d'atténuer le retrait de la pâte quand elle se solidifie, cette chaux fournit un mortier excellent.

De ces divers travaux, il résulta que, le 9 avril, l'ingénieur avait à sa disposition une certaine quantité de chaux toute préparée, et quelques milliers de briques.

On commença donc, sans perdre un instant, la construction d'un four, qui devait servir à la cuisson des diverses poteries indispensables pour les usages domestiques. On y réussit sans trop de difficulté. Cinq jours après, le four fut chargé de cette houille dont l'ingénieur avait découvert un gisement à ciel ouvert vers l'embouchure du Creek-Rouge, et les premières fumées s'échappaient d'une cheminée haute d'une vingtaine de pieds. La clairière était transformée en usine, et Pencroff n'était pas éloigné de croire que de ce four allaient sortir tous les produits de l'industrie moderne.

En attendant, ce que les colons fabriquèrent tout d'abord, ce fut une poterie commune, mais très propre à la cuisson des aliments. La matière première était cette argile même du sol, à laquelle Cyrus Smith fit ajouter un peu de chaux et du quartz. En réalité, cette pâte constituait ainsi la véritable « terre de pipe », avec laquelle on fit des pots, des tasses qui avaient été moulées sur des galets de formes convenables, des assiettes, de grandes jarres et des cuves pour contenir l'eau, etc. La forme de ces objets était gauche, défectueuse ; mais, après qu'ils eurent été cuits à une haute température, la cuisine des Cheminées se trouva pourvue d'un certain nombre d'ustensiles aussi précieux que si le plus beau kaolin fût entré dans leur composition.

Il faut mentionner ici que Pencroff, désireux de savoir si cette argile, ainsi préparée, justifiait son nom de « terre de pipe », se fabriqua quelques pipes assez grossières, qu'il trouva charmantes, mais auxquelles le tabac manquait, hélas ! Et, il faut le dire, c'était une grosse privation pour Pencroff.

— Mais le tabac viendra, comme toutes choses ! répétait-il dans ses élans de confiance absolue.

Ces travaux durèrent jusqu'au 15 avril, et on comprend que ce temps fut consciencieusement employé. Les colons, devenus potiers, ne firent pas autre chose que de la poterie. Quand il conviendrait à Cyrus Smith de les changer en forgerons, ils seraient forgerons. Mais, le lendemain étant un dimanche, et même le dimanche de Pâques, tous convinrent de sanctifier ce jour par le repos. Ces Américains étaient des hommes religieux, scrupuleux observateurs des préceptes de la Bible, et la situation qui leur était faite ne pouvait que développer leurs sentiments de confiance envers l'Auteur de toutes choses.

Le soir du 15 avril, on revint donc définitivement aux Cheminées. Le reste des poteries fut emporté, et le four s'éteignit en attendant une destination nouvelle. Le retour fut marqué par un incident heureux, la découverte que fit l'ingénieur d'une substance propre à remplacer l'amadou. On sait que cette chair spongieuse et veloutée provient d'un certain champignon du genre polypore. Convenablement préparée, elle est extrêmement inflammable, surtout quand elle a été préalablement saturée de poudre à canon ou bouillie dans une dissolution de nitrate ou de chlorate de potasse. Mais, jusqu'alors, on n'avait trouvé aucun de ces polypores, ni même aucune de ces morilles qui peuvent les remplacer. Ce jour-là, l'ingénieur, ayant reconnu une certaine plante appartenant au genre armoise, qui compte parmi ses principales espèces l'absinthe, la citronnelle, l'estragon, le gépi, etc., en arracha plusieurs touffes, et, les présentant au marin :

— Tenez, Pencroff, dit-il, voilà qui vous fera plaisir.

Pencroff regarda attentivement la plante, revêtue de poils soyeux et longs, dont les feuilles étaient recouvertes d'un duvet cotonneux.

— Eh! qu'est-ce cela, monsieur Cyrus? demanda Pencroff. Bonté du Ciel! Est-ce du tabac?

— Non, répondit Cyrus Smith, c'est l'artemise, l'armoise chinoise pour les savants, et pour nous autres, ce sera de l'amadou.

Et, en effet, cette armoise, convenablement desséchée, fournit une substance très inflammable, surtout lorsque plus tard l'ingénieur l'eut imprégnée de ce nitrate de potasse dont l'île possédait plusieurs couches, et qui n'est autre chose que du salpêtre.

Ce soir-là, tous les colons, réunis dans la chambre centrale, soupèrent convenablement. Nab avait préparé un pot-au-feu d'agouti, un jambon de cabiai aromatisé, auquel on joignit les tubercules bouillis du « caladium macrorhizum », sorte de plante herbacée de la famille des aracées, et qui, sous la zone tropicale, eût affecté une forme arborescente. Ces rhizomes étaient d'un excellent goût, très nutritifs, à peu près semblables à cette substance qui se débite en Angleterre sous le nom de « sagou de Portland », et ils pouvaient, dans une certaine mesure, remplacer le pain qui manquait encore aux colons de l'île Lincoln.

Le souper achevé, avant de se livrer au sommeil, Cyrus Smith et ses compagnons vinrent prendre l'air sur la grève. Il était huit heures du soir. La nuit s'annonçait magnifiquement. La lune, qui avait été pleine cinq jours auparavant, n'était pas encore levée, mais l'horizon s'argentait déjà de ces nuances douces et pâles que l'on pourrait appeler l'aube lunaire. Au zénith austral, les constellations circompolaires resplendissaient, et, parmi toutes, cette Croix du Sud que l'ingénieur, quelques jours auparavant, saluait à la cime du mont Franklin.

152

Cyrus Smith observa pendant quelque temps cette splendide constellation, qui porte à son sommet et à sa base deux étoiles de première grandeur, au bras gauche une étoile de seconde, au bras droit une étoile de troisième grandeur. Puis, après avoir réfléchi :

— Harbert, demanda-t-il au jeune garçon, ne sommes-nous pas au 15 avril ?

— Oui, monsieur Cyrus, répondit Harbert.

— Eh bien, si je ne me trompe, demain sera un des quatre jours de l'année pour lequel le temps vrai se confond avec le temps moyen, c'est-à-dire, mon enfant, que demain, à quelques secondes près, le soleil passera au méridien juste au midi des horloges. Si donc le temps est beau, je pense que je pourrai obtenir la longitude de l'île avec une approximation de quelques degrés.

— Sans instruments, sans sextant ? demanda Gédéon Spilett.

— Oui, reprit l'ingénieur. Aussi, puisque la nuit est pure, je vais essayer, ce soir même, d'obtenir notre latitude en calculant la hauteur de la Croix du Sud, c'est-à-dire du pôle austral, au-dessus de l'horizon. Vous comprenez bien, mes amis, qu'avant d'entreprendre des travaux sérieux d'installation, il ne suffit pas d'avoir constaté que cette terre est une île, il faut, autant que possible, reconnaître à quelle distance elle est située, soit du continent américain, soit du continent australien, soit des principaux archipels du Pacifique.

— En effet, dit le reporter, au lieu de construire une maison, nous pouvons avoir intérêt à construire un bateau, si par hasard nous ne sommes qu'à une centaine de milles d'une côte habitée.

— Voilà pourquoi, reprit Cyrus Smith, je vais essayer, ce soir, d'obtenir la latitude de l'île Lincoln, et demain, à midi, j'essaierai d'en calculer la longitude.

Si l'ingénieur eût possédé un sextant, appareil qui permet de mesurer avec une grande précision la distance angulaire des objets par réflexion, l'opération n'eût offert aucune difficulté. Ce soir-là, par la hauteur du pôle, le lendemain, par le passage du soleil au méridien, il aurait obtenu les coordonnées de l'île. Mais, l'appareil manquant, il fallait le suppléer.

Cyrus Smith rentra donc aux Cheminées. A la lueur du foyer, il tailla deux petites règles plates qu'il réunit l'une à l'autre par une de leurs extrémités, de manière à former une sorte de compas dont les branches pouvaient s'écarter ou se rapprocher. Le point d'attache était fixé au moyen d'une forte épine d'acacia, que fournit le bois mort du bûcher.

Cet instrument terminé, l'ingénieur revint sur la grève ; mais comme il fallait qu'il prît la hauteur du pôle au-dessus d'un horizon nettement dessiné, c'est-à-dire un horizon de mer, et que le cap Griffe lui cachait l'horizon du sud, il dut aller chercher une station plus convenable. La meilleure aurait évidemment été le littoral exposé directement au sud, mais il eût fallu traverser la Mercy, alors profonde, et c'était une difficulté.

Cyrus Smith résolut, en conséquence, d'aller faire son observation sur le plateau de Grande-Vue, en se réservant de tenir compte de sa hauteur au-dessus du niveau de la mer — hauteur qu'il comptait calculer le lendemain par un simple procédé de géométrie élémentaire.

Les colons se transportèrent donc sur le plateau, en remontant la rive gauche de la Mercy, et ils vinrent se placer sur la lisière qui s'orientait nord-ouest et sud-est, c'est-à-dire sur cette ligne de roches capricieusement découpées qui bordait la rivière.

Cette partie du plateau dominait d'une cinquantaine de pieds les hauteurs de la rive droite, qui descendaient, par une double pente, jusqu'à l'extrémité du cap Griffe et jusqu'à la côte méridionale de l'île. Aucun obstacle n'arrêtait le regard, qui embrassait l'horizon sur une demi-circonférence, depuis le Cap jusqu'au promontoire du Reptile. Au sud, cet horizon, éclairé par en dessous des premières clartés de la lune, tranchait vivement sur le ciel et pouvait être visé avec une certaine précision.

A ce moment, la Croix du Sud se présentait à l'observateur dans une position renversée, l'étoile alpha marquant sa base, qui est plus rapprochée du pôle austral.

Cette constellation n'est pas située aussi près du pôle antarctique que l'étoile Polaire l'est du pôle arctique. L'étoile alpha en est à 27° environ, mais Cyrus Smith le savait et devait tenir compte de cette distance dans son calcul. Il eut soin aussi de l'observer au moment où elle passait au méridien inférieur, ce qui devait rendre son observation plus facile.

Cyrus Smith dirigea donc une branche de son compas de bois sur l'horizon de mer, l'autre sur alpha, comme il eût fait des lunettes d'un cercle répétiteur, et l'ouverture des deux branches lui donna la distance angulaire qui séparait alpha de l'horizon. Afin de fixer l'angle obtenu d'une manière immuable, il piqua, au moyen d'épines, les deux planchettes de son appareil sur une troisième placée transversalement, de telle sorte que leur écartement fût solidement maintenu.

Cela fait, il ne restait plus qu'à calculer l'angle obtenu, en ramenant l'observation au niveau de la mer, de manière à tenir compte de la dépression de l'horizon, ce qui nécessitait de mesurer la hauteur du plateau. La valeur de cet angle donnerait ainsi la hauteur d'alpha, et conséquemment celle du pôle au-dessus de l'horizon c'est-à-dire la latitude de l'île, puisque la latitude d'un point du globe est toujours égale à la hauteur du pôle au-dessus de l'horizon de ce point.

Ces calculs furent remis au lendemain, et, à dix heures, tout le monde dormait profondément.

XIV

Le lendemain, 16 avril — dimanche de Pâques —, les colons sortaient des Cheminées au jour naissant, et procédaient au lavage de leur linge et au nettoyage de leurs vêtements. L'ingénieur comptait fabriquer du savon dès qu'il se serait procuré les matières premières nécessaires à la saponification, soude ou potasse, graisse ou huile. La question si importante du renouvellement de la garde-robe serait également traitée en temps et lieu. En tout cas, les habits dureraient bien six mois encore, car ils étaient solides et pouvaient résister aux fatigues des travaux manuels. Mais tout dépendrait de la situation de l'île par rapport aux terres habitées. C'est ce qui serait déterminé ce jour même, si le temps le permettait.

Or, le soleil, se levant sur un horizon pur, annonçait une journée magnifique, une de ces belles journées d'automne qui sont comme les derniers adieux de la saison chaude.

Il s'agissait donc de compléter les éléments des observations de la veille, en mesurant la hauteur du plateau de Grande-Vue au-dessus du niveau de la mer.

— Ne vous faut-il pas un instrument analogue à celui qui vous a servi hier ? demanda Harbert à l'ingénieur.

— Non, mon enfant, répondit celui-ci, nous allons procéder autrement, et d'une manière à peu près aussi précise.

Harbert, aimant à s'instruire de toutes choses, suivit l'ingénieur, qui s'écarta du pied de la muraille de granit, en descendant jusqu'au bord de la grève. Pendant ce temps, Pencroff, Nab et le reporter s'occupaient de divers travaux.

Cyrus Smith s'était muni d'une sorte de perche droite, longue d'une douzaine de pieds, qu'il avait mesurée aussi exactement que possible, en la comparant à sa propre taille, dont il connaissait la hauteur à une ligne près. Harbert portait un fil à plomb que lui avait remis Cyrus Smith, c'est-à-dire une simple pierre fixée au bout d'une fibre flexible.

Arrivé à une vingtaine de pieds de la lisière de la grève, et à cinq cents pieds environ de la muraille de granit, qui se dressait perpendiculairement, Cyrus Smith enfonça la perche de deux pieds dans le sable, et, en la calant avec soin, il parvint, au moyen du fil à plomb, à la dresser perpendiculairement au plan de l'horizon.

Cela fait, il se recula de la distance nécessaire pour que, étant couché sur le sable, le rayon visuel, parti de son œil, effleurât à la fois et l'extrémité de la perche et la crête de la muraille. Puis il marqua soigneusement ce point avec un piquet. Alors, s'adressant à Harbert :

— Tu connais les premiers principes de la géométrie ? lui demanda-t-il.

— Un peu, monsieur Cyrus, répondit Harbert, qui ne voulait pas trop s'avancer.

— Tu te rappelles bien quelles sont les propriétés de deux triangles semblables ?

— Oui, répondit Harbert. Leurs côtés homologues sont proportionnels.

— Eh bien, mon enfant, je viens de construire deux triangles semblables, tous deux rectangles : le premier, le plus petit, a pour côtés la perche perpendiculaire, la distance qui sépare le piquet du bas de la perche, et mon rayon visuel pour hypoténuse ; le second a pour côtés la muraille perpendiculaire, dont il s'agit de mesurer la hauteur, la distance qui sépare le piquet du bas de cette muraille, et mon rayon visuel formant également son hypoténuse — qui se trouve être la prolongation de celle du premier triangle.

— Ah ! monsieur Cyrus, j'ai compris ! s'écria Harbert. De même que la distance du piquet à la perche est proportionnelle à la distance du piquet à la base de la muraille, de même la hauteur de la perche est proportionnelle à la hauteur de cette muraille.

— C'est cela même, Harbert, répondit l'ingénieur, et quand nous aurons mesuré les deux premières distances, connaissant la hauteur de la perche, nous n'aurons plus qu'un calcul de proportion à faire, ce qui nous donnera la hauteur de la muraille et nous évitera la peine de la mesurer directement.

Les deux distances horizontales furent relevées, au moyen même de la perche, dont la longueur au-dessus du sable était exactement de dix pieds.

La première distance était de quinze pieds entre le piquet et le point où la perche était enfoncée dans le sable.

La deuxième distance, entre le piquet et la base de la muraille, était de cinq cents pieds.

Ces mesures terminées, Cyrus Smith et le jeune garçon revinrent aux Cheminées.

Là, l'ingénieur prit une pierre plate qu'il avait rapportée de ses précédentes excursions, sorte de schiste ardoisier, sur lequel il était facile de tracer des chiffres au moyen d'une coquille aiguë. Il établit donc la proportion suivante :

$$15 : 500 :: 10 : x$$
$$500 \times 10 = 5\,000$$
$$\frac{5\,000}{15} = 333,33$$

D'où il fut établi que la muraille de granit mesurait trois cent trente-trois pieds de hauteur[1].

Cyrus Smith reprit alors l'instrument qu'il avait fabriqué la veille et dont les deux planchettes, par leur écartement, lui donnaient la distance angulaire de l'étoile alpha à l'horizon. Il mesura très exactement l'ouverture de cet angle sur une circonférence qu'il divisa en trois cent soixante parties égales. Or, cet angle était de 10°. Dès lors la distance angulaire totale entre le pôle et l'horizon, en y ajoutant les 27° qui séparent alpha du pôle antarctique, et en réduisant au niveau de la mer la hauteur du plateau sur lequel l'observation avait été faite, se trouva être de 37°. Cyrus Smith en conclut donc que l'île Lincoln était située sur le 37e degré de latitude australe, ou en tenant compte, vu l'imperfection de ces opérations, d'un écart de 5°, qu'elle devait être située entre le 35e et le 40e parallèle.

Restait à obtenir la longitude pour compléter les coordonnées de l'île. C'est ce que l'ingénieur tenterait de déterminer le jour même, à midi, c'est-à-dire au moment où le soleil passerait au méridien.

Il fut décidé que ce dimanche serait employé à une promenade, ou plutôt à une exploration de cette partie de l'île située entre le nord du lac et le golfe du Requin, et si le temps le permettait, on pousserait cette reconnaissance jusqu'au revers septentrional du cap Mandibule-Sud. On devait déjeuner aux dunes et ne revenir que le soir.

1. Unité de mesure anglaise qui vaut 30 centimètres.

A huit heures et demie du matin, la petite troupe suivait la lisière du canal. De l'autre côté, sur l'îlot du Salut, de nombreux oiseaux se promenaient gravement. C'étaient des plongeurs, de l'espèce des manchots, très reconnaissables à leur cri désagréable, qui rappelle le braiment de l'âne. Pencroff ne les considéra qu'au point de vue comestible, et n'apprit pas sans une certaine satisfaction que leur chair, quoique noirâtre, est fort mangeable.

On pouvait voir aussi ramper sur le sable de gros amphibies, des phoques, sans doute, qui semblaient avoir choisi l'îlot pour refuge. Il n'était guère possible d'examiner ces animaux au point de vue alimentaire, car leur chair huileuse est détestable ; cependant, Cyrus Smith les observa avec attention, et, sans faire connaître son idée, il annonça à ses compagnons que très prochainement on ferait une visite à l'îlot.

Le rivage, suivi par les colons, était semé d'innombrables coquillages, dont quelques-uns eussent fait la joie d'un amateur de malacologie. C'étaient, entre autres, des phasianelles, des térébratules, des trigonies, etc. Mais ce qui devait être plus utile, ce fut une vaste huîtrière, découverte à mer basse, que Nab signala parmi les roches, à quatre milles environ des Cheminées.

— Nab n'aura pas perdu sa journée, s'écria Pencroff en observant le banc d'ostracés qui s'étendait au large.

— C'est une heureuse découverte, en effet, dit le reporter, et pour peu, comme on le prétend, que chaque huître produise par année de cinquante à soixante mille œufs, nous aurons là une réserve inépuisable.

— Seulement, je crois que l'huître n'est pas très nourrissante, dit Harbert.

— Non, répondit Cyrus Smith. L'huître ne contient que très peu de matière azotée, et, à un homme qui s'en nourrirait exclusivement, il n'en faudrait pas moins de quinze à seize douzaines par jour.

— Bon! répondit Pencroff. Nous pourrons en avaler des douzaines de douzaines, avant d'avoir épuisé le banc. Si nous en prenions quelques-unes pour notre déjeuner?

Et sans attendre de réponse à sa proposition, sachant bien qu'elle était approuvée d'avance, le marin et Nab détachèrent une certaine quantité de ces mollusques. On les mit dans une sorte de filet en fibres d'hibiscus, que Nab avait confectionné, et qui contenait déjà le menu du repas; puis, l'on continua de remonter la côte entre les dunes et la mer.

De temps en temps, Cyrus Smith consultait sa montre, afin de se préparer à temps pour l'observation solaire, qui devait être faite à midi précis.

Toute cette portion de l'île était fort aride jusqu'à cette pointe qui fermait la baie de l'Union, et qui avait reçu le nom de cap Mandibule-Sud. On n'y voyait que sable et coquilles, mélangés de débris de laves. Quelques oiseaux de mer fréquentaient cette côte désolée, des goélands, de grands albatros, ainsi que des canards sauvages, qui excitèrent à bon droit la convoitise de Pencroff. Il essaya bien de les abattre à coups de flèche, mais sans résultat, car ils ne se posaient guère, et il eût fallu les atteindre au vol.

Ce qui amena le marin à répéter à l'ingénieur:

— Voyez-vous, monsieur Cyrus, tant que nous n'aurons pas un ou deux fusils de chasse, notre matériel laissera à désirer!

— Sans doute, Pencroff, répondit le reporter, mais il ne tient qu'à vous! Procurez-nous du fer pour les canons, de l'acier pour les batteries, du salpêtre, du charbon et du soufre pour la poudre, du mercure et de l'acide azotique pour le fulminate, enfin du plomb pour les balles, et Cyrus nous fera des fusils de premier choix.

— Oh ! répondit l'ingénieur, toutes ces substances, nous pourrons sans doute les trouver dans l'île, mais une arme à feu est un instrument délicat et qui nécessite des outils d'une grande précision. Enfin, nous verrons plus tard.

— Pourquoi faut-il, s'écria Pencroff, pourquoi faut-il que nous ayons jeté par-dessus le bord toutes les armes que la nacelle emportait avec nous, et nos ustensiles, et jusqu'à nos couteaux de poche !

— Mais, si nous ne les avions pas jetés, Pencroff, c'est nous que le ballon aurait jetés au fond de la mer ! dit Harbert.

— C'est pourtant vrai ce que vous dites là, mon garçon ! répondit le marin.

Puis, passant à une autre idée :

— Mais, j'y songe, ajouta-t-il, quel a dû être l'ahurissement de Jonathan Forster et de ses compagnons, quand, le lendemain matin, ils auront trouvé la place nette et la machine envolée !

— Le dernier de mes soucis est de savoir ce qu'ils ont pu penser ! dit le reporter.

— C'est pourtant moi qui ai eu cette idée-là ! dit Pencroff d'un air satisfait.

— Une belle idée, Pencroff, répondit Gédéon Spilett en riant, et qui nous a mis où nous sommes !

— J'aime mieux être ici qu'aux mains des sudistes ! s'écria le marin, surtout depuis que monsieur Cyrus a eu la bonté de venir nous rejoindre !

— Et moi aussi, en vérité ! répliqua le reporter. D'ailleurs, que nous manque-t-il ? Rien !

— Si ce n'est... tout ! répondit Pencroff, qui éclata de rire, en remuant ses larges épaules. Mais, un jour ou l'autre, nous trouverons le moyen de nous en aller !

— Et plus tôt peut-être que vous ne l'imaginez, mes amis, dit alors l'ingénieur, si l'île Lincoln n'est qu'à une moyenne distance d'un archipel habité ou d'un continent. Avant une heure, nous le saurons. Je n'ai pas de carte du Pacifique, mais ma mémoire a conservé un souvenir très net de sa portion méridionale. La latitude que j'ai obtenue hier met l'île Lincoln par le travers de la Nouvelle-Zélande à l'ouest, et de la côte du Chili à l'est. Mais entre ces deux terres, la distance est au moins de six mille milles. Reste donc à déterminer quel point l'île occupe sur ce large espace de mer, et c'est ce que la longitude nous donnera tout à l'heure avec une approximation suffisante, je l'espère.

— N'est-ce pas, demanda Harbert, l'archipel des Pomotou qui est le plus rapproché de nous en latitude ?

— Oui, répondit l'ingénieur, mais la distance qui nous en sépare est de plus de douze cents milles.

— Et par là ? dit Nab, qui suivait la conversation avec un extrême intérêt, et dont la main indiqua la direction du sud.

— Par là, rien, répondit Pencroff.

— Rien, en effet, ajouta l'ingénieur.

— Eh bien, Cyrus, demanda le reporter, si l'île Lincoln ne se trouve qu'à deux ou trois cents milles de la Nouvelle-Zélande ou du Chili ?...

— Eh bien, répondit l'ingénieur, au lieu de faire une maison, nous ferons un bateau, et maître Pencroff se chargera de le manœuvrer...

— Comment donc, monsieur Cyrus, s'écria le marin, je suis tout prêt à passer capitaine... dès que vous aurez trouvé le moyen de construire une embarcation suffisante pour tenir la mer !

— Nous le ferons, si cela est nécessaire ! répondit Cyrus Smith.

Mais tandis que causaient ces hommes, qui véritablement ne doutaient de rien, l'heure approchait à laquelle l'observation devait avoir lieu. Comment s'y prendrait

Cyrus Smith pour constater le passage du soleil au méridien de l'île, sans aucun instrument? C'est ce que Harbert ne pouvait deviner.

Les observateurs se trouvaient alors à une distance de six milles des Cheminées, non loin de cette partie des dunes dans laquelle l'ingénieur avait été retrouvé, après son énigmatique sauvetage. On fit halte en cet endroit, et tout fut préparé pour le déjeuner, car il était onze heures et demie. Harbert alla chercher de l'eau douce au ruisseau qui coulait près de là, et il la rapporta dans une cruche dont Nab s'était muni.

Pendant ces préparatifs, Cyrus Smith disposa tout pour son observation astronomique. Il choisit sur la grève une place bien nette, que la mer en se retirant avait nivelée parfaitement. Cette couche de sable très fin était dressée comme une glace, sans qu'un grain dépassât l'autre. Peu importait, d'ailleurs, que cette couche fût horizontale ou non, et il n'importait pas davantage que la baguette, haute de six pieds, qui y fut plantée, se dressât perpendiculairement. Au contraire même, l'ingénieur l'inclina vers le sud, c'est-à-dire du côté opposé au soleil, car il ne faut pas oublier que les colons de l'île Lincoln, par cela même que l'île était située dans l'hémisphère austral, voyaient l'astre radieux décrire son arc diurne au-dessus de l'horizon du nord, et non au-dessus de l'horizon du sud.

Harbert comprit alors comment l'ingénieur allait procéder pour constater la culmination du soleil, c'est-à-dire son passage au méridien de l'île, ou, en d'autres termes, le midi du lieu. C'était au moyen de l'ombre projetée sur le sable par la baguette, moyen qui, à défaut d'instrument, lui donnerait une approximation convenable pour le résultat qu'il voulait obtenir.

En effet, le moment où cette ombre atteindrait son minimum de longueur serait le midi précis, et il suffirait de suivre l'extrémité de cette ombre, afin de reconnaître l'instant où, après avoir successivement diminué, elle recommencerait à s'allonger. En inclinant sa baguette du côté opposé au soleil, Cyrus Smith rendait l'ombre plus longue, et, par conséquent, ses modifications seraient plus faciles à constater. En effet, plus l'aiguille d'un cadran est grande, plus on peut suivre aisément le déplacement de sa pointe. L'ombre de la baguette n'était pas autre chose que l'aiguille d'un cadran.

Lorsqu'il pensa que le moment était arrivé, Cyrus Smith s'agenouilla sur le sable, et, au moyen de petits jalons de bois qu'il fichait dans le sable, il commença à pointer les décroissances successives de l'ombre de la baguette. Ses compagnons, penchés au-dessus de lui, suivaient l'opération avec un intérêt extrême.

Le reporter tenait son chronomètre à la main, prêt à relever l'heure qu'il marquerait, quand l'ombre serait à son plus court. En outre, comme Cyrus Smith opérait le 16 avril, jour auquel le temps vrai et le temps moyen se confondent, l'heure donnée par Gédéon Spilett serait l'heure vraie qu'il serait alors à Washington, ce qui simplifierait le calcul.

Cependant le soleil s'avançait lentement; l'ombre de la baguette diminuait peu à peu, et quand il parut à Cyrus Smith qu'elle recommençait à grandir :

— Quelle heure ? dit-il.

— Cinq heures et une minute, répondit aussitôt Gédéon Spilett.

Il n'y avait plus qu'à chiffrer l'opération. Rien n'était plus facile. Il existait, on le voit, en chiffres ronds, cinq heures de différence entre le méridien de Washington et celui de l'île Lincoln, c'est-à-dire qu'il était midi à l'île Lincoln, quand il était déjà cinq heures du soir à Washington. Or, le soleil, dans son mouvement apparent autour de la Terre, parcourt un degré par quatre minutes, soit 15° par heure. 15° multipliés par cinq heures donnaient 75°.

Donc, puisque Washington est par 77° 3' 11", autant dire 77° comptés du méridien de Greenwich — que les Américains prennent pour point de départ des longitudes, concurremment avec les Anglais —, il s'ensuivait que l'île était située par 77° plus 75° à l'ouest du méridien de Greenwich, c'est-à-dire par le 152ᵉ degré de longitude ouest.

Cyrus Smith annonça ce résultat à ses compagnons, et tenant compte des erreurs d'observation, ainsi qu'il l'avait fait pour la latitude, il crut pouvoir affirmer que le gisement de l'île Lincoln était entre le 35ᵉ et le 37ᵉ parallèle, et entre le 150ᵉ et le 155ᵉ méridien à l'ouest du méridien de Greenwich.

L'écart possible qu'il attribuait aux erreurs d'observation était, on le voit, de 5° dans les deux sens, ce qui, à soixante milles par degré, pouvait donner une erreur de trois cents milles en latitude ou en longitude pour le relèvement exact.

Mais cette erreur ne devait pas influer sur le parti qu'il conviendrait de prendre. Il était bien évident que l'île Lincoln était à une telle distance de toute terre ou archipel, qu'on ne pourrait se hasarder à franchir cette distance sur un simple et fragile canot.

En effet, son relèvement la plaçait au moins à douze cents milles de Taïti et des îles de l'archipel des Pomotou, à plus de dix-huit cents milles de la Nouvelle-Zélande, à plus de quatre mille cinq cents milles de la côte américaine !

Et quand Cyrus Smith consultait ses souvenirs, il ne se rappelait en aucune façon qu'une île quelconque occupât, dans cette partie du Pacifique, la situation assignée à l'île Lincoln.

XV

L'HIVERNAGE EST ABSOLUMENT DÉCIDÉ – LA QUESTION
MÉTALLURGIQUE – EXPLORATION DE L'ÎLOT DU SALUT
– LA CHASSE AUX PHOQUES – CAPTURE D'UN ÉCHIDNÉ –
LE KOULA – CE QU'ON APPELLE LA MÉTHODE CATALANE
– FABRICATION DU FER – COMMENT ON OBTIENT
L'ACIER

Le lendemain, 17 avril, la première parole du marin fut pour Gédéon Spilett.

— Eh bien, monsieur, lui demanda-t-il, que serons-nous aujourd'hui ?

— Ce qu'il plaira à Cyrus, répondit le reporter.

Or, de briquetiers et de potiers qu'ils avaient été jusqu'alors, les compagnons de l'ingénieur allaient devenir métallurgistes.

La veille, après le déjeuner, l'exploitation avait été portée jusqu'à la pointe du cap Mandibule, distante de près de sept milles des Cheminées. Là finissait la longue série des dunes, et le sol prenait une apparence volcanique. Ce n'étaient plus de hautes murailles, comme au plateau de Grande-Vue, mais une bizarre et capricieuse bordure qui encadrait cet étroit golfe compris entre les deux caps, formés des matières minérales vomies par le volcan. Arrivés à cette pointe, les colons étaient revenus sur leurs pas, et, à la nuit tombante, ils rentraient aux Cheminées, mais ils ne s'endormaient pas avant que la question de savoir s'il fallait songer à quitter ou non l'île Lincoln eût été définitivement résolue.

C'était une distance considérable que celle de ces douze cents milles qui séparaient l'île de l'archipel des Pomotou. Un canot n'eût pas suffi à la franchir, surtout à l'approche de la mauvaise saison. Pencroff l'avait formellement déclaré. Or, construire un simple canot, même en ayant les outils nécessaires, était un ouvrage difficile, et, les colons n'ayant pas d'outils, il fallait commencer par fabriquer marteaux, haches, herminettes, scies, tarières, rabots, etc., ce qui exigerait un certain temps. Il fut donc décidé que l'on hivernerait à l'île Lincoln, et que l'on chercherait une demeure plus confortable que les Cheminées pour y passer les mois d'hiver.

Avant toutes choses, il s'agissait d'utiliser le minerai de fer, dont l'ingénieur avait observé quelques gisements dans la partie nord-ouest de l'île, et de changer ce minerai soit en fer, soit en acier.

Le sol ne renferme généralement pas les métaux à l'état de pureté. Pour la plupart, on les trouve combinés avec l'oxygène ou avec le soufre. Précisément, les deux échantillons rapportés par Cyrus Smith étaient, l'un du fer magnétique, non carbonaté, l'autre de la pyrite, autrement dit du sulfure de fer. C'était donc le premier, l'oxyde de fer, qu'il fallait réduire par le charbon, c'est-à-dire débarrasser de l'oxygène, pour l'obtenir à l'état de pureté. Cette réduction se fait en soumettant le minerai en présence du charbon à une haute température, soit par la rapide et facile « méthode catalane », qui a l'avantage de transformer directement le minerai en fer dans une seule opération, soit par la méthode des hauts fourneaux, qui change d'abord le minerai en fonte, puis la fonte en fer, en lui enlevant les trois à quatre pour cent de charbon qui sont combinés avec elle.

Or, de quoi avait besoin Cyrus Smith ? de fer et non de fonte, et il devait rechercher la plus rapide méthode de réduction. D'ailleurs, le minerai qu'il avait recueilli était par lui-même très pur et très riche. C'était ce minerai oxydulé qui, se rencontrant en masses confuses d'un gris foncé, donne une poussière noire, cristallise en octaèdres réguliers, fournit les aimants naturels, et sert à fabriquer en Europe ces fers de première qualité, dont la Suède et la Norvège sont si abondamment pourvues. Non loin de ce gisement se trouvaient les gisements de charbon de terre déjà exploités par les colons. De là, grande facilité pour le traitement du minerai, puisque les éléments de la fabrication se trouvaient rapprochés. C'est même ce qui fait la prodigieuse richesse des exploitations du Royaurne-Uni, où la houille sert à fabriquer le métal extrait du même sol et en même temps qu'elle.

— Alors, monsieur Cyrus, lui dit Pencroff, nous allons travailler le minerai de fer ?

— Oui, mon ami, répondit l'ingénieur, et, pour cela — ce qui ne vous déplaira pas —, nous commencerons par faire sur l'îlot la chasse aux phoques.

— La chasse aux phoques ! s'écria le marin en se retournant vers Gédéon Spilett. Il faut donc du phoque pour fabriquer du fer ?

— Puisque Cyrus le dit ! répondit le reporter.

Mais l'ingénieur avait déjà quitté les Cheminées, et Pencroff se prépara à la chasse aux phoques, sans avoir obtenu d'autre explication.

Bientôt, Cyrus Smith, Harbert, Gédéon Spilett, Nab et le marin étaient réunis sur la grève, en un point où le canal laissait une sorte de passage guéable à mer basse. La marée était au plus bas du reflux, et les chasseurs purent traverser le canal sans se mouiller plus haut que le genou.

Cyrus Smith mettait donc pour la première fois le pied sur l'îlot, et ses compagnons pour la seconde fois,

169

puisque c'était là que le ballon les avait jetés tout d'abord.

A leur débarquement, quelques centaines de pingouins les regardèrent d'un œil candide. Les colons, armés de bâtons, auraient pu facilement les tuer, mais ils ne songèrent pas à se livrer à ce massacre deux fois inutile, car il importait de ne point effrayer les amphibies, qui étaient couchés sur le sable, à quelques encablures. Ils respectèrent aussi certains manchots très innocents, dont les ailes, réduites à l'état de moignons, s'aplatissaient en forme de nageoires, garnies de plumes d'apparence squameuse.

Les colons s'avancèrent donc prudemment vers la pointe nord, en marchant sur un sol criblé de petites fondrières, qui formaient autant de nids d'oiseaux aquatiques. Vers l'extrémité de l'îlot apparaissaient de gros points noirs qui nageaient à fleur d'eau. On eût dit des têtes d'écueils en mouvement. C'étaient les amphibies qu'il s'agissait de capturer. Il fallait les laisser prendre terre, car, avec leur bassin étroit, leur poil ras et serré, leur conformation fusiforme, ces phoques, excellents nageurs, sont difficiles à saisir dans la mer, tandis que, sur le sol, leurs pieds courts et palmés ne leur permettent qu'un mouvement de reptation peu rapide.

Pencroff connaissait les habitudes de ces amphibies, et il conseilla d'attendre qu'ils fussent étendus sur le sable, aux rayons de ce soleil qui ne tarderait pas à les plonger dans un profond sommeil. On manœuvrerait alors de manière à leur couper la retraite et à les frapper aux naseaux. Les chasseurs se dissimulèrent donc derrière les roches du littoral, et ils attendirent silencieusement.

Une heure se passa, avant que les phoques fussent venus s'ébattre sur le sable. On en comptait une demi-douzaine. Pencroff et Harbert se détachèrent alors, afin de tourner la pointe de l'îlot, de manière à les prendre à revers et à leur couper la retraite. Pendant ce temps, Cyrus Smith, Gédéon Spilett et Nab, rampant le long des roches, se glissaient vers le futur théâtre du combat.

Tout à coup, la haute taille du marin se développa. Pencroff poussa un cri. L'ingénieur et ses deux compagnons se jetèrent en toute hâte entre la mer et les phoques. Deux de ces animaux, vigoureusement frappés, restèrent morts sur le sable, mais les autres purent regagner la mer et prendre le large.

— Les phoques demandés, monsieur Cyrus! dit le marin en s'avançant vers l'ingénieur.

— Bien, répondit Cyrus Smith. Nous en ferons des soufflets de forge!

— Des soufflets de forge! s'écria Pencroff. Eh bien, voilà des phoques qui ont de la chance!

C'était, en effet, une machine soufflante, nécessaire pour le traitement du minerai, que l'ingénieur comptait fabriquer avec la peau de ces amphibies. Ils étaient de moyenne taille, car leur longueur ne dépassait pas six pieds, et, par la tête, ils ressemblaient à des chiens.

Comme il était inutile de se charger d'un poids aussi considérable que celui de ces deux animaux, Nab et Pencroff résolurent de les dépouiller sur place, tandis que Cyrus Smith et le reporter achèveraient d'explorer l'îlot.

Le marin et le Nègre se tirèrent adroitement de leur opération, et, trois heures après, Cyrus Smith avait à sa disposition deux peaux de phoque, qu'il comptait utiliser dans cet état, et sans leur faire subir aucun tannage.

Les colons durent attendre que la mer eût rebaissé, et, traversant le canal, ils rentrèrent aux Cheminées.

Ce ne fut pas un petit travail que celui de tendre ces peaux sur des cadres de bois destinés à maintenir leur écartement, et de les coudre au moyen de fibres, de manière à pouvoir y emmagasiner l'air sans laisser trop de fuites. Il fallut s'y reprendre à plusieurs fois. Cyrus Smith n'avait à sa disposition que les deux lames d'acier provenant du collier de Top, et, cependant, il fut si adroit, ses compagnons l'aidèrent avec tant d'intelligence, que, trois jours après, l'outillage de la petite colonie s'était augmenté d'une machine soufflante, destinée à injecter l'air au milieu du minerai lorsqu'il serait traité par la chaleur — condition indispensable pour la réussite de l'opération.

Ce fut le 20 avril, dès le matin, que commença « la période métallurgique », ainsi que l'appela le reporter dans ses notes. L'ingénieur était décidé, on le sait, à opérer sur le gisement même de houille et de minerai. Or, d'après ses observations, ces gisements étaient situés au bas des contreforts nord-est du mont Franklin, c'est-à-dire à une distance de six milles. Il ne fallait donc pas songer à revenir chaque jour aux Cheminées, et il fut convenu que la petite colonie camperait sous une tente de branchages, de manière que l'importante opération fût suivie nuit et jour.

Ce projet arrêté, on partit dès le matin. Nab et Pencroff traînaient sur une claie la machine soufflante, et une certaine quantité de provisions végétales et animales, que, d'ailleurs, on renouvellerait en route.

Le chemin suivi fut celui des bois du Jacamar, que l'on traversa obliquement du sud-est au nord-ouest, et dans leur partie la plus épaisse. Il fallut se frayer une route, qui devait former, par la suite, l'artère la plus directe entre le plateau de Grande-Vue et le mont Franklin. Les arbres, appartenant aux espèces déjà reconnues, étaient magnifiques. Harbert en signala de nouveaux, entre autres des dragonniers, que Pencroff traita de « poireaux prétentieux », — car, en dépit de leur taille, ils étaient de cette même famille des liliacées que l'oignon, la civette, l'échalote ou l'asperge. Ces dragonniers pouvaient fournir des racines ligneuses, qui, cuites, sont excellentes, et qui, soumises à une certaine fermentation, donnent une très agréable liqueur. On en fit provision.

Ce cheminement à travers le bois fut long. Il dura la journée entière, mais cela permit d'observer la faune et la flore. Top, plus spécialement chargé de la faune, courait à travers les herbes et les broussailles, faisant lever indistinctement toute espèce de gibier. Harbert et Gédéon Spilett tuèrent deux kangourous à coups de flèche, et de plus un animal qui ressemblait fort à un hérisson et à un fourmilier : au premier, parce qu'il se roulait en boule et se hérissait de piquants, au second, parce qu'il avait des ongles fouisseurs, un museau long et grêle que terminait un bec d'oiseau, et une langue extensible, garnie de petites épines qui lui servaient à retenir les insectes.

— Et quand il sera dans le pot-au-feu, fit naturellement observer Pencroff, à quoi ressemblera-t-il ?

— A un excellent morceau de bœuf, répondit Harbert.

— Nous ne lui en demanderons pas davantage, répondit le marin.

Pendant cette excursion, on aperçut quelques sangliers sauvages, qui ne cherchèrent point à attaquer la petite troupe, et il ne semblait pas que l'on dût rencontrer de fauves redoutables, quand, dans un épais fourré, le reporter crut voir, à quelques pas de lui, entre les premières branches d'un arbre, un animal qu'il prit pour un ours, et qu'il se mit à dessiner tranquillement. Très heureusement pour Gédéon Spilett, l'animal en question n'appartenait point à cette redoutable famille des plantigrades. Ce n'était qu'un « koula », plus connu sous le nom de « paresseux », qui avait la taille d'un grand chien, le poil hérissé et de couleur sale, les pattes armées de fortes griffes, ce qui lui permettait de grimper aux arbres et de se nourrir de feuilles. Vérification faite de l'identité dudit animal, qu'on ne dérangea point de ses occupations, Gédéon Spilett effaça « ours » de la légende de son croquis, mit « koula » à la place, et la route fut reprise.

A cinq heures du soir, Cyrus Smith donnait le signal de halte. Il se trouvait en dehors de la forêt, à la naissance de ces puissants contreforts qui étançonnaient le mont Franklin vers l'est. A quelques centaines de pas coulait le Creek-Rouge, et, par conséquent, l'eau potable n'était pas loin.

Le campement fut aussitôt organisé. En moins d'une heure, sur la lisière de la forêt, entre les arbres, une hutte de branchages entremêlés de lianes et empâtés de terre glaise offrit une retraite suffisante. On remit au lendemain les recherches géologiques. Le souper fut préparé, un bon feu flamba devant la hutte, la broche tourna, et à huit heures, tandis que l'un des colons veillait pour entretenir le foyer, au cas où quelque bête dangereuse aurait rôdé aux alentours, les autres dormaient d'un bon sommeil.

Le lendemain, 21 avril, Cyrus Smith, accompagné d'Harbert, alla rechercher ces terrains de formation ancienne sur lesquels il avait déjà trouvé un échantillon de minerai. Il rencontra le gisement à fleur de terre, presque aux sources mêmes du creek, au pied de la base latérale de l'un de ces contreforts du nord-est. Ce minerai, très riche en fer, enfermé dans sa gangue fusible, convenait parfaitement au mode de réduction que l'ingénieur comptait employer, c'est-à-dire la méthode catalane, mais simplifiée, ainsi qu'on l'emploie en Corse.

En effet, la méthode catalane proprement dite exige la construction de fours et de creusets, dans lesquels le minerai et le charbon, placés par couches alternatives, se transforment et se réduisent. Mais Cyrus Smith prétendait économiser ces constructions, et voulait former tout simplement, avec le minerai et le charbon, une masse cubique au centre de laquelle il dirigerait le vent de son soufflet. C'était le procédé employé, sans doute, par Tubal-Caïn et les premiers métallurgistes du monde habité. Or, ce qui avait réussi avec les petits-fils d'Adam, ce qui donnait encore de bons résultats dans les contrées riches en minerai et en combustible, ne pouvait que réussir dans les circonstances où se trouvaient les colons de l'île Lincoln.

Ainsi que le minerai, la houille fut récoltée, sans peine et non loin, à la surface du sol. On cassa préalablement le minerai en petits morceaux, et on le débarrassa à la main des impuretés qui souillaient sa surface. Puis, charbon et minerai furent disposés en tas et par couches successives — ainsi que fait le charbonnier du bois qu'il veut carboniser. De cette façon, sous l'influence de l'air projeté par la machine soufflante, le charbon devait se transformer en acide carbonique, puis en oxyde de carbone, chargé de réduire l'oxyde de fer, c'est-à-dire d'en dégager l'oxygène.

Ainsi l'ingénieur procéda-t-il. Le soufflet de peaux de phoque, muni à son extrémité d'un tuyau en terre réfractaire, qui avait été préalablement fabriqué au four à poteries, fut établi près du tas de minerai. Mû par un mécanisme dont les organes consistaient en châssis, cordes de fibres et contrepoids, il lança dans la masse une provision d'air qui, tout en élevant la température, concourut aussi à la transformation chimique qui devait donner du fer pur.

L'opération fut difficile. Il fallut toute la patience, toute l'ingéniosité des colons pour la mener à bien; mais enfin elle réussit, et le résultat définitif fut une loupe de fer, réduite à l'état d'éponge, qu'il fallut cingler et corroyer, c'est-à-dire forger, pour en chasser la gangue liquéfiée. Il était évident que le premier marteau manquait à ces forgerons improvisés ; mais, en fin de compte, ils se trouvaient dans les mêmes conditions où avait été le premier métallurgiste, et ils firent ce que dut faire celui-ci.

La première loupe, emmanchée d'un bâton, servit de marteau pour forger la seconde sur une enclume de granit, et on arriva à obtenir un métal grossier, mais utilisable.

Enfin, après bien des efforts, bien des fatigues, le 25 avril, plusieurs barres de fer étaient forgées et se transformaient en outils, pinces, tenailles, pics, pioches, etc., que Pencroff et Nab déclaraient être de vrais bijoux.

Mais ce métal, ce n'était pas à l'état de fer pur qu'il pouvait rendre de grands services, c'était surtout à l'état d'acier. Or, l'acier est une combinaison de fer et de charbon que l'on tire, soit de la fonte, en enlevant à celle-ci l'excès de charbon, soit du fer, en ajoutant à celui-ci le charbon qui lui manque. Le premier, obtenu par la décarburation de la fonte, donne l'acier naturel ou puddlé ; le second, produit par la carburation du fer, donne l'acier de cémentation.

C'était donc ce dernier que Cyrus Smith devait chercher à fabriquer de préférence, puisqu'il possédait le fer à l'état pur. Il y réussit en chauffant le métal avec du charbon en poudre dans un creuset fait en terre réfractaire.

Puis, cet acier, qui est malléable à chaud et à froid, il le travailla au marteau. Nab et Pencroff, habilement dirigés, firent des fers de hache, lesquels, chauffés au rouge, et plongés brusquement dans l'eau froide, acquirent une trempe excellente.

D'autres instruments, façonnés grossièrement, il va sans dire, furent ainsi fabriqués, lames de rabot, haches, hachettes, bandes d'acier qui devaient être transformées en scies, ciseaux de charpentier, puis, des fers de pioche, de pelle, de pic, des marteaux, des clous, etc.

Enfin, le 5 mai, la première période métallurgique était achevée, les forgerons rentraient aux Cheminées, et de nouveaux travaux allaient les autoriser bientôt à prendre une qualification nouvelle.

XVI

LA QUESTION D'HABITATION EST TRAITÉE DE NOUVEAU — LES FANTAISIES DE PENCROFF — UNE EXPLORATION AU NORD DU LAC — LA LISIÈRE SEPTENTRIONALE DU PLATEAU — LES SERPENTS — L'EXTRÉMITÉ DU LAC — INQUIÉTUDES DE TOP — TOP À LA NAGE — UN COMBAT SOUS LES EAUX — LE DUGONG

On était au 6 mai, jour qui correspond au 6 novembre des contrées de l'hémisphère boréal. Le ciel s'embrumait depuis quelques jours, et il importait de prendre certaines dispositions en vue d'un hivernage. Toutefois, la température ne s'était pas encore abaissée sensiblement, et un thermomètre centigrade, transporté à l'île Lincoln, eût encore marqué une moyenne de dix à douze degrés au-dessus de zéro. Cette moyenne ne saurait surprendre, puisque l'île Lincoln, située très vraisemblablement entre le 35e et le 40e parallèle, devait se trouver soumise, dans l'hémisphère sud, aux mêmes conditions climatériques que la Sicile ou la Grèce dans l'hémisphère nord. Mais, de même que la Grèce ou la

Sicile éprouvent des froids violents, qui produisent neige et glace, de même l'île Lincoln subirait sans doute, dans la période la plus accentuée de l'hiver, certains abaissements de température contre lesquels il convenait de se prémunir.

En tout cas, si le froid ne menaçait pas encore, la saison des pluies était prochaine, et sur cette île isolée, exposée à toutes les intempéries du large, en plein océan Pacifique, les mauvais temps devaient être fréquents, et probablement terribles.

La question d'une habitation plus confortable que les Cheminées dut donc être sérieusement méditée et promptement résolue.

Pencroff, naturellement, avait quelque prédilection pour cette retraite qu'il avait découverte; mais il comprit bien qu'il fallait en chercher une autre. Déjà les Cheminées avaient été visitées par la mer, dans des circonstances dont on se souvient, et on ne pouvait s'exposer de nouveau à pareil accident.

— D'ailleurs, ajouta Cyrus Smith, qui, ce jour-là, causait de ces choses avec ses compagnons, nous avons quelques précautions à prendre.

— Pourquoi? L'île n'est point habitée, dit le reporter.

— Cela est probable, répondit l'ingénieur, bien que nous ne l'ayons pas explorée encore dans son entier; mais si aucun être humain ne s'y trouve, je crains que les animaux dangereux n'y abondent. Il convient donc de se mettre à l'abri d'une agression possible, et de ne pas obliger l'un de nous à veiller chaque nuit pour entretenir un foyer allumé. Et puis, mes amis, il faut tout prévoir. Nous sommes ici dans une partie du Pacifique souvent fréquentée par les pirates malais...

— Quoi, dit Harbert, à une telle distance de toute terre?

— Oui, mon enfant, répondit l'ingénieur. Ces pirates sont de hardis marins aussi bien que des malfaiteurs redoutables, et nous devons prendre nos mesures en conséquence.

— Eh bien, répondit Pencroff, nous nous fortifierons contre les sauvages à deux et à quatre pattes. Mais, monsieur Cyrus, ne serait-il pas à propos d'explorer l'île dans toutes ses parties avant de rien entreprendre ?

— Cela vaudrait mieux, ajouta Gédéon Spilett. Qui sait si nous ne trouverons pas sur la côte opposée une de ces cavernes que nous avons inutilement cherchées sur celle-ci ?

— Cela est vrai, répondit l'ingénieur, mais vous oubliez, mes amis, qu'il convient de nous établir dans le voisinage d'un cours d'eau, et que, du sommet du mont Franklin, nous n'avons aperçu vers l'ouest ni ruisseau ni rivière. Ici, au contraire, nous sommes placés entre la Mercy et le lac Grant, avantage considérable qu'il ne faut pas négliger. Et, de plus, cette côte, orientée à l'est, n'est pas exposée comme l'autre aux vents alizés, qui soufflent du nord-ouest dans cet hémisphère.

— Alors, monsieur Cyrus, répondit le marin, construisons une maison sur les bords du lac. Ni les briques ni les outils ne nous manquent maintenant. Après avoir été briquetiers, potiers, fondeurs, forgerons, nous saurons bien être maçons, que diable !

— Oui, mon ami, mais avant de prendre une décision, il faut chercher. Une demeure dont la nature aurait fait tous les frais nous épargnerait bien du travail, et elle nous offrirait sans doute une retraite plus sûre encore, car elle serait aussi bien défendue contre les ennemis du dedans que contre ceux du dehors.

— En effet, Cyrus, répondit le reporter, mais nous avons déjà examiné tout ce massif granitique de la côte, et pas un trou, pas même une fente !

— Non, pas une ! ajouta Pencroff. Ah ! si nous avions pu creuser une demeure dans ce mur, à une certaine hauteur, de manière à la mettre hors d'atteinte, voilà qui eût été convenable ! Je vois cela d'ici, sur la façade qui regarde la mer, cinq ou six chambres...

— Avec des fenêtres pour les éclairer ! dit Harbert en riant.

— Et un escalier pour y monter ! ajouta Nab.

— Vous riez, s'écria le marin, et pourquoi donc ? Qu'y a-t-il d'impossible à ce que je propose ? Est-ce que nous n'avons pas des pics et des pioches ? Est-ce que monsieur Cyrus ne saura pas fabriquer de la poudre pour faire sauter la mine ? N'est-il pas vrai, monsieur Cyrus, que vous ferez de la poudre le jour où il nous en faudra ?

Cyrus Smith avait écouté l'enthousiaste Pencroff, développant ses projets un peu fantaisistes. Attaquer cette masse de granit, même à coups de mine, c'était un travail herculéen, et il était vraiment fâcheux que la nature n'eût pas fait le plus dur de la besogne. Mais l'ingénieur ne répondit au marin qu'en proposant d'examiner plus attentivement la muraille, depuis l'embouchure de la rivière jusqu'à l'angle qui la terminait au nord.

On sortit donc, et l'exploration fut faite, sur une étendue de deux milles environ, avec un soin extrême. Mais, en aucun endroit, la paroi, unie et droite, ne laissa voir une cavité quelconque. Les nids des pigeons de roche qui voletaient à sa cime n'étaient, en réalité, que des trous forés à la crête même et sur la lisière irrégulièrement découpée du granit.

C'était une circonstance fâcheuse, et, quant à attaquer ce massif, soit avec le pic, soit avec la poudre, pour y pratiquer une excavation suffisante, il n'y fallait point songer. Le hasard avait fait que, sur toute cette partie du littoral, Pencroff avait découvert le seul abri provisoirement habitable, c'est-à-dire ces Cheminées qu'il s'agissait pourtant d'abandonner.

L'exploration achevée, les colons se trouvaient alors à l'angle nord de la muraille, où elle se terminait par ces pentes allongées qui venaient mourir sur la grève. Depuis cet endroit jusqu'à son extrême limite à l'ouest, elle ne formait plus qu'une sorte de talus, épaisse agglomération de pierres, de terre et de sable, reliés par des plantes, des arbrisseaux et des herbes, incliné sous un angle de quarante-cinq degrés seulement. Çà et là, le granit perçait encore, et sortait par pointes aiguës de cette sorte de falaise. Des bouquets d'arbres s'étageaient sur ses pentes, et une herbe assez épaisse la tapissait. Mais l'effort végétatif n'allait pas plus loin, et une longue plaine de sable, qui commençait au pied du talus, s'étendait jusqu'au littoral.

Cyrus Smith pensa, non sans raison, que ce devait être de ce côté que le trop-plein du lac s'épanchait sous forme de cascade. En effet, il fallait nécessairement que l'excès d'eau fourni par le Creek-Rouge se perdît en un point quelconque. Or, ce point, l'ingénieur ne l'avait encore trouvé sur aucune portion des rives déjà explorées, c'est-à-dire depuis l'embouchure du ruisseau, à l'ouest, jusqu'au plateau de Grande-Vue.

L'ingénieur proposa donc à ses compagnons de gravir le talus qu'ils observaient alors, et de revenir aux Cheminées par les hauteurs, en explorant les rives septentrionales et orientales du lac.

La proposition fut acceptée, et, en quelques minutes, Harbert et Nab étaient arrivés au plateau supérieur. Cyrus Smith, Gédéon Spilett et Pencroff les suivirent d'un pas plus posé.

A deux cents pieds, à travers le feuillage, la belle nappe d'eau resplendissait sous les rayons solaires. Le paysage était charmant en cet endroit. Les arbres, aux tons jaunis, se groupaient merveilleusement pour le régal des yeux. Quelques vieux troncs énormes, abattus par l'âge, tranchaient, par leur écorce noirâtre, sur le tapis verdoyant qui recouvrait le sol. Là caquetait tout un monde de kakatoès bruyants, véritables prismes mobiles, qui sautaient d'une branche à l'autre. On eût dit que la lumière n'arrivait plus que décomposée à travers cette singulière ramure.

Les colons, au lieu de gagner directement la rive nord du lac, contournèrent la lisière du plateau, de manière à rejoindre l'embouchure du creek sur sa rive gauche. C'était un détour d'un mille et demi au plus. La promenade était facile, car les arbres, largement espacés, laissaient entre eux un libre passage. On sentait bien que, sur cette limite, s'arrêtait la zone fertile, et la végétation s'y montrait moins vigoureuse que dans toute la partie comprise entre les cours du creek et de la Mercy.

Cyrus Smith et ses compagnons ne marchaient pas sans une certaine circonspection sur ce sol nouveau pour eux. Arcs, flèches, bâtons emmanchés d'un fer aigu, c'était là leurs seules armes. Cependant, aucun fauve ne se montra, et il était probable que ces animaux fréquentaient plutôt les épaisses forêts du sud ; mais les colons eurent la désagréable surprise d'apercevoir Top s'arrêter devant un serpent de grande taille, qui mesurait quatorze à quinze pieds de longueur. Nab l'assomma d'un coup de bâton. Cyrus Smith examina ce reptile, et déclara qu'il n'était pas venimeux, car il appartenait à l'espèce des serpents-diamants dont les indigènes se nourrissent dans la Nouvelle-Galles du Sud. Mais il était possible qu'il en existât d'autres dont la morsure est mortelle, tels que ces vipères-sourdes, à queue fourchue, qui se redressent sous le pied, ou ces serpents ailés, munis de deux oreillettes qui leur permettent de s'élancer avec une rapidité extrême. Top, le premier moment de surprise passé, donnait la chasse aux reptiles avec un acharnement qui faisait craindre pour lui. Aussi son maître le rappelait-il constamment.

L'embouchure du Creek-Rouge, à l'endroit où il se jetait dans le lac, fut bientôt atteinte. Les explorateurs reconnurent sur la rive opposée le point qu'ils avaient déjà visité en descendant du mont Franklin. Cyrus Smith constata que le débit d'eau du creek était assez considérable; il était donc nécessaire qu'en un endroit quelconque, la nature eût offert un déversoir au trop-plein du lac. C'était ce déversoir qu'il s'agissait de découvrir, car, sans doute, il formait une chute dont il serait possible d'utiliser la puissance mécanique.

Les colons, marchant à volonté, mais sans trop s'écarter les uns des autres, commencèrent donc à contourner la rive du lac, qui était très accore. Les eaux semblaient extrêmement poissonneuses, et Pencroff se promit bien de fabriquer quelques engins de pêche afin de les exploiter.

Il fallut d'abord doubler la pointe aiguë du nord-est. On eût pu supposer que la décharge des eaux s'opérait en cet endroit, car l'extrémité du lac venait presque affleurer la lisière du plateau. Mais il n'en était rien, et les colons continuèrent d'explorer la rive, qui, après une légère courbure, redescendait parallèlement au littoral.

De ce côté, la berge était moins boisée, mais quelques bouquets d'arbres, semés çà et là, ajoutaient au pittoresque du paysage. Le lac Grant apparaissait alors dans toute son étendue, et aucun souffle ne ridait la surface de ses eaux. Top, en battant les broussailles, fit lever des bandes d'oiseaux divers, que Gédéon Spilett et Harbert saluèrent de leurs flèches. Un de ces volatiles fut même adroitement atteint par le jeune garçon, et tomba au milieu d'herbes marécageuses. Top se précipita vers lui, et rapporta un bel oiseau nageur, couleur d'ardoise, à bec court, à plaque frontale très développée, aux doigts élargis par une bordure festonnée, aux ailes bordées d'un liséré blanc. C'était un « foulque », de la taille d'une grosse perdrix, appartenant à ce groupe des macrodactyles qui forme la transition entre l'ordre des échassiers et celui des palmipèdes. Triste gibier, en somme, et d'un goût qui devait laisser à désirer. Mais Top se montrerait sans doute moins difficile que ses maîtres, et il fut convenu que le foulque servirait à son souper.

Les colons suivaient alors la rive orientale du lac, et ils ne devaient pas tarder à atteindre la portion déjà reconnue. L'ingénieur était fort surpris, car il ne voyait aucun indice d'écoulement du trop-plein des eaux. Le reporter et le marin causaient avec lui, et il ne leur dissimulait point son étonnement.

En ce moment, Top, qui avait été fort calme jusqu'alors, donna des signes d'agitation. L'intelligent animal allait et venait sur la berge, s'arrêtait soudain, et regardait les eaux, une patte levée, comme s'il eût été en arrêt sur quelque gibier invisible ; puis, il aboyait avec fureur, en quêtant, pour ainsi dire, et se taisait subitement.

Ni Cyrus Smith ni ses compagnons n'avaient d'abord fait attention à ce manège de Top ; mais les aboiements du chien devinrent bientôt si fréquents que l'ingénieur s'en préoccupa.

— Qu'est-ce qu'il y a, Top ? demanda-t-il.

Le chien fit plusieurs bonds vers son maître, en laissant voir une inquiétude véritable, et il s'élança de nouveau vers la berge. Puis, tout à coup, il se précipita dans le lac.

— Ici, Top ! cria Cyrus Smith, qui ne voulait pas laisser son chien s'aventurer sur ces eaux suspectes.

— Qu'est-ce qui se passe donc là-dessous ? demanda Pencroff en examinant la surface du lac.

— Top aura senti quelque amphibie, répondit Harbert.

— Un alligator, sans doute ? dit le reporter.

— Je ne le pense pas, répondit Cyrus Smith. Les alligators ne se rencontrent que dans les régions moins élevées en latitude.

Cependant, Top était revenu à l'appel de son maître, et avait regagné la berge ; mais il ne pouvait rester en repos ; il sautait au milieu des grandes herbes, et, son instinct le guidant, il semblait suivre quelque être invisible qui se serait glissé sous les eaux du lac, en en rasant les bords. Cependant, les eaux étaient calmes, et pas une ride n'en troublait la surface. Plusieurs fois, les colons s'arrêtèrent sur la berge, et ils observèrent avec attention. Rien n'apparut. Il y avait là quelque mystère

L'ingénieur était fort intrigué.

— Poursuivons jusqu'au bout cette exploration, dit-il.

Une demi-heure après, ils étaient tous arrivés à l'angle sud-est du lac et se retrouvaient sur le plateau même de Grande-Vue. A ce point, l'examen des rives du lac devait être considéré comme terminé, et, cependant, l'ingénieur n'avait pu découvrir par où et comment s'opérait la décharge des eaux.

— Pourtant, ce déversoir existe, répétait-il, et puisqu'il n'est pas extérieur, il faut qu'il soit creusé à l'intérieur du massif granitique de la côte !

— Mais quelle importance attachez-vous à savoir cela, mon cher Cyrus ? demanda Gédéon Spilett.

— Une assez grande, répondit l'ingénieur, car si l'épanchement se fait à travers le massif, il est possible qu'il s'y trouve quelque cavité, qu'il eût été facile de rendre habitable après avoir détourné les eaux.

— Mais n'est-il pas possible, monsieur Cyrus, que les eaux s'écoulent par le fond même du lac, dit Harbert, et qu'elles aillent à la mer par un conduit souterrain ?

— Cela peut être, en effet, répondit l'ingénieur, et, si cela est, nous serons obligés de bâtir notre maison nous-mêmes, puisque la nature n'a pas fait les premiers frais de construction.

Les colons se disposaient donc à traverser le plateau pour regagner les Cheminées, car il était cinq heures du soir, quand Top donna de nouveaux signes d'agitation. Il aboyait avec rage, et, avant que son maître eût pu le retenir, il se précipita une seconde fois dans le lac.

Tous coururent vers la berge. Le chien en était déjà à plus de vingt pieds, et Cyrus Smith le rappelait vivement, quand une tête énorme émergea de la surface des eaux, qui ne paraissaient pas être profondes en cet endroit.

Harbert reconnut aussitôt l'espèce d'amphibie auquel appartenait cette tête conique à gros yeux, que décoraient des moustaches à longs poils soyeux.

— Un lamantin ! s'écria-t-il.

Ce n'était pas un lamantin, mais un spécimen de cette espèce, comprise dans l'ordre des cétacés, qui porte le nom de « dugong », car ses narines étaient ouvertes à la partie supérieure de son museau.

L'énorme animal s'était précipité sur le chien, qui voulut vainement l'éviter en revenant vers la berge. Son maître ne pouvait rien pour le sauver, et avant même qu'il fût venu à la pensée de Gédéon Spilett ou d'Harbert d'armer leurs arcs, Top, saisi par le dugong, disparaissait sous les eaux.

Nab, son épieu ferré à la main, voulut se jeter au secours du chien, décidé à s'attaquer au formidable animal jusque dans son élément.

— Non, Nab, dit l'ingénieur, en retenant son courageux serviteur.

Cependant, une lutte se passait sous les eaux, lutte inexplicable, car, dans ces conditions, Top ne pouvait évidemment pas résister, lutte qui devait être terrible, on le voyait aux bouillonnements de la surface, lutte, enfin, qui ne pouvait se terminer que par la mort du chien! Mais soudain, au milieu d'un cercle d'écume, on vit reparaître Top. Lancé en l'air par quelque force inconnue, il s'éleva à dix pieds au-dessus de la surface du lac, retomba au milieu des eaux profondément troublées, et eut bientôt regagné la berge sans blessures graves, miraculeusement sauvé.

Cyrus Smith et ses compagnons regardaient sans comprendre. Circonstance non moins inexplicable encore! On eût dit que la lutte continuait encore sous les eaux. Sans doute le dugong, attaqué par quelque puissant animal, après avoir lâché le chien, se battait pour son propre compte.

Mais cela ne dura pas longtemps. Les eaux se rougirent de sang, et le corps du dugong, émergeant d'une nappe écarlate qui se propagea largement, vint bientôt s'échouer sur une petite grève à l'angle sud du lac.

Les colons coururent vers cet endroit. Le dugong était mort. C'était un énorme animal, long de quinze pieds, qui devait peser de trois à quatre mille livres. A son cou s'ouvrait une blessure qui semblait avoir été faite avec une lame tranchante.

Quel était donc l'amphibie qui avait pu, par ce coup terrible, détruire le formidable dugong? Personne n'eût pu le dire, et, assez préoccupés de cet incident, Cyrus Smith et ses compagnons rentrèrent aux Cheminées.

XVII

Le lendemain, 7 mai, Cyrus Smith et Gédéon Spilett, laissant Nab préparer le déjeuner, gravirent le plateau de Grande-Vue, tandis que Harbert et Pencroff remontaient la rivière, afin de renouveler la provision de bois.

L'ingénieur et le reporter arrivèrent bientôt à cette petite grève, située à la pointe sud du lac, et sur laquelle l'amphibie était resté échoué. Déjà des bandes d'oiseaux s'étaient abattus sur cette masse charnue, et il fallut les chasser à coups de pierres, car Cyrus Smith désirait conserver la graisse du dugong et l'utiliser pour les besoins de la colonie. Quant à la chair de l'animal, elle ne pouvait manquer de fournir une nourriture excellente, puisque, dans certaines régions de la Malaisie, elle est spécialement réservée à la table des princes indigènes. Mais cela, c'était l'affaire de Nab.

En ce moment, Cyrus Smith avait en tête d'autres pensées. L'incident de la veille ne s'était point effacé de son esprit et ne laissait pas de le préoccuper. Il aurait voulu percer le mystère de ce combat sous-marin, et savoir quel congénère des mastodontes ou autres monstres marins avait fait au dugong une si étrange blessure.

Il était donc là, sur le bord du lac, regardant, observant, mais rien n'apparaissait sous les eaux tranquilles, qui étincelaient aux premiers rayons du soleil.

Sur cette petite grève qui supportait le corps du dugong, les eaux étaient peu profondes; mais, à partir de ce point, le fond du lac s'abaissait peu à peu, et il était probable qu'au centre la profondeur devait être considérable. Le lac pouvait être considéré comme une large vasque, qui avait été remplie par les eaux du Creek-Rouge.

— Eh bien, Cyrus, demanda le reporter, il me semble que ces eaux n'offrent rien de suspect?

— Non, mon cher Spilett, répondit l'ingénieur, et je ne sais vraiment comment expliquer l'incident d'hier!

— J'avoue, reprit Gédéon Spilett, que la blessure faite à cet amphibie est au moins étrange, et je ne saurais expliquer davantage comment il a pu se faire que Top ait été si vigoureusement rejeté hors des eaux? On croirait vraiment que c'est un bras puissant qui l'a lancé ainsi, et que ce même bras, armé d'un poignard, a ensuite donné la mort au dugong!

— Oui, répondit l'ingénieur, qui était devenu pensif. Il y a là quelque chose que je ne puis comprendre. Mais comprenez-vous davantage, mon cher Spilett, de quelle manière j'ai été sauvé moi-même, comment j'ai pu être arraché des flots et transporté dans les dunes? Non, n'est-il pas vrai? Aussi je pressens là quelque mystère que nous découvrirons sans doute un jour. Observons donc, mais n'insistons pas devant nos compagnons sur ces singuliers incidents. Gardons nos remarques pour nous et continuons notre besogne.

On le sait, l'ingénieur n'avait encore pu découvrir par où s'échappait le trop-plein du lac, mais comme il n'avait vu nul indice qu'il débordât jamais, il fallait nécessairement qu'un déversoir existât quelque part.

Or, précisément, Cyrus Smith fut assez surpris de distinguer un courant assez prononcé qui se faisait sentir en cet endroit. Il jeta quelques petits morceaux de bois, et vit qu'ils se dirigeaient vers l'angle sud. Il suivit ce courant, en marchant sur la berge, et il arriva à la pointe méridionale du lac.

Là se produisait une sorte de dépression des eaux, comme si elles se fussent brusquement perdues dans quelque fissure du sol.

Cyrus Smith écouta, en mettant son oreille au niveau du lac, et il entendit très distinctement le bruit d'une chute souterraine.

— C'est là, dit-il en se relevant, là que s'opère la décharge des eaux, là, sans doute, que par un conduit creusé dans le massif de granit elles s'en vont rejoindre la mer, à travers quelques cavités que nous saurions utiliser à notre profit! Eh bien, je le saurai!

L'ingénieur coupa une longue branche, il la dépouilla de ses feuilles, et, en la plongeant à l'angle des deux rives, il reconnut qu'il existait un large trou ouvert à un pied seulement au-dessous de la surface des eaux. Ce trou, c'était l'orifice du déversoir vainement cherché jusqu'alors, et la force du courant y était telle, que la branche fut arrachée des mains de l'ingénieur et disparut.

— Il n'y a plus à douter maintenant, répéta Cyrus Smith. Là est l'orifice du déversoir, et cet orifice, je le mettrai à découvert.

— Comment? demanda Gédéon Spilett.

— En abaissant de trois pieds le niveau des eaux du lac.

— Et comment abaisser leur niveau?

— En leur ouvrant une autre issue plus vaste que celle-ci.

— En quel endroit, Cyrus?

— Sur la partie de la rive qui se rapproche le plus près de la côte.

— Mais c'est une rive de granit! fit observer le reporter.

— Eh bien, répondit Cyrus Smith, je le ferai sauter, ce granit, et les eaux, en s'échappant, baisseront de manière à découvrir cet orifice...

— Et formeront une chute en tombant sur la grève, ajouta le reporter.

— Une chute que nous utiliserons! répondit Cyrus. Venez, venez!

L'ingénieur entraîna son compagnon, dont la confiance en Cyrus Smith était telle qu'il ne doutait pas que l'entreprise ne réussît. Et pourtant, cette rive de granit, comment l'ouvrir, comment, sans poudre et avec des instruments imparfaits, désagréger ces roches? N'était-ce pas un travail au-dessus de ses forces, auquel l'ingénieur allait s'acharner?

Quand Cyrus Smith et le reporter rentrèrent aux Cheminées, ils y trouvèrent Harbert et Pencroff occupés à décharger leur train de bois.

— Les bûcherons vont avoir fini, monsieur Cyrus, dit le marin en riant, et quand vous aurez besoin de maçons...

— De maçons, non, mais de chimistes, répondit l'ingénieur.

— Oui, ajouta le reporter, nous allons faire sauter l'île...

— Sauter l'île! s'écria Pencroff.

— En partie, du moins! répliqua Gédéon Spilett.

— Écoutez-moi, mes amis, dit l'ingénieur.

Et il leur fit connaître le résultat de ses observations. Suivant lui, une cavité plus ou moins considérable devait exister dans la masse de granit qui supportait le plateau de Grande-Vue, et il prétendait pénétrer jusqu'à elle. Pour ce faire, il fallait tout d'abord dégager l'ouverture par laquelle se précipitaient les eaux, et, par conséquent, abaisser leur niveau en leur procurant une plus large issue. De là, nécessité de fabriquer une substance explosive qui pût pratiquer une forte saignée en un autre point de la rive. C'est ce qu'allait tenter Cyrus Smith au moyen des minéraux que la nature mettait à sa disposition.

Inutile de dire avec quel enthousiasme tous, et plus particulièrement Pencroff, accueillirent ce projet. Employer les grands moyens, éventrer ce granit, créer une cascade, cela allait au marin ! Et il serait aussi bien chimiste que maçon ou bottier, puisque l'ingénieur avait besoin de chimistes. Il serait tout ce qu'on voudrait, « même professeur de danse et de maintien », dit-il à Nab, si cela était jamais nécessaire.

Nab et Pencroff furent tout d'abord chargés d'extraire la graisse du dugong, et d'en conserver la chair, qui était destinée à l'alimentation. Ils partirent aussitôt, sans même demander plus d'explication. La confiance qu'ils avaient en l'ingénieur était absolue.

Quelques instants après eux, Cyrus Smith, Harbert et Gédéon Spilett, traînant la claie et remontant la rivière, se dirigeaient vers le gisement de houille où abondaient ces pyrites schisteuses qui se rencontrent, en effet, dans les terrains de transition les plus récents, et dont Cyrus Smith avait déjà rapporté un échantillon.

Toute la journée fut employée à charrier une certaine quantité de ces pyrites aux Cheminées. Le soir, il y en avait plusieurs tonnes.

Le lendemain, 8 mai, l'ingénieur commença ses manipulations. Ces pyrites schisteuses étant composées principalement de charbon, de silice, d'alumine et de sulfure de fer — celui-ci en excès —, il s'agissait d'isoler le sulfure de fer et de le transformer en sulfate le plus rapidement possible. Le sulfate obtenu, on en extrairait l'acide sulfurique.

C'était en effet le but à atteindre. L'acide sulfurique est un des agents les plus employés, et l'importance industrielle d'une nation peut se mesurer à la consommation qui en est faite. Cet acide serait plus tard d'une utilité extrême aux colons pour la fabrication des bougies, le tannage des peaux, etc., mais en ce moment, l'ingénieur le réservait à un autre emploi.

Cyrus Smith choisit, derrière les Cheminées, un emplacement dont le sol fût soigneusement égalisé. Sur ce sol, il plaça un tas de branchages et de bois haché, sur lequel furent placés des morceaux de schistes pyriteux, arc-boutés les uns contre les autres ; puis, le tout fut recouvert d'une mince couche de pyrites, préalablement réduites à la grosseur d'une noix.

Ceci fait, on mit le feu au bois, dont la chaleur se communiqua aux schistes, lesquels s'enflammèrent, puisqu'ils contenaient du charbon et du soufre. Alors, de nouvelles couches de pyrites concassées furent disposées de manière à former un énorme tas, qui fut extérieurement tapissé de terre et d'herbes, après qu'on y eut ménagé quelques évents, comme s'il se fût agi de carboniser une meule de bois pour faire du charbon.

Puis, on laissa la transformation s'accomplir, et il ne fallait pas moins de dix à douze jours pour que le sulfure de fer fût changé en sulfate de fer et l'alumine en sulfate d'alumine, deux substances également solubles, les autres, silice, charbon brûlé et cendres, ne l'étant pas.

Pendant que s'accomplissait ce travail chimique, Cyrus Smith fit procéder à d'autres opérations. On y mettait plus que du zèle. C'était de l'acharnement.

Nab et Pencroff avaient enlevé la graisse du dugong, qui avait été recueillie dans de grandes jarres de terre.

Cette graisse, il s'agissait d'en isoler un de ses éléments, la glycérine, en la saponifiant. Or, pour obtenir ce résultat, il suffisait de la traiter par la soude ou la chaux. En effet, l'une ou l'autre de ces substances, après avoir attaqué la graisse, formerait un savon en isolant la glycérine, et c'était cette glycérine que l'ingénieur voulait précisément obtenir. La chaux ne lui manquait pas, on le sait ; seulement le traitement par la chaux ne devait donner que des savons calcaires, insolubles et par conséquent inutiles, tandis que le traitement par la soude fournirait, au contraire, un savon soluble qui trouverait son emploi dans les nettoyages domestiques. Or, en homme pratique, Cyrus Smith devait plutôt chercher à obtenir de la soude. Était-ce difficile ? Non, car les plantes marines abondaient sur le rivage, salicornes, ficoïdes, et toutes ces fucacées qui forment les varechs et les goémons. On recueillit donc une grande quantité de ces plantes, on les fit d'abord sécher, puis ensuite brûler dans des fosses en plein air. La combustion de ces plantes fut entretenue pendant plusieurs jours, de manière que la chaleur s'élevât au point d'en fondre les cendres, et le résultat de l'incinération fut une masse compacte, grisâtre, qui est depuis longtemps connue sous le nom de « soude naturelle ».

Ce résultat obtenu, l'ingénieur traita la graisse par la soude, ce qui donna, d'une part, un savon soluble, et, de l'autre, cette substance neutre, la glycérine.

Mais ce n'était pas tout. Il fallait encore à Cyrus Smith, en vue de sa préparation future, une autre substance, l'azotate de potasse, qui est plus connu sous le nom de sel de nitre ou de salpêtre.

Cyrus Smith aurait pu fabriquer cette substance, en traitant le carbonate de potasse, qui s'extrait facilement des cendres des végétaux, par de l'acide azotique. Mais l'acide azotique lui manquait, et c'était précisément cet acide qu'il voulait obtenir, en fin de compte. Il y avait donc là un cercle vicieux, dont il ne fût jamais sorti. Très heureusement, cette fois, la nature allait lui fournir le salpêtre, sans qu'il eût d'autre peine que de le ramasser. Harbert en découvrit un gisement dans le nord de l'île, au pied du mont Franklin, et il n'y eut plus qu'à purifier ce sel.

Ces divers travaux durèrent une huitaine de jours. Ils étaient donc achevés, avant que la transformation du sulfure en sulfate de fer eût été accomplie. Pendant les jours qui suivirent, les colons eurent le temps de fabriquer de la poterie réfractaire en argile plastique et de construire un fourneau de briques d'une disposition particulière qui devait servir à la distillation du sulfate de fer, lorsque celui-ci serait obtenu. Tout cela fut achevé vers le 18 mai, à peu près au moment où la transformation chimique se terminait. Gédéon Spilett, Harbert, Nab et Pencroff, habilement guidés par l'ingénieur, étaient devenus les plus adroits ouvriers du monde. La nécessité est, d'ailleurs, de tous les maîtres, celui qu'on écoute le plus et qui enseigne le mieux.

Lorsque le tas de pyrites eut été entièrement réduit par le feu, le résultat de l'opération, consistant en sulfate de fer, sulfate d'alumine, silice, résidu de charbon et cendres, fut déposé dans un bassin rempli d'eau. On agita ce mélange, on le laissa reposer, puis on le décanta, et on obtint un liquide clair, contenant en dissolution du sulfate de fer et du sulfate d'alumine, les autres matières étant restées solides, puisqu'elles étaient insolubles. Enfin, ce liquide s'étant vaporisé en partie, des cristaux de sulfate de fer se déposèrent, et les eaux-mères, c'est-à-dire le liquide non vaporisé, qui contenait du sulfate d'alumine, furent abandonnées.

Cyrus Smith avait donc à sa disposition une assez grande quantité de ces cristaux de sulfate de fer, dont il s'agissait d'extraire l'acide sulfurique.

Dans la pratique industrielle, c'est une coûteuse installation que celle qu'exige la fabrication de l'acide sulfurique. Il faut, en effet, des usines considérables, un outillage spécial, des appareils de platine, des chambres de plomb, inattaquables à l'acide, et dans lesquelles s'opère la transformation, etc. L'ingénieur n'avait point cet outillage à sa disposition, mais il savait qu'en Bohême particulièrement, on fabrique l'acide sulfurique par des moyens plus simples, qui ont même l'avantage de le produire à un degré supérieur de concentration. C'est ainsi que se fait l'acide connu sous le nom d'acide de Nordhausen.

Pour obtenir l'acide sulfurique, Cyrus Smith n'avait plus qu'une seule opération à faire : calciner en vase clos les cristaux de sulfate de fer, de manière que l'acide sulfurique se distillât en vapeurs, lesquelles vapeurs produiraient ensuite l'acide par condensation.

C'est à cette manipulation que servirent les poteries réfractaires, dans lesquelles furent placés les cristaux, et le four, dont la chaleur devait distiller l'acide sulfurique. L'opération fut parfaitement conduite, et le 20 mai, douze jours après avoir commencé, l'ingénieur était possesseur de l'agent qu'il comptait utiliser plus tard de tant de façons différentes.

Or, pourquoi voulait-il donc avoir cet agent ? Tout simplement pour produire l'acide azotique, et cela fut aisé, puisque le salpêtre, attaqué par l'acide sulfurique, lui donna précisément cet acide par distillation.

Mais, en fin de compte, à quoi allait-il employer cet acide azotique ? C'est ce que ses compagnons ignoraient encore, car il n'avait pas dit le dernier mot de son travail.

Cependant, l'ingénieur touchait à son but, et une dernière opération lui procura la substance qui avait exigé tant de manipulations.

Après avoir pris de l'acide azotique, il le mit en présence de la glycérine, qui avait été préalablement concentrée par évaporation au bain-marie, et il obtint, même sans employer de mélange réfrigérant, plusieurs pintes d'un liquide huileux et jaunâtre.

Cette dernière opération, Cyrus Smith l'avait faite seul, à l'écart, loin des Cheminées, car elle présentait des dangers d'explosion, et, quand il rapporta un flacon de ce liquide à ses amis, il se contenta de leur dire :

— Voilà de la nitroglycérine !

C'était, en effet, ce terrible produit, dont la puissance explosible est peut-être décuple de celle de la poudre ordinaire, et qui a déjà causé tant d'accidents ! Toutefois, depuis qu'on a trouvé le moyen de le transformer en dynamite, c'est-à-dire de le mélanger avec une substance solide, argile ou sucre, assez poreuse pour le retenir, le dangereux liquide a pu être utilisé avec plus de sécurité. Mais la dynamite n'était pas encore connue à l'époque où les colons opéraient dans l'île Lincoln.

— Et c'est cette liqueur-là qui va faire sauter nos rochers ? dit Pencroff d'un air assez incrédule.

— Oui, mon ami, répondit l'ingénieur, et cette nitroglycérine produira d'autant plus d'effet que ce granit est extrêmement dur et qu'il opposera une résistance plus grande à l'éclatement.

— Et quand verrons-nous cela, monsieur Cyrus ?

— Demain, dès que nous aurons creusé un trou de mine, répondit l'ingénieur.

Le lendemain — 21 mai —, dès l'aube, les mineurs se rendirent à une pointe qui formait la rive est du lac Grant, et à cinq cents pas seulement de la côte. En cet endroit, le plateau était en contrebas des eaux, qui n'étaient retenues que par leur cadre de granit. Il était donc évident que si l'on brisait ce cadre, les eaux s'échapperaient par cette issue, et formeraient un ruisseau qui, après avoir coulé à la surface inclinée du plateau, irait se précipiter sur la grève. Par suite, il y aurait abaissement général du niveau du lac, et mise à découvert de l'orifice du déversoir — ce qui était le but final.

C'était donc le cadre qu'il s'agissait de briser. Sous la direction de l'ingénieur, Pencroff, armé d'un pic qu'il maniait adroitement et vigoureusement, attaqua le granit sur le revêtement extérieur. Le trou qu'il s'agissait de percer prenait naissance sur une arête horizontale de la rive, et il devait s'enfoncer obliquement, de manière à rencontrer un niveau sensiblement inférieur à celui des eaux du lac. De cette façon, la force explosive, en écartant les roches, permettrait aux eaux de s'épancher largement au-dehors et, par suite, de s'abaisser suffisamment.

Le travail fut long, car l'ingénieur, voulant produire un effet formidable, ne comptait pas consacrer moins de dix litres de nitroglycérine à l'opération. Mais Pencroff, relayé par Nab, fit si bien que, vers quatre heures du soir, le trou de mine était achevé.

Restait la question d'inflammation de la substance explosive. Ordinairement, la nitroglycérine s'enflamme au moyen d'amorces de fulminate qui, en éclatant, déterminent l'explosion. Il faut, en effet, un choc pour provoquer l'explosion, et, allumée simplement, cette substance brûlerait sans éclater.

Cyrus Smith aurait certainement pu fabriquer une amorce. A défaut de fulminate, il pouvait facilement obtenir une substance analogue au coton-poudre, puisqu'il avait de l'acide azotique à sa disposition. Cette substance, pressée dans une cartouche, et introduite dans la nitroglycérine, aurait éclaté au moyen d'une mèche et déterminé l'explosion.

Mais Cyrus Smith savait que la nitroglycérine a la propriété de détoner au choc. Il résolut donc d'utiliser cette propriété, quitte à employer un autre moyen, si celui-là ne réussissait pas.

En effet, le choc d'un marteau sur quelques gouttes de nitroglycérine, répandues à la surface d'une pierre dure, suffit à provoquer l'explosion. Mais l'opérateur ne pouvait être là, à donner le coup de marteau, sans être victime de l'opération. Cyrus Smith imagina donc de suspendre à un montant, au-dessus du trou de mine, et au moyen d'une fibre végétale, une masse de fer pesant plusieurs livres. Une autre longue fibre, préalablement soufrée, était attachée au milieu de la première par une de ses extrémités, tandis que l'autre extrémité traînait sur le sol jusqu'à une distance de plusieurs pieds du trou de mine. Le feu étant mis à cette seconde fibre, elle brûlerait jusqu'à ce qu'elle eût atteint la première. Celle-ci, prenant feu à son tour, se romprait, et la masse de fer serait précipitée sur la nitroglycérine.

Cet appareil fut donc installé ; puis l'ingénieur, après avoir fait éloigner ses compagnons, remplit le trou de mine de manière que la nitroglycérine vînt en affleurer l'ouverture, et il en jeta quelques gouttes à la surface de la roche, au-dessous de la masse de fer déjà suspendue.

Ceci fait, Cyrus Smith prit l'extrémité de la fibre soufrée, il l'alluma, et, quittant la place, il revint retrouver ses compagnons aux Cheminées.

La fibre devait brûler pendant vingt-cinq minutes, et, en effet, vingt-cinq minutes après, une explosion, dont on ne saurait donner l'idée, retentit. Il sembla que toute l'île tremblait sur sa base. Une gerbe de pierres se projeta dans les airs comme si elle eût été vomie par un volcan. La secousse produite par l'air déplacé fut telle que les roches des Cheminées oscillèrent. Les colons, bien qu'ils fussent à plus de deux milles de la mine, furent renversés sur le sol.

Ils se relevèrent, ils remontèrent sur le plateau, et ils coururent vers l'endroit où la berge du lac devait avoir été éventrée par l'explosion...

Un triple hurrah s'échappa de leurs poitrines! Le cadre de granit était fendu sur une large place! Un cours rapide d'eau s'en échappait, courait en écumant à travers le plateau, en atteignait la crête, et se précipitait d'une hauteur de trois cents pieds sur la grève!

XVIII

PENCROFF NE DOUTE PLUS DE RIEN — L'ANCIEN DÉVERSOIR DU LAC — UNE DESCENTE SOUTERRAINE — LA ROUTE À TRAVERS LE GRANIT — TOP A DISPARU — LA CAVERNE CENTRALE — LE PUITS INFÉRIEUR — MYSTÈRE — À COUPS DE PIC — LE RETOUR

Le projet de Cyrus Smith avait réussi; mais, suivant son habitude, sans témoigner aucune satisfaction, les lèvres serrées, le regard fixe, il restait immobile. Harbert était enthousiasmé; Nab bondissait de joie; Pencroff balançait sa grosse tête et murmurait ces mots:

— Allons, il va bien notre ingénieur!

En effet, la nitroglycérine avait puissamment agi. La saignée, faite au lac, était si importante que le volume des eaux qui s'échappaient alors par ce nouveau déversoir était au moins triple de celui qui passait auparavant par l'ancien. Il devait donc en résulter que, peu de temps après l'opération, le niveau du lac aurait baissé de deux pieds, au moins.

Les colons revinrent aux Cheminées, afin d'y prendre des pics, des épieux ferrés, des cordes de fibres, un briquet et de l'amadou; puis, ils retournèrent au plateau. Top les accompagnait.

Chemin faisant, le marin ne put s'empêcher de dire à l'ingénieur :

— Mais savez-vous bien, monsieur Cyrus, qu'au moyen de cette charmante liqueur que vous avez fabriquée, on ferait sauter notre île tout entière ?

— Sans aucun doute, l'île, les continents, et la Terre elle-même, répondit Cyrus Smith. Ce n'est qu'une question de quantité.

— Ne pourriez-vous donc employer cette nitroglycérine au chargement des armes à feu ? demanda le marin.

— Non, Pencroff, car c'est une substance trop brisante. Mais il serait aisé de fabriquer de la poudre-coton, ou même de la poudre ordinaire, puisque nous avons l'acide azotique, le salpêtre, le soufre et le charbon. Malheureusement, ce sont les armes que nous n'avons pas.

— Oh ! monsieur Cyrus, répondit le marin, avec un peu de bonne volonté !...

Décidément, Pencroff avait rayé le mot « impossible » du dictionnaire de l'île Lincoln.

Les colons, arrivés au plateau de Grande-Vue, se dirigèrent immédiatement vers la pointe du lac, près de laquelle s'ouvrait l'orifice de l'ancien déversoir, qui, maintenant, devait être à découvert. Le déversoir serait donc devenu praticable, puisque les eaux ne s'y précipiteraient plus, et il serait facile sans doute d'en reconnaître la disposition intérieure.

En quelques instants, les colons avaient atteint l'angle inférieur du lac, et un coup d'œil leur suffit pour constater que le résultat avait été obtenu.

En effet, dans la paroi granitique du lac, et maintenant au-dessus du niveau des eaux, apparaissait l'orifice

201

tant cherché. Un étroit épaulement, laissé à nu par le retrait des eaux, permettait d'y arriver. Cet orifice mesurait vingt pieds de largeur environ, mais il n'en avait que deux de hauteur. C'était comme une bouche d'égout à la bordure d'un trottoir. Cet orifice n'aurait donc pu livrer un passage facile aux colons; mais Nab et Pencroff prirent leur pic, et, en moins d'une heure, ils lui eurent donné une hauteur suffisante.

L'ingénieur s'approcha alors et reconnut que les parois du déversoir, dans sa partie supérieure, n'accusaient pas une pente de plus de 30 à 35°. Elles étaient donc praticables, et, pourvu que leur déclivité ne s'accrût pas, il serait facile de les descendre jusqu'au niveau même de la mer. Si donc, ce qui était fort probable, quelque vaste cavité existait à l'intérieur du massif granitique, on trouverait peut-être moyen de l'utiliser.

— Eh bien, monsieur Cyrus, qu'est-ce qui nous arrête? demanda le marin, impatient de s'aventurer dans l'étroit couloir. Vous voyez que Top nous a précédés!

— Bien, répondit l'ingénieur. Mais il faut y voir clair. Nab, va couper quelques branches résineuses.

Nab et Harbert coururent vers les rives du lac, ombragées de pins et autres arbres verts, et ils revinrent bientôt avec des branches qu'ils disposèrent en forme de torches. Ces torches furent allumées du feu du briquet, et, Cyrus Smith en tête, les colons s'engagèrent dans le sombre boyau que le trop-plein des eaux emplissait naguère.

Contrairement à ce qu'on eût pu supposer, le diamètre de ce boyau allait en s'élargissant, de telle sorte que les explorateurs, presque aussitôt, purent se tenir droit en descendant. Les parois de granit, usées par les eaux depuis un temps infini, étaient glissantes, et il fallait se garder des chutes. Aussi, les colons s'étaient-ils liés les uns aux autres au moyen d'une corde, ainsi que font les ascensionnistes dans les montagnes. Heureusement, quelques saillies du granit, formant de véritables marches, rendaient la descente moins périlleuse. Des gouttelettes, encore suspendues aux rocs, s'irisaient çà et là sous le feu des torches, et on eût pu croire que les parois étaient revêtues d'innombrables stalactites. L'ingénieur observa ce granit noir. Il n'y vit pas une strate, pas une faille. La masse était compacte et d'un grain extrêmement serré. Ce boyau datait donc de l'origine même de l'île. Ce n'étaient point les eaux qui l'avaient creusé peu à peu. Pluton, et non pas Neptune, l'avait foré de sa propre main, et l'on pouvait distinguer sur la muraille les traces d'un travail éruptif que le lavage des eaux n'avait pu totalement effacer.

Les colons ne descendaient que fort lentement. Ils n'étaient pas sans éprouver une certaine émotion, à s'aventurer ainsi dans les profondeurs de ce massif, que des êtres humains visitaient évidemment pour la première fois. Ils ne parlaient pas, mais ils réfléchissaient, et cette réflexion dut venir à plus d'un, que quelque poulpe ou autre gigantesque céphalopode pouvait occuper les cavités intérieures, qui se trouvaient en communication avec la mer. Il fallait donc ne s'aventurer qu'avec une certaine prudence.

Du reste, Top tenait la tête de la petite troupe, et l'on pouvait s'en rapporter à la sagacité du chien, qui ne manquerait point de donner l'alarme, le cas échéant.

Après avoir descendu une centaine de pieds, en suivant une route assez sinueuse, Cyrus Smith, qui marchait en avant, s'arrêta, et ses compagnons le rejoignirent. L'endroit où ils firent halte était évidé, de manière à former une caverne de médiocre dimension. Des gouttes d'eau tombaient de sa voûte, mais elles ne provenaient pas d'un suintement à travers le massif. C'étaient simplement les dernières traces laissées par le torrent qui avait si longtemps grondé dans cette cavité, et l'air, légèrement humide, n'émettait aucune émanation méphitique.

— Eh bien, mon cher Cyrus? dit alors Gédéon Spilett. Voici une retraite bien ignorée, bien cachée dans ces profondeurs, mais, en somme, elle est inhabitable.

— Pourquoi inhabitable? demanda le marin.

— Parce qu'elle est trop petite et trop obscure.

— Ne pouvons-nous l'agrandir, la creuser, y pratiquer des ouvertures pour le jour et l'air? répondit Pencroff, qui ne doutait plus de rien.

— Continuons, répondit Cyrus Smith, continuons notre exploration. Peut-être, plus bas, la nature nous aura-t-elle épargné ce travail.

— Nous ne sommes encore qu'au tiers de la hauteur, fit observer Harbert.

— Au tiers environ, répondit Cyrus Smith, car nous avons descendu une centaine de pieds depuis l'orifice, et il n'est pas impossible qu'à cent pieds plus bas...

— Où est donc Top?... demanda Nab en interrompant son maître.

On chercha dans la caverne. Le chien n'y était pas.

— Il aura probablement continué sa route, dit Pencroff.

— Rejoignons-le, répondit Cyrus Smith.

La descente fut reprise. L'ingénieur observait avec soin les déviations que le déversoir subissait, et, malgré tant de détours, il se rendait assez facilement compte de sa direction générale, qui allait vers la mer.

Les colons s'étaient encore abaissés d'une cinquantaine de pieds suivant la perpendiculaire, quand leur attention fut attirée par des sons éloignés qui venaient des profondeurs du massif. Ils s'arrêtèrent et écoutèrent. Ces sons, portés à travers le couloir comme la voix à travers un tuyau acoustique, arrivaient nettement à l'oreille.

— Ce sont les aboiements de Top! s'écria Harbert.

— Oui, répondit Pencroff, et notre brave chien aboie même avec fureur!

— Nous avons nos épieux ferrés, dit Cyrus Smith. Tenons-nous sur nos gardes, et en avant!

— Cela est de plus en plus intéressant, murmura Gédéon Spilett à l'oreille du marin, qui fit un signe affirmatif.

Cyrus Smith et ses compagnons se précipitèrent pour se porter au secours du chien. Les aboiements de Top devenaient de plus en plus perceptibles. On sentait dans sa voix saccadée une rage étrange. Était-il donc aux prises avec quelque animal dont il avait troublé la retraite? On peut dire que, sans songer au danger auquel ils s'exposaient, les colons se sentaient maintenant pris d'une irrésistible curiosité. Ils ne descendaient plus le couloir, ils se laissaient pour ainsi dire glisser sur sa paroi, et, en quelques minutes, soixante pieds plus bas, ils eurent rejoint Top.

Là, le couloir aboutissait à une vaste et magnifique caverne. Là, Top, allant et venant, aboyait avec fureur. Pencroff et Nab, secouant leurs torches, jetèrent de grands éclats de lumière à toutes les aspérités du granit, et, en même temps, Cyrus Smith, Gédéon Spilett, Harbert, l'épieu dressé, se tinrent prêts à tout événement.

L'énorme caverne était vide. Les colons la parcoururent en tous sens. Il n'y avait rien, pas un animal, pas un être vivant! Et, cependant, Top continuait d'aboyer. Ni les caresses ni les menaces ne purent le faire taire.

— Il doit y avoir quelque part une issue par laquelle les eaux du lac s'en allaient à la mer, dit l'ingénieur.

— En effet, répondit Pencroff, et prenons garde de tomber dans un trou.

— Va, Top, va! cria Cyrus Smith.

Le chien, excité par les paroles de son maître, courut vers l'extrémité de la caverne, et, là, ses aboiements redoublèrent.

On le suivit, et, à la lumière des torches, apparut l'orifice d'un véritable puits qui s'ouvrait dans le granit. C'était bien par là que s'opérait la sortie des eaux autrefois engagées dans le massif, et, cette fois, ce n'était plus un couloir oblique et praticable, mais un puits perpendiculaire, dans lequel il eût été impossible de s'aventurer.

Les torches furent penchées au-dessus de l'orifice. On ne vit rien. Cyrus Smith détacha une branche enflammée et la jeta dans cet abîme. La résine éclatante, dont le pouvoir éclairant s'accrut encore par la rapidité de sa chute, illumina l'intérieur du puits, mais rien n'apparut encore. Puis, la flamme s'éteignit avec un léger frémissement indiquant qu'elle avait atteint la couche d'eau, c'est-à-dire le niveau de la mer.

L'ingénieur, calculant le temps employé à la chute, put en estimer la profondeur du puits, qui se trouva être de quatre-vingt-dix pieds environ.

Le sol de la caverne était donc situé à quatre-vingt-dix pieds au-dessus du niveau de la mer.

— Voici notre demeure, dit Cyrus Smith.

— Mais elle était occupée par un être quelconque, répondit Gédéon Spilett, qui ne trouvait pas sa curiosité satisfaite.

— Eh bien, l'être quelconque, amphibie ou autre, s'est enfui par cette issue, répondit l'ingénieur, et il nous a cédé la place.

— N'importe, ajouta le marin, j'aurais bien voulu être Top, il y a un quart d'heure, car enfin ce n'est pas sans raison qu'il a aboyé !

Cyrus Smith regardait son chien, et celui de ses compagnons qui se fût approché de lui l'eût entendu murmurer ces paroles :

— Oui, je crois bien que Top en sait plus long que nous sur bien des choses !

Cependant, les désirs des colons se trouvaient en grande partie réalisés. Le hasard, aidé par la merveilleuse sagacité de leur chef, les avait heureusement servis. Ils avaient là, à leur disposition, une vaste caverne, dont ils ne pouvaient encore estimer la capacité à la lueur insuffisante des torches, mais qu'il serait certainement aisé de diviser en chambres, au moyen de cloisons de briques, et d'approprier, sinon comme une maison, du moins comme un spacieux appartement. Les eaux l'avaient abandonnée et n'y pouvaient plus revenir. La place était libre.

Restaient deux difficultés : premièrement, la possibilité d'éclairer cette excavation creusée dans un bloc plein ; deuxièmement, la nécessité d'en rendre l'accès plus facile. Pour l'éclairage, il ne fallait point songer à l'établir par le haut, puisqu'une énorme épaisseur de granit plafonnait au-dessus d'elle ; mais peut-être pourrait-on percer la paroi antérieure, qui faisait face à la mer. Cyrus Smith, qui, pendant la descente, avait apprécié assez approximativement l'obliquité, et par conséquent la longueur du déversoir, était fondé à croire que la partie antérieure de la muraille devait n'être que peu épaisse. Si l'éclairage était ainsi obtenu, l'accès le serait aussi, car il était aussi facile de percer une porte que des fenêtres, et d'établir une échelle extérieure.

Cyrus Smith fit part de ses idées à ses compagnons.

— Alors, monsieur Cyrus, à l'ouvrage ! répondit Pencroff. J'ai mon pic, et je saurai bien me faire jour à travers ce mur. Où faut-il frapper ?

— Ici, répondit l'ingénieur, en indiquant au vigoureux marin un renfoncement assez considérable de la paroi, et qui devait en diminuer l'épaisseur.

Pencroff attaqua le granit, et pendant une demi-heure, à la lueur des torches, il en fit voler les éclats autour de lui. La roche étincelait sous son pic. Nab le relaya, puis Gédéon Spilett après Nab.

Ce travail durait depuis deux heures déjà, et l'on pouvait donc craindre qu'en cet endroit la muraille n'excédât la longueur du pic, quand, à un dernier coup porté par Gédéon Spilett, l'instrument, passant au travers du mur, tomba au-dehors.

— Hurrah ! toujours hurrah ! s'écria Pencroff.

La muraille ne mesurait là que trois pieds d'épaisseur.

Cyrus Smith vint appliquer son œil à l'ouverture, qui dominait le sol de quatre-vingts pieds. Devant lui s'étendait la lisière du rivage, l'îlot, et, au-delà, l'immense mer.

Mais par ce trou assez large, car la roche s'était désagrégée notablement, la lumière entra à flots et produisit un effet magique en inondant cette splendide caverne ! Si, dans sa partie gauche, elle ne mesurait pas plus de trente pieds de haut et de large sur une longueur de cent pieds, au contraire, à sa partie droite, elle était énorme, et sa voûte s'arrondissait à plus de quatre-vingts pieds de hauteur. En quelques endroits, des piliers de granit, irrégulièrement disposés, en supportaient les retombées comme celles d'une nef de cathédrale. Appuyée sur des espèces de pieds-droits latéraux, ici se surbaissant en cintres, là s'élevant sur des nervures ogivales, se perdant sur des travées obscures dont on entrevoyait les capricieux arceaux dans l'ombre, ornée à profusion de saillies qui formaient comme autant de pendentifs, cette voûte offrait un mélange pittoresque de tout ce que les architectures byzantine, romane et gothique ont produit sous la main de l'homme. Et ici, pourtant, ce n'était que l'œuvre de la nature ! Elle seule avait creusé ce féerique Alhambra dans un massif de granit !

Les colons étaient stupéfaits d'admiration. Où ils ne croyaient trouver qu'une étroite cavité, ils trouvaient une sorte de palais merveilleux, et Nab s'était découvert, comme s'il eût été transporté dans un temple !

Des cris d'admiration étaient partis de toutes les bouches. Les hurrahs retentissaient et allaient se perdre d'écho en écho jusqu'au fond des sombres nefs.

— Ah ! mes amis, s'écria Cyrus Smith, quand nous aurons largement éclairé l'intérieur de ce massif, quand nous aurons disposé nos chambres, nos magasins, nos offices dans sa partie gauche, il nous restera encore cette splendide caverne, dont nous ferons notre salle d'étude et notre musée !

— Et nous l'appellerons ?... demanda Harbert.

— Granite-house[1], répondit Cyrus Smith, nom que ses compagnons saluèrent encore de leurs hurrahs.

En ce moment, les torches étaient presque entièrement consumées, et comme, pour revenir, il fallait regagner le sommet du plateau en remontant le couloir, il fut décidé que l'on remettrait au lendemain les travaux relatifs à l'aménagement de la nouvelle demeure.

Avant de partir, Cyrus Smith vint se pencher encore une fois au-dessus du puits sombre, qui s'enfonçait perpendiculairement jusqu'au niveau de la mer. Il écouta avec attention. Aucun bruit ne se produisit, pas même celui des eaux, que les ondulations de la houle devaient quelquefois agiter dans ces profondeurs. Une résine enflammée fut encore jetée. Les parois du puits s'éclairèrent un instant mais, pas plus cette fois que la première, il ne se révéla rien de suspect. Si quelque monstre marin avait été inopinément surpris par le

1. Palais de granit. Le mot *house* s'applique également aux palais et aux maisons. Tel Buckingham-house ou Mansion-house, à Londres.

retrait des eaux, il avait maintenant regagné le large par le conduit souterrain qui se prolongeait sous la grève, et que suivait le trop-plein du lac, avant qu'une nouvelle issue lui eût été offerte.

Cependant, l'ingénieur, immobile, l'oreille attentive, le regard plongé dans le gouffre, ne prononçait pas une seule parole.

Le marin s'approcha de lui, alors, et, le touchant du bras :

— Monsieur Smith ? dit-il.

— Que voulez-vous, mon ami ? répondit l'ingénieur, comme s'il fût revenu du pays des rêves.

— Les torches vont bientôt s'éteindre.

— En route ! répondit Cyrus Smith.

La petite troupe quitta la caverne et commença son ascension à travers le sombre déversoir. Top fermait la marche, et faisait encore entendre de singuliers grognements. L'ascension fut assez pénible. Les colons s'arrêtèrent quelques instants à la grotte supérieure, qui formait comme une sorte de palier, à mi-hauteur de ce long escalier de granit. Puis ils recommencèrent à monter.

Bientôt un air plus frais se fit sentir. Les gouttelettes, séchées par l'évaporation, ne scintillaient plus sur les parois. La clarté fuligineuse des torches pâlissait. Celle que portait Nab s'éteignit, et, pour ne pas s'aventurer au milieu d'une obscurité profonde, il fallait se hâter.

C'est ce qui fut fait, et, un peu avant quatre heures, au moment où la torche du marin s'éteignait à son tour, Cyrus Smith et ses compagnons débouchaient par l'orifice du déversoir.

XIX

Le lendemain, 22 mai, furent commencés les travaux destinés à l'appropriation spéciale de la nouvelle demeure. Il tardait aux colons, en effet, d'échanger, pour cette vaste et saine retraite, creusée en plein roc, à l'abri des eaux de la mer et du ciel, leur insuffisant abri des Cheminées. Celles-ci ne devaient pas être entièrement abandonnées, cependant, et le projet de l'ingénieur était d'en faire un atelier pour les gros ouvrages.

Le premier soin de Cyrus Smith fut de reconnaître sur quel point précis se développait la façade de Granite-house. Il se rendit sur la grève, au pied de l'énorme muraille, et, comme le pic, échappé des mains du reporter, avait dû tomber perpendiculairement, il suffisait de retrouver ce pic pour reconnaître l'endroit où le trou avait été percé dans le granit.

Le pic fut facilement retrouvé, et, en effet, un trou s'ouvrait en ligne perpendiculaire au-dessus du point où il s'était fiché dans le sable, à quatre-vingts pieds environ au-dessus de la grève. Quelques pigeons de roche entraient et sortaient déjà par cette étroite ouverture. Il semblait vraiment que ce fût pour eux que l'on eût découvert Granite-house !

L'intention de l'ingénieur était de diviser la portion droite de la caverne en plusieurs chambres précédées d'un couloir d'entrée, et de l'éclairer au moyen de cinq fenêtres et d'une porte percées sur la façade. Pencroff admettait bien les cinq fenêtres, mais il ne comprenait pas l'utilité de la porte, puisque l'ancien déversoir offrait un escalier naturel, par lequel il serait toujours facile d'avoir accès dans Granite-house.

— Mon ami, lui répondit Cyrus Smith, s'il nous est facile d'arriver à notre demeure par le déversoir, cela sera également facile à d'autres que nous. Je compte, au contraire, obstruer ce déversoir à son orifice, le boucher hermétiquement, et, s'il le faut même, en dissimuler absolument l'entrée en provoquant, au moyen d'un barrage, un relèvement des eaux du lac.

— Et comment entrerons-nous ? demanda le marin.

— Par une échelle extérieure, répondit Cyrus Smith, une échelle de corde, qui, une fois retirée, rendra impossible l'accès de notre demeure.

— Mais pourquoi tant de précautions ? dit Pencroff. Jusqu'ici les animaux ne nous ont pas semblé être bien redoutables. Quant à être habitée par des indigènes, notre île ne l'est pas !

— En êtes-vous bien sûr, Pencroff ? demanda l'ingénieur, en regardant le marin.

— Nous n'en serons sûrs, évidemment, que lorsque nous l'aurons explorée dans toutes ses parties, répondit Pencroff.

— Oui, dit Cyrus Smith, car nous n'en connaissons encore qu'une petite portion. Mais, en tout cas, si nous n'avons pas d'ennemis au-dedans, ils peuvent venir du dehors, car ce sont de mauvais parages que ces parages du Pacifique. Prenons donc nos précautions contre toute éventualité.

Cyrus Smith parlait sagement, et, sans faire aucune autre objection, Pencroff se prépara à exécuter ses ordres.

La façade de Granite-house allait donc être éclairée au moyen de cinq fenêtres et d'une porte, desservant ce qui constituait « l'appartement » proprement dit, et au moyen d'une large baie et d'œils-de-bœuf qui permettraient à la lumière d'entrer à profusion dans cette merveilleuse nef qui devait servir de grande salle. Cette façade, située à une hauteur de quatre-vingts pieds au-dessus du sol, était exposée à l'est, et le soleil levant la saluait de ses premiers rayons. Elle se développait sur cette portion de la courtine comprise entre le saillant faisant angle sur l'embouchure de la Mercy, et une ligne perpendiculairement tracée au-dessus de l'entassement de roches qui formaient les Cheminées. Ainsi les mauvais vents, c'est-à-dire ceux du nord-est, ne la frappaient que d'écharpe, car elle était protégée par l'orientation même du saillant. D'ailleurs, et en attendant que les châssis des fenêtres fussent faits, l'ingénieur avait l'intention de clore les ouvertures avec des volets épais, qui ne laisseraient passer ni le vent ni la pluie, et qu'il pourrait dissimuler au besoin.

Le premier travail consista donc à évider ces ouvertures. La manœuvre du pic sur cette roche dure eût été trop lente, et on sait que Cyrus Smith était l'homme des grands moyens. Il avait encore une certaine quantité de nitroglycérine à sa disposition, et il l'employa utilement. L'effet de la substance explosive fut convenablement localisé, et, sous son effort, le granit se défonça aux places mêmes choisies par l'ingénieur. Puis, le pic et la pioche achevèrent le dessin ogival des cinq fenêtres, de la vaste baie, des œils-de-bœuf et de la porte, ils en dégauchirent les encadrements, dont les profils furent assez capricieusement arrêtés, et, quelques jours après le commencement des travaux, Granite-house était largement éclairée par cette lumière du levant qui pénétrait jusque dans ses plus secrètes profondeurs.

Suivant le plan arrêté par Cyrus Smith, l'appartement devait être divisé en cinq compartiments prenant vue sur la mer : à droite, une entrée desservie par une porte à laquelle aboutirait l'échelle, puis une première chambre-cuisine, large de trente pieds, une salle à manger, mesurant quarante pieds, une chambre-dortoir, d'égale largeur, et enfin une « chambre d'amis », réclamée par Pencroff, et qui confinait à la grande salle.

Ces chambres, ou plutôt cette suite de chambres, qui formaient l'appartement de Granite-house, ne devaient pas occuper toute la profondeur de la cavité. Elles devaient être desservies par un corridor ménagé entre elles et un long magasin, dans lequel les ustensiles, les provisions, les réserves, trouveraient largement place. Tous les produits recueillis dans l'île, ceux de la flore comme ceux de la faune, seraient là dans des conditions excellentes de conservation, et complètement à l'abri de l'humidité. L'espace ne manquait pas, et chaque objet pourrait être méthodiquement disposé. En outre, les colons avaient encore à leur disposition la petite grotte située au-dessus de la grande caverne, et qui serait comme le grenier de la nouvelle demeure.

Ce plan arrêté, il ne restait plus qu'à le mettre à exécution. Les mineurs redevinrent donc briquetiers ; puis, les briques furent apportées et déposées au pied de Granite-house.

Jusqu'alors Cyrus Smith et ses compagnons n'avaient eu accès dans la caverne que par l'ancien déversoir. Ce mode de communication les obligeait d'abord à monter sur le plateau de Grande-Vue en faisant un détour par la berge de la rivière, à descendre deux cents pieds par le couloir, puis à remonter d'autant quand ils voulaient revenir au plateau. De là, perte de temps et fatigues considérables. Cyrus Smith résolut donc de procéder sans retard à la fabrication d'une solide échelle de corde, qui, une fois relevée, rendrait l'entrée de Granite-house absolument inaccessible.

Cette échelle fut confectionnée avec un soin extrême, et ses montants, formés des fibres du « curry-jonc » tressées au moyen d'un moulinet, avaient la solidité d'un gros câble. Quant aux échelons, ce fut une sorte de cèdre rouge, aux branches légères et résistantes, qui les fournit, et l'appareil fut travaillé de main de maître par Pencroff.

D'autres cordes furent également fabriquées avec des fibres végétales, et une sorte de moufle grossière fut installée à la porte. De cette façon, les briques purent être facilement enlevées jusqu'au niveau de Granite-house. Le transport des matériaux se trouvait ainsi très simplifié, et l'aménagement intérieur proprement dit commença aussitôt. La chaux ne manquait pas, et quelques milliers de briques étaient là, prêtes à être utilisées. On dressa aisément la charpente des cloisons, très rudimentaire d'ailleurs, et, en un temps très court, l'appartement fut divisé en chambres et en magasin, suivant le plan convenu.

Ces divers travaux se faisaient rapidement, sous la direction de l'ingénieur, qui maniait lui-même le marteau et la truelle. Aucune main-d'œuvre n'était étrangère à Cyrus Smith, qui donnait ainsi l'exemple à des compagnons intelligents et zélés. On travaillait avec confiance, gaiement même, Pencroff ayant toujours le mot pour rire, tantôt charpentier, tantôt cordier, tantôt maçon, et communiquant sa bonne humeur à tout ce petit monde. Sa foi dans l'ingénieur était absolue. Rien n'eût pu la troubler. Il le croyait capable de tout entreprendre et de réussir à tout. La question des vêtements et des chaussures — question grave assurément —, celle de l'éclairage pendant les nuits d'hiver, la mise en valeur des portions fertiles de l'île, la transformation de cette flore sauvage en une flore civilisée, tout lui paraissait facile, Cyrus Smith aidant, et tout se ferait en son temps. Il rêvait de rivières canalisées, facilitant le transport des richesses du sol, d'exploitations de carrières et de mines à entreprendre, de machines propres à toutes pratiques industrielles, de chemins de fer, oui, de chemins de fer ! dont le réseau couvrirait certainement un jour l'île Lincoln.

L'ingénieur laissait dire Pencroff. Il ne rabattait rien des exagérations de ce brave cœur. Il savait combien la confiance est communicative, il souriait même à l'entendre parler, et ne disait rien des inquiétudes que lui inspirait quelquefois l'avenir. En effet, dans cette partie du Pacifique, en dehors du passage des navires, il pouvait craindre de n'être jamais secouru. C'était donc sur eux-mêmes, sur eux seuls, que les colons devaient compter, car la distance de l'île Lincoln à toute autre terre était telle que se hasarder sur un bateau de construction nécessairement médiocre, serait chose grave et périlleuse.

— Mais, comme disait le marin, ils dépassaient de cent coudées les Robinsons d'autrefois, pour qui tout était miracle à faire.

Et en effet, ils « savaient », et l'homme qui « sait » réussit là où d'autres végéteraient et périraient inévitablement.

Pendant ces travaux, Harbert se distingua. Il était intelligent et actif, il comprenait vite, exécutait bien, et Cyrus Smith s'attachait de plus en plus à cet enfant. Harbert sentait pour l'ingénieur une vive et respectueuse amitié. Pencroff voyait bien l'étroite sympathie qui se formait entre ces deux êtres, mais il n'en était point jaloux.

Nab était Nab. Il était ce qu'il serait toujours, le courage, le zèle, le dévouement, l'abnégation personnifiée. Il avait en son maître la même foi que Pencroff, mais il la manifestait moins bruyamment. Quand le marin s'enthousiasmait, Nab avait toujours l'air de lui répondre : « Mais rien n'est plus naturel. » Pencroff et lui s'aimaient beaucoup, et n'avaient pas tardé à se tutoyer.

Quant à Gédéon Spilett, il prenait sa part du travail commun, et n'était pas le plus maladroit — ce dont s'étonnait toujours un peu le marin. Un « journaliste » habile, non pas seulement à tout comprendre, mais à tout exécuter !

L'échelle fut définitivement installée le 28 mai. On n'y comptait pas moins de cent échelons sur cette hauteur perpendiculaire de quatre-vingts pieds qu'elle mesurait. Cyrus Smith avait pu, heureusement, la diviser en deux parties, en profitant d'un surplomb de la muraille qui faisait saillie à une quarantaine de pieds au-dessus du sol. Cette saillie, soigneusement nivelée par le pic, devint une sorte de palier auquel on fixa la première échelle, dont le ballant fut ainsi diminué de moitié, et qu'une corde permettait de relever jusqu'au niveau de Granite-house. Quant à la seconde échelle, on l'arrêta aussi bien à son extrémité inférieure, qui reposait sur la saillie, qu'à son extrémité supérieure, rattachée à la porte même. De la sorte, l'ascension devint notablement plus facile. D'ailleurs, Cyrus Smith comptait installer plus tard un ascenseur hydraulique qui éviterait toute fatigue et toute perte de temps aux habitants de Granite-house.

Les colons s'habituèrent promptement à se servir de cette échelle. Ils étaient lestes et adroits, et Pencroff, en sa qualité de marin, habitué à courir sur les enfléchures des haubans, put leur donner des leçons. Mais il fallut qu'il en donnât aussi à Top. Le pauvre chien, avec ses quatre pattes, n'était pas bâti pour cet exercice. Mais Pencroff était un maître si zélé que Top finit par exécuter convenablement ses ascensions, et monta bientôt à l'échelle comme font couramment ses congénères dans les cirques. Si le marin fut fier de son élève, cela ne peut se dire. Mais pourtant, et plus d'une fois, Pencroff le monta sur son dos, ce dont Top ne se plaignit jamais.

On fera observer ici que pendant ces travaux, qui furent cependant activement conduits, car la mauvaise saison approchait, la question alimentaire n'avait point été négligée. Tous les jours, le reporter et Harbert, devenus décidément les pourvoyeurs de la colonie, employaient quelques heures à la chasse. Ils n'exploitaient encore que les bois du Jacamar, sur la gauche de la rivière, car, faute de pont et de canot, la Mercy n'avait pas encore été franchie. Toutes ces immenses forêts auxquelles on avait donné le nom de forêts du Far-West n'étaient donc point explorées. On réservait cette importante excursion pour les premiers beaux jours du printemps prochain. Mais les bois du Jacamar étaient suffisamment giboyeux ; kangourous et sangliers y abondaient, et les épieux ferrés, l'arc et les flèches des chasseurs faisaient merveille. De plus, Harbert découvrit, vers l'angle sud-ouest du lagon, une garenne naturelle, sorte de prairie légèrement humide, recouverte de saules et d'herbes aromatiques qui parfumaient l'air, telles que thym, serpolet, basilic, sarriette, toutes espèces odorantes de la famille des labiées, dont les lapins se montrent si friands.

Sur l'observation du reporter, que, puisque la table était servie pour des lapins, il serait étonnant que les lapins fissent défaut, les deux chasseurs explorèrent attentivement cette garenne. En tout cas, elle produisait en abondance des plantes utiles, et un naturaliste aurait eu là l'occasion d'étudier bien des spécimens du règne végétal. Harbert recueillit ainsi une certaine quantité de pousses de basilic, de romarin, de mélisse, de bétoine, etc., qui possèdent des propriétés thérapeutiques diverses, les unes pectorales, astringentes, fébrifuges, les autres anti-spasmodiques ou anti-rhumatismales. Et quand, plus tard, Pencroff demanda à quoi servirait toute cette récolte d'herbes :

— A nous soigner, répondit le jeune garçon, à nous traiter quand nous serons malades.

— Pourquoi serions-nous malades, puisqu'il n'y a pas de médecins dans l'île ? répondit très sérieusement Pencroff.

A cela il n'y avait rien à répliquer, mais le jeune garçon n'en fit pas moins sa récolte, qui fut très bien accueillie à Granite-house. D'autant plus qu'à ces plantes médicinales, il put joindre une notable quantité de monardes didymes, qui sont connues dans l'Amérique septentrionale, sous le nom de « thé d'Oswego », et produisent une boisson excellente.

Enfin, ce jour-là, en cherchant bien, les deux chasseurs arrivèrent sur le véritable emplacement de la garenne. Le sol y était perforé comme une écumoire.

— Des terriers ! s'écria Harbert.

— Oui, répondit le reporter, je les vois bien.

— Mais sont-ils habités ?

— C'est la question.

La question ne tarda pas à être résolue. Presque aussitôt, des centaines de petits animaux, semblables à des lapins, s'enfuirent dans toutes les directions, et avec une telle rapidité que Top lui-même n'aurait pu les gagner de vitesse. Chasseurs et chien eurent beau courir, ces rongeurs leur échappèrent facilement. Mais le reporter était bien résolu à ne pas quitter la place avant d'avoir capturé au moins une demi-douzaine de ces quadrupèdes. Il voulait en garnir l'office tout d'abord, quitte à domestiquer ceux que l'on prendrait plus tard. Avec quelques collets tendus à l'orifice des terriers, l'opération ne pouvait manquer de réussir. Mais en ce moment, pas de collets, ni de quoi en fabriquer. Il fallut donc se résigner à visiter chaque gîte, à le fouiller du bâton, à faire, à force de patience, ce qu'on ne pouvait faire autrement.

Enfin, après une heure de fouilles, quatre rongeurs furent pris au gîte. C'étaient des lapins assez semblables à leurs congénères d'Europe, et qui sont vulgairement connus sous le nom de « lapins d'Amérique ».

Le produit de la chasse fut donc rapporté à Granite-house, et il figura au repas du soir. Les hôtes de cette garenne n'étaient point à dédaigner, car ils étaient délicieux. Ce fut là une précieuse ressource pour la colonie, et qui semblait devoir être inépuisable.

Le 31 mai, les cloisons étaient achevées. Il ne restait plus qu'à meubler les chambres, ce qui serait l'ouvrage des longs jours d'hiver. Une cheminée fut établie dans la première chambre, qui servait de cuisine. Le tuyau destiné à conduire la fumée au-dehors donna quelque travail aux fumistes improvisés. Il parut plus simple à Cyrus Smith de le fabriquer en terre de brique ; comme il ne fallait pas songer à lui donner issue par le plateau supérieur, on perça un trou dans le granit au-dessus de la fenêtre de ladite cuisine, et c'est à ce trou que le tuyau, obliquement dirigé, aboutit comme celui d'un poêle en tôle. Peut-être, sans doute même, par les grands vents d'est qui battaient directement la façade, la cheminée fumerait, mais ces vents étaient rares, et, d'ailleurs, maître Nab, le cuisinier, n'y regardait pas de si près.

Quand ces aménagements intérieurs eurent été achevés, l'ingénieur s'occupa d'obstruer l'orifice de l'ancien déversoir qui aboutissait au lac, de manière à interdire tout accès par cette voie. Des quartiers de roches furent roulés à l'ouverture et cimentés fortement. Cyrus Smith ne réalisa pas encore le projet qu'il avait formé de noyer cet orifice sous les eaux du lac en les ramenant à leur premier niveau par un barrage. Il se contenta de dissimuler l'obstruction au moyen d'herbes, arbustes ou broussailles, qui furent plantés dans les interstices des roches, et que le printemps prochain devait développer avec exubérance.

Toutefois, il utilisa le déversoir de manière à amener jusqu'à la nouvelle demeure un filet des eaux douces du lac. Une petite saignée, faite au-dessous de leur niveau, produisit ce résultat, et cette dérivation d'une source pure et intarissable donna un rendement de vingt-cinq à trente gallons [1] par jour. L'eau ne devait donc jamais manquer à Granite-house.

Enfin, tout fut terminé, et il était temps, car la mauvaise saison arrivait. D'épais volets permettaient de fermer les fenêtres de la façade, en attendant que l'ingénieur eût eu le temps de fabriquer du verre à vitre.

Gédéon Spilett avait très artistement disposé, dans les saillies du roc, autour des fenêtres, des plantes d'espèces variées, ainsi que de longues herbes flottantes, et, de cette façon, les ouvertures étaient encadrées d'une pittoresque verdure d'un effet charmant.

Les habitants de la solide, saine et sûre demeure ne pouvaient donc être qu'enchantés de leur ouvrage. Les fenêtres permettaient à leur regard de s'étendre sur un horizon sans limite, que les deux caps Mandibule fermaient au nord et le cap Griffe au sud. Toute la baie de l'Union se développait magnifiquement devant eux. Oui, ces braves colons avaient lieu d'être satisfaits, et Pencroff ne marchandait pas les éloges à ce qu'il appe-

1. Le gallon vaut environ 4 litres et demi.

lait humoristiquement « son appartement au cinquième au-dessus de l'entresol ! »

XX

La saison d'hiver commença véritablement avec ce mois de juin, qui correspond au mois de décembre de l'hémisphère boréal. Il débuta par des averses et des rafales qui se succédèrent sans relâche. Les hôtes de Granite-house purent apprécier les avantages d'une demeure que les intempéries ne sauraient atteindre. L'abri des Cheminées eût été vraiment insuffisant contre les rigueurs d'un hivernage, et il était à craindre que les grandes marées, poussées par les vents du large, n'y fissent encore irruption. Cyrus Smith prit même quelques précautions, en prévision de cette éventualité, afin de préserver, autant que possible, la forge et les fourneaux qui y étaient installés.

Pendant tout ce mois de juin, le temps fut employé à des travaux divers, qui n'excluaient ni la chasse ni la pêche, et les réserves de l'office purent être abondamment entretenues. Pencroff, dès qu'il en aurait le loisir, se proposait d'établir des trappes dont il attendait le plus grand bien. Il avait fabriqué des collets de fibres ligneuses, et il n'était pas de jour que la garenne ne fournît son contingent de rongeurs. Nab employait presque tout son temps à saler ou à fumer des viandes, ce qui lui assurait des conserves excellentes.

La question des vêtements fut alors très sérieusement discutée. Les colons n'avaient d'autres habits que ceux qu'ils portaient, quand le ballon les jeta sur l'île. Ces habits étaient chauds et solides, ils en avaient pris un soin extrême ainsi que de leur linge, et ils les tenaient en parfait état de propreté, mais tout cela demanderait bientôt à être remplacé. En outre, si l'hiver était rigoureux, les colons auraient fort à souffrir du froid.

A ce sujet, l'ingéniosité de Cyrus Smith fut en défaut. Il avait dû parer au plus pressé, créer la demeure, assurer l'alimentation, et le froid pouvait le surprendre avant que la question des vêtements eût été résolue. Il fallait donc se résigner à passer ce premier hiver sans trop se plaindre. La belle saison venue, on ferait une chasse sérieuse à ces mouflons, dont la présence avait été signalée, lors de l'exploration au mont Franklin, et, une fois la laine récoltée, l'ingénieur saurait bien fabriquer de chaudes et solides étoffes... Comment ? il y songerait.

— Eh bien, nous en serons quittes pour nous griller les mollets à Granite-house ! dit Pencroff. Le combustible abonde, et il n'y a aucune raison de l'épargner.

— D'ailleurs, répondit Gédéon Spilett, l'île Lincoln n'est pas située sous une latitude très élevée, et il est probable que les hivers n'y sont pas rudes. Ne nous avez-vous pas dit, Cyrus, que ce 35e parallèle correspondait à celui de l'Espagne dans l'autre hémisphère ?

— Sans doute, répondit l'ingénieur, mais certains hivers sont très froids en Espagne ! Neige et glace, rien n'y manque, et l'île Lincoln peut être aussi rigoureusement éprouvée. Toutefois, c'est une île, et, comme telle, j'espère que la température y sera plus modérée.

— Et pourquoi, monsieur Cyrus ? demanda Harbert.

— Parce que la mer, mon enfant, peut être considérée comme un immense réservoir, dans lequel s'emmagasinent les chaleurs de l'été. L'hiver venu, elle restitue ces chaleurs, ce qui assure aux régions voisines des océans une température moyenne, moins élevée en été, mais moins basse en hiver.

— Nous le verrons bien, répondit Pencroff. Je demande à ne point m'inquiéter autrement du froid qu'il fera ou qu'il ne fera pas. Ce qui est certain, c'est que les jours sont déjà courts et les soirées longues. Si nous traitions un peu la question de l'éclairage.

— Rien n'est plus facile, répondit Cyrus Smith.

— A traiter ? demanda le marin.

— A résoudre.

— Et quand commencerons-nous ?

— Demain, en organisant une chasse aux phoques.

— Pour fabriquer de la chandelle ?

— Fi donc ! Pencroff, de la bougie.

Tel était, en effet, le projet de l'ingénieur ; projet réalisable, puisqu'il avait de la chaux et de l'acide sulfurique, et que les amphibies de l'îlot lui fourniraient la graisse nécessaire à sa fabrication.

On était au 4 juin. C'était le dimanche de la Pentecôte, et il y eut accord unanime pour observer cette fête. Tous travaux furent suspendus, et des prières s'élevèrent vers le Ciel. Mais ces prières étaient maintenant des actions de grâces. Les colons de l'île Lincoln n'étaient plus les misérables naufragés jetés sur l'îlot. Ils ne demandaient plus, ils remerciaient.

Le lendemain, 5 juin, par un temps assez incertain, on partit pour l'îlot. Il fallut encore profiter de la marée basse pour franchir à gué le canal, et, à ce propos, il fut convenu que l'on construirait, tant bien que mal, un canot qui rendrait les communications plus faciles, et permettrait aussi de remonter la Mercy, lors de la grande exploration du sud-ouest de l'île, qui était remise aux premiers beaux jours.

Les phoques étaient nombreux, et les chasseurs, armés de leurs épieux ferrés, en tuèrent aisément une demi-douzaine. Nab et Pencroff les dépouillèrent, et ne rapportèrent à Granite-house que leur graisse et leur peau, cette peau devant servir à la fabrication de solides chaussures.

Le résultat de cette chasse fut celui-ci : environ trois cents livres de graisse qui devaient être entièrement employées à la fabrication des bougies.

L'opération fut extrêmement simple, et, si elle ne donna pas des produits absolument parfaits, du moins étaient-ils utilisables. Cyrus Smith n'aurait eu à sa disposition que de l'acide sulfurique, qu'en chauffant cet acide avec les corps gras neutres — dans l'espèce la graisse de phoque —, il pouvait isoler la glycérine ; puis, de la combinaison nouvelle, il eût facilement séparé l'oléine, la margarine et la stéarine, en employant l'eau bouillante. Mais, afin de simplifier l'opération, il préféra saponifier la graisse au moyen de la chaux. Il obtint de la sorte un savon calcaire, facile à décomposer par l'acide sulfurique, qui précipita la chaux à l'état de sulfate et rendit libres les acides gras.

De ces trois acides, oléique, margarique et stéarique, le premier, étant liquide, fut chassé par une pression suffisante. Quant aux deux autres, ils formaient la substance même qui allait servir au moulage des bougies.

L'opération ne dura pas plus de vingt-quatre heures. Les mèches, après plusieurs essais, furent faites de fibres végétales, et, trempées dans la substance liquéfiée, elles formèrent de véritables bougies stéariques, moulées à la main, auxquelles il ne manqua que le blanchiment et le polissage. Elles n'offraient pas, sans doute, cet avantage que les mèches, imprégnées d'acide borique, ont de se vitrifier au fur et à mesure de leur combustion, et de se consumer entièrement ; mais Cyrus

Smith ayant fabriqué une belle paire de mouchettes, ces bougies furent grandement appréciées pendant les veillées de Granite-house.

Pendant tout ce mois, le travail ne manqua pas à l'intérieur de la nouvelle demeure. Les menuisiers eurent de l'ouvrage. On perfectionna les outils, qui étaient fort rudimentaires. On les compléta aussi.

Des ciseaux, entre autres, furent fabriqués, et les colons purent enfin couper leurs cheveux, et sinon se faire la barbe, du moins la tailler à leur fantaisie. Harbert n'en avait pas, Nab n'en avait guère, mais leurs compagnons en étaient hérissés de manière à justifier la confection desdits ciseaux.

La fabrication d'une scie à main, du genre de celles qu'on appelle égoïnes, coûta des peines infinies, mais enfin on obtint un instrument qui, vigoureusement manié, put diviser les fibres ligneuses du bois. On fit donc des tables, des sièges, des armoires, qui meublèrent les principales chambres, des cadres de lit, dont toute la literie consista en matelas de zostère. La cuisine, avec ses planches, sur lesquelles reposaient les ustensiles en terre cuite, son fourneau de briques, sa pierre à relaver, avait très bon air, et Nab y fonctionnait gravement, comme s'il eût été dans un laboratoire de chimiste.

Mais les menuisiers durent être bientôt remplacés par les charpentiers. En effet, le nouveau déversoir, créé à coups de mine, rendait nécessaire la construction de deux ponceaux, l'un sur le plateau de Grande-Vue, l'autre sur la grève même. Maintenant, en effet, le plateau et la grève étaient transversalement coupés par un cours d'eau qu'il fallait nécessairement franchir, quand on voulait gagner le nord de l'île. Pour l'éviter, les colons eussent été obligés à faire un détour considérable et à remonter dans l'ouest jusqu'au-delà des sources du Creek-Rouge. Le plus simple était donc d'établir, sur le plateau et sur la grève, deux ponceaux longs de vingt à vingt-cinq pieds, et dont quelques arbres, seulement équarris à la hache, formèrent toute la charpente. Ce fut l'affaire de quelques jours. Les ponts établis, Nab et Pencroff en profitèrent alors pour aller jusqu'à l'huîtrière qui avait été découverte au large des dunes. Ils avaient traîné avec eux une sorte de grossier chariot, qui remplaçait l'ancienne claie vraiment trop incommode, et ils rapportèrent quelques milliers d'huîtres, dont l'acclimatation se fit rapidement au milieu de ces rochers, qui formaient autant de parcs naturels à l'embouchure de la Mercy. Ces mollusques étaient de qualité excellente, et les colons en firent une consommation presque quotidienne.

On le voit, l'île Lincoln, bien que ses habitants n'en eussent exploré qu'une très petite portion, fournissait déjà à presque tous leurs besoins. Et il était probable que, fouillée jusque dans ses plus secrets réduits, sur toute cette partie boisée qui s'étendait depuis la Mercy jusqu'au promontoire du Reptile, elle prodiguerait de nouveaux trésors.

Une seule privation coûtait encore aux colons de l'île Lincoln. La nourriture azotée ne leur manquait pas, ni les produits végétaux qui devaient en tempérer l'usage ; les racines ligneuses des dragonniers, soumises à la fermentation, leur donnaient une boisson acidulée, sorte de bière bien préférable à l'eau pure ; ils avaient même fabriqué du sucre, sans cannes ni betteraves, en recueillant cette liqueur que distille l'« acer saccharinum », sorte d'érable de la famille des acérinées, qui prospère sous toutes les zones moyennes, et dont l'île possédait un grand nombre ; ils faisaient un thé très agréable en employant les monardes rapportées de la garenne ; enfin, ils avaient en abondance le sel, le seul des produits minéraux qui entre dans l'alimentation..., mais le pain faisait défaut.

Peut-être, par la suite, les colons pourraient-ils remplacer cet aliment par quelque équivalent, farine de sagoutier ou fécule de l'arbre à pain, et il était possible, en effet, que les forêts du sud comptassent parmi leurs essences ces précieux arbres, mais jusqu'alors on ne les avait pas rencontrés.

Cependant la Providence devait, en cette circonstance, venir directement en aide aux colons, dans une proportion infinitésimale, il est vrai, mais enfin Cyrus Smith, avec toute son intelligence, toute son ingéniosité, n'aurait jamais pu produire ce que, par le plus grand hasard, Harbert trouva un jour dans la doublure de sa veste, qu'il s'occupait de raccommoder.

Ce jour-là — il pleuvait à torrents —, les colons étaient rassemblés dans la grande salle de Granite-house, quand le jeune garçon s'écria tout d'un coup :

— Tiens, monsieur Cyrus. Un grain de blé !

Et il montra à ses compagnons un grain, un unique grain qui, de sa poche trouée, s'était introduit dans la doublure de sa veste.

La présence de ce grain s'expliquait par l'habitude qu'avait Harbert, étant à Richmond, de nourrir quelques ramiers dont Pencroff lui avait fait présent.

— Un grain de blé ? répondit vivement l'ingénieur.

— Oui, monsieur Cyrus, mais un seul, rien qu'un seul !

— Eh ! mon garçon, s'écria Pencroff en souriant, nous voilà bien avancés, ma foi ! Qu'est-ce que nous pourrions bien faire d'un seul grain de blé ?

— Nous en ferons du pain, répondit Cyrus Smith.

— Du pain, des gâteaux, des tartes ! répliqua le marin. Allons ! Le pain que fournira ce grain de blé ne nous étouffera pas de sitôt !

Harbert, n'attachant que peu d'importance à sa découverte, se disposait à jeter le grain en question, mais

Cyrus Smith le prit, l'examina, reconnut qu'il était en bon état, et, regardant le marin bien en face :

— Pencroff, lui demanda-t-il tranquillement, savez-vous combien un grain de blé peut produire d'épis ?

— Un, je suppose ! répondit le marin, surpris de la question.

— Dix, Pencroff. Et savez-vous combien un épi porte de grains ?

— Ma foi, non.

— Quatre-vingts en moyenne, dit Cyrus Smith. Donc, si nous plantons ce grain, à la première récolte, nous récolterons huit cents grains, lesquels en produiront à la seconde six cent quarante mille, à la troisième cinq cent douze millions, à la quatrième plus de quatre cents milliards de grains. Voilà la proportion.

Les compagnons de Cyrus Smith l'écoutaient sans répondre. Ces chiffres les stupéfiaient. Ils étaient exacts, cependant.

— Oui, mes amis, reprit l'ingénieur. Telles sont les progressions arithmétiques de la féconde nature. Et encore, qu'est-ce que cette multiplication du grain de blé, dont l'épi ne porte que huit cents grains, comparée à ces pieds de pavots qui portent trente-deux mille graines, à ces pieds de tabac qui en produisent trois cent soixante mille ? En quelques années, sans les nombreuses causes de destruction qui en arrêtent la fécondité, ces plantes envahiraient toute la terre.

Mais l'ingénieur n'avait pas terminé son petit interrogatoire.

— Et maintenant, Pencroff, reprit-il, savez-vous combien quatre cents milliards de grains représentent de boisseaux ?

— Non, répondit le marin, mais ce que je sais, c'est que je ne suis qu'une bête !

— Eh bien, cela ferait plus de trois millions, à cent trente mille par boisseau, Pencroff.

— Trois millions! s'écria Pencroff.

— Trois millions.

— Dans quatre ans?

— Dans quatre ans, répondit Cyrus Smith, et même dans deux ans, si, comme je l'espère, nous pouvons, sous cette latitude, obtenir deux récoltes par année.

A cela, suivant son habitude, Pencroff ne crut pas pouvoir répliquer autrement que par un hurrah formidable.

— Ainsi, Harbert, ajouta l'ingénieur, tu as fait là une découverte d'une importance extrême pour nous. Tout, mes amis, tout peut nous servir dans les conditions où nous sommes. Je vous en prie, ne l'oubliez pas.

— Non, monsieur Cyrus, non, nous ne l'oublierons pas, répondit Pencroff, et si jamais je trouve une de ces graines de tabac, qui se multiplient par trois cent soixante mille, je vous assure que je ne la jetterai pas au vent! Et maintenant, savez-vous ce qui nous reste à faire?

— Il nous reste à planter ce grain, répondit Harbert.

— Oui, ajouta Gédéon Spilett, et avec tous les égards qui lui sont dus, car il porte en lui nos moissons à venir.

— Pourvu qu'il pousse! s'écria le marin.

— Il poussera, répondit Cyrus Smith.

On était au 20 juin. Le moment était donc propice pour semer cet unique et précieux grain de blé. Il fut d'abord question de le planter dans un pot; mais, après réflexion, on résolut de s'en rapporter plus franchement à la nature, et de le confier à la terre. C'est ce qui fut fait le jour même, et il est inutile d'ajouter que toutes les précautions furent prises pour que l'opération réussît.

Le temps s'étant légèrement éclairci, les colons gravirent les hauteurs de Granite-house. Là, sur le plateau, ils choisirent un endroit bien abrité du vent, et auquel le soleil de midi devait verser toute sa chaleur. L'endroit fut nettoyé, sarclé avec soin, fouillé même, pour en chasser les insectes ou les vers; on y mit une couche de bonne terre amendée d'un peu de chaux; on l'entoura d'une palissade; puis, le grain fut enfoncé dans la couche humide.

Ne semblait-il pas que ces colons posaient la première pierre d'un édifice? Cela rappela à Pencroff le jour où il avait allumé son unique allumette, et tous les soins qu'il apporta à cette opération. Mais cette fois, la chose était plus grave. En effet, les naufragés seraient toujours parvenus à se procurer du feu, soit par un procédé, soit par un autre, mais nulle puissance humaine ne leur referait ce grain de blé, si, par malheur, il venait à périr!

XXI

QUELQUES DEGRÉS AU-DESSOUS DE ZÉRO — EXPLORATION À LA PARTIE MARÉCAGEUSE DU SUD-EST — LES CULPEUX — VUE DE LA MER — UNE CONVERSATION SUR L'AVENIR DE L'OCÉAN PACIFIQUE — LE TRAVAIL INCESSANT DES INFUSOIRES — CE QUE DEVIENDRA LE GLOBE — LA CHASSE — LE MARAIS DES TADORNES

Depuis ce moment, il ne se passa plus un seul jour sans que Pencroff allât visiter ce qu'il appelait sérieusement son « champ de blé ». Et malheur aux insectes qui s'y aventuraient! Ils n'avaient aucune grâce à attendre.

Vers la fin du mois de juin, après d'interminables pluies, le temps se mit décidément au froid, et, le 29, un thermomètre Fahrenheit eût certainement annoncé 20° seulement au-dessus de zéro (6°,67 cgr au-dessous de glace).

Le lendemain, 30 juin, jour qui correspond au 31 décembre de l'année boréale, était un vendredi. Nab fit observer que l'année finissait par un mauvais jour ; mais Pencroff lui répondit que, naturellement, l'autre commençait par un bon — ce qui valait mieux.

En tout cas, elle débuta par un froid très vif. Des glaçons s'entassèrent à l'embouchure de la Mercy, et le lac ne tarda pas à se prendre sur toute son étendue.

On dut, à plusieurs reprises, renouveler la provision de combustible. Pencroff n'avait pas attendu que la rivière fût glacée pour conduire d'énormes trains de bois à leur destination. Le courant était un moteur infatigable, et il fut employé à charrier du bois flotté jusqu'au moment où le froid vint l'enchaîner. Au combustible fourni si abondamment par la forêt, on joignit aussi plusieurs charretées de houille, qu'il fallut aller chercher au pied des contreforts du mont Franklin. Cette puissante chaleur du charbon de terre fut vivement appréciée par une basse température, qui, le 4 juillet, tomba à 8° Fahrenheit (13° cgr au-dessous de zéro). Une seconde cheminée avait été établie dans la salle à manger, et, là, on travaillait en commun.

Pendant cette période de froid, Cyrus Smith n'eut qu'à s'applaudir d'avoir dérivé jusqu'à Granite-house un petit filet des eaux du lac Grant. Prises au-dessous de la surface glacée, puis, conduites par l'ancien déversoir, elles conservaient leur liquidité et arrivaient à un réservoir intérieur, qui avait été creusé à l'angle de l'arrière-magasin, et dont le trop-plein s'enfuyait par le puits jusqu'à la mer.

Vers cette époque, le temps étant extrêmement sec, les colons, aussi bien vêtus que possible, résolurent de consacrer une journée à l'exploration de la partie de l'île comprise au sud-est entre la Mercy et la cap Griffe. C'était un vaste terrain marécageux, et il pouvait se présenter quelque bonne chasse à faire, car les oiseaux aquatiques devaient y pulluler.

Il fallait compter de huit à neuf milles à l'aller, autant au retour, et, par conséquent, la journée serait bien employée. Comme il s'agissait aussi de l'exploration d'une portion inconnue de l'île, toute la colonie dut y prendre part. C'est pourquoi, le 5 juillet, dès six heures du matin, l'aube se levant à peine, Cyrus Smith, Gédéon Spilett, Harbert, Nab, Pencroff, armés d'épieux, de collets, d'arcs et de flèches, et munis de provisions suffisantes, quittèrent Granite-house, précédés de Top, qui gambadait devant eux.

On prit par le plus court, et le plus court fut de traverser la Mercy sur les glaçons qui l'encombraient alors.

— Mais, fit observer justement le reporter, cela ne peut remplacer un pont sérieux!

Aussi, la construction d'un pont « sérieux » était-elle notée dans la série des travaux à venir.

C'était la première fois que les colons mettaient pied sur la rive droite de la Mercy, et s'aventuraient au milieu de ces grands et superbes conifères, alors couverts de neige.

Mais ils n'avaient pas fait un demi-mille, que, d'un épais fourré, s'échappait toute une famille de quadrupèdes, qui y avaient élu domicile, et dont les aboiements de Top provoquèrent la fuite.

— Ah! on dirait des renards! s'écria Harbert, quand il vit toute la bande décamper au plus vite.

C'étaient des renards, en effet, mais des renards de très grande taille, qui faisaient entendre une sorte d'aboiement, dont Top parut lui-même fort étonné, car il s'arrêta dans sa poursuite, et donna à ces rapides animaux le temps de disparaître.

Le chien avait le droit d'être surpris, puisqu'il ne savait pas l'histoire naturelle. Mais, par leurs aboiements, ces renards, gris roussâtres de pelage, à queues noires que terminait une bouffette blanche, avaient décelé leur origine. Aussi, Harbert leur donna-t-il, sans hésiter, leur véritable nom de « culpeux ». Ces culpeux se rencontrent fréquemment au Chili, aux Malouines, et sur tous ces parages américains traversés par les 30e et 40e parallèles. Harbert regretta beaucoup que Top n'eût pu s'emparer de l'un de ces carnivores.

— Est-ce que cela se mange ? demanda Pencroff, qui ne considérait jamais les représentants de la faune de l'île qu'à un point de vue spécial.

— Non, répondit Harbert, mais les zoologistes n'ont pas encore reconnu si la pupille de ces renards est diurne ou nocturne, et s'il ne convient pas de les ranger dans le genre chien proprement dit.

Cyrus Smith ne put s'empêcher de sourire en entendant la réflexion du jeune garçon, qui attestait un esprit sérieux. Quant au marin, du moment que ces renards ne pouvaient être classés dans le genre comestible, peu lui importait. Toutefois, lorsqu'une basse-cour serait établie à Granite-house, il fit observer qu'il serait bon de prendre quelques précautions contre la visite probable de ces pillards à quatre pattes. Ce que personne ne contesta.

Après avoir tourné la pointe de l'Épave, les colons trouvèrent une longue plage que baignait la vaste mer. Il était alors huit heures du matin. Le ciel était très pur, ainsi qu'il arrive par les grands froids prolongés ; mais, échauffés par leur course, Cyrus Smith et ses compagnons ne ressentaient pas trop vivement les piqûres de l'atmosphère. D'ailleurs, il ne faisait pas de vent, circonstance qui rend infiniment plus supportables les forts abaissements de la température. Un soleil brillant, mais sans action calorifique, sortait alors de l'Océan, et son énorme disque se balançait à l'horizon. La mer formait une nappe tranquille et bleue comme celle d'un golfe méditerranéen, quand le ciel est pur. Le cap Griffe, recourbé en forme de yatagan, s'effilait nettement à quatre milles environ vers le sud-est. A gauche, la lisière du marais était brusquement arrêtée par une petite pointe que les rayons solaires dessinaient alors d'un trait de feu. Certes, en cette partie de la baie de l'Union, que rien ne couvrait du large, pas même un banc de sable, les navires, battus des vents d'est, n'eussent trouvé aucun abri. On sentait à la tranquillité de la mer, dont nul haut-fond ne troublait les eaux, à sa couleur uniforme que ne tachait aucune nuance jaunâtre, à l'absence de tout récif enfin, que cette côte était accore, et que l'Océan recouvrait là de profonds abîmes. En arrière, dans l'ouest, se développaient, mais à une distance de quatre milles, les premières lignes d'arbres des forêts du Far-West. On se serait cru, pour ainsi dire, sur la côte désolée de quelque île des régions antarctiques que les glaçons eussent enva-hie. Les colons firent halte en cet endroit pour déjeuner. Un feu de broussailles et de varechs desséchés fut allumé, et Nab prépara le déjeuner de viande froide, auquel il joignit quelques tasses de thé d'Oswego.

Tout en mangeant, on regardait. Cette partie de l'île Lincoln était réellement stérile et contrastait avec toute la région occidentale. Ce qui amena le reporter à faire cette réflexion, que si le hasard eût tout d'abord jeté les naufragés sur cette plage, ils auraient pris de leur futur domaine une idée déplorable.

— Je crois même que nous n'aurions pas pu l'attein-dre, répondit l'ingénieur, car la mer est profonde, et elle ne nous offrait pas un rocher pour nous y réfugier. Devant Granite-house, au moins il y avait des bancs, un îlot, qui multipliaient les chances de salut. Ici, rien que l'abîme !

— Il est assez singulier, fit observer Gédéon Spilett, que cette île, relativement petite, présente un sol aussi varié. Cette diversité d'aspect n'appartient logiquement qu'aux continents d'une certaine étendue. On dirait vraiment que la partie occidentale de l'île Lincoln, si riche et si fertile, est baignée par les eaux chaudes du golfe Mexicain, et que ses rivages du nord et du sud-est s'étendent sur une sorte de mer Arctique.

— Vous avez raison, mon cher Spilett, répondit Cyrus Smith, c'est une observation que j'ai faite aussi. Cette île, dans sa forme comme dans sa nature, je la trouve étrange. On dirait un résumé de tous les aspects que présente un continent, et je ne serais pas surpris qu'elle eût été continent autrefois.

— Quoi ! un continent au milieu du Pacifique ? s'écria Pencroff.

— Pourquoi pas ? répondit Cyrus Smith. Pourquoi l'Australie, la Nouvelle-Irlande, tout ce que les géographes anglais appellent l'Australasie, réunies aux archipels du Pacifique, n'auraient-ils formé autrefois une sixième partie du monde, aussi importante que l'Europe ou l'Asie, que l'Afrique ou les deux Amériques ? Mon esprit ne se refuse point à admettre que toutes les îles, émergées de ce vaste Océan, ne sont que des sommets d'un continent maintenant englouti, mais qui dominait les eaux aux époques antéhistoriques.

— Comme fut autrefois l'Atlantide, répondit Harbert.

— Oui, mon enfant... si elle a existé toutefois.

— Et l'île Lincoln aurait fait partie de ce continent-là ? demanda Pencroff.

— C'est probable, répondit Cyrus Smith, et cela expliquerait assez cette diversité de productions qui se voit à sa surface.

— Et le nombre considérable d'animaux qui l'habitent encore, ajouta Harbert.

— Oui, mon enfant, répondit l'ingénieur, et tu me fournis là un nouvel argument à l'appui de ma thèse. Il est certain, d'après ce que nous avons vu, que les animaux sont nombreux dans l'île, et, ce qui est plus bizarre, que les espèces y sont extrêmement variées. Il y a une raison à cela, et pour moi, c'est que l'île Lincoln a pu faire autrefois partie de quelque vaste continent qui s'est peu à peu abaissé au-dessous du Pacifique.

— Alors, un beau jour, répliqua Pencroff, qui ne semblait pas être absolument convaincu, ce qui reste de cet ancien continent pourra disparaître à son tour, et il n'y aura plus rien entre l'Amérique et l'Asie ?

— Si, répondit Cyrus Smith, il y aura les nouveaux continents, que des milliards de milliards d'animalcules travaillent à bâtir en ce moment.

— Et quels sont ces maçons-là ? demanda Pencroff.

— Les infusoires du corail, répondit Cyrus Smith. Ce sont eux qui ont fabriqué, par un travail continu, l'île Clermont-Tonnerre, les atolls, et autres nombreuses îles à coraux que compte l'océan Pacifique. Il faut quarante-sept millions de ces infusoires pour peser un grain[1], et pourtant, avec les sels marins qu'ils absorbent, avec les éléments solides de l'eau qu'ils assimilent, ces animalcules produisent le calcaire, et ce calcaire forme d'énormes substructions sous-marines, dont la dureté et la solidité égalent celles du granit. Autrefois, aux premières époques de la création, la nature, employant le feu, a produit les terres par soulèvement ; mais maintenant elle charge des animaux microscopiques de remplacer cet agent, dont la puissance dynamique, à l'intérieur du globe, a évidemment diminué — ce que prouve le grand nombre de volcans actuellement éteints à la surface de la terre. Et je crois bien que, les siècles succédant aux siècles et les infusoires aux infusoires, ce

1. Un grain pèse 59 milligrammes.

Pacifique pourra se changer un jour en un vaste continent, que des générations nouvelles habiteront et civiliseront à leur tour.

— Ce sera long! dit Pencroff.

— La nature a le temps pour elle, répondit l'ingénieur.

— Mais à quoi bon de nouveaux continents? demanda Harbert. Il me semble que l'étendue actuelle des contrées habitables est suffisante à l'humanité. Or, la nature ne fait rien d'inutile.

— Rien d'inutile, en effet, reprit l'ingénieur, mais voici comment on pourrait expliquer dans l'avenir la nécessité de continents nouveaux, et précisément sur cette zone tropicale occupée par les îles coralligènes. Du moins, cette explication me paraît plausible.

— Nous vous écoutons, monsieur Cyrus, répondit Harbert.

— Voici ma pensée : Les savants admettent généralement qu'un jour notre globe finira, ou plutôt que la vie animale et végétale n'y sera plus possible, par suite du refroidissement intense qu'il subira. Ce sur quoi ils ne sont pas d'accord, c'est sur la cause de ce refroidissement. Les uns pensent qu'il proviendra de l'abaissement de température que le soleil éprouvera après des millions d'années; les autres, de l'extinction graduelle des feux intérieurs de notre globe, qui ont sur lui une influence plus prononcée qu'on ne le suppose généralement. Je tiens, moi, pour cette dernière hypothèse, en me fondant sur ce fait que la lune est bien véritablement un astre refroidi, lequel n'est plus habitable, quoique le soleil continue toujours de verser à sa surface la même somme de chaleur. Si donc la lune s'est refroidie, c'est parce que ces feux intérieurs auxquels, ainsi que tous les astres du monde stellaire, elle a dû son origine, se sont complètement éteints. Enfin, quelle qu'en soit la cause,

notre globe se refroidira un jour, mais ce refroidissement ne s'opérera que peu à peu. Qu'arrivera-t-il alors ?
C'est que les zones tempérées, dans une époque plus ou
moins éloignée, ne seront pas plus habitables que ne le
sont actuellement les régions polaires. Donc, les populations d'hommes, comme les agrégations d'animaux,
reflueront vers les latitudes plus directement soumises à
l'influence solaire. Une immense émigration s'accom-
plira. L'Europe, l'Asie centrale, l'Amérique du Nord
seront peu à peu abandonnées, tout comme l'Australasie ou les parties basses de l'Amérique du Sud. La végétation suivra l'émigration humaine. La flore reculera
vers l'équateur en même temps que la faune. Les parties
centrales de l'Amérique méridionale et de l'Afrique
deviendront les continents habités par excellence. Les
Lapons et les Samoyèdes retrouveront les conditions climatériques de la mer polaire sur les rivages de la Méditerranée. Qui nous dit, qu'à cette époque, les régions
équatoriales ne seront pas trop petites pour contenir
l'humanité terrestre et la nourrir ? Or, pourquoi la pré-
voyante nature, afin de donner refuge à toute l'émigration végétale et animale, ne jetterait-elle pas, dès à
présent, sous l'équateur, les bases d'un continent nouveau, et n'aurait-elle pas chargé les infusoires de le
construire ? J'ai souvent réfléchi à toutes ces choses, mes
amis, et je crois sérieusement que l'aspect de notre globe
sera un jour complètement transformé, que, par suite de
l'exhaussement de nouveaux continents, les mers couvri-
ront les anciens, et que, dans les siècles futurs, des
Colombs iront découvrir les îles du Chimboraço, de
l'Himalaya ou du mont Blanc, restes d'une Amérique,
d'une Asie et d'une Europe englouties. Puis enfin, ces
nouveaux continents, à leur tour, deviendront eux-
mêmes inhabitables ; la chaleur s'éteindra comme la chaleur d'un corps que l'âme vient d'abandonner, et la

vie disparaîtra, sinon définitivement du globe, au moins momentanément. Peut-être, alors, notre sphéroïde se reposera-t-il, se refera-t-il dans la mort pour ressusciter un jour dans des conditions supérieures! Mais tout cela, mes amis, c'est le secret de l'Auteur de toutes choses, et, à propos du travail des infusoires, je me suis laissé entraîner un peu loin peut-être à scruter les secrets de l'avenir.

— Mon cher Cyrus, répondit Gédéon Spilett, ces théories sont pour moi des prophéties, et elles s'accompliront un jour.

— C'est le secret de Dieu, dit l'ingénieur.

— Tout cela est bel et bien, dit alors Pencroff, qui avait écouté de toutes ses oreilles, mais m'apprendrez-vous, monsieur Cyrus, si l'île Lincoln a été construite par vos infusoires?

— Non, répondit Cyrus Smith, elle est purement d'origine volcanique.

— Alors, elle disparaîtra un jour?

— C'est probable.

— J'espère bien que nous n'y serons plus.

— Non, rassurez-vous, Pencroff, nous n'y serons plus, puisque nous n'avons aucune envie d'y mourir et que nous finirons peut-être par nous en tirer.

— En attendant, répondit Gédéon Spilett, installons-nous comme pour l'éternité. Il ne faut jamais rien faire à demi.

Ceci finit la conversation. Le déjeuner était terminé. L'exploration fut reprise, et les colons arrivèrent à la limite où commençait la région marécageuse.

C'était bien un marais, dont l'étendue, jusqu'à cette côte arrondie qui terminait l'île au sud-est, pouvait mesurer vingt milles carrés. Le sol était formé d'un limon argilo-siliceux, mêlé de nombreux débris de végétaux. Des conferves, des joncs, des carex, des scirpes, çà et là quelques couches d'herbages, épais comme une grosse moquette, le recouvraient. Quelques mares glacées scintillaient en maint endroit sous les rayons solaires. Ni les pluies ni aucune rivière, gonflée par une crue subite, n'avaient pu former ces réserves d'eau. On en devait naturellement conclure que ce marécage était alimenté par les infiltrations du sol, et cela était en effet. Il était même à craindre que l'air ne s'y chargeât, pendant les chaleurs, de ces miasmes qui engendrent les fièvres paludéennes.

Au-dessus des herbes aquatiques, à la surface des eaux stagnantes, voltigeait un monde d'oiseaux. Chasseurs au marais et huttiers de profession n'auraient pu y perdre un seul coup de fusil. Canards sauvages, pilets, sarcelles, bécassines y vivaient par bandes, et ces volatiles peu craintifs se laissaient facilement approcher.

Un coup de fusil à plomb eût certainement atteint quelques douzaines de ces oiseaux, tant leurs rangs étaient pressés. Il fallut se contenter de les frapper à coups de flèche. Le résultat fut moindre, mais la flèche silencieuse eut l'avantage de ne point effrayer ces volatiles, que la détonation d'une arme à feu aurait dissipés à tous les coins du marécage. Les chasseurs se contentèrent donc, pour cette fois, d'une douzaine de canards, blancs de corps avec ceinture cannelle, tête verte, aile noire, blanche et rousse, bec aplati, qu'Harbert reconnut pour des « tadornes ». Top concourut adroitement à la capture de ces volatiles, dont le nom fut donné à cette partie marécageuse de l'île. Les colons avaient donc là une abondante réserve de gibier aquatique. Le temps venu, il ne s'agirait plus que de l'exploiter convenablement, et il était probable que plusieurs espèces de ces oiseaux pourraient être, sinon domestiqués, du moins acclimatés aux environs du lac, ce qui les mettrait plus directement sous la main des consommateurs.

Vers cinq heures du soir, Cyrus Smith et ses compagnons reprirent le chemin de leur demeure, en traversant le marais des Tadornes (Tadorn's-fens), et ils repassèrent la Mercy sur le pont de glaces.

A huit heures du soir, tous étaient rentrés à Granite-house.

XXII

LES TRAPPES — LES RENARDS — LES PÉCARIS — SAUTE DE VENT AU NORD-OUEST — TEMPÊTE DE NEIGE — LES VANNIERS — LES PLUS GRANDS FROIDS DE L'HIVER — LA CRISTALLISATION DU SUCRE D'ÉRABLE — LE PUITS MYSTÉRIEUX — L'EXPLORATION PROJETÉE — LE GRAIN DE PLOMB

Ces froids intenses durèrent jusqu'au 15 août, sans dépasser toutefois ce maximum de degrés Fahrenheit observé jusqu'alors. Quand l'atmosphère était calme, cette basse température se supportait facilement; mais quand la bise soufflait, cela semblait dur à des gens insuffisamment vêtus. Pencroff en était à regretter que l'île Lincoln ne donnât pas asile à quelques familles d'ours, plutôt qu'à ces renards ou à ces phoques, dont la fourrure laissait à désirer.

— Les ours, disait-il, sont généralement bien habillés, et je ne demanderais pas mieux que de leur emprunter pour l'hiver la chaude capote qu'ils ont sur le corps.

— Mais, répondait Nab en riant, peut-être ces ours ne consentiraient-ils pas, Pencroff, à te donner leur capote. Ce ne sont point des Saint-Martin, ces bêtes-là!

— On les y obligerait, Nab, on les y obligerait, répliquait Pencroff d'un ton tout à fait autoritaire.

Mais ces formidables carnassiers n'existaient point dans l'île, ou, du moins, ils ne s'étaient pas montrés jusqu'alors.

Toutefois, Harbert, Pencroff et le reporter s'occupèrent d'établir des trappes sur le plateau de Grande-Vue et aux abords de la forêt. Suivant l'opinion du marin, tout animal, quel qu'il fût, serait de bonne prise, et rongeurs ou carnassiers qui étrenneraient les nouveaux pièges seraient bien reçus à Granite-house.

Ces trappes furent, d'ailleurs, extrêmement simples : des fosses creusées dans le sol, au-dessus un plafonnage de branches et d'herbes, qui en dissimulait l'orifice, au fond quelque appât dont l'odeur pouvait attirer les animaux, et ce fut tout. Il faut dire aussi qu'elles n'avaient point été creusées au hasard, mais à certains endroits où des empreintes plus nombreuses indiquaient de fréquentes passées de quadrupèdes. Tous les jours, elles étaient visitées, et, à trois reprises, pendant les premiers jours, on y trouva des échantillons de ces culpeux qui avaient été vus déjà sur la rive droite de la Mercy.

— Ah, çà ! il n'y a donc que des renards dans ce pays-ci ! s'écria Pencroff, la troisième fois qu'il retira un de ces animaux de la fosse où il se tenait fort penaud. Des bêtes qui ne sont bonnes à rien !

— Mais si, dit Gédéon Spilett. Elles sont bonnes à quelque chose !

— Et à quoi donc ?

— A faire des appâts pour en attirer d'autres !

Le reporter avait raison, et les trappes furent dès lors amorcées avec ces cadavres de renards.

Le marin avait également fabriqué des collets en employant les fibres du curry-jonc, et les collets donnèrent plus de profit que les trappes. Il était rare qu'un jour se passât sans que quelque lapin de la garenne se laissât prendre. C'était toujours du lapin, mais Nab savait varier ses sauces, et les convives ne songeaient pas à se plaindre.

Cependant, une ou deux fois, dans la seconde semaine d'août, les trappes livrèrent aux chasseurs des animaux autres que des culpeux, et plus utiles. Ce furent quelques-uns de ces sangliers qui avaient été déjà signalés au nord du lac. Pencroff n'eut pas besoin de demander si ces bêtes-là étaient comestibles. Cela se voyait bien, à leur ressemblance avec le cochon d'Amérique ou d'Europe.

— Mais ce ne sont point des cochons, lui dit Harbert, je t'en préviens, Pencroff.

— Mon garçon, répondit le marin, en se penchant sur la trappe, et en retirant par le petit appendice qui lui servait de queue un de ces représentants de la famille des suilliens, laissez-moi croire que ce sont des cochons !

— Et pourquoi ?

— Parce que cela me fait plaisir !

— Tu aimes donc bien le cochon, Pencroff ?

— J'aime beaucoup le cochon, répondit le marin, surtout pour ses pieds, et s'il en avait huit au lieu de quatre, je l'aimerais deux fois davantage !

Quant aux animaux en question, c'étaient des pécaris appartenant à l'un des quatre genres que compte la famille, et ils étaient même de l'espèce des « tajassous », reconnaissables à leur couleur foncée et dépourvus de ces longues canines qui arment la bouche de leurs congénères. Ces pécaris vivent ordinairement par troupes, et il était probable qu'ils abondaient dans les parties boisées de l'île. En tout cas, ils étaient mangeables de la tête aux pieds, et Pencroff ne leur en demandait pas plus.

Vers le 15 août, l'état atmosphérique se modifia subitement par une saute de vent dans le nord-ouest. La température remonta de quelques degrés, et les vapeurs accumulées dans l'air ne tardèrent pas à se résoudre en neige. Toute l'île se couvrit d'une couche blanche, et se montra à ses habitants sous un aspect nouveau. Cette neige tomba abondamment pendant plusieurs jours, et son épaisseur atteignit bientôt deux pieds.

Le vent fraîchit bientôt avec une extrême violence, et, du haut de Granite-house, on entendait la mer gronder sur les récifs. A certains angles, il se faisait de rapides remous d'air, et la neige, s'y formant en hautes colonnes tournantes, ressemblait à ces trombes liquides qui pirouettent sur leur base, et que les bâtiments attaquent à coups de canon. Toutefois, l'ouragan, venant du nord-ouest, prenait l'île à revers, et l'orientation de Granite-house la préservait d'un assaut direct. Mais, au milieu de ce chasse-neige, aussi terrible que s'il se fût produit sur quelque contrée polaire, ni Cyrus Smith ni ses compagnons ne purent, malgré leur envie, s'aventurer au-dehors, et ils restèrent renfermés pendant cinq jours, du 20 au 25 août. On entendait la tempête rugir dans les bois du Jacamar, qui devaient en pâtir. Bien des arbres seraient déracinés, sans doute, mais Pencroff s'en consolait en songeant qu'il n'aurait pas la peine de les abattre.

— Le vent se fait bûcheron, laissons-le faire, répétait-il.

Et d'ailleurs, il n'y aurait eu aucun moyen de l'en empêcher.

Combien les hôtes de Granite-house durent alors remercier le Ciel de leur avoir ménagé cette solide et inébranlable retraite ! Cyrus Smith avait bien sa légitime part dans les remerciements, mais enfin, c'était la nature qui avait creusé cette vaste caverne, et il n'avait fait que la découvrir. Là, tous étaient en sûreté, et les coups de la tempête ne pouvaient les atteindre. S'ils eussent construit sur le plateau de Grande-Vue une maison de briques et de bois, elle n'aurait certainement pas résisté aux fureurs de cet ouragan. Quant aux Cheminées, rien qu'au fracas des lames qui se faisait entendre avec tant de force, on devait croire qu'elles étaient absolument inhabitables, car la mer, passant par-dessus l'îlot, devait les battre avec rage. Mais ici, à Granite-house, au milieu de ce massif, contre lequel n'avaient prise ni l'eau ni l'air, rien à craindre.

Pendant ces quelques jours de séquestration, les colons ne restèrent pas inactifs. Le bois, débité en planches, ne manquait pas dans le magasin, et, peu à peu, on compléta le mobilier, en tables et en chaises, solides à coup sûr, car la matière n'y fut pas épargnée. Ces meubles, un peu lourds, justifiaient mal leur nom, qui fait de leur mobilité une condition essentielle, mais ils firent l'orgueil de Nab et de Pencroff, qui ne les auraient pas changés contre des meubles de Boulle.

Puis, les menuisiers devinrent vanniers, et ils ne réussirent pas mal dans cette nouvelle fabrication. On avait découvert, vers cette pointe que le lac projetait au nord, une féconde oseraie, où poussaient en grand nombre des osiers pourpres. Avant la saison des pluies, Pencroff et Harbert avaient moissonné ces utiles arbustes, et leurs branches, bien préparées alors, pouvaient être efficacement employées. Les premiers essais furent informes, mais, grâce à l'adresse et à l'intelligence des ouvriers, se consultant, se rappelant les modèles qu'ils avaient vus, rivalisant entre eux, des paniers et des corbeilles de diverses grandeurs accrurent bientôt le matériel de la colonie. Le magasin en fut pourvu, et Nab enferma dans des corbeilles spéciales ses récoltes de rhizomes, d'amandes de pin pignon et de racines de dragonnier.

Pendant la dernière semaine de ce mois d'août, le temps se modifia encore une fois. La température baissa un peu, et la tempête se calma. Les colons s'élancèrent

246

au-dehors. Il y avait certainement deux pieds de neige sur la grève, mais, à la surface de cette neige durcie, on pouvait marcher sans trop de peine. Cyrus Smith et ses compagnons montèrent sur le plateau de Grande-Vue.

Quel changement ! Ces bois, qu'ils avaient laissés verdoyants, surtout dans la partie voisine où dominaient les conifères, disparaissaient alors sous une couleur uniforme. Tout était blanc, depuis le sommet du mont Franklin jusqu'au littoral, les forêts, la prairie, le lac, la rivière, les grèves. L'eau de la Mercy courait sous une voûte de glace qui, à chaque flux et reflux, faisait débâcle et se brisait avec fracas. De nombreux oiseaux voletaient à la surface solide du lac, canards et bécassines, pilets et guillemots. Il y en avait des milliers. Les rocs entre lesquels se déversait la cascade à la lisière du plateau étaient hérissés de glaces. On eût dit que l'eau s'échappait d'une monstrueuse gargouille fouillée avec toute la fantaisie d'un artiste de la Renaissance. Quant à juger des dommages causés à la forêt par l'ouragan, on ne le pouvait encore, et il fallait attendre que l'immense couche blanche se fût dissipée.

Gédéon Spilett, Pencroff et Harbert ne manquèrent pas cette occasion d'aller visiter leurs trappes. Ils ne les retrouvèrent pas aisément, sous la neige qui les recouvrait. Ils durent même prendre garde de ne point se laisser choir dans l'une ou l'autre, ce qui eût été dangereux et humiliant à la fois : se prendre à son propre piège ! Mais enfin ils évitèrent ce désagrément, et retrouvèrent les trappes parfaitement intactes. Aucun animal n'y était tombé, et, cependant, les empreintes étaient nombreuses aux alentours, entre autres certaines marques de griffes très nettement accusées. Harbert n'hésita pas à affirmer que quelque carnassier du genre des félins avait passé là, ce qui justifiait l'opinion de l'ingénieur sur la présence de fauves dangereux à l'île Lincoln. Sans doute, ces fauves habitaient ordinairement les épaisses forêts du Far-West, mais, pressés par la faim, ils s'étaient aventurés jusqu'au plateau de Grande-Vue. Peut-être sentaient-ils les hôtes de Granite-house ?

— En somme, qu'est-ce que c'est que ces félins ? demanda Pencroff.

— Ce sont des tigres, répondit Harbert.

— Je croyais que ces bêtes-là ne se trouvaient que dans les pays chauds ?

— Sur le nouveau continent, répondit le jeune garçon, on les observe depuis le Mexique jusqu'aux pampas de Buenos Aires. Or, comme l'île Lincoln est à peu près sous la même latitude que les provinces de La Plata, il n'est pas étonnant que quelques tigres s'y rencontrent.

— Bon, on veillera, répondit Pencroff.

Cependant, la neige finit par se dissiper sous l'influence de la température, qui se releva. La pluie vint à tomber, et, grâce à son action dissolvante, la couche blanche s'effaça. Malgré le mauvais temps, les colons renouvelèrent leur réserve en toutes choses, amandes de pin pignon, racines de dragonnier, rhizomes, liqueur d'érable, pour la partie végétale ; lapins de garenne, agoutis et kangourous, pour la partie animale. Cela nécessita quelques excursions dans la forêt, et l'on constata qu'une certaine quantité d'arbres avaient été abattus par le dernier ouragan. Le marin et Nab poussèrent même, avec le chariot, jusqu'au gisement de houille, afin de rapporter quelques tonnes de combustible. Ils virent en passant que la cheminée du four à poteries avait été très endommagée par le vent et découronnée de six bons pieds au moins.

En même temps que le charbon, la provision de bois fut également renouvelée à Granite-house, et on profita du courant de la Mercy, qui était redevenu libre, pour en amener plusieurs trains. Il pouvait se faire que la période des grands froids ne fût pas achevée.

Une visite avait été faite également aux Cheminées, et les colons ne purent que s'applaudir de ne pas y avoir demeuré pendant la tempête. La mer avait laissé là des marques incontestables de ses ravages. Soulevée par les vents du large, et sautant par-dessus l'îlot, elle avait violemment assailli les couloirs, qui étaient à demi ensablés, et d'épaisses couches de varech recouvraient les roches. Pendant que Nab, Harbert et Pencroff chassaient ou renouvelaient les provisions de combustible, Cyrus Smith et Gédéon Spilett s'occupèrent à déblayer les Cheminées, et ils retrouvèrent la forge et les fourneaux à peu près intacts, protégés qu'ils avaient été tout d'abord par l'entassement des sables.

Ce ne fut pas inutilement que la réserve de combustible avait été refaite. Les colons n'en avaient pas fini avec les froids rigoureux. On sait que, dans l'hémisphère boréal, le mois de février se signale principalement par de grands abaissements de la température. Il devait en être de même dans l'hémisphère austral, et la fin du mois d'août, qui est le février de l'Amérique du Nord, n'échappa pas à cette loi climatique.

Vers le 25, après une nouvelle alternative de neige et de pluie, le vent sauta au sud-est, et, subitement, le froid devint extrêmement vif. Suivant l'estime de l'ingénieur, la colonne mercurielle d'un thermomètre Fahrenheit n'eût pas marqué moins de 8° au-dessous de zéro (22°, 22 cgr au-dessous de glace), et cette intensité du froid, rendue plus douloureuse encore par une bise aiguë, se maintint pendant plusieurs jours. Les colons durent de nouveau se caserner dans Granite-house, et, comme il fallut obstruer hermétiquement toutes les ouvertures de la façade, en ne laissant que le strict passage au renouvellement de l'air, la consommation de bougies fut considérable. Afin de les économiser, les colons ne s'éclairèrent souvent qu'avec la flamme des foyers, où l'on n'épargnait pas le combustible. Plusieurs fois, les uns ou les autres descendirent sur la grève, au milieu des glaçons que le flux y entassait à chaque marée, mais ils remontaient bientôt à Granite-house, et ce n'était pas sans peine et sans douleur que leurs mains se retenaient aux bâtons de l'échelle. Par ce froid intense, les échelons leur brûlaient les doigts.

Il fallut encore occuper ces loisirs que la séquestration faisait aux hôtes de Granite-house. Cyrus Smith entreprit alors une opération qui pouvait se pratiquer à huis clos.

On sait que les colons n'avaient à leur disposition d'autre sucre que cette substance liquide qu'ils tiraient de l'érable, en faisant à cet arbre des incisions profondes. Il leur suffisait donc de recueillir cette liqueur dans des vases, et ils l'employaient en cet état à divers usages culinaires, et d'autant mieux, qu'en vieillissant, la liqueur tendait à blanchir et à prendre une consistance sirupeuse.

Mais il y avait mieux à faire, et un jour Cyrus Smith annonça à ses compagnons qu'ils allaient se transformer en raffineurs.

— Raffineurs! répondit Pencroff. C'est un métier un peu chaud, je crois?

— Très chaud! répondit l'ingénieur.

— Alors, il sera de saison! répliqua le marin.

Que ce mot de raffinage n'éveille pas dans l'esprit le souvenir de ces usines compliquées en outillage et en ouvriers. Non! pour cristalliser cette liqueur, il suffisait de l'épurer par une opération qui était extrêmement facile. Placée sur le feu dans de grands vases de terre, elle fut simplement soumise à une certaine évaporation, et bientôt une écume monta à sa surface. Dès qu'elle commença à s'épaissir, Nab eut soin de la remuer avec une spatule de bois — ce qui devait accélérer son évaporation et l'empêcher en même temps de contracter un goût empyreumatique.

Après quelques heures d'ébullition sur un bon feu, qui faisait autant de bien aux opérateurs qu'à la substance opérée, celle-ci s'était transformée en un sirop épais. Ce sirop fut versé dans des moules d'argile, préalablement fabriqués dans le fourneau même de la cuisine, et auxquels on avait donné des formes variées. Le lendemain, ce sirop, refroidi, formait des pains et des tablettes. C'était du sucre, de couleur un peu rousse, mais presque transparent et d'un goût parfait.

Le froid continua jusqu'à la mi-septembre, et les prisonniers de Granite-house commençaient à trouver leur captivité bien longue. Presque tous les jours, ils tentaient quelques sorties qui ne pouvaient se prolonger. On travaillait donc constamment à l'aménagement de la demeure. On causait en travaillant. Cyrus Smith instruisait ses compagnons en toutes choses, et il leur expliquait principalement les applications pratiques de la science. Les colons n'avaient point de bibliothèque à leur disposition ; mais l'ingénieur était un livre toujours prêt, toujours ouvert à la page dont chacun avait besoin, un livre qui leur résolvait toutes les questions et qu'ils feuilletaient souvent. Le temps passait ainsi, et ces braves gens ne semblaient point redouter l'avenir.

Cependant, il était temps que cette séquestration se terminât. Tous avaient hâte de revoir, sinon la belle saison, du moins la cessation de ce froid insupportable. Si seulement ils eussent été vêtus de manière à pouvoir le braver, que d'excursions ils auraient tentées, soit aux dunes, soit au marais des Tadornes ! Le gibier devait être facile à approcher, et la chasse eût été fructueuse, assurément. Mais Cyrus Smith tenait à ce que personne ne compromît sa santé, car il avait besoin de tous les bras, et ses conseils furent suivis.

Mais, il faut le dire, le plus impatient de cet emprisonnement, après Pencroff toutefois, c'était Top. Le fidèle chien se trouvait fort à l'étroit dans Granite-house. Il allait et venait d'une chambre à l'autre, et témoignait à sa manière son ennui d'être caserné.

Cyrus Smith remarqua souvent que, lorsqu'il s'approchait de ce puits sombre, qui était en communication avec la mer, et dont l'orifice s'ouvrait au fond du magasin, Top faisait entendre des grognements singuliers. Top tournait autour de ce trou qui avait été recouvert d'un panneau en bois. Quelquefois même, il cherchait à glisser ses pattes sous ce panneau, comme s'il eût voulu le soulever. Il jappait alors d'une façon particulière, qui indiquait à la fois colère et inquiétude.

L'ingénieur observa plusieurs fois ce manège. Qu'y avait-il donc dans cet abîme qui pût impressionner à ce point l'intelligent animal ? Le puits aboutissait à la mer, cela était certain. Se ramifiait-il donc en étroits boyaux à travers la charpente de l'île ? Était-il en communication avec quelques autres cavités intérieures ? Quelque monstre marin ne venait-il pas, de temps en temps, respirer au fond de ce puits ? L'ingénieur ne savait que penser, et ne pouvait se retenir de rêver de complications bizarres. Habitué à aller loin dans le domaine des réalités scientifiques, il ne se pardonnait pas de se laisser entraîner dans le domaine de l'étrange et presque du surnaturel ; mais comment s'expliquer que Top, un de ces chiens sensés qui n'ont jamais perdu leur temps à aboyer à la lune, s'obstinât à sonder du flair et de l'ouïe cet abîme, si rien ne s'y passait qui dût éveiller son inquiétude ? La conduite de Top intriguait Cyrus Smith plus qu'il ne lui paraissait raisonnable de se l'avouer à lui-même.

En tout cas, l'ingénieur ne communiqua ses impressions qu'à Gédéon Spilett, trouvant inutile d'initier ses compagnons aux réflexions involontaires que faisait naître en lui ce qui n'était peut-être qu'une lubie de Top.

Enfin, les froids cessèrent. Il y eut des pluies, des rafales mêlées de neige, des giboulées, des coups de vent, mais ces intempéries ne duraient pas. La glace s'était dissoute, la neige s'était fondue; la grève, le plateau, les berges de la Mercy, la forêt étaient redevenus praticables. Ce retour du printemps ravit les hôtes de Granite-house, et, bientôt, ils n'y passèrent plus que les heures du sommeil et des repas.

On chassa beaucoup dans la seconde moitié de septembre, ce qui amena Pencroff à réclamer avec une nouvelle insistance les armes à feu qu'il affirmait avoir été promises par Cyrus Smith. Celui-ci, sachant bien que, sans un outillage spécial, il lui serait presque impossible de fabriquer un fusil qui pût rendre quelque service, reculait toujours et remettait l'opération à plus tard. Il faisait, d'ailleurs, observer qu'Harbert et Gédéon Spilett étaient devenus des archers habiles, que toutes sortes d'animaux excellents, agoutis, kangourous, cabiais, pigeons, outardes, canards sauvages, bécassines, enfin gibier de poil ou de plume, tombaient sous leurs flèches, et que, par conséquent, on pouvait attendre. Mais l'entêté marin n'entendait point de cette oreille, et il ne laisserait pas de cesse à l'ingénieur que celui-ci n'eût satisfait son désir. Gédéon Spilett appuyait, du reste, Pencroff.

— Si l'île, comme on n'en peut douter, disait-il, renferme des animaux féroces, il faut penser à les combattre et à les exterminer. Un moment peut venir où ce soit notre premier devoir.

Mais, à cette époque, ce ne fut point cette question des armes à feu qui préoccupa Cyrus Smith, mais bien celle des vêtements. Ceux que portaient les colons avaient passé l'hiver, mais ils ne pourraient pas durer jusqu'à l'hiver prochain. Peaux de carnassiers ou laines de ruminants, c'était ce qu'il fallait se procurer à tout prix, et, puisque les mouflons ne manquaient pas, il convenait d'aviser aux moyens d'en former un troupeau qui serait élevé pour les besoins de la colonie. Un enclos destiné aux animaux domestiques, une basse-cour aménagée pour les volatiles, en un mot, une sorte de ferme à fonder en quelque point de l'île, tels seraient les deux projets importants à exécuter pendant la belle saison.

En conséquence, et en vue de ces établissements futurs, il devenait donc urgent de pousser une reconnaissance dans toute la partie ignorée de l'île Lincoln, c'est-à-dire sous ces hautes forêts qui s'étendaient sur la droite de la Mercy, depuis son embouchure jusqu'à l'extrémité de la presqu'île Serpentine, ainsi que sur toute la côte occidentale. Mais il fallait un temps sûr, et un mois devait s'écouler encore avant que cette exploration pût être entreprise utilement.

On attendait donc avec une certaine impatience, quand un incident se produisit, qui vint surexciter encore ce désir qu'avaient les colons de visiter en entier leur domaine.

On était au 24 octobre. Ce jour-là, Pencroff était allé visiter les trappes, qu'il tenait toujours convenablement amorcées. Dans l'une d'elles, il trouva trois animaux qui devaient être bienvenus à l'office. C'était une femelle de pécari et ses deux petits.

Pencroff revint donc à Granite-house, enchanté de sa capture, et, comme toujours, le marin fit grand étalage de sa chasse.

— Allons ! nous ferons un bon repas, monsieur Cyrus ! s'écria-t-il. Et vous aussi, monsieur Spilett, vous en mangerez !

— Je veux bien en manger, répondit le reporter, mais qu'est-ce que je mangerai ?

— Du cochon de lait.

— Ah! vraiment, du cochon de lait, Pencroff? A vous entendre, je croyais que vous rapportiez un perdreau truffé!

— Comment? s'écria Pencroff. Est-ce que vous feriez fi du cochon de lait, par hasard?

— Non, répondit Gédéon Spilett, sans montrer aucun enthousiasme, et pourvu qu'on n'en abuse pas...

— C'est bon, c'est bon, monsieur le journaliste, riposta le marin, qui n'aimait pas à entendre déprécier sa chasse, vous faites le difficile? Et il y a sept mois, quand nous avons débarqué dans l'île, vous auriez été trop heureux de rencontrer un pareil gibier!...

— Voilà, voilà, répondit le reporter. L'homme n'est jamais ni parfait ni content.

— Enfin, reprit Pencroff, j'espère que Nab se distinguera. Voyez! Ces deux petits pécaris n'ont pas seulement trois mois! Ils seront tendres comme des cailles! Allons, Nab, viens! J'en surveillerai moi-même la cuisson.

Et le marin, suivi de Nab, gagna la cuisine et s'absorba dans ses travaux culinaires.

On le laissa faire à sa façon. Nab et lui préparèrent donc un repas magnifique, les deux petits pécaris, un potage de kangourou, un jambon fumé, des amandes de pignon, de la boisson de dragonnier, du thé d'Oswego — enfin, tout ce qu'il y avait de meilleur; mais entre tous les plats devaient figurer au premier rang les savoureux pécaris, accommodés à l'étuvée.

A cinq heures, le dîner fut servi dans la salle de Granite-house. Le potage de kangourou fumait sur la table. On le trouva excellent.

Au potage succédèrent les pécaris, que Pencroff voulut découper lui-même, et dont il servit des portions monstrueuses à chacun des convives.

Ces cochons de lait étaient vraiment délicieux, et Pencroff dévorait sa part avec un entrain superbe, quand tout à coup un cri et un juron lui échappèrent.

— Qu'y a-t-il ? demanda Cyrus Smith.

— Il y a... il y a... que je viens de me casser une dent ! répondit le marin.

— Ah, çà ! il y a donc des cailloux dans vos pécaris ? dit Gédéon Spilett.

— Il faut croire, répondit Pencroff, en retirant de ses lèvres l'objet qui lui coûtait une mâchelière !...

Ce n'était point un caillou... C'était un grain de plomb.

DEUXIÈME PARTIE

L'ABANDONNÉ

I

À PROPOS DU GRAIN DE PLOMB – LA CONSTRUCTION D'UNE
PIROGUE – LES CHASSES – AU SOMMET D'UN KAURI – RIEN
QUI ATTESTE LA PRÉSENCE DE L'HOMME – UNE PÊCHE DE NAB
ET D'HARBERT – TORTUE RETOURNÉE – TORTUE DISPARUE –
EXPLICATION DE CYRUS SMITH

Il y avait sept mois, jour pour jour, que les passagers
du ballon avaient été jetés sur l'île Lincoln. Depuis cette
époque, quelque recherche qu'ils eussent faite, aucun
être humain ne s'était montré à eux. Jamais une fumée
n'avait trahi la présence de l'homme à la surface de l'île.
Jamais un travail manuel n'y avait attesté son passage,
ni à une époque ancienne ni à une époque récente. Non
seulement elle ne semblait pas être habitée, mais on
devait croire qu'elle n'avait jamais dû l'être. Et, maintenant, voilà que tout cet échafaudage de déductions tombait devant un simple grain de métal, trouvé dans le
corps d'un inoffensif rongeur !

C'est qu'en effet, ce plomb était sorti d'une arme à
feu, et quel autre qu'un être humain avait pu s'être servi
de cette arme ?

Lorsque Pencroff eut posé le grain de plomb sur la table, ses compagnons le regardèrent avec un étonnement profond. Toutes les conséquences de cet incident, considérable malgré son apparente insignifiance, avaient subitement saisi leur esprit. L'apparition subite d'un être surnaturel ne les eût pas impressionnés plus vivement.

Cyrus Smith n'hésita pas à formuler tout d'abord les hypothèses que ce fait, aussi surprenant qu'inattendu, devait provoquer. Il prit le grain de plomb, le tourna, le retourna, le palpa entre l'index et le pouce. Puis :

— Vous êtes en mesure d'affirmer, demanda-t-il à Pencroff, que le pécari, blessé par ce grain de plomb, était à peine âgé de trois mois ?

— A peine, monsieur Cyrus, répondit Pencroff. Il tétait encore sa mère, quand je l'ai trouvé dans la fosse.

— Eh bien, dit l'ingénieur, il est par cela même prouvé que, depuis trois mois au plus, un coup de fusil a été tiré dans l'île Lincoln.

— Et qu'un grain de plomb, ajouta Gédéon Spilett, a atteint, mais non mortellement, ce petit animal.

— Cela est indubitable, reprit Cyrus Smith, et voici quelles conséquences il convient de déduire de cet incident : ou l'île était habitée avant notre arrivée, ou des hommes y ont débarqué depuis trois mois au plus. Ces hommes sont-ils arrivés volontairement ou involontairement, par le fait d'un atterrissage ou d'un naufrage ? Ce point ne pourra être élucidé que plus tard. Quant à ce qu'ils sont, Européens ou Malais, ennemis ou amis de notre race, rien ne peut nous permettre de le deviner, et s'ils habitent encore l'île, ou s'ils l'ont quittée, nous ne le savons pas davantage. Mais ces questions nous intéressent trop directement pour que nous restions plus longtemps dans l'incertitude.

— Non ! cent fois non ! mille fois non ! s'écria le marin en se levant de table. Il n'y a pas d'autres hommes que nous sur l'île Lincoln ! Que diable ! l'île n'est pas grande, et, si elle eût été habitée, nous aurions bien aperçu déjà quelques-uns de ses habitants !

— Le contraire, en effet, serait bien étonnant, dit Harbert.

— Mais il serait bien plus étonnant, je suppose, fit observer le reporter, que ce pécari fût né avec un grain de plomb dans le corps !

— A moins, dit sérieusement Nab, que Pencroff n'ait eu...

— Voyez-vous cela, Nab, riposta Pencroff. J'aurais, sans m'en être aperçu, depuis tantôt cinq ou six mois, un grain de plomb dans la mâchoire ! Mais où se serait-il caché ? ajouta le marin, en ouvrant la bouche de façon à montrer les magnifiques trente-deux dents qui la garnissaient. Regarde bien, Nab, et si tu trouves une dent creuse dans ce râtelier-là, je te permets de lui en arracher une demi-douzaine !

— L'hypothèse de Nab est inadmissible, en effet, répondit Cyrus Smith, qui, malgré la gravité de ses pensées, ne put retenir un sourire. Il est certain qu'un coup de fusil a été tiré dans l'île, depuis trois mois au plus. Mais je serais porté à admettre que les êtres quelconques qui ont atterri sur cette côte n'y sont que depuis très peu de temps ou qu'ils n'ont fait qu'y passer, car si, à l'époque à laquelle nous explorions l'île du haut du mont Franklin, elle eût été habitée, nous l'aurions vu ou nous aurions été vus. Il est donc probable que, depuis quelques semaines seulement, des naufragés ont été jetés par une tempête sur un point de la côte. Quoi qu'il en soit, il nous importe d'être fixés sur ce point.

— Je pense que nous devrons agir prudemment, dit le reporter.

— C'est mon avis, répondit Cyrus Smith, car il est malheureusement à craindre que ce ne soient des pirates malais qui aient débarqué sur l'île !

— Monsieur Cyrus, demanda le marin, ne serait-il pas convenable, avant d'aller à la découverte, de construire un canot qui nous permît, soit de remonter la rivière, soit au besoin de contourner la côte ? Il ne faut pas se laisser prendre au dépourvu.

— Votre idée est bonne, Pencroff, répondit l'ingénieur, mais nous ne pouvons attendre. Or, il faudrait au moins un mois pour construire un canot...

— Un vrai canot, oui, répondit le marin, mais nous n'avons pas besoin d'une embarcation destinée à tenir la mer, et, en cinq jours au plus, je me fais fort de construire une pirogue suffisante pour naviguer sur la Mercy.

— En cinq jours, s'écria Nab, fabriquer un bateau ?

— Oui, Nab, un bateau à la mode indienne.

— En bois ? demanda le Nègre d'un air peu convaincu.

— En bois, répondit Pencroff, ou plutôt en écorce. Je vous répète, monsieur Cyrus, qu'en cinq jours l'affaire peut être enlevée !

— En cinq jours, soit ! répondit l'ingénieur.

— Mais d'ici là, nous ferons bien de nous garder sévèrement ! dit Harbert.

— Très sévèrement, mes amis, répondit Cyrus Smith, et je vous prierai de borner vos excursions de chasse aux environs de Granite-house.

Le dîner finit moins gaiement que n'avait espéré Pencroff.

Ainsi donc, l'île était ou avait été habitée par d'autres que par les colons. Depuis l'incident du grain de plomb, c'était un fait désormais incontestable, et une pareille révélation ne pouvait que provoquer de vives inquiétudes chez les colons.

Cyrus Smith et Gédéon Spilett, avant de se livrer au repos, s'entretinrent longuement de ces choses. Ils se demandèrent si, par hasard, cet incident n'aurait pas quelque connexité avec les circonstances inexplicables du sauvetage de l'ingénieur et autres particularités étranges qui les avaient déjà frappés à plusieurs reprises. Cependant, Cyrus Smith, après avoir discuté le pour et le contre de la question, finit par dire :

— En somme, voulez-vous connaître mon opinion, mon cher Spilett ?

— Oui, Cyrus.

— Eh bien, la voici : si minutieusement que nous explorions l'île, nous ne trouverons rien !

Dès le lendemain, Pencroff se mit à l'ouvrage. Il ne s'agissait pas d'établir un canot avec membrure et bordage, mais tout simplement un appareil flottant, à fond plat, qui serait excellent pour la navigation de la Mercy, surtout aux approches de ses sources, où l'eau présenterait peu de profondeur. Des morceaux d'écorce, cousus l'un à l'autre, devaient suffire à former la légère embarcation, et au cas où, par suite d'obstacles naturels, un portage deviendrait nécessaire, elle ne serait ni lourde ni encombrante. Pencroff comptait former la suture des bandes d'écorce au moyen de clous rivés, et assurer, avec leur adhérence, le parfait étanchement de l'appareil.

Il s'agissait donc de choisir des arbres dont l'écorce, souple et tenace, se prêtât à ce travail. Or, précisément, le dernier ouragan avait abattu une certaine quantité de douglas, qui convenaient parfaitement à ce genre de construction. Quelques-uns de ces sapins gisaient à terre, et il n'y avait plus qu'à les écorcer, mais ce fut là le plus difficile, vu l'imperfection des outils que possédaient les colons. En somme, on en vint à bout.

Pendant que le marin, secondé par l'ingénieur, s'occupait ainsi, sans perdre une heure, Gédéon Spilett et Harbert ne restèrent pas oisifs. Ils s'étaient faits les pourvoyeurs de la colonie. Le reporter ne pouvait se lasser d'admirer le jeune garçon, qui avait acquis une adresse remarquable dans le maniement de l'arc ou de l'épieu. Harbert montrait aussi une grande hardiesse, avec beaucoup de ce sang-froid que l'on pourrait justement appeler « le raisonnement de la bravoure ». Les deux compagnons de chasse, tenant compte, d'ailleurs, des recommandations de Cyrus Smith, ne sortaient plus d'un rayon de deux milles autour de Granite-house, mais les premières rampes de la forêt fournissaient un tribut suffisant d'agoutis, de cabiais, de kangourous, de pécaris, etc., et si le rendement des trappes était peu important depuis que le froid avait cessé, du moins la garenne donnait-elle son contingent accoutumé, qui eût pu nourrir toute la colonie de l'île Lincoln.

Souvent, pendant ces chasses, Harbert causait avec Gédéon Spilett de cet incident du grain de plomb, et des conséquences qu'en avait tirées l'ingénieur, et un jour — c'était le 26 octobre — il lui dit :

— Mais, monsieur Spilett, ne trouvez-vous pas très extraordinaire que si quelques naufragés ont débarqué sur cette île, ils ne se soient pas encore montrés du côté de Granite-house ?

— Très étonnant, s'ils y sont encore, répondit le reporter, mais pas étonnant du tout, s'ils n'y sont plus !

— Ainsi, vous pensez que ces gens-là ont déjà quitté l'île ? reprit Harbert.

— C'est plus que probable, mon garçon, car si leur séjour s'y fût prolongé, et surtout s'ils y étaient encore, quelque incident eût fini par trahir leur présence.

— Mais s'ils ont pu repartir, fit observer le jeune garçon, ce n'étaient pas des naufragés ?

— Non, Harbert, ou, tout au moins, ils étaient ce que j'appellerai des naufragés provisoires. Il est très possible, en effet, qu'un coup de vent les ait jetés sur l'île, sans avoir désemparé leur embarcation, et que, le coup de vent passé, ils aient repris la mer.

— Il faut avouer une chose, dit Harbert, c'est que monsieur Smith a toujours paru plutôt redouter que désirer la présence d'êtres humains sur notre île.

— En effet, répondit le reporter, il ne voit guère que des Malais qui puissent fréquenter ces mers, et ces gentlemen-là sont de mauvais chenapans qu'il est bon d'éviter.

— Il n'est pas impossible, monsieur Spilett, reprit Harbert, que nous retrouvions, un jour ou l'autre, des traces de leur débarquement, et peut-être serons-nous fixés à cet égard ?

— Je ne dis pas non, mon garçon. Un campement abandonné, un feu éteint, peuvent nous mettre sur la voie, et c'est ce que nous chercherons dans notre exploration prochaine.

Le jour où les deux chasseurs causaient ainsi, ils se trouvaient dans une portion de la forêt voisine de la Mercy, remarquable par des arbres de toute beauté. Là, entre autres, s'élevaient, à une hauteur de près de deux cents pieds au-dessus du sol, quelques-uns de ces superbes conifères auxquels les indigènes donnent le nom de « kauris » dans la Nouvelle-Zélande.

— Une idée, monsieur Spilett, dit Harbert. Si je montais à la cime de l'un de ces kauris, je pourrais peut-être observer le pays dans un rayon assez étendu ?

— L'idée est bonne, répondit le reporter, mais pourras-tu grimper jusqu'au sommet de ces géants-là ?

— Je vais toujours essayer, répondit Harbert.

Le jeune garçon, agile et adroit, s'élança sur les premières branches, dont la disposition rendait assez facile l'escalade du kauri, et, en quelques minutes, il était arrivé à sa cime, qui émergeait de cette immense plaine de verdure que formaient les ramures arrondies de la forêt.

De ce point élevé, le regard pouvait s'étendre sur toute la portion méridionale de l'île, depuis le cap Griffe, au sud-est, jusqu'au promontoire du Reptile, au sud-ouest. Dans le nord-ouest se dressait le mont Franklin, qui masquait un grand quart de l'horizon.

Mais Harbert, du haut de son observatoire, pouvait précisément observer toute cette portion encore inconnue de l'île, qui avait pu donner ou donnait refuge aux étrangers dont on soupçonnait la présence.

Le jeune garçon regarda avec une attention extrême. Sur la mer d'abord, rien en vue. Pas une voile, ni à l'horizon ni sur les atterrages de l'île. Toutefois, comme le massif des arbres cachait le littoral, il était possible qu'un bâtiment, surtout un bâtiment désemparé de sa mâture, eût accosté la terre de très près, et, par conséquent, fût invisible pour Harbert.

Au milieu des bois du Far-West, rien non plus. La forêt formait un impénétrable dôme, mesurant plusieurs milles carrés, sans une clairière, sans une éclaircie. Il était même impossible de suivre le cours de la Mercy et de reconnaître le point de la montagne dans lequel elle prenait sa source. Peut-être d'autres creeks couraient-ils vers l'ouest, mais rien ne permettait de le constater.

Mais, du moins, si tout indice de campement échappait à Harbert, ne pouvait-il surprendre dans l'air quelque fumée qui décelât la présence de l'homme ? L'atmosphère était pure, et la moindre vapeur s'y fût nettement détachée sur le fond du ciel.

Pendant un instant, Harbert crut voir une légère fumée monter dans l'ouest, mais une observation plus attentive lui démontra qu'il se trompait. Il regarda avec un soin extrême, et sa vue était excellente... Non, décidément, il n'y avait rien.

Harbert redescendit au pied du kauri, et les deux chasseurs revinrent à Granite-house. Là, Cyrus Smith écouta le récit du jeune garçon, secoua la tête et ne dit rien. Il était bien évident qu'on ne pourrait se prononcer sur cette question qu'après une exploration complète de l'île.

Le surlendemain — 28 octobre —, un autre incident se produisit, dont l'explication devait encore laisser à désirer.

En rôdant sur la grève, à deux milles de Granite-house, Harbert et Nab furent assez heureux pour capturer un magnifique échantillon de l'ordre des chélonées. C'était une tortue franche du genre mydase, dont la carapace offrait d'admirables reflets verts.

Harbert aperçut cette tortue qui se glissait entre les roches pour gagner la mer.

— A moi, Nab, à moi! cria-t-il.

Nab accourut.

— Le bel animal! dit Nab, mais comment nous en emparer?

— Rien n'est plus aisé, Nab, répondit Harbert. Nous allons retourner cette tortue sur le dos, et elle ne pourra plus s'enfuir. Prenez votre épieu et imitez-moi.

Le reptile, sentant le danger, s'était retiré entre sa carapace et son plastron. On ne voyait plus ni sa tête ni ses pattes, et il était immobile comme un roc.

Harbert et Nab engagèrent alors leurs bâtons sous le sternum de l'animal, et, unissant leurs efforts, ils parvinrent, non sans peine, à le retourner sur le dos. Cette tortue, qui mesurait trois pieds de longueur, devait peser au moins quatre cents livres.

— Bon! s'écria Nab, voilà qui réjouira l'ami Pencroff!

En effet, l'ami Pencroff ne pouvait manquer d'être réjoui, car la chair de ces tortues, qui se nourrissent de zostères, est extrêmement savoureuse. En ce moment, celle-ci ne laissait plus entrevoir que sa tête petite, aplatie, mais très élargie postérieurement par de grandes fosses temporales, cachées sous une voûte osseuse.

— Et maintenant, que ferons-nous de notre gibier? dit Nab. Nous ne pouvons pas le traîner à Granite-house !

— Laissons-le ici, puisqu'il ne peut se retourner, répondit Harbert, et nous reviendrons le reprendre avec le chariot.

— C'est entendu.

Toutefois, pour plus de précaution, Harbert prit le soin, que Nab jugeait superflu, de caler l'animal avec de gros galets. Après quoi, les deux chasseurs revinrent à Granite-house, en suivant la grève que la marée, basse alors, découvrait largement. Harbert, voulant faire une surprise à Pencroff, ne lui dit rien du «superbe échantillon des chélonées» qu'il avait retourné sur le sable; mais deux heures après, Nab et lui étaient de retour, avec le chariot, à l'endroit où ils l'avaient laissé. Le «superbe échantillon des chélonées» n'y était plus.

Nab et Harbert se regardèrent d'abord, puis ils regardèrent autour d'eux. C'était pourtant bien à cette place que la tortue avait été laissée. Le jeune garçon retrouva même les galets dont il s'était servi, et, par conséquent, il était sûr de ne pas se tromper.

— Ah, çà! dit Nab, ça se retourne donc, ces bêtes-là?

— Il paraît, répondit Harbert, qui n'y pouvait rien comprendre et regardait les galets épars sur le sable.

— Eh bien, c'est Pencroff qui ne sera pas content!

— Et c'est monsieur Smith qui sera peut-être bien embarrassé pour expliquer cette disparition! pensa Harbert.

— Bon, fit Nab, qui voulait cacher sa mésaventure, nous n'en parlerons pas.

— Au contraire, Nab, il faut en parler, répondit Harbert.

Et tous deux, reprenant le chariot, qu'ils avaient inutilement amené, revinrent à Granite-house.

Arrivé au chantier, où l'ingénieur et le marin travaillaient ensemble, Harbert raconta ce qui s'était passé.

— Ah! les maladroits! s'écria le marin. Avoir laissé échapper cinquante potages au moins!

— Mais, Pencroff, répliqua Nab, ce n'est pas notre faute si la bête s'est enfuie, puisque je te dis que nous l'avions retournée!

— Alors, vous ne l'aviez pas assez retournée! riposta plaisamment l'intraitable marin.

— Pas assez! s'écria Harbert.

Et il raconta qu'il avait pris soin de caler la tortue avec des galets.

— C'est donc un miracle! répliqua Pencroff.

— Je croyais, monsieur Cyrus, dit Harbert, que les tortues, une fois placées sur le dos, ne pouvaient se remettre sur leurs pattes, surtout quand elles étaient de grande taille?

— Cela est vrai, mon enfant, répondit Cyrus Smith.

— Alors, comment a-t-il pu se faire...?

— A quelle distance de la mer aviez-vous laissé cette tortue? demanda l'ingénieur, qui, ayant suspendu son travail, réfléchissait à cet incident.

— A une quinzaine de pieds, au plus, répondit Harbert.

— Et la marée était basse, à ce moment?

— Oui, monsieur Cyrus.

— Eh bien, répondit l'ingénieur, ce que la tortue ne pouvait faire sur le sable, il se peut qu'elle l'ait fait dans l'eau. Elle se sera retournée quand le flux l'a reprise, et elle aura tranquillement regagné la haute mer.

— Ah! maladroits que nous sommes! s'écria Nab.

— C'est précisément ce que j'avais eu l'honneur de vous dire ! répondit Pencroff.

Cyrus Smith avait donné cette explication, qui était admissible sans doute. Mais était-il bien convaincu de la justesse de cette explication ? On n'oserait l'affirmer.

II

PREMIER ESSAI DE LA PIROGUE — UNE ÉPAVE À LA CÔTE — LA REMORQUE — LA POINTE DE L'ÉPAVE — INVENTAIRE DE LA CAISSE : OUTILS, ARMES, INSTRUMENTS, VÊTEMENTS, LIVRES, USTENSILES — CE QUI MANQUE À PENCROFF — L'ÉVANGILE — UN VERSET DU LIVRE SACRÉ

Le 29 octobre, le canot d'écorce était entièrement achevé. Pencroff avait tenu sa promesse, et une sorte de pirogue, dont la coque était membrée au moyen de baguettes flexibles de crejimba, avait été construite en cinq jours. Un banc à l'arrière, un second banc au milieu, pour maintenir l'écartement, un troisième banc à l'avant, un plat-bord pour soutenir les tolets de deux avirons, une godille pour gouverner complétaient cette embarcation, longue de douze pieds, et qui ne pesait pas deux cents livres. Quant à l'opération du lancement, elle fut extrêmement simple. La légère pirogue fut portée sur le sable, à la lisière du littoral, devant Granite-house, et le flot montant la souleva. Pencroff, qui sauta aussitôt dedans, la manœuvra à la godille, et put constater qu'elle était très convenable pour l'usage qu'on en voulait faire.

270

— Hurrah ! s'écria le marin, qui ne dédaigna pas de célébrer ainsi son propre triomphe. Avec cela, on ferait le tour...

— Du monde ? demanda Gédéon Spilett.

— Non, de l'île. Quelques cailloux pour lest, un mât sur l'avant, et un bout de voile que monsieur Smith nous fabriquera un jour, et on ira loin ! Eh bien, monsieur Cyrus, et vous, monsieur Spilett, et vous, Harbert, et toi, Nab, est-ce que vous ne venez pas essayer notre nouveau bâtiment ? Que diable ! il faut pourtant voir s'il peut nous porter tous les cinq !

En effet, c'était une expérience à faire. Pencroff, d'un coup de godille, ramena l'embarcation près de la grève par un étroit passage que les roches laissaient entre elles, et il fut convenu qu'on ferait, ce jour même, l'essai de la pirogue, en suivant le rivage jusqu'à la première pointe où finissaient les rochers du sud.

Au moment d'embarquer, Nab s'écria :

— Mais il fait pas mal d'eau, ton bâtiment, Pencroff !

— Ce n'est rien, Nab, répondit le marin. Il faut que le bois s'étanche ! Dans deux jours il n'y paraîtra plus, et notre pirogue n'aura pas plus d'eau dans le ventre qu'il n'y en a dans l'estomac d'un ivrogne. Embarquez !

On s'embarqua donc, et Pencroff poussa au large. Le temps était magnifique, la mer calme comme si ses eaux eussent été contenues dans les rives étroites d'un lac, et la pirogue pouvait l'affronter avec autant de sécurité que si elle eût remonté le tranquille courant de la Mercy.

Des deux avirons, Nab prit l'un, Harbert l'autre, et Pencroff resta à l'arrière de l'embarcation, afin de la diriger à la godille.

Le marin traversa d'abord le canal et alla raser la pointe sud de l'îlot. Une légère brise soufflait du sud. Point de houle, ni dans le canal ni au large. Quelques longues ondulations que la pirogue sentait à peine, car elle était lourdement chargée, gonflaient régulièrement la surface de la mer. On s'éloigna environ d'un demi-mille de la côte, de manière à apercevoir tout le développement du mont Franklin.

Puis, Pencroff, virant de bord, revint vers l'embouchure de la rivière. La pirogue suivit alors le rivage, qui, s'arrondissant jusqu'à la pointe extrême, cachait toute la plaine marécageuse des Tadornes.

Cette pointe, dont la distance se trouvait accrue par la courbure de la côte, était environ à trois milles de la Mercy. Les colons résolurent d'aller à son extrémité et de ne la dépasser que du peu qu'il faudrait pour prendre un aperçu rapide de la côte jusqu'au cap Griffe.

Le canot suivit donc le littoral à une distance de deux encablures au plus, en évitant les écueils dont ces atterrages étaient semés et que la marée montante commençait à couvrir. La muraille allait en s'abaissant depuis l'embouchure de la rivière jusqu'à la pointe. C'était un amoncellement de granits, capricieusement distribués, très différents de la courtine, qui formaient le plateau de Grande-Vue, et d'un aspect extrêmement sauvage. On eût dit qu'un énorme tombereau de roches avait été vidé là. Point de végétation sur ce saillant très aigu qui se prolongeait à deux milles en avant de la forêt, et cette pointe figurait assez bien le bras d'un géant qui serait sorti d'une manche de verdure.

Le canot, poussé par les deux avirons, avançait sans peine. Gédéon Spilett, le crayon d'une main, le carnet de l'autre, dessinait la côte à grands traits. Nab, Pencroff et Harbert causaient en examinant cette partie de leur domaine, nouvelle à leurs yeux, et, à mesure que la pirogue descendait vers le sud, les deux caps Mandibule paraissaient se déplacer et fermer plus étroitement la baie de l'Union.

Quant à Cyrus Smith, il ne parlait pas, il regardait, et, à la défiance qu'exprimait son regard, il semblait toujours qu'il observât quelque contrée étrange.

Cependant, après trois quarts d'heure de navigation, la pirogue était arrivée presque à l'extrémité de la pointe, et Pencroff se préparait à la doubler, quand Harbert, se levant, montra une tache noire, en disant:

— Qu'est-ce que je vois donc là-bas sur la grève?

Tous les regards se portèrent vers le point indiqué.

— En effet, dit le reporter, il y a quelque chose. On dirait une épave à demi enfoncée dans le sable.

— Ah! s'écria Pencroff, je vois ce que c'est!

— Quoi donc? demanda Nab.

— Des barils, des barils, qui peuvent être pleins! répondit le marin.

— Au rivage, Pencroff! dit Cyrus Smith.

En quelques coups d'aviron, la pirogue atterrissait au fond d'une petite anse, et ses passagers sautaient sur la grève.

Pencroff ne s'était pas trompé. Deux barils étaient là, à demi enfoncés dans le sable, mais encore solidement attachés à une large caisse qui, soutenue par eux, avait ainsi flotté jusqu'au moment où elle était venue s'échouer sur le rivage.

— Il y a donc eu un naufrage dans les parages de l'île? demanda Harbert.

— Évidemment, répondit Gédéon Spilett.

— Mais qu'y a-t-il dans cette caisse? s'écria Pencroff avec une impatience bien naturelle. Qu'y a-t-il dans cette caisse? Elle est fermée, et rien pour en briser le couvercle! Eh bien, à coups de pierre alors.

Et le marin, soulevant un bloc pesant, allait enfoncer une des parois de la caisse, quand l'ingénieur, l'arrêtant:

— Pencroff, lui dit-il, pouvez-vous modérer votre impatience pendant une heure seulement?

— Mais, monsieur Cyrus, songez donc! Il y a peut-
être là-dedans tout ce qui nous manque!

— Nous le saurons, Pencroff, répondit l'ingénieur,
mais croyez-moi, ne brisez pas cette caisse, qui peut
nous être utile. Transportons-la à Granite-house, où
nous l'ouvrirons plus facilement et sans la briser. Elle
est toute préparée pour le voyage, et, puisqu'elle a
flotté jusqu'ici, elle flottera bien encore jusqu'à l'embouchure de la rivière.

— Vous avez raison, monsieur Cyrus, et j'avais tort,
répondit le marin, mais on n'est pas toujours maître de
soi!

L'avis de l'ingénieur était sage. En effet, la pirogue
n'aurait pu contenir les objets probablement renfermés
dans cette caisse, qui devait être pesante, puisqu'il avait
fallu la « soulager » au moyen de deux barils vides.
Donc, mieux valait la remorquer ainsi jusqu'au rivage
de Granite-house.

Et maintenant, d'où venait cette épave? C'était là
une importante question. Cyrus Smith et ses compagnons regardèrent attentivement autour d'eux et parcoururent le rivage sur un espace de plusieurs centaines
de pas. Nul autre débris ne leur apparut. La mer fut
observée également. Harbert et Nab montèrent sur un
roc élevé, mais l'horizon était désert. Rien en vue, ni un
bâtiment désemparé ni un navire à la voile.

Cependant, il y avait eu naufrage, ce n'était pas douteux. Peut-être même cet incident se rattachait-il à
l'incident du grain de plomb? Peut-être des étrangers
avaient-ils atterri sur un autre point de l'île? Peut-être y
étaient-ils encore? Mais la réflexion que firent naturellement les colons, c'est que ces étrangers ne pouvaient
être des pirates malais, car l'épave avait évidemment
une provenance soit américaine, soit européenne.

Tous revinrent auprès de la caisse, qui mesurait cinq
pieds de long sur trois de large. Elle était en bois de

chêne, très soigneusement fermée, et recouverte d'une peau épaisse que maintenaient des clous de cuivre. Les deux grosses barriques, hermétiquement bouchées, mais qu'on sentait vides au choc, adhéraient à ses flancs au moyen de fortes cordes, nouées de nœuds que Pencroff reconnut aisément pour des «nœuds marins». Elle paraissait être dans un parfait état de conservation, ce qui s'expliquait par ce fait, qu'elle s'était échouée sur une grève de sable et non sur des récifs. On pouvait même affirmer, en l'examinant bien, que son séjour dans la mer n'avait pas été long, et aussi que son arrivée sur ce rivage était récente. L'eau ne semblait point avoir pénétré au-dedans, et les objets qu'elle contenait devaient être intacts.

Il était évident que cette caisse avait été jetée par-dessus le bord d'un navire désemparé, courant vers l'île, et que, dans l'espérance qu'elle arriverait à la côte, où ils la retrouveraient plus tard, des passagers avaient pris la précaution de l'alléger au moyen d'un appareil flottant.

— Nous allons remorquer cette épave jusqu'à Granite-house, dit l'ingénieur, et nous en ferons l'inventaire; puis, si nous découvrons sur l'île quelques survivants de ce naufrage présumé, nous la remettrons à ceux auxquels elle appartient. Si nous ne retrouvons personne...

— Nous la garderons pour nous! s'écria Pencroff. Mais, pour Dieu, qu'est-ce qu'il peut bien y avoir là-dedans!

La marée commençait déjà à atteindre l'épave, qui devait évidemment flotter au plein de la mer. Une des cordes qui attachaient les barils fut en partie déroulée et servit d'amarre pour lier l'appareil flottant au canot. Puis, Pencroff et Nab creusèrent le sable avec leurs avirons, afin de faciliter le déplacement de la caisse, et bientôt l'embarcation, remorquant la caisse, commença à doubler la pointe, à laquelle fut donné le nom de pointe de l'Épave (Flotson-point). La remorque était lourde, et les barils suffisaient à peine à soutenir la caisse hors de l'eau. Aussi le marin craignait-il à chaque instant qu'elle ne se détachât et ne coulât par le fond.

Mais, heureusement, ses craintes ne se réalisèrent pas, et une heure et demie après son départ — il avait fallu tout ce temps pour franchir cette distance de trois milles —, la pirogue accostait le rivage devant Granite-house.

Canot et épave furent alors halés sur le sable, et, comme la mer se retirait déjà, ils ne tardèrent pas à demeurer à sec. Nab avait été prendre des outils pour forcer la caisse, de manière à ne la détériorer que le moins possible, et on procéda à son inventaire. Pencroff ne chercha point à cacher qu'il était extrêmement ému.

Le marin commença par détacher les deux barils, qui, étant en fort bon état, pourraient être utilisés, cela va sans dire. Puis, les serrures furent forcées au moyen d'une pince, et le couvercle se rabattit aussitôt.

Une seconde enveloppe en zinc doublait l'intérieur de la caisse, qui avait été évidemment disposée pour que les objets qu'elle renfermait fussent, en toutes circonstances, à l'abri de l'humidité.

— Ah! s'écria Nab, est-ce que ce seraient des conserves qu'il y a là-dedans!

— J'espère bien que non, répondit le reporter.

— Si seulement il y avait..., dit le marin à mi-voix.

— Quoi donc? lui demanda Nab, qui l'entendit.

— Rien!

La chape de zinc fut fendue dans toute sa largeur, puis rabattue sur les côtés de la caisse, et, peu à peu, divers objets de nature très différente furent extraits et déposés sur le sable. A chaque nouvel objet, Pencroff poussait de nouveaux hurrahs, Harbert battait des mains, et Nab dansait... comme un Nègre. Il y avait là des livres qui auraient rendu Harbert fou de joie, et des ustensiles de cuisine que Nab eût couverts de baisers !

Du reste, les colons eurent lieu d'être extrêmement satisfaits, car cette caisse contenait des outils, des armes, des instruments, des vêtements, des livres, et en voici la nomenclature exacte, telle qu'elle fut portée sur le carnet de Gédéon Spilett :

Outils :	3	couteaux à plusieurs lames
	2	haches de bûcheron
	2	haches de charpentier
	3	rabots
	2	herminettes
	1	besaiguë
	6	ciseaux à froid
	2	limes
	3	marteaux
	3	vrilles
	2	tarières
	10	sacs de clous et de vis
	3	scies de diverses grandeurs
	2	boîtes d'aiguilles
Armes :	2	fusils à pierre
	2	fusils à capsule
	2	carabines à inflammation centrale
	5	coutelas
	4	sabres d'abordage
	2	barils de poudre pouvant contenir chacun vingt-cinq livres
	12	boîtes d'amorces fulminantes
Instruments :	1	sextant
	1	jumelle
	1	longue-vue
	1	boîte de compas

<table>
<tr><td></td><td>1</td><td>boussole de poche</td></tr>
<tr><td></td><td>1</td><td>thermomètre de Fahrenheit</td></tr>
<tr><td></td><td>1</td><td>baromètre anéroïde</td></tr>
<tr><td></td><td>1</td><td>boîte renfermant tout un appareil photographique, objectif, plaques, produits chimiques, etc.</td></tr>
<tr><td>*Vêtements*:</td><td>2</td><td>douzaines de chemises d'un tissu particulier qui ressemblait à de la laine, mais dont l'origine était évidemment végétale</td></tr>
<tr><td></td><td>3</td><td>douzaines de bas de même tissu</td></tr>
<tr><td>*Ustensiles*:</td><td>1</td><td>coquemar en fer</td></tr>
<tr><td></td><td>6</td><td>casseroles de cuivre étamé</td></tr>
<tr><td></td><td>3</td><td>plats de fer</td></tr>
<tr><td></td><td>10</td><td>couverts d'aluminium</td></tr>
<tr><td></td><td>2</td><td>bouilloires</td></tr>
<tr><td></td><td>1</td><td>petit fourneau portatif</td></tr>
<tr><td></td><td>6</td><td>couteaux de table</td></tr>
<tr><td>*Livres*:</td><td>1</td><td>Bible contenant l'Ancien et le Nouveau Testament</td></tr>
<tr><td></td><td>1</td><td>atlas</td></tr>
<tr><td></td><td>1</td><td>dictionnaire des divers idiomes polynésiens</td></tr>
<tr><td></td><td>1</td><td>dictionnaire des sciences naturelles, en six volumes</td></tr>
<tr><td></td><td>3</td><td>rames de papier blanc</td></tr>
<tr><td></td><td>2</td><td>registres à pages blanches</td></tr>
</table>

— Il faut avouer, dit le reporter, après que l'inventaire eut été achevé, que le propriétaire de cette caisse était un homme pratique ! Outils, armes, instruments, habits, ustensiles, livres, rien n'y manque ! On dirait vraiment qu'il s'attendait à faire naufrage et qu'il s'y était préparé d'avance !

— Rien n'y manque, en effet, murmura Cyrus Smith d'un air pensif.

— Et à coup sûr, ajouta Harbert, le bâtiment qui portait cette caisse et son propriétaire n'était pas un pirate malais !

— A moins, dit Pencroff, que ce propriétaire n'eût été fait prisonnier par des pirates...

— Ce n'est pas admissible, répondit le reporter. Il est plus probable qu'un bâtiment américain ou européen a été entraîné dans ces parages, et que des passagers, voulant sauver, au moins, le nécessaire, ont préparé ainsi cette caisse et l'ont jetée à la mer.

— Est-ce votre avis, monsieur Cyrus ? demanda Harbert.

— Oui, mon enfant, répondit l'ingénieur, cela a pu se passer ainsi. Il est possible qu'au moment, ou en prévision d'un naufrage, on ait réuni dans cette caisse divers objets de première utilité, pour les retrouver en quelque point de la côte...

— Même la boîte à photographie ! fit observer le marin d'un air assez incrédule.

— Quant à cet appareil, répondit Cyrus Smith, je n'en comprends pas bien l'utilité, et mieux eût valu pour nous, comme pour tous autres naufragés, un assortiment de vêtements plus complet ou des munitions plus abondantes !

— Mais n'y a-t-il sur ces instruments, sur ces outils, sur ces livres, aucune marque, aucune adresse, qui puisse nous en faire reconnaître la provenance ? demanda Gédéon Spilett.

C'était à voir. Chaque objet fut donc attentivement examiné, principalement les livres, les instruments et les armes. Ni les armes ni les instruments, contrairement à ce qui se fait d'habitude, ne portaient la marque du fabricant ; ils étaient, d'ailleurs, en parfait état et ne semblaient pas avoir servi. Même particularité pour les outils et les ustensiles ; tout était neuf, ce qui prouvait, en somme, que l'on n'avait pas pris ces objets au hasard, pour les jeter dans cette caisse, mais, au contraire, que le choix de ces objets avait été médité et leur classement fait avec soin. C'était aussi ce qu'indiquait cette seconde enveloppe de métal qui les avait préservés de toute humidité et qui n'aurait pu être soudée dans un moment de hâte.

Quant aux dictionnaires des sciences naturelles et des idiomes polynésiens, tous deux étaient anglais, mais ils ne portaient aucun nom d'éditeur, ni aucune date de publication.

De même pour la Bible, imprimée en langue anglaise, in-quarto remarquable au point de vue typographique, et qui paraissait avoir été souvent feuilletée.

Quant à l'atlas, c'était un magnifique ouvrage, comprenant les cartes du monde entier et plusieurs planisphères dressés suivant la projection de Mercator, et dont la nomenclature était en français, — mais qui ne portait non plus ni date de publication ni nom d'éditeur.

Il n'y avait donc, sur ces divers objets, aucun indice qui pût en indiquer la provenance, et rien, par conséquent, de nature à faire soupçonner la nationalité du navire qui avait dû récemment passer sur ces parages. Mais d'où que vînt cette caisse, elle faisait riches les colons de l'île Lincoln. Jusqu'alors, en transformant les produits de la nature, ils avaient tout créé par eux-mêmes, et grâce à leur intelligence, ils s'étaient tirés d'affaire. Mais ne semblait-il pas que la Providence eût voulu les récompenser, en leur envoyant alors ces divers produits de l'industrie humaine ? Leurs remerciements s'élevèrent donc unanimement vers le Ciel.

Toutefois, l'un d'eux n'était pas absolument satisfait. C'était Pencroff. Il paraît que la caisse ne renfermait pas une chose à laquelle il semblait tenir énormément, et, à mesure que les objets en étaient retirés, ses hurrahs diminuaient d'intensité, et, l'inventaire fini, on l'entendit murmurer ces paroles :

— Tout cela, c'est bel et bon, mais vous verrez qu'il n'y aura rien pour moi dans cette boîte !

Ce qui amena Nab à lui dire :

— Ah çà ! ami Pencroff, qu'attendais-tu donc ?

— Une demi-livre de tabac ! répondit sérieusement Pencroff, et rien n'aurait manqué à mon bonheur !

On ne put s'empêcher de rire à l'observation du marin.

Mais il résultait de cette découverte de l'épave que, maintenant et plus que jamais, il était nécessaire de faire une exploration sérieuse de l'île. Il fut donc convenu que le lendemain, dès le point du jour, on se mettrait en route, en remontant la Mercy, de manière à atteindre la côte occidentale. Si quelques naufragés avaient débarqué sur un point de cette côte, il était à craindre qu'ils fussent sans ressource, et il fallait leur porter secours sans tarder.

Pendant cette journée, les divers objets furent transportés à Granite-house et disposés méthodiquement dans la grande salle.

Ce jour-là — 29 octobre — était précisément un dimanche, et, avant de se coucher, Harbert demanda à l'ingénieur s'il ne voudrait pas leur lire quelque passage de l'Évangile.

— Volontiers, répondit Cyrus Smith.

Il prit le livre sacré, et allait l'ouvrir, quand Pencroff, l'arrêtant, lui dit :

— Monsieur Cyrus, je suis superstitieux. Ouvrez au hasard, et lisez-nous le premier verset qui tombera sous vos yeux. Nous verrons s'il s'applique à notre situation.

Cyrus Smith sourit à la réflexion du marin, et, se rendant à son désir, il ouvrit l'Évangile, précisément à un endroit où un signet en séparait les pages.

Soudain, ses regards furent arrêtés par une croix rouge, qui, faite au crayon, était placée devant le verset 8 du chapitre VII de l'Évangile de saint Matthieu.

Et il lut ce verset, ainsi conçu :

Quiconque demande reçoit, et qui cherche trouve.

III

Le lendemain — 30 octobre —, tout était prêt pour l'exploration projetée que les derniers événements rendaient si urgente. En effet, les choses avaient tourné ainsi, que les colons de l'île Lincoln pouvaient s'imaginer n'en être plus à demander des secours, mais bien à pouvoir en porter.

Il fut donc convenu que l'on remonterait la Mercy, aussi loin que le courant de la rivière serait praticable. Une grande partie de la route se ferait ainsi sans fatigues, et les explorateurs pourraient transporter leurs provisions et leurs armes jusqu'à un point avancé dans l'ouest de l'île.

Il avait fallu, en effet, songer non seulement aux objets que l'on emportait, mais aussi à ceux que le hasard permettrait peut-être de ramener à Granite-house. S'il y avait eu un naufrage sur la côte, comme tout le faisait présumer, les épaves ne manqueraient pas et seraient de bonne prise. Dans cette prévision, le chariot eût, sans doute, mieux convenu que la fragile pirogue ; mais ce chariot, lourd et grossier, il fallait le traîner, ce qui en rendait l'emploi moins facile, et ce qui amena Pencroff à exprimer le regret que la caisse n'eût pas contenu, en même temps que « sa demi-livre de tabac », une paire de ces vigoureux chevaux du New-Jersey, qui eussent été fort utiles à la colonie !

Les provisions, déjà embarquées par Nab, se composaient de conserves de viande et de quelques gallons de bière et de liqueur fermentée, c'est-à-dire de quoi se sustenter pendant trois jours — laps de temps le plus long que Cyrus Smith assignât à l'exploration. D'ailleurs, on comptait, au besoin, se réapprovisionner en route, et Nab n'eut garde d'oublier le petit fourneau portatif.

En fait d'outils, les colons prirent les deux haches de bûcheron, qui devaient servir à frayer une route dans l'épaisse forêt, et, en fait d'instruments, la lunette et la boussole de poche.

Pour armes, on choisit les deux fusils à pierre, plus utiles dans cette île que n'eussent été des fusils à système, les premiers n'employant que des silex, faciles à remplacer, et les seconds exigeant des amorces fulminantes, qu'un fréquent usage eût promptement épuisées. Cependant, on prit aussi une des carabines et quelques cartouches. Quant à la poudre, dont les barils renfermaient environ cinquante livres, il fallut bien en emporter une certaine provision, mais l'ingénieur comptait fabriquer une substance explosive qui permettrait de la ménager. Aux armes à feu, on joignit les cinq coutelas bien engainés de cuir, et, dans ces conditions, les colons pouvaient s'aventurer dans cette vaste forêt avec quelque chance de se tirer d'affaire.

Inutile d'ajouter que Pencroff, Harbert et Nab, ainsi armés, étaient au comble de leurs vœux, bien que Cyrus Smith leur eût fait promettre de ne pas tirer un coup de fusil sans nécessité.

A six heures du matin, la pirogue était poussée à la mer. Tous s'embarquaient, y compris Top, et se dirigeaient vers l'embouchure de la Mercy.

La marée ne montait que depuis une demi-heure. Il y avait donc encore quelques heures de flot dont il convenait de profiter, car, plus tard, le jusant rendrait difficile le remontage de la rivière. Le flux était déjà fort, car la lune devait être pleine trois jours après, et la pirogue, qu'il suffisait de maintenir dans le courant, marcha rapidement entre les deux hautes rives, sans qu'il fût nécessaire d'accroître sa vitesse avec l'aide des avirons.

En quelques minutes, les explorateurs étaient arrivés au coude que formait la Mercy, et précisément à l'angle où, sept mois auparavant, Pencroff avait formé son premier train de bois.

Après cet angle assez aigu, la rivière, en s'arrondissant, obliquait vers le sud-ouest, et son cours se développait sous l'ombrage de grands conifères à verdure permanente.

L'aspect des rives de la Mercy était magnifique. Cyrus Smith et ses compagnons ne pouvaient qu'admirer sans réserve ces beaux effets qu'obtient si facilement la nature avec de l'eau et des arbres. A mesure qu'ils s'avançaient, les essences forestières se modifiaient. Sur la rive droite de la rivière s'étageaient de magnifiques échantillons des ulmacées, ces précieux francs-ormes, si recherchés des constructeurs, et qui ont la propriété de se conserver longtemps dans l'eau. Puis, c'étaient de nombreux groupes appartenant à la même famille, entre autres des micocouliers, dont l'amande produit une huile fort utile. Plus loin, Harbert remarqua quelques lardizabalées, dont les rameaux flexibles, macérés dans l'eau, fournissent d'excellents cordages, et deux ou trois troncs d'ébénacées, qui présentaient une belle couleur noire coupée de capricieuses veines.

De temps en temps, à certains endroits, où l'atterrissage était facile, le canot s'arrêtait. Alors Gédéon Spilett, Harbert, Pencroff, le fusil à la main et précédés de Top, battaient la rive. Sans compter le gibier, il pouvait se rencontrer quelque utile plante qu'il ne fallait point dédaigner, et le jeune naturaliste fut servi à souhait, car il découvrit une sorte d'épinards sauvages de la famille des chénopodées et de nombreux échantillons de crucifères, appartenant au genre chou, qu'il serait certainement possible de «civiliser» par la transplantation; c'étaient du cresson, du raifort, des raves et enfin de petites tiges rameuses, légèrement velues, hautes d'un mètre, qui produisaient des graines presque brunes.

— Sais-tu ce que c'est que cette plante-là ? demanda Harbert au marin.

— Du tabac! s'écria Pencroff, qui, évidemment, n'avait jamais vu sa plante de prédilection que dans le fourneau de sa pipe.

— Non! Pencroff! répondit Harbert, ce n'est pas du tabac, c'est de la moutarde.

— Va pour la moutarde! répondit le marin, mais si, par hasard, un plant de tabac se présentait, mon garçon, veuillez ne point le dédaigner.

— Nous en retrouverons un jour! dit Gédéon Spilett.

— Vrai! s'écria Pencroff. Eh bien, ce jour-là, je ne sais vraiment plus ce qui manquera à notre île!

Ces diverses plantes, qui avaient été déracinées avec soin, furent transportées dans la pirogue, que ne quittait pas Cyrus Smith, toujours absorbé dans ses réflexions.

Le reporter, Harbert et Pencroff débarquèrent ainsi plusieurs fois, tantôt sur la rive droite de la Mercy, tantôt sur sa rive gauche. Celle-ci était moins abrupte, mais celle-là plus boisée. L'ingénieur put reconnaître, en consultant sa boussole de poche, que la direction de la rivière depuis le premier coude était sensiblement sud-ouest et nord-est, et presque rectiligne sur une longueur de trois milles environ. Mais il était supposable que cette direction se modifiait plus loin et que la Mercy remontait au nord-ouest, vers les contreforts du mont Franklin, qui devaient l'alimenter de leurs eaux.

Pendant une de ces excursions, Gédéon Spilett parvint à s'emparer de deux couples de gallinacés vivants. C'étaient des volatiles à becs longs et grêles, à cous allongés, courts d'ailes et sans apparence de queue. Harbert leur donna, avec raison, le nom de « tinamous », et il fut résolu qu'on en ferait les premiers hôtes de la future basse-cour.

Mais jusqu'alors les fusils n'avaient point parlé, et la première détonation qui retentit dans cette forêt du Far-West fut provoquée par l'apparition d'un bel oiseau qui ressemblait anatomiquement à un martin-pêcheur.

— Je le reconnais! s'écria Pencroff, et on peut dire que son coup partit malgré lui.

— Que reconnaissez-vous? demanda le reporter.

— Le volatile qui nous a échappé à notre première excursion et dont nous avons donné le nom à cette partie de la forêt.

— Un jacamar! s'écria Harbert.

C'était un jacamar, en effet, bel oiseau dont le plumage assez rude est revêtu d'un éclat métallique. Quelques grains de plomb l'avaient jeté à terre, et Top le rapporta au canot, en même temps qu'une douzaine de « touracosloris », sorte de grimpeurs de la grosseur d'un pigeon, tout peinturlurés de vert, avec une partie des ailes de couleur cramoisie et une huppe droite festonnée d'un liséré blanc. Au jeune garçon revint l'honneur de ce beau coup de fusil, et il s'en montra assez fier. Les loris faisaient un gibier meilleur que le jacamar, dont la chair est un peu coriace, mais on eût difficilement persuadé Pencroff qu'il n'avait point tué le roi des volatiles comestibles.

Il était dix heures du matin, quand la pirogue atteignit un second coude de la Mercy, environ à cinq milles de son embouchure. On fit halte en cet endroit pour déjeuner, et cette halte, à l'abri de grands et beaux arbres, se prolongea pendant une demi-heure.

La rivière mesurait encore soixante à soixante-dix pieds de large, et son lit cinq à dix pieds de profondeur. L'ingénieur avait observé que de nombreux affluents en grossissaient le cours, mais ce n'étaient que de simples rios innavigables. Quant à la forêt, aussi bien sous le nom de bois du Jacamar que sous celui de forêts du Far-West, elle s'étendait à perte de vue. Nulle part, ni sous les hautes futaies ni sous les arbres des berges de la Mercy, ne se décelait la présence de l'homme. Les explorateurs ne purent trouver une trace suspecte, et il était évident que jamais la hache du bûcheron n'avait entaillé ces arbres, que jamais le couteau du pionnier n'avait tranché ces lianes tendues d'un tronc à l'autre, au milieu des broussailles touffues et des longues herbes. Si quelques naufragés avaient atterri sur l'île, ils n'en avaient point encore quitté le littoral, et ce n'était pas sous cet épais couvert qu'il fallait chercher les survivants du naufrage présumé.

L'ingénieur manifestait donc une certaine hâte d'atteindre la côte occidentale de l'île Lincoln, distante, suivant son estime, de cinq milles au moins. La navigation fut reprise, et bien que, par sa direction actuelle, la Mercy parût courir, non vers le littoral, mais plutôt vers le mont Franklin, il fut décidé que l'on se servirait de la pirogue, tant qu'elle trouverait assez d'eau sous sa quille pour flotter. C'était à la fois bien des fatigues épargnées, c'était aussi du temps gagné, car il aurait fallu se frayer un chemin à la hache à travers les épais fourrés.

Mais bientôt le flux manqua tout à fait, soit que la marée baissât — et en effet elle devait baisser à cette heure —, soit qu'elle ne se fît plus sentir à cette distance de l'embouchure de la Mercy. Il fallut donc armer les avirons. Nab et Harbert se placèrent sur leur banc, Pencroff à la godille, et le remontage de la rivière fut continué.

Il semblait alors que la forêt tendait à s'éclaircir du côté du Far-West. Les arbres y étaient moins pressés et se montraient souvent isolés. Mais, précisément parce qu'ils étaient plus espacés, ils profitaient plus largement de cet air libre et pur qui circulait autour d'eux, et ils étaient magnifiques.

Quels splendides échantillons de la flore de cette latitude ! Certes, leur présence eût suffi à un botaniste pour qu'il nommât sans hésitation le parallèle que traversait l'île Lincoln !

— Des eucalyptus ! s'était écrié Harbert.

C'étaient, en effet, ces superbes végétaux, les derniers géants de la zone extra tropicale, les congénères de ces eucalyptus de l'Australie et de la Nouvelle-Zélande, toutes deux situées sur la même latitude que l'île Lincoln. Quelques-uns s'élevaient à une hauteur de deux cents pieds. Leur tronc mesurait vingt pieds de tour à sa base, et leur écorce, sillonnée par les réseaux d'une résine parfumée, comptait jusqu'à cinq pouces d'épaisseur. Rien de plus merveilleux, mais aussi de plus singulier que ces énormes échantillons de la famille des myrtacées, dont le feuillage se présentait de profil à la lumière et laissait arriver jusqu'au sol les rayons du soleil !

Au pied de ces eucalyptus, une herbe fraîche tapissait le sol, et du milieu des touffes s'échappaient des volées de petits oiseaux, qui resplendissaient dans les jets lumineux comme des escarboucles ailées.

— Voilà des arbres ! s'écria Nab, mais sont-ils bons à quelque chose ?

— Peuh ! répondit Pencroff. Il en doit être des végétaux géants comme des géants humains. Cela ne sert guère qu'à se montrer dans les foires !

— Je crois que vous faites erreur, Pencroff, répondit Gédéon Spilett, et que le bois d'eucalyptus commence à être employé très avantageusement dans l'ébénisterie.

— Et j'ajouterai, dit le jeune garçon, que ces eucalyptus appartiennent à une famille qui comprend bien des membres utiles : le goyavier, qui donne les goyaves ; le giroflier, qui produit les clous de girofle ; le grenadier, qui porte les grenades ; l'« eugenia cauliflora », dont les fruits servent à la fabrication d'un vin passable ; le myrte « ugni », qui contient une excellente liqueur alcoolique ; le myrte « caryophyllus », dont l'écorce forme une cannelle estimée ; l'« eugenia pimenta », d'où vient le piment de la Jamaïque ; le myrte commun, dont les baies peuvent remplacer le poivre : l'« eucalyptus robusta », qui produit une sorte de manne excellente ; l'« eucalyptus Gunei », dont la sève se transforme en bière par la fermentation ; enfin tous ces arbres connus sous le nom « d'arbres de vie » ou « bois de fer », qui appartiennent à cette famille des myrtacées, dont on compte quarante-six genres et treize cents espèces !

On laissait aller le jeune garçon, qui débitait avec beaucoup d'entrain sa petite leçon de botanique. Cyrus Smith l'écoutait en souriant, et Pencroff avec un sentiment de fierté impossible à rendre.

— Bien, Harbert, répondit Pencroff, mais j'oserais jurer que tous ces échantillons utiles que vous venez de citer ne sont point des géants comme ceux-ci !

— En effet, Pencroff.

— Cela vient donc à l'appui de ce que j'ai dit, répliqua le marin, à savoir : que les géants ne sont bons à rien !

— C'est ce qui vous trompe, Pencroff, dit alors l'ingénieur, et précisément ces gigantesques eucalyptus qui nous abritent sont bons à quelque chose.

— Et à quoi donc ?

— A assainir le pays qu'ils habitent. Savez-vous comment on les appelle dans l'Australie et la Nouvelle-Zélande ?

— Non, monsieur Cyrus.

— On les appelle les « arbres à fièvre ».

— Parce qu'ils la donnent ?

— Non, parce qu'ils l'empêchent !

— Bien. Je vais noter cela, dit le reporter.

— Notez donc, mon cher Spilett, car il paraît prouvé que la présence des eucalyptus suffit à neutraliser les miasmes paludéens. On a essayé de ce préservatif naturel dans certaines contrées du midi de l'Europe et du nord de l'Afrique, dont le sol était absolument malsain, et qui ont vu l'état sanitaire de leurs habitants s'améliorer peu à peu. Plus de fièvres intermittentes dans les régions que recouvrent les forêts de ces myrtacées. Ce fait est maintenant hors de doute, et c'est une heureuse circonstance pour nous autres, colons de l'île Lincoln.

— Ah ! quelle île ! Quelle île bénie ! s'écria Pencroff ! Je vous le dis, il ne lui manque rien... si ce n'est...

— Cela viendra, Pencroff, cela se trouvera, répondit l'ingénieur ; mais reprenons notre navigation, et poussons aussi loin que la rivière pourra porter notre pirogue !

L'exploration continua donc, pendant deux milles au moins, au milieu d'une contrée couverte d'eucalyptus, qui dominaient tous les bois de cette portion de l'île. L'espace qu'ils couvraient s'étendait hors des limites du regard de chaque côté de la Mercy, dont le lit, assez sinueux, se creusait alors entre de hautes berges verdoyantes. Ce lit était souvent obstrué de hautes herbes et même de roches aiguës qui rendaient la navigation assez pénible. L'action des rames en fut gênée, et Pencroff dut pousser avec une perche. On sentait aussi que le fond montait peu à peu, et que le moment n'était pas éloigné où le canot, faute d'eau, serait obligé de s'arrêter. Déjà le soleil déclinait à l'horizon et projetait sur le sol les ombres démesurées des arbres. Cyrus Smith, voyant qu'il ne pourrait atteindre dans cette journée la côte occidentale de l'île, résolut de camper à l'endroit même où, faute d'eau, la navigation serait forcément arrêtée. Il estimait qu'il devait être encore à cinq ou six milles de la côte, et cette distance était trop grande pour qu'il tentât de la franchir pendant la nuit au milieu de ces bois inconnus.

L'embarcation fut donc poussée sans relâche à travers la forêt, qui peu à peu se refaisait plus épaisse et semblait plus habitée aussi, car, si les yeux du marin ne le trompèrent pas, il crut apercevoir des bandes de singes qui couraient sous les taillis. Quelquefois même, deux ou trois de ces animaux s'arrêtèrent à quelque distance du canot et regardèrent les colons sans manifester aucune terreur, comme si, voyant des hommes pour la première fois, ils n'avaient pas encore appris à les redouter. Il eût été facile d'abattre ces quadrumanes à coups de fusil, mais Cyrus Smith s'opposa à ce massacre inutile qui tentait un peu l'enragé Pencroff. D'ailleurs, c'était prudent, car ces singes, vigoureux, doués d'une extrême agilité, pouvaient être redoutables, et mieux valait ne point les provoquer par une agression parfaitement inopportune.

Il est vrai que le marin considérait le singe au point de vue purement alimentaire, et, en effet, ces animaux, qui sont uniquement herbivores, forment un gibier excellent ; mais, puisque les provisions abondaient, il était inutile de dépenser les munitions en pure perte.

Vers quatre heures, la navigation de la Mercy devint très difficile, car son cours était obstrué de plantes aquatiques et de roches. Les berges s'élevaient de plus en plus, et déjà le lit de la rivière se creusait entre les premiers contreforts du mont Franklin. Ses sources ne pouvaient donc être éloignées, puisqu'elles s'alimentaient de toutes les eaux des pentes méridionales de la montagne.

— Avant un quart d'heure, dit le marin, nous serons forcés de nous arrêter, monsieur Cyrus.

— Eh bien, nous nous arrêterons, Pencroff, et nous organiserons un campement pour la nuit.

— A quelle distance pouvons-nous être de Granite-house ? demanda Harbert.

— A sept milles à peu près, répondit l'ingénieur, mais en tenant compte, toutefois, des détours de la rivière, qui nous ont portés dans le nord-ouest.

— Continuons-nous à aller en avant ? demanda le reporter.

— Oui, et aussi longtemps que nous pourrons le faire, répondit Cyrus Smith. Demain, au point du jour, nous abandonnerons le canot, nous franchirons en deux heures, j'espère, la distance qui nous sépare de la côte, et nous aurons la journée presque tout entière pour explorer le littoral.

— En avant ! répondit Pencroff.

Mais bientôt la pirogue racla le fond cailouteux de la rivière, dont la largeur alors ne dépassait pas vingt pieds. Un épais berceau de verdure s'arrondissait au-dessus de son lit et l'enveloppait d'une demi-obscurité. On entendait aussi le bruit assez accentué d'une chute d'eau, qui indiquait, à quelque cent pas en amont, la présence d'un barrage naturel.

Et, en effet, à un dernier détour de la rivière, une cascade apparut à travers les arbres. Le canot heurta le fond du lit, et, quelques instants après, il était amarré à un tronc, près de la rive droite.

Il était cinq heures environ. Les derniers rayons du soleil se glissaient sous l'épaisse ramure et frappaient obliquement la petite chute, dont l'humide poussière resplendissait des couleurs du prisme. Au-delà, le lit de la Mercy disparaissait sous les taillis, où il s'alimentait à quelque source cachée. Les divers rios qui affluaient sur son parcours en faisaient plus bas une véritable rivière, mais alors ce n'était plus qu'un ruisseau limpide et sans profondeur.

On campa en cet endroit même, qui était charmant. Les colons débarquèrent, et un feu fut allumé sous un bouquet de larges micocouliers, entre les branches desquels Cyrus Smith et ses compagnons eussent, au besoin, trouvé un refuge pour la nuit.

Le souper fut bientôt dévoré, car on avait faim, et il ne fut plus question que de dormir. Mais, quelques rugissements de nature suspecte s'étant fait entendre avant la tombée du jour, le foyer fut alimenté pour la nuit, de manière à protéger les dormeurs de ses flammes pétillantes. Nab et Pencroff veillèrent même à tour de rôle et n'épargnèrent pas le combustible. Peut-être ne se trompèrent-ils pas, lorsqu'ils crurent voir quelques ombres d'animaux errer autour du campement, soit sous le taillis, soit entre les ramures ; mais la nuit se passa sans accident, et le lendemain, 31 octobre, à cinq heures du matin, tous étaient sur pied, prêts à partir.

IV

EN ALLANT VERS LA CÔTE — QUELQUES BANDES DE QUADRUMANES — UN NOUVEAU COURS D'EAU — POURQUOI LE FLOT NE S'Y FAIT PAS SENTIR — UNE FORÊT POUR LITTORAL — LE PROMONTOIRE DU REPTILE — GÉDÉON SPILETT FAIT ENVIE À HARBERT — LA PÉTARADE DE BAMBOUS

Ce fut à six heures du matin que les colons, après un premier déjeuner, se remirent en route, avec l'intention de gagner par le plus court la côte occidentale de l'île. En combien de temps pourraient-ils l'atteindre ? Cyrus Smith avait dit en deux heures, mais cela dépendait évidemment de la nature des obstacles qui se présenteraient. Cette partie du Far-West paraissait serrée de bois, comme eût été un immense taillis composé d'essences extrêmement variées. Il était donc probable qu'il faudrait se frayer une voie à travers les herbes, les broussailles, les lianes, et marcher la hache à la main, — et le fusil aussi, sans doute, si on s'en rapportait aux cris de fauves entendus dans la nuit.

La position exacte du campement avait pu être déterminée par la situation du mont Franklin, et, puisque le volcan se relevait dans le nord à une distance de moins de trois milles, il ne s'agissait que de prendre une direction rectiligne vers le sud-ouest pour atteindre la côte occidentale.

On partit, après avoir soigneusement assuré l'amarrage de la pirogue. Pencroff et Nab emportaient des provisions qui devaient suffire à nourrir la petite troupe pendant deux jours au moins. Il n'était plus question de chasser, et l'ingénieur recommanda même à ses compagnons d'éviter toute détonation intempestive, afin de ne point signaler leur présence aux environs du littoral.

Les premiers coups de hache furent donnés dans les broussailles, au milieu de buissons de lentisques, un peu au-dessus de la cascade, et, sa boussole à la main, Cyrus Smith indiqua la route à suivre.

La forêt se composait alors d'arbres dont la plupart avaient été déjà reconnus aux environs du lac et du plateau de Grande-Vue. C'étaient des déodars, des douglas, des casuarinas, des gommiers, des eucalyptus, des dragonniers, des hibiscus, des cèdres et autres essences, généralement de taille médiocre, car leur nombre avait nui à leur développement. Les colons ne purent donc avancer que lentement sur cette route qu'ils se frayaient en marchant, et qui, dans la pensée de l'ingénieur, devrait être reliée plus tard à celle du Creek-Rouge.

Depuis leur départ, les colons descendaient les basses rampes qui constituaient le système orographique de l'île, et sur un terrain très sec, mais dont la luxuriante végétation laissait pressentir soit la présence d'un réseau hydrographique à l'intérieur du sol, soit le cours prochain de quelque ruisseau. Toutefois, Cyrus Smith ne se souvenait pas, lors de son excursion au cratère, d'avoir reconnu d'autre cours d'eau que ceux du Creek-Rouge et de la Mercy.

Pendant les premières heures de l'excursion, on revit des bandes de singes qui semblaient marquer le plus vif étonnement à la vue de ces hommes, dont l'aspect était nouveau pour eux. Gédéon Spilett demandait plaisamment si ces agiles et robustes quadrumanes ne les considéraient pas, ses compagnons et lui, comme des frères dégénérés ! Et franchement, de simples piétons, à chaque pas gênés par les broussailles, empêchés par les lianes, barrés par les troncs d'arbres, ne brillaient pas auprès de ces souples animaux, qui bondissaient de branche en branche et que rien n'arrêtait dans leur marche. Ces singes étaient nombreux, mais, très heureusement, ils ne manifestèrent aucune disposition hostile.

On vit aussi quelques sangliers, des agoutis, des kangourous et autres rongeurs, et deux ou trois koulas, auxquels Pencroff eût volontiers adressé quelques charges de plomb.

— Mais, disait-il, la chasse n'est pas ouverte. Gambadez donc, mes amis, sautez et volez en paix ! Nous vous dirons deux mots au retour !

A neuf heures et demie du matin, la route, qui portait directement dans le sud-ouest, se trouva tout à coup barrée par un cours d'eau inconnu, large de trente à quarante pieds, et dont le courant vif, provoqué par la pente de son lit et brisé par des roches nombreuses, se précipitait avec de rudes grondements. Ce creek était profond et clair, mais il eût été absolument innavigable.

— Nous voilà coupés ! s'écria Nab.

— Non, répondit Harbert, ce n'est qu'un ruisseau, et nous saurons bien le passer à la nage.

— A quoi bon, répondit Cyrus Smith. Il est évident que ce creek court à la mer. Restons sur sa rive gauche, suivons sa berge, et je serai bien étonné s'il ne nous mène pas promptement à la côte. En route !

— Un instant, dit le reporter. Et le nom de ce creek, mes amis ? Ne laissons pas notre géographie incomplète.

— Juste ! dit Pencroff.

— Nomme-le, mon enfant, dit l'ingénieur en s'adressant au jeune garçon.

— Ne vaut-il pas mieux attendre que nous l'ayons reconnu jusqu'à son embouchure ? fit observer Harbert.

— Soit, répondit Cyrus Smith. Suivons-le donc sans nous arrêter.

— Un instant encore ! dit Pencroff.

— Qu'y a-t-il ? demanda le reporter.

— Si la chasse est défendue, la pêche est permise, je suppose, dit le marin.

— Nous n'avons pas de temps à perdre, répondit l'ingénieur.

— Oh ! cinq minutes ! répliqua Pencroff. Je ne vous demande que cinq minutes dans l'intérêt de notre déjeuner !

Et Pencroff, se couchant sur la berge, plongea ses bras dans les eaux vives et fit bientôt sauter quelques douzaines de belles écrevisses qui fourmillaient entre les roches.

— Voilà qui sera bon ! s'écria Nab, en venant en aide au marin.

— Quand je vous dis qu'excepté du tabac, il y a de tout dans cette île ! murmura Pencroff avec un soupir.

Il ne fallut pas cinq minutes pour faire une pêche miraculeuse, car les écrevisses pullulaient dans le creek. De ces crustacés, dont le test présentait une couleur bleu cobalt, et qui portaient un rostre armé d'une petite dent, on remplit un sac, et la route fut reprise.

Depuis qu'ils suivaient la berge de ce nouveau cours d'eau, les colons marchaient plus facilement et plus rapidement. D'ailleurs, les rives étaient vierges de toute empreinte humaine. De temps en temps, on relevait quelques traces laissées par des animaux de grande taille, qui venaient habituellement se désaltérer à ce ruisseau, mais rien de plus, et ce n'était pas encore dans cette partie du Far-West que le pécari avait reçu le grain de plomb qui coûtait une mâchelière à Pencroff.

Cependant, en considérant ce rapide courant qui fuyait vers la mer, Cyrus Smith fut amené à supposer que ses compagnons et lui étaient beaucoup plus loin de la côte occidentale qu'ils ne le croyaient. Et, en effet, à cette heure, la marée montait sur le littoral et aurait dû rebrousser le cours du creek, si son embouchure n'eût été qu'à quelques milles seulement. Or, cet effet ne se produisait pas, et le fil de l'eau suivait la pente naturelle du lit. L'ingénieur dut donc être très étonné, et il consulta fréquemment sa boussole, afin de s'assurer que quelque crochet de la rivière ne le ramenait pas à l'intérieur du Far-West.

Cependant, le creek s'élargissait peu à peu, et ses eaux devenaient moins tumultueuses. Les arbres de sa rive droite étaient aussi pressés que ceux de sa rive gauche, et il était impossible à la vue de s'étendre au-delà ; mais ces masses boisées étaient certainement désertes, car Top n'aboyait pas, et l'intelligent animal n'eût pas manqué de signaler la présence de tout étranger dans le voisinage du cours d'eau.

A dix heures et demie, à la grande surprise de Cyrus Smith, Harbert, qui s'était porté un peu en avant, s'arrêtait soudain et s'écriait :

— La mer !

Et quelques instants après, les colons, arrêtés sur la lisière de la forêt, voyaient le rivage occidental de l'île se développer sous leurs yeux.

Mais quel contraste entre cette côte et la côte est, sur laquelle le hasard les avait d'abord jetés ! Plus de muraille de granit, aucun écueil au large, pas même une grève de sable. La forêt formait le littoral, et ses derniers arbres, battus par les lames, se penchaient sur les eaux. Ce n'était point un littoral, tel que le fait habituellement la nature, soit en étendant de vastes tapis de sable, soit en groupant des roches, mais une admirable lisière faite des plus beaux arbres du monde. La berge était surélevée de manière à dominer le niveau des plus grandes mers, et sur tout ce sol luxuriant, supporté par une base de granit, les splendides essences forestières semblaient être aussi solidement implantées que celles qui se massaient à l'intérieur de l'île.

Les colons se trouvaient alors à l'échancrure d'une petite crique sans importance, qui n'eût même pas pu contenir deux ou trois barques de pêche, et qui servait de goulot au nouveau creek ; mais, disposition curieuse, ses eaux, au lieu de se jeter à la mer par une embouchure à pente douce, tombaient d'une hauteur de plus de quarante pieds — ce qui expliquait pourquoi, à l'heure où le flot montait, il ne s'était point fait sentir en amont du creek. En effet, les marées du Pacifique, même à leur maximum d'élévation, ne devaient jamais atteindre le niveau de la rivière, dont le lit formait comme un bief supérieur, et des millions d'années, sans doute, s'écouleraient encore avant que les eaux eussent rongé ce radier de granit et creusé une embouchure praticable. Aussi, d'un commun accord, donna-t-on à ce cours d'eau le nom de « rivière de la Chute » (Falls-river).

Au-delà, vers le nord, la lisière, formée par la forêt, se prolongeait sur un espace de deux milles environ ; puis les arbres se raréfiaient, et, au-delà, des hauteurs très pittoresques se dessinaient suivant une ligne presque droite, qui courait nord et sud. Au contraire, dans toute la portion du littoral comprise entre la rivière de la Chute et le promontoire du Reptile, ce n'était que masses boisées, arbres magnifiques, les uns droits, les autres penchés, dont la longue ondulation de la mer venait baigner les racines. Or, c'était vers ce côté, c'est-à-dire sur toute la presqu'île Serpentine, que l'exploration devait être continuée, car cette partie du littoral offrait des refuges que l'autre, aride et sauvage, eût évidemment refusés à des naufragés, quels qu'ils fussent.

Le temps était beau et clair, et du haut d'une falaise, sur laquelle Nab et Pencroff disposèrent le déjeuner, le regard pouvait s'étendre au loin. L'horizon était parfaitement net, et il n'y avait pas une voile au large. Sur tout le littoral, aussi loin que la vue pouvait atteindre, pas un bâtiment, pas même une épave. Mais l'ingénieur ne se croirait bien fixé à cet égard que lorsqu'il aurait exploré la côte jusqu'à l'extrémité même de la presqu'île Serpentine.

Le déjeuner fut expédié rapidement, et, à onze heures et demie, Cyrus Smith donna le signal du départ. Au lieu de parcourir, soit l'arête d'une falaise, soit une grève de sable, les colons durent suivre le couvert des arbres, de manière à longer le littoral.

La distance qui séparait l'embouchure de la rivière de la Chute du promontoire du Reptile était de douze milles environ. En quatre heures, sur une grève praticable, et sans se presser, les colons auraient pu franchir cette distance ; mais il leur fallut le double de ce temps pour atteindre leur but, car les arbres à tourner, les broussailles à couper, les lianes à rompre, les arrêtaient sans cesse, et des détours si multipliés allongeaient singulièrement leur route.

Du reste, il n'y avait rien qui témoignât d'un naufrage récent sur ce littoral. Il est vrai, ainsi que le fit observer Gédéon Spilett, que la mer avait pu tout entraîner au large, et qu'il ne fallait pas conclure, de ce qu'on n'en trouvait plus aucune trace, qu'un navire n'eût pas été jeté à la côte sur cette partie de l'île Lincoln.

Le raisonnement du reporter était juste, et, d'ailleurs, l'incident du grain de plomb prouvait d'une façon irrécusable que, depuis trois mois au plus, un coup de fusil avait été tiré dans l'île.

Il était déjà cinq heures, et l'extrémité de la presqu'île Serpentine se trouvait encore à deux milles de l'endroit alors occupé par les colons. Il était évident qu'après avoir atteint le promontoire du Reptile, Cyrus Smith et ses compagnons n'auraient plus le temps de revenir, avant le coucher du soleil, au campement qui avait été établi près des sources de la Mercy. De là, nécessité de passer la nuit au promontoire même. Mais les provisions ne manquaient pas, et ce fut heureux, car le gibier de poil ne se montrait plus sur cette lisière, qui n'était qu'un littoral, après tout. Au contraire, les oiseaux y fourmillaient, jacamars, couroucous, tragopans, tétras, loris, perroquets, kakatoès, faisans, pigeons et cent autres. Pas un arbre qui n'eût un nid, pas un nid qui ne fût rempli de battements d'ailes !

Vers sept heures du soir, les colons, harassés de fatigue, arrivèrent au promontoire du Reptile, sorte de volute étrangement découpée sur la mer. Ici finissait la forêt riveraine de la presqu'île, et le littoral, dans toute la partie sud, reprenait l'aspect accoutumé d'une côte, avec ses rochers, ses récifs et ses grèves. Il était donc possible qu'un navire désemparé se fût mis au plein sur cette portion de l'île, mais la nuit venait, et il fallut remettre l'exploration au lendemain.

Pencroff et Harbert se hâtèrent aussitôt de chercher un endroit propice pour y établir un campement. Les derniers arbres de la forêt du Far-West venaient mourir à cette pointe, et, parmi eux, le jeune garçon reconnut d'épais bouquets de bambous.

— Bon ! dit-il, voilà une précieuse découverte.

— Précieuse ? répondit Pencroff.

— Sans doute, reprit Harbert. Je ne te dirai point, Pencroff, que l'écorce de bambou, découpée en latte flexible, sert à faire des paniers ou des corbeilles ; que cette écorce, réduite en pâte et macérée, sert à la fabrication du papier de Chine ; que les tiges fournissent, suivant leur grosseur, des cannes, des tuyaux de pipe, des conduites pour les eaux ; que les grands bambous forment d'excellents matériaux de construction, légers et solides, et qui ne sont jamais attaqués par les insectes. Je n'ajouterai même pas qu'en sciant les entre-nœuds de bambous et en conservant pour le fond une portion de la cloison transversale qui forme le nœud, on obtient ainsi des vases solides et commodes qui sont fort en usage chez les Chinois ! Non ! cela ne te satisferait point. Mais...

— Mais ?...

— Mais je t'apprendrai, si tu l'ignores, que, dans l'Inde, on mange ces bambous en guise d'asperges.

— Des asperges de trente pieds ! s'écria le marin. Et elles sont bonnes ?

— Excellentes, répondit Harbert. Seulement, ce ne sont point des tiges de trente pieds que l'on mange, mais bien de jeunes pousses de bambous.

— Parfait, mon garçon, parfait ! répondit Pencroff.

— J'ajouterai aussi que la moelle des tiges nouvelles, confite dans du vinaigre, forme un condiment très apprécié.

— De mieux en mieux, Harbert.

— Et enfin que ces bambous exsudent entre leurs nœuds une liqueur sucrée, dont on peut faire une très agréable boisson.

— Est-ce tout ? demanda le marin.

— C'est tout !

— Et ça ne se fume pas, par hasard ?

— Ça ne se fume pas, mon pauvre Pencroff !

Harbert et le marin n'eurent pas à chercher longtemps un emplacement favorable pour passer la nuit. Les rochers du rivage — très divisés, car ils devaient être violemment battus par la mer sous l'influence des vents du sud-ouest — présentaient des cavités qui devaient leur permettre de dormir à l'abri des intempéries de l'air. Mais, au moment où ils se disposaient à pénétrer dans une de ces excavations, de formidables rugissements les arrêtèrent.

— En arrière ! s'écria Pencroff. Nous n'avons que du petit plomb dans nos fusils, et des bêtes qui rugissent si bien s'en soucieraient comme d'un grain de sel !

Et le marin, saisissant Harbert par le bras, l'entraîna à l'abri des roches, au moment où un magnifique animal se montrait à l'entrée de la caverne.

C'était un jaguar, d'une taille au moins égale à celle de ses congénères d'Asie, c'est-à-dire qu'il mesurait plus de cinq pieds de l'extrémité de la tête à la naissance de la queue. Son pelage fauve était relevé par plusieurs rangées de taches noires régulièrement ocellées et tranchait avec le poil blanc de son ventre. Harbert reconnut là ce féroce rival du tigre, bien autrement redoutable que le couguar, qui n'est que le rival du loup !

Le jaguar s'avança et regarda autour de lui, le poil hérissé, l'œil en feu, comme s'il n'eût pas senti l'homme pour la première fois.

En ce moment, le reporter tournait les hautes roches, et Harbert, s'imaginant qu'il n'avait pas aperçu le jaguar, allait s'élancer vers lui ; mais Gédéon Spilett lui fit un signe de la main et continua de marcher. Il n'en était pas à son premier tigre, et, s'avançant jusqu'à dix pas de l'animal, il demeura immobile, la carabine à l'épaule, sans qu'un de ses muscles tressaillît.

Le jaguar, ramassé sur lui-même, fondit sur le chasseur, mais, au moment où il bondissait, une balle le frappait entre les deux yeux, et il tombait mort.

Harbert et Pencroff se précipitèrent vers le jaguar. Nab et Cyrus Smith accoururent de leur côté, et ils restèrent quelques instants à contempler l'animal, étendu sur le sol, dont la magnifique dépouille ferait l'ornement de la grande salle de Granite-house.

— Ah ! monsieur Spilett ! Que je vous admire et que je vous envie ! s'écria Harbert dans un accès d'enthousiasme bien naturel.

— Bon ! mon garçon, répondit le reporter, tu en aurais fait autant.

— Moi ! un pareil sang-froid !...

— Figure-toi, Harbert, qu'un jaguar est un lièvre, et tu le tireras le plus tranquillement du monde.

— Voilà ! répondit Pencroff. Ce n'est pas plus malin que cela !

— Et maintenant, dit Gédéon Spilett, puisque ce jaguar a quitté son repaire, je ne vois pas, mes amis, pourquoi nous ne l'occuperions pas pendant la nuit ?

— Mais d'autres peuvent revenir ! dit Pencroff.

— Il suffira d'allumer un feu à l'entrée de la caverne, dit le reporter, et ils ne se hasarderont pas à en franchir le seuil.

— A la maison des jaguars, alors ! répondit le marin en tirant après lui le cadavre de l'animal.

Les colons se dirigèrent vers le repaire abandonné, et là, tandis que Nab dépouillait le jaguar, ses compagnons entassèrent sur le seuil une grande quantité de bois sec, que la forêt fournissait abondamment.

Mais Cyrus Smith, ayant aperçu le bouquet de bambous, alla en couper une certaine quantité, qu'il mêla au combustible du foyer.

Cela fait, on s'installa dans la grotte, dont le sable était jonché d'ossements ; les armes furent chargées à tout hasard, pour le cas d'une agression subite ; on soupa, et puis, le moment de prendre du repos étant venu, le feu fut mis au tas de bois empilé à l'entrée de la caverne.

Aussitôt, une véritable pétarade d'éclater dans l'air ! C'étaient les bambous, atteints par la flamme, qui déto-

naient comme des pièces d'artifice ! Rien que ce fracas
eût suffi à épouvanter les fauves les plus audacieux !

Et ce moyen de provoquer de vives détonations, ce
n'était pas l'ingénieur qui l'avait inventé, car, suivant
Marco Polo, les Tartares, depuis bien des siècles,
l'emploient avec succès pour éloigner de leurs campements les fauves redoutables de l'Asie centrale.

V

PROPOSITION DE REVENIR PAR LE LITTORAL DU SUD –
CONFIGURATION DE LA CÔTE – À LA RECHERCHE DU
NAUFRAGE PRÉSUMÉ – UNE ÉPAVE DANS LES AIRS –
DÉCOUVERTE D'UN PETIT PORT NATUREL – À MINUIT SUR LES
BORDS DE LA MERCY – UN CANOT QUI DÉRIVE

Cyrus Smith et ses compagnons dormirent comme
d'innocentes marmottes dans la caverne que le jaguar
avait si poliment laissée à leur disposition.

Au soleil levant, tous étaient sur le rivage, à l'extrémité même du promontoire, et leurs regards se portaient encore vers cet horizon, qui était visible sur les
deux tiers de sa circonférence. Une dernière fois, l'ingénieur put constater qu'aucune voile, aucune carcasse de
navire n'apparaissaient sur la mer, et la longue-vue n'y
put découvrir aucun point suspect.

Rien, non plus, sur le littoral, du moins dans la partie
rectiligne qui formait la côte sud du promontoire sur
une longueur de trois milles, car, au-delà, une échancrure des terres dissimulait le reste de la côte, et même,
de l'extrémité de la presqu'île Serpentine, on ne pouvait
apercevoir le cap Griffe, caché par de hautes roches.

Restait donc le rivage méridional de l'île à explorer. Or, tenterait-on d'entreprendre immédiatement cette exploration et lui consacrerait-on cette journée du 2 novembre ?

Ceci ne rentrait pas dans le projet primitif. En effet, lorsque la pirogue fut abandonnée aux sources de la Mercy, il avait été convenu qu'après avoir observé la côte ouest, on reviendrait la reprendre, et que l'on retournerait à Granite-house par la route de la Mercy. Cyrus Smith croyait alors que le rivage occidental pouvait offrir refuge, soit à un bâtiment en détresse, soit à un navire en cours régulier de navigation ; mais, du moment que ce littoral ne présentait aucun atterrage, il fallait chercher sur celui du sud de l'île ce qu'on n'avait pu trouver sur celui de l'ouest.

Ce fut Gédéon Spilett qui proposa de continuer l'exploration, de manière que la question du naufrage présumé fût complètement résolue, et il demanda à quelle distance pouvait se trouver le cap Griffe de l'extrémité de la presqu'île.

— A trente milles environ, répondit l'ingénieur, si nous tenons compte des courbures de la côte.

— Trente milles ! reprit Gédéon Spilett. Ce sera une forte journée de marche. Néanmoins, je pense que nous devons revenir à Granite-house en suivant le rivage du sud.

— Mais, fit observer Harbert, du cap Griffe à Granite-house, il faudra encore compter dix milles, au moins.

— Mettons quarante milles en tout, répondit le reporter, et n'hésitons pas à les faire. Au moins, nous observerons ce littoral inconnu, et nous n'aurons pas à recommencer cette exploration.

— Très juste, dit alors Pencroff. Mais la pirogue ?

— La pirogue est restée seule pendant un jour aux sources de la Mercy, répondit Gédéon Spilett, elle peut bien y rester deux jours ! Jusqu'à présent, nous ne pouvons guère dire que l'île soit infestée de voleurs !

— Cependant, dit le marin, quand je me rappelle l'histoire de la tortue, je n'ai pas plus confiance qu'il ne faut.

— La tortue ! la tortue ! répondit le reporter. Ne savez-vous pas que c'est la mer qui l'a retournée ?

— Qui sait ? murmura l'ingénieur.

— Mais..., dit Nab.

Nab avait quelque chose à dire, cela était évident, car il ouvrait la bouche pour parler et ne parlait pas.

— Que veux-tu dire, Nab ? lui demanda l'ingénieur.

— Si nous retournons par le rivage jusqu'au cap Griffe, répondit Nab, après avoir doublé ce cap, nous serons barrés...

— Par la Mercy ! En effet, répondit Harbert, et nous n'aurons ni pont ni bateau pour la traverser !

— Bon, monsieur Cyrus, répondit Pencroff, avec quelques troncs flottants, nous ne serons pas gênés de passer cette rivière !

— N'importe, dit Gédéon Spilett, il sera utile de construire un pont, si nous voulons avoir un accès facile dans le Far-West !

— Un pont ! s'écria Pencroff ! Eh bien, est-ce que monsieur Smith n'est pas ingénieur de son état ? Mais il nous fera un pont, quand nous voudrons avoir un pont ! Quant à vous transporter ce soir sur l'autre rive de la Mercy, et cela sans mouiller un fil de vos vêtements, je m'en charge. Nous avons encore un jour de vivres, c'est tout ce qu'il nous faut, et, d'ailleurs, le gibier ne fera peut-être pas défaut aujourd'hui comme hier. En route !

La proposition du reporter, très vivement soutenue par le marin, obtint l'approbation générale, car chacun tenait à en finir avec ses doutes, et, à revenir par le cap

Griffe, l'exploration serait complète. Mais il n'y avait pas une heure à perdre, car une étape de quarante milles était longue, et il ne fallait pas compter atteindre Granite-house avant la nuit.

A six heures du matin, la petite troupe se mit donc en route. En prévision de mauvaises rencontres, animaux à deux ou à quatre pattes, les fusils furent chargés à balle, et Top, qui devait ouvrir la marche, reçut ordre de battre la lisière de la forêt.

A partir de l'extrémité du promontoire qui formait la queue de la presqu'île, la côte s'arrondissait sur une distance de cinq milles, qui fut rapidement franchie, sans que les plus minutieuses investigations eussent relevé la moindre trace d'un débarquement ancien ou récent, ni une épave, ni un reste de campement, ni les cendres d'un feu éteint, ni une empreinte de pas!

Les colons, arrivés à l'angle sur lequel la courbure finissait pour suivre la direction nord-est en formant la baie Washington, purent alors embrasser du regard le littoral sud de l'île dans toute son étendue. A vingt-cinq milles, la côte se terminait par le cap Griffe, qui s'estompait à peine dans la brume du matin, et qu'un phénomène de mirage rehaussait, comme s'il eût été suspendu entre la terre et l'eau. Entre la place occupée par les colons et le fond de l'immense baie, le rivage se composait, d'abord, d'une large grève très unie et très plate, bordée d'une lisière d'arbres en arrière-plan; puis, ensuite, le littoral, devenu fort irrégulier, projetait des pointes aiguës en mer, et enfin quelques roches noirâtres s'accumulaient dans un pittoresque désordre pour finir au cap Griffe.

Tel était le développement de cette partie de l'île, que les explorateurs voyaient pour la première fois, et qu'ils parcoururent d'un coup d'œil, après s'être arrêtés un instant.

— Un navire qui se mettrait ici au plein, dit alors Pencroff, serait inévitablement perdu. Des bancs de sable, qui se prolongent au large, et plus loin, des écueils ! Mauvais parages !

— Mais au moins, il resterait quelque chose de ce navire, fit observer le reporter.

— Il en resterait des morceaux de bois sur les récifs, et rien sur les sables, répondit le marin.

— Pourquoi donc ?

— Parce que ces sables, plus dangereux encore que les roches, engloutissent tout ce qui s'y jette, et que quelques jours suffisent pour que la coque d'un navire de plusieurs centaines de tonneaux y disparaisse entièrement !

— Ainsi, Pencroff, demanda l'ingénieur, si un bâtiment s'était perdu sur ces bancs, il n'y aurait rien d'étonnant à ce qu'il n'y en eût plus maintenant aucune trace ?

— Non, monsieur Smith, avec l'aide du temps ou de la tempête. Toutefois, il serait surprenant, même dans ce cas, que des débris de mâture, des espars n'eussent pas été jetés sur le rivage, au-delà des atteintes de la mer.

— Continuons donc nos recherches, répondit Cyrus Smith.

A une heure après midi, les colons étaient arrivés au fond de la baie Washington, et, à ce moment, ils avaient franchi une distance de vingt milles.

On fit halte pour déjeuner.

Là commençait une côte irrégulière, bizarrement déchiquetée et couverte par une longue ligne de ces écueils qui succédaient aux bancs de sable, et que la marée, étale en ce moment, ne devait pas tarder à découvrir. On voyait les souples ondulations de la mer, brisées aux têtes de rocs, s'y développer en longues franges écumeuses. De ce point jusqu'au cap Griffe, la grève était peu spacieuse et resserrée entre la lisière des récifs et celle de la forêt.

La marche allait donc devenir plus difficile, car d'innombrables roches éboulées encombraient le rivage. La muraille de granit tendait aussi à s'exhausser de plus en plus, et, des arbres qui la couronnaient en arrière, on ne pouvait voir que les cimes verdoyantes, qu'aucun souffle n'animait.

Après une demi-heure de repos, les colons se remirent en route, et leurs yeux ne laissèrent pas un point inobservé des récifs et de la grève. Pencroff et Nab s'aventurèrent même au milieu des écueils, toutes les fois qu'un objet attirait leur regard. Mais d'épave, point, et ils étaient trompés par quelque conformation bizarre des roches. Ils purent constater, toutefois, que les coquillages comestibles abondaient sur cette plage, mais elle ne pourrait être fructueusement exploitée que lorsqu'une communication aurait été établie entre les deux rives de la Mercy, et aussi quand les moyens de transport seraient perfectionnés.

Ainsi donc, rien de ce qui avait rapport au naufrage présumé n'apparaissait sur ce littoral, et cependant un objet de quelque importance, la coque d'un bâtiment par exemple, eût été visible alors, ou ses débris eussent été portés au rivage, comme l'avait été cette caisse, trouvée à moins de vingt milles de là. Mais il n'y avait rien.

Vers trois heures, Cyrus Smith et ses compagnons arrivèrent à une étroite crique bien fermée, à laquelle n'aboutissait aucun cours d'eau. Elle formait un véritable petit port naturel, invisible du large, auquel aboutissait une étroite passe, que les écueils ménageaient entre eux.

Au fond de cette crique, quelque violente convulsion avait déchiré la lisière rocheuse, et une coupée, évidée en pente douce, donnait accès au plateau supérieur, qui pouvait être situé à moins de dix milles du cap Griffe, et, par conséquent, à quatre milles en droite ligne du plateau de Grande-Vue.

Gédéon Spilett proposa à ses compagnons de faire halte en cet endroit. On accepta, car la marche avait aiguisé l'appétit de chacun, et, bien que ce ne fût pas l'heure du dîner, personne ne refusa de se réconforter d'un morceau de venaison. Ce lunch devait permettre d'attendre le souper à Granite-house.

Quelques minutes après, les colons, assis au pied d'un magnifique bouquet de pins maritimes, dévoraient les provisions que Nab avait tirées de son havresac.

L'endroit était élevé de cinquante à soixante pieds au-dessus du niveau de la mer. Le rayon de vue était donc assez étendu, et, passant par-dessus les dernières roches du cap, il allait se perdre jusque dans la baie de l'Union. Mais ni l'îlot ni le plateau de Grande-Vue n'étaient visibles et ne pouvaient l'être alors, car le relief du sol et le rideau des grands arbres masquaient brusquement l'horizon du nord.

Inutile d'ajouter que, malgré l'étendue de mer que les explorateurs pouvaient embrasser, et bien que la lunette de l'ingénieur eût parcouru point à point toute cette ligne circulaire sur laquelle se confondaient le ciel et l'eau, aucun navire ne fut aperçu.

De même, sur toute cette partie du littoral qui restait encore à explorer, la lunette fut promenée avec le même soin depuis la grève jusqu'aux récifs, et aucune épave n'apparut dans le champ de l'instrument.

— Allons, dit Gédéon Spilett, il faut en prendre son parti et se consoler en pensant que nul ne viendra nous disputer la possession de l'île Lincoln !

— Mais enfin, ce grain de plomb ! dit Harbert. Il n'est pourtant pas imaginaire, je suppose !

— Mille diables, non ! s'écria Pencroff, en pensant à sa mâchelière absente.

— Alors que conclure ? demanda le reporter.

— Ceci, répondit l'ingénieur : c'est qu'il y a trois mois au plus, un navire, volontairement ou non, a atterri...

— Quoi ! vous admettriez, Cyrus, qu'il s'est englouti sans laisser aucune trace ? s'écria le reporter.

— Non, mon cher Spilett, mais remarquez que s'il est certain qu'un être humain a mis le pied sur cette île, il ne paraît pas moins certain qu'il l'a quittée maintenant.

— Alors, si je vous comprends bien, monsieur Cyrus, dit Harbert, le navire serait reparti ?...

— Évidemment.

— Et nous aurions perdu sans retour une occasion de nous rapatrier ? dit Nab.

— Sans retour, je le crains.

— Eh bien ! puisque l'occasion est perdue, en route, dit Pencroff, qui avait déjà la nostalgie de Granite-house.

Mais, à peine s'était-il levé que les aboiements de Top retentirent avec force, et le chien sortit du bois, en tenant dans sa gueule un lambeau d'étoffe souillée de boue.

Nab arracha ce lambeau de la bouche du chien. C'était un morceau de forte toile.

Top aboyait toujours, et, par ses allées et venues, il semblait inviter son maître à le suivre dans la forêt.

— Il y a là quelque chose qui pourrait bien expliquer mon grain de plomb ! s'écria Pencroff.

— Un naufragé ! répondit Harbert.

— Blessé, peut-être ! dit Nab.

— Ou mort ! répondit le reporter.

Et tous se précipitèrent sur les traces du chien, entre ces grands pins qui formaient le premier rideau de la forêt. A tout hasard, Cyrus Smith et ses compagnons avaient préparé leurs armes.

Ils durent s'avancer assez profondément sous bois ; mais, à leur grand désappointement, ils ne virent encore aucune empreinte de pas. Broussailles et lianes étaient intactes, et il fallut même les couper à la hache, comme on avait fait dans les épaisseurs les plus profondes de la forêt. Il était donc difficile d'admettre qu'une créature humaine eût déjà passé par là, et cependant Top allait et venait, non comme un chien qui cherche au hasard, mais comme un être doué de volonté qui suit une idée.

Après sept à huit minutes de marche, Top s'arrêta. Les colons, arrivés à une sorte de clairière, bordée de grands arbres, regardèrent autour d'eux et ne virent rien, ni sous les broussailles ni entre les troncs d'arbres.

— Mais qu'y a-t-il, Top ? dit Cyrus Smith.

Top aboya avec plus de force, en sautant au pied d'un gigantesque pin.

Tout à coup, Pencroff de s'écrier :

— Ah ! bon ! Ah ! parfait !

— Qu'est-ce ? demanda Gédéon Spilett.

— Nous cherchons une épave sur mer ou sur terre !

— Eh bien ?

— Eh bien, c'est en l'air qu'elle se trouve !

Et le marin montra une sorte de grand haillon blanchâtre, accroché à la cime du pin, et dont Top avait rapporté un morceau tombé sur le sol.

— Mais ce n'est point là une épave ! s'écria Gédéon Spilett.

— Demande pardon ! répondit Pencroff.

— Comment ? c'est ?...

— C'est tout ce qui reste de notre bateau aérien, de notre ballon qui s'est échoué là-haut, au sommet de cet arbre !

Pencroff ne se trompait pas, et il poussa un hurrah magnifique, en ajoutant :

— En voilà de la bonne toile ! Voilà de quoi nous fournir de linge pendant des années ! Voilà de quoi faire des mouchoirs et des chemises ! Hein ! monsieur Spilett, qu'est-ce que vous dites d'une île où les chemises poussent sur les arbres ?

C'était vraiment une heureuse circonstance pour les colons de l'île Lincoln, que l'aérostat, après avoir fait son dernier bond dans les airs, fût retombé sur l'île et qu'ils eussent cette chance de le retrouver. Ou ils garderaient l'enveloppe sous cette forme, s'ils voulaient tenter une nouvelle évasion par les airs, ou ils emploieraient fructueusement ces quelques centaines d'aunes d'une toile de coton de belle qualité, quand elle serait débarrassée de son vernis. Comme on le pense bien, la joie de Pencroff fut unanimement et vivement partagée.

Mais cette enveloppe, il fallait l'enlever de l'arbre sur lequel elle pendait, pour la mettre en lieu sûr, et ce ne fut pas un petit travail. Nab, Harbert et le marin, étant montés à la cime de l'arbre, durent faire des prodiges d'adresse pour dégager l'énorme aérostat dégonflé.

L'opération dura près de deux heures, et non seulement l'enveloppe, avec sa soupape, ses ressorts, sa garniture de cuivre, mais le filet, c'est-à-dire un lot considérable de cordages et de cordes, le cercle de retenue et l'ancre du ballon étaient sur le sol. L'enveloppe, sauf la fracture, était en bon état, et, seul, son appendice inférieur avait été déchiré.

C'était une fortune qui était tombée du ciel.

— Tout de même, monsieur Cyrus, dit le marin, si nous nous décidons jamais à quitter l'île, ce ne sera pas en ballon, n'est-ce pas ? Ça ne va pas où on veut, les navires de l'air, et nous en savons quelque chose ! Voyez-vous, si vous m'en croyez, nous construirons un bon bateau d'une vingtaine de tonneaux, et vous me laisserez découper dans cette toile une misaine et un foc. Quant au reste, il servira à nous habiller !

— Nous verrons, Pencroff, répondit Cyrus Smith, nous verrons.

— En attendant, il faut mettre tout cela en sûreté, dit Nab.

En effet, on ne pouvait songer à transporter à Granite-house cette charge de toile, de cordes, de cordages, dont le poids était considérable, et, en attendant un véhicule convenable pour les charrier, il importait de ne pas laisser plus longtemps ces richesses à la merci du premier ouragan. Les colons, réunissant leurs efforts, parvinrent à traîner le tout jusqu'au rivage, où ils découvrirent une assez vaste cavité rocheuse, que ni le vent, ni la pluie, ni la mer ne pouvaient visiter, grâce à son orientation.

— Il nous fallait une armoire, nous avons une armoire, dit Pencroff ; mais comme elle ne ferme pas à clef, il sera prudent d'en dissimuler l'ouverture. Je ne dis pas cela pour les voleurs à deux pieds, mais pour les voleurs à quatre pattes !

A six heures du soir, tout était emmagasiné, et, après avoir donné à la petite échancrure qui formait la crique le nom très justifié de « port Ballon », on reprit le chemin du cap Griffe. Pencroff et l'ingénieur causaient de divers projets qu'il convenait de mettre à exécution dans le plus bref délai. Il fallait avant tout jeter un pont sur la Mercy, afin d'établir une communication facile avec le sud de l'île ; puis, le chariot reviendrait chercher l'aérostat, car le canot n'eût pu suffire à le transporter ; puis, on construirait une chaloupe pontée ; puis, Pencroff la gréerait en cotre, et l'on pourrait entreprendre des voyages de circumnavigation... autour de l'île ; puis, etc.

Cependant, la nuit venait, et le ciel était déjà sombre, quand les colons atteignirent la pointe de l'Épave, à l'endroit même où ils avaient découvert la précieuse caisse. Mais là, pas plus qu'ailleurs, il n'y avait rien qui indiquât qu'un naufrage quelconque se fût produit, et il fallut bien en revenir aux conclusions précédemment formulées par Cyrus Smith.

De la pointe de l'Épave à Granite-house, il restait encore quatre milles, et ils furent vite franchis ; mais il était plus de minuit, quand, après avoir suivi le littoral jusqu'à l'embouchure de la Mercy, les colons arrivèrent au premier coude formé par la rivière.

Là, le lit mesurait une largeur de quatre-vingts pieds, qu'il était malaisé de franchir, mais Pencroff s'était chargé de vaincre cette difficulté, et il fut mis en demeure de le faire.

Il faut en convenir, les colons étaient exténués. L'étape avait été longue, et l'incident du ballon n'avait pas été pour reposer leurs jambes et leurs bras. Ils avaient donc hâte d'être rentrés à Granite-house pour souper et dormir, et si le pont eût été construit, en un quart d'heure ils se fussent trouvés à domicile.

La nuit était très obscure. Pencroff se prépara alors à tenir sa promesse, en faisant une sorte de radeau qui permettrait d'opérer le passage de la Mercy. Nab et lui, armés de haches, choisirent deux arbres voisins de la rive, dont ils comptaient faire une sorte de radeau, et ils commencèrent à les attaquer par leur base.

Cyrus Smith et Gédéon Spilett, assis sur la berge, attendaient que le moment fût venu d'aider leurs compagnons, tandis qu'Harbert allait et venait, sans trop s'écarter.

Tout à coup, le jeune garçon, qui avait remonté la rivière, revint précipitamment, et, montrant la Mercy en amont :

— Qu'est-ce donc qui dérive là ? s'écria-t-il.

Pencroff interrompit son travail, et il aperçut un objet mobile qui apparaissait confusément dans l'ombre.

— Un canot! dit-il.

Tous s'approchèrent et virent, à leur extrême surprise, une embarcation qui suivait le fil de l'eau.

— Oh! du canot! cria le marin par un reste d'habitude professionnelle, et sans penser que mieux peut-être eût valu garder le silence.

Pas de réponse. L'embarcation dérivait toujours, et elle n'était plus qu'à une dizaine de pas, quand le marin s'écria :

— Mais c'est notre pirogue! Elle a rompu son amarre et elle a suivi le courant! Il faut avouer qu'elle arrive à propos!

— Notre pirogue?... murmura l'ingénieur.

Pencroff avait raison. C'était bien le canot, dont l'amarre s'était brisée, sans doute, et qui revenait tout seul des sources de la Mercy! Il était donc important de le saisir au passage avant qu'il fût entraîné par le rapide courant de la rivière, au-delà de son embouchure, et c'est ce que Nab et Pencroff firent adroitement au moyen d'une longue perche.

Le canot accosta la rive. L'ingénieur, s'y embarquant le premier, en saisit l'amarre et s'assura au toucher que cette amarre avait été réellement usée par son frottement sur des roches.

— Voilà, lui dit à voix basse le reporter, voilà ce que l'on peut appeler une circonstance...

— Étrange! répondit Cyrus Smith.

Étrange ou non, elle était heureuse! Harbert, le reporter, Nab et Pencroff s'embarquèrent à leur tour. Eux ne mettaient pas en doute que l'amarre ne se fût usée; mais le plus étonnant de l'affaire, c'était véritablement que la pirogue fût arrivée juste au moment où les colons se trouvaient là pour la saisir au passage, car, un quart d'heure plus tard, elle eût été se perdre en mer.

Si on eût été au temps des génies, cet incident aurait donné le droit de penser que l'île était hantée par un être surnaturel qui mettait sa puissance au service des naufragés !

En quelques coups d'aviron, les colons arrivèrent à l'embouchure de la Mercy. Le canot fut halé sur la grève jusqu'auprès des Cheminées, et tous se dirigèrent vers l'échelle de Granite-house.

Mais, en ce moment, Top aboya avec colère, et Nab, qui cherchait le premier échelon, poussa un cri...

Il n'y avait plus d'échelle.

VI

LES HÉLEMENTS DE PENCROFF — UNE NUIT DANS LES CHEMINÉES — LA FLÈCHE D'HARBERT — PROJET DE CYRUS SMITH — UNE SOLUTION INATTENDUE — CE QUI S'EST PASSÉ À GRANITE-HOUSE — COMMENT UN NOUVEAU DOMESTIQUE ENTRE AU SERVICE DES COLONS

Cyrus Smith s'était arrêté, sans dire mot. Ses compagnons cherchèrent dans l'obscurité, aussi bien sur les parois de la muraille, pour le cas où le vent eût déplacé l'échelle, qu'au ras du sol, pour le cas où elle se fût détachée... Mais l'échelle avait absolument disparu. Quant à reconnaître si une bourrasque l'avait relevée jusqu'au premier palier, à mi-paroi, cela était impossible dans cette nuit profonde.

— Si c'est une plaisanterie, s'écria Pencroff, elle est mauvaise ! Arriver chez soi, et ne plus trouver d'escalier pour monter à sa chambre, cela n'est pas pour faire rire des gens fatigués !

Nab, lui, se perdait en exclamations!

— Il n'a pourtant pas fait de vent! fit observer Harbert.

— Je commence à trouver qu'il se passe des choses singulières dans l'île Lincoln! dit Pencroff.

— Singulières? répondit Gédéon Spilett, mais non, Pencroff, rien n'est plus naturel. Quelqu'un est venu pendant notre absence, a pris possession de la demeure et a retiré l'échelle!

— Quelqu'un! s'écria le marin. Et qui donc?...

— Mais le chasseur au grain de plomb, répondit le reporter. A quoi servirait-il, si ce n'est à expliquer notre mésaventure?

— Eh bien, s'il y a quelqu'un là-haut, répondit Pencroff en jurant, car l'impatience commençait à le gagner, je vais le héler, et il faudra bien qu'il réponde.

Et d'une voix de tonnerre, le marin fit entendre un « Ohé! » prolongé, que les échos répercutèrent avec force.

Les colons prêtèrent l'oreille, et ils crurent entendre à la hauteur de Granite-house une sorte de ricanement dont ils ne purent reconnaître l'origine. Mais aucune voix ne répondit à la voix de Pencroff, qui recommença inutilement son vigoureux appel.

Il y avait là, véritablement, de quoi stupéfier les hommes les plus indifférents du monde, et les colons ne pouvaient être ces indifférents-là. Dans la situation où ils se trouvaient, tout incident avait sa gravité, et certainement, depuis sept mois qu'ils habitaient l'île, aucun ne s'était présenté avec un caractère aussi surprenant.

Quoi qu'il en soit, oubliant leurs fatigues et dominés par la singularité de l'événement, ils étaient au pied de Granite-house, ne sachant que penser, ne sachant que faire, s'interrogeant sans pouvoir se répondre, multipliant des hypothèses toutes plus inadmissibles les unes que les autres. Nab se lamentait, très désappointé de ne pouvoir rentrer dans sa cuisine, d'autant plus que les provisions de voyage étaient épuisées et qu'il n'avait aucun moyen de les renouveler en ce moment.

— Mes amis, dit alors Cyrus Smith, nous n'avons qu'une chose à faire, attendre le jour, et agir alors suivant les circonstances. Mais pour attendre, allons aux Cheminées. Là, nous serons à l'abri, et, si nous ne pouvons souper, du moins, nous pourrons dormir.

— Mais quel est le sans-gêne qui nous a joué ce tour-là ? demanda encore une fois Pencroff, incapable de prendre son parti de l'aventure.

Quel que fût le « sans-gêne », la seule chose à faire était, comme l'avait dit l'ingénieur, de regagner les Cheminées et d'y attendre le jour. Toutefois, ordre fut donné à Top de demeurer sous les fenêtres de Granite-house, et quand Top recevait un ordre, Top l'exécutait sans faire d'observation. Le brave chien resta donc au pied de la muraille, pendant que son maître et ses compagnons se réfugiaient dans les roches.

De dire que les colons, malgré leur lassitude, dormirent bien sur le sable des Cheminées, cela serait altérer la vérité. Non seulement ils ne pouvaient qu'être fort anxieux de reconnaître l'importance de ce nouvel incident, soit qu'il fût le résultat d'un hasard dont les causes naturelles leur apparaîtraient au jour, soit, au contraire, qu'il fût l'œuvre d'un être humain, mais encore ils étaient fort mal couchés. Quoi qu'il en soit, d'une façon ou d'une autre, leur demeure était occupée en ce moment, et ils ne pouvaient la réintégrer.

Or, Granite-house, c'était plus que leur demeure, c'était leur entrepôt. Là était tout le matériel de la colonie, armes, instruments, outils, munitions, réserves de vivres, etc. Que tout cela fût pillé, et les colons auraient à recommencer leur aménagement, à refaire armes et outils. Chose grave! Aussi, cédant à l'inquiétude, l'un ou l'autre sortait-il, à chaque instant, pour voir si Top faisait bonne garde. Seul, Cyrus Smith attendait avec sa patience habituelle, bien que sa raison tenace s'exaspérât de se sentir en face d'un fait absolument inexplicable, et il s'indignait en songeant qu'autour de lui, au-dessus de lui peut-être, s'exerçait une influence à laquelle il ne pouvait donner un nom. Gédéon Spilett partageait absolument son opinion à cet égard, et tous deux s'entretinrent à plusieurs reprises, mais à mi-voix, des circonstances inexplicables qui mettaient en défaut leur perspicacité et leur expérience. Il y avait, à coup sûr, un mystère dans cette île, et comment le pénétrer? Harbert, lui, ne savait qu'imaginer et eût aimé à interroger Cyrus Smith. Quant à Nab, il avait fini par se dire que tout cela ne le regardait pas, que cela regardait son maître, et, s'il n'eût pas craint de désobliger ses compagnons, le brave Nègre aurait dormi cette nuit-là tout aussi consciencieusement que s'il eût reposé sur sa couchette de Granite-house!

Enfin, plus que tous, Pencroff enrageait, et il était, de bonne foi, fort en colère.

— C'est une farce, disait-il, c'est une farce qu'on nous a faite! Eh bien, je n'aime pas les farces, moi, et malheur au farceur, s'il tombe sous ma main!

Dès que les premières lueurs du jour s'élevèrent dans l'est, les colons, convenablement armés, se rendirent sur le rivage, à la lisière des récifs. Granite-house, frappée directement par le soleil levant, ne devait pas tarder à s'éclairer des lumières de l'aube, et en effet, avant cinq heures, les fenêtres, dont les volets étaient clos, apparurent à travers leurs rideaux de feuillage.

De ce côté, tout était en ordre, mais un cri s'échappa de la poitrine des colons, quand ils aperçurent toute grande ouverte la porte, qu'ils avaient fermée cependant avant leur départ.

Quelqu'un s'était introduit dans Granite-house. Il n'y avait plus à en douter.

L'échelle supérieure, ordinairement tendue du palier à la porte, était à sa place ; mais l'échelle inférieure avait été retirée et relevée jusqu'au seuil. Il était plus qu'évident que les intrus avaient voulu se mettre à l'abri de toute surprise.

Quant à reconnaître leur espèce et leur nombre, ce n'était pas possible encore, puisque aucun d'eux ne se montrait.

Pencroff héla de nouveau.

Pas de réponse.

— Les gueux ! s'écria le marin. Voilà-t-il pas qu'ils dorment tranquillement, comme s'ils étaient chez eux ! Ohé ! pirates, bandits, corsaires, fils de John Bull !

Quand Pencroff, en sa qualité d'Américain, avait traité quelqu'un de « fils de John Bull », il s'était élevé jusqu'aux dernières limites de l'insulte.

En ce moment, le jour se fit complètement, et la façade de Granite-house s'illumina sous les rayons du soleil. Mais, à l'intérieur comme à l'extérieur, tout était muet et calme.

Les colons en étaient à se demander si Granite-house était occupée ou non, et, pourtant, la position de l'échelle le démontrait suffisamment, et il était même certain que les occupants, quels qu'ils fussent, n'avaient pu s'enfuir ! Mais comment arriver jusqu'à eux ?

Harbert eut alors l'idée d'attacher une corde à une flèche, et de lancer cette flèche de manière qu'elle vînt passer entre les premiers barreaux de l'échelle qui pendaient au seuil de la porte. On pourrait alors, au moyen de la corde, dérouler l'échelle jusqu'à terre et rétablir la communication entre le sol et Granite-house.

Il n'y avait évidemment pas autre chose à faire, et, avec un peu d'adresse, le moyen devait réussir. Très heureusement, arcs et flèches avaient été déposés dans un couloir des Cheminées, où se trouvaient aussi quelques vingtaines de brasses d'une légère corde d'hibiscus. Pencroff déroula cette corde, dont il fixa le bout à une flèche bien empennée. Puis, Harbert, après avoir placé la flèche sur son arc, visa avec un soin extrême l'extrémité pendante de l'échelle.

Cyrus Smith, Gédéon Spilett, Pencroff et Nab s'étaient retirés en arrière, de façon à observer ce qui se passerait aux fenêtres de Granite-house. Le reporter, la carabine à l'épaule, ajustait la porte.

L'arc se détendit, la flèche siffla, entraînant la corde, et vint passer entre les deux derniers échelons.

L'opération avait réussi.

Aussitôt, Harbert saisit l'extrémité de la corde; mais, au moment où il donnait une secousse pour faire retomber l'échelle, un bras, passant vivement entre le mur et la porte, la saisit et la ramena au-dedans de Granite-house.

— Triple gueux! s'écria le marin. Si une balle peut faire ton bonheur, tu n'attendras pas longtemps!

— Mais qui est-ce donc? demanda Nab.

— Qui? Tu n'as pas reconnu?...

— Non.

— Mais c'est un singe, un macaque, un sapajou, une guenon, un orang, un babouin, un gorille, un sagouin! Notre demeure a été envahie par des singes, qui ont grimpé par l'échelle pendant notre absence!

Et, en ce moment, comme pour donner raison au marin, trois ou quatre quadrumanes se montraient aux fenêtres, dont ils avaient repoussé les volets, et saluaient les véritables propriétaires du lieu de mille contorsions et grimaces.

— Je savais bien que ce n'était qu'une farce! s'écria Pencroff, mais voilà un des farceurs qui paiera pour les autres!

Le marin, épaulant son fusil, ajusta rapidement un des singes, et fit feu. Tous disparurent, sauf l'un d'eux, qui, mortellement frappé, fut précipité sur la grève.

Ce singe, de haute taille, appartenait au premier ordre des quadrumanes, on ne pouvait s'y tromper. Que ce fût un chimpanzé, un orang, un gorille ou un gibbon, il prenait rang parmi ces anthropomorphes, ainsi nommés à cause de leur ressemblance avec les individus de race humaine. D'ailleurs, Harbert déclara que c'était un orang-outang, et l'on sait que le jeune garçon s'y connaissait en zoologie.

— La magnifique bête! s'écria Nab.

— Magnifique, tant que tu voudras! répondit Pencroff, mais je ne vois pas encore comment nous pourrons rentrer chez nous!

— Harbert est bon tireur, dit le reporter, et son arc est là! Qu'il recommence...

— Bon! ces singes-là sont malins! s'écria Pencroff, et ils ne se remettront pas aux fenêtres, et nous ne pourrons pas les tuer, et quand je pense aux dégâts qu'ils peuvent commettre dans les chambres, dans le magasin...

— De la patience, répondit Cyrus Smith. Ces animaux ne peuvent nous tenir longtemps en échec!

— Je n'en serai sûr que quand ils seront à terre, répondit le marin. Et d'abord, savez-vous, monsieur Smith, combien il y en a de douzaines, là-haut, de ces farceurs-là?

Il eût été difficile de répondre à Pencroff, et quant à recommencer la tentative du jeune garçon, c'était peu aisé, car l'extrémité inférieure de l'échelle avait été ramenée en dedans de la porte, et, quand on hala de nouveau sur la corde, la corde cassa et l'échelle ne retomba point.

Le cas était véritablement embarrassant. Pencroff rageait. La situation avait un certain côté comique, qu'il ne trouvait pas drôle du tout, pour sa part. Il était évident que les colons finiraient par réintégrer leur domicile et en chasser les intrus, mais quand et comment ? voilà ce qu'ils n'auraient pu dire.

Deux heures se passèrent, pendant lesquelles les singes évitèrent de se montrer ; mais ils étaient toujours là, et trois ou quatre fois, un museau ou une patte se glissèrent par la porte ou les fenêtres, qui furent salués de coups de fusil.

— Dissimulons-nous, dit alors l'ingénieur. Peut-être les singes nous croiront-ils partis et se laisseront-ils voir de nouveau. Mais que Spilett et Harbert s'embusquent derrière les roches, et feu sur tout ce qui apparaîtra.

Les ordres de l'ingénieur furent exécutés, et, pendant que le reporter et le jeune garçon, les deux plus adroits tireurs de la colonie, se postaient à bonne portée, mais hors de la vue des singes, Nab, Pencroff et Cyrus Smith gravissaient le plateau et gagnaient la forêt pour tuer quelque gibier, car l'heure du déjeuner était venue, et, en fait de vivres, il ne restait plus rien.

Au bout d'une demi-heure, les chasseurs revinrent avec quelques pigeons de roche, que l'on fit rôtir tant bien que mal. Pas un singe n'avait reparu.

Gédéon Spilett et Harbert allèrent prendre leur part du déjeuner, pendant que Top veillait sous les fenêtres. Puis, après avoir mangé, ils retournèrent à leur poste.

Deux heures plus tard, la situation ne s'était encore aucunement modifiée. Les quadrumanes ne donnaient plus aucun signe d'existence, et c'était à croire qu'ils avaient disparu ; mais ce qui paraissait le plus probable, c'est qu'effrayés par la mort de l'un d'eux, épouvantés par les détonations des armes, ils se tenaient cois au fond des chambres de Granite-house, ou même dans le magasin. Et quand on songeait aux richesses que renfermait ce magasin, la patience, tant recommandée par l'ingénieur, finissait par dégénérer en violente irritation, et, franchement, il y avait de quoi.

— Décidément, c'est trop bête, dit enfin le reporter, et il n'y a vraiment pas de raison pour que cela finisse !

— Il faut pourtant faire déguerpir ces chenapans-là ! s'écria Pencroff. Nous en viendrions bien à bout, quand même ils seraient une vingtaine, mais, pour cela, il faut les combattre corps à corps ! Ah çà ! n'y a-t-il donc pas un moyen d'arriver jusqu'à eux ?

— Si, répondit alors l'ingénieur, dont une idée venait de traverser l'esprit.

— Un ? dit Pencroff. Eh bien, c'est le bon, puisqu'il n'y en a pas d'autres ! Et quel est-il ?

— Essayons de redescendre à Granite-house par l'ancien déversoir du lac, répondit l'ingénieur.

— Ah ! mille et mille diables ! s'écria le marin. Et je n'ai pas pensé à cela !

C'était, en effet, le seul moyen de pénétrer dans Granite-house, afin d'y combattre la bande et de l'expulser. L'orifice du déversoir était, il est vrai, fermé par un mur de pierres cimentées, qu'il serait nécessaire de sacrifier, mais on en serait quitte pour le refaire. Heureusement, Cyrus Smith n'avait pas encore effectué son projet de dissimuler cet orifice en le noyant sous les eaux du lac, car alors l'opération eût demandé un certain temps.

Il était déjà plus de midi, quand les colons, bien armés et munis de pics et de pioches, quittèrent les Cheminées, passèrent sous les fenêtres de Granite-house, après avoir ordonné à Top de rester à son poste, et se disposèrent à remonter la rive gauche de la Mercy, afin de gagner le plateau de Grande-Vue.

Mais ils n'avaient pas fait cinquante pas dans cette direction qu'ils entendirent les aboiements furieux du chien. C'était comme un appel désespéré.

Ils s'arrêtèrent.

— Courons! dit Pencroff.

Et tous de redescendre la berge à toutes jambes.

Arrivés au tournant, ils virent que la situation avait changé.

En effet, les singes, pris d'un effroi subit, provoqué par quelque cause inconnue, cherchaient à s'enfuir. Deux ou trois couraient et sautaient d'une fenêtre à l'autre avec une agilité de clowns. Ils ne cherchaient même pas à replacer l'échelle, par laquelle il leur eût été facile de descendre, et, dans leur épouvante, peut-être avaient-ils oublié ce moyen de déguerpir. Bientôt, cinq ou six furent en position d'être tirés, et les colons, les visant à l'aise, firent feu. Les uns, blessés ou tués, retombèrent au-dedans des chambres, en poussant des cris aigus. Les autres, précipités au-dehors, se brisèrent dans leur chute, et, quelques instants après, on pouvait supposer qu'il n'y avait plus un quadrumane vivant dans Granite-house.

— Hurrah! s'écria Pencroff, hurrah! hurrah!

— Pas tant de hurrahs! dit Gédéon Spilett.

— Pourquoi? Ils sont tous tués, répondit le marin.

— D'accord, mais cela ne nous donne pas le moyen de rentrer chez nous.

— Allons au déversoir! répliqua Pencroff.

— Sans doute, dit l'ingénieur. Cependant, il eût été préférable...

En ce moment, et comme une réponse faite à l'observation de Cyrus Smith, on vit l'échelle glisser sur le seuil de la porte, puis se dérouler et retomber jusqu'au sol.

— Ah! mille pipes! Voilà qui est fort! s'écria le marin en regardant Cyrus Smith.

— Trop fort! murmura l'ingénieur, qui s'élança le premier sur l'échelle.

— Prenez garde, monsieur Cyrus! s'écria Pencroff, s'il y a encore quelques-uns de ces sagouins...

— Nous verrons bien, répondit l'ingénieur sans s'arrêter.

Tous ses compagnons le suivirent, et, en une minute, ils étaient arrivés au seuil de la porte.

On chercha partout. Personne dans les chambres ni dans le magasin qui avait été respecté par la bande des quadrumanes.

— Ah, çà, et l'échelle? s'écria le marin. Quel est donc le gentleman qui nous l'a renvoyée?

Mais, en ce moment, un cri se fit entendre, et un grand singe, qui s'était réfugié dans le couloir, se précipita dans la salle, poursuivi par Nab.

— Ah! le bandit! s'écria Pencroff.

Et la hache à la main, il allait fendre la tête de l'animal, lorsque Cyrus Smith l'arrêta et lui dit:

— Épargnez-le, Pencroff.

— Que je fasse grâce à ce moricaud?

— Oui! C'est lui qui nous a jeté l'échelle!

Et l'ingénieur dit cela d'une voix si singulière qu'il eût été difficile de savoir s'il parlait sérieusement ou non.

Néanmoins, on se jeta sur le singe, qui, après s'être défendu vaillamment, fut terrassé et garrotté.

— Ouf! s'écria Pencroff. Et qu'est-ce que nous en ferons maintenant?

— Un domestique! répondit Harbert.

Et en parlant ainsi, le jeune garçon ne plaisantait pas tout à fait, car il savait le parti que l'on peut tirer de cette race intelligente des quadrumanes.

Les colons s'approchèrent alors du singe et le considérèrent attentivement. Il appartenait bien à cette espèce des anthropomorphes dont l'angle facial n'est pas sensiblement inférieur à celui des Australiens et des Hottentots. C'était un orang, et qui, comme tel, n'avait ni la férocité du babouin, ni l'irréflexion du macaque, ni la malpropreté du sagouin, ni les impatiences du magot, ni les mauvais instincts du cynocéphale. C'est à cette famille des anthropomorphes que se rapportent tant de traits qui indiquent chez ces animaux une intelligence quasi humaine. Employés dans les maisons, ils peuvent servir à table, nettoyer les chambres, soigner les habits, cirer les souliers, manier adroitement le couteau, la cuiller et la fourchette, et même boire le vin... tout aussi bien que le meilleur domestique à deux pieds sans plumes. On sait que Buffon posséda un de ces singes, qui le servit longtemps comme un serviteur fidèle et zélé.

Celui qui était alors garrotté dans la salle de Granite-house était un grand diable, haut de six pieds, corps admirablement proportionné, poitrine large, tête de grosseur moyenne, angle facial atteignant soixante-cinq degrés, crâne arrondi, nez saillant, peau recouverte d'un poil poli, doux et luisant, — enfin un type accompli des anthropomorphes. Ses yeux, un peu plus petits que des yeux humains, brillaient d'une intelligente vivacité ; ses dents blanches resplendissaient sous sa moustache, et il portait une petite barbe frisée de couleur noisette.

— Un beau gars ! dit Pencroff. Si seulement on connaissait sa langue, on pourrait lui parler !

— Ainsi, dit Nab, c'est sérieux, mon maître ? Nous allons le prendre comme domestique ?

— Oui, Nab, répondit en souriant l'ingénieur. Mais ne sois pas jaloux !

— Et j'espère qu'il fera un excellent serviteur, ajouta Harbert. Il paraît jeune, son éducation sera facile, et nous ne serons pas obligés, pour le soumettre, d'employer la force ni de lui arracher les canines, comme on fait en pareille circonstance! Il ne peut que s'attacher à des maîtres qui seront bons pour lui.

— Et on le sera, répondit Pencroff, qui avait oublié toute sa rancune contre « les farceurs ».

Puis, s'approchant de l'orang :

— Eh bien, mon garçon, lui demanda-t-il, comment cela va-t-il ?

L'orang répondit par un petit grognement qui ne dénotait pas trop de mauvaise humeur.

— Nous voulons donc faire partie de la colonie? demanda le marin. Nous allons donc entrer au service de monsieur Cyrus Smith ?

Nouveau grognement approbateur du singe.

— Et nous nous contenterons de notre nourriture pour tout gage ?

Troisième grognement affirmatif.

— Sa conversation est un peu monotone, fit observer Gédéon Spilett.

— Bon ! répliqua Pencroff, les meilleurs domestiques sont ceux qui parlent le moins. Et puis, pas de gages ! Entendez-vous, mon garçon ? Pour commencer, nous ne vous donnerons pas de gages, mais nous les doublerons plus tard, si nous sommes contents de vous !

C'est ainsi que la colonie s'accrut d'un nouveau membre, qui devait lui rendre plus d'un service. Quant au nom dont on l'appellerait, le marin demanda qu'en souvenir d'un autre singe qu'il avait connu, il fût appelé Jupiter, et Jup par abréviation.

Et voilà comme, sans plus de façons, maître Jup fut installé à Granite-house.

VII

Les colons de l'île Lincoln avaient donc reconquis
leur domicile, sans avoir été obligés de suivre l'ancien
déversoir, ce qui leur épargna des travaux de maçonne-
rie. Il était heureux, en vérité, qu'au moment où ils se
disposaient à le faire, la bande de singes eût été prise
d'une terreur, non moins subite qu'inexplicable, qui les
avait chassés de Granite-house. Ces animaux avaient-ils
donc pressenti qu'un assaut sérieux allait leur être
donné par une autre voie ? C'était à peu près la seule
façon d'interpréter leur mouvement de retraite.

Pendant les dernières heures de cette journée, les
cadavres des singes furent transportés dans le bois, où
on les enterra ; puis les colons s'employèrent à réparer
le désordre causé par les intrus — désordre et non
dégât, car s'ils avaient bouleversé le mobilier des
chambres, du moins n'avaient-ils rien brisé. Nab ral-
luma ses fourneaux, et les réserves de l'office fournirent
un repas substantiel auquel tous firent largement honneur.

Jup ne fut point oublié, et il mangea avec appétit des
amandes de pignon et des racines de rhizomes, dont il
se vit abondamment approvisionné. Pencroff avait délié

331

ses bras, mais il jugea convenable de lui laisser les entraves aux jambes jusqu'au moment où il pourrait compter sur sa résignation.

Puis, avant de se coucher, Cyrus Smith et ses compagnons, assis autour de la table, discutèrent quelques projets dont l'exécution était urgente.

Les plus importants et les plus pressés étaient l'établissement d'un pont sur la Mercy, afin de mettre la partie sud de l'île en communication avec Granite-house, puis la fondation d'un corral, destiné au logement des mouflons ou autres animaux à laine qu'il convenait de capturer.

On le voit, ces deux projets tendaient à résoudre la question des vêtements, qui était alors la plus sérieuse. En effet, le pont rendrait facile le transport de l'enveloppe du ballon, qui donnerait le linge, et le corral devait fournir la récolte de laine, qui donnerait les vêtements d'hiver.

Quant à ce corral, l'intention de Cyrus Smith était de l'établir aux sources mêmes du Creek-Rouge, là où les ruminants trouveraient des pâturages qui leur procureraient une nourriture fraîche et abondante. Déjà la route entre le plateau de Grande-Vue et les sources était en partie frayée, et avec un chariot mieux conditionné que le premier, les charrois seraient plus faciles, surtout si l'on parvenait à capturer quelque animal de trait.

Mais, s'il n'y avait aucun inconvénient à ce que le corral fût éloigné de Granite-house, il n'en eût pas été de même de la basse-cour, sur laquelle Nab appela l'attention des colons. Il fallait, en effet, que les volatiles fussent à la portée du chef de cuisine, et aucun emplacement ne parut plus favorable à l'établissement de ladite basse-cour que cette portion des rives du lac qui confinait à l'ancien déversoir. Les oiseaux aquatiques y sauraient prospérer aussi bien que les autres, et le couple de tinamous, pris dans la dernière excursion, devait servir à un premier essai de domestication.

Le lendemain — 3 novembre —, les nouveaux travaux furent commencés par la construction du pont, et tous les bras furent requis pour cette importante besogne. Scies, haches, ciseaux, marteaux furent chargés sur les épaules des colons, qui, transformés en charpentiers, descendirent sur la grève.

Là, Pencroff fit une réflexion :

— Et si, pendant notre absence, il allait prendre fantaisie à maître Jup de retirer cette échelle qu'il nous a si galamment renvoyée hier?

— Assujettissons-la par son extrémité inférieure, répondit Cyrus Smith.

Ce qui fut fait au moyen de deux pieux, solidement enfoncés dans le sable. Puis, les colons, remontant la rive gauche de la Mercy, arrivèrent bientôt au coude formé par la rivière.

Là, ils s'arrêtèrent, afin d'examiner si le pont ne devrait pas être jeté en cet endroit. L'endroit parut convenable.

En effet, de ce point au port Ballon, découvert la veille sur la côte méridionale, il n'y avait qu'une distance de trois milles et demi, et, du pont au port, il serait aisé de frayer une route carrossable, qui rendrait les communications faciles entre Granite-house et le sud de l'île.

Cyrus Smith fit alors part à ses compagnons d'un projet à la fois très simple à exécuter et très avantageux, qu'il méditait depuis quelque temps. C'était d'isoler complètement le plateau de Grande-Vue, afin de le mettre à l'abri de toute attaque de quadrupèdes ou de quadrumanes. De cette façon, Granite-house, les Cheminées, la basse-cour et toute la partie supérieure du

plateau, destinée aux ensemencements, seraient protégées contre les déprédations des animaux.

Rien n'était plus facile à exécuter que ce projet, et
voici comment l'ingénieur comptait opérer.

Le plateau se trouvait déjà défendu sur trois côtés par
des cours d'eau, soit artificiels, soit naturels :

Au nord-ouest, par la rive du lac Grant, depuis
l'angle appuyé à l'orifice de l'ancien déversoir jusqu'à la
coupée faite à la rive est du lac pour l'échappement des
eaux.

Au nord, depuis cette coupée jusqu'à la mer, par le
nouveau cours d'eau qui s'était creusé un lit sur le plateau et sur la grève, en amont et en aval de la chute, et il
suffisait, en effet, de creuser le lit de ce creek pour en
rendre le passage impraticable aux animaux.

Sur toute la lisière de l'est, par la mer elle-même,
depuis l'embouchure du susdit creek jusqu'à l'embouchure de la Mercy.

Au sud, enfin, depuis cette embouchure jusqu'au
coude de la Mercy où devait être établi le pont.

Restait donc la partie ouest du plateau, comprise
entre le coude de la rivière et l'angle sud du lac, sur une
distance inférieure à un mille, qui était ouverte à tout
venant. Mais rien n'était plus facile que de creuser un
fossé, large et profond, qui serait rempli par les eaux du
lac, et dont le trop-plein irait se jeter par une seconde
chute dans le lit de la Mercy. Le niveau du lac s'abaisse-
rait un peu, sans doute, par suite de ce nouvel épanchement de ses eaux, mais Cyrus Smith avait reconnu que
le débit du Creek-Rouge était assez considérable pour
permettre l'exécution de son projet.

— Ainsi donc, ajouta l'ingénieur, le plateau de
Grande-Vue sera une île véritable, étant entouré d'eau
de toutes parts, et il ne communiquera avec le reste de
notre domaine que par le pont que nous allons jeter sur

la Mercy, les deux ponceaux déjà établis en amont et en aval de la chute, et enfin deux autres ponceaux à construire, l'un sur le fossé que je vous propose de creuser, et l'autre sur la rive gauche de la Mercy. Or, si ces pont et ponceaux peuvent être levés à volonté, le plateau de Grande-Vue sera à l'abri de toute surprise.

Cyrus Smith, afin de se faire mieux comprendre de ses compagnons, avait dessiné une carte du plateau, et son projet fut immédiatement saisi dans tout son ensemble. Aussi un avis unanime l'approuva-t-il, et Pencroff, brandissant sa hache de charpentier, de s'écrier :

— Au pont, d'abord !

C'était le travail le plus urgent. Des arbres furent choisis, abattus, ébranchés, débités en poutrelles, en madriers et en planches. Ce pont, fixe dans la partie qui s'appuyait à la rive droite de la Mercy, devait être mobile dans la partie qui se relierait à la rive gauche, de manière à pouvoir se relever au moyen de contrepoids, comme certains ponts d'écluse.

On le comprend, ce fut un travail considérable, et s'il fut habilement conduit, du moins demanda-t-il un certain temps, car la Mercy était large de quatre-vingts pieds environ. Il fallut donc enfoncer des pieux dans le lit de la rivière, afin de soutenir le tablier fixe du pont, et établir une sonnette pour agir sur les têtes de pieux, qui devaient former ainsi deux arches et permettre au pont de supporter de lourds fardeaux.

Très heureusement ne manquaient ni les outils pour travailler le bois, ni les ferrures pour le consolider, ni l'ingéniosité d'un homme qui s'entendait merveilleusement à ces travaux, ni enfin le zèle de ses compagnons, qui, depuis sept mois, avaient nécessairement acquis une grande habileté de main. Et il faut le dire, Gédéon

Spilett n'était pas le plus maladroit et luttait d'adresse avec le marin lui-même, « qui n'aurait jamais tant attendu d'un simple journaliste ! »

La construction du pont de la Mercy dura trois semaines, qui furent très sérieusement occupées. On déjeunait sur le lieu même des travaux, et, le temps étant magnifique alors, on ne rentrait que pour souper à Granite-house.

Pendant cette période, on put constater que maître Jup s'acclimatait aisément et se familiarisait avec ses nouveaux maîtres, qu'il regardait toujours d'un œil extrêmement curieux. Cependant, par mesure de pré-caution, Pencroff ne lui laissait pas encore liberté complète de ses mouvements, voulant attendre, avec raison, que les limites du plateau eussent été rendues infranchissables par suite des travaux projetés. Top et Jup étaient au mieux et jouaient volontiers ensemble, mais Jup faisait tout gravement.

Le 20 novembre, le pont fut terminé. Sa partie mobile, équilibrée par des contrepoids, basculait aisé-ment, et il ne fallait qu'un léger effort pour la relever ; entre sa charnière et la dernière traverse sur laquelle elle venait s'appuyer, quand on la refermait, il existait un intervalle de vingt pieds, qui était suffisamment large pour que les animaux ne pussent le franchir.

Il fut alors question d'aller chercher l'enveloppe de l'aérostat, que les colons avaient hâte de mettre en complète sûreté ; mais pour la transporter, il y avait nécessité de conduire un chariot jusqu'au port Ballon, et, par conséquent, nécessité de frayer une route à tra-vers les épais massifs du Far-West. Cela exigeait un certain temps. Aussi Nab et Pencroff poussèrent-ils d'abord une reconnaissance jusqu'au port, et comme ils constatèrent que le « stock de toile » ne souffrait aucunement dans la grotte où il avait été emmagasiné, il fut décidé que les travaux relatifs au plateau de Grande-Vue seraient poursuivis sans discontinuer.

— Cela, fit observer Pencroff, nous permettra d'établir notre basse-cour dans des conditions meilleures, puisque nous n'aurons à craindre ni la visite des renards ni l'agression d'autres bêtes nuisibles.

— Sans compter, ajouta Nab, que nous pourrons défricher le plateau, y transplanter les plantes sauvages...

— Et préparer notre second champ de blé! s'écria le marin d'un air triomphant.

C'est qu'en effet le premier champ de blé, ensemencé uniquement d'un seul grain, avait admirablement prospéré, grâce aux soins de Pencroff. Il avait produit les dix épis annoncés par l'ingénieur, et, chaque épi portant quatre-vingts grains, la colonie se trouvait à la tête de huit cents grains — en six mois —, ce qui promettait une double récolte chaque année.

Ces huit cents grains, moins une cinquantaine, qui furent réservés par prudence, devaient donc être semés dans un nouveau champ, et avec non moins de soin que le grain unique.

Le champ fut préparé, puis entouré d'une forte palissade, haute et aiguë, que les quadrupèdes eussent très difficilement franchie. Quant aux oiseaux, des tourniquets criards et des mannequins effrayants, dus à l'imagination fantasque de Pencroff, suffirent à les écarter. Les sept cent cinquante grains furent alors déposés dans de petits sillons bien réguliers, et la nature dut faire le reste.

Le 21 novembre, Cyrus Smith commença à dessiner le fossé qui devait fermer le plateau à l'ouest, depuis l'angle sud du lac Grant jusqu'au coude de la Mercy. Il y avait là deux à trois pieds de terre végétale, et, au-dessous, le granit. Il fallut donc fabriquer à nouveau de la nitroglycérine, et la nitroglycérine fit son effet accoutumé. En moins de quinze jours, un fossé large de douze pieds, profond de six, fut creusé dans le dur sol du plateau. Une nouvelle saignée fut, par le même moyen, pratiquée à la lisière rocheuse du lac, et les eaux se précipitèrent dans ce nouveau lit, en formant un petit cours d'eau auquel on donna le nom de « Creek-Glycérine » et qui devint un affluent de la Mercy. Ainsi que l'avait annoncé l'ingénieur, le niveau du lac baissa, mais d'une façon presque insensible. Enfin, pour compléter la clôture, le lit du ruisseau de la grève fut considérablement élargi, et on maintint les sables au moyen d'une double palissade.

Avec la première quinzaine de décembre, ces travaux furent définitivement achevés, et le plateau de Grande-Vue, c'est-à-dire une sorte de pentagone irrégulier ayant un périmètre de quatre milles environ, entouré d'une ceinture liquide, fut absolument à l'abri de toute agression.

Pendant ce mois de décembre, la chaleur fut très forte. Cependant les colons ne voulurent point suspendre l'exécution de leurs projets, et, comme il devenait urgent d'organiser la basse-cour, on procéda à son organisation.

Inutile de dire que, depuis la fermeture complète du plateau, maître Jup avait été mis en liberté. Il ne quittait plus ses maîtres et ne manifestait aucune envie de s'échapper. C'était un animal doux, très vigoureux pourtant, et d'une agilité surprenante. Ah! quand il s'agissait d'escalader l'échelle de Granite-house, nul n'eût pu rivaliser avec lui. On l'employait déjà à quelques travaux : il traînait des charges de bois et charriait les pierres qui avaient été extraites du lit du Creek-Glycérine.

— Ce n'est pas encore un maçon, mais c'est déjà un

singe ! disait plaisamment Harbert, en faisant allusion à ce surnom de « singe » que les maçons donnent à leurs apprentis. Et si jamais nom fut justifié, c'était bien celui-là !

La basse-cour occupa une aire de deux cents yards carrés, qui fut choisie sur la rive sud-est du lac. On l'entoura d'une palissade, et on construisit différents abris pour les animaux qui devaient la peupler. C'étaient des cahutes de branchages, divisées en compartiments, qui n'attendirent bientôt plus que leurs hôtes.

Les premiers furent le couple de tinamous, qui ne tardèrent pas à donner de nombreux petits. Ils eurent pour compagnons une demi-douzaine de canards, habitués des bords du lac. Quelques-uns appartenaient à cette espèce chinoise, dont les ailes s'ouvrent en éventail, et qui, par l'éclat et la vivacité de leur plumage, rivalisent avec les faisans dorés. Quelques jours après, Harbert s'empara d'un couple de gallinacés à queue arrondie et faite de longues pennes, de magnifiques « alectors », qui ne tardèrent pas à s'apprivoiser. Quant aux pélicans, aux martins-pêcheurs, aux poules d'eau, ils vinrent d'eux-mêmes au rivage de la basse-cour, et tout ce petit monde, après quelques disputes, roucoulant, piaillant, gloussant, finit par s'entendre, et s'accrut dans une proportion rassurante pour l'alimentation future de la colonie.

Cyrus Smith, voulant aussi compléter son œuvre, établit un pigeonnier dans un angle de la basse-cour. On y logea une douzaine de ces pigeons qui fréquentaient les hauts rocs du plateau. Ces oiseaux s'habituèrent aisément à rentrer chaque soir à leur nouvelle demeure, et montrèrent plus de propension à se domestiquer que les ramiers leurs congénères, qui, d'ailleurs, ne se reproduisent qu'à l'état sauvage.

Enfin, le moment était venu d'utiliser, pour la confection du linge, l'enveloppe de l'aérostat, car, quant à la garder sous cette forme et à se risquer dans un ballon à air chaud pour quitter l'île, au-dessus d'une mer pour ainsi dire sans limites, ce n'eût été admissible que pour des gens qui auraient manqué de tout, et Cyrus Smith, esprit pratique, n'y pouvait songer.

Il s'agissait donc de rapporter l'enveloppe à Granite-house, et les colons s'occupèrent de rendre leur lourd chariot plus maniable et plus léger. Mais si le véhicule ne manquait pas, le moteur était encore à trouver ! N'existait-il donc pas dans l'île quelque ruminant d'espèce indigène qui pût remplacer cheval, âne, bœuf ou vache ? C'était la question.

— En vérité, disait Pencroff, une bête de trait nous serait fort utile, en attendant que monsieur Cyrus voulût bien construire un chariot à vapeur, ou même une locomotive, car certainement, un jour, nous aurons un chemin de fer de Granite-house au port Ballon, avec embranchement sur le mont Franklin !

Et l'honnête marin, en parlant ainsi, croyait ce qu'il disait ! Oh ! imagination, quand la foi s'en mêle !

Mais, pour ne rien exagérer, un simple quadrupède attelable eût bien fait l'affaire de Pencroff, et comme la Providence avait un faible pour lui, elle ne le fit pas languir.

Un jour, le 23 décembre, on entendit à la fois Nab crier et Top aboyer à qui mieux mieux. Les colons, occupés aux Cheminées, accoururent aussitôt, craignant quelque fâcheux incident.

Que virent-ils ? Deux beaux animaux de grande taille, qui s'étaient imprudemment aventurés sur le plateau, dont les ponceaux n'avaient pas été fermés. On eût dit deux chevaux, ou tout au moins deux ânes, mâle et femelle, formes fines, pelage isabelle, jambes et queue blanches, zébrés de raies noires sur la tête, le cou et le tronc. Ils s'avançaient tranquillement, sans marquer aucune inquiétude, et ils regardaient d'un œil vif ces hommes, dans lesquels ils ne pouvaient encore reconnaître des maîtres.

— Ce sont des onaggas! s'écria Harbert, des quadrupèdes qui tiennent le milieu entre le zèbre et le couagga!

— Pourquoi pas des ânes? demanda Nab.

— Parce qu'ils n'ont point les oreilles longues et que leurs formes sont plus gracieuses!

— Anes ou chevaux, riposta Pencroff, ce sont des «moteurs», comme dirait monsieur Smith, et, comme tels, bons à capturer!

Le marin, sans effrayer les deux animaux, se glissant entre les herbes jusqu'au ponceau du Creek-Glycérine, le fit basculer, et les onaggas furent prisonniers.

Maintenant, s'emparerait-on d'eux par la violence et les soumettrait-on à une domestication forcée? Non. Il fut décidé que, pendant quelques jours, on les laisserait aller et venir librement sur le plateau, où l'herbe était abondante, et immédiatement l'ingénieur fit construire près de la basse-cour une écurie, dans laquelle les onaggas devaient trouver, avec une bonne litière, un refuge pendant la nuit.

Ainsi donc, ce couple magnifique fut laissé entièrement libre de ses mouvements, et les colons évitèrent même de l'effrayer en s'approchant. Plusieurs fois, cependant, les onaggas parurent éprouver le besoin de quitter ce plateau, trop restreint pour eux, habitués aux larges espaces et aux forêts profondes. On les voyait, alors, suivre la ceinture d'eau qui leur opposait une infranchissable barrière, jeter quelques braiments aigus, puis galoper à travers les herbes, et, le calme revenu, ils restaient des heures entières à considérer ces grands bois qui leur étaient fermés sans retour!

Cependant, des harnais et des traits en fibres végétales avaient été confectionnés, et quelques jours après la capture des onaggas, non seulement le chariot était prêt à être attelé, mais une route droite, ou plutôt une coupée avait été faite à travers la forêt du Far-West, depuis le coude de la Mercy jusqu'au port Ballon. On pouvait donc y conduire le chariot, et ce fut vers la fin de décembre qu'on essaya pour la première fois les onaggas.

Pencroff avait déjà assez amadoué ces animaux pour qu'ils vinssent lui manger dans la main, et ils se laissaient approcher sans difficulté, mais, une fois attelés, ils se cabrèrent, et on eut grand-peine à les contenir. Cependant ils ne devaient pas tarder à se plier à ce nouveau service, car l'onagga, moins rebelle que le zèbre, s'attelle fréquemment dans les parties montagneuses de l'Afrique australe, et on a même pu l'acclimater en Europe sous des zones relativement froides.

Ce jour-là, toute la colonie, sauf Pencroff, qui marchait à la tête de ses bêtes, monta dans le chariot et prit la route du port Ballon. Si l'on fut cahoté sur cette route à peine ébauchée, cela va sans dire ; mais le véhicule arriva sans encombre, et, le jour même, on put y charger l'enveloppe et les divers agrès de l'aérostat.

A huit heures du soir, le chariot, après avoir repassé le pont de la Mercy, redescendait la rive gauche de la rivière et s'arrêtait sur la grève. Les onaggas étaient dételés, puis ramenés à leur écurie, et Pencroff, avant de s'endormir, poussait un soupir de satisfaction qui fit bruyamment retentir les échos de Granite-house.

VIII

La première semaine de janvier fut consacrée à la confection du linge nécessaire à la colonie. Les aiguilles trouvées dans la caisse fonctionnèrent entre des doigts vigoureux, sinon délicats, et on peut affirmer que ce qui fut cousu le fut solidement.

Le fil ne manqua pas, grâce à l'idée qu'eut Cyrus Smith de réemployer celui qui avait déjà servi à la couture des bandes de l'aérostat. Ces longues bandes furent décousues avec une patience admirable par Gédéon Spilett et Harbert, car Pencroff avait dû renoncer à ce travail, qui l'agaçait outre mesure ; mais quand il se fut agi de coudre, il n'eut pas son égal. Personne n'ignore, en effet, que les marins ont une aptitude remarquable pour le métier de couturière.

Les toiles qui composaient l'enveloppe de l'aérostat furent ensuite dégraissées au moyen de soude et de potasse obtenues par incinération de plantes, de telle sorte que le coton, débarrassé du vernis, reprit sa souplesse et son élasticité naturelles ; puis, soumis à l'action décolorante de l'atmosphère, il acquit une blancheur parfaite.

343

Quelques douzaines de chemises et de chaussettes — celles-ci non tricotées, bien entendu, mais faites de toiles cousues — furent ainsi préparées. Quelle jouissance ce fut pour les colons de revêtir enfin du linge blanc — linge très rude sans doute, mais ils n'en étaient pas à s'inquiéter de si peu — et de se coucher entre des draps, qui firent des couchettes de Granite-house des lits tout à fait sérieux.

Ce fut aussi vers cette époque que l'on confectionna des chaussures en cuir de phoque, qui vinrent remplacer à propos les souliers et les bottes apportés d'Amérique. On peut affirmer que ces nouvelles chaussures furent larges et longues et ne gênèrent jamais le pied des marcheurs !

Avec le début de l'année 1866, les chaleurs furent persistantes, mais la chasse sous bois ne chôma point. Agoutis, pécaris, cabiais, kangourous, gibiers de poil et de plume fourmillaient véritablement, et Gédéon Spilett et Harbert étaient trop bons tireurs pour perdre désormais un seul coup de fusil.

Cyrus Smith leur recommandait toujours de ménager les munitions, et il prit des mesures pour remplacer la poudre et le plomb qui avaient été trouvés dans la caisse, et qu'il voulait réserver pour l'avenir. Savait-il, en effet, où le hasard pourrait jeter un jour lui et les siens, dans le cas où ils quitteraient leur domaine ? Il fallait donc parer à toutes les nécessités de l'inconnu, et ménager les munitions, en leur substituant d'autres substances aisément renouvelables.

Pour remplacer le plomb, dont Cyrus Smith n'avait rencontré aucune trace dans l'île, il employa sans trop de désavantage de la grenaille de fer, qui était facile à fabriquer. Ces grains n'ayant pas la pesanteur des grains de plomb, il dut les faire plus gros, et chaque charge en contint moins, mais l'adresse des chasseurs suppléa à ce défaut. Quant à la poudre, Cyrus Smith aurait pu en faire, car il avait à sa disposition du salpêtre, du soufre et du charbon; mais cette préparation demande des soins extrêmes, et, sans un outillage spécial, il est difficile de la produire en bonne qualité.

Cyrus Smith préféra donc fabriquer du pyroxyle, c'est-à-dire du fulmicoton, substance dans laquelle le coton n'est pas indispensable, car il n'y entre que comme cellulose. Or, la cellulose n'est autre chose que le tissu élémentaire des végétaux, et elle se trouve à peu près à l'état de pureté, non seulement dans le coton, mais dans les fibres textiles du chanvre et du lin, dans le papier, le vieux linge, la moelle de sureau, etc. Or, précisément, les sureaux abondaient dans l'île, vers l'embouchure du Creek-Rouge, et les colons employaient déjà en guise de café les baies de ces arbrisseaux, qui appartiennent à la famille des caprifoliacées.

Ainsi donc, cette moelle de sureau, c'est-à-dire la cellulose, il suffisait de la récolter, et, quant à l'autre substance nécessaire à la fabrication du pyroxyle, ce n'était que de l'acide azotique fumant. Or, Cyrus Smith, ayant de l'acide sulfurique à sa disposition, avait déjà pu facilement produire de l'acide azotique, en attaquant le salpêtre que lui fournissait la nature.

Il résolut donc de fabriquer et d'employer du pyroxyle, tout en lui reconnaissant d'assez graves inconvénients, c'est-à-dire une grande inégalité d'effet, une excessive inflammabilité, puisqu'il s'enflamme à 170° au lieu de 240, et enfin une déflagration trop instantanée qui peut dégrader les armes à feu. En revanche, les avantages du pyroxyle consistaient en ceci, qu'il ne s'altérait pas par l'humidité, qu'il n'encrassait pas le canon des fusils, et que sa force propulsive était quadruple de celle de la poudre ordinaire.

Pour faire le pyroxyle, il suffit de plonger pendant un quart d'heure de la cellulose dans de l'acide azotique fumant, puis de laver à grande eau et de faire sécher. On le voit, rien n'est plus simple.

Cyrus Smith n'avait à sa disposition que de l'acide azotique ordinaire, et non de l'acide azotique fumant ou monohydraté, c'est-à-dire de l'acide qui émet des vapeurs blanchâtres au contact de l'air humide ; mais en substituant à ce dernier de l'acide azotique ordinaire, mélangé dans la proportion de trois volumes à cinq volumes d'acide sulfurique concentré, l'ingénieur devait obtenir le même résultat, et il l'obtint. Les chasseurs de l'île eurent donc bientôt à leur disposition une substance parfaitement préparée, et qui, employée avec discrétion, donna d'excellents résultats.

Vers cette époque, les colons défrichèrent trois acres[1] du plateau de Grande-Vue, et le reste fut conservé à l'état de prairies pour l'entretien des onaggas. Plusieurs excursions furent faites dans les forêts du Jacamar et du Far-West, et l'on rapporta une véritable récolte de végétaux sauvages, épinards, cresson, raifort, raves, qu'une culture intelligente devait bientôt modifier, et qui allaient tempérer le régime d'alimentation azotée auquel avaient été jusque-là soumis les colons de l'île Lincoln. On véhicula également de notables quantités de bois et de charbon. Chaque excursion était, en même temps, un moyen d'améliorer les routes, dont la chaussée se tassait peu à peu sous les roues du chariot.

La garenne fournissait toujours son contingent de lapins aux offices de Granite-house. Comme elle était située un peu au-dehors du point où s'annonçait le Creek-Glycérine, ses hôtes ne pouvaient pénétrer sur le plateau réservé, ni ravager, par conséquent, les plantations nouvellement faites. Quant à l'huîtrière, disposée au milieu des rocs de la plage et dont les produits étaient fréquemment renouvelés, elle donnait quoti-

1. L'acre vaut 0,4046 hectare.

diennement d'excellents mollusques. En outre, la pêche, soit dans les eaux du lac, soit dans le courant de la Mercy, ne tarda pas à être fructueuse, car Pencroff avait installé des lignes de fond, armées d'hameçons de fer, auxquels se prenaient fréquemment de belles truites et certains poissons, extrêmement savoureux, dont les flancs argentés étaient semés de petites tâches jaunâtres. Aussi maître Nab, chargé des soins culinaires, pouvait-il varier agréablement le menu de chaque repas. Seul, le pain manquait encore à la table des colons, et, on l'a dit, c'était une privation à laquelle ils étaient vraiment sensibles.

On fit aussi, vers cette époque, la chasse aux tortues marines, qui fréquentaient les plages du cap Mandibule. En cet endroit, la grève était hérissée de petites boursouflures, renfermant des œufs parfaitement sphériques, à coque blanche et dure, et dont l'albumine a la propriété de ne point se coaguler comme celle des œufs d'oiseaux. C'était le soleil qui se chargeait de les faire éclore, et leur nombre était naturellement très considérable, puisque chaque tortue peut en pondre annuellement jusqu'à deux cent cinquante.

— Un véritable champ d'œufs, fit observer Gédéon Spilett, et il n'y a qu'à les récolter.

Mais on ne se contenta pas des produits, on fit aussi la chasse aux producteurs, chasse qui permit de rapporter à Granite-house une douzaine de ces chéloniens, véritablement très estimables au point de vue alimentaire. Le bouillon de tortue, relevé d'herbes aromatiques et agrémenté de quelques crucifères, attira souvent des éloges mérités à maître Nab, son préparateur.

Il faut encore citer ici une circonstance heureuse, qui permit de faire de nouvelles réserves pour l'hiver. Des saumons vinrent par bandes s'aventurer dans la Mercy et en remontèrent le cours pendant plusieurs milles. C'était l'époque à laquelle les femelles, allant rechercher des endroits convenables pour frayer, précédaient les mâles et faisaient grand bruit à travers les eaux douces. Un millier de ces poissons, qui mesuraient jusqu'à deux pieds et demi de longueur, s'engouffra ainsi dans la rivière, et il suffit d'établir quelques barrages pour en retenir une grande quantité. On en prit ainsi plusieurs centaines, qui furent salés et mis en réserve pour le temps où l'hiver, glaçant les cours d'eau, rendrait toute pêche impraticable.

Ce fut à cette époque que le très intelligent Jup fut élevé aux fonctions de valet de chambre. Il avait été vêtu d'une jaquette, d'une culotte courte en toile blanche et d'un tablier dont les poches faisaient son bonheur, car il y fourrait ses mains et ne souffrait pas qu'on vînt y fouiller. L'adroit orang avait été merveilleusement stylé par Nab, et on eût dit que le Nègre et le singe se comprenaient quand ils causaient ensemble. Jup avait, d'ailleurs, pour Nab une sympathie réelle, et Nab la lui rendait. A moins qu'on n'eût besoin de ses services, soit pour charrier du bois, soit pour grimper à la cime de quelque arbre, Jup passait la plus grande partie de son temps à la cuisine et cherchait à imiter Nab en tout ce qu'il lui voyait faire. Le maître montrait, d'ailleurs, une patience et même un zèle extrême à instruire son élève, et l'élève déployait une intelligence remarquable à profiter des leçons que lui donnait son maître.

Qu'on juge donc de la satisfaction que procura un jour maître Jup aux convives de Granite-house, quand, la serviette sur le bras, il vint, sans qu'ils en eussent été prévenus, les servir à table. Adroit, attentif, il s'acquitta de son service avec une adresse parfaite, changeant les assiettes, apportant les plats, versant à boire, le tout avec un sérieux qui amusa au dernier point les colons et dont s'enthousiasma Pencroff.

— Jup, du potage !

— Jup, un peu d'agouti !

— Jup, une assiette !

— Jup ! Brave Jup ! Honnête Jup !

On n'entendait que cela, et Jup, sans se déconcerter jamais, répondait à tout, veillait à tout, et il hocha sa tête intelligente, quand Pencroff, refaisant sa plaisanterie du premier jour, lui dit :

— Décidément, Jup, il faudra vous doubler vos gages !

Inutile de dire que l'orang était alors absolument acclimaté à Granite-house, et qu'il accompagnait souvent ses maîtres dans la forêt, sans jamais manifester aucune envie de s'enfuir. Il fallait le voir, alors, marcher de la façon la plus amusante, avec une canne que Pencroff lui avait faite et qu'il portait sur son épaule comme un fusil ! Si l'on avait besoin de cueillir quelque fruit à la cime d'un arbre, qu'il était vite en haut ! Si la roue du chariot venait à s'embourber, avec quelle vigueur Jup, d'un seul coup d'épaule, la remettait en bon chemin !

— Quel gaillard ! s'écriait souvent Pencroff. S'il était aussi méchant qu'il est bon, il n'y aurait pas moyen d'en venir à bout !

Ce fut vers la fin de janvier que les colons entreprirent de grands travaux dans la partie centrale de l'île. Il avait été décidé que, vers les sources du Creek-Rouge, au pied du mont Franklin, serait fondé un corral, destiné à contenir les ruminants, dont la présence eût été gênante à Granite-house, et plus particulièrement ces mouflons, qui devaient fournir la laine destinée à la confection des vêtements d'hiver.

Chaque matin, la colonie, quelquefois tout entière, le plus souvent représentée seulement par Cyrus Smith,

Harbert et Pencroff, se rendait aux sources du creek, et, les onaggas aidant, ce n'était plus qu'une promenade de cinq milles, sous un dôme de verdure, par cette route nouvellement tracée, qui prit le nom de « route du Corral ».

Là, un vaste emplacement avait été choisi, au revers même de la croupe méridionale de la montagne. C'était une prairie, plantée de bouquets d'arbres, située au pied même d'un contrefort qui la fermait sur un côté. Un petit rio, né sur ses pentes, après l'avoir arrosée diagonalement, allait se perdre dans le Creek-Rouge. L'herbe était fraîche, et les arbres qui croissaient çà et là permettaient à l'air de circuler librement à sa surface. Il suffisait donc d'entourer ladite prairie d'une palissade disposée circulairement, qui viendrait s'appuyer à chaque extrémité sur le contrefort, et assez élevée pour que des animaux, même les plus agiles, ne pussent la franchir. Cette enceinte pourrait contenir, en même temps qu'une centaine d'animaux à corne, mouflons ou chèvres sauvages, les petits qui viendraient à naître par la suite.

Le périmètre du corral fut donc tracé par l'ingénieur, et on dut procéder à l'abattage des arbres nécessaires à la construction de la palissade ; mais, comme le percement de la route avait déjà nécessité le sacrifice d'un certain nombre de troncs, on les charria, et ils fournirent une centaine de pieux, qui furent solidement implantés dans le sol.

A la partie antérieure de la palissade, une entrée assez large fut ménagée et fermée par une porte à deux battants faits de forts madriers, que devaient consolider des barres extérieures.

La construction de ce corral ne demanda pas moins de trois semaines, car, outre les travaux de palissade, Cyrus Smith éleva de vastes hangars en planches, sous lesquels les ruminants pourraient se réfugier. D'ailleurs, il avait été nécessaire d'établir ces constructions avec une extrême solidité, car les mouflons sont de robustes animaux, et leurs premières violences étaient à craindre. Les pieux, pointus à leur extrémité supérieure, qui fut durcie au feu, avaient été rendus solidaires au moyen de traverses boulonnées, et, de distance en distance, des étais assuraient la solidité de l'ensemble.

Le corral terminé, il s'agissait d'opérer une grande battue au pied du mont Franklin, au milieu des pâturages fréquentés par les ruminants. Cette opération se fit le 7 février, par une belle journée d'été, et tout le monde y prit part. Les deux onaggas, assez bien dressés déjà et montés par Gédéon Spilett et Harbert, rendirent de grands services dans cette circonstance.

La manœuvre consistait uniquement à rabattre les mouflons et les chèvres, en resserrant peu à peu le cercle de battue autour d'eux. Aussi Cyrus Smith, Pencroff, Nab, Jup se postèrent-ils en divers points du bois, tandis que les deux cavaliers et Top galopaient dans un rayon d'un demi-mille autour du corral.

Les mouflons étaient nombreux dans cette portion de l'île. Ces beaux animaux, grands comme des daims, les cornes plus fortes que celles du bélier, la toison grisâtre et mêlée de longs poils, ressemblaient à des argalis.

Elle fut fatigante, cette journée de chasse! Que d'allées et venues, que de courses et contre-courses, que de cris proférés! Sur une centaine de mouflons qui furent rabattus, plus des deux tiers échappèrent aux rabatteurs; mais, en fin de compte, une trentaine de ces ruminants et une dizaine de chèvres sauvages, peu à peu repoussés vers le corral, dont la porte ouverte semblait leur offrir une issue, s'y jetèrent et purent être emprisonnés.

En somme, le résultat fut satisfaisant, et les colons n'eurent pas à se plaindre. La plupart de ces mouflons étaient des femelles, dont quelques-unes ne devaient pas tarder à mettre bas. Il était donc certain que le troupeau prospérerait, et que non seulement la laine, mais aussi les peaux abonderaient dans un temps peu éloigné.

Ce soir-là, les chasseurs revinrent exténués à Granite-house. Cependant, le lendemain, ils n'en retournèrent pas moins visiter le corral. Les prisonniers avaient bien essayé de renverser la palissade, mais ils n'y avaient point réussi, et ils ne tardèrent pas à se tenir plus tranquilles.

Pendant ce mois de février, il ne se passa aucun événement de quelque importance. Les travaux quotidiens se poursuivirent avec méthode, et, en même temps qu'on améliorait les routes du corral et du port Ballon, une troisième fut commencée, qui, partant de l'enclos, se dirigea vers la côte occidentale. La portion encore inconnue de l'île Lincoln était toujours celle de ces grands bois qui couvraient la presqu'île Serpentine, où se réfugiaient les fauves, dont Gédéon Spilett comptait bien purger son domaine.

Avant que la froide saison reparût, les soins les plus assidus furent donnés également à la culture des plantes sauvages qui avaient été transplantées de la forêt sur le plateau de Grande-Vue. Harbert ne revenait guère d'une excursion sans rapporter quelques végétaux utiles. Un jour, c'étaient des échantillons de la tribu des chicoracées, dont la graine même pouvait fournir par la pression une huile excellente ; un autre, c'était une oseille commune, dont les propriétés antiscorbutiques n'étaient point à dédaigner ; puis, quelques-uns de ces précieux tubercules qui ont été cultivés de tout temps dans l'Amérique méridionale, ces pommes de terre, dont on compte aujourd'hui plus de deux cents espèces. Le potager, maintenant bien entretenu, bien arrosé, bien défendu contre les oiseaux, était divisé en petits carrés, où poussaient laitues, vitelottes, oseille, raves, raifort et autres crucifères. La terre, sur ce plateau, était prodigieusement féconde, et l'on pouvait espérer que les récoltes y seraient abondantes.

Les boissons variées ne manquaient pas non plus, et, à la condition de ne pas exiger de vin, les plus difficiles ne devaient pas se plaindre. Au thé d'Oswego fourni par les monardes didymes, et à la liqueur fermentée extraite des racines du dragonnier, Cyrus Smith avait ajouté une véritable bière; il la fabriqua avec les jeunes pousses de l'« abies nigra », qui, après avoir bouilli et fermenté, donnèrent cette boisson agréable et particulièrement hygiénique que les Anglo-Américains nomment « spring-berr », c'est-à-dire bière de sapin.

Vers la fin de l'été, la basse-cour possédait un beau couple d'outardes, qui appartenaient à l'espèce « houbara », caractérisée par un sorte de mantelet de plumes, une douzaine de souchets, dont la mandibule supérieure était prolongée de chaque côté par un appendice membraneux, et de magnifiques coqs, noirs de crête, de caroncule et d'épiderme, semblables aux coqs de Mozambique, qui se pavanaient sur la rive du lac.

Ainsi donc, tout réussissait, grâce à l'activité de ces hommes courageux et intelligents. La Providence faisait beaucoup pour eux, sans doute; mais fidèles au grand précepte, ils s'aidaient d'abord, et le Ciel leur venait ensuite en aide.

Après ces chaudes journées d'été, le soir, quand les travaux étaient terminés, au moment où se levait la brise de mer, ils aimaient à s'asseoir sur la lisière du plateau de Grande-Vue, sous une sorte de véranda couverte de plantes grimpantes, que Nab avait élevée de ses propres mains. Là, ils causaient, ils s'instruisaient les uns les autres, ils faisaient des plans, et la grosse bonne humeur du marin réjouissait incessamment ce petit monde, dans lequel la plus parfaite harmonie n'avait jamais cessé de régner.

On parlait aussi du pays, de la chère et grande Amérique. Où en était cette guerre de Sécession ? Elle n'avait évidemment pu se prolonger ! Richmond était promptement tombée, sans doute aux mains du général Grant ! La prise de la capitale des confédérés avait dû être le dernier acte de cette funeste lutte ! Maintenant, le Nord avait triomphé pour la bonne cause. Ah ! qu'un journal eût été le bienvenu pour les exilés de l'île Lincoln ! Voilà onze mois que toute communication entre eux et le reste des humains avait été interrompue, et, avant peu, le 24 mars, arrivait l'anniversaire de ce jour où le ballon les jeta sur cette côte inconnue ! Ils n'étaient alors que des naufragés, ne sachant pas même s'ils pourraient disputer aux éléments leur misérable vie ! Et maintenant, grâce au savoir de leur chef, grâce à leur propre intelligence, c'étaient de véritables colons, munis d'armes, d'outils, d'instruments, qui avaient su transformer à leur profit les animaux, les plantes et les minéraux de l'île, c'est-à-dire les trois règnes de la nature !

Oui ! ils causaient souvent de toutes ces choses et formaient encore bien des projets d'avenir !

Quant à Cyrus Smith, la plupart du temps silencieux, il écoutait ses compagnons plus souvent qu'il ne parlait. Parfois, il souriait à quelque réflexion d'Harbert, à quelque boutade de Pencroff, mais, toujours et partout, il songeait à ces faits inexplicables, à cette étrange énigme dont le secret lui échappait encore !

IX

Le temps changea pendant la première semaine de mars. Il y avait eu pleine lune au commencement du mois, et les chaleurs étaient toujours excessives. On sentait que l'atmosphère était imprégnée d'électricité, et une période plus ou moins longue de temps orageux était réellement à craindre.

En effet, le 2, le tonnerre gronda avec une extrême violence. Le vent soufflait de l'est, et la grêle attaqua directement la façade de Granite-house, en crépitant comme une volée de mitraille. Il fallut fermer hermétiquement la porte et les volets des fenêtres, sans quoi tout eût été inondé à l'intérieur des chambres.

En voyant tomber ces grêlons, dont quelques-uns avaient la grosseur d'un œuf de pigeon, Pencroff n'eut qu'une idée : c'est que son champ de blé courait les dangers les plus sérieux.

Et aussitôt il courut à son champ, où les épis commençaient déjà à lever leur petite tête verte, et, au moyen d'une grosse toile, il parvint à protéger sa récolte. Il fut lapidé à sa place, mais il ne s'en plaignit pas.

Ce mauvais temps dura huit jours, pendant lesquels le tonnerre ne cessa de rouler dans les profondeurs du ciel. Entre deux orages, on l'entendait encore gronder sourdement hors des limites de l'horizon ; puis, il reprenait avec une nouvelle fureur. Le ciel était zébré d'éclairs, et la foudre frappa plusieurs arbres de l'île, entre autres un énorme pin qui s'élevait près du lac, à la lisière de la forêt. Deux ou trois fois aussi, la grève fut atteinte par le fluide électrique, qui fondit le sable et le vitrifia. En retrouvant ces fulgurites, l'ingénieur fut amené à croire qu'il serait possible de garnir les fenêtres de vitres épaisses et solides, qui pussent défier le vent, la pluie et la grêle.

Les colons, n'ayant pas de travaux pressés à faire au-dehors, profitèrent du mauvais temps pour travailler à l'intérieur de Granite-house, dont l'aménagement se perfectionnait et se complétait de jour en jour. L'ingénieur installa un tour, qui lui permit de tourner quelques ustensiles de toilette ou de cuisine, et particulièrement des boutons, dont le défaut se faisait vivement sentir. Un râtelier avait été installé pour les armes, qui étaient entretenues avec un soin extrême, et ni les étagères ni les armoires ne laissaient à désirer. On sciait, on rabotait, on limait, on tournait, et pendant toute cette période de mauvais temps on n'entendit que le grincement des outils ou les ronflements du tour qui répondaient aux grondements du tonnerre.

Maître Jup n'avait point été oublié, et il occupait une chambre à part, près du magasin général, sorte de cabine avec cadre toujours rempli de bonne litière, qui lui convenait parfaitement.

— Avec ce brave Jup, jamais de récrimination, répétait souvent Pencroff, jamais de réponse inconvenante ! Quel domestique, Nab, quel domestique !

— Mon élève, répondait Nab, et bientôt mon égal!

— Ton supérieur, ripostait en riant le marin, car enfin toi, Nab, tu parles, et lui, ne parle pas!

Il va sans dire que Jup était maintenant au courant du service. Il battait les habits, il tournait la broche, il balayait les chambres, il servait à table, il rangeait le bois, et — détail qui enchantait Pencroff — il ne se couchait jamais sans être venu border le digne marin dans son lit.

Quant à la santé des membres de la colonie, bipèdes ou bimanes, quadrumanes ou quadrupèdes, elle ne laissait rien à désirer. Avec cette vie au grand air, sur ce sol salubre, sous cette zone tempérée, travaillant de la tête et de la main, ils ne pouvaient croire que la maladie dût jamais les atteindre.

Tous se portaient merveilleusement bien, en effet. Harbert avait déjà grandi de deux pouces depuis un an. Sa figure se formait et devenait plus mâle, et il promettait d'être un homme aussi accompli au physique qu'au moral. D'ailleurs, il profitait pour s'instruire de tous les loisirs que lui laissaient les occupations manuelles, il lisait les quelques livres trouvés dans la caisse, et, après les leçons pratiques qui ressortaient de la nécessité même de sa position, il trouvait dans l'ingénieur pour les sciences, dans le reporter pour les langues, des maîtres qui se plaisaient à compléter son éducation.

L'idée fixe de l'ingénieur était de transmettre au jeune garçon tout ce qu'il savait, de l'instruire par l'exemple autant que par la parole, et Harbert profitait largement des leçons de son professeur.

« Si je meurs, pensait Cyrus Smith, c'est lui qui me remplacera! »

La tempête prit fin vers le 9 mars, mais le ciel demeura couvert de nuages pendant tout ce dernier mois de l'été. L'atmosphère, violemment troublée par ces commotions électriques, ne put recouvrer sa pureté antérieure, et il y eut presque invariablement des pluies et des brouillards, sauf trois ou quatre belles journées qui favorisèrent des excursions de toutes sortes.

Vers cette époque, l'onagga femelle mit bas un petit qui appartenait au même sexe que sa mère, et qui vint à merveille. Au corral, il y eut, dans les mêmes circonstances, accroissement du troupeau de mouflons, et plusieurs agneaux bêlaient déjà sous les hangars, à la grande joie de Nab et d'Harbert, qui avaient chacun leur favori parmi les nouveau-nés.

On tenta aussi un essai de domestication pour les pécaris, essai qui réussit pleinement. Une étable fut construite près de la basse-cour et compta bientôt plusieurs petits en train de se civiliser, c'est-à-dire de s'engraisser par les soins de Nab. Maître Jup, chargé de leur apporter la nourriture quotidienne, eaux de vaisselle, rognures de cuisine, etc., s'acquittait consciencieusement de sa tâche. Il lui arrivait bien, parfois, de s'égayer aux dépens de ses petits pensionnaires et de leur tirer la queue, mais c'était malice et non méchanceté, car ces petites queues tortillées l'amusaient comme un jouet, et son instinct était celui d'un enfant.

Un jour de ce mois de mars, Pencroff, causant avec l'ingénieur, rappela à Cyrus Smith une promesse que celui-ci n'avait pas encore eu le temps de remplir.

— Vous aviez parlé d'un appareil qui supprimerait les longues échelles de Granite-house, monsieur Cyrus, lui dit-il. Est-ce que vous ne l'établirez pas quelque jour ?

— Vous voulez parler d'une sorte d'ascenseur ! répondit Cyrus Smith.

— Appelons cela un ascenseur, si vous voulez, répondit le marin. Le nom n'y fait rien, pourvu que cela nous monte sans fatigue jusqu'à notre demeure.

— Rien ne sera plus facile, Pencroff, mais est-ce bien utile ?

— Certes, monsieur Cyrus. Après nous être donné le nécessaire, pensons un peu au confortable. Pour les personnes, ce sera du luxe, si vous voulez ; mais pour les choses, c'est indispensable ! Ce n'est pas déjà si commode de grimper à une longue échelle, quand on est lourdement chargé !

— Eh bien, Pencroff, nous allons essayer de vous contenter, répondit Cyrus Smith.

— Mais vous n'avez pas de machine à votre disposition.

— Nous en ferons.

— Une machine à vapeur ?

— Non, une machine à eau.

Et, en effet, pour manœuvrer son appareil, une force naturelle était là à la disposition de l'ingénieur, et que celui-ci pouvait utiliser sans grande difficulté.

Pour cela, il suffisait d'augmenter le débit de la petite dérivation faite au lac qui fournissait l'eau à l'intérieur de Granite-house. L'orifice ménagé entre les pierres et les herbes, à l'extrémité supérieure du déversoir, fut donc accru, ce qui produisit au fond du couloir une forte chute, dont le trop-plein se déversa par le puits intérieur. Au-dessous de cette chute, l'ingénieur installa un cylindre à palettes qui se raccordait à l'extérieur avec une roue enroulée d'un fort câble supportant une banne. De cette façon, au moyen d'une longue corde qui tombait jusqu'au sol et qui permettait d'embrayer ou de désembrayer le moteur hydraulique, on pouvait s'élever dans la banne jusqu'à la porte de Granite-house.

Ce fut le 17 mars que l'ascenseur fonctionna pour la première fois, et à la satisfaction commune. Dorénavant, tous les fardeaux, bois, charbons, provisions et colons eux-mêmes furent hissés par ce système si simple, qui remplaça l'échelle primitive, que personne ne songea à regretter. Top se montra particulièrement enchanté de cette amélioration, car il n'avait pas et ne pouvait avoir l'adresse de maître Jup pour gravir des échelons, et bien des fois c'était sur le dos de Nab, ou même sur celui de l'orang, qu'il avait dû faire l'ascension de Granite-house.

Vers cette époque aussi, Cyrus Smith essaya de fabriquer du verre, et il dut d'abord approprier l'ancien four à poteries à cette nouvelle destination. Cela présentait d'assez grandes difficultés ; mais après plusieurs essais infructueux, il finit par réussir à monter un atelier de verrerie, que Gédéon Spilett et Harbert, les aides naturels de l'ingénieur, ne quittèrent pas pendant quelques jours.

Quant aux substances qui entrent dans la composition du verre, ce sont uniquement du sable, de la craie et de la soude (carbonate ou sulfate). Or, le rivage fournissait le sable, la chaux fournissait la craie, les plantes marines fournissaient la soude, les pyrites fournissaient l'acide sulfurique, et le sol fournissait la houille pour chauffer le four à la température voulue. Cyrus Smith se trouvait donc dans les conditions nécessaires pour opérer.

L'outil dont la fabrication offrit le plus de difficulté fut la « canne » du verrier, tube de fer, long de cinq à six pieds, qui sert à recueillir par un de ses bouts la matière que l'on maintient à l'état de fusion. Mais au moyen d'une bande de fer, longue et mince, qui fut roulée comme un canon de fusil, Pencroff réussit à fabriquer cette canne, et elle fut bientôt en état de fonctionner.

Le 28 mars, le four fut chauffé vivement. Cent parties de sable, trente-cinq de craie, quarante de sulfate de soude, mêlées à deux ou trois parties de charbon en poudre, composèrent la substance, qui fut déposée dans les creusets en terre réfractaire. Lorsque la température élevée du four l'eut réduite à l'état liquide ou plutôt à l'état pâteux, Cyrus Smith « cueillit » avec la canne une certaine quantité de cette pâte ; il la tourna et la retourna sur une plaque de métal préalablement disposée, de manière à lui donner la forme convenable pour le soufflage ; puis il passa la canne à Harbert en lui disant de souffler par l'autre extrémité.

— Comme pour faire des bulles de savon ? demanda le jeune garçon.

— Exactement, répondit l'ingénieur.

Et Harbert, gonflant ses joues, souffla tant et si bien dans la canne, en ayant soin de la tourner sans cesse, que son souffle dilata la masse vitreuse. D'autres quantités de substance en fusion furent ajoutées à la première, et il en résulta bientôt une bulle qui mesurait un pied de diamètre. Alors Cyrus Smith reprit la canne des mains d'Harbert, et, lui imprimant un mouvement de pendule, il finit par allonger la bulle malléable, de manière à lui donner une forme cylindro-conique.

L'opération du soufflage avait donc donné un cylindre de verre terminé par deux calottes hémisphériques, qui furent facilement détachées au moyen d'un fer tranchant mouillé d'eau froide ; puis, par le même procédé, ce cylindre fut fendu dans sa longueur, et, après avoir été rendu malléable par une seconde chauffe, il fut étendu sur une plaque et plané au moyen d'un rouleau de bois.

La première vitre était donc fabriquée, et il suffisait de recommencer cinquante fois l'opération pour avoir cinquante vitres. Aussi les fenêtres de Granite-house furent-elles bientôt garnies de plaques diaphanes, pas très blanches peut-être, mais suffisamment transparentes.

Quant à la gobeleterie, verres et bouteilles, ce ne fut qu'un jeu. On les acceptait, d'ailleurs, tels qu'ils venaient au bout de la canne. Pencroff avait demandé la faveur de « souffler » à son tour, et c'était un plaisir pour lui, mais il soufflait si fort que ses produits affectaient les formes les plus réjouissantes, qui faisaient son admiration.

Pendant une des excursions qui furent faites à cette époque, un nouvel arbre fut découvert, dont les produits vinrent encore accroître les ressources alimentaires de la colonie.

Cyrus Smith et Harbert, tout en chassant, s'étaient aventurés un jour dans la forêt du Far-West, sur la gauche de la Mercy, et, comme toujours, le jeune garçon faisait mille questions à l'ingénieur, auxquelles celui-ci répondait de grand cœur. Mais il en est de la chasse comme de toute occupation ici-bas, et quand on n'y met pas le zèle voulu, il y a bien des raisons pour ne point réussir. Or, comme Cyrus Smith n'était pas chasseur et que, d'un autre côté, Harbert parlait chimie et physique, ce jour-là, bien des kangourous, des cabiais ou des agoutis passèrent à bonne portée, qui échappèrent pourtant au fusil du jeune garçon. Il s'ensuivit donc que, la journée étant déjà avancée, les deux chasseurs risquaient fort d'avoir fait une excursion inutile, quand Harbert, s'arrêtant et poussant un cri de joie, s'écria :

— Ah ! monsieur Cyrus, voyez-vous cet arbre ?

Et il montrait un arbuste plutôt qu'un arbre, car il ne se composait que d'une tige simple, revêtue d'une écorce squameuse, qui portait des feuilles zébrées de petites veines parallèles.

— Et quel est cet arbre qui ressemble à un petit palmier ? demanda Cyrus Smith.

— C'est un « cycas revoluta », dont j'ai le portrait dans notre dictionnaire d'histoire naturelle !

— Mais je ne vois point de fruit à cet arbuste ?

— Non, monsieur Cyrus, répondit Harbert, mais son tronc contient une farine que la nature nous fournit toute moulue.

— C'est donc l'arbre à pain ?

— Oui ! l'arbre à pain.

— Eh bien, mon enfant, répondit l'ingénieur, voilà une précieuse découverte, en attendant notre récolte de froment. A l'ouvrage, et fasse le Ciel que tu ne te sois pas trompé !

Harbert ne s'était pas trompé. Il brisa la tige d'un cycas, qui était composée d'un tissu glandulaire et renfermait une certaine quantité de moelle farineuse, traversée de faisceaux ligneux, séparés par des anneaux de même substance disposés concentriquement. A cette fécule se mêlait un suc mucilagineux d'une saveur désagréable, mais qu'il serait facile de chasser par la pression. Cette substance cellulaire formait une véritable farine de qualité supérieure, extrêmement nourrissante, et dont, autrefois, les lois japonaises défendaient l'exportation.

Cyrus Smith et Harbert, après avoir bien étudié la portion du Far-West où poussaient ces cycas, prirent des points de repère et revinrent à Granite-house, où ils firent connaître leur découverte.

Le lendemain, les colons allaient à la récolte, et Pencroff, de plus en plus enthousiaste de son île, disait à l'ingénieur :

— Monsieur Cyrus, croyez-vous qu'il y ait des îles à naufragés ?

— Qu'entendez-vous par là, Pencroff ?

— Eh bien, j'entends des îles créées spécialement pour qu'on y fasse convenablement naufrage, et sur lesquelles de pauvres diables puissent toujours se tirer d'affaire !

— Cela est possible, répondit en souriant l'ingénieur.

— Cela est certain, monsieur, répondit Pencroff, et il est non moins certain que l'île Lincoln en est une !

On revint à Granite-house avec une ample moisson de tiges de cycas. L'ingénieur établit une presse afin d'extraire le suc mucilagineux mêlé à la fécule, et il obtint une notable quantité de farine qui, sous la main de Nab, se transforma en gâteaux et en puddings. Ce n'était pas encore le vrai pain de froment, mais on y touchait presque.

A cette époque aussi, l'onagga, les chèvres et les brebis du corral fournirent quotidiennement le lait nécessaire à la colonie. Aussi le chariot, ou plutôt une sorte de carriole légère qui l'avait remplacé, faisait-elle de fréquents voyages au corral, et quand c'était à Pencroff de faire sa tournée, il emmenait Jup et le faisait conduire, ce dont Jup, faisant claquer son fouet, s'acquittait avec son intelligence habituelle.

Tout prospérait donc, aussi bien au corral qu'à Granite-house, et véritablement les colons, si ce n'est qu'ils étaient loin de leur patrie, n'avaient point à se plaindre. Ils étaient si bien faits à cette vie, d'ailleurs, si accoutumés à cette île, qu'ils n'eussent pas quitté sans regret son sol hospitalier !

Et cependant, tant l'amour du pays tient au cœur de l'homme, si quelque bâtiment se fût inopinément présenté en vue de l'île, les colons lui auraient fait des signaux, ils l'auraient attiré, et ils seraient partis !... En attendant, ils vivaient de cette existence heureuse, et ils avaient la crainte plutôt que le désir qu'un événement quelconque vînt l'interrompre.

Mais qui pourrait se flatter d'avoir jamais fixé la fortune et d'être à l'abri de ses revers !

Quoi qu'il en soit, cette île Lincoln, que les colons habitaient depuis plus d'un an, était souvent le sujet de leur conversation, et, un jour, une observation fut faite qui devait amener plus tard de graves conséquences.

C'était le 1er avril, un dimanche, le jour de Pâques, que Cyrus Smith et ses compagnons avaient sanctifié par le repos et la prière. La journée avait été belle, telle que pourrait l'être une journée d'octobre dans l'hémisphère boréal.

Tous, vers le soir, après dîner, étaient réunis sous la véranda, à la lisière du plateau de Grande-Vue, et ils regardaient monter la nuit sur l'horizon. Quelques tasses de cette infusion de graines de sureau, qui remplaçaient le café, avaient été servies par Nab. On causait de l'île et de sa situation isolée dans le Pacifique, quand Gédéon Spilett fut amené à dire :

— Mon cher Cyrus, est-ce que, depuis que vous possédez ce sextant trouvé dans la caisse, vous avez relevé de nouveau la position de notre île ?

— Non, répondit l'ingénieur.

— Mais il serait peut-être à propos de le faire, avec cet instrument qui est plus parfait que celui que vous avez employé.

— A quoi bon ? dit Pencroff. L'île est bien où elle est !

— Sans doute, reprit Gédéon Spilett, mais il a pu arriver que l'imperfection des appareils ait nui à la justesse des observations, et puisqu'il est facile d'en vérifier l'exactitude...

— Vous avez raison, mon cher Spilett, répondit l'ingénieur, et j'aurais dû faire cette vérification plus tôt, bien que, si j'ai commis quelque erreur, elle ne doive pas dépasser 5° en longitude ou en latitude.

— Eh ! qui sait ? reprit le reporter, qui sait si nous ne sommes pas beaucoup plus près d'une terre habitée que nous ne le croyons ?

— Nous le saurons demain, répondit Cyrus Smith, et sans tant d'occupations qui ne m'ont laissé aucun loisir, nous le saurions déjà.

— Bon! dit Pencroff, monsieur Cyrus est un trop bon observateur pour s'être trompé, et si elle n'a pas bougé de place, l'île est bien où il l'a mise!

— Nous verrons.

Il s'ensuivit donc que le lendemain, au moyen du sextant, l'ingénieur fit les observations nécessaires pour vérifier les coordonnées qu'il avait déjà obtenues, et voici quel fut le résultat de son opération:

Sa première observation lui avait donné pour la situation de l'île Lincoln:

En longitude ouest: de 150° à 155°;
En latitude sud: de 30° à 35°.

La seconde donna exactement:

En longitude ouest: 150° 30';
En latitude sud: 34° 57'.

Ainsi donc, malgré l'imperfection de ses appareils, Cyrus Smith avait opéré avec tant d'habileté que son erreur n'avait pas dépassé cinq degrés.

— Maintenant, dit Gédéon Spilett, puisque, en même temps qu'un sextant, nous possédons un atlas, voyons, mon cher Cyrus, la position que l'île Lincoln occupe exactement dans le Pacifique.

Harbert alla chercher l'atlas, qui, on le sait, avait été édité en France, et dont, par conséquent, la nomenclature était en langue française.

La carte du Pacifique fut développée, et l'ingénieur, son compas à la main, s'apprêta à en déterminer la situation.

Soudain, le compas s'arrêta dans sa main, et il dit:

— Mais il existe déjà une île dans cette partie du Pacifique!

— Une île? s'écria Pencroff.

— La nôtre, sans doute ? répondit Gédéon Spilett.

— Non, reprit Cyrus Smith. Cette île est située par 153° de longitude et 37° 11' de latitude, c'est-à-dire à deux degrés et demi plus à l'ouest et deux degrés plus au sud que l'île Lincoln.

— Et quelle est cette île ? demanda Harbert.

— L'île Tabor.

— Une île importante ?

— Non, un îlot perdu dans le Pacifique, et qui n'a jamais été visité peut-être !

— Eh bien, nous le visiterons, dit Pencroff.

— Nous ?

— Oui, monsieur Cyrus. Nous construirons une barque pontée, et je me charge de la conduire. A quelle distance sommes-nous de cette île Tabor ?

— A cent cinquante milles environ dans le nord-est, répondit Cyrus Smith.

— Cent cinquante milles ! Et qu'est cela ? répondit Pencroff. En quarante-huit heures et avec un bon vent, ce sera enlevé !

— Mais à quoi bon ? demanda le reporter.

— On ne sait pas. Faut voir !

Et sur cette réponse, il fut décidé qu'une embarcation serait construite, de manière à pouvoir prendre la mer vers le mois d'octobre prochain, au retour de la belle saison.

X

Lorsque Pencroff s'était mis un projet en tête, il
n'avait et ne laissait pas de cesse qu'il n'eût été exécuté.
Or, il voulait visiter l'île Tabor, et, comme une embarcation d'une certaine grandeur était nécessaire à cette
traversée, il fallait construire ladite embarcation.

Voici le plan qui fut arrêté par l'ingénieur, d'accord
avec le marin.

Le bateau mesurerait trente-cinq pieds de quille et
neuf pieds de bau — ce qui en ferait un marcheur, si ses
fonds et ses lignes d'eau étaient réussis —, et ne devrait
pas tirer plus de six pieds, calant d'eau suffisant pour le
maintenir contre la dérive. Il serait ponté dans toute sa
longueur, percé de deux écoutilles qui donneraient
accès dans deux chambres séparées par une cloison, et
gréé en sloop, avec brigantine, trinquette, fortune,
flèche, foc, voilure très maniable, amenant bien en cas
de grains, et très favorable pour tenir le plus près.
Enfin, sa coque serait construite à francs bords, c'est-à-dire que les bordages affleureraient au lieu de se superposer, et quant à sa membrure, on l'appliquerait à
chaud après l'ajustement des bordages qui seraient
montés sur faux couples.

Quel bois serait employé à la construction de ce bateau? L'orme ou le sapin qui abondaient dans l'île? On se décida pour le sapin, bois un peu « fendif », suivant l'expression des charpentiers, mais facile à travailler, et qui supporte aussi bien que l'orme l'immersion dans l'eau.

Ces détails arrêtés, il fut convenu que, puisque le retour de la belle saison ne s'effectuerait pas avant six mois, Cyrus Smith et Pencroff travailleraient seuls au bateau, Gédéon Spilett et Harbert devaient continuer de chasser, et ni Nab ni maître Jup, son aide, n'abandonneraient les travaux domestiques qui leur étaient dévolus.

Aussitôt les arbres choisis, on les abattit, on les débita, on les scia en planches, comme eussent pu faire des scieurs de long. Huit jours après, dans le renforcement qui existait entre les Cheminées et la muraille, un chantier était préparé, et une quille, longue de trente-cinq pieds, munie d'un étambot à l'arrière et d'une étrave à l'avant, s'allongeait sur le sable.

Cyrus Smith n'avait point marché en aveugle dans cette nouvelle besogne. Il se connaissait en construction maritime comme en presque toutes choses, et c'était sur le papier qu'il avait d'abord cherché le gabarit de son embarcation. D'ailleurs, il était bien servi par Pencroff, qui, ayant travaillé quelques années dans un chantier de Brooklyn, connaissait la pratique du métier. Ce ne fut donc qu'après calculs sévères et mûres réflexions que les faux couples furent emmanchés sur la quille.

Pencroff, on le croira volontiers, était tout feu pour mener à bien sa nouvelle entreprise, et il n'eût pas voulu l'abandonner un instant.

Une seule opération eut le privilège de l'arracher, mais pour un jour seulement, à son chantier de construction. Ce fut la deuxième récolte de blé, qui se fit le 15 avril. Elle avait réussi comme la première, et donna la proportion de grains annoncée d'avance.

— Cinq boisseaux! monsieur Cyrus, dit Pencroff, après avoir scrupuleusement mesuré ses richesses.

— Cinq boisseaux, répondit l'ingénieur, et, à cent trente mille grains par boisseau, cela fait six cent cinquante mille grains.

— Eh bien, nous sèmerons tout cette fois, dit le marin, moins une petite réserve cependant!

— Oui, Pencroff, et, si la prochaine récolte donne un rendement proportionnel, nous aurons quatre mille boisseaux.

— Et on mangera du pain?

— On mangera du pain.

— Mais il faudra faire un moulin?

— On fera un moulin.

Le troisième champ de blé fut donc incomparablement plus étendu que les deux premiers, et la terre, préparée avec un soin extrême, reçut la précieuse semence. Cela fait, Pencroff revint à ses travaux.

Pendant ce temps, Gédéon Spilett et Harbert chassaient dans les environs et ils s'aventurèrent assez profondément dans les parties encore inconnues du Far-West, leurs fusils chargés à balle, prêts à toute mauvaise rencontre. C'était un inextricable fouillis d'arbres magnifiques et pressés les uns contre les autres comme si l'espace leur eût manqué. L'exploration de ces masses boisées était extrêmement difficile, et le reporter ne s'y hasardait jamais sans emporter la boussole de poche, car le soleil perçait à peine les épaisses ramures, et il eût été difficile de retrouver son chemin. Il arrivait naturellement que le gibier était plus rare en ces endroits, où il n'aurait pas eu une assez grande liberté d'allures. Cependant, trois gros herbivores furent tués pendant cette dernière quinzaine d'avril. C'étaient des koulas, dont les colons avaient déjà vu un échantillon au nord du lac, qui se laissèrent tuer stupidement entre les grosses branches des arbres sur lesquels ils avaient cherché refuge. Leurs peaux furent rapportées à Granite-house, et, l'acide sulfurique aidant, elles furent soumises à une sorte de tannage qui les rendit utilisables.

Une découverte, précieuse à un autre point de vue, fut faite aussi pendant une de ces excursions, et celle-là, on la dut à Gédéon Spilett.

C'était le 30 avril. Les deux chasseurs s'étaient enfoncés dans le sud-ouest du Far-West, quand le reporter, précédant Harbert d'une cinquantaine de pas, arriva dans une sorte de clairière, sur laquelle les arbres, plus espacés, laissaient pénétrer quelques rayons.

Gédéon Spilett fut tout d'abord surpris de l'odeur qu'exhalaient certains végétaux à tiges droites, cylindriques et rameuses, qui produisaient des fleurs disposées en grappes et de très petites graines. Le reporter arracha une ou deux de ces tiges et revint vers le jeune garçon, auquel il dit :

— Vois donc ce que c'est que cela, Harbert ?

— Et où avez-vous trouvé cette plante, monsieur Spilett ?

— Là, dans une clairière, où elle pousse très abondamment.

— Eh bien, monsieur Spilett, dit Harbert, voilà une trouvaille qui vous assure tous les droits à la reconnaissance de Pencroff !

— C'est donc du tabac ?

— Oui, et, s'il n'est pas de première qualité, ce n'en est pas moins du tabac !

— Ah ! ce brave Pencroff ! Va-t-il être content ! Mais il ne fumera pas tout, que diable ! et il nous en laissera bien notre part !

— Ah ! une idée, monsieur Spilett, répondit Harbert. Ne disons rien à Pencroff, prenons le temps de préparer ces feuilles, et, un beau jour, on lui présentera une pipe toute bourrée !

— Entendu, Harbert, et ce jour-là notre digne compagnon n'aura plus rien à désirer en ce monde !

Le reporter et le jeune garçon firent une bonne provision de la précieuse plante, et ils revinrent à Granite-house, où ils l'introduisirent « en fraude », et avec autant de précaution que si Pencroff eût été le plus sévère des douaniers.

Cyrus Smith et Nab furent mis dans la confidence, et le marin ne se douta de rien, pendant tout le temps, assez long, qui fut nécessaire pour sécher les feuilles minces, les hacher, les soumettre à une certaine torréfaction sur des pierres chaudes. Cela demanda deux mois ; mais toutes ces manipulations purent être faites à l'insu de Pencroff, car, occupé de la construction du bateau, il ne remontait à Granite-house qu'à l'heure du repos.

Une fois encore, cependant, et quoi qu'il en eût, sa besogne favorite fut interrompue le 1er mai par une aventure de pêche, à laquelle tous les colons durent prendre part.

Depuis quelques jours, on avait pu observer en mer, à deux ou trois milles au large, un énorme animal qui nageait dans les eaux de l'île Lincoln. C'était une baleine de la plus grande taille, qui, vraisemblablement, devait appartenir à l'espèce australe, dite « baleine du Cap ».

— Quelle bonne fortune ce serait de nous en emparer ! s'écria le marin. Ah ! si nous avions une embarcation convenable et un harpon en bon état, comme je dirais : « Courons à la bête, car elle vaut la peine qu'on la prenne ! »

— Eh ! Pencroff, dit Gédéon Spilett, j'aurais aimé à vous voir manœuvrer le harpon. Cela doit être curieux !

— Très curieux et non sans danger, dit l'ingénieur ; mais, puisque nous n'avons pas les moyens d'attaquer cet animal, il est inutile de s'occuper de lui.

— Je m'étonne, dit le reporter, de voir une baleine sous cette latitude relativement élevée.

— Pourquoi donc, monsieur Spilett ? répondit Harbert. Nous sommes précisément sur cette partie du Pacifique que les pêcheurs anglais et américains appellent le « Whale-Field[1] », et c'est ici, entre la Nouvelle-Zélande et l'Amérique du Sud, que les baleines de l'hémisphère austral se rencontrent en plus grand nombre.

— Rien n'est plus vrai, répondit Pencroff, et ce qui me surprend, moi, c'est que nous n'en ayons pas vu davantage. Après tout, puisque nous ne pouvons les approcher, peu importe !

Et Pencroff retourna à son ouvrage, non sans pousser un soupir de regret, car, dans tout marin, il y a un pêcheur, et si le plaisir de la pêche est en raison directe de la grosseur de l'animal, on peut juger de ce qu'un baleinier éprouve en présence d'une baleine !

Et si ce n'avait été que le plaisir ! Mais on ne pouvait se dissimuler qu'une telle proie eût été bien profitable à la colonie, car l'huile, la graisse, les fanons pouvaient être employés à bien des usages !

Or, il arriva ceci, c'est que la baleine signalée sembla ne point vouloir abandonner les eaux de l'île. Donc, soit des fenêtres de Granite-house, soit du plateau de Grande-Vue, Harbert et Gédéon Spilett, quand ils n'étaient pas à la chasse, Nab, tout en surveillant ses fourneaux, ne quittaient pas la lunette et observaient tous les mouvements de l'animal. Le cétacé, profondément engagé dans la vaste baie de l'Union, la sillonnait rapidement depuis le cap Mandibule jusqu'au cap

1. Champ des baleines.

Griffe, poussé par sa nageoire caudale prodigieusement puissante, sur laquelle il s'appuyait et se mouvait par soubresauts avec une vitesse qui allait quelquefois jusqu'à douze milles à l'heure. Quelquefois aussi, il s'approchait si près de l'îlot, qu'on pouvait le distinguer complètement. C'était bien la baleine australe, qui est entièrement noire, et dont la tête est plus déprimée que celle des baleines du nord.

On la voyait aussi rejeter par ses évents, et à une grande hauteur, un nuage de vapeur... ou d'eau, car — si bizarre que le fait paraisse — les naturalistes et les baleiniers ne sont pas encore d'accord à ce sujet. Est-ce de l'air, est-ce de l'eau qui est ainsi chassé ? On admet généralement que c'est de la vapeur, qui, se condensant soudain au contact de l'air froid, retombe en pluie.

Cependant la présence de ce mammifère marin préoccupait les colons. Cela agaçait surtout Pencroff et lui donnait des distractions pendant son travail. Il finissait par en avoir envie, de cette baleine, comme un enfant d'un objet qu'on lui interdit. La nuit, il en rêvait à voix haute, et certainement, s'il avait eu des moyens de l'attaquer, si la chaloupe eût été en état de tenir la mer, il n'aurait pas hésité à se mettre à sa poursuite.

Mais ce que les colons ne pouvaient faire, le hasard le fit pour eux, et le 3 mai, des cris de Nab, posté à la fenêtre de sa cuisine, annoncèrent que la baleine était échouée sur le rivage de l'île.

Harbert et Gédéon Spilett, qui allaient partir pour la chasse, abandonnèrent leur fusil, Pencroff jeta sa hache, Cyrus Smith et Nab rejoignirent leurs compagnons, et tous se dirigèrent rapidement vers le lieu d'échouage.

Cet échouement s'était produit sur la grève de la pointe de l'Épave, à trois milles de Granite-house et à mer haute. Il était donc probable que le cétacé ne pourrait pas se dégager facilement. En tout cas, il fallait se hâter, afin de lui couper la retraite au besoin. On courut avec pics et épieux ferrés, on passa le pont de la Mercy, on redescendit la rive droite de la rivière, on prit par la grève, et, en moins de vingt minutes, les colons étaient auprès de l'énorme animal, au-dessus duquel fourmillait déjà un monde d'oiseaux.

— Quel monstre! s'écria Nab.

Et l'expression était juste, car c'était une baleine australe, longue de quatre-vingts pieds, un géant de l'espèce, qui ne devait pas peser moins de cent cinquante mille livres!

Cependant le monstre, ainsi échoué, ne remuait pas et ne cherchait pas, en se débattant, à se remettre à flot pendant que la mer était haute encore.

Les colons eurent bientôt l'explication de son immobilité, quand, à marée basse, ils eurent fait le tour de l'animal.

Il était mort, et un harpon sortait de son flanc gauche.

— Il y a donc des baleiniers sur nos parages? dit aussitôt Gédéon Spilett.

— Pourquoi cela? demanda le marin.

— Puisque ce harpon est encore là...

— Eh! monsieur Spilett, cela ne prouve rien, répondit Pencroff. On a vu des baleines faire des milliers de milles avec un harpon au flanc, et celle-ci aurait été frappée au nord de l'Atlantique et serait venue mourir au sud du Pacifique, qu'il ne faudrait pas s'en étonner!

— Cependant... dit Gédéon Spilett, que l'affirmation de Pencroff ne satisfaisait pas.

— Cela est parfaitement possible, répondit Cyrus Smith; mais examinons ce harpon. Peut-être, suivant un usage assez répandu, les baleiniers ont-ils gravé sur celui-ci le nom de leur navire ?

En effet, Pencroff, ayant arraché le harpon que l'animal avait au flanc, y lut cette inscription :

Maria-Stella
Vineyard.

— Un navire du Vineyard ! Un navire de mon pays ! s'écria-t-il. La *Maria-Stella* ! Un beau baleinier, ma foi ! et que je connais bien ! Ah ! mes amis, un bâtiment du Vineyard, un baleinier du Vineyard[1] !

Et le marin, brandissant le harpon, répétait non sans émotion ce nom qui lui tenait au cœur, ce nom de son pays natal !

Mais, comme on ne pouvait attendre que la *Maria-Stella* vînt réclamer l'animal harponné par elle, on résolut de procéder au dépeçage avant que la décomposition se fît. Les oiseaux de proie, qui épiaient depuis quelques jours cette riche proie, voulaient, sans plus tarder, faire acte de possesseurs, et il fallut les écarter à coups de fusil.

Cette baleine était une femelle dont les mamelles fournirent une grande quantité d'un lait qui, conformément à l'opinion du naturaliste Dieffenbach, pouvait passer pour du lait de vache, et, en effet, il n'en diffère ni par le goût, ni par la coloration, ni par la densité.

Pencroff avait autrefois servi sur un navire baleinier, et il put diriger méthodiquement l'opération du dépeçage — opération assez désagréable, qui dura trois jours, mais devant laquelle aucun des colons ne se rebuta, pas même Gédéon Spilett, qui, au dire du marin, finirait par faire « un très bon naufragé ».

Le lard, coupé en tranches parallèles de deux pieds et

1. Port de l'État de New York.

demi d'épaisseur, puis divisé en morceaux qui pouvaient peser mille livres chacun, fut fondu dans de grands vases de terre, apportés sur le lieu même du dépeçage — car on ne voulait pas empester les abords du plateau de Grande-Vue —, et dans cette fusion il perdit environ un tiers de son poids. Mais il y en avait à profusion : la langue seule donna six mille livres d'huile, et la lèvre inférieure quatre mille. Puis, avec cette graisse, qui devait assurer pour longtemps la provision de stéarine et de glycérine, il y avait encore les fanons, qui trouveraient, sans doute, leur emploi, bien qu'on ne portât ni parapluies ni corsets à Granite-house. La partie supérieure de la bouche du cétacé était, en effet, pourvue, sur les deux côtés, de huit cents lames cornées, très élastiques, de contexture fibreuse, et effilées à leurs bords comme deux grands peignes, dont les dents, longues de six pieds, servent à retenir les milliers d'animalcules, de petits poissons et de mollusques dont se nourrit la baleine.

L'opération terminée, à la grande satisfaction des opérateurs, les restes de l'animal furent abandonnés aux oiseaux, qui devaient en faire disparaître jusqu'aux derniers vestiges, et les travaux quotidiens furent repris à Granite-house.

Toutefois, avant de rentrer au chantier de construction, Cyrus Smith eut l'idée de fabriquer certains engins qui excitèrent vivement la curiosité de ses compagnons. Il prit une douzaine de fanons de baleine qu'il coupa en six parties égales et qu'il aiguisa à leur extrémité.

— Et cela, monsieur Cyrus, demanda Harbert, quand l'opération fut terminée, cela servira ?...

— A tuer des loups, des renards, et même des jaguars, répondit l'ingénieur.

— Maintenant ?

— Non, cet hiver, quand nous aurons de la glace à notre disposition.

— Je ne comprends pas... répondit Harbert.

— Tu vas comprendre, mon enfant, répondit l'ingénieur. Cet engin n'est pas de mon invention, et il est fréquemment employé par les chasseurs aléoutiens dans l'Amérique russe. Ces fanons que vous voyez, mes amis, eh bien, lorsqu'il gèlera, je les recourberai, je les arroserai d'eau jusqu'à ce qu'ils soient entièrement enduits d'une couche de glace qui maintiendra leur courbure, et je les sèmerai sur la neige, après les avoir préalablement dissimulés sous une couche de graisse. Or, qu'arrivera-t-il si un animal affamé avale un de ces appâts ? C'est que la chaleur de son estomac fera fondre la glace, et que le fanon, se détendant, le percera de ses bouts aiguisés.

— Voilà qui est ingénieux ! dit Pencroff.

— Et qui épargnera la poudre et les balles, répondit Cyrus Smith.

— Cela vaut mieux que les trappes ! ajouta Nab.

— Attendons donc l'hiver !

— Attendons l'hiver.

Cependant la construction du bateau avançait, et, vers la fin du mois, il était à demi bordé. On pouvait déjà reconnaître que ses formes seraient excellentes pour qu'il tînt bien la mer.

Pencroff travaillait avec une ardeur sans pareille, et il fallait sa robuste nature pour résister à ces fatigues ; mais ses compagnons lui préparaient en secret une récompense pour tant de peines, et, le 31 mai, il devait éprouver une des plus grandes joies de sa vie.

Ce jour-là, à la fin du dîner, au moment où il allait quitter la table, Pencroff sentit une main s'appuyer sur son épaule.

C'était la main de Gédéon Spilett, lequel lui dit :

— Un instant, maître Pencroff, on ne s'en va pas ainsi ! Et le dessert que vous oubliez ?

— Merci, monsieur Spilett, répondit le marin, je retourne au travail.

— Eh bien, une tasse de café, mon ami ?

— Pas davantage.

— Une pipe, alors ?

Pencroff s'était levé soudain, et sa bonne grosse figure pâlit, quand il vit le reporter qui lui présentait une pipe toute bourrée, et Harbert, une braise ardente.

Le marin voulut articuler une parole sans pouvoir y parvenir ; mais, saisissant la pipe, il la porta à ses lèvres, puis, y appliquant la braise, il aspira coup sur coup cinq ou six gorgées.

Un nuage bleuâtre et parfumé se développa, et, des profondeurs de ce nuage, on entendit une voix délirante qui répétait :

— Du tabac ! du vrai tabac !

— Oui, Pencroff, répondit Cyrus Smith, et même de l'excellent tabac !

— Oh ! divine Providence ! Auteur sacré de toutes choses ! s'écria le marin. Il ne manque donc plus rien à notre île !

Et Pencroff fumait, fumait, fumait !

— Et qui a fait cette découverte ? demanda-t-il enfin. Vous, sans doute, Harbert ?

— Non, Pencroff, c'est monsieur Spilett.

— Monsieur Spilett ! s'écria le marin en serrant sur sa poitrine le reporter qui n'avait jamais subi pareille étreinte.

— Ouf ! Pencroff, répondit Gédéon Spilett, en reprenant sa respiration, un instant compromise. Faites une part dans votre reconnaissance à Harbert qui a reconnu cette plante, à Cyrus qui l'a préparée, et à Nab qui a eu bien de la peine à nous garder le secret !

— Eh bien, mes amis, je vous revaudrai cela quelque jour ! répondit le marin. Maintenant, c'est à la vie, à la mort !

XI

Cependant l'hiver arrivait avec ce mois de juin, qui est le décembre des zones boréales, et la grande occupation fut la confection de vêtements chauds et solides.

Les mouflons du corral avaient été dépouillés de leur laine, et cette précieuse matière textile, il ne s'agissait donc plus que de la transformer en étoffe.

Il va sans dire que Cyrus Smith n'ayant à sa disposition ni cardeuses, ni peigneuses, ni lisseuses, ni étireuses, ni retordeuses, ni « mule-jenny », ni « self-acting » pour filer la laine, ni métier pour la tisser, dut procéder d'une façon plus simple, de manière à économiser le filage et le tissage. Et, en effet, il se proposait tout bonnement d'utiliser la propriété qu'ont les filaments de laine, quand on les presse en tous sens, de s'enchevêtrer et de constituer, par leur simple entre-croisement, cette étoffe qu'on appelle feutre. Ce feutre pouvait donc s'obtenir par un simple foulage, opération qui, si elle diminue la souplesse de l'étoffe, augmente notamment ses propriétés conservatrices de la chaleur. Or, précisément, la laine fournie par les mouflons était faite de brins très courts, et c'est une bonne condition pour le feutrage.

L'ingénieur, aidé de ses compagnons, y compris Pencroff — il dut encore une fois abandonner son bateau ! — commença les opérations préliminaires, qui eurent pour but de débarrasser la laine de cette substance huileuse et grasse dont elle est imprégnée et qu'on nomme le suint. Ce dégraissage se fit dans des cuves remplies d'eau, qui furent portées à la température de 70°, et dans lesquelles la laine plongea pendant vingt-quatre heures ; on en fit, ensuite, un lavage à fond au moyen de bains de soude ; puis cette laine, lorsqu'elle eut été suffisamment séchée par la pression, fut en état d'être foulée, c'est-à-dire de produire une solide étoffe, grossière sans doute et qui n'aurait eu aucune valeur dans un centre industriel d'Europe ou d'Amérique, mais dont on devait faire un extrême cas sur les « marchés de l'île Lincoln ».

On comprend que ce genre d'étoffe doit avoir été connu dès les époques les plus reculées, et, en effet, les premières étoffes de laine ont été fabriquées par ce procédé qu'allait employer Cyrus Smith.

Où sa qualité d'ingénieur le servit fort, ce fut dans la construction de la machine destinée à fouler la laine, car il sut habilement profiter de la force mécanique, inutilisée jusqu'alors, que possédait la chute d'eau de la grève, pour mouvoir un moulin à foulon.

Rien ne fut plus rudimentaire. Un arbre, muni de cames qui soulevaient et laissaient retomber tour à tour des pilons verticaux, des auges destinées à recevoir la laine, à l'intérieur desquelles retombaient ces pilons, un fort bâti en charpente contenant et reliant tout le système : telle fut la machine en question, et telle elle avait été pendant des siècles, jusqu'au moment où l'on eut l'idée de remplacer les pilons par des cylindres compresseurs et de soumettre la matière, non plus à un battage, mais à un laminage véritable.

L'opération, bien dirigée par Cyrus Smith, réussit à souhait. La laine, préalablement imprégnée d'une dissolution savonneuse, destinée, d'une part, à en faciliter le glissement, le rapprochement, la compression et le ramollissement, de l'autre, à empêcher son altération par le battage, sortit du moulin sous forme d'une épaisse nappe de feutre. Les stries et aspérités dont le brin de laine est naturellement pourvu s'étaient si bien accrochées et enchevêtrées les unes aux autres, qu'elles formaient une étoffe également propre à faire des vêtements ou des couvertures. Ce n'était évidemment ni du mérinos, ni de la mousseline, ni du cachemire d'Écosse, ni du stoff, ni du reps, ni du satin de Chine, ni de l'orléans, ni de l'alpaga, ni du drap, ni de la flanelle! C'était du «feutre lincolnien», et l'île Lincoln comptait une industrie de plus.

Les colons eurent donc, avec de bons vêtements, d'épaisses couvertures, et ils purent voir venir sans crainte l'hiver de 1866-67.

Les grands froids commencèrent véritablement à se faire sentir vers le 20 juin, et, à son grand regret, Pencroff dut suspendre la construction du bateau, qui, d'ailleurs, ne pouvait manquer d'être achevé pour le printemps prochain.

L'idée fixe du marin était de faire un voyage de reconnaissance à l'île Tabor, bien que Cyrus Smith n'approuvât pas ce voyage, tout de curiosité, car il n'y avait évidemment aucun secours à trouver sur ce rocher désert et à demi aride. Un voyage de cent cinquante milles, sur un bateau relativement petit, au milieu de mers inconnues, cela ne laissait pas de lui causer quelque appréhension. Que l'embarcation, une fois au large, fût mise dans l'impossibilité d'atteindre Tabor et ne pût revenir à l'île Lincoln, que deviendrait-elle au milieu de ce Pacifique, si fécond en sinistres?

Cyrus Smith causait souvent de ce projet avec Pencroff, et il trouvait dans le marin un entêtement assez bizarre à accomplir ce voyage, entêtement dont peut-être celui-ci ne se rendait pas bien compte.

— Car enfin, lui dit un jour l'ingénieur, je vous ferai observer, mon ami, qu'après avoir dit tant de bien de l'île Lincoln, après avoir tant de fois manifesté le regret que vous éprouveriez s'il vous fallait l'abandonner, vous êtes le premier à vouloir la quitter.

— La quitter pour quelques jours seulement, répondit Pencroff, pour quelques jours seulement, monsieur Cyrus! Le temps d'aller et de revenir, de voir ce que c'est que cet îlot!

— Mais il ne peut valoir l'île Lincoln!

— J'en suis sûr d'avance!

— Alors pourquoi vous aventurer?

— Pour savoir ce qui se passe à l'île Tabor!

— Mais il ne s'y passe rien! il ne peut rien s'y passer!

— Qui sait?

— Et si vous êtes pris par quelque tempête?

— Cela n'est pas à craindre dans la belle saison, répondit Pencroff. Mais, monsieur Cyrus, comme il faut tout prévoir, je vous demanderai la permission de n'emmener qu'Harbert avec moi dans ce voyage.

— Pencroff, répondit l'ingénieur en mettant la main sur l'épaule du marin, s'il vous arrivait malheur à vous et à cet enfant, dont le hasard a fait notre fils, croyez-vous que nous nous en consolerions jamais?

— Monsieur Cyrus, répondit Pencroff avec une inébranlable confiance, nous ne vous causerons pas ce chagrin-là. D'ailleurs, nous reparlerons de ce voyage quand le temps sera venu de le faire. Puis, j'imagine que, lorsque vous aurez vu notre bateau bien gréé, bien accastillé, quand vous aurez observé comment il se comporte à la mer, quand nous aurons fait le tour de notre île — car nous le ferons ensemble —, j'imagine, dis-je, que vous n'hésiterez plus à me laisser partir! Je ne vous cache pas que ce sera un chef-d'œuvre, votre bateau!

— Dites au moins: notre bateau, Pencroff! répondit l'ingénieur, momentanément désarmé.

La conversation finit ainsi pour recommencer plus tard, sans convaincre ni le marin ni l'ingénieur.

Les premières neiges tombèrent vers la fin du mois de juin. Préalablement, le corral avait été approvisionné largement et ne nécessita plus de visites quotidiennes, mais il fut décidé qu'on ne laisserait jamais passer une semaine sans s'y rendre.

Les trappes furent tendues de nouveau, et l'on fit l'essai des engins fabriqués par Cyrus Smith. Les fanons recourbés, emprisonnés dans un étui de glace et recouverts d'une épaisse couche de graisse, furent placés sur la lisière de la forêt, à l'endroit où passaient communément les animaux pour se rendre au lac.

A la grande satisfaction de l'ingénieur, cette invention, renouvelée des pêcheurs aléoutiens, réussit parfaitement. Une douzaine de renards, quelques sangliers et même un jaguar s'y laissèrent prendre, et on trouva ces animaux morts, l'estomac perforé par les fanons détendus.

Ici se place un essai qu'il convient de rapporter, car ce fut la première tentative faite par les colons pour communiquer avec leurs semblables.

Gédéon Spilett avait déjà songé plusieurs fois, soit à jeter à la mer une notice renfermée dans une bouteille que les courants porteraient peut-être à une côte habitée, soit à la confier à des pigeons. Mais comment sérieusement espérer que pigeons ou bouteilles pussent franchir la distance qui séparait l'île de toute terre et qui était de douze cents milles? C'eût été pure folie.

Mais, le 30 juin, capture fut faite, non sans peine, d'un albatros qu'un coup de fusil d'Harbert avait légèrement blessé à la patte. C'était un magnifique oiseau de la famille de ces grands voiliers, dont les ailes étendues mesurent dix pieds d'envergure, et qui peuvent traverser des mers aussi larges que le Pacifique.

Harbert aurait bien voulu garder ce superbe oiseau, dont la blessure guérit promptement et qu'il prétendait apprivoiser, mais Gédéon Spilett lui fit comprendre que l'on ne pouvait négliger cette occasion de tenter de correspondre par ce courrier avec les terres du Pacifique, et Harbert dut se rendre, car si l'albatros était venu de quelque région habitée, il ne manquerait pas d'y retourner dès qu'il serait libre.

Peut-être, au fond, Gédéon Spilett, chez qui le chroniqueur reparaissait quelquefois, n'était-il pas fâché de lancer à tout hasard un attachant article relatant les aventures des colons de l'île Lincoln! Quel succès pour le reporter attitré du *New York Herald*, et pour le numéro qui contiendrait la chronique, si jamais elle arrivait à l'adresse de son directeur, l'honorable John Benett!

Gédéon Spilett rédigea donc une notice succincte qui fut mise dans un sac de forte toile gommée, avec prière instante, à quiconque la trouverait, de la faire parvenir aux bureaux du *New York Herald*. Ce petit sac fut attaché au cou de l'albatros, et non à sa patte, car ces oiseaux ont l'habitude de se reposer à la surface de la mer; puis, la liberté fut rendue à ce rapide courrier de l'air, et ce ne fut pas sans quelque émotion que les colons le virent disparaître au loin dans les brumes de l'ouest.

— Où va-t-il ainsi? demanda Pencroff.

— Vers la Nouvelle-Zélande, répondit Harbert.

— Bon voyage! s'écria le marin, qui, lui, n'attendait pas grand résultat de ce mode de correspondance.

Avec l'hiver, les travaux avaient été repris à l'intérieur de Granite-house, réparation de vêtements, confections diverses, et entre autres des voiles de l'embarcation, qui furent taillées dans l'inépuisable enveloppe de l'aérostat...

Pendant le mois de juillet, les froids furent intenses, mais on n'épargna ni le bois ni le charbon. Cyrus Smith avait installé une seconde cheminée dans la grande salle, et c'était là que se passaient les longues soirées. Causerie pendant que l'on travaillait, lecture quand les mains restaient oisives, et le temps s'écoulait avec profit pour tout le monde.

C'était une vraie jouissance pour les colons, quand, de cette salle bien éclairée de bougies, bien chauffée de houille, après un dîner réconfortant, le café de sureau fumant dans la tasse, les pipes s'empanachant d'une odorante fumée, ils entendaient la tempête mugir au-dehors! Ils eussent éprouvé un bien-être complet, si le bien-être pouvait jamais exister pour qui est loin de ses semblables et sans communication possible avec eux! Ils causaient toujours de leurs pays, des amis qu'ils avaient laissés, de cette grandeur de la république américaine, dont l'influence ne pouvait que s'accroître, et Cyrus Smith, qui avait été très mêlé aux affaires de l'Union, intéressait vivement ses auditeurs par ses récits, ses aperçus et ses pronostics.

Il arriva, un jour, que Gédéon Spilett fut amené à lui dire :

— Mais enfin, mon cher Cyrus, tout ce mouvement industriel et commercial auquel vous prédisez une progression constante, est-ce qu'il ne court pas le danger d'être absolument arrêté tôt ou tard?

— Arrêté! Et par quoi?

— Mais par le manque de ce charbon, qu'on peut justement appeler le plus précieux des minéraux!

— Oui, le plus précieux, en effet, répondit l'ingénieur, et il semble que la nature ait voulu constater qu'il l'était, en faisant le diamant, qui n'est uniquement que du carbone pur cristallisé.

— Vous ne voulez pas dire, monsieur Cyrus, repartit Pencroff, qu'on brûlera du diamant en guise de houille dans les foyers des chaudières ?

— Non, mon ami, répondit Cyrus Smith.

— Cependant j'insiste, reprit Gédéon Spilett. Vous ne niez pas qu'un jour le charbon sera entièrement consommé ?

— Oh ! les gisements houillers sont encore considérables, et les cent mille ouvriers qui leur arrachent annuellement cent millions de quintaux métriques ne sont pas près de les avoir épuisés !

— Avec la proportion croissante de la consommation du charbon de terre, répondit Gédéon Spilett, on peut prévoir que ces cent mille ouvriers seront bientôt deux cent mille et que l'extraction sera doublée ?

— Sans doute ; mais, après les gisements d'Europe, que de nouvelles machines permettront bientôt d'exploiter plus à fond, les houillères d'Amérique et d'Australie fourniront longtemps encore à la consommation de l'industrie.

— Combien de temps ? demanda le reporter.

— Au moins deux cent cinquante ou trois cents ans.

— C'est rassurant pour nous, répondit Pencroff, mais inquiétant pour nos arrière-petits-cousins !

— On trouvera autre chose, dit Harbert.

— Il faut l'espérer, répondit Gédéon Spilett, car enfin sans charbon plus de machines, et sans machines plus de chemins de fer, plus de bateaux à vapeur, plus d'usines, plus rien de ce qu'exige le progrès de la vie moderne !

— Mais que trouvera-t-on ? demanda Pencroff. L'imaginez-vous, monsieur Cyrus ?

— A peu près, mon ami.

— Et qu'est-ce qu'on brûlera à la place du charbon ?

— L'eau, répondit Cyrus Smith.

— L'eau, s'écria Pencroff, l'eau pour chauffer les bateaux à vapeur et les locomotives, l'eau pour chauffer l'eau !

— Oui, mais l'eau décomposée en ses éléments constitutifs, répondit Cyrus Smith, et décomposée, sans doute, par l'électricité, qui sera devenue alors une force puissante et maniable, car toutes les grandes découvertes, par une loi inexplicable, semblent concorder et se compléter au même moment. Oui, mes amis, je crois que l'eau sera un jour employée comme combustible, que l'hydrogène et l'oxygène, qui la constituent, utilisés isolément ou simultanément, fourniront une source de chaleur et de lumière inépuisables et d'une intensité que la houille ne saurait avoir. Un jour, les soutes des steamers et les tenders des locomotives, au lieu de charbon, seront chargés de ces deux gaz comprimés, qui brûleront dans les foyers avec une énorme puissance calorifique. Ainsi donc, rien à craindre. Tant que cette terre sera habitée, elle fournira aux besoins de ses habitants, et ils ne manqueront jamais ni de lumière ni de chaleur, pas plus qu'ils ne manqueront des productions des règnes végétal, minéral ou animal. Je crois donc que lorsque les gisements de houille seront épuisés, on chauffera et on se chauffera avec de l'eau. L'eau est le charbon de l'avenir.

— Je voudrais voir cela, dit le marin.

— Tu t'es levé trop tôt, Pencroff, répondit Nab, qui n'intervint que par ces mots dans la discussion.

Toutefois, ce ne furent pas les paroles de Nab qui terminèrent la conversation, mais bien les aboiements de Top, qui éclatèrent de nouveau avec cette intonation étrange dont s'était déjà préoccupé l'ingénieur. En même temps, Top recommençait à tourner autour de l'orifice du puits, qui s'ouvrait à l'extrémité du couloir intérieur.

— Qu'est-ce que Top a donc encore à aboyer ainsi ? demanda Pencroff.

— Et Jup à grogner de cette façon ? ajouta Harbert.

En effet, l'orang, se joignant au chien, donnait des signes non équivoques d'agitation, et, détail singulier, ces deux animaux paraissaient être plutôt inquiets qu'irrités.

— Il est évident, dit Gédéon Spilett, que ce puits est en communication directe avec la mer, et que quelque animal marin vient de temps en temps respirer au fond.

— C'est évident, répondit le marin, et il n'y a pas d'autre explication à donner... Allons, silence, Top, ajouta Pencroff en se tournant vers le chien, et toi, Jup, à ta chambre !

Le singe et le chien se turent. Jup retourna se coucher, mais Top resta dans le salon, et il continua à faire entendre de sourds grognements pendant toute la soirée.

Il ne fut plus question de l'incident, qui, cependant, assombrit le front de l'ingénieur.

Pendant le reste du mois de juillet, il y eut des alternatives de pluie et de froid. La température ne s'abaissa pas autant que pendant le précédent hiver, et son maximum ne dépassa pas huit degrés Fahrenheit (13,33° cgr au-dessous de zéro). Mais si cet hiver fut moins froid, du moins fut-il plus troublé par les tempêtes et les coups de vent. Il y eut encore de violents assauts de la mer qui compromirent plus d'une fois les Cheminées. C'était à croire qu'un raz de marée, provoqué par quelque commotion sous-marine, soulevait ces lames monstrueuses et les précipitait sur la muraille de Granite-house.

Lorsque les colons, penchés à leurs fenêtres, observaient ces énormes masses d'eau qui se brisaient sous leurs yeux, ils ne pouvaient qu'admirer le magnifique spectacle de cette impuissante fureur de l'Océan. Les flots rebondissaient en écume éblouissante, la grève entière disparaissait sous cette rageuse inondation, et le massif semblait émerger de la mer elle-même, dont les embruns s'élevaient à une hauteur de plus de cent pieds.

Pendant ces tempêtes, il était difficile de s'aventurer sur les routes de l'île, dangereux même, car les chutes d'arbres y étaient fréquentes. Cependant les colons ne laissèrent jamais passer une semaine sans aller visiter le corral. Heureusement, cette enceinte, abritée par le contrefort sud-est du mont Franklin, ne souffrit pas trop des violences de l'ouragan, qui épargna ses arbres, ses hangars, sa palissade. Mais la basse-cour, établie sur le plateau de Grande-Vue, et, par conséquent, directement exposée aux coups du vent d'est, eut à subir des dégâts assez considérables. Le pigeonnier fut décoiffé deux fois, et la barrière s'abattit également. Tout cela demandait à être refait d'une façon plus solide, car, on le voyait clairement, l'île Lincoln était située dans les parages les plus mauvais du Pacifique. Il semblait vraiment qu'elle formât le point central de vastes cyclones, qui la fouettaient comme fait le fouet de la toupie. Seulement, ici, c'était la toupie qui était immobile, et le fouet qui tournait.

Pendant la première semaine du mois d'août, les rafales s'apaisèrent peu à peu, et l'atmosphère recouvra un calme qu'elle semblait avoir à jamais perdu. Avec le calme, la température s'abaissa, le froid redevint très vif, et la colonne thermométrique tomba à huit degrés Fahrenheit au-dessous de zéro (22° cgr au-dessous de glace).

Le 3 août, une excursion, projetée depuis quelques jours, fut faite dans le sud-est de l'île, vers le marais des Tadornes. Les chasseurs étaient tentés par tout le gibier aquatique, qui établissait là ses quartiers d'hiver. Canards sauvages, bécassines, pilets, sarcelles, grèbes, y abondaient, et il fut décidé qu'un jour serait consacré à une expédition contre ces volatiles.

Non seulement Gédéon Spilett et Harbert, mais aussi Pencroff et Nab prirent part à l'expédition. Seul, Cyrus Smith, prétextant quelque travail, ne se joignit point à eux et demeura à Granite-house.

Les chasseurs prirent donc la route de port Ballon pour se rendre au marais, après avoir promis d'être revenus le soir. Top et Jup les accompagnaient. Dès qu'ils eurent passé le pont de la Mercy, l'ingénieur le releva et revint, avec la pensée de mettre à exécution un projet pour lequel il voulait être seul.

Or, ce projet, c'était d'explorer minutieusement ce puits intérieur dont l'orifice s'ouvrait au niveau du couloir de Granite-house, et qui communiquait avec la mer, puisque autrefois il servait de passage aux eaux du lac.

Pourquoi Top tournait-il si souvent autour de cet orifice ? Pourquoi laissait-il échapper de si étranges aboiements, quand une sorte d'inquiétude le ramenait vers ce puits ? Pourquoi Jup se joignait-il à Top dans une sorte d'anxiété commune ? Ce puits avait-il d'autres branchements que la communication verticale avec la mer ? Se ramifiait-il vers d'autres portions de l'île ? Voilà ce que Cyrus Smith voulait savoir, et, d'abord, être seul à savoir. Il avait donc résolu de tenter l'exploration du puits pendant une absence de ses compagnons, et l'occasion se présentait de le faire.

Il était facile de descendre jusqu'au fond du puits, en employant l'échelle de corde qui ne servait plus depuis l'installation de l'ascenseur, et dont la longueur était suffisante. C'est ce que fit l'ingénieur. Il traîna l'échelle jusqu'à ce trou, dont le diamètre mesurait six pieds environ, et il la laissa se dérouler, après avoir solidement attaché son extrémité supérieure. Puis, ayant allumé une lanterne, pris un revolver et passé un coutelas à sa ceinture, il commença à descendre les premiers échelons.

Partout, la paroi était pleine ; mais quelques saillies du roc se dressaient de distance en distance, et, au moyen de ces saillies, il eût été réellement possible à un être agile de s'élever jusqu'à l'orifice du puits.

C'est une remarque que fit l'ingénieur ; mais, en promenant avec soin sa lanterne sur ces saillies, il ne trouva aucune empreinte, aucune cassure, qui pût donner à penser qu'elles eussent servi à une escalade ancienne ou récente.

Cyrus Smith descendit plus profondément, en éclairant tous les points de la paroi.

Il n'y vit rien de suspect.

Lorsque l'ingénieur eut atteint les derniers échelons, il sentit la surface de l'eau, qui était alors parfaitement calme. Ni à son niveau ni dans aucune autre partie du puits ne s'ouvrait aucun couloir latéral qui pût se ramifier à l'intérieur du massif. La muraille, que Cyrus Smith frappa du manche de son coutelas, sonnait le plein. C'était un granit compact, à travers lequel nul être vivant ne pouvait se frayer un chemin. Pour arriver au fond du puits et s'élever ensuite jusqu'à son orifice, il fallait nécessairement passer par ce canal, toujours immergé, qui le mettrait en communication avec la mer à travers le sous-sol rocheux de la grève, et cela n'était possible qu'à des animaux marins. Quant à la question de savoir où aboutissait ce canal, en quel point du littoral et à quelle profondeur sous les flots, on ne pouvait la résoudre.

Donc, Cyrus Smith, ayant terminé son exploration, remonta, retira l'échelle, recouvrit l'orifice du puits et revint, tout pensif, à la grande salle de Granite-house, en se disant :

« Je n'ai rien vu, et pourtant il y a quelque chose ! »

XII

LE GRÉEMENT DE L'EMBARCATION — UNE ATTAQUE DE CULPEUX — JUP BLESSÉ — JUP SOIGNÉ — JUP GUÉRI — ACHÈVEMENT DU BATEAU — TRIOMPHE DE PENCROFF — LE « BONADVENTURE » — PREMIER ESSAI AU SUD DE L'ÎLE — UN DOCUMENT INATTENDU

Le soir même, les chasseurs revinrent, ayant fait bonne chasse, et, littéralement chargés de gibier, ils portaient tout ce que pouvaient porter quatre hommes. Top avait un chapelet de pilets autour du cou, et Jup, des ceintures de bécassines autour du corps.

— Voilà, mon maître, s'écria Nab, voilà de quoi employer notre temps ! Conserves, pâtés, nous aurons là une réserve agréable ! Mais il faut que quelqu'un m'aide. Je compte sur toi, Pencroff.

— Non, Nab, répondit le marin. Le gréement du bateau me réclame, et tu voudras bien te passer de moi.

— Et vous, monsieur Harbert ?

— Moi, Nab, il faut que j'aille demain au corral, répondit le jeune garçon.

— Ce sera donc vous, monsieur Spilett, qui m'aiderez ?

— Pour t'obliger, Nab, répondit le reporter, mais je

te préviens que si tu me dévoiles tes recettes, je les publierai.

— A votre convenance, monsieur Spilett, répondit Nab, à votre convenance!

Et voilà comment, le lendemain, Gédéon Spilett, devenu l'aide de Nab, fut installé dans son laboratoire culinaire. Mais auparavant, l'ingénieur lui avait fait connaître le résultat de l'exploration qu'il avait faite la veille, et à cet égard, le reporter partagea l'opinion de Cyrus Smith, que, bien qu'il n'eût rien trouvé, il restait toujours un secret à découvrir!

Les froids persévérèrent pendant une semaine encore, et les colons ne quittèrent pas Granite-house, si ce n'est pour les soins à donner à la basse-cour. La demeure était parfumée des bonnes odeurs qu'émettaient les manipulations savantes de Nab et du reporter; mais tout le produit de la chasse aux marais ne fut pas transformé en conserves, et comme le gibier, par ce froid intense, se gardait parfaitement, canards sauvages et autres furent mangés frais et déclarés supérieurs à toutes autres bêtes aquatiques du monde connu.

Pendant cette semaine, Pencroff, aidé par Harbert, qui maniait habilement l'aiguille du voilier, travailla avec tant d'ardeur, que les voiles de l'embarcation furent terminées. Le cordage de chanvre ne manquait pas, grâce au gréement qui avait été retrouvé avec l'enveloppe du ballon. Les câbles, les cordages du filet, tout cela était fait d'un filin excellent, dont le marin tira bon parti. Les voiles furent bordées de fortes ralingues, et il restait encore de quoi fabriquer les drisses, les haubans, les écoutes, etc. Quant au pouliage, sur les conseils de Pencroff et au moyen du tour qu'il avait installé, Cyrus Smith fabriqua les poulies nécessaires. Il arriva donc que le gréement était entièrement paré bien avant que le bateau fût fini. Pencroff dressa même un pavillon bleu, rouge et blanc, dont les couleurs avaient été fournies par certaines plantes tinctoriales, très abondantes dans l'île. Seulement, aux trente-sept étoiles représentant les trente-sept États de l'Union qui resplendissent sur le pavillon des yachts américains, le marin en avait ajouté une trente-huitième, l'étoile de « l'État de Lincoln », car il considérait son île comme déjà rattachée à la grande république.

— Et, disait-il, elle l'est de cœur, si elle ne l'est pas encore de fait !

En attendant, ce pavillon fut arboré à la fenêtre centrale de Granite-house, et les colons le saluèrent de trois hurrahs.

Cependant on touchait au terme de la saison froide, et il semblait que ce second hiver allait se passer sans incident grave, quand, dans la nuit du 11 août, le plateau de Grande-Vue fut menacé d'une dévastation complète.

Après une journée bien remplie, les colons dormaient profondément, lorsque, vers quatre heures du matin, ils furent subitement réveillés par les aboiements de Top.

Le chien n'aboyait pas, cette fois, près de l'orifice du puits, mais au seuil de la porte, et il se jetait dessus comme s'il eût voulu l'enfoncer. Jup, de son côté, poussait des cris aigus.

— Eh bien, Top ! cria Nab, qui fut le premier éveillé.

Mais le chien continua d'aboyer avec plus de fureur.

— Qu'est-ce donc ? demanda Cyrus Smith.

Et tous, vêtus à la hâte, se précipitèrent vers les fenêtres de la chambre, qu'ils ouvrirent.

Sous leurs yeux se développait une couche de neige qui paraissait à peine blanche dans cette nuit très obscure. Les colons ne virent rien, mais ils entendirent de singuliers aboiements qui éclataient dans l'ombre.

Il était évident que la grève avait été envahie par un certain nombre d'animaux que l'on ne pouvait distinguer.

— Qu'est-ce ? s'écria Pencroff.

— Des loups, des jaguars ou des singes ! répondit Nab.

— Diable ! Mais ils peuvent gagner le haut du plateau ! dit le reporter.

— Et notre basse-cour, s'écria Harbert, et nos plantations ?...

— Par où ont-ils donc passé ? demanda Pencroff.

— Ils auront franchi le ponceau de la grève, répondit l'ingénieur, que l'un de nous aura oublié de refermer.

— En effet, dit Spilett, je me rappelle l'avoir laissé ouvert...

— Un beau coup que vous avez fait là, monsieur Spilett ! s'écria le marin.

— Ce qui est fait est fait, répondit Cyrus Smith. Avisons à ce qu'il faut faire !

Telles furent les demandes et les réponses qui furent rapidement échangées entre Cyrus Smith et ses compagnons. Il était certain que le ponceau avait été franchi, que la grève était envahie par des animaux, et que ceux-ci, quels qu'ils fussent, pouvaient, en remontant la rive gauche de la Mercy, arriver au plateau de Grande-Vue. Il fallait donc les gagner de vitesse et les combattre, au besoin.

— Mais quelles sont ces bêtes-là ? fut-il demandé une seconde fois, au moment où les aboiements retentissaient avec plus de force.

Ces aboiements firent tressaillir Harbert, et il se souvint de les avoir déjà entendus pendant sa première visite aux sources du Creek-Rouge.

— Ce sont des culpeux, ce sont des renards ! dit-il.

— En avant ! s'écria le marin.

Et tous, s'armant de haches, de carabines et de revolvers, se précipitèrent dans la banne de l'ascenseur et prirent pied sur la grève.

Ce sont de dangereux animaux que ces culpeux, quand ils sont en grand nombre et que la faim les irrite. Néanmoins, les colons n'hésitèrent pas à se jeter au milieu de la bande, et leurs premiers coups de revolver, lançant de rapides éclairs dans l'obscurité, firent reculer les premiers assaillants.

Ce qui importait avant tout, c'était d'empêcher ces pillards de s'élever jusqu'au plateau de Grande-Vue, car les plantations, la basse-cour, eussent été à leur merci, et d'immenses dégâts, peut-être irréparables, surtout en ce qui concernait le champ de blé, se seraient inévitablement produits. Mais comme l'envahissement du plateau ne pouvait se faire que par la rive gauche de la Mercy, il suffisait d'opposer aux culpeux une barrière insurmontable sur cette étroite portion de la berge comprise entre la rivière et la muraille de granit.

Ceci fut compris de tous, et, sur un ordre de Cyrus Smith, ils gagnèrent l'endroit désigné, pendant que la troupe des culpeux bondissait dans l'ombre.

Cyrus Smith, Gédéon Spilett, Harbert, Pencroff et Nab se disposèrent donc de manière à former une ligne infranchissable. Top, ses formidables mâchoires ouvertes, précédait les colons, et il était suivi de Jup, armé d'un gourdin noueux qu'il brandissait comme une massue.

La nuit était extrêmement obscure. Ce n'était qu'à la lueur des décharges, dont chacune devait porter, qu'on apercevait les assaillants, qui devaient être au moins une centaine, et dont les yeux brillaient comme des braises.

— Il ne faut pas qu'ils passent ! s'écria Pencroff.

— Ils ne passeront pas ! répondit l'ingénieur.

Mais s'ils ne passèrent pas, ce ne fut pas faute de l'avoir tenté. Les derniers rangs poussaient les premiers, et ce fut une lutte incessante à coups de revolver et à coups de hache. Bien des cadavres de culpeux devaient déjà joncher le sol, mais la bande ne semblait pas diminuer, et on eût dit qu'elle se renouvelait sans cesse par le ponceau de la grève.

Bientôt, les colons durent lutter corps à corps, et ils n'étaient pas sans avoir reçu quelques blessures, légères fort heureusement. Harbert avait, d'un coup de revolver, débarrassé Nab, sur le dos duquel un culpeux venait de s'abattre comme un chat-tigre. Top se battait avec une fureur véritable, sautant à la gorge des renards et les étranglant net. Jup, armé de son bâton, tapait comme un sourd, et c'était en vain qu'on voulait le faire rester en arrière. Doué, sans doute, d'une vue qui lui permettait de percer cette obscurité, il était toujours au plus fort du combat et poussait de temps en temps un sifflement aigu, qui était chez lui la marque d'une extrême jubilation. A un certain moment, il s'avança même si loin, qu'à la lueur d'un coup de revolver, on put le voir entouré de cinq ou six grands culpeux, auxquels il tenait tête avec un rare sang-froid.

Cependant la lutte devait finir à l'avantage des colons, mais après qu'ils eurent résisté deux grandes heures! Les premières lueurs de l'aube, sans doute, déterminèrent la retraite des assaillants, qui détalèrent vers le nord, de manière à repasser le ponceau, que Nab courut relever immédiatement.

Quand le jour eut suffisamment éclairé le champ de bataille, les colons purent compter une cinquantaine de cadavres épars sur la grève.

— Et Jup! s'écria Pencroff. Où est donc Jup?

Jup avait disparu. Son ami Nab l'appela, et, pour la première fois, Jup ne répondit pas à l'appel de son ami.

Chacun se mit en quête de Jup, tremblant de le compter parmi les morts. On déblaya la place des cadavres, qui tachaient la neige de leur sang, et Jup fut retrouvé au milieu d'un véritable monceau de culpeux dont les mâchoires fracassées, les reins brisés, témoignaient qu'ils avaient eu affaire au terrible gourdin de l'intrépide animal. Le pauvre Jup tenait encore à la main le tronçon de son bâton rompu ; mais privé de son arme, il avait été accablé par le nombre, et de profondes blessures labouraient sa poitrine.

— Il est vivant ! s'écria Nab, qui se pencha sur lui.

— Et nous le sauverons, répondit le marin, nous le soignerons comme l'un de nous !

Il semblait que Jup comprît, car il inclina sa tête sur l'épaule de Pencroff, comme pour le remercier. Le marin était blessé lui-même, mais ses blessures, ainsi que celles de ses compagnons, étaient insignifiantes, car, grâce à leurs armes à feu, presque toujours ils avaient pu tenir les assaillants à distance. Il n'y avait donc que l'orang dont l'état fût grave.

Jup, porté par Nab et Pencroff, fut amené jusqu'à l'ascenseur, et c'est à peine si un faible gémissement sortit de ses lèvres. On le remonta doucement à Granite-house. Là, il fut installé sur un des matelas empruntés à l'une des couchettes, et ses blessures furent lavées avec le plus grand soin. Il ne paraissait pas qu'elles eussent atteint quelque organe essentiel, mais Jup avait été très affaibli par la perte de son sang, et la fièvre se déclara à un degré assez fort.

On le coucha donc, après son pansement, on lui imposa une diète sévère, « tout comme à une personne naturelle », dit Nab, et on lui fit boire quelques tasses de tisane rafraîchissante, dont la pharmacie végétale de Granite-house fournit les ingrédients.

Jup s'endormit d'un sommeil agité d'abord ; mais peu à peu sa respiration devint plus régulière, et on le laissa reposer dans le plus grand calme. De temps en temps, Top, marchant, on peut dire « sur la pointe des pieds », venait visiter son ami et semblait approuver tous les soins que l'on prenait de lui. Une des mains de Jup pendait hors de la couche, et Top la léchait d'un air contrit.

Ce matin même, on procéda à l'ensevelissement des morts, qui furent traînés jusqu'à la forêt du Far-West et enterrés profondément.

Cette attaque, qui aurait pu avoir des conséquences si graves, fut une leçon pour les colons, et désormais ils ne se couchèrent plus sans que l'un d'eux se fût assuré que tous les ponts étaient relevés et qu'aucune invasion n'était possible.

Cependant Jup, après avoir donné des craintes sérieuses pendant quelques jours, réagit vigoureusement contre le mal. Sa constitution l'emporta, la fièvre diminua peu à peu, et Gédéon Spilett, qui était un peu médecin, le considéra bientôt comme tiré d'affaire. Le 16 août, Jup commença à manger. Nab lui faisait de bons petits plats sucrés que le malade dégustait avec sensualité, car, s'il avait un défaut mignon, c'était d'être un tantinet gourmand, et Nab n'avait jamais rien fait pour le corriger de ce défaut-là.

— Que voulez-vous ? disait-il à Gédéon Spilett, qui lui reprochait quelquefois de le gâter, il n'a pas d'autre plaisir que celui de la bouche, ce pauvre Jup, et je suis trop heureux de pouvoir reconnaître ainsi ses services !

Dix jours après avoir pris le lit, le 21 août, maître Jup se leva. Ses blessures étaient cicatrisées, et on vit bien qu'il ne tarderait pas à recouvrer sa souplesse et sa vigueur habituelles. Comme tous les convalescents, il fut alors pris d'une faim dévorante, et le reporter le laissa manger à sa fantaisie, car il se fiait à cet instinct qui manque trop souvent aux êtres raisonnants et qui devait préserver l'orang de tout excès. Nab était ravi de voir revenir l'appétit de son élève.

« Mange, lui disait-il, mon Jup, et ne te fais faute de rien ! Tu as versé ton sang pour nous, et c'est bien le moins que je t'aide à le refaire ! »

Enfin, le 25 août, on entendit la voix de Nab qui appelait ses compagnons.

— Monsieur Cyrus, monsieur Gédéon, monsieur Harbert, Pencroff, venez ! venez !

Les colons, réunis dans la grande salle, se levèrent à l'appel de Nab, qui était alors dans la chambre réservée à Jup.

— Qu'y a-t-il ? demanda le reporter.

— Voyez ! répondit Nab en poussant un vaste éclat de rire.

Et que vit-on ? Maître Jup, qui fumait, tranquillement et sérieusement, accroupi comme un Turc sur la porte de Granite-house !

— Ma pipe ! s'écria Pencroff. Il a pris ma pipe ! Ah ! mon brave Jup, je t'en fais cadeau ! Fume, mon ami, fume !

Et Jup lançait gravement d'épaisses bouffées de tabac, ce qui semblait lui procurer des jouissances sans pareilles.

Cyrus Smith ne se montra pas autrement étonné de l'incident, et il cita plusieurs exemples de singes apprivoisés, auxquels l'usage du tabac était devenu familier.

Mais, à partir de ce jour, maître Jup eut sa pipe à lui, l'ex-pipe du marin, qui fut suspendue dans sa chambre, près de sa provision de tabac. Il la bourrait lui même, il l'allumait à un charbon ardent et paraissait être le plus heureux des quadrumanes. On pense bien que cette communauté de goût ne fit que resserrer entre Jup et Pencroff ces étroits liens d'amitié qui unissaient déjà le digne singe et l'honnête marin.

— C'est peut-être un homme, disait quelquefois Pencroff à Nab. Est-ce que ça t'étonnerait si un jour il se mettait à nous parler ?

— Ma foi non, répondait Nab. Ce qui m'étonne, c'est plutôt qu'il ne parle pas, car enfin, il ne lui manque que la parole !

— Ça m'amuserait tout de même, reprenait le marin, si un beau jour il me disait : « Si nous changions de pipe, Pencroff ! »

— Oui, répondait Nab. Quel malheur qu'il soit muet de naissance !

Avec le mois de septembre, l'hiver fut entièrement terminé, et les travaux reprirent avec ardeur.

La construction du bateau avança rapidement. Il était entièrement bordé déjà, et on le membra intérieurement, de manière à relier toutes les parties de la coque, avec des membrures assouplies par la vapeur d'eau, qui se prêtèrent à toutes les exigences du gabarit.

Comme le bois ne manquait pas, Pencroff proposa à l'ingénieur de doubler intérieurement la coque avec un vaigrage étanche, ce qui assurerait complètement la solidité de l'embarcation.

Cyrus Smith ne sachant pas ce que réservait l'avenir, approuva l'idée du marin de rendre son embarcation aussi solide que possible.

Le vaigrage et le pont du bateau furent entièrement finis vers le 15 septembre. Pour calfater les coutures, on fit de l'étoupe avec du zostère sec, qui fut introduit à coups de maillet entre les bordages de la coque, du vaigrage et du pont ; puis, ces coutures furent recouvertes de goudron bouillant, que les pins de la forêt fournirent avec abondance.

L'aménagement de l'embarcation fut des plus simples. Elle avait d'abord été lestée avec de lourds morceaux de granit, maçonnés dans un lit de chaux, et dont on arrima douze mille livres environ. Un tillac fut posé par-dessus ce lest, et l'intérieur fut divisé en deux chambres, le long desquelles s'étendaient deux bancs, qui servaient de coffres. Le pied du mât devait épontiller la cloison qui séparait les deux chambres, dans lesquelles on parvenait par deux écoutilles, ouvertes sur le pont et munies de capots.

Pencroff n'eut aucune peine à trouver un arbre convenable pour la mâture. Il choisit un jeune sapin, bien droit, sans nœuds, qu'il n'eut qu'à équarrir à son emplanture et à arrondir à sa tête. Les ferrures du mât, celles du gouvernail et celles de la coque avaient été grossièrement, mais solidement fabriquées à la forge des Cheminées. Enfin, vergues, mât de flèche, gui, espars, avirons, etc., tout était terminé dans la première semaine d'octobre, et il fut convenu qu'on ferait l'essai du bateau aux abords de l'île, afin de reconnaître comment il se comportait à la mer et dans quelle mesure on pouvait se fier à lui.

Pendant tout ce temps, les travaux nécessaires n'avaient point été négligés. Le corral était réaménagé, car le troupeau de mouflons et de chèvres comptait un certain nombre de petits qu'il fallait loger et nourrir. Les visites des colons n'avaient manqué ni au parc aux huîtres, ni à la garenne, ni aux gisements de houille et de fer, ni à quelques parties jusque-là inexplorées des forêts du Far-West, qui étaient fort giboyeuses.

Certaines plantes indigènes furent encore découvertes, et, si elles n'avaient pas une utilité immédiate, elles contribuèrent à varier les réserves végétales de Granite-house. C'étaient des espèces de ficoïdes, les unes semblables à celles du Cap, avec des feuilles charnues comestibles, les autres produisant des graines qui contenaient une sorte de farine.

Le 10 octobre, le bateau fut lancé à la mer. Pencroff était radieux. L'opération réussit parfaitement.

L'embarcation, toute gréée, ayant été poussée sur des rouleaux à la lisière du rivage, fut prise par la mer montante et flotta aux applaudissements des colons, et particulièrement de Pencroff, qui ne montra aucune modestie en cette occasion. D'ailleurs, sa vanité devait survivre à l'achèvement du bateau, puisque, après l'avoir construit, il allait être appelé à le commander. Le grade de capitaine lui fut décerné de l'agrément de tous.

Pour satisfaire le capitaine Pencroff, il fallut tout d'abord donner un nom à l'embarcation, et, après plusieurs propositions longuement discutées, les suffrages se réunirent sur celui de *Bonadventure*, qui était le nom de baptême de l'honnête marin.

Dès que le *Bonadventure* eut été soulevé par la marée montante, on put voir qu'il se tenait parfaitement dans ses lignes d'eau, et qu'il devait convenablement naviguer sous toutes les allures.

Du reste, l'essai en allait être fait, le jour même, dans une excursion au large de la côte. Le temps était beau, la brise fraîche, et la mer facile, surtout sur le littoral du sud, car le vent soufflait du nord-ouest depuis une heure déjà.

— Embarque ! embarque ! criait le capitaine Pencroff. Mais il fallait déjeuner avant de partir, et il parut même bon d'emporter des provisions à bord, pour le cas où l'excursion se prolongerait jusqu'au soir.

Cyrus Smith avait hâte, également, d'essayer cette embarcation, dont les plans venaient de lui, bien que, sur le conseil du marin, il en eût souvent modifié quelques parties ; mais il n'avait pas en elle la confiance que manifestait Pencroff, et comme celui-ci ne reparlait plus du voyage à l'île Tabor, Cyrus Smith espérait même que le marin y avait renoncé. Il lui eût répugné, en effet, de voir deux ou trois de ses compagnons s'aventurer au loin sur cette barque, si petite en somme, et qui ne jaugeait pas plus de quinze tonneaux.

A dix heures et demie, tout le monde était à bord, même Jup, même Top. Nab et Harbert levèrent l'ancre qui mordait le sable près de l'embouchure de la Mercy, la brigantine fut hissée, le pavillon lincolnien flotta en tête du mât, et le *Bonadventure*, dirigé par Pencroff, prit le large.

Pour sortir de la baie de l'Union, il fallut d'abord faire vent arrière, et l'on put constater que, sous cette allure, la vitesse de l'embarcation était satisfaisante.

Après avoir doublé la pointe de l'Épave et le cap Griffe, Pencroff dut tenir le plus près, afin de prolonger la côte méridionale de l'île, et, après avoir couru quelques bords, il observa que le *Bonadventure* pouvait marcher environ à cinq quarts du vent, et qu'il se soutenait convenablement contre la dérive. Il virait très bien devant, ayant du « coup », comme disent les marins, et gagnant même dans son virement.

Les passagers du *Bonadventure* étaient véritablement enchantés. Ils avaient là une bonne embarcation, qui, le cas échéant, pourrait leur rendre de grands services, et par ce beau temps, avec cette brise bien faite, la promenade fut charmante.

Pencroff se porta au large, à trois ou quatre milles de la côte, par le travers du port Ballon. L'île apparut alors dans tout son développement et sous un nouvel aspect, avec le panorama varié de son littoral depuis le cap Griffe jusqu'au promontoire du Reptile, ses premiers plans de forêts dans lesquels les conifères tranchaient encore sur le jeune feuillage des autres arbres à peine bourgeonnés, et ce mont Franklin, qui dominait l'ensemble et dont quelques neiges blanchissaient la tête.

— Que c'est beau ! s'écria Harbert.

— Oui, notre île est belle et bonne, répondit Pencroff. Je l'aime comme j'aimais ma pauvre mère !

Elle nous a reçus, pauvres et manquant de tout, et que manque-t-il à ces cinq enfants qui lui sont tombés du ciel ?

— Rien ! répondit Nab, rien, capitaine !

Et les deux braves gens poussèrent trois formidables hurrahs en l'honneur de leur île !

Pendant ce temps, Gédéon Spilett, appuyé au pied du mât, dessinait le panorama qui se développait sous ses yeux.

Cyrus Smith regardait en silence.

— Eh bien, monsieur Cyrus, demanda Pencroff, que dites-vous de notre bateau ?

— Il paraît se bien comporter, répondit l'ingénieur.

— Bon ! Et croyez-vous, à présent, qu'il pourrait entreprendre un voyage de quelque durée ?

— Quel voyage, Pencroff ?

— Celui de l'île Tabor, par exemple ?

— Mon ami, répondit Cyrus Smith, je crois que, dans un cas pressant, il ne faudrait pas hésiter à se confier au *Bonadventure*, même pour une traversée plus longue ; mais, vous le savez, je vous verrais partir avec peine pour l'île Tabor, puisque rien ne vous oblige à y aller.

— On aime à connaître ses voisins, répondit Pencroff, qui s'entêtait dans son idée. L'île Tabor, c'est notre voisine, et c'est la seule ! La politesse veut qu'on aille, au moins, lui faire une visite !

— Diable ! fit Gédéon Spilett, notre ami Pencroff est à cheval sur les convenances !

— Je ne suis à cheval sur rien du tout, riposta le marin, que l'opposition de l'ingénieur vexait un peu, mais qui n'aurait pas voulu lui causer quelque peine.

— Songez, Pencroff, répondit Cyrus Smith, que vous ne pouvez aller seul à l'île Tabor.

— Un compagnon me suffira.

— Soit, répondit l'ingénieur. C'est donc de deux colons sur cinq que vous risquez de priver la colonie de l'île Lincoln ?

— Sur six ! répondit Pencroff. Vous oubliez Jup.

— Sur sept ! ajouta Nab. Top en vaut bien un autre !

— Il n'y a pas de risque, monsieur Cyrus, reprit Pencroff.

— C'est possible, Pencroff ; mais je vous le répète, c'est s'exposer sans nécessité !

L'entêté marin ne répondit pas et laissa tomber la conversation, bien décidé à la reprendre. Mais il ne se doutait guère qu'un incident allait lui venir en aide et changer en une œuvre d'humanité ce qui n'était qu'un caprice, discutable après tout.

En effet, après s'être tenu au large, le *Bonadventure* venait de se rapprocher de la côte, en se dirigeant vers le port Ballon. Il était important de vérifier les passes ménagées entre les bancs de sable et les récifs, pour les baliser au besoin, puisque cette petite crique devait être le port d'attache du bateau.

On n'était plus qu'à un demi-mille de la côte, et il avait fallu louvoyer pour gagner contre le vent. La vitesse du *Bonadventure* n'était que très modérée alors, parce que la brise, en partie arrêtée par la haute terre, gonflait à peine ses voiles, et la mer, unie comme une glace, ne se ridait qu'au souffle des risées qui passaient capricieusement.

Harbert se tenait à l'avant, afin d'indiquer la route à suivre au milieu des passes, lorsqu'il s'écria tout d'un coup :

— Lofe, Pencroff, lofe.

— Qu'est-ce qu'il y a ? répondit le marin en se levant. Une roche ?

— Non... attends, dit Harbert... je ne vois pas bien... lofe encore... bon... arrive un peu...

Et ce disant, Harbert, couché le long du bord, plongea rapidement son bras dans l'eau et se releva en disant :

— Une bouteille !

Il tenait à la main une bouteille fermée, qu'il venait de saisir à quelques encablures de la côte.

Cyrus Smith prit la bouteille. Sans dire un seul mot, il en fit sauter le bouchon, et il tira un papier humide, sur lequel se lisaient ces mots :

Naufragé... Ile Tabor : 153° O. long. — 37° 11' lat. S.

XIII

DÉPART DÉCIDÉ — HYPOTHÈSES — PRÉPARATIFS — LES TROIS
PASSAGERS — PREMIÈRE NUIT — DEUXIÈME NUIT — L'ÎLE
TABOR — RECHERCHES SUR LA GRÈVE — RECHERCHES
SOUS BOIS — PERSONNE — ANIMAUX — PLANTES —
UNE HABITATION — DÉSERTE

— Un naufragé ! s'écria Pencroff, abandonné à quelque cent milles de nous sur cette île Tabor ! Ah ! monsieur Cyrus, vous ne vous opposerez plus maintenant à mon projet de voyage !

— Non, Pencroff, répondit Cyrus Smith, et vous partirez le plus tôt possible.

— Dès demain ?

— Dès demain.

L'ingénieur tenait à la main le papier qu'il avait retiré de la bouteille. Il le médita pendant quelques instants, puis, reprenant la parole :

— De ce document, mes amis, dit-il, de la forme même dans laquelle il est conçu, on doit d'abord conclure ceci : c'est, premièrement, que le naufragé de l'île Tabor est un homme ayant des connaissances assez avancées en marine, puisqu'il donne la latitude et la longitude de l'île, conformes à celles que nous avons trouvées, et jusqu'à une minute d'approximation ; secondement, qu'il est anglais ou américain, puisque le document est écrit en langue anglaise.

— Ceci est parfaitement logique, répondit Gédéon Spilett, et la présence de ce naufragé explique l'arrivée de la caisse sur les rivages de l'île. Il y a eu naufrage, puisqu'il y a un naufragé. Quant à ce dernier, quel qu'il soit, il est heureux pour lui que Pencroff ait eu l'idée de construire ce bateau et de l'essayer aujourd'hui même, car, un jour de retard, et cette bouteille pouvait se briser sur les récifs.

— En effet, dit Harbert, c'est une chance heureuse que le *Bonadventure* ait passé là, précisément quand cette bouteille flottait encore !

— Et cela ne vous semble pas bizarre ? demanda Cyrus Smith à Pencroff.

— Cela me semble heureux, voilà tout, répondit le marin. Est-ce que vous voyez quelque chose d'extraordinaire à cela, monsieur Cyrus ? Cette bouteille, il fallait bien qu'elle allât quelque part, et pourquoi pas ici aussi bien qu'ailleurs ?

— Vous avez peut-être raison, Pencroff, répondit l'ingénieur, et cependant...

— Mais, fit observer Harbert, rien ne prouve que cette bouteille flotte depuis longtemps sur la mer ?

— Rien, répondit Gédéon Spilett, et même le document paraît avoir été récemment écrit. Qu'en pensez-vous, Cyrus ?

— Cela est difficile à vérifier, et, d'ailleurs, nous le saurons ! répondit Cyrus Smith.

Pendant cette conversation, Pencroff n'était pas resté inactif. Il avait viré de bord, et le *Bonadventure*, grand largue, toutes voiles portant, filait rapidement vers le cap Griffe. Chacun songeait à ce naufragé de l'île Tabor. Était-il encore temps de le sauver ? Grand événement dans la vie des colons ! Eux-mêmes n'étaient que des naufragés, mais il était à craindre qu'un autre n'eût pas été aussi favorisé qu'eux, et leur devoir était de courir au-devant de l'infortune.

Le cap Griffe fut doublé, et le *Bonadventure* vint mouiller vers quatre heures à l'embouchure de la Mercy.

Le soir même, les détails relatifs à la nouvelle expédition étaient réglés. Il parut convenable que Pencroff et Harbert, qui connaissaient la manœuvre d'une embarcation, fussent seuls à entreprendre ce voyage. En partant le lendemain, 11 octobre, ils pourraient arriver le 13 dans la journée, car, avec le vent qui régnait, il ne fallait pas plus de quarante-huit heures pour faire cette traversée de cent cinquante milles. Un jour dans l'île, trois ou quatre jours pour revenir, on pouvait donc compter que, le 17, ils seraient de retour à l'île Lincoln. Le temps était beau, le baromètre remontait sans secousses, le vent semblait bien établi, toutes les chances étaient donc en faveur de ces braves gens, qu'un devoir d'humanité allait entraîner loin de leur île.

Ainsi donc, il avait été convenu que Cyrus Smith, Nab et Gédéon Spilett resteraient à Granite-house ; mais une réclamation se produisit, et Gédéon Spilett, qui n'oubliait point son métier de reporter du *New York Herald*, ayant déclaré qu'il irait à la nage plutôt que de manquer une pareille occasion, il fut admis à prendre part au voyage.

La soirée fut employée à transporter à bord du *Bonadventure* quelques objets de literie, des ustensiles, des armes, des munitions, une boussole, des vivres pour une huitaine de jours, et, ce chargement ayant été rapidement opéré, les colons remontèrent à Granite-house.

Le lendemain, à cinq heures du matin, les adieux furent faits, non sans une certaine émotion de part et d'autre, et Pencroff, éventant ses voiles, se dirigea vers le cap Griffe, qu'il devait doubler pour prendre directement ensuite la route du sud-ouest.

Le *Bonadventure* était déjà à un quart de mille de la côte, quand ses passagers aperçurent sur les hauteurs de Granite-house deux hommes qui leur faisaient un signe d'adieu. C'étaient Cyrus Smith et Nab.

— Nos amis ! s'écria Gédéon Spilett. Voilà notre première séparation depuis quinze mois !...

Pencroff, le reporter et Harbert firent un dernier signe d'adieu, et Granite-house disparut bientôt derrière les hautes roches du cap.

Pendant les premières heures de la journée, le *Bonadventure* resta constamment en vue de la côte méridionale de l'île Lincoln, qui n'apparut bientôt plus que sous la forme d'une corbeille verte, de laquelle émergeait le mont Franklin. Les hauteurs, amoindries par l'éloignement, lui donnaient une apparence peu faite pour attirer les navires sur ses atterrages.

Le promontoire du Reptile fut dépassé vers une heure, mais à dix milles au large. De cette distance, il n'était plus possible de rien distinguer de la côte occidentale qui s'étendait jusqu'aux croupes du mont Franklin, et, trois heures après, tout ce qui était l'île Lincoln avait disparu au-dessous de l'horizon.

Le *Bonadventure* se conduisait parfaitement. Il s'élevait facilement à la lame et faisait une route rapide. Pencroff avait gréé sa voile de flèche, et, ayant tout dessus, il marchait suivant une direction rectiligne, relevée à la boussole.

De temps en temps, Harbert le relayait au gouvernail, et la main du jeune garçon était si sûre, que le marin n'avait pas une embardée à lui reprocher.

Gédéon Spilett causait avec l'un, avec l'autre, et, au besoin, il mettait la main à la manœuvre. Le capitaine Pencroff était absolument satisfait de son équipage, et ne parlait rien moins que de le gratifier « d'un quart de vin par bordée » !

Au soir, le croissant de la lune, qui ne devait être dans son premier quartier que le 16, se dessina dans le crépuscule solaire et s'éteignit bientôt. La nuit fut sombre, mais très étoilée, et une belle journée s'annonçait encore pour le lendemain.

Pencroff, par prudence, amena la voile de flèche, ne voulant point s'exposer à être surpris par quelque excès de brise avec de la toile en tête de mât. C'était peut-être trop de précaution pour une nuit si calme, mais Pencroff était un marin prudent, et on n'aurait pu le blâmer.

Le reporter dormit une partie de la nuit. Pencroff et Harbert se relayèrent de deux heures en deux heures au gouvernail. Le marin se fiait à Harbert comme à lui-même, et sa confiance était justifiée par le sang-froid et la raison du jeune garçon. Pencroff lui donnait la route comme un commandant à son timonier, et Harbert ne laissait pas le *Bonadventure* dévier d'une ligne.

La nuit se passa bien, et la journée du 12 octobre s'écoula dans les mêmes conditions. La direction au sud-ouest fut strictement maintenue pendant toute cette journée, et si le *Bonadventure* ne subissait pas quelque courant inconnu, il devait terrir juste sur l'île Tabor.

Quant à cette mer que l'embarcation parcourait alors, elle était absolument déserte. Parfois, quelque grand oiseau, albatros ou frégate, passait à portée de fusil, et Gédéon Spilett se demandait si ce n'était pas à l'un de ces puissants volateurs qu'il avait confié sa dernière chronique adressée au *New York Herald*. Ces oiseaux étaient les seuls êtres qui parussent fréquenter cette partie de l'Océan comprise entre l'île Tabor et l'île Lincoln.

— Et cependant, fit observer Harbert, nous sommes à l'époque où les baleiniers se dirigent ordinairement vers la partie méridionale du Pacifique. En vérité, je ne crois pas qu'il y ait une mer plus abandonnée que celle-ci !

— Elle n'est point si déserte que cela ! répondit Pencroff.

— Comment l'entendez-vous ? demanda le reporter.

— Mais puisque nous y sommes ! Est-ce que vous prenez notre bateau pour une épave et nos personnes pour des marsouins ?

Et Pencroff de rire de sa plaisanterie.

Au soir, d'après l'estime, on pouvait penser que le *Bonadventure* avait franchi une distance de cent vingt milles depuis son départ de l'île Lincoln, c'est-à-dire depuis trente-six heures, ce qui donnait une vitesse de trois milles un tiers à l'heure. La brise était faible et tendait à calmir. Toutefois, on pouvait espérer que le lendemain, au point du jour, si l'estime était juste et si la direction avait été bonne, on aurait connaissance de l'île Tabor.

Aussi, ni Gédéon Spilett, ni Harbert, ni Pencroff ne dormirent pendant cette nuit du 12 au 13 octobre. Dans l'attente du lendemain, ils ne pouvaient se défendre d'une vive émotion. Il y avait tant d'incertitudes dans l'entreprise qu'ils avaient tentée ! Étaient-ils proche de l'île Tabor ? L'île était-elle encore habitée par ce naufragé au secours duquel ils se portaient ? Quel était cet homme ? Sa présence n'apporterait-elle pas quelque trouble dans la petite colonie, si unie jusqu'alors ? Consentirait-il, d'ailleurs, à échanger sa prison pour une autre ? Toutes ces questions, qui allaient sans doute être résolues le lendemain, les tenaient en éveil, et, aux premières nuances du jour, ils fixèrent successivement leurs regards sur tous les points de l'horizon de l'ouest.

— Terre! cria Pencroff vers six heures du matin.

Et comme il était inadmissible que Pencroff se fût trompé, il était évident que la terre était là.

Que l'on juge de la joie du petit équipage du *Bonadventure*! Avant quelques heures, il serait sur le littoral de l'île!

L'île Tabor, sorte de côte basse, à peine émergée des flots, n'était pas éloignée de plus de quinze milles. Le cap du *Bonadventure*, qui était un peu dans le sud de l'île, fut mis directement dessus, et, à mesure que le soleil montait dans l'est, quelques sommets se détachèrent çà et là.

— Ce n'est qu'un îlot beaucoup moins important que l'île Lincoln, fit observer Harbert, et probablement dû comme elle à quelque soulèvement sous-marin.

A onze heures du matin, le *Bonadventure* n'en était plus qu'à deux milles, et Pencroff, cherchant une passe pour atterrir, ne marchait plus qu'avec une extrême prudence sur ces eaux inconnues.

On embrassait alors dans tout son ensemble l'îlot, sur lequel se détachaient des bouquets de gommiers verdoyants et quelques autres grands arbres, de la nature de ceux qui poussaient à l'île Lincoln. Mais, chose assez étonnante, pas une fumée ne s'élevait qui indiquât que l'îlot fût habité, pas un signal n'apparaissait sur un point quelconque du littoral!

Et pourtant le document était formel: il y avait un naufragé, et ce naufragé aurait dû être aux aguets!

Cependant le *Bonadventure* s'aventurait entre des passes assez capricieuses que les récifs laissaient entre eux et dont Pencroff observait les moindres sinuosités avec la plus extrême attention. Il avait mis Harbert au gouvernail, et, posté à l'avant, il examinait les eaux, prêt à amener sa voile, dont il tenait la drisse en main. Gédéon Spilett, la lunette aux yeux, parcourait tout le rivage sans rien apercevoir.

Enfin, à midi à peu près, le *Bonadventure* vint heurter de son étrave une grève de sable. L'ancre fut jetée, les voiles amenées, et l'équipage de la petite embarcation prit terre.

Et il n'y avait pas à douter que ce fût bien l'île Tabor, puisque, d'après les cartes les plus récentes, il n'existait aucune autre île sur cette portion du Pacifique, entre la Nouvelle-Zélande et la côte américaine.

L'embarcation fut solidement amarrée, afin que le reflux de la mer ne pût l'emporter; puis, Pencroff et ses deux compagnons, après s'être bien armés, remontèrent le rivage, afin de gagner une espèce de cône, haut de deux cent cinquante à trois cents pieds, qui s'élevait à un demi-mille.

— Du sommet de cette colline, dit Gédéon Spilett, nous pourrons sans doute avoir une connaissance sommaire de l'îlot, ce qui facilitera nos recherches.

— C'est faire ici, répondit Harbert, ce que monsieur Cyrus a fait tout d'abord à l'île Lincoln, en gravissant le mont Franklin.

— Identiquement, répondit le reporter, et c'est la meilleure manière de procéder!

Tout en causant, les explorateurs s'avançaient en suivant la lisière d'une prairie qui se terminait au pied même du cône. Des bandes de pigeons de roche et d'hirondelles de mer, semblables à ceux de l'île Lincoln, s'envolaient devant eux. Sous le bois qui longeait la prairie à gauche, ils entendirent des frémissements de broussailles, ils entrevirent des remuements d'herbes qui indiquaient la présence d'animaux très fuyards : mais rien jusqu'alors n'indiquait que l'îlot fût habité.

Arrivés au pied du cône, Pencroff, Harbert et Gédéon Spilett le gravirent en quelques instants, et leurs regards parcoururent les divers points de l'horizon.

Ils étaient bien sur un îlot, qui ne mesurait pas plus de six milles de tour, et dont le périmètre, peu frangé de caps ou de promontoires, peu creusé d'anses ou de criques, présentait la forme d'un ovale allongé. Tout autour, la mer, absolument déserte, s'étendait jusqu'aux limites du ciel. Il n'y avait pas une terre, pas une voile en vue !

Cet îlot, boisé sur toute sa surface, n'offrait pas cette diversité d'aspect de l'île Lincoln, aride et sauvage sur une partie, mais fertile et riche sur l'autre. Ici, c'était une masse uniforme de verdure, que dominaient deux ou trois collines peu élevées. Obliquement à l'ovale de l'îlot, un ruisseau coulait à travers une large prairie et allait se jeter à la mer sur la côte occidentale par une étroite embouchure.

— Le domaine est restreint, dit Harbert.

— Oui, répondit Pencroff, c'eût été un peu petit pour nous !

— Et de plus, répondit le reporter, il semble inhabité.

— En effet, répondit Harbert, rien n'y décèle la présence de l'homme.

— Descendons, dit Pencroff, et cherchons.

Le marin et ses deux compagnons revinrent au rivage, à l'endroit où ils avaient laissé le *Bonadventure*. Ils avaient décidé de faire à pied le tour de l'îlot, avant de s'aventurer à l'intérieur, de telle façon que pas un point n'échappât à leurs investigations.

La grève était facile à suivre, et, en quelques endroits seulement, de grosses roches la coupaient, que l'on pouvait facilement tourner. Les explorateurs descendirent vers le sud, en faisant fuir de nombreuses bandes d'oiseaux aquatiques et des troupeaux de phoques qui se jetaient à la mer du plus loin qu'ils les apercevaient.

— Ces bêtes-là, fit observer le reporter, n'en sont pas à voir des hommes pour la première fois. Ils les craignent, donc ils les connaissent.

Une heure après leur départ, tous trois étaient arrivés à la pointe sud de l'îlot, terminée par un cap aigu, et ils remontèrent vers le nord en longeant la côte occidentale, également formée de sable et de roches, que d'épais bois bordaient en arrière-plan.

Nulle part il n'y avait trace d'habitation, nulle part l'empreinte d'un pied humain, sur tout ce périmètre de l'îlot, qui, après quatre heures de marche, fut entièrement parcouru.

C'était au moins fort extraordinaire, et on devait croire que l'île Tabor n'était pas ou n'était plus habitée. Peut-être, après tout, le document avait-il plusieurs mois ou plusieurs années de date déjà, et il était possible, dans ce cas, ou que le naufragé eût été rapatrié, ou qu'il fût mort de misère.

Pencroff, Gédéon Spilett et Harbert, formant des hypothèses plus ou moins plausibles, dînèrent rapidement à bord du *Bonadventure*, de manière à reprendre leur excursion et à la continuer jusqu'à la nuit.

C'est ce qui fut fait à cinq heures du soir, heure à laquelle ils s'aventurèrent sous bois.

De nombreux animaux s'enfuirent à leur approche, et principalement, on pourrait même dire uniquement, des chèvres et des porcs, qui, il était facile de le voir, appartenaient aux espèces européennes. Sans doute quelque baleinier les avait débarqués sur l'île, où ils s'étaient rapidement multipliés. Harbert se promit bien d'en prendre un ou deux couples vivants, afin de les rapporter à l'île Lincoln.

Il n'était donc plus douteux que des hommes, à une époque quelconque, eussent visité cet îlot. Et cela parut plus évident encore, quand, à travers la forêt, apparurent des sentiers tracés, des troncs d'arbres abattus à la hache, et partout la marque du travail humain ; mais ces arbres, qui tombaient en pourriture, avaient été renversés depuis bien des années déjà, les entailles de hache étaient veloutées de mousse, et les herbes croissaient, longues et drues, à travers les sentiers, qu'il était malaisé de reconnaître.

— Mais, fit observer Gédéon Spilett, cela prouve que non seulement des hommes ont débarqué sur cet îlot, mais encore qu'ils l'ont habité pendant un certain temps. Maintenant, quels étaient ces hommes ? Combien étaient-ils ? Combien en reste-t-il ?

— Le document, dit Harbert, ne parle que d'un seul naufragé.

— Eh bien, s'il est encore sur l'île, répondit Pencroff, il est impossible que nous ne le trouvions pas !

L'exploration continua donc. Le marin et ses compagnons suivirent naturellement la route qui coupait diagonalement l'îlot, et ils arrivèrent ainsi à côtoyer le ruisseau qui se dirigeait vers la mer.

Si les animaux d'origine européenne, si quelques travaux dus à la main humaine démontraient incontestablement que l'homme était déjà venu sur cette île, plusieurs échantillons du règne végétal ne le prouvèrent pas moins. En de certains endroits, au milieu de clairières, il était visible que la terre avait été plantée de plantes potagères à une époque assez reculée probablement.

Aussi, quelle fut la joie d'Harbert quand il reconnut des pommes de terre, des chicorées, de l'oseille, des carottes, des choux, des navets, dont il suffisait de recueillir la graine pour enrichir le sol de l'île Lincoln !

— Bon ! bien ! répondit Pencroff. Cela fera joliment l'affaire de Nab et la nôtre. Si donc nous ne retrouvons pas le naufragé, du moins notre voyage n'aura pas été inutile, et Dieu nous aura récompensés !

— Sans doute, répondit Gédéon Spilett ; mais à voir l'état dans lequel se trouvent ces plantations, on peut craindre que l'îlot ne soit plus habité depuis longtemps.

— En effet, répondit Harbert, un habitant, quel qu'il fût, n'aurait pas négligé une culture si importante !

— Oui ! dit Pencroff, ce naufragé est parti !... Cela est à supposer...

— Il faut donc admettre que le document a une date déjà ancienne ?

— Évidemment.

— Et que cette bouteille n'est arrivée à l'île Lincoln qu'après avoir longtemps flotté sur la mer ?

— Pourquoi pas ? répondit Pencroff. Mais voici la nuit qui vient, ajouta-t-il, et je pense qu'il vaut mieux suspendre nos recherches.

— Revenons à bord, et demain nous recommencerons, dit le reporter.

C'était le plus sage, et le conseil allait être suivi, quand Harbert, montrant une masse confuse entre les arbres, s'écria :

— Une habitation !

Aussitôt, tous trois se dirigèrent vers l'habitation indiquée. Aux lueurs du crépuscule, il fut possible de voir qu'elle avait été construite en planches recouvertes d'une épaisse toile goudronnée.

La porte, à demi fermée, fut repoussée par Pencroff, qui entra d'un pas rapide...

L'habitation était vide !

XIV

Pencroff, Harbert et Gédéon Spilett étaient restés silencieux au milieu de l'obscurité.

Pencroff appela d'une voix forte.

Aucune réponse ne lui fut faite.

Le marin battit alors le briquet et alluma une brindille. Cette lumière éclaira pendant un instant une petite salle, qui parut être absolument abandonnée. Au fond était une cheminée grossière, avec quelques cendres froides, supportant une brassée de bois sec. Pencroff y jeta la brindille enflammée, le bois pétilla et donna une vive lueur.

Le marin et ses deux compagnons aperçurent alors un lit en désordre, dont les couvertures, humides et jaunies, prouvaient qu'il ne servait plus depuis longtemps ; dans un coin de la cheminée, deux bouilloires couvertes de rouille et une marmite renversée ; une armoire, avec quelques vêtements de marin à demi moisis ; sur la table, un couvert d'étain et une Bible rongée par l'humidité ; dans un angle, quelques outils, pelle, pioche, pic, deux fusils de chasse, dont l'un était brisé ; sur une planche formant étagère, un baril de poudre encore intact, un baril de plomb et plusieurs boîtes d'amorces ; le tout couvert d'une épaisse couche de

420

poussière, que de longues années, peut-être, avaient accumulée.

— Il n'y a personne, dit le reporter.

— Personne ! répondit Pencroff.

— Voilà longtemps que cette chambre n'a été habitée, fit observer Harbert.

— Oui, bien longtemps ! répondit le reporter.

— Monsieur Spilett, dit alors Pencroff, au lieu de retourner à bord, je pense qu'il vaut mieux passer la nuit dans cette habitation.

— Vous avez raison, Pencroff, répondit Gédéon Spilett, et si son propriétaire revient, eh bien ! il ne se plaindra peut-être pas de trouver la place prise !

— Il ne reviendra pas ! dit le marin en hochant la tête.

— Vous croyez qu'il a quitté l'île ? demanda le reporter.

— S'il avait quitté l'île, il eût emporté ses armes et ses outils, répondit Pencroff. Vous savez le prix que les naufragés attachent à ces objets, qui sont les dernières épaves du naufrage. Non ! non ! répéta le marin d'une voix convaincue, non ! il n'a pas quitté l'île ! S'il s'était sauvé sur un canot fait par lui, il eût encore moins abandonné ces objets de première nécessité ! Non, il est sur l'île !

— Vivant ?... demanda Harbert.

— Vivant ou mort. Mais s'il est mort, il ne s'est pas enterré lui-même, je suppose, répondit Pencroff, et nous retrouverons au moins ses restes !

Il fut donc convenu que l'on passerait la nuit dans l'habitation abandonnée, qu'une provision de bois qui se trouvait dans un coin permettrait de chauffer suffisamment. La porte fermée, Pencroff, Harbert et Gédéon Spilett, assis sur un banc, demeurèrent là, causant peu, mais réfléchissant beaucoup. Ils se trouvaient dans une disposition d'esprit à tout supposer, comme à tout attendre, et ils écoutaient avidement les bruits du dehors. La porte se fût ouverte soudain, un homme se serait présenté à eux, qu'ils n'en auraient pas été autrement surpris, malgré tout ce que cette demeure révélait d'abandon, et ils avaient leurs mains prêtes à serrer les mains de cet homme, de ce naufragé, de cet ami inconnu que des amis attendaient !

Mais aucun bruit ne se fit entendre, la porte ne s'ouvrit pas, et les heures se passèrent ainsi.

Que cette nuit parut longue au marin et à ses deux compagnons ! Seul, Harbert avait dormi pendant deux heures, car, à son âge, le sommeil est un besoin. Ils avaient hâte, tous les trois, de reprendre leur exploration de la veille et de fouiller cet îlot jusque dans ses coins les plus secrets ! Les conséquences déduites par Pencroff étaient absolument justes, et il était presque certain que, puisque la maison était abandonnée et que les outils, les ustensiles, les armes s'y trouvaient encore, c'est que son hôte avait succombé. Il convenait donc de chercher ses restes et de leur donner au moins une sépulture chrétienne.

Le jour parut. Pencroff et ses compagnons procédèrent immédiatement à l'examen de l'habitation.

Elle avait été bâtie, vraiment, dans une heureuse situation, au revers d'une petite colline que cinq ou six magnifiques gommiers abritaient. Devant sa façade et à travers les arbres, la hache avait ménagé une large éclaircie, qui permettait aux regards de s'étendre sur la mer. Une petite pelouse, entourée d'une barrière de bois qui tombait en ruine, conduisait au rivage, sur la gauche duquel s'ouvrait l'embouchure du ruisseau.

Cette habitation avait été construite en planches, et il était facile de voir que ces planches provenaient de la coque ou du pont d'un navire. Il était donc probable qu'un bâtiment désemparé avait été jeté à la côte sur l'île, que tout au moins un homme de l'équipage avait été sauvé, et qu'au moyen des débris du navire, cet homme, ayant des outils à sa disposition, avait construit cette demeure.

Et cela fut bien plus évident encore, quand Gédéon Spilett, après avoir tourné autour de l'habitation, vit sur une planche — probablement une de celles qui formaient les pavois du navire naufragé — ces lettres à demi effacées déjà :

BR.TAN..A

— *Britannia* ! s'écria Pencroff, que le reporter avait appelé, c'est un nom commun à bien des navires, et je ne pourrais dire si celui-ci était anglais ou américain !

— Peu importe, Pencroff !

— Peu importe, en effet, répondit le marin, et le survivant de son équipage, s'il vit encore, nous le sauverons, à quelque pays qu'il appartienne ! Mais, avant de recommencer notre exploration, retournons d'abord au *Bonadventure* !

Une sorte d'inquiétude avait pris Pencroff au sujet de son embarcation. Si pourtant l'îlot était habité, et si quelque habitant s'était emparé... Mais il haussa les épaules à cette invraisemblable supposition.

Toujours est-il que le marin n'était pas fâché d'aller déjeuner à bord. La route, toute tracée d'ailleurs, n'était pas longue — un mille à peine. On se remit donc en marche, tout en fouillant du regard les bois et les taillis, à travers lesquels chèvres et porcs s'enfuyaient par centaines.

Vingt minutes après avoir quitté l'habitation, Pencroff et ses compagnons revoyaient la côte orientale de l'île et le *Bonadventure*, maintenu par son ancre, qui mordait profondément le sable.

Pencroff ne put retenir un soupir de satisfaction. Après tout, ce bateau, c'était son enfant, et le droit des pères est d'être souvent inquiet plus que de raison.

On remonta à bord, on déjeuna, de manière à n'avoir besoin de dîner que très tard ; puis, le repas terminé, l'exploration fut reprise et conduite avec le soin le plus minutieux.

En somme, il était très probable que l'unique habitant de l'îlot avait succombé. Aussi était-ce plutôt un mort qu'un vivant dont Pencroff et ses compagnons cherchaient à retrouver les traces ! Mais leurs recherches furent vaines, et, pendant la moitié de la journée, ils fouillèrent inutilement ces massifs d'arbres qui couvraient l'îlot. Il fallut bien admettre alors que, si le naufragé était mort, il ne restait plus maintenant aucune trace de son cadavre, et que quelque fauve, sans doute, l'avait dévoré jusqu'au dernier ossement.

— Nous repartirons demain au point du jour, dit Pencroff à ses deux compagnons, qui, vers deux heures après midi, se couchèrent à l'ombre d'un bouquet de pins, afin de se reposer quelques instants.

— Je crois que nous pouvons sans scrupule, ajouta Harbert, emporter les ustensiles qui ont appartenu au naufragé ?

— Je le crois aussi, répondit Gédéon Spilett, et ces armes, ces outils compléteront le matériel de Granite-house. Si je ne me trompe, la réserve de poudre et de plomb est importante.

— Oui, répondit Pencroff, mais n'oublions pas de capturer un ou deux couples de ces porcs, dont l'île Lincoln est dépourvue...

— Ni de récolter ces graines, ajouta Harbert, qui nous donneront tous les légumes de l'ancien et du nouveau continent.

— Il serait peut-être convenable alors, dit le reporter, de rester un jour de plus à l'île Tabor, afin d'y recueillir tout ce qui peut nous être utile.

— Non, monsieur Spilett, répondit Pencroff, et je vous demanderai de partir dès demain, au point du jour. Le vent me paraît avoir une tendance à tourner dans l'ouest, et, après avoir eu bon vent pour venir, nous aurons bon vent pour nous en aller.

— Alors ne perdons pas de temps! dit Harbert en se levant.

— Ne perdons pas de temps, répondit Pencroff. Vous, Harbert, occupez-vous de récolter ces graines, que vous connaissez mieux que nous. Pendant ce temps, monsieur Spilett et moi, nous allons faire la chasse aux porcs, et, même en l'absence de Top, j'espère bien que nous réussirons à en capturer quelques-uns!

Harbert prit donc à travers le sentier qui devait le ramener vers la partie cultivée de l'îlot, tandis que le marin et le reporter rentraient directement dans la forêt.

Bien des échantillons de la race porcine s'enfuirent devant eux, et ces animaux, singulièrement agiles, ne paraissaient pas d'humeur à se laisser approcher. Cependant, après une demi-heure de poursuites, les chasseurs étaient parvenus à s'emparer d'un couple qui s'était baugé dans un épais taillis, lorsque des cris retentirent à quelques centaines de pas dans le nord de l'îlot. A ces cris se mêlaient d'horribles rauquements qui n'avaient rien d'humain.

Pencroff et Gédéon Spilett se redressèrent, et les porcs profitèrent de ce mouvement pour s'enfuir, au moment où le marin préparait des cordes pour les lier.

— C'est la voix d'Harbert! dit le reporter.

— Courons! s'écria Pencroff.

Et aussitôt le marin et Gédéon Spilett de se porter de

toute la vitesse de leurs jambes vers l'endroit d'où partaient ces cris.

Ils firent bien de se hâter, car, au tournant du sentier, près d'une clairière, ils aperçurent le jeune garçon terrassé par un être sauvage, un gigantesque singe sans doute, qui allait lui faire un mauvais parti.

Se jeter sur ce monstre, le terrasser à son tour, lui arracher Harbert, puis le maintenir solidement, ce fut l'affaire d'un instant pour Pencroff et Gédéon Spilett. Le marin était d'une force herculéenne, le reporter très robuste aussi, et, malgré la résistance du monstre, il fut solidement attaché, de manière à ne plus pouvoir faire un mouvement.

— Tu n'as pas de mal, Harbert ? demanda Gédéon Spilett.

— Non ! non !

— Ah ! s'il t'avait blessé, ce singe !... s'écria Pencroff.

— Mais ce n'est pas un singe ! répondit Harbert.

Pencroff et Gédéon Spilett, à ces paroles, regardèrent alors l'être singulier qui gisait à terre.

En vérité, ce n'était point un singe ! C'était une créature humaine, c'était un homme ! Mais quel homme ! Un sauvage, dans toute l'horrible acception du mot, et d'autant plus épouvantable qu'il semblait être tombé au dernier degré de l'abrutissement !

Chevelure hérissée, barbe inculte descendant jusqu'à la poitrine, corps à peu près nu, sauf un lambeau de couverture sur les reins, yeux farouches, mains énormes, ongles démesurément longs, teint sombre comme l'acajou, pieds durcis comme s'ils eussent été faits de corne : telle était la misérable créature qu'il fallait bien, pourtant, appeler un homme ! Mais on avait droit, vraiment, de se demander si dans ce corps il y avait encore une âme, ou si le vulgaire instinct de la brute avait seul survécu en lui !

— Êtes-vous bien sûr que ce soit un homme ou qu'il l'ait été ? demanda Pencroff au reporter.

— Hélas ! ce n'est pas douteux, répondit celui-ci.

— Ce serait donc le naufragé ? dit Harbert.

— Oui, répondit Gédéon Spilett, mais l'infortuné n'a plus rien d'humain !

Le reporter disait vrai. Il était évident que, si le naufragé n'avait jamais été un être civilisé, l'isolement en avait fait un sauvage, et pis, peut-être, un véritable homme des bois. Des sons rauques sortaient de sa gorge, entre ses dents, qui avaient l'acuité des dents de carnivores, faites pour ne plus broyer que de la chair crue. La mémoire devait l'avoir abandonné depuis longtemps, sans doute, et, depuis longtemps aussi, il ne savait plus se servir de ses outils, de ses armes, il ne savait plus faire de feu ! On voyait qu'il était leste, souple, mais que toutes les qualités physiques s'étaient développées chez lui au détriment des qualités morales !

Gédéon Spilett lui parla. Il ne parut pas comprendre, ni même entendre... Et cependant, en le regardant bien dans les yeux, le reporter crut voir que toute raison n'était pas éteinte en lui.

Cependant, le prisonnier ne se débattait pas, et il n'essayait point à briser ses liens. Était-il anéanti par la présence de ces hommes dont il avait été le semblable ? Retrouvait-il dans un coin de son cerveau quelque fugitif souvenir qui le ramenait à l'humanité ? Libre, aurait-il tenté de s'enfuir, ou serait-il resté ? On ne sait, mais on n'en fit pas l'épreuve, et, après avoir considéré le misérable avec une extrême attention :

— Quel qu'il soit, dit Gédéon Spilett, quel qu'il ait été et quoi qu'il puisse devenir, notre devoir est de le ramener avec nous à l'île Lincoln !

— Oui ! oui ! répondit Harbert, et peut-être pourra-t-on, avec des soins, réveiller en lui quelque lueur d'intelligence !

— L'âme ne meurt pas, dit le reporter, et ce serait une grande satisfaction que d'arracher cette créature de Dieu à l'abrutissement !

Pencroff secouait la tête d'un air de doute.

— Il faut l'essayer, en tout cas, répondit le reporter, et l'humanité nous le commande.

C'était, en effet, leur devoir d'êtres civilisés et chrétiens. Tous trois le comprirent, et ils savaient bien que Cyrus Smith les approuverait d'avoir agi ainsi.

— Le laisserons-nous lié ? demanda le marin.

— Peut-être marcherait-il, si on détachait ses pieds ? dit Harbert.

— Essayons, répondit Pencroff.

Les cordes qui entravaient les pieds du prisonnier furent défaites, mais ses bras demeurèrent fortement attachés. Il se leva de lui-même et ne parut manifester aucun désir de s'enfuir. Ses yeux secs dardaient un regard aigu sur les trois hommes qui marchaient près de lui, et rien ne dénotait qu'il se souvînt d'être leur semblable ou au moins de l'avoir été. Un sifflement continu s'échappait de ses lèvres, et son aspect était farouche, mais il ne chercha pas à résister.

Sur le conseil du reporter, cet infortuné fut ramené à sa maison. Peut-être la vue des objets qui lui appartenaient ferait-elle quelque impression sur lui ! Peut-être suffisait-il d'une étincelle pour raviver sa pensée obscurcie, pour rallumer son âme éteinte !

L'habitation n'était pas loin. En quelques minutes, tous y arrivèrent ; mais là, le prisonnier ne reconnut rien, et il semblait qu'il eût perdu conscience de toutes choses !

Que pouvait-on conjecturer de ce degré d'abrutissement auquel ce misérable être était tombé, si ce n'est que son emprisonnement sur l'îlot datait de loin déjà, et qu'après y être arrivé raisonnable, l'isolement l'avait réduit à un tel état ?

Le reporter eut alors l'idée que la vue du feu agirait peut-être sur lui, et, en un instant, une de ces belles flambées qui attirent même les animaux illumina le foyer.

La vue de la flamme sembla d'abord fixer l'attention du malheureux ; mais bientôt il recula, et son regard inconscient s'éteignit.

Évidemment, il n'y avait rien à faire, pour le moment du moins, qu'à le ramener à bord du *Bonadventure*, ce qui fut fait, et là il resta sous la garde de Pencroff.

Harbert et Gédéon Spilett retournèrent sur l'îlot pour y terminer leurs opérations, et, quelques heures après, ils revenaient au rivage, rapportant les ustensiles et les armes, une récolte de graines potagères, quelques pièces de gibier et deux couples de porcs. Le tout fut embarqué, et le *Bonadventure* se tint prêt à lever l'ancre, dès que la marée du lendemain matin se ferait sentir.

Le prisonnier avait été placé dans la chambre de l'avant, où il resta calme, silencieux, sourd et muet tout ensemble.

Pencroff lui offrit à manger, mais il repoussa la viande cuite qui lui fut présentée et qui sans doute ne lui convenait plus. Et, en effet, le marin lui ayant montré un des canards qu'Harbert avait tués, il se jeta dessus avec une avidité bestiale et le dévora.

— Vous croyez qu'il en reviendra ? dit Pencroff en secouant la tête.

— Peut-être, répondit le reporter. Il n'est pas impossible que nos soins ne finissent par réagir sur lui, car c'est l'isolement qui l'a fait ce qu'il est, et il ne sera plus seul désormais !

— Il y a longtemps, sans doute, que le pauvre homme est en cet état ! dit Harbert.

— Peut-être, répondit Gédéon Spilett.

— Quel âge peut-il avoir ? demanda le jeune garçon.

— Cela est difficile à dire, répondit le reporter, car il est impossible de voir ses traits sous l'épaisse barbe qui lui couvre la face, mais il n'est plus jeune, et je suppose qu'il doit avoir au moins cinquante ans.

— Avez-vous remarqué, monsieur Spilett, combien ses yeux sont profondément enfoncés sous leur arcade ? demanda le jeune garçon.

— Oui, Harbert, mais j'ajoute qu'ils sont plus humains qu'on serait tenté de le croire à l'aspect de sa personne.

— Enfin, nous verrons, répondit Pencroff, et je suis curieux de connaître le jugement que portera monsieur Smith sur notre sauvage. Nous allions chercher une créature humaine, et c'est un monstre que nous ramenons ! Enfin, on fait ce qu'on peut !

La nuit se passa, et si le prisonnier dormit ou non, on ne sait, en tout cas, bien qu'il eût été délié, il ne remua pas. Il était comme ces fauves que les premiers moments de séquestration accablent et que la rage reprend plus tard.

Au lever du jour, le lendemain — 15 octobre —, le changement de temps prévu par Pencroff s'était produit. Le vent avait halé le nord-ouest, et il favorisait le retour du *Bonadventure*; mais en même temps, il fraîchissait et devait rendre la navigation plus difficile.

A cinq heures du matin, l'ancre fut levée. Pencroff prit un ris dans sa grande voile et mit le cap à l'est-nord-est, de manière à cingler directement vers l'île Lincoln.

Le premier jour de la traversée ne fut marqué par aucun incident. Le prisonnier était demeuré calme dans la cabine de l'avant, et comme il avait été marin, il semblait que les agitations de la mer produisissent sur lui une sorte de salutaire réaction. Lui revenait-il donc à la mémoire quelque souvenir de son ancien métier ? En tout cas, il se tenait tranquille, étonné plutôt qu'abattu.

Le lendemain — 16 octobre —, le vent fraîchit beaucoup, en remontant encore plus au nord, et, par conséquent, dans une direction moins favorable à la marche du *Bonadventure*, qui bondissait sur les lames. Pencroff en fut bientôt arrivé à tenir le plus près, et, sans en rien dire, il commença à être inquiet de l'état de la mer, qui déferlait violemment sur l'avant de son embarcation. Certainement, si le vent ne se modifiait pas, il mettrait plus de temps à atteindre l'île Lincoln qu'il n'en avait employé à gagner l'île Tabor.

En effet, le 17 au matin, il y avait quarante-huit heures que le *Bonadventure* était parti, et rien n'indiquait qu'il fût dans les parages de l'île. Il était impossible, d'ailleurs, pour évaluer la route parcourue, de s'en rapporter à l'estime, car la direction et la vitesse avaient été trop irrégulières.

Vingt-quatre heures après, il n'y avait encore aucune terre en vue. Le vent était tout à fait debout alors et la mer détestable. Il fallut manœuvrer avec rapidité les voiles de l'embarcation, que des coups de mer couvraient en grand, prendre des ris, et souvent changer les amures, en courant de petits bords. Il arriva même que, dans la journée du 18, le *Bonadventure* fut entièrement coiffé par une lame, et si ses passagers n'eussent pas pris d'avance la précaution de s'attacher sur le pont, ils auraient été emportés.

Dans cette occasion, Pencroff et ses compagnons, très occupés à se dégager, reçurent une aide inespérée du prisonnier, qui s'élança par l'écoutille, comme si son instinct de marin eût pris le dessus, et brisa les pavois d'un vigoureux coup d'espar, afin de faire écouler plus vite l'eau qui emplissait le pont ; puis, l'embarcation dégagée, sans avoir prononcé une parole, il redescendit dans sa chambre.

Pencroff, Gédéon Spilett et Harbert, absolument stupéfaits, l'avaient laissé agir.

Cependant la situation était mauvaise, et le marin avait lieu de se croire égaré sur cette immense mer, sans aucune possibilité de retrouver sa route !

La nuit du 18 au 19 fut obscure et froide. Toutefois, vers onze heures, le vent calmit, la houle tomba, et le *Bonadventure*, moins secoué, acquit une vitesse plus grande. Du reste, il avait merveilleusement tenu la mer.

Ni Pencroff, ni Gédéon Spilett, ni Harbert ne songèrent à prendre même une heure de sommeil. Ils veillèrent avec un soin extrême, car ou l'île Lincoln ne pouvait être éloignée, et on en aurait connaissance au lever du jour, ou le *Bonadventure*, emporté par des courants, avait dérivé sous le vent, et il devenait presque impossible alors de rectifier sa direction.

Pencroff, inquiet au dernier degré, ne désespérait pas cependant, car il avait une âme fortement trempée, et, assis au gouvernail, il cherchait obstinément à percer cette ombre épaisse qui l'enveloppait.

Vers deux heures du matin, il se leva tout à coup :

— Un feu ! un feu ! s'écria-t-il.

Et, en effet, une vive lueur apparaissait à vingt milles dans le nord-est. L'île Lincoln était là, et cette lueur, évidemment allumée par Cyrus Smith, montrait la route à suivre.

Pencroff, qui portait beaucoup trop au nord, modifia sa direction, et il mit le cap sur ce feu qui brillait au-dessus de l'horizon comme une étoile de première grandeur.

XV

Le lendemain — 20 octobre —, à sept heures du matin, après quatre jours de voyage, le *Bonadventure* venait s'échouer doucement sur la grève, à l'embouchure de la Mercy.

Cyrus Smith et Nab, très inquiets de ce mauvais temps et de la prolongation d'absence de leurs compagnons, étaient montés dès l'aube sur le plateau de Grande-Vue, et ils avaient enfin aperçu l'embarcation qui avait tant tardé à revenir !

— Dieu soit loué ! Les voilà ! s'était écrié Cyrus Smith.

Quant à Nab, dans sa joie, il s'était mis à danser, à tourner sur lui-même en battant des mains et en criant : « Oh ! mon maître ! », pantomime plus touchante que le plus beau discours !

La première idée de l'ingénieur, en comptant les personnes qu'il pouvait apercevoir sur le pont du *Bonadventure*, avait été que Pencroff n'avait pas retrouvé le naufragé de l'île Tabor, ou que, tout au moins, cet infortuné s'était refusé à quitter son île et à changer sa prison pour une autre.

Et, en effet, Pencroff, Gédéon Spilett et Harbert étaient seuls sur le pont du *Bonadventure*.

Au moment où l'embarcation accosta, l'ingénieur et Nab l'attendaient sur le rivage, et avant que les passagers eussent sauté sur le sable, Cyrus Smith leur disait :

— Nous avons été bien inquiets de votre retard, mes amis ! Vous serait-il arrivé quelque malheur ?

— Non, répondit Gédéon Spilett, et tout s'est passé à merveille, au contraire. Nous allons vous conter cela.

— Cependant, reprit l'ingénieur, vous avez échoué dans votre recherche, puisque vous n'êtes que trois comme au départ ?

— Faites excuse, monsieur Cyrus, répondit le marin, nous sommes quatre !

— Vous avez retrouvé ce naufragé ?

— Oui.

— Et vous l'avez ramené ?

— Oui.

— Vivant ?

— Oui.

— Où est-il ? Quel est-il ?

— C'est, répondit le reporter, ou plutôt c'était un homme ! Voilà, Cyrus, tout ce que nous pouvons vous dire !

L'ingénieur fut aussitôt mis au courant de ce qui s'était passé pendant le voyage. On lui raconta dans quelles conditions les recherches avaient été conduites, comment la seule habitation de l'îlot était depuis longtemps abandonnée, comment enfin la capture s'était faite d'un naufragé qui semblait ne plus appartenir à l'espèce humaine.

— Et c'est au point, ajouta Pencroff, que je ne sais pas si nous avons bien fait de l'amener ici.

— Certes, vous avez bien fait, Pencroff ! répondit vivement l'ingénieur.

— Mais ce malheureux n'a plus de raison ?

— Maintenant, c'est possible, répondit Cyrus Smith ; mais, il y a quelques mois à peine, ce malheureux était un homme comme vous et moi. Et qui sait ce que deviendrait le dernier vivant de nous, après une longue solitude sur cette île ? Malheur à qui est seul, mes amis, et il faut croire que l'isolement a vite fait de détruire la raison, puisque vous avez retrouvé ce pauvre être dans un tel état !

— Mais, monsieur Cyrus, demanda Harbert, qui vous porte à croire que l'abrutissement de ce malheureux ne remonte qu'à quelques mois seulement ?

— Parce que le document que nous avons trouvé avait été récemment écrit, répondit l'ingénieur, et que le naufragé seul a pu écrire ce document.

— A moins toutefois, fit observer Gédéon Spilett, qu'il n'ait été rédigé par un compagnon de cet homme, mort depuis.

— C'est impossible, mon cher Spilett.

— Pourquoi donc ? demanda le reporter.

— Parce que le document eût parlé de deux naufragés, répondit Cyrus Smith, et qu'il ne parle que d'un seul.

Harbert raconta en quelques mots les incidents de la traversée et insista sur ce fait curieux d'une sorte de résurrection passagère qui s'était faite dans l'esprit du prisonnier, quand, pour un instant, il était redevenu marin au plus fort de la tourmente.

— Bien, Harbert, répondit l'ingénieur, tu as raison d'attacher une grande importance à ce fait. Cet infortuné ne doit pas être incurable, et c'est le désespoir qui en a fait ce qu'il est. Mais ici, il retrouvera ses semblables, et puisqu'il y a encore une âme en lui, cette âme, nous la sauverons !

Le naufragé de l'île Tabor, à la grande pitié de l'ingénieur et au grand étonnement de Nab, fut alors extrait de la cabine qu'il occupait sur l'avant du *Bonadventure*, et, une fois mis à terre, il manifesta tout d'abord la volonté de s'enfuir.

Mais Cyrus Smith, s'approchant, lui mit la main sur l'épaule par un geste plein d'autorité, et il le regarda avec une douceur infinie. Aussitôt, le malheureux, subissant comme une sorte de domination instantanée, se calma peu à peu, ses yeux se baissèrent, son front s'inclina, et il ne fit plus aucune résistance.

— Pauvre abandonné ! murmura l'ingénieur.

Cyrus Smith l'avait attentivement observé. A en juger par l'apparence, ce misérable être n'avait plus rien d'humain, et cependant Cyrus Smith, ainsi que l'avait déjà fait le reporter, surprit dans son regard comme une insaisissable lueur d'intelligence.

Il fut décidé que l'abandonné, ou plutôt l'inconnu — car ce fut ainsi que ses nouveaux compagnons le désignèrent désormais — demeurerait dans une des chambres de Granite-house, d'où il ne pouvait s'échapper, d'ailleurs. Il s'y laissa conduire sans difficulté, et, les bons soins aidant, peut-être pouvait-on espérer qu'un jour il ferait un compagnon de plus aux colons de l'île Lincoln.

Cyrus Smith, pendant le déjeuner, que Nab avait hâté — le reporter, Harbert et Pencroff mourant de faim —, se fit raconter en détail tous les incidents qui avaient marqué le voyage d'exploration à l'îlot. Il fut d'accord avec ses amis sur ce point, que l'inconnu devait être anglais ou américain, car le nom de *Britannia* le donnait à penser, et, d'ailleurs, à travers cette barbe inculte, sous cette broussaille qui lui servait de chevelure, l'ingénieur avait cru reconnaître les traits caractérisés de l'Anglo-Saxon.

— Mais, au fait, dit Gédéon Spilett en s'adressant à Harbert, tu ne nous as pas dit comment tu avais fait la

436

rencontre de ce sauvage, et nous ne savons rien, sinon qu'il t'aurait étranglé, si nous n'avions eu la chance d'arriver à temps pour te secourir !

— Ma foi, répondit Harbert, je serais bien embarrassé de raconter ce qui s'est passé. J'étais, je crois, occupé à faire ma cueillette de plantes, quand j'ai entendu comme le bruit d'une avalanche qui tombait d'un arbre très élevé. J'eus à peine le temps de me retourner... Ce malheureux, qui était sans doute blotti dans un arbre, s'était précipité sur moi en moins de temps que je n'en mets à vous le dire, et sans monsieur Spilett et Pencroff...

— Mon enfant ! dit Cyrus Smith, tu as couru là un vrai danger, mais peut-être, sans cela, ce pauvre être se fût-il toujours dérobé à vos recherches, et nous n'aurions pas un compagnon de plus.

— Vous espérez donc, Cyrus, réussir à en refaire un homme ? demanda le reporter.

— Oui, répondit l'ingénieur.

Le déjeuner terminé, Cyrus Smith et ses compagnons quittèrent Granite-house et revinrent sur la grève. On opéra alors le déchargement du *Bonadventure*, et l'ingénieur, ayant examiné les armes, les outils, ne vit rien qui pût le mettre à même d'établir l'identité de l'inconnu.

La capture des porcs faite à l'îlot fut regardée comme devant être très profitable à l'île Lincoln, et ces animaux furent conduits aux étables, où ils devaient s'acclimater facilement.

Les deux tonneaux contenant de la poudre et du plomb, ainsi que les paquets d'amorces, furent très bien reçus. On convint même d'établir une petite poudrière, soit en dehors de Granite-house, soit même dans la caverne supérieure, où il n'y avait aucune explosion à craindre. Toutefois, l'emploi du pyroxyle dut être continué, car, cette substance donnant d'excellents résultats, il n'y avait aucune raison pour y substituer la poudre ordinaire.

Lorsque le déchargement de l'embarcation fut terminé :

— Monsieur Cyrus, dit Pencroff, je pense qu'il serait prudent de mettre notre *Bonadventure* en lieu sûr.

— N'est-il donc pas convenablement à l'embouchure de la Mercy ? demanda Cyrus Smith.

— Non, monsieur Cyrus, répondit le marin. La moitié du temps, il est échoué sur le sable, et cela le fatigue. C'est que c'est une bonne embarcation, voyez-vous, et qui s'est admirablement comportée pendant ce coup de vent qui nous a assaillis si violemment au retour.

— Ne pourrait-on la tenir à flot dans la rivière même ?

— Sans doute, monsieur Cyrus, on le pourrait, mais cette embouchure ne présente aucun abri, et, par les vents d'est, je crois que le *Bonadventure* aurait beaucoup à souffrir des coups de mer.

— Eh bien, où voulez-vous le mettre, Pencroff ?

— Au port Ballon, répondit le marin. Cette petite crique, couverte par les roches, me paraît être justement le port qu'il lui faut.

— N'est-il pas un peu loin ?

— Bah ! il ne se trouve pas à plus de trois milles de Granite-house, et nous avons une belle route toute droite pour nous y mener !

— Faites, Pencroff, et conduisez votre *Bonadventure*, répondit l'ingénieur, et cependant je l'aimerais mieux sous notre surveillance plus immédiate. Il faudra, quand nous aurons le temps, que nous lui aménagions un petit port.

— Fameux ! s'écria Pencroff. Un port avec un phare, un môle et un bassin de radoub ! Ah ! vraiment, avec vous, monsieur Cyrus, tout devient trop facile !

— Oui, mon brave Pencroff, répondit l'ingénieur, mais à la condition, toutefois, que vous m'aidiez, car vous êtes bien pour les trois quarts dans toutes nos besognes !

Harbert et le marin se rembarquèrent donc sur le *Bonadventure*, dont l'ancre fut levée, la voile hissée, et que le vent du large conduisit rapidement au cap Griffe. Deux heures après, il reposait sur les eaux tranquilles du port Ballon.

Pendant les premiers jours que l'inconnu passa à Granite-house, avait-il déjà donné à penser que sa sauvage nature se fût modifiée ? Une lueur plus intense brillait-elle au fond de cet esprit obscurci ? L'âme, enfin, revenait-elle au corps ? Oui, à coup sûr, et à ce point même que Cyrus Smith et le reporter se demandèrent si jamais la raison de l'infortuné avait été totalement éteinte.

Tout d'abord, habitué au grand air, à cette liberté sans limites dont il jouissait à l'île Tabor, l'inconnu avait manifesté quelques sourdes fureurs, et on dut craindre qu'il ne se précipitât sur la grève par une des fenêtres de Granite-house. Mais peu à peu il se calma, et on put lui laisser la liberté de ses mouvements.

On avait donc lieu d'espérer, et beaucoup. Déjà, oubliant ses instincts de carnassier, l'inconnu acceptait une nourriture moins bestiale que celle dont il se repaissait à l'îlot, et la chair cuite ne produisait plus sur lui le sentiment de répulsion qu'il avait manifesté à bord du *Bonadventure*.

Cyrus Smith avait profité d'un moment où il dormait pour lui couper cette chevelure et cette barbe incultes, qui formaient comme une sorte de crinière et lui donnaient un aspect si sauvage. Il l'avait aussi vêtu plus convenablement, après l'avoir débarrassé de ce lambeau d'étoffe qui le couvrait. Il en résulta que, grâce à ces soins, l'inconnu reprit figure humaine, et il sembla même que ses yeux fussent redevenus plus doux. Certainement, quand l'intelligence l'éclairait autrefois, la figure de cet homme devait avoir une sorte de beauté.

Chaque jour, Cyrus Smith s'imposa la tâche de passer quelques heures dans sa compagnie. Il venait travailler près de lui et s'occupait de diverses choses, de manière à fixer son attention. Il pouvait suffire, en effet, d'un éclair pour rallumer cette âme, d'un souvenir qui traversât ce cerveau pour y rappeler la raison. On l'avait bien vu, pendant la tempête, à bord du *Bonadventure*!

L'ingénieur ne négligeait pas non plus de parler à haute voix, de manière à pénétrer à la fois par les organes de l'ouïe et de la vue jusqu'au fond de cette intelligence engourdie. Tantôt l'un de ses compagnons, tantôt l'autre, quelquefois tous se joignaient à lui. Ils causaient le plus souvent de choses ayant rapport à la marine, qui devaient toucher davantage un marin. Par moments, l'inconnu prêtait comme une vague attention à ce qui se disait, et les colons arrivèrent bientôt à cette persuasion qu'il les comprenait en partie. Quelquefois même l'expression de son visage était profondément douloureuse, preuve qu'il souffrait intérieurement, car sa physionomie n'aurait pu tromper à ce point; mais il ne parlait pas, bien qu'à diverses reprises, cependant, on pût croire que quelques paroles allaient s'échapper de ses lèvres.

Quoi qu'il en fût, le pauvre être était calme et triste! Mais son calme n'était-il qu'apparent? Sa tristesse n'était-elle que la conséquence de sa séquestration? On ne pouvait rien affirmer encore. Ne voyant plus que certains objets et dans un champ limité, sans cesse en contact avec les colons, auxquels il devait finir par s'habituer, n'ayant aucun désir à satisfaire, mieux nourri, mieux vêtu, il était naturel que sa nature physique se modifiât peu à peu; mais s'était-il pénétré d'une vie nouvelle, ou bien, pour employer un mot qui pouvait justement s'appliquer à lui, ne s'était-il qu'apprivoisé comme un animal vis-à-vis de son maître? c'était là une importante question, que Cyrus Smith avait hâte de résoudre, et cependant il ne voulait pas brusquer son malade! Pour lui, l'inconnu n'était qu'un malade! Serait-ce jamais un convalescent?

Aussi, comme l'ingénieur l'observait à tous moments! Comme il guettait son âme, si l'on peut parler ainsi! Comme il était prêt à la saisir!

Les colons suivaient avec une sincère émotion toutes les phases de cette cure entreprise par Cyrus Smith. Ils l'aidaient aussi dans cette œuvre d'humanité, et tous, sauf peut-être l'incrédule Pencroff, ils en arrivèrent bientôt à partager son espérance et sa foi.

Le calme de l'inconnu était profond, on l'a dit, et il montrait pour l'ingénieur, dont il subissait visiblement l'influence, une sorte d'attachement. Cyrus Smith résolut donc de l'éprouver, en le transportant dans un autre milieu, devant cet Océan que ses yeux avaient autrefois l'habitude de contempler, à la lisière de ces forêts qui devaient lui rappeler celles où s'étaient passées tant d'années de sa vie!

— Mais, dit Gédéon Spilett, pouvons-nous espérer que, mis en liberté, il ne s'échappera pas?

— C'est une expérience à faire, répondit l'ingénieur.

— Bon! dit Pencroff. Quand ce gaillard-là aura l'espace devant lui et sentira le grand air, il filera à toutes jambes!

— Je ne le crois pas, répondit Cyrus Smith.

— Essayons, dit Gédéon Spilett.

— Essayons, répondit l'ingénieur.

Ce jour-là était le 30 octobre, et, par conséquent, il y avait neuf jours que le naufragé de l'île Tabor était prisonnier à Granite-house. Il faisait chaud, et un beau soleil dardait ses rayons sur l'île.

Cyrus Smith et Pencroff allèrent à la chambre occupée par l'inconnu, qu'ils trouvèrent couché près de la fenêtre et regardant le ciel.

— Venez, mon ami, lui dit l'ingénieur.

L'inconnu se leva aussitôt. Son œil se fixa sur Cyrus Smith, et il le suivit, tandis que le marin marchait derrière lui, peu confiant dans les résultats de l'expérience.

Arrivés à la porte, Cyrus Smith et Pencroff lui firent prendre place dans l'ascenseur, tandis que Nab, Harbert et Gédéon Spilett les attendaient au bas de Granite-house. La banne descendit, et en quelques instants tous furent réunis sur la grève.

Les colons s'éloignèrent un peu de l'inconnu, de manière à lui laisser quelque liberté.

Celui-ci fit quelques pas, en s'avançant vers la mer, et son regard brilla avec une animation extrême, mais il ne chercha aucunement à s'échapper. Il regardait les petites lames qui, brisées par l'îlot, venaient mourir sur le sable.

— Ce n'est encore que la mer, fit observer Gédéon Spilett, et il est possible qu'elle ne lui inspire pas le désir de s'enfuir !

— Oui, répondit Cyrus Smith, il faut le conduire au plateau, sur la lisière de la forêt. Là, l'expérience sera plus concluante.

— D'ailleurs, il ne pourra pas s'échapper, fit observer Nab, puisque les ponts sont relevés.

— Oh ! fit Pencroff, c'est bien là un homme à s'embarrasser d'un ruisseau comme le Creek-Glycérine ! Il aurait vite fait de le franchir, même d'un seul bond !

— Nous verrons bien, se contenta de répondre Cyrus Smith, dont les yeux ne quittaient pas ceux de son malade.

Celui-ci fut alors conduit vers l'embouchure de la Mercy, et tous, remontant la rive gauche de la rivière, gagnèrent le plateau de Grande-Vue.

Arrivé à l'endroit où croissaient les premiers beaux arbres de la forêt, dont la brise agitait légèrement le feuillage, l'inconnu parut humer avec ivresse cette senteur pénétrante qui imprégnait l'atmosphère, et un long soupir s'échappa de sa poitrine !

Les colons se tenaient en arrière, prêts à le retenir, s'il eût fait un mouvement pour s'échapper !

Et, en effet, le pauvre être fut sur le point de s'élancer dans le creek qui le séparait de la forêt, et ses jambes se détendirent un instant comme un ressort... Mais, presque aussitôt, il se replia sur lui-même, il s'affaissa à demi, et une grosse larme coula de ses yeux !

— Ah ! s'écria Cyrus Smith, te voilà donc redevenu homme, puisque tu pleures !

XVI

UN MYSTÈRE À ÉCLAIRCIR — LES PREMIÈRES PAROLES DE L'INCONNU — DOUZE ANS SUR L'ÎLOT ! — AVEUX QUI S'ÉCHAPPENT ! — LA DISPARITION — CONFIANCE DE CYRUS SMITH — CONSTRUCTION D'UN MOULIN — LE PREMIER PAIN — UN ACTE DE DÉVOUEMENT — LES MAINS HONNÊTES !

Oui ! le malheureux avait pleuré ! Quelque souvenir, sans doute, avait traversé son esprit, et, suivant l'expression de Cyrus Smith, il s'était refait homme par les larmes.

Les colons le laissèrent pendant quelque temps sur le plateau, et s'éloignèrent même un peu, de manière qu'il se sentît libre ; mais il ne songea aucunement à profiter de cette liberté, et Cyrus Smith se décida bientôt à le ramener à Granite-house.

Deux jours après cette scène, l'inconnu sembla vouloir se mêler peu à peu à la vie commune. Il était évident qu'il entendait, qu'il comprenait, mais non moins évident qu'il mettait une étrange obstination à ne pas parler aux colons, car, un soir, Pencroff, prêtant l'oreille à la porte de sa chambre, entendit ces mots s'échapper de ses lèvres :

— Non ! ici ! moi ! jamais !

Le matin rapporta ces paroles à ses compagnons.

— Il y a là quelque douloureux mystère ! dit Cyrus Smith.

L'inconnu avait commencé à se servir des outils de labourage, et il travaillait au potager. Quand il s'arrêtait dans sa besogne, ce qui arrivait souvent, il demeurait comme concentré en lui-même ; mais, sur la recommandation de l'ingénieur, on respectait l'isolement qu'il paraissait vouloir garder. Si l'un des colons s'approchait de lui, il reculait, et des sanglots soulevaient sa poitrine, comme si elle en eût été trop pleine !

Était-ce donc le remords qui l'accablait ainsi ? on pouvait le croire, et Gédéon Spilett ne put s'empêcher de faire, un jour, cette observation :

— S'il ne parle pas, c'est qu'il aurait, je crois, des choses trop graves à dire !

Il fallait être patient et attendre.

Quelques jours plus tard, le 3 novembre, l'inconnu, travaillant sur le plateau, s'était arrêté, après avoir laissé tomber sa bêche à terre, et Cyrus Smith, qui l'observait à peu de distance, vit encore une fois des larmes qui coulaient de ses yeux. Une sorte de pitié irrésistible le conduisit vers lui, et il lui toucha le bras légèrement.

— Mon ami ? dit-il.

Le regard de l'inconnu chercha à l'éviter, et Cyrus Smith ayant voulu lui prendre la main, il recula vivement.

— Mon ami, dit Cyrus Smith d'une voix plus ferme, regardez-moi, je le veux !

L'inconnu regarda l'ingénieur et sembla être sous son influence, comme un magnétisé sous la puissance de son magnétiseur. Il voulut fuir. Mais alors il se fit dans sa physionomie comme une transformation. Son regard lança des éclairs. Des paroles cherchèrent à s'échapper de ses lèvres. Il ne pouvait plus se contenir !... Enfin, il croisa les bras ; puis, d'une voix sourde :

— Qui êtes-vous ? demanda-t-il à Cyrus Smith.

— Des naufragés comme vous, répondit l'ingénieur, dont l'émotion était profonde. Nous vous avons ramené ici, parmi vos semblables.

— Mes semblables !... Je n'en ai pas !

— Vous êtes au milieu d'amis...

— Des amis !... à moi ! des amis ! s'écria l'inconnu en cachant sa tête dans ses mains... Non... jamais... laissez-moi ! laissez-moi !

Puis, il s'enfuit du côté du plateau qui dominait la mer, et là il demeura longtemps immobile.

Cyrus Smith avait rejoint ses compagnons et leur racontait ce qui venait de se passer.

— Oui, il y a un mystère dans la vie de cet homme, dit Gédéon Spilett, et il semble qu'il ne soit rentré dans l'humanité que par la voie du remords.

— Je ne sais trop quelle espèce d'homme nous avons ramené là, dit le marin. Il a des secrets...

— Que nous respecterons, répondit vivement Cyrus Smith. S'il a commis quelque faute, il l'a cruellement expiée, et, à nos yeux, il est absous.

Pendant deux heures, l'inconnu demeura seul sur la plage, évidemment sous l'influence de souvenirs qui lui refaisaient tout son passé — un passé funeste sans doute —, et les colons, sans le perdre de vue, ne cherchèrent point à troubler son isolement.

Cependant, après deux heures, il parut avoir pris une résolution, et il vint trouver Cyrus Smith. Ses yeux étaient rouges des larmes qu'il avait versées, mais il ne pleurait plus. Toute sa physionomie était empreinte d'une humilité profonde. Il semblait craintif, honteux, se faire tout petit, et son regard était constamment baissé vers la terre.

— Monsieur, dit-il à Cyrus Smith, vos compagnons et vous, êtes-vous anglais ?

— Non, répondit l'ingénieur, nous sommes américains.

— Ah ! fit l'inconnu, et il murmura ces mots : J'aime mieux cela !

— Et vous, mon ami ? demanda l'ingénieur.

— Anglais, répondit-il précipitamment.

Et, comme si ces quelques mots lui eussent pesé à dire, il s'éloigna de la grève, qu'il parcourut depuis la cascade jusqu'à l'embouchure de la Mercy, dans un état d'extrême agitation.

Puis, ayant passé un certain moment près d'Harbert, il s'arrêta, et, d'une voix étranglée :

— Quel mois ? lui demanda-t-il.

— Décembre, répondit Harbert.

— Quelle année ?

— 1866.

— Douze ans ! douze ans ! s'écria-t-il. Puis il le quitta brusquement.

Harbert avait rapporté aux colons les demandes et la réponse qui lui avaient été faites.

— Cet infortuné, fit observer Gédéon Spilett, n'était plus au courant ni des mois ni des années !

— Oui ! ajouta Harbert, et il était depuis douze ans déjà sur l'îlot quand nous l'y avons trouvé !

— Douze ans ! répondit Cyrus Smith. Ah ! douze ans d'isolement, après une existence maudite peut-être, peuvent bien altérer la raison d'un homme !

— Je suis porté à croire, dit alors Pencroff, que cet homme n'est point arrivé à l'île Tabor par naufrage, mais qu'à la suite de quelque crime, il y aura été abandonné.

— Vous devez avoir raison, Pencroff, répondit le reporter, et si cela est, il n'est pas impossible que ceux qui l'ont laissé sur l'île ne reviennent l'y rechercher un jour !

— Et ils ne le trouveront plus, dit Harbert.

— Mais alors, reprit Pencroff, il faudrait retourner, et...

— Mes amis, dit Cyrus Smith, ne traitons pas cette question avant de savoir à quoi nous en tenir. Je crois que ce malheureux a souffert, qu'il a durement expié ses fautes, quelles qu'elles soient, et que le besoin de s'épancher l'étouffe. Ne le provoquons pas à nous raconter son histoire ! Il nous la dira sans doute, et, quand nous l'aurons apprise, nous verrons quel parti il conviendra de suivre. Lui seul, d'ailleurs, peut nous apprendre s'il a conservé plus que l'espoir, la certitude d'être rapatrié un jour, mais j'en doute !

— Et pourquoi ? demanda le reporter.

— Parce que, dans le cas où il eût été sûr d'être délivré dans un temps déterminé, il aurait attendu l'heure de sa délivrance et n'eût pas jeté ce document à la mer. Non, il est plutôt probable qu'il était condamné à mourir sur cet îlot et qu'il ne devait plus jamais revoir ses semblables !

— Mais, fit observer le marin, il y a une chose que je ne puis pas m'expliquer.

— Laquelle ?

— S'il y a douze ans que cet homme a été abandonné sur l'île Tabor, on peut bien supposer qu'il était depuis plusieurs années déjà dans cet état de sauvagerie où nous l'avons trouvé !

— Cela est probable, répondit Cyrus Smith.

— Il y aurait donc, par conséquent, plusieurs années qu'il aurait écrit ce document !

— Sans doute..., et cependant le document semblait récemment écrit !...

— D'ailleurs, comment admettre que la bouteille qui renfermait le document ait mis plusieurs années à venir de l'île Tabor à l'île Lincoln ?

— Ce n'est pas absolument impossible, répondit le reporter. Ne pouvait-elle être depuis longtemps déjà sur les parages de l'île ?

— Non, répondit Pencroff, car elle flottait encore. On ne peut pas même supposer qu'après avoir séjourné plus ou moins longtemps sur le rivage, elle ait pu être reprise par la mer, car c'est tout rochers sur la côte sud, et elle s'y fût immanquablement brisée !

— En effet, répondit Cyrus Smith, qui demeura songeur.

— Et puis, ajouta le marin, si le document avait plusieurs années de date, si depuis plusieurs années il était enfermé dans cette bouteille, il eût été avarié par l'humidité. Or, il n'en était rien, et il se trouvait dans un parfait état de conservation.

L'observation du marin était très juste, et il y avait là un fait incompréhensible, car le document semblait avoir été récemment écrit, quand les colons le trouvèrent dans la bouteille. De plus, il donnait la situation de l'île Tabor en latitude et en longitude avec précision, ce qui impliquait chez son auteur des connaissances assez complètes en hydrographie, qu'un simple marin ne pouvait avoir.

— Il y a là, une fois encore, quelque chose d'inexplicable, dit l'ingénieur, mais ne provoquons pas notre nouveau compagnon à parler. Quand il le voudra, mes amis, nous serons prêts à l'entendre !

Pendant les jours qui suivirent, l'inconnu ne prononça pas une parole et ne quitta pas une seule fois l'enceinte du plateau. Il travaillait à la terre, sans perdre un instant, sans prendre un moment de repos, mais toujours à l'écart. Aux heures du repas, il ne remontait point à Granite-house, bien que l'invitation lui en eût été faite à plusieurs reprises, et il se contentait de manger quelques légumes crus. La nuit venue, il ne regagnait pas la chambre qui lui avait été assignée, mais il restait là, sous quelque bouquet d'arbres, ou, quand le temps était mauvais, il se blottissait dans quelque anfractuosité des roches. Ainsi, il vivait encore comme au temps où il n'avait d'autre abri que les forêts de l'île Tabor, et toute insistance pour l'amener à modifier sa vie ayant été vaine, les colons attendirent patiemment. Mais le moment arrivait enfin où, impérieusement et comme involontairement poussé par sa conscience, de terribles aveux allaient lui échapper.

Le 10 novembre, vers huit heures du soir, au moment où l'obscurité commençait à se faire, l'inconnu se présenta inopinément devant les colons, qui étaient réunis sous la véranda. Ses yeux brillaient étrangement, et toute sa personne avait repris son aspect farouche des mauvais jours.

Cyrus Smith et ses compagnons furent comme atterrés en voyant que, sous l'empire d'une terrible émotion, ses dents claquaient comme celles d'un fiévreux. Qu'avait-il donc ? La vue de ses semblables lui était-elle insupportable ? En avait-il assez de cette existence dans ce milieu honnête ? Est-ce que la nostalgie de l'abrutissement le reprenait ? On dut le croire, quand on l'entendit s'exprimer ainsi en phrases incohérentes :

— Pourquoi suis-je ici ?... De quel droit m'avez-vous arraché à mon îlot ?... Est-ce qu'il peut y avoir un lien entre vous et moi ?... Savez-vous qui je suis... ce que j'ai fait... pourquoi j'étais là-bas... seul ? Et qui vous dit qu'on ne m'y a pas abandonné... que je n'étais pas condamné à mourir là ?... Connaissez-vous mon passé ?... savez-vous si je n'ai pas volé, assassiné... si je ne suis pas un misérable... un être maudit... bon à vivre comme une bête fauve... loin de tous... dites... le savez-vous ?

Les colons écoutaient sans interrompre le misérable, auquel ces demi-aveux échappaient pour ainsi dire malgré lui. Cyrus Smith voulut alors le calmer en s'approchant de lui, mais il recula vivement.

— Non ! non ! s'écria-t-il. Un mot seulement... Suis-je libre ?

— Vous êtes libre, répondit l'ingénieur.

— Adieu donc ! s'écria-t-il, et il s'enfuit comme un fou.

Nab, Pencroff, Harbert coururent aussitôt vers la lisière du bois... mais ils revinrent seuls.

— Il faut le laisser faire ! dit Cyrus Smith.

— Il ne reviendra jamais..., s'écria Pencroff.

— Il reviendra, répondit l'ingénieur.

Et, depuis lors, bien des jours se passèrent ; mais Cyrus Smith — était-ce une sorte de pressentiment ? — persista dans l'inébranlable idée que le malheureux reviendrait tôt ou tard.

— C'est la dernière révolte de cette rude nature, disait-il, que le remords a touchée et qu'un nouvel isolement épouvanterait.

Cependant, les travaux de toutes sortes furent continués, tant au plateau de Grande-Vue qu'au corral, où Cyrus Smith avait l'intention de bâtir une ferme. Il va sans dire que les graines récoltées par Harbert à l'île Tabor avaient été soigneusement semées. Le plateau formait alors un vaste potager, bien dessiné, bien entretenu, et qui ne laisserait pas chômer les bras des colons.

Là, il y avait toujours à travailler. A mesure que les plantes potagères s'étaient multipliées, il avait fallu agrandir les simples carrés, qui tendaient à devenir de véritables champs et à remplacer les prairies. Mais le fourrage abondait dans les autres portions de l'île, et les onaggas ne devaient pas craindre d'être jamais rationnés. Mieux valait, d'ailleurs, transformer en potager le plateau de Grande-Vue, défendu par sa profonde ceinture de creeks, et reporter en dehors les prairies qui n'avaient pas besoin d'être protégées contre les déprédations des quadrumanes et des quadrupèdes.

Au 15 novembre, on fit la troisième moisson. Voilà un champ qui s'était accru en surface, depuis dix-huit mois que le premier grain de blé avait été semé! La seconde récolte de six cent mille grains produisit cette fois quatre mille boisseaux, soit plus de cinq cents millions de grains! La colonie était riche en blé, car il suffisait de semer une dizaine de boisseaux pour que la récolte fût assurée chaque année et que tous, hommes et bêtes, pussent s'en nourrir.

La moisson fut donc faite, et l'on consacra la dernière quinzaine du mois de novembre aux travaux de panification.

En effet, on avait le grain, mais non la farine, et l'installation d'un moulin fut nécessaire. Cyrus Smith eût pu utiliser la seconde chute qui s'épanchait sur la Mercy pour établir son moteur, la première étant déjà occupée à mouvoir les pilons du moulin à foulon; mais, après discussion, il fut décidé que l'on établirait un simple moulin à vent sur les hauteurs de Grande-Vue. La construction de l'un n'offrait pas plus de difficulté que la construction de l'autre, et on était sûr, d'autre part, que le vent ne manquerait pas sur ce plateau, exposé aux brises du large.

— Sans compter, dit Pencroff, que ce moulin à vent sera plus gai et fera bon effet dans le paysage !

On se mit donc à l'œuvre en choisissant des bois de charpente pour la cage et le mécanisme du moulin. Quelques grands grès qui se trouvaient dans le nord du lac pouvaient facilement se transformer en meules, et quant aux ailes, l'inépuisable enveloppe du ballon leur fournirait la toile nécessaire.

Cyrus Smith fit les plans, et l'emplacement du moulin fut choisi un peu à droite de la basse-cour, près de la berge du lac. Toute la cage devait reposer sur un pivot maintenu dans de grosses charpentes, de manière à pouvoir tourner avec tout le mécanisme qu'elle contenait selon les demandes du vent.

Ce travail s'accomplit rapidement. Nab et Pencroff étaient devenus de très habiles charpentiers et n'avaient qu'à suivre les gabarits fournis par l'ingénieur. Aussi une sorte de guérite cylindrique, une vraie poivrière, coiffée d'un toit aigu, s'éleva-t-elle bientôt à l'endroit désigné. Les quatre châssis qui formaient les ailes avaient été solidement implantés dans l'arbre de couche, de manière à faire un certain angle avec lui, et ils furent fixés au moyen de tenons de fer. Quant aux diverses parties du mécanisme intérieur, la boîte destinée à contenir les deux meules, la meule gisante et la meule courante, la trémie, sorte de grande auge carrée, large du haut, étroite du bas, qui devait permettre aux grains de tomber sur les meules, l'auget oscillant destiné à régler le passage du grain, et auquel son perpétuel tic-tac a fait donner le nom de « babillard », et enfin le blutoir, qui, par l'opération du tamisage, sépare le son de la farine, cela se fabriqua sans peine. Les outils étaient bons, et le travail fut peu difficile, car, en somme, les organes d'un moulin sont très simples. Ce ne fut qu'une question de temps.

Tout le monde avait travaillé à la construction du moulin, et le 1ᵉʳ décembre il était terminé.

Comme toujours, Pencroff était enchanté de son ouvrage, et il ne doutait pas que l'appareil ne fût parfait.

— Maintenant, un bon vent, dit-il, et nous allons joliment moudre notre première récolte !

— Un bon vent, soit, répondit l'ingénieur, mais pas trop de vent, Pencroff.

— Bah ! notre moulin n'en tournera que plus vite !

— Il n'est pas nécessaire qu'il tourne si vite, répondit Cyrus Smith. On sait par expérience que la plus grande quantité de travail est produite par un moulin quand le nombre de tours parcourus par les ailes en une minute est sextuple du nombre de pieds parcourus par le vent en une seconde. Avec une brise moyenne qui donne vingt-quatre pieds à la seconde, il imprimera seize tours aux ailes pendant une minute, et il n'en faut pas davantage.

— Justement ! s'écria Harbert, il souffle une jolie brise de nord-est qui fera bien notre affaire !

Il n'y avait aucune raison de retarder l'inauguration du moulin, car les colons avaient hâte de goûter au premier morceau de pain de l'île Lincoln. Ce jour-là donc, dans la matinée, deux à trois boisseaux de blé furent moulus, et le lendemain, au déjeuner, une magnifique miche, un peu compacte peut-être, quoique levée avec de la levure de bière, figurait sur la table de Granite-house. Chacun y mordit à belles dents, et avec quel plaisir, on le comprend du reste !

Cependant l'inconnu n'avait pas reparu. Plusieurs fois, Gédéon Spilett et Harbert avaient parcouru la forêt aux environs de Granite-house, sans le rencontrer, sans en trouver aucune trace. Ils s'inquiétaient sérieusement de cette disparition prolongée. Certainement, l'ancien sauvage de l'île Tabor ne pouvait être embarrassé de vivre dans ces giboyeuses forêts du Far-West, mais n'était-il pas à craindre qu'il ne reprît ses habitudes, et que cette indépendance ne ravivât ses instincts farouches? Toutefois, Cyrus Smith, par une sorte de pressentiment, sans doute, persistait toujours à dire que le fugitif reviendrait.

— Oui, il reviendra! répétait-il avec une confiance que ses compagnons ne pouvaient partager. Quand cet infortuné était à l'île Tabor, il se savait seul! Ici, il sait que ses semblables l'attendent! Puisqu'il a à moitié parlé de sa vie passée, ce pauvre repenti, il reviendra la dire tout entière, et ce jour-là il sera à nous!

L'événement allait donner raison à Cyrus Smith.

Le 3 décembre, Harbert avait quitté le plateau de Grande-Vue et était allé pêcher sur la rive méridionale du lac. Il était sans armes, et jusqu'alors il n'y avait jamais eu aucune précaution à prendre, puisque les animaux dangereux ne se montraient pas dans cette partie de l'île.

Pendant ce temps, Pencroff et Nab travaillaient à la basse-cour, tandis que Cyrus Smith et le reporter étaient occupés aux Cheminées à fabriquer de la soude, la provision de savon étant épuisée.

Soudain, des cris retentissent:

— Au secours! à moi!

Cyrus Smith et le reporter, trop éloignés, n'avaient pu entendre ces cris. Pencroff et Nab, abandonnant la basse-cour en toute hâte, s'étaient précipités vers le lac.

Mais avant eux, l'inconnu, dont personne n'eût pu soupçonner la présence en cet endroit, franchissait le Creek-Glycérine, qui séparait le plateau de la forêt, et bondissait sur la rive opposée.

Là, Harbert était en face d'un formidable jaguar, semblable à celui qui avait été tué au promontoire du

Reptile. Inopinément surpris, il se tenait debout contre un arbre, tandis que l'animal, ramassé sur lui-même, allait s'élancer... Mais l'inconnu, sans autres armes qu'un couteau, se précipita sur le redoutable fauve, qui se retourna contre ce nouvel adversaire.

La lutte fut courte. L'inconnu était d'une force et d'une adresse prodigieuses. Il avait saisi le jaguar à la gorge d'une main puissante comme une cisaille, sans s'inquiéter si les griffes du fauve lui pénétraient dans les chairs, et de l'autre, il lui fouillait le cœur avec son couteau.

Le jaguar tomba. L'inconnu le poussa du pied, et il allait s'enfuir au moment où les colons arrivaient sur le théâtre de la lutte, quand Harbert, s'attachant à lui, s'écria :

— Non ! non ! vous ne vous en irez pas !

Cyrus Smith alla vers l'inconnu, dont les sourcils se froncèrent, lorsqu'il le vit s'approcher. Le sang coulait à son épaule sous sa veste déchirée, mais il n'y prenait pas garde.

— Mon ami, lui dit Cyrus Smith, nous venons de contracter une dette de reconnaissance envers vous. Pour sauver notre enfant, vous avez risqué votre vie !

— Ma vie ! murmura l'inconnu. Qu'est-ce qu'elle vaut ? Moins que rien !

— Vous êtes blessé ?

— Peu importe.

— Voulez-vous me donner votre main ?

Et comme Harbert cherchait à saisir cette main, qui venait de le sauver, l'inconnu se croisa les bras, sa poitrine se gonfla, son regard se voila, et il parut vouloir fuir ; mais, faisant un violent effort sur lui-même, et d'un ton brusque :

— Qui êtes-vous ? dit-il, et que prétendez-vous être pour moi ?

C'était l'histoire des colons qu'il demandait ainsi, et pour la première fois. Peut-être, cette histoire racontée, dirait-il la sienne?

En quelques mots, Cyrus Smith raconta tout ce qui s'était passé depuis leur départ de Richmond, comment ils s'étaient tirés d'affaire, et quelles ressources étaient maintenant à leur disposition.

L'inconnu l'écoutait avec une extrême attention.

Puis, l'ingénieur dit alors ce qu'ils étaient tous, Gédéon Spilett, Harbert, Pencroff, Nab, lui, et il ajouta que la plus grande joie qu'ils avaient éprouvée depuis leur arrivée dans l'île Lincoln, c'était à leur retour de l'îlot, quand ils avaient pu compter un compagnon de plus.

A ces mots, celui-ci rougit, sa tête s'abaissa sur sa poitrine, et un sentiment de confusion se peignit sur toute sa personne.

— Et maintenant que vous nous connaissez, ajouta Cyrus Smith, voulez-vous nous donner votre main?

— Non, répondit l'inconnu d'une voix sourde, non! Vous êtes d'honnêtes gens, vous! Et moi!...

XVII

TOUJOURS À L'ÉCART — UNE DEMANDE DE L'INCONNU — LA FERME ÉTABLIE AU CORRAL — IL Y A DOUZE ANS! — LE CONTREMAÎTRE DU « BRITANNIA » — ABANDON DANS L'ÎLE TABOR — LA MAIN DE CYRUS SMITH — LE DOCUMENT MYSTÉRIEUX

Ces dernières paroles justifiaient les pressentiments des colons. Il y avait dans la vie de ce malheureux quelque funeste passé, expié peut-être aux yeux des hommes, mais dont sa conscience ne l'avait pas encore absous. En tout cas, le coupable avait des remords, il se repentait, et, cette main qu'ils lui demandaient, ses nouveaux amis l'eussent cordialement pressée, mais il ne se sentait pas digne de la tendre à d'honnêtes gens! Toutefois, après la scène du jaguar, il ne retourna pas dans la forêt, et depuis ce jour il ne quitta plus l'enceinte de Granite-house.

Quel était le mystère de cette existence? L'inconnu parlerait-il un jour? C'est ce que l'avenir apprendrait. En tout cas, il fut bien convenu que son secret ne lui serait jamais demandé et que l'on vivrait avec lui comme si l'on n'eût rien soupçonné.

Pendant quelques jours, la vie commune continua donc d'être ce qu'elle avait été. Cyrus Smith et Gédéon Spilett travaillaient ensemble, tantôt chimistes, tantôt physiciens. Le reporter ne quittait l'ingénieur que pour chasser avec Harbert, car il n'eût pas été prudent de laisser le jeune garçon courir seul la forêt, et il fallait se tenir sur ses gardes. Quant à Nab et à Pencroff, un jour aux étables ou à la basse-cour, un autre au corral, sans compter les travaux à Granite-house, ils ne manquaient pas d'ouvrage.

L'inconnu travaillait à l'écart, et il avait repris son existence habituelle, n'assistant point aux repas, couchant sous les arbres du plateau, ne se mêlant jamais à ses compagnons. Il semblait vraiment que la société de ceux qui l'avaient sauvé lui fût insupportable!

— Mais alors, faisait observer Pencroff, pourquoi a-t-il réclamé le secours de ses semblables? Pourquoi a-t-il jeté ce document à la mer?

— Il nous le dira, répondait invariablement Cyrus Smith.

— Quand ?

— Peut-être plus tôt que vous ne le pensez, Pencroff.

Et, en effet, le jour des aveux était proche.

Le 10 décembre, une semaine après son retour à Granite-house, Cyrus Smith vit venir à lui l'inconnu, qui, d'une voix calme et d'un ton humble, lui dit :

— Monsieur, j'aurais une demande à vous faire.

— Parlez, répondit l'ingénieur ; mais auparavant, laissez-moi vous faire une question.

A ces mots, l'inconnu rougit et fut sur le point de se retirer. Cyrus Smith comprit ce qui se passait dans l'âme du coupable, qui craignait sans doute que l'ingénieur ne l'interrogeât sur son passé !

Cyrus Smith le retint de la main :

— Camarade, lui dit-il, non seulement nous sommes pour vous des compagnons, mais nous sommes des amis. Je tenais à vous dire cela, et maintenant je vous écoute.

L'inconnu passa la main sur ses yeux. Il était pris d'une sorte de tremblement, et demeura quelques instants sans pouvoir articuler une parole.

— Monsieur, dit-il enfin, je viens vous prier de m'accorder une grâce.

— Laquelle ?

— Vous avez à quatre ou cinq milles d'ici, au pied de la montagne, un corral pour vos animaux domestiqués. Ces animaux ont besoin d'être soignés. Voulez-vous me permettre de vivre là-bas avec eux ? »

Cyrus Smith regarda pendant quelques instants l'infortuné avec un sentiment de commisération profonde. Puis :

— Mon ami, dit-il, le corral n'a que des étables, à peine convenables pour les animaux...

— Ce sera assez bon pour moi, monsieur.

— Mon ami, reprit Cyrus Smith, nous ne vous contrarierons jamais en rien. Il vous plaît de vivre au corral. Soit. Vous serez, d'ailleurs, toujours le bienvenu à Granite-house. Mais puisque vous voulez vivre au corral, nous prendrons les dispositions nécessaires pour que vous y soyez convenablement installé.

— N'importe comment, j'y serai toujours bien.

— Mon ami, répondit Cyrus Smith, qui insistait à dessein sur cette cordiale appellation, vous nous laisserez juger de ce que nous devons faire à cet égard !

— Merci, monsieur, répondit l'inconnu en se retirant.

L'ingénieur fit aussitôt part à ses compagnons de la proposition qui lui avait été faite, et il fut décidé que l'on construirait au corral une maison de bois que l'on rendrait aussi confortable que possible.

Le jour même, les colons se rendirent au corral avec les outils nécessaires, et la semaine ne s'était pas écoulée que la maison était prête à recevoir son hôte. Elle avait été élevée à une vingtaine de pieds des étables, et, de là, il serait facile de surveiller le troupeau de mouflons, qui comptait alors plus de quatre-vingts têtes. Quelques meubles, couchette, table, banc, armoire, coffre, furent fabriqués, et des armes, des munitions, des outils furent transportés au corral.

L'inconnu, d'ailleurs, n'avait point été voir sa nouvelle demeure, et il avait laissé les colons y travailler sans lui, pendant qu'il s'occupait sur le plateau, voulant sans doute mettre la dernière main à sa besogne. Et de fait, grâce à lui, toutes les terres étaient labourées et prêtes à être ensemencées, dès que le moment en serait venu.

C'était le 20 décembre que les installations avaient été achevées au corral. L'ingénieur annonça à l'inconnu que sa demeure était prête à le recevoir, et celui-ci répondit qu'il irait y coucher le soir même.

Ce soir-là, les colons étaient réunis dans la grande salle de Granite-house. Il était alors huit heures, — heure à laquelle leur compagnon devait les quitter. Ne voulant pas le gêner en lui imposant par leur présence des adieux qui lui auraient peut-être coûté, ils l'avaient laissé seul et ils étaient remontés à Granite-house.

Or, ils causaient dans la grande salle, depuis quelques instants, quand un coup léger fut frappé à la porte. Presque aussitôt, l'inconnu entra, et sans autre préambule :

— Messieurs, dit-il, avant que je vous quitte, il est bon que vous sachiez mon histoire. La voici.

Ces simples mots ne laissèrent pas d'impressionner très vivement Cyrus Smith et ses compagnons.

L'ingénieur s'était levé.

— Nous ne vous demandons rien, mon ami, dit-il. C'est votre droit de vous taire...

— C'est mon devoir de parler.

— Asseyez-vous donc.

— Je resterai debout.

— Nous sommes prêts à vous entendre, répondit Cyrus Smith.

L'inconnu se tenait dans un coin de la salle, un peu protégé par la pénombre. Il était tête nue, les bras croisés sur la poitrine, et c'est dans cette posture que, d'une voix sourde, parlant comme quelqu'un qui se force à parler, il fit le récit suivant, que ses auditeurs n'interrompirent pas une seule fois :

— Le 20 décembre 1854, un yacht de plaisance à vapeur, le *Duncan*, appartenant au laird écossais, lord Glenarvan, jetait l'ancre au cap Bernouilli, sur la côte occidentale de l'Australie, à la hauteur du 37ᵉ parallèle. A bord de ce yacht étaient lord Glenarvan, sa femme, un major de l'armée anglaise, un géographe français, une jeune fille et un jeune garçon. Ces deux derniers étaient les enfants du capitaine Grant, dont le navire le *Britannia* avait péri corps et biens, une année auparavant. Le *Duncan* était commandé par le capitaine John Mangles et monté par un équipage de quinze hommes.

« Voici pourquoi ce yacht se trouvait à cette époque sur les côtes de l'Australie.

« Six mois auparavant, une bouteille renfermant un document écrit en anglais, en allemand et en français, avait été trouvée dans la mer d'Irlande et ramassée par le *Duncan*. Ce document portait en substance qu'il existait encore trois survivants du naufrage du *Britannia*, que ces survivants étaient le capitaine Grant et deux de ses hommes, et qu'ils avaient trouvé refuge sur une terre dont le document donnait la latitude, mais dont la longitude, effacée par l'eau de mer, n'était plus lisible.

« Cette latitude était celle de 37° 11' australe. Donc, la longitude étant inconnue, si l'on suivait ce trente-septième parallèle à travers les continents et les mers, on était certain d'arriver sur la terre habitée par le capitaine Grant et ses deux compagnons.

« L'amirauté anglaise ayant hésité à entreprendre cette recherche, lord Glenarvan résolut de tout tenter pour retrouver le capitaine. Mary et Robert Grant avaient été mis en rapport avec lui. Le yacht le *Duncan* fut équipé pour une campagne lointaine à laquelle la famille du lord et les enfants du capitaine voulurent prendre part, et le *Duncan*, quittant Glasgow, se dirigea vers l'Atlantique, doubla le détroit de Magellan et remonta par le Pacifique jusqu'à la Patagonie, où, suivant une première interprétation du document, on pouvait supposer que le capitaine Grant était prisonnier des indigènes.

« Le *Duncan* débarqua ses passagers sur la côte occidentale de la Patagonie et repartit pour les reprendre sur la côte orientale, au cap Corrientès.

« Lord Glenarvan traversa la Patagonie, en suivant le 37e parallèle, et, n'ayant trouvé aucune trace du capitaine, il se rembarqua le 13 novembre, afin de poursuivre ses recherches à travers l'Océan.

« Après avoir visité sans succès les îles Tristan d'Acunha et d'Amsterdam, situées sur son parcours, le *Duncan*, ainsi que je l'ai dit, arriva au cap Bernouilli, sur la côte australienne, le 20 décembre 1854.

« L'intention de lord Glenarvan était de traverser l'Australie comme il avait traversé l'Amérique, et il débarqua. A quelques milles du rivage était établie une ferme, appartenant à un Irlandais, qui offrit l'hospitalité aux voyageurs. Lord Glenarvan fit connaître à cet Irlandais les raisons qui l'avaient amené dans ces parages, et il lui demanda s'il avait connaissance qu'un trois-mâts anglais, le *Britannia*, se fût perdu depuis moins de deux ans sur la côte ouest de l'Australie.

« L'Irlandais n'avait jamais entendu parler de ce naufrage ; mais, à la grande surprise des assistants, un des serviteurs de l'Irlandais, intervenant, dit :

« — Milord, louez et remerciez Dieu. Si le capitaine Grant est encore vivant, il est vivant sur la terre australienne.

« — Qui êtes-vous ? demanda lord Glenarvan.

« — Un Écossais comme vous, milord, répondit cet homme, et je suis un des compagnons du capitaine Grant, un des naufragés du *Britannia*.

« Cet homme s'appelait Ayrton. C'était, en effet, le contremaître du *Britannia*, ainsi que le témoignaient ses papiers. Mais, séparé du capitaine Grant au moment où le navire se brisait sur les récifs, il avait cru jusqu'alors que son capitaine avait péri avec tout l'équipage, et qu'il était lui, Ayrton, seul survivant du *Britannia*.

« — Seulement, ajouta-t-il, ce n'est pas sur la côte ouest, mais sur la côte est de l'Australie que le *Britannia* s'est perdu, et si le capitaine Grant est vivant encore, comme l'indique le document, il est prisonnier des indigènes australiens, et c'est sur l'autre côte qu'il faut le chercher. »

« Cet homme, en parlant ainsi, avait la voix franche, le regard assuré. On ne pouvait douter de ses paroles. L'Irlandais, qui l'avait à son service depuis plus d'un an, en répondait. Lord Glenarvan crut à la loyauté de cet homme, et, grâce à ses conseils, il résolut de traverser l'Australie en suivant le 37e parallèle. Lord Glenarvan, sa femme, les deux enfants, le major, le Français, le capitaine Mangles et quelques matelots devaient composer la petite troupe sous la conduite d'Ayrton, tandis que le *Duncan*, aux ordres du second, Tom Austin, allait se rendre à Melbourne, où il attendrait les instructions de lord Glenarvan.

« Ils partirent le 23 décembre 1854.

« Il est temps de dire que cet Ayrton était un traître. C'était, en effet, le contremaître du *Britannia* ; mais, à la suite de discussions avec son capitaine, il avait essayé d'entraîner son équipage à la révolte et de s'emparer du navire, et le capitaine Grant l'avait débarqué, le 8 avril 1852, sur la côte ouest de l'Australie, puis il était reparti en l'abandonnant — ce qui n'était que justice.

« Ainsi, ce misérable ne savait rien du naufrage du *Britannia*. Il venait de l'apprendre par le récit de Glenarvan ! Depuis son abandon, il était devenu, sous le nom de Ben Joyce, le chef de convicts évadés, et, s'il soutint impudemment que le naufrage avait eu lieu sur la côte est, s'il poussa lord Glenarvan à se lancer dans cette direction, c'est qu'il espérait le séparer de son navire, s'emparer du *Duncan* et faire de ce yacht un pirate du Pacifique. »

Ici, l'inconnu s'interrompit un instant. Sa voix tremblait, mais il reprit en ces termes :

— L'expédition partit et se dirigea à travers la terre australienne. Elle fut naturellement malheureuse, puisque Ayrton ou Ben Joyce, comme on voudra l'appeler, la dirigeait, tantôt précédé, tantôt suivi de sa bande de convicts, qui avait été prévenue du coup à faire.

« Cependant le *Duncan* avait été envoyé à Melbourne pour s'y réparer. Il s'agissait donc de décider lord Glenarvan à lui donner l'ordre de quitter Melbourne et de se rendre sur la côte est de l'Australie, où il serait facile de s'en emparer. Après avoir conduit l'expédition assez près de cette côte, au milieu de vastes forêts, où toutes ressources manquaient, Ayrton obtint une lettre qu'il s'était chargé de porter au second du *Duncan*, lettre qui donnait l'ordre au yacht de se rendre immédiatement sur la côte est, à la baie Twofold, c'est-à-dire à quelques journées de l'endroit où l'expédition s'était arrêtée. C'était là qu'Ayrton avait donné rendez-vous à ses complices.

« Au moment où cette lettre allait lui être remise, le traître fut démasqué et n'eut plus qu'à fuir. Mais cette lettre, qui devait lui livrer le *Duncan*, il fallait l'avoir à tout prix. Ayrton parvint à s'en emparer, et, deux jours après, il arrivait à Melbourne.

« Jusqu'alors le criminel avait réussi dans ses odieux projets. Il allait pouvoir conduire le *Duncan* à cette baie Twofold, où il serait facile aux convicts de s'en emparer, et, son équipage massacré, Ben Joyce deviendrait le maître de ces mers... Dieu devait l'arrêter au dénouement de ses funestes desseins.

«Ayrton, arrivé à Melbourne, remit la lettre au second, Tom Austin, qui en prit connaissance et appareilla aussitôt; mais que l'on juge du désappointement et de la colère d'Ayrton, quand, le lendemain de l'appareillage, il apprit que le second conduisait le navire, non sur la côte est de l'Australie, à la baie de Twofold, mais bien sur la côte est de la Nouvelle-Zélande. Il voulut s'y opposer, Austin lui montra la lettre!... Et, en effet, par une erreur providentielle du géographe français qui avait rédigé la lettre, la côte est de la Nouvelle-Zélande était indiquée comme lieu de destination.

«Tous les plans d'Ayrton échouaient! Il voulut se révolter. On l'enferma. Il fut donc emmené sur la côte de la Nouvelle-Zélande, ne sachant plus ni ce que deviendraient ses complices ni ce que deviendrait lord Glenarvan.

«Le *Duncan* resta à croiser sur cette côte jusqu'au 3 mars. Ce jour-là, Ayrton entendit des détonations. C'étaient les canonnades du *Duncan* qui faisaient feu, et, bientôt, lord Glenarvan et tous les siens arrivaient à bord.

«Voici ce qui s'était passé.

«Après mille fatigues, mille dangers, lord Glenarvan avait pu achever son voyage et arriver à la côte est de l'Australie, sur la baie de Twofold. Pas de *Duncan*! Il télégraphia à Melbourne. On lui répondit: "*Duncan* parti depuis le 18 courant pour une destination inconnue."

«Lord Glenarvan ne put plus penser qu'une chose: c'est que l'honnête yacht était tombé aux mains de Ben Joyce et qu'il était devenu un navire de pirates!

«Cependant lord Glenarvan ne voulut pas abandonner la partie. C'était un homme intrépide et généreux. Il s'embarqua sur un navire marchand, se fit conduire à la côte ouest de la Nouvelle-Zélande, la traversa sur le

37e parallèle, sans rencontrer aucune trace du capitaine Grant ; mais, sur l'autre côte, à sa grande surprise, et par la volonté du Ciel, il retrouva le *Duncan*, sous les ordres du second, qui l'attendait depuis cinq semaines !

« On était au 3 mars 1855. Lord Glenarvan était donc à bord du *Duncan*, mais Ayrton y était aussi. Il comparut devant le lord, qui voulut tirer de lui tout ce que le bandit pouvait savoir au sujet du capitaine Grant. Ayrton refusa de parler. Lord Glenarvan lui dit alors qu'à la première relâche, on le remettrait aux autorités anglaises. Ayrton resta muet.

« Le *Duncan* reprit la route du 37e parallèle. Cependant, lady Glenarvan entreprit de vaincre la résistance du bandit. Enfin, son influence l'emporta, et Ayrton, en échange de ce qu'il pourrait dire, proposa à lord Glenarvan de l'abandonner sur une des îles du Pacifique, au lieu de le livrer aux autorités anglaises. Lord Glenarvan, décidé à tout pour apprendre ce qui concernait le capitaine Grant, y consentit.

« Ayrton raconta alors toute sa vie, et il fut constant qu'il ne savait rien depuis le jour où le capitaine Grant l'avait débarqué sur la côte australienne.

« Néanmoins, lord Glenarvan tint la parole qu'il avait donnée. Le *Duncan* continua sa route et arriva à l'île Tabor. C'était là qu'Ayrton devait être déposé, et ce fut là aussi que, par un vrai miracle, on retrouva le capitaine Grant et ses deux hommes, précisément sur ce 37e parallèle. Le convict allait donc les remplacer sur cet îlot désert, et voici, au moment où il quitta le yacht, les paroles que prononça lord Glenarvan :

« — Ici, Ayrton, vous serez éloigné de toute terre et sans communication possible avec vos semblables. Vous ne pourrez fuir cet îlot où le *Duncan* vous laisse. Vous serez seul, sous l'œil d'un Dieu qui lit au plus profond des cœurs, mais vous ne serez ni perdu ni ignoré comme le fut le capitaine Grant. Si indigne que vous soyez du souvenir des hommes, les hommes se souviendront de vous. Je sais où vous êtes, Ayrton, et je sais où vous trouver. Je ne l'oublierai jamais!

« Et le *Duncan*, appareillant, disparut bientôt.

« On était au 18 mars 1855.

« Ayrton était seul, mais ni les munitions, ni les armes, ni les outils, ni les graines ne lui manquaient. A lui, le convict, à sa disposition était la maison construite par l'honnête capitaine Grant. Il n'avait qu'à se laisser vivre et à expier dans l'isolement les crimes qu'il avait commis.

« Messieurs, il se repentit, il eut honte de ses crimes et il fut bien malheureux! Il se dit que si les hommes venaient le rechercher un jour sur cet îlot, il fallait qu'il fût digne de retourner parmi eux! Comme il souffrit, le misérable! Comme il travailla pour se refaire par le travail! Comme il pria pour se régénérer par la prière.

« Pendant deux ans, trois ans, ce fut ainsi; mais Ayrton, abattu par l'isolement, regardant toujours si quelque navire ne paraîtrait pas à l'horizon de son île, se demandant si le temps d'expiation était bientôt complet, souffrait comme on n'a jamais souffert! Ah! qu'elle est dure cette solitude pour une âme que rongent les remords!

« Mais sans doute le Ciel ne le trouvait pas assez puni, le malheureux, car il sentit peu à peu qu'il devenait un sauvage! Il sentit peu à peu l'abrutissement le gagner! Il ne peut vous dire si ce fut après deux ou quatre ans d'abandon, mais enfin, il devint le misérable que vous avez trouvé!

« — Je n'ai pas besoin de vous dire, messieurs, qu'Ayrton ou Ben Joyce et moi, nous ne faisons qu'un! »

Cyrus Smith et ses compagnons s'étaient levés à la fin

de ce récit. Il est difficile de dire à quel point ils étaient émus ! Tant de misère, tant de douleurs et de désespoir étalés à nu devant eux !

— Ayrton, dit alors Cyrus Smith, vous avez été un grand criminel, mais le Ciel doit certainement trouver que vous avez expié vos crimes ! Il l'a prouvé en vous ramenant parmi vos semblables. Ayrton, vous êtes pardonné ! Et maintenant, voulez-vous être notre compagnon ?

Ayrton s'était reculé.

— Voici ma main ! dit l'ingénieur.

Ayrton se précipita sur cette main que lui tendait Cyrus Smith, et de grosses larmes coulèrent de ses yeux.

— Voulez-vous vivre avec nous ? demanda Cyrus Smith.

— Monsieur Smith, laissez-moi quelque temps encore, répondit Ayrton, laissez-moi seul dans cette habitation du corral !

— Comme vous le voudrez, Ayrton, répondit Cyrus Smith.

Ayrton allait se retirer, quand l'ingénieur lui adressa une dernière question :

— Un mot encore, mon ami. Puisque votre dessein était de vivre isolé, pourquoi avez-vous donc jeté à la mer ce document qui nous a mis sur vos traces ?

— Un document ? répondit Ayrton, qui paraissait ne pas savoir ce dont on lui parlait.

— Oui, ce document enfermé dans une bouteille que nous avons trouvé, et qui donnait la situation exacte de l'île Tabor !

Ayrton passa sa main sur son front. Puis, après avoir réfléchi :

— Je n'ai jamais jeté de document à la mer ! répondit-il.

— Jamais ? s'écria Pencroff.

— Jamais !

Et Ayrton, s'inclinant, regagna la porte et partit.

XVIII

CONVERSATION — CYRUS SMITH ET GÉDÉON SPILETT — UNE
IDÉE DE L'INGÉNIEUR — LE TÉLÉGRAPHE ÉLECTRIQUE — LES
FILS — LA PILE — L'ALPHABET — BELLE SAISON — PROSPÉRITÉ
DE LA COLONIE — PHOTOGRAPHIE — UN EFFET DE NEIGE —
DEUX ANS DANS L'ÎLE LINCOLN

— Le pauvre homme ! dit Harbert, qui, après s'être élancé vers la porte, revint, après avoir vu Ayrton glisser par la corde de l'ascenseur et disparaître au milieu de l'obscurité.

— Il reviendra, dit Cyrus Smith.

— Ah, çà, monsieur Cyrus, s'écria Pencroff, qu'est-ce que cela veut dire ? Comment ! ce n'est pas Ayrton qui a jeté cette bouteille à la mer ? Mais qui donc alors ?

A coup sûr, si jamais question dut être faite, c'était bien celle-là !

— C'est lui, répondit Nab, seulement le malheureux était déjà à demi fou.

— Oui ! dit Harbert, et il n'avait plus conscience de ce qu'il faisait.

— Cela ne peut s'expliquer qu'ainsi, mes amis, répondit vivement Cyrus Smith, et je comprends maintenant qu'Ayrton ait pu indiquer exactement la situation de l'île Tabor, puisque les événements même qui avaient précédé son abandon dans l'île la lui faisaient connaître.

469

— Cependant, fit observer Pencroff, s'il n'était pas encore une brute au moment où il rédigeait son document, et s'il y a sept ou huit ans qu'il l'a jeté à la mer, comment ce papier n'a-t-il pas été altéré par l'humidité ?

— Cela prouve, répondit Cyrus Smith, qu'Ayrton n'a été privé d'intelligence qu'à une époque beaucoup plus récente qu'il ne le croit.

— Il faut bien qu'il en soit ainsi, répondit Pencroff ; sans quoi, la chose serait inexplicable.

— Inexplicable, en effet, répondit l'ingénieur, qui semblait ne pas vouloir prolonger cette conversation.

— Mais Ayrton a-t-il dit la vérité ? demanda le marin.

— Oui, répondit le reporter. L'histoire qu'il a racontée est vraie de tous points. Je me rappelle fort bien que les journaux ont rapporté la tentative faite par lord Glenarvan et le résultat qu'il avait obtenu.

— Ayrton a dit la vérité, ajouta Cyrus Smith, n'en doutez pas, Pencroff, car elle était assez cruelle pour lui. On dit vrai quand on s'accuse ainsi !

Le lendemain — 21 décembre —, les colons étaient descendus à la grève, et, ayant gravi le plateau, ils n'y trouvèrent plus Ayrton. Ayrton avait gagné pendant la nuit sa maison du corral, et les colons jugèrent bon de ne point l'importuner de leur présence. Le temps ferait sans doute ce que les encouragements n'avaient pu faire.

Harbert, Pencroff et Nab reprirent alors leurs occupations accoutumées. Précisément, ce jour-là, les mêmes travaux réunirent Cyrus Smith et le reporter à l'atelier des Cheminées.

— Savez-vous, mon cher Cyrus, dit Gédéon Spilett, que l'explication que vous avez donnée hier au sujet de cette bouteille ne m'a pas satisfait du tout ! Comment admettre que ce malheureux ait pu écrire ce document et jeter cette bouteille à la mer, sans en avoir aucunement gardé le souvenir ?

— Aussi n'est-ce pas lui qui l'a jetée, mon cher Spilett.

— Alors, vous croyez encore...

— Je ne crois rien, je ne sais rien ! répondit Cyrus Smith, en interrompant le reporter. Je me contente de ranger cet incident parmi ceux que je n'ai pu expliquer jusqu'à ce jour !

— En vérité, Cyrus, dit Gédéon Spilett, ces choses sont incroyables ! Votre sauvetage, la caisse échouée sur le sable, les aventures de Top, cette bouteille enfin... N'aurons-nous donc jamais le mot de ces énigmes ?

— Si ! répondit vivement l'ingénieur, si, quand je devrais fouiller cette île jusque dans ses entrailles !

— Le hasard nous donnera peut-être la clef de ce mystère !

— Le hasard ! Spilett ! Je ne crois guère au hasard, pas plus que je ne crois aux mystères en ce monde. Il y a une cause à tout ce qui se passe d'inexplicable ici, et cette cause, je la découvrirai. Mais en attendant, observons et travaillons.

Le mois de janvier arriva. C'était l'année 1867 qui commençait. Les travaux d'été furent menés assidûment. Pendant les jours qui suivirent, Harbert et Gédéon Spilett, étant allés du côté du corral, purent constater qu'Ayrton avait pris possession de la demeure qui lui avait été préparée. Il s'occupait du nombreux troupeau confié à ses soins, et il devait épargner à ses compagnons la fatigue de venir tous les deux ou trois jours visiter le corral. Cependant, afin de ne plus laisser Ayrton trop longtemps isolé les colons lui faisaient assez souvent visite.

Il n'était pas indifférent, non plus — étant donné certains soupçons que partageaient l'ingénieur et Gédéon Spilett —, que cette partie de l'île fût soumise à une certaine surveillance, et Ayrton, si quelque incident survenait, ne négligerait pas d'en informer les habitants de Granite-house.

Cependant il pouvait se faire que l'incident fût subit et exigeât d'être rapidement porté à la connaissance de l'ingénieur. En dehors même de tous faits se rapportant au mystère de l'île Lincoln, bien d'autres pouvaient se produire, qui eussent appelé une prompte intervention des colons, tels que l'apparition d'un navire passant au large et en vue de la côte occidentale, un naufrage sur les atterrages de l'ouest, l'arrivée possible de pirates, etc.

Aussi Cyrus Smith résolut-il de mettre le corral en communication instantanée avec Granite-house.

Ce fut le 10 janvier qu'il fit part de son projet à ses compagnons.

— Ah çà ! comment allez-vous vous y prendre, monsieur Cyrus ? demanda Pencroff. Est-ce que, par hasard, vous songeriez à installer un télégraphe ?

— Précisément, répondit l'ingénieur.

— Électrique ? s'écria Harbert.

— Électrique, répondit Cyrus Smith. Nous avons tous les éléments nécessaires pour confectionner une pile ; le plus difficile sera d'étirer des fils de fer, mais au moyen d'une filière, je pense que nous en viendrons à bout.

— Eh bien, après cela, répliqua le marin, je ne désespère plus de nous voir un jour rouler en chemin de fer !

On se mit donc à l'ouvrage, en commençant par le plus difficile, c'est-à-dire par la confection des fils, car si on eût échoué, il devenait inutile de fabriquer la pile et autres accessoires.

Le fer de l'île Lincoln, on le sait, était de qualité excellente, et, par conséquent, très propre à se laisser étirer. Cyrus Smith commença par fabriquer une filière, c'est-à-dire une plaque d'acier, qui fut percée de trous coniques de divers calibres qui devaient amener successivement le fil au degré de ténuité voulue. Cette pièce d'acier, après avoir été trempée, « de tout son dur », comme on dit en métallurgie, fut fixée d'une façon inébranlable sur un bâti solidement enfoncé dans le sol, à quelques pieds seulement de la grande chute, dont l'ingénieur allait encore utiliser la force motrice.

En effet, là était le moulin à foulon, qui ne fonctionnait pas alors, mais dont l'arbre de couche, mû avec une extrême puissance, pouvait servir à étirer le fil, en l'enroulant autour de lui.

L'opération fut délicate et demanda beaucoup de soins. Le fer, préalablement préparé en longues et minces tiges, dont les extrémités avaient été amincies à la lime, ayant été introduit dans le grand calibre de la filière, fut étiré par l'arbre de couche, enroulé sur une longueur de vingt-cinq à trente pieds, puis déroulé et représenté successivement aux calibres de moindre diamètre ! Finalement, l'ingénieur obtint des fils longs de quarante à cinquante pieds, qu'il était facile de raccorder et de tendre sur cette distance de cinq milles qui séparait le corral de l'enceinte de Granite-house.

Il ne fallut que quelques jours pour mener à bien cette besogne, et même, dès que la machine eut été mise en train, Cyrus Smith laissa ses compagnons faire le métier de tréfileurs et s'occupa de fabriquer sa pile.

Il s'agissait, dans l'espèce, d'obtenir une pile à courant constant. On sait que les éléments des piles modernes se composent généralement de charbon de cornue, de zinc et de cuivre. Le cuivre manquait absolument à l'ingénieur, qui, malgré ses recherches, n'en avait pas trouvé trace dans l'île Lincoln, et il fallait s'en passer. Le charbon de cornue, c'est-à-dire ce dur graphite qui se trouve dans les cornues des usines à gaz, après que la houille a été déshydrogénée, on eût pu le produire, mais il eût fallu installer des appareils spéciaux, ce qui aurait été une grosse besogne. Quant au zinc, on se souvient que la caisse trouvée à la pointe de l'Épave était doublée d'une enveloppe de ce métal, qui ne pouvait pas mieux être utilisée que dans cette circonstance.

Cyrus Smith, après mûres réflexions, résolut donc de fabriquer une pile très simple, se rapprochant de celle que Becquerel imagina en 1820, et dans laquelle le zinc est uniquement employé. Quant aux autres substances, acide azotique et potasse, tout cela était à sa disposition.

Voici donc comment fut composée cette pile, dont les effets devaient être produits par la réaction de l'acide et de la potasse l'un sur l'autre.

Un certain nombre de flacons de verre furent fabriqués et remplis d'acide azotique. L'ingénieur les boucha au moyen d'un bouchon que traversait un tube de verre fermé à son extrémité inférieure et destiné à plonger dans l'acide au moyen d'un tampon d'argile maintenu par un linge. Dans ce tube, par son extrémité supérieure, il versa alors une dissolution de potasse qu'il avait préalablement obtenue par l'incinération de diverses plantes, et, de cette façon, l'acide et la potasse purent réagir l'un sur l'autre à travers l'argile.

Cyrus Smith prit ensuite deux lames de zinc, dont l'une fut plongée dans l'acide azotique, l'autre dans la dissolution de potasse. Aussitôt un courant se produisit, qui alla de la lame du flacon à celle du tube, et ces deux lames ayant été reliées par un fil métallique, la lame du tube devint le pôle positif et celle du flacon le pôle négatif de l'appareil. Chaque flacon produisit donc autant de courants, qui, réunis, devaient suffire à provoquer tous les phénomènes de la télégraphie électrique.

Tel fut l'ingénieux et très simple appareil que construisit Cyrus Smith, appareil qui allait lui permettre d'établir une communication télégraphique entre Granite-house et le corral.

Ce fut le 6 février que fut commencée la plantation des poteaux, munis d'isoloirs en verre, et destinés à supporter le fil, qui devait suivre la route du corral. Quelques jours après, le fil était tendu, prêt à produire, avec une vitesse de cent mille kilomètres par seconde, le courant électrique que la terre se chargerait de ramener à son point de départ.

Deux piles avaient été fabriquées, l'une pour Granite-house, l'autre pour le corral, car si le corral devait communiquer avec Granite-house, il pouvait être utile aussi que Granite-house communiquât avec le corral.

Quant au récepteur et au manipulateur, ils furent très simples. Aux deux stations, le fil s'enroulait sur un électro-aimant, c'est-à-dire sur un morceau de fer doux entouré d'un fil. La communication était-elle établie entre les deux pôles, le courant, partant du pôle positif, traversait le fil, passait dans l'électro-aimant, qui s'aimantait temporairement, et revenait par le sol au pôle négatif. Le courant était-il interrompu, l'électro-aimant se désaimantait aussitôt. Il suffisait donc de placer une plaque de fer doux devant l'électro-aimant, qui, attirée pendant le passage du courant, retombait, quand le courant était interrompu. Ce mouvement de la plaque ainsi obtenu, Cyrus Smith put très facilement y rattacher une aiguille disposée sur un cadran, qui portait en exergue les lettres de l'alphabet, et, de cette façon, correspondre d'une station à l'autre.

Le tout fut complètement installé le 12 février. Ce jour-là, Cyrus Smith, ayant lancé le courant à travers le fil, demanda si tout allait bien au corral, et reçut, quelques instants après, une réponse satisfaisante d'Ayrton.

Pencroff ne se tenait pas de joie, et chaque matin et chaque soir il lançait un télégramme au corral, qui ne restait jamais sans réponse.

Ce mode de communication présenta deux avantages très réels, d'abord parce qu'il permettait de constater la présence d'Ayrton au corral, et ensuite parce qu'il ne le laissait pas dans un complet isolement. D'ailleurs, Cyrus Smith ne laissait jamais passer une semaine sans l'aller voir, et Ayrton venait de temps en temps à Granite-house, où il trouvait toujours bon accueil.

La belle saison s'écoula ainsi au milieu des travaux habituels. Les ressources de la colonie, particulièrement en légumes et en céréales, s'accroissaient de jour en jour, et les plants rapportés de l'île Tabor avaient parfaitement réussi. Le plateau de Grande-Vue présentait un aspect très rassurant. La quatrième récolte de blé avait été admirable, et, on le pense bien, personne ne s'avisa de compter si les quatre cents milliards de grains figuraient à la moisson. Cependant, Pencroff avait eu l'idée de le faire, mais Cyrus Smith lui ayant appris que, quand bien même il parviendrait à compter trois cents grains par minute, soit neuf mille à l'heure, il lui faudrait environ cinq mille cinq cents ans pour achever son opération, le brave marin crut devoir y renoncer.

Le temps était magnifique, la température très chaude dans la journée : mais, le soir, les brises du large venaient tempérer les ardeurs de l'atmosphère et procuraient des nuits fraîches aux habitants de Granite-house. Cependant il y eut quelques orages, qui, s'ils n'étaient pas de longue durée, tombaient, du moins, sur l'île Lincoln avec une force extraordinaire. Durant quelques heures, les éclairs ne cessaient d'embraser le ciel et les roulements du tonnerre ne discontinuaient pas.

Vers cette époque, la petite colonie était extrêmement prospère. Les hôtes de la basse-cour pullulaient, et l'on vivait sur son trop-plein, car il devenait urgent de ramener sa population à un chiffre plus modéré. Les porcs avaient déjà produit des petits, et l'on comprend que les soins à donner à ces animaux absorbaient une grande partie du temps de Nab et de Pencroff. Les onaggas, qui avaient donné deux jolies bêtes, étaient le plus souvent montés par Gédéon Spilett et Harbert, devenu un excellent cavalier sous la direction du reporter, et on les attelait aussi au chariot, soit pour transporter à Granite-house le bois et la houille, soit les divers produits minéraux que l'ingénieur employait.

Plusieurs reconnaissances furent poussées, vers cette époque, jusque dans les profondeurs des forêts du Far-West. Les explorateurs pouvaient s'y hasarder sans avoir à redouter les excès de la température, car les rayons solaires perçaient à peine l'épaisse ramure qui s'enchevêtrait au-dessus de leur tête. Ils visitèrent ainsi toute la rive gauche de la Mercy, que bordait la route qui allait du corral à l'embouchure de la rivière de la Chute.

Mais, pendant ces excursions, les colons eurent soin d'être bien armés, car ils rencontraient fréquemment certains sangliers, très sauvages et très féroces, contre lesquels il fallait lutter sérieusement.

Il y fut aussi fait, pendant cette saison, une guerre terrible aux jaguars. Gédéon Spilett leur avait voué une haine toute spéciale, et son élève Harbert le secondait bien. Armés comme ils l'étaient, ils ne redoutaient guère la rencontre de l'un de ces fauves. La hardiesse d'Harbert était superbe, et le sang-froid du reporter étonnant. Aussi une vingtaine de magnifiques peaux ornaient-elles déjà la grande salle de Granite-house, et si cela continuait, la race des jaguars serait bientôt éteinte dans l'île, but que poursuivaient les chasseurs.

L'ingénieur prit part quelquefois à diverses reconnaissances qui furent faites dans les portions inconnues de l'île, qu'il observait avec une minutieuse attention. C'étaient d'autres traces que celles des animaux qu'il cherchait dans les portions les plus épaisses de ces vastes bois, mais jamais rien de suspect n'apparut à ses yeux. Ni Top, ni Jup, qui l'accompagnaient, ne laissaient pressentir par leur attitude qu'il y eût rien d'extraordinaire, et pourtant, plus d'une fois encore, le chien aboya à l'orifice de ce puits que l'ingénieur avait exploré sans résultat.

Ce fut à cette époque que Gédéon Spilett, aidé d'Harbert, prit plusieurs vues des parties les plus pittoresques de l'île, au moyen de l'appareil photographique qui avait été trouvé dans la caisse et dont on n'avait pas fait usage jusqu'alors.

Cet appareil, muni d'un puissant objectif, était très complet. Substances nécessaires à la reproduction photographique, collodion pour préparer la plaque de verre, nitrate d'argent pour la sensibiliser, hyposulfate de soude pour fixer l'image obtenue, chlorure d'ammonium pour baigner le papier destiné à donner l'épreuve positive, acétate de soude et chlorure d'or pour imprégner cette dernière, rien ne manquait. Les papiers mêmes étaient là, tout chlorurés, et avant de les poser dans le châssis sur les épreuves négatives, il suffisait de les tremper pendant quelques minutes dans le nitrate d'argent étendu d'eau.

Le reporter et son aide devinrent donc, en peu de temps, d'habiles opérateurs, et ils obtinrent d'assez belles épreuves de paysages, tels que l'ensemble de l'île, pris du plateau de Grande-Vue, avec le mont Franklin à l'horizon, l'embouchure de la Mercy, si pittoresquement encadrée dans ses hautes roches, la clairière et le corral adossé aux premières croupes de la montagne, tout le développement si curieux du cap Griffe, de la pointe de l'Épave, etc.

Les photographes n'oublièrent pas de faire le portrait de tous les habitants de l'île, sans excepter personne.

— Ça peuple, disait Pencroff.

Et le marin était enchanté de voir son image, fidèlement reproduite, orner les murs de Granite-house, et il s'arrêtait volontiers devant cette exposition comme il eût fait aux plus riches vitrines de Broadway.

Mais, il faut le dire, le portrait le mieux réussi fut incontestablement celui de maître Jup. Maître Jup avait posé avec un sérieux impossible à décrire, et son image était parlante !

— On dirait qu'il va faire la grimace ! s'écriait Pencroff.

Et si maître Jup n'eût pas été content, c'est qu'il aurait été bien difficile ; mais il l'était, et il contemplait son image d'un air sentimental, qui laissait percer une légère dose de fatuité.

Les grandes chaleurs de l'été se terminèrent avec le mois de mars. Le temps fut quelquefois pluvieux, mais l'atmosphère était chaude encore. Ce mois de mars, qui correspond au mois de septembre des latitudes boréales, ne fut pas aussi beau qu'on aurait pu l'espérer. Peut-être annonçait-il un hiver précoce et rigoureux.

On put même croire, un matin — le 21 —, que les premières neiges avaient fait leur apparition. En effet, Harbert, s'étant mis de bonne heure à l'une des fenêtres de Granite-house, s'écria :

— Tiens ! l'îlot est couvert de neige !

— De la neige à cette époque ? répondit le reporter, qui avait rejoint le jeune garçon.

Leurs compagnons furent bientôt près d'eux, et ils ne purent constater qu'une chose, c'est que non seulement l'îlot, mais toute la grève, au bas de Granite-house, était couverte d'une couche blanche, uniformément répandue sur le sol.

— C'est bien de la neige ! dit Pencroff.

— Ou cela lui ressemble beaucoup ! répondit Nab.

— Mais le thermomètre marque 58° (14° cgr au-dessus de zéro) ! fit observer Gédéon Spilett.

Cyrus Smith regardait la nappe blanche sans se prononcer, car il ne savait vraiment pas comment expliquer ce phénomène, à cette époque de l'année et par une telle température.

— Mille diables ! s'écria Pencroff, nos plantations vont être gelées !

Et le marin se disposait à descendre, quand il fut précédé par l'agile Jup, qui se laissa couler jusqu'au sol.

Mais l'orang n'avait pas touché terre que l'énorme couche de neige se soulevait et s'éparpillait dans l'air en flocons tellement innombrables que la lumière du soleil en fut voilée pendant quelques minutes.

— Des oiseaux ! s'écria Harbert.

C'étaient, en effet, des essaims d'oiseaux de mer, au plumage d'un blanc éclatant. Ils s'étaient abattus par centaines de mille sur l'îlot et sur la côte, et ils disparurent au loin, laissant les colons ébahis comme s'ils eussent assisté à un changement à vue, qui eût fait succéder l'été à l'hiver dans un décor de féerie. Malheureusement, le changement avait été si subit que ni le reporter ni le jeune garçon ne parvinrent à abattre un de ces oiseaux, dont ils ne purent reconnaître l'espèce.

Quelques jours après, c'était le 26 mars, et il y avait deux ans que les naufragés de l'air avaient été jetés sur l'île Lincoln !

XIX

Deux ans déjà! et depuis deux ans les colons
n'avaient eu aucune communication avec leurs semblables! Ils étaient sans nouvelles du monde civilisé,
perdus sur cette île, aussi bien que s'ils eussent été sur
quelque infime astéroïde du monde solaire!

Que se passait-il alors dans leur pays? L'image de la
patrie était toujours présente à leurs yeux, cette patrie
déchirée par la guerre civile, au moment où ils
l'avaient quittée, et que la rébellion du Sud ensanglantait peut-être encore! C'était pour eux une grande
douleur, et souvent ils s'entretenaient de ces choses,
sans jamais douter, cependant, que la cause du Nord
ne dût triompher pour l'honneur de la Confédération
américaine.

Pendant ces deux années, pas un navire n'avait passé
en vue de l'île, ou du moins pas une voile n'avait été
aperçue. Il était évident que l'île Lincoln se trouvait en
dehors des routes suivies, et même qu'elle était
inconnue — ce que prouvaient les cartes, d'ailleurs —
car à défaut d'un port, son aiguade aurait dû attirer les
bâtiments désireux de renouveler leur provision d'eau.
Mais la mer qui l'entourait était toujours déserte, aussi
loin que pouvait s'étendre le regard, et les colons ne

devaient guère compter que sur eux-mêmes pour se rapatrier.

Cependant une chance de salut existait, et cette chance fut précisément discutée, un jour de la première semaine d'avril, par les colons, qui étaient réunis dans la salle de Granite-house.

Précisément, il avait été question de l'Amérique, et on avait parlé du pays natal, qu'on avait si peu d'espérance de revoir.

— Décidément, nous n'aurons qu'un moyen, dit Gédéon Spilett, un seul de quitter l'île Lincoln, ce sera de construire un bâtiment assez grand pour tenir la mer pendant quelques centaines de milles. Il me semble que, quand on a fait une chaloupe, on peut bien faire un navire !

— Et que l'on peut bien aller aux Pomotou, ajouta Harbert, quand on est allé à l'île Tabor !

— Je ne dis pas non, répondit Pencroff, qui avait toujours voix prépondérante dans les questions maritimes, je ne dis pas non, quoique ce ne soit pas tout à fait la même chose d'aller près et d'aller loin ! Si notre chaloupe avait été menacée de quelque mauvais coup de vent pendant le voyage à l'île Tabor, nous savions que le port n'était éloigné ni d'un côté ni de l'autre ; mais douze cents milles à franchir, c'est un joli bout de chemin, et la terre la plus rapprochée est au moins à cette distance !

— Est-ce que, le cas échéant, Pencroff, vous ne tenteriez pas l'aventure ? demanda le reporter.

— Je tenterai tout ce que l'on voudra, monsieur Spilett, répondit le marin, et vous savez bien que je ne suis point homme à reculer !

— Remarque, d'ailleurs, que nous comptons un marin de plus parmi nous, fit observer Nab.

— Qui donc ? demanda Pencroff.

— Ayrton.

— C'est juste, répondit Harbert.

— S'il consentait à venir! fit observer Pencroff.

— Bon! dit le reporter, croyez-vous donc que si le yacht de lord Glenarvan se fût présenté à l'île Tabor pendant qu'il l'habitait encore, Ayrton aurait refusé de partir?

— Vous oubliez, mes amis, dit alors Cyrus Smith, qu'Ayrton n'avait plus sa raison pendant les dernières années de son séjour. Mais la question n'est pas là. Il s'agit de savoir si nous devons compter parmi nos chances de salut ce retour du navire écossais. Or, lord Glenarvan a promis à Ayrton de venir le reprendre à l'île Tabor, quand il jugerait ses crimes suffisamment expiés, et je crois qu'il reviendra.

— Oui, dit le reporter, et j'ajouterai qu'il reviendra bientôt, car voilà douze ans qu'Ayrton a été abandonné!

— Eh! répondit Pencroff, je suis bien d'accord avec vous que le lord reviendra, et bientôt même. Mais où relâchera-t-il? A l'île Tabor, et non à l'île Lincoln.

— Cela est d'autant plus certain, répondit Harbert, que l'île Lincoln n'est pas même portée sur la carte.

— Aussi, mes amis, reprit l'ingénieur, devons-nous prendre les précautions nécessaires pour que notre présence et celle d'Ayrton à l'île Lincoln soient signalées à l'île Tabor.

— Évidemment, répondit le reporter, et rien n'est plus aisé que de déposer, dans cette cabane qui fut la demeure du capitaine Grant et d'Ayrton, une notice donnant la situation de notre île, notice que lord Glenarvan ou son équipage ne pourront manquer de trouver.

— Il est même fâcheux, fit observer le marin, que nous ayons oublié de prendre cette précaution lors de notre premier voyage à l'île Tabor.

— Et pourquoi l'aurions-nous prise ? répondit Harbert. Nous ne connaissions pas l'histoire d'Ayrton, à ce moment ; nous ignorions qu'on dût venir le rechercher un jour, et quand nous avons su cette histoire, la saison était trop avancée pour nous permettre de retourner à l'île Tabor.

— Oui, répondit Cyrus Smith, il était trop tard, et il faut remettre cette traversée au printemps prochain.

— Mais si le yacht écossais venait d'ici là ? dit Pencroff.

— Ce n'est pas probable, répondit l'ingénieur, car lord Glenarvan ne choisirait pas la saison d'hiver pour s'aventurer dans ces mers lointaines. Ou il est déjà revenu à l'île Tabor depuis qu'Ayrton est avec nous, c'est-à-dire depuis cinq mois, et il en est reparti, ou il ne viendra que plus tard, et il sera temps dès les premiers beaux jours d'octobre, d'aller à l'île Tabor et d'y laisser une notice.

— Il faut avouer, dit Nab, que ce serait bien malheureux si le *Duncan* avait reparu dans ces mers depuis quelques mois seulement !

— J'espère qu'il n'en est rien, répondit Cyrus Smith, et que le Ciel ne nous aura pas enlevé la meilleure chance qui nous reste !

— Je crois, fit observer le reporter, qu'en tous les cas nous saurons à quoi nous en tenir lorsque nous serons retournés à l'île Tabor, car si les Écossais y sont revenus, ils auront nécessairement laissé quelques traces de leur passage.

— Cela est évident, répondit l'ingénieur. Ainsi donc, mes amis, puisque nous avons cette chance de rapatriement, attendons avec patience, et si elle nous est enlevée, nous verrons alors ce que nous devrons faire.

— En tout cas, dit Pencroff, il est bien entendu que si nous quittons l'île Lincoln d'une façon ou d'une autre, ce ne sera pas parce que nous nous y trouvons mal !

— Non, Pencroff, répondit l'ingénieur, ce sera parce que nous y sommes loin de tout ce qu'un homme doit chérir le plus au monde, sa famille, ses amis, son pays natal !

Les choses étant ainsi décidées, il ne fut plus question d'entreprendre la construction d'un navire assez grand pour s'aventurer, soit jusqu'aux archipels, dans le nord, soit jusqu'à la Nouvelle-Zélande, dans l'ouest, et on ne s'occupa que des travaux accoutumés en vue d'un troisième hivernage à Granite-house.

Toutefois, il fut décidé que la chaloupe serait employée, avant les mauvais jours, à faire un voyage autour de l'île. La reconnaissance complète des côtes n'était pas terminée encore, et les colons n'avaient qu'une idée imparfaite du littoral à l'ouest et au nord, depuis l'embouchure de la rivière de la Chute jusqu'aux caps Mandibule, non plus que de l'étroite baie qui se creusait entre eux comme une mâchoire de requin.

Le projet de cette excursion fut mis en avant par Pencroff, et Cyrus Smith y donna pleine adhésion, car il voulait voir par lui-même toute cette portion de son domaine.

Le temps était variable alors, mais le baromètre n'oscillait pas par mouvements brusques, et l'on pouvait compter sur un temps maniable. Précisément, pendant la première semaine d'avril, après une forte baisse barométrique, la reprise de la hausse fut signalée par un fort coup de vent d'ouest qui dura cinq à six jours ; puis, l'aiguille de l'instrument redevint stationnaire à une hauteur de vingt-neuf pouces et neuf dixièmes (759,45 mm), et les circonstances parurent propices à l'exploration.

Le jour du départ fut fixé au 16 avril, et le *Bonadventure*, mouillé au port Ballon, fut approvisionné pour un voyage qui pouvait avoir quelque durée.

Cyrus Smith prévint Ayrton de l'expédition projetée et lui proposa d'y prendre part ; mais, Ayrton ayant préféré rester à terre, il fut décidé qu'il viendrait à Granite-house pendant l'absence de ses compagnons. Maître Jup devait lui tenir compagnie et ne fit aucune récrimination.

Le 16 avril, au matin, tous les colons, accompagnés de Top, étaient embarqués. Le vent soufflait de la partie du sud-ouest, en belle brise, et le *Bonadventure* dut louvoyer en quittant le port Ballon, afin de gagner le promontoire du Reptile. Sur les quatre-vingt-dix milles que mesurait le périmètre de l'île, la côte sud en comptait une vingtaine depuis le port jusqu'au promontoire. De là, nécessité d'enlever ces vingt milles au plus près, car le vent était absolument debout.

Il ne fallut pas moins de la journée entière pour atteindre le promontoire, car l'embarcation, en quittant le port, ne trouva plus que deux heures de jusant et eut, au contraire, six heures de flot qu'il fut très difficile d'étaler. La nuit était donc venue, quand le promontoire fut doublé.

Pencroff proposa alors à l'ingénieur de continuer la route à petite vitesse, avec deux ris dans sa voile. Mais Cyrus Smith préféra mouiller à quelques encablures de terre, afin de revoir cette partie de la côte pendant le jour. Il fut même convenu que, puisqu'il s'agissait d'une exploration minutieuse du littoral de l'île, on ne naviguerait pas la nuit, et que, le soir venu, on jetterait l'ancre près de terre, tant que le temps le permettrait.

La nuit se passa donc au mouillage sous le promontoire, et le vent étant tombé avec la brume, le silence ne fut plus troublé. Les passagers, à l'exception du marin, dormirent peut-être un peu moins bien à bord du *Bonadventure* qu'ils n'eussent fait dans leurs chambres de Granite-house, mais enfin ils dormirent.

Le lendemain, 17 avril, Pencroff appareilla dès le point du jour, et, grand largue et bâbord amures, il put ranger de très près la côte occidentale.

Les colons connaissaient cette côte boisée, si magnifique, puisqu'ils en avaient déjà parcouru à pied la lisière, et pourtant elle excita encore toute leur admiration. Ils côtoyaient la terre d'aussi près que possible, en modérant leur vitesse, de manière à tout observer, prenant garde seulement de heurter quelques troncs d'arbres qui flottaient çà et là. Plusieurs fois même, ils jetèrent l'ancre, et Gédéon Spilett prit des vues photographiques de ce superbe littoral.

Vers midi, le *Bonadventure* était arrivé à l'embouchure de la rivière de la Chute. Au-delà, sur la rive droite, les arbres reparaissaient, mais plus clairsemés, et, trois milles plus loin, ils ne formaient plus que des bouquets isolés entre les contreforts occidentaux du mont, dont l'aride échine se prolongeait jusqu'au littoral.

Quel contraste entre la portion sud et la portion nord de cette côte! Autant celle-là était boisée et verdoyante, autant l'autre était âpre et sauvage! On eût dit une de ces « côtes de fer », comme on les appelle en certains pays, et sa contexture tourmentée semblait indiquer qu'une véritable cristallisation s'était brusquement produite dans le basalte encore bouillant des époques géologiques. Entassement d'un aspect terrible, qui eût épouvanté tout d'abord les colons, si le hasard les eût jetés sur cette partie de l'île! Lorsqu'ils étaient au sommet du mont Franklin, ils n'avaient pu reconnaître l'aspect profondément sinistre de ce rivage, car ils le dominaient de trop haut; mais vu de la mer, ce littoral se présentait avec un caractère d'étrangeté, dont l'équivalent ne se rencontrait peut-être pas en aucun coin du monde.

Le *Bonadventure* passa devant cette côte, qu'il prolongea à la distance d'un demi-mille. Il fut facile de voir qu'elle se composait de blocs de toutes dimensions, depuis vingt pieds jusqu'à trois cents pieds de hauteur, et de toutes formes, cylindriques comme des tours, prismatiques comme des clochers, pyramidaux comme des obélisques, coniques comme des cheminées d'usine. Une banquise des mers glaciales n'eût pas été plus capricieusement dressée dans sa sublime horreur! Ici, des ponts jetés d'un roc à l'autre; là, des arceaux disposés comme ceux d'une nef, dont le regard ne pouvait découvrir la profondeur; en un endroit, de larges excavations, dont les voûtes présentaient un aspect monumental; en un autre, une véritable cohue de pointes, de pyramidions, de flèches comme aucune cathédrale gothique n'en a jamais compté. Tous les caprices de la nature, plus variés encore que ceux de l'imagination, dessinaient ce littoral grandiose, qui se prolongeait sur une longueur de huit à neuf milles.

Cyrus Smith et ses compagnons regardaient avec un sentiment de surprise qui touchait à la stupéfaction. Mais, s'ils restaient muets, Top, lui, ne se gênait pas pour jeter des aboiements que répétaient les mille échos de la muraille basaltique. L'ingénieur observa même que ces aboiements avaient quelque chose de bizarre, comme ceux que le chien faisait entendre à l'orifice du puits de Granite-house.

— Accostons, dit-il.

Et le *Bonadventure* vint raser d'aussi près que possible les rochers du littoral. Peut-être existait-il là quelque grotte qu'il convenait d'explorer? Mais Cyrus Smith ne vit rien, pas une caverne, pas une anfractuosité qui pût servir de retraite à un être quelconque, car le pied des roches baignait dans le ressac même des eaux. Bientôt les aboiements de Top cessèrent, et l'embarcation reprit sa distance à quelques encablures du littoral.

Dans la portion nord-ouest de l'île, le rivage redevint plat et sablonneux. Quelques rares arbres se profilaient au-dessus d'une terre basse et marécageuse, que les colons avaient déjà entrevue, et, par un contraste violent avec l'autre côte si déserte, la vie se manifestait alors par la présence de myriades d'oiseaux aquatiques.

Le soir, le *Bonadventure* mouilla dans un léger renfoncement du littoral, au nord de l'île, près de terre, tant les eaux étaient profondes en cet endroit. La nuit se passa paisiblement, car la brise s'éteignit, pour ainsi dire, avec les dernières lueurs du jour, et elle ne reprit qu'avec les premières nuances de l'aube.

Comme il était facile d'accoster la terre, ce matin-là, les chasseurs attitrés de la colonie, c'est-à-dire Harbert et Gédéon Spilett, allèrent faire une promenade de deux heures et revinrent avec plusieurs chapelets de canards et de bécassines. Top avait fait merveille, et pas un gibier n'avait été perdu, grâce à son zèle et à son adresse.

A huit heures du matin, le *Bonadventure* appareillait et filait très rapidement en s'élevant vers le cap Mandibule-Nord, car il avait vent arrière, et la brise tendait à fraîchir.

— Du reste, dit Pencroff, je ne serais pas étonné qu'il se préparât quelque coup de vent d'ouest. Hier, le soleil s'est couché sur un horizon très rouge, et voici, ce matin, des « queues de chat » qui ne présagent rien de bon.

Ces queues de chat étaient des cyrrhus effilés, éparpillés au zénith, et dont la hauteur n'est jamais inférieure à cinq mille pieds au-dessus du niveau de la mer. On eût dit de légers morceaux de ouate, dont la présence annonce ordinairement quelque trouble prochain dans les éléments.

— Eh bien, dit Cyrus Smith, portons autant de toile que nous pouvons porter, et allons chercher refuge dans le golfe du Requin. Je pense que le *Bonadventure* y sera en sûreté.

— Parfaitement, répondit Pencroff, et, d'ailleurs, la côte nord n'est formée que de dunes peu intéressantes à considérer.

— Je ne serais pas fâché, ajouta l'ingénieur, de passer non seulement la nuit, mais encore la journée de demain dans cette baie, qui mérite d'être explorée avec soin.

— Je crois que nous y serons forcés, que nous le voulions ou non, répondit Pencroff, car l'horizon commence à devenir menaçant dans la partie de l'ouest. Voyez comme il s'encrasse !

— En tout cas, nous avons bon vent pour gagner le cap Mandibule, fit observer le reporter.

— Très bon vent, répondit le marin ; mais pour entrer dans le golfe, il faudra louvoyer, et j'aimerais assez y voir clair dans ces parages que je ne connais pas !

— Parages qui doivent être semés d'écueils, ajouta Harbert, si nous en jugeons par ce que nous avons vu à la côte sud du golfe du Requin.

— Pencroff, dit alors Cyrus Smith, faites pour le mieux, nous nous en rapportons à vous.

— Soyez tranquille, monsieur Cyrus, répondit le marin, je ne m'exposerai pas sans nécessité ! J'aimerais mieux un coup de couteau dans mes œuvres vives qu'un coup de roche dans celles de mon *Bonadventure* !

Ce que Pencroff appelait œuvres vives, c'était la partie immergée de la carène de son embarcation, et il y tenait plus qu'à sa propre peau !

— Quelle heure est-il ? demanda Pencroff.

— Dix heures, répondit Gédéon Spilett.

— Et quelle distance avons-nous à parcourir jusqu'au cap, monsieur Cyrus ?

— Environ quinze milles, répondit l'ingénieur.

— C'est l'affaire de deux heures et demie, dit alors le marin, et nous serons par le travers du cap entre midi et une heure. Malheureusement, la marée renversera à ce moment, et le jusant sortira du golfe. Je crains donc bien qu'il ne soit difficile d'y entrer, ayant vent et mer contre nous.

— D'autant plus que c'est aujourd'hui pleine lune, fit observer Harbert, et que ces marées d'avril sont très fortes.

— Eh bien, Pencroff, demanda Cyrus Smith, ne pouvez-vous mouiller à la pointe du cap ?

— Mouiller près de terre, avec du mauvais temps en perspective ! s'écria le marin. Y pensez-vous, monsieur Cyrus ? Ce serait vouloir se mettre volontairement à la côte !

— Alors, que ferez-vous ?

— J'essaierai de tenir le large jusqu'au flot, c'est-à-dire jusqu'à sept heures du soir, et s'il fait encore un peu jour, je tenterai d'entrer dans le golfe ; sinon, nous resterons à courir bord sur bord pendant toute la nuit, et nous entrerons demain au soleil levant.

— Je vous l'ai dit, Pencroff, nous nous en rapportons à vous, répondit Cyrus Smith.

— Ah ! fit Pencroff, s'il y avait seulement un phare sur cette côte, ce serait plus commode pour les navigateurs !

— Oui, répondit Harbert, et cette fois-ci, nous n'aurons pas d'ingénieur complaisant qui nous allume un feu pour nous guider au port !

— Tiens, au fait, mon cher Cyrus, dit Gédéon Spilett, nous ne vous avons jamais remercié ; mais franchement, sans ce feu, nous n'aurions jamais pu atteindre...

— Un feu... ? demanda Cyrus Smith, très étonné des paroles du reporter.

— Nous voulons dire, monsieur Cyrus, répondit Pencroff, que nous avons été très embarrassés à bord du *Bonadventure*, pendant les dernières heures qui ont précédé notre retour, et que nous aurions passé sous le vent de l'île, sans la précaution que vous avez prise d'allumer un feu dans la nuit du 19 au 20 octobre, sur le plateau de Granite-house.

— Oui, oui !... C'est une heureuse idée que j'ai eue là ! répondit l'ingénieur.

— Et cette fois, ajouta le marin, à moins que la pensée n'en vienne à Ayrton, il n'y aura personne pour nous rendre ce petit service !

— Non ! personne ! répondit Cyrus Smith.

Et quelques instants après, se trouvant seul à l'avant de l'embarcation avec le reporter, l'ingénieur se penchait à son oreille et lui disait :

— S'il est une chose certaine en ce monde, Spilett, c'est que je n'ai jamais allumé de feu dans la nuit du 19 au 20 octobre, ni sur le plateau de Granite-house, ni en aucune autre partie de l'île !

XX

LA NUIT EN MER — LE GOLFE DU REQUIN — CONFIDENCES — PRÉPARATIFS POUR L'HIVER — PRÉCOCITÉ DE LA MAUVAISE SAISON — GRANDS FROIDS — TRAVAUX À L'INTÉRIEUR — APRÈS SIX MOIS — UN CLICHÉ PHOTOGRAPHIQUE — INCIDENT INATTENDU

Les choses se passèrent ainsi que l'avait prévu Pencroff, car ses pressentiments ne pouvaient tromper. Le vent vint à fraîchir, et, de bonne brise, il passa à l'état de coup de vent, c'est-à-dire qu'il acquit une vitesse de quarante à quarante-cinq milles[1] à l'heure, et qu'un bâtiment en pleine mer eût été au bas ris, avec ses perroquets calés. Or, comme il était environ six heures quand le *Bonadventure* fut par le travers du golfe, et qu'en ce moment le jusant se faisait sentir, il fut impossible d'y entrer. Force fut donc de tenir le large, car, lors même qu'il l'aurait voulu, Pencroff n'eût pas même pu atteindre l'embouchure de la Mercy. Donc, après avoir installé son foc au grand mât en guise de tourmentin, il attendit, en présentant le cap à terre.

Très heureusement, si le vent fut très fort, la mer, couverte par la côte, ne grossit pas extrêmement. On n'eut donc pas à redouter les coups de lame, qui sont un grand danger pour les petites embarcations. Le *Bonadventure* n'aurait pas chaviré, sans doute, car il était bien lesté ; mais d'énormes paquets d'eau, tombant à bord, auraient pu le compromettre, si les panneaux n'avaient pas résisté. Pencroff, en habile marin, para à tout événement. Certes ! il avait une confiance extrême dans son embarcation, mais il n'en attendit pas moins le jour avec une certaine anxiété.

Pendant cette nuit, Cyrus Smith et Gédéon Spilett n'eurent pas l'occasion de causer ensemble, et cependant la phrase prononcée à l'oreille du reporter par l'ingénieur valait bien que l'on discutât encore une fois cette mystérieuse influence qui semblait régner sur l'île Lincoln. Gédéon Spilett ne cessa de songer à ce nouvel et inexplicable incident, à cette apparition d'un feu sur la côte de l'île. Ce feu, il l'avait bien réellement vu ! Ses compagnons, Harbert et Pencroff, l'avaient vu comme lui ! Ce feu leur avait servi à reconnaître la situation de l'île pendant cette nuit sombre, et ils ne pouvaient douter que ce ne fût la main de l'ingénieur qui l'eût allumé,

1. Environ 106 kilomètres à l'heure.

et voilà que Cyrus Smith déclarait formellement qu'il n'avait rien fait de tel!

Gédéon Spilett se promit de revenir sur cet incident, dès que le *Bonadventure* serait de retour, et de pousser Cyrus Smith à mettre ses compagnons au courant de ces faits étranges. Peut-être se déciderait-on alors à faire, en commun, une investigation complète de toutes les parties de l'île Lincoln.

Quoi qu'il en soit, ce soir-là aucun feu ne s'alluma sur ces rivages, inconnus encore, qui formaient l'entrée du golfe, et la petite embarcation continua de se tenir au large pendant toute la nuit.

Quand les premières lueurs de l'aube se dessinèrent sur l'horizon de l'est, le vent, qui avait légèrement calmi, tourna de deux quarts et permit à Pencroff d'embouquer plus facilement l'étroite entrée du golfe. Vers sept heures du matin, le *Bonadventure*, après avoir laissé porter sur le cap Mandibule-Nord, entrait prudemment dans la passe et se hasardait sur ces eaux, enfermées dans le plus étrange cadre de laves.

— Voilà, dit Pencroff, un bout de mer qui ferait une rade admirable, où des flottes pourraient évoluer à leur aise!

— Ce qui est surtout curieux, fit observer Cyrus Smith, c'est que ce golfe a été formé par deux coulées de laves, vomies par le volcan, qui se sont accumulées par des éruptions successives. Il en résulte donc que ce golfe est abrité complètement sur tous les côtés, et il est à croire que, même par les plus mauvais vents, la mer y est calme comme un lac.

— Sans doute, reprit le marin, puisque le vent, pour y pénétrer, n'a que cet étroit goulet creusé entre les deux caps, et encore le cap du nord couvre-t-il celui du sud, de manière à rendre très difficile l'entrée des rafales. En vérité, notre *Bonadventure* pourrait y demeurer d'un bout de l'année à l'autre sans même se raidir sur ses ancres !

— C'est un peu grand pour lui ! fit observer le reporter.

— Eh ! monsieur Spilett, répondit le marin, je conviens que c'est trop grand pour le *Bonadventure*, mais si les flottes de l'Union ont besoin d'un abri sûr dans le Pacifique, je crois qu'elles ne trouveront jamais mieux que cette rade !

— Nous sommes dans la gueule du requin, fit alors observer Nab, en faisant allusion à la forme du golfe.

— En pleine gueule, mon brave Nab ! répondit Harbert, mais vous n'avez pas peur qu'elle se referme sur nous, n'est-ce pas ?

— Non, monsieur Harbert, répondit Nab, et pourtant ce golfe-là ne me plaît pas beaucoup ! Il a une physionomie méchante !

— Bon ! s'écria Pencroff, voilà Nab qui déprécie mon golfe, au moment où je médite d'en faire hommage à l'Amérique !

— Mais, au moins, les eaux sont-elles profondes ? demanda l'ingénieur, car ce qui suffit à la quille du *Bonadventure* ne suffirait pas à celle de nos vaisseaux cuirassés.

— Facile à vérifier, répondit Pencroff.

Et le marin envoya par le fond une longue corde qui lui servait de ligne de sonde, et à laquelle était attaché un bloc de fer. Cette ligne mesurait environ cinquante brasses, et elle se déroula jusqu'au bout sans heurter le sol.

— Allons, fit Pencroff, nos vaisseaux cuirassés peuvent venir ici ! Ils n'échoueront pas !

— En effet, dit Cyrus Smith, c'est un véritable abîme que ce golfe ; mais, en tenant compte de l'origine plutonienne de l'île, il n'est pas étonnant que le fond de la mer offre de pareilles dépressions.

— On dirait, fit observer Harbert, que ces murailles ont été coulées à pic, et je crois bien qu'à leur pied, même avec une sonde cinq ou six fois plus longue, Pencroff ne trouverait pas de fond.

— Tout cela est bien, dit alors le reporter, mais je ferai remarquer à Pencroff qu'il manque une chose importante à sa rade!

— Et laquelle, monsieur Spilett?

— Une coupée, une tranchée quelconque, qui donne accès à l'intérieur de l'île. Je ne vois pas un point sur lequel on puisse prendre pied!

Et, en effet, les hautes laves, très accores, n'offraient pas sur tout le périmètre du golfe un seul endroit propice à un débarquement. C'était une infranchissable courtine, qui rappelait, mais avec plus d'aridité encore, les fjords de la Norvège. Le *Bonadventure*, rasant ces hautes murailles à les toucher, ne trouva pas même une saillie qui pût permettre aux passagers de quitter le bord.

Pencroff se consola en disant que, la mine aidant, on saurait bien éventrer cette muraille, lorsque cela serait nécessaire, et puisque, décidément, il n'y avait rien à faire dans ce golfe, il dirigea son embarcation vers le goulet et en sortit vers deux heures du soir.

— Ouf! fit Nab, en poussant un soupir de satisfaction.

On eût vraiment dit que le brave Nègre ne se sentait pas à l'aise dans cette énorme mâchoire!

Du cap Mandibule à l'embouchure de la Mercy, on ne comptait guère qu'une huitaine de milles. Le cap fut donc mis sur Granite-house, et le *Bonadventure*, avec du largue dans ses voiles, prolongea la côte à un mille de distance. Aux énormes roches laviques succédèrent bientôt ces dunes capricieuses, entre lesquelles l'ingénieur avait été si singulièrement retrouvé, et que les oiseaux de mer fréquentaient par centaines.

Vers quatre heures, Pencroff, laissant sur sa gauche la pointe de l'îlot, entrait dans le canal qui le séparait de la côte, et, à cinq heures, l'ancre du *Bonadventure* mordait le fond de sable à l'embouchure de la Mercy.

Il y avait trois jours que les colons avaient quitté leur demeure. Ayrton les attendait sur la grève, et maître Jup vint joyeusement au-devant d'eux, en faisant entendre de bons grognements de satisfaction.

L'entière exploration des côtes de l'île était donc faite, et nulle trace suspecte n'avait été observée. Si quelque être mystérieux y résidait, ce ne pouvait être que sous le couvert des bois impénétrables de la presqu'île Serpentine, là où les colons n'avaient encore porté leurs investigations.

Gédéon Spilett s'entretint de ces choses avec l'ingénieur, et il fut convenu qu'ils attireraient l'attention de leurs compagnons sur le caractère étrange de certains incidents qui s'étaient produits dans l'île, et dont le dernier était l'un des plus inexplicables.

Aussi Cyrus Smith, revenant sur ce fait d'un feu allumé par une main inconnue sur le littoral, ne put s'empêcher de redire une vingtième fois au reporter :

— Mais êtes-vous sûr d'avoir bien vu ? N'était-ce pas une éruption partielle du volcan, un météore quelconque ?

— Non, Cyrus, répondit le reporter, c'était certainement un feu allumé de main d'homme. Du reste, interrogez Pencroff et Harbert. Ils ont vu comme j'ai vu moi-même, et ils confirmeront mes paroles.

Il s'ensuivit donc que, quelques jours après, le 25 avril, pendant la soirée, au moment où tous les colons étaient réunis sur le plateau de Grande-Vue, Cyrus Smith prit la parole en disant :

— Mes amis, je crois devoir appeler votre attention sur certains faits qui se sont passés dans l'île, et au sujet desquels je serais bien aise d'avoir votre avis. Ces faits sont pour ainsi dire surnaturels...

— Surnaturels ! s'écria le marin en lançant une bouffée de tabac. Se pourrait-il que notre île fût surnaturelle ?

— Non, Pencroff, mais mystérieuse, à coup sûr, répondit l'ingénieur, à moins que vous ne puissiez nous expliquer ce que, Spilett et moi, nous n'avons pu comprendre jusqu'ici.

— Parlez, monsieur Cyrus, répondit le marin.

— Eh bien, avez-vous compris, dit alors l'ingénieur, comment il a pu se faire qu'après être tombé à la mer, j'aie été retrouvé à un quart de mille à l'intérieur de l'île, et cela sans que j'aie eu conscience de ce déplacement ?

— A moins que, étant évanoui... dit Pencroff.

— Ce n'est pas admissible, répondit l'ingénieur. Mais passons. Avez-vous compris comment Top a pu découvrir votre retraite, à cinq milles de la grotte où j'étais couché ?

— L'instinct du chien... répondit Harbert.

— Singulier instinct ! fit observer le reporter, puisque, malgré la pluie et le vent qui faisaient rage pendant cette nuit, Top arriva aux Cheminées sec et sans une tache de boue !

— Passons, reprit l'ingénieur. Avez-vous compris comment notre chien fut si étrangement rejeté hors des eaux du lac, après sa lutte avec le dugong ?

— Non ! pas trop, je l'avoue, répondit Pencroff, et la blessure que le dugong avait au flanc, blessure qui semblait avoir été faite par un instrument tranchant, ne se comprend pas davantage.

— Passons encore, reprit Cyrus Smith. Avez-vous compris, mes amis, comment ce grain de plomb s'est trouvé dans le corps du jeune pécari, comment cette caisse s'est si heureusement échouée, sans qu'il y ait eu trace de naufrage, comment cette bouteille renfermant le document s'est offerte si à propos, lors de notre première excursion en mer, comment notre canot, ayant rompu son amarre, est venu par le courant de la Mercy nous rejoindre précisément au moment où nous en avions besoin, comment, après l'invasion des singes, l'échelle a été si opportunément renvoyée des hauteurs de Granite-house, comment, enfin, le document qu'Ayrton prétend n'avoir jamais écrit est tombé entre nos mains ?

Cyrus Smith venait d'énumérer, sans en oublier un seul, les faits étranges qui s'étaient accomplis dans l'île. Harbert, Pencroff et Nab se regardèrent, ne sachant que répondre, car la succession de ces incidents, ainsi groupés pour la première fois, ne laissa pas de les surprendre au plus haut point.

— Sur ma foi, dit enfin Pencroff, vous avez raison, monsieur Cyrus, et il est difficile d'expliquer ces choses-là !

— Eh bien, mes amis, reprit l'ingénieur, un dernier fait est venu s'ajouter à ceux-là, et il est non moins incompréhensible que les autres !

— Lequel, monsieur Cyrus ? demanda vivement Harbert.

— Quand vous êtes revenu de l'île Tabor, Pencroff, reprit l'ingénieur, vous dites qu'un feu vous est apparu sur l'île Lincoln ?

— Certainement, répondit le marin.

— Et vous êtes bien certain de l'avoir vu, ce feu ?

— Comme je vous vois.

— Toi aussi, Harbert ?

— Ah ! monsieur Cyrus, s'écria Harbert, ce feu brillait comme une étoile de première grandeur !

— Mais n'était-ce point une étoile ? demanda l'ingénieur en insistant.

499

— Non, répondit Pencroff, car le ciel était couvert de gros nuages, et une étoile, en tout cas, n'aurait pas été si basse sur l'horizon. Mais monsieur Spilett l'a vu comme nous, et il peut confirmer nos paroles !

— J'ajouterai, dit le reporter, que ce feu était très vif et qu'il projetait comme une nappe électrique.

— Oui ! oui ! parfaitement... répondit Harbert, et il était certainement placé sur les hauteurs de Granite-house.

— Eh bien, mes amis, répondit Cyrus Smith, pendant cette nuit du 19 au 20 octobre, ni Nab ni moi nous n'avons allumé un feu sur la côte.

— Vous n'avez pas ?... s'écria Pencroff, au comble de l'étonnement, et qui ne put même achever sa phrase.

— Nous n'avons pas quitté Granite-house, répondit Cyrus Smith, et si un feu a paru sur la côte, c'est une autre main que la nôtre qui l'a allumé !

Pencroff, Harbert et Nab étaient stupéfaits. Il n'y avait pas eu d'illusion possible, et un feu avait bien réellement frappé leurs yeux pendant cette nuit du 19 au 20 octobre !

Oui ! ils durent en convenir, un mystère existait ! Une influence inexplicable, évidemment favorable aux colons, mais fort irritante pour leur curiosité, se faisait sentir et comme à point nommé sur l'île Lincoln. Y avait-il donc quelque être caché dans ses plus profondes retraites ? C'est ce qu'il faudrait savoir à tout prix !

Cyrus Smith rappela également à ses compagnons la singulière attitude de Top et de Jup, quand ils rôdaient à l'orifice du puits qui mettait Granite-house en communication avec la mer, et il leur dit qu'il avait exploré ce puits sans y découvrir rien de suspect. Enfin, la conclusion de cette conversation fut une détermination prise par tous les membres de la colonie de fouiller entièrement l'île, dès que la belle saison serait revenue.

Mais depuis le jour, Pencroff parut être soucieux. Cette île dont il faisait sa propriété personnelle, il lui sembla qu'elle ne lui appartenait plus tout entière et qu'il la partageait avec un autre maître, auquel, bon gré, mal gré, il se sentait soumis. Nab et lui causaient souvent de ces inexplicables choses, et tous deux, très portés au merveilleux par leur nature même, n'étaient pas éloignés de croire que l'île Lincoln fût subordonnée à quelque puissance surnaturelle.

Cependant les mauvais jours étaient venus avec le mois de mai — novembre des zones boréales. L'hiver semblait devoir être rude et précoce. Aussi les travaux d'hivernage furent-ils entrepris sans retard.

Du reste, les colons étaient bien préparés à recevoir cet hiver, si dur qu'il dût être. Les vêtements de feutre ne manquaient pas, et les mouflons, nombreux alors, avaient abondamment fourni la laine nécessaire à la fabrication de cette chaude étoffe.

Il va sans dire qu'Ayrton avait été pourvu de ces confortables vêtements. Cyrus Smith lui offrit de venir passer la mauvaise saison à Granite-house, où il serait mieux logé qu'au corral, et Ayrton promit de le faire, dès que les derniers travaux du corral seraient terminés. Ce qu'il fit vers la mi-avril. Depuis ce temps-là, Ayrton partagea la vie commune et se rendit utile en toute occasion; mais, toujours humble et triste, il ne prenait jamais part aux plaisirs de ses compagnons!

Pendant la plus grande partie de ce troisième hiver que les colons passaient à l'île Lincoln, ils demeurèrent confinés dans Granite-house. Il y eut de très grandes tempêtes et des bourrasques terribles, qui semblaient ébranler les roches jusque sur leur base. D'immenses raz de marée menacèrent de couvrir l'île en grand, et, certainement, tout navire mouillé sur les atterrages s'y fût perdu corps et biens. Deux fois, pendant une de ces tourmentes, la Mercy grossit au point de donner lieu de craindre que le pont et les ponceaux ne fussent emportés, et il fallut même consolider ceux de la grève, qui disparaissaient sous les couches d'eau, quand la mer battait le littoral.

On pense bien que de tels coups de vent, comparables à des trombes, où se mélangeaient la pluie et la neige, causèrent des dégâts sur le plateau de Grande-Vue. Le moulin et la basse-cour eurent particulièrement à souffrir. Les colons durent souvent y faire des réparations urgentes, sans quoi l'existence des volatiles eût été sérieusement menacée.

Par ces grands mauvais temps, quelques couples de jaguars et des bandes de quadrumanes s'aventuraient jusqu'à la lisière du plateau, et il était toujours à craindre que les plus souples et les plus audacieux, poussées par la faim, ne parvinssent à franchir le ruisseau, qui, d'ailleurs, lorsqu'il était gelé, leur offrait un passage facile. Plantations et animaux domestiques eussent été infailliblement détruits alors sans une surveillance continuelle, et souvent il fallut faire le coup de feu pour tenir à respectueuse distance ces dangereux visiteurs. Aussi la besogne ne manqua-t-elle pas aux hiverneurs, car, sans compter les soins du dehors, il y avait toujours mille travaux d'aménagement à Granite-house.

Il y eut aussi quelques belles chasses, qui furent faites par les grands froids dans les vastes marais des Tadornes. Gédéon Spilett et Harbert, aidés de Jup et de Top, ne perdaient pas un coup au milieu de ces myriades de canards, de bécassines, de sarcelles, de pilets et de vanneaux. L'accès de ce giboyeux territoire était facile, d'ailleurs, soit que l'on s'y rendît par la route du port Ballon, après avoir passé le pont de la Mercy, soit en tournant les roches de la pointe de l'Épave, et les chasseurs ne s'éloignaient jamais de Granite-house au-delà de deux ou trois milles.

Ainsi se passèrent les quatre mois d'hiver, qui furent réellement rigoureux, c'est-à-dire juin, juillet, août et septembre. Mais, en somme, Granite-house ne souffrit pas trop des inclémences du temps, et il en fut de même au corral, qui, moins exposé que le plateau et couvert en grande partie par le mont Franklin, ne recevait que les restes des coups de vent déjà brisés par les forêts et les hautes roches du littoral. Les dégâts y furent donc peu importants, et la main active et habile d'Ayrton suffit à les réparer promptement, quand, dans la seconde quinzaine d'octobre, il retourna passer quelques jours au corral.

Pendant cet hiver, il ne se produisit aucun nouvel incident inexplicable. Rien d'étrange n'arriva, bien que Pencroff et Nab fussent à l'affût des faits les plus insignifiants qu'ils eussent pu rattacher à une cause mystérieuse. Top et Jup eux-mêmes ne rôdaient plus autour du puits et ne donnaient aucun signe d'inquiétude. Il semblait donc que la série des incidents surnaturels fût interrompue, bien qu'on en causât souvent pendant les veillées de Granite-house, et qu'il demeurât bien convenu que l'île serait fouillée jusque dans ses parties les plus difficiles à explorer. Mais un événement de la plus haute gravité, et dont les conséquences pouvaient être funestes, vint momentanément détourner de leurs projets Cyrus Smith et ses compagnons.

On était au mois d'octobre. La belle saison revenait à grands pas. La nature se renouvelait sous les rayons du soleil, et, au milieu du feuillage persistant des coni-

503

fères qui formaient la lisière du bois, apparaissait déjà le feuillage nouveau des micocouliers, des banksias et des deodars.

On se rappelle que Gédéon Spilett et Harbert avaient pris, à plusieurs reprises, des vues photographiques de l'île Lincoln.

Or, le 17 de ce mois d'octobre, vers trois heures du soir, Harbert, séduit par la pureté du ciel, eut la pensée de reproduire toute la baie de l'Union qui faisait face au plateau de Grande-Vue, depuis le cap Mandibule jusqu'au cap Griffe.

L'horizon était admirablement dessiné, et la mer, ondulant sous une brise molle, présentait à son arrière-plan l'immobilité des eaux d'un lac, piquetées çà et là de paillons lumineux.

L'objectif avait été placé à l'une des fenêtres de la grande salle de Granite-house, et par conséquent, il dominait la grève et la baie. Harbert procéda comme il avait l'habitude de le faire, et, le cliché obtenu, il alla le fixer au moyen des substances qui étaient déposées dans un réduit obscur de Granite-house.

Revenu en pleine lumière, en l'examinant bien, Harbert aperçut sur son cliché un petit point presque imperceptible qui tachait l'horizon de mer. Il essaya de le faire disparaître par un lavage réitéré, mais il ne put y parvenir.

— C'est un défaut qui se trouve dans le verre, pensa-t-il.

Et alors il eut la curiosité d'examiner ce défaut avec une forte lentille qu'il dévissa de l'une des lunettes.

Mais, à peine eut-il regardé, qu'il poussa un cri et que le cliché faillit lui échapper des mains.

Courant aussitôt à la chambre où se tenait Cyrus Smith, il tendit le cliché et la lentille à l'ingénieur, en lui indiquant la petite tache.

Cyrus Smith examina ce point; puis, saisissant sa longue-vue, il se précipita vers la fenêtre.

La longue-vue, après avoir parcouru lentement l'horizon, s'arrêta enfin sur le point suspect, et Cyrus Smith, l'abaissant, ne prononça que ce mot:

— Navire!

Et, en effet, un navire était en vue de l'île Lincoln!

TROISIÈME PARTIE

LE SECRET DE L'ÎLE

I

PERTE OU SALUT? – AYRTON RAPPELÉ – DISCUSSION
IMPORTANTE – CE N'EST PAS LE « DUNCAN » – BÂTIMENT
SUSPECT – PRÉCAUTIONS À PRENDRE – LE NAVIRE
S'APPROCHE – UN COUP DE CANON – LE BRICK MOUILLE EN
VUE DE L'ÎLE – LA NUIT VIENT

Depuis deux ans et demi, les naufragés du ballon avaient été jetés sur l'île Lincoln, et jusqu'alors aucune communication n'avait pu s'établir entre eux et leurs semblables. Une fois, le reporter avait tenté de se mettre en rapport avec le monde habité, en confiant à un oiseau cette notice qui contenait le secret de leur situation, mais c'était là une chance sur laquelle il était impossible de compter sérieusement. Seul, Ayrton, et dans les circonstances que l'on sait, était venu s'adjoindre aux membres de la petite colonie. Or, voilà que, ce jour même — 17 octobre —, d'autres hommes apparaissaient inopinément en vue de l'île, sur cette mer toujours déserte!

On n'en pouvait plus douter! Un navire était là! Mais passerait-il au large, ou relâcherait-il? Avant quelques heures, les colons sauraient évidemment à quoi s'en tenir.

Cyrus Smith et Harbert, ayant aussitôt appelé Gédéon Spilett, Pencroff et Nab dans la grande salle de Granite-house, les avaient mis au courant de ce qui se passait. Pencroff, saisissant la longue-vue, parcourut rapidement l'horizon, et, s'arrêtant sur le point indiqué, c'est-à-dire sur celui qui avait fait l'imperceptible tache du cliché photographique :

— Mille diables ! C'est bien un navire ! dit-il d'une voix qui ne dénotait pas une satisfaction extraordinaire.

— Vient-il à nous ? demanda Gédéon Spilett.

— Impossible de rien affirmer encore, répondit Pencroff, car sa mâture seule apparaît au-dessus de l'horizon, et on ne voit pas un morceau de sa coque !

— Que faut-il faire ? dit le jeune garçon.

— Attendre, répondit Cyrus Smith.

Et, pendant un assez long temps, les colons demeurèrent silencieux, livrés à toutes les pensées, à toutes les émotions, à toutes les craintes, à toutes les espérances que pouvait faire naître en eux cet incident — le plus grave qui se fût produit depuis leur arrivée sur l'île Lincoln.

Certes, les colons n'étaient pas dans la situation de ces naufragés abandonnés sur un îlot stérile, qui disputent leur misérable existence à une nature marâtre et sont incessamment dévorés de ce besoin de revoir les terres habitées. Pencroff et Nab surtout, qui se trouvaient à la fois si heureux et si riches, n'auraient pas quitté sans regret leur île. Ils étaient faits, d'ailleurs, à cette vie nouvelle, au milieu de ce domaine que leur intelligence avait pour ainsi dire civilisé ! Mais enfin, ce navire, c'était, en tout cas, des nouvelles du continent, c'était peut-être un morceau de la patrie qui venait à leur rencontre ! Il portait des êtres semblables à eux, et l'on comprendra que leur cœur eût vivement tressailli à sa vue !

De temps en temps, Pencroff reprenait la lunette et se postait à la fenêtre. De là, il examinait avec une extrême attention le bâtiment, qui était à une distance de vingt milles dans l'est. Les colons n'avaient donc encore aucun moyen de signaler leur présence. Un pavillon n'eût pas été aperçu ; une détonation n'eût pas été entendue ; un feu n'aurait pas été visible.

Toutefois, il était certain que l'île, dominée par le mont Franklin, n'avait pu échapper aux regards des vigies du navire. Mais pourquoi ce bâtiment y atterrirait-il ? N'était-ce pas un simple hasard qui le poussait sur cette partie du Pacifique, où les cartes ne mentionnaient aucune terre, sauf l'îlot Tabor, qui lui-même était en dehors des routes ordinairement suivies par les longs-courriers des archipels polynésiens, de la Nouvelle-Zélande et de la côte américaine ?

A cette question que chacun se posait, une réponse fut soudain faite par Harbert.

— Ne serait-ce pas le *Duncan* ? s'écria-t-il.

Le *Duncan*, on ne l'a pas oublié, c'était le yacht de lord Glenarvan, qui avait abandonné Ayrton sur l'îlot et qui devait revenir l'y chercher un jour. Or, l'îlot ne se trouvait pas tellement éloigné de l'île Lincoln, qu'un bâtiment, faisant route pour l'un, ne pût arriver à passer en vue de l'autre. Cent cinquante milles seulement les séparaient en longitude, et soixante-quinze milles en latitude.

— Il faut prévenir Ayrton, dit Gédéon Spilett, et le mander immédiatement. Lui seul peut nous dire si c'est là le *Duncan*.

Ce fut l'avis de tous, et le reporter, allant à l'appareil télégraphique qui mettait en communication le corral et Granite-house, lança ce télégramme :

« Venez en toute hâte. »

Quelques instants après, le timbre résonnait.

« Je viens », répondait Ayrton.

Puis les colons continuèrent d'observer le navire.

— Si c'est le *Duncan*, dit Harbert, Ayrton le reconnaîtra sans peine, puisqu'il a navigué à son bord pendant un certain temps.

— Et s'il le reconnaît, ajouta Pencroff, cela lui fera une fameuse émotion !

— Oui, répondit Cyrus Smith, mais, maintenant Ayrton est digne de remonter à bord du *Duncan*, et fasse le Ciel que ce soit, en effet, le yacht de lord Glenarvan, car tout autre navire me semblerait suspect ! Ces mers sont mal fréquentées, et je crains toujours pour notre île la visite de quelques pirates malais.

— Nous la défendrions ! s'écria Harbert.

— Sans doute, mon enfant, répondit l'ingénieur en souriant, mais mieux vaut ne pas avoir à la défendre.

— Une simple observation, dit Gédéon Spilett. L'île Lincoln est inconnue des navigateurs, puisqu'elle n'est même pas portée sur les cartes les plus récentes. Ne trouvez-vous donc pas, Cyrus, que c'est là un motif pour qu'un navire, se trouvant inopinément en vue de cette terre nouvelle, cherche à la visiter plutôt qu'à la fuir ?

— Certes, répondit Pencroff.

— Je le pense aussi, ajouta l'ingénieur. On peut même affirmer que c'est le devoir d'un capitaine de signaler, et par conséquent de venir reconnaître toute terre ou île non encore cataloguée, et l'île Lincoln est dans ce cas.

— Eh bien, dit alors Pencroff, admettons que ce navire atterrisse, qu'il mouille là, à quelques encablures de notre île, que ferons-nous ?

Cette question, brusquement posée, demeura d'abord

sans réponse. Mais Cyrus Smith, après avoir réfléchi, répondit de ce ton calme qui lui était ordinaire :

— Ce que nous ferons, mes amis, ce que nous devrons faire, le voici : Nous communiquerons avec le navire, nous prendrons passage à son bord, et nous quitterons notre île, après en avoir pris possession au nom des États de l'Union. Puis, nous y reviendrons avec tous ceux qui voudront nous suivre pour la coloniser définitivement et doter la République américaine d'une station utile dans cette partie de l'océan Pacifique !

— Hurrah ! s'écria Pencroff, et ce ne sera pas un petit cadeau que nous ferons là à notre pays ! La colonisation est déjà presque achevée, les noms sont donnés à toutes les parties de l'île, il y a un port naturel, une aiguade, des routes, une ligne télégraphique, un chantier, une usine, et il n'y aura plus qu'à inscrire l'île Lincoln sur les cartes !

— Mais si on nous la prend pendant notre absence ? fit observer Gédéon Spilett.

— Mille diables ! s'écria le marin, j'y resterai plutôt tout seul pour la garder, et, foi de Pencroff, on ne me la volerait pas comme une montre dans la poche d'un badaud !

Pendant une heure, il fut impossible de dire d'une façon certaine si le bâtiment signalé faisait ou ne faisait pas route vers l'île Lincoln. Il s'en était rapproché, cependant, mais sous quelle allure naviguait-il ? C'est ce que Pencroff ne put reconnaître. Toutefois, comme le vent soufflait du nord-est, il était vraisemblable d'admettre que ce navire naviguait tribord amures. D'ailleurs, la brise était bonne pour le pousser sur les atterrages de l'île, et, par cette mer calme, il ne pouvait craindre de s'en approcher, bien que les sondes n'en fussent pas relevées sur la carte.

Vers quatre heures — une heure après qu'il avait été mandé —, Ayrton arrivait à Granite-house. Il entra dans la grande salle, en disant :

— A vos ordres, messieurs.

Cyrus Smith lui tendit la main, ainsi qu'il avait coutume de le faire, et, le conduisant près de la fenêtre :

— Ayrton, lui dit-il, nous vous avons prié de venir pour un motif grave. Un bâtiment est en vue de l'île.

Ayrton, tout d'abord, pâlit légèrement, et ses yeux se troublèrent un instant. Puis, se penchant en dehors de la fenêtre, il parcourut l'horizon, mais il ne vit rien.

— Prenez cette longue-vue, dit Gédéon Spilett, et regardez bien, Ayrton, car il serait possible que ce navire fût le *Duncan*, venu dans ces mers pour vous rapatrier.

— Le *Duncan* ! murmura Ayrton. Déjà !

Ce dernier mot s'échappa comme involontairement des lèvres d'Ayrton, qui laissa tomber sa tête dans ses mains.

Douze ans d'abandon sur un îlot désert ne lui paraissaient donc pas une expiation suffisante ? Le coupable repentant ne se sentait-il pas encore pardonné, soit à ses propres yeux, soit aux yeux des autres ?

— Non, dit-il, non ! ce ne peut être le *Duncan*.

— Regardez, Ayrton, dit alors l'ingénieur, car il importe que nous sachions d'avance à quoi nous en tenir.

Ayrton prit la lunette et la braqua dans la direction indiquée. Pendant quelques minutes, il observa l'horizon sans bouger, sans prononcer une seule parole. Puis :

— En effet, c'est un navire, dit-il, mais je ne crois pas que ce soit le *Duncan*.

— Pourquoi ne serait-ce pas lui ? demanda Gédéon Spilett.

— Parce que le *Duncan* est un yacht à vapeur, et que je n'aperçois aucune trace de fumée, ni au-dessus ni auprès de ce bâtiment.

— Peut-être navigue-t-il seulement à la voile ? fit observer Pencroff. Le vent est bon pour la route qu'il semble suivre, et il doit avoir intérêt à ménager son charbon, étant si loin de toute terre.

— Il est possible que vous ayez raison, monsieur Pencroff, répondit Ayrton, et que ce navire ait éteint ses feux. Laissons-le donc rallier la côte, et nous saurons bientôt à quoi nous en tenir.

Cela dit, Ayrton alla s'asseoir dans un coin de la grande salle et y demeura silencieux. Les colons discutèrent encore à propos du navire inconnu, mais sans qu'Ayrton prît part à la discussion.

Tous se trouvaient alors dans une disposition d'esprit qui ne leur eût pas permis de continuer leurs travaux. Gédéon Spilett et Pencroff étaient singulièrement nerveux, allant, venant, ne pouvant tenir en place. Harbert éprouvait plutôt de la curiosité. Nab, seul, conservait son calme habituel. Son pays n'était-il pas là où était son maître ? Quant à l'ingénieur, il restait absorbé dans ses pensées, et, au fond, il redoutait plutôt qu'il ne désirait l'arrivée de ce navire.

Cependant, le bâtiment s'était un peu rapproché de l'île. La lunette aidant, il avait été possible de reconnaître que c'était un long-courrier, et non un de ces praos malais, dont se servent habituellement les pirates du Pacifique. Il était donc permis de croire que les appréhensions de l'ingénieur ne se justifieraient pas, et que la présence de ce bâtiment dans les eaux de l'île Lincoln ne constituait point un danger pour elle. Pencroff, après une minutieuse attention, crut pouvoir affirmer que ce navire était gréé en brick et qu'il courait obliquement à la côte, tribord amures, sous ses basses voiles, ses huniers et ses perroquets. Ce qui fut confirmé par Ayrton.

Mais, à continuer sous cette allure, il devait bientôt disparaître derrière la pointe du cap Griffe, car il faisait le sud-ouest, et, pour l'observer, il serait alors nécessaire de gagner les hauteurs de la baie Washington, près de port Ballon. Circonstance fâcheuse, car il était déjà cinq heures du soir, et le crépuscule ne tarderait pas à rendre toute observation bien difficile.

— Que ferons-nous, la nuit venue ? demanda Gédéon Spilett. Allumerons-nous un feu afin de signaler notre présence sur cette côte ?

C'était là une grave question, et pourtant, quelques pressentiments qu'eût gardés l'ingénieur, elle fut résolue affirmativement. Pendant la nuit, le navire pouvait disparaître, s'éloigner pour jamais, et, ce navire disparu, un autre reviendrait-il dans les eaux de l'île Lincoln ? Or, qui pouvait prévoir ce que l'avenir réservait aux colons ?

— Oui, dit le reporter, nous devons faire connaître à ce bâtiment, quel qu'il soit, que l'île est habitée. Négliger la chance qui nous est offerte, ce serait nous créer des regrets futurs !

Il fut donc décidé que Nab et Pencroff se rendraient à port Ballon, et que là, une fois la nuit venue, ils allumeraient un grand feu dont l'éclat attirerait nécessairement l'attention de l'équipage du brick.

Mais, au moment où Nab et le marin se préparaient à quitter Granite-house, le bâtiment changea son allure et laissa porter franchement sur l'île en se dirigeant vers la baie de l'Union. C'était un bon marcheur que ce brick, car il s'approcha rapidement.

Nab et Pencroff suspendirent alors leur départ, et la lunette fut mise entre les mains d'Ayrton, afin qu'il pût reconnaître d'une façon définitive si ce navire était ou non le *Duncan*. Le yacht écossais était, lui aussi, gréé en brick. La question était donc de savoir si une cheminée s'élevait entre les deux mâts du bâtiment observé, qui n'était plus alors qu'à une distance de dix milles.

L'horizon était encore très clair. La vérification fut facile, et Ayrton laissa bientôt retomber sa lunette en disant :

— Ce n'est point le *Duncan* ! Ce ne pouvait être lui !...

Pencroff encadra de nouveau le brick dans le champ de la longue-vue, et il reconnut que ce brick, d'une jauge de trois à quatre cents tonneaux, merveilleusement effilé, hardiment mâté, admirablement taillé pour la marche, devait être un rapide coureur des mers. Mais à quelle nation appartenait-il ? cela était difficile à dire.

— Et cependant, ajouta le marin, un pavillon flotte à sa corne, mais je ne puis en distinguer les couleurs.

— Avant une demi-heure, nous serons fixés à cet égard, répondit le reporter. D'ailleurs, il est bien évident que le capitaine de ce navire a l'intention d'atterrir, et par conséquent, si ce n'est pas aujourd'hui, demain, au plus tard, nous ferons sa connaissance.

— N'importe ! dit Pencroff. Mieux vaut savoir à qui on a affaire, et je ne serais pas fâché de reconnaître ses couleurs, à ce particulier-là !

Et, tout en parlant ainsi, le marin ne quittait pas sa lunette.

Le jour commençait à baisser, et, avec le jour, le vent du large tombait aussi. Le pavillon du brick, moins tendu, s'engageait dans les drisses, et il devenait de plus en plus difficile à observer.

— Ce n'est point là un pavillon américain, disait de temps en temps Pencroff, ni un anglais, dont le rouge se verrait aisément, ni les couleurs françaises ou allemandes, ni le pavillon blanc de la Russie, ni le jaune de

l'Espagne... On dirait qu'il est d'une couleur uniforme...
Voyons... dans ces mers... que trouverions-nous plus
communément?... le pavillon chilien? mais il est trico-
lore... brésilien? il est vert... japonais? il est noir et
jaune... tandis que celui-ci...

En ce moment, une brise tendit le pavillon inconnu.
Ayrton, saisissant la lunette que le marin avait laissé
retomber, l'appliqua à son œil, et, d'une voix sourde :

— Le pavillon noir! s'écria-t-il.

En effet, une sombre étamine se développait à la
corne du brick, et c'était à bon droit qu'on pouvait
maintenant le tenir pour un navire suspect!

L'ingénieur avait-il donc raison dans ses pressentiments? Était-ce un bâtiment de pirates? Écumait-il ces
basses mers du Pacifique, faisant concurrence aux praos
malais qui les infestent encore? Que venait-il chercher
sur les atterrages de l'île Lincoln? Voyait-il en elle une
terre inconnue, ignorée, propre à devenir une receleuse
de cargaisons volées? Venait-il demander à ces côtes un
port de refuge pour les mois d'hiver? L'honnête
domaine des colons était-il destiné à se transformer en
un refuge infâme — sorte de capitale de la piraterie du
Pacifique?

Toutes ces idées se présentèrent instinctivement à
l'esprit des colons. Il n'y avait pas à douter, d'ailleurs,
de la signification qu'il convenait d'attacher à la couleur du pavillon arboré. C'était bien celui des écu-
meurs de mer! C'était celui que devait porter le
Duncan, si les convicts avaient réussi dans leurs criminels projets!

On ne perdit pas de temps à discuter.

— Mes amis, dit Cyrus Smith, peut-être ce navire ne
veut-il qu'observer le littoral de l'île? Peut-être son
équipage ne débarquera-t-il pas? C'est une chance.
Quoi qu'il en soit, nous devons tout faire pour cacher

notre présence ici. Le moulin, établi sur le plateau de Grande-Vue, est trop facilement reconnaissable. Qu'Ayrton et Nab aillent en démonter les ailes. Dissimulons également, sous des branchages plus épais, les fenêtres de Granite-house. Que tous les feux soient éteints. Que rien enfin ne trahisse la présence de l'homme sur cette île !

— Et notre embarcation ? dit Harbert.

— Oh ! répondit Pencroff, elle est abritée dans port Ballon, et je défie bien ces gueux-là de l'y trouver !

Les ordres de l'ingénieur furent immédiatement exécutés. Nab et Ayrton montèrent sur le plateau et prirent les mesures nécessaires pour que tout indice d'habitation fût dissimulé. Pendant qu'ils s'occupaient de cette besogne, leurs compagnons allèrent à la lisière du bois de Jacamar et en rapportèrent une grande quantité de branches et de lianes, qui devaient, à une certaine distance, figurer une frondaison naturelle et voiler assez bien les baies de la muraille granitique. En même temps, les munitions et les armes furent disposées de manière à pouvoir être utilisées au premier instant, dans le cas d'une agression inopinée.

Quand toutes ces précautions eurent été prises :

— Mes amis, dit Cyrus Smith — et on sentait à sa voix qu'il était ému —, si ces misérables veulent s'emparer de l'île Lincoln, nous la défendrons, n'est-ce pas ?

— Oui, Cyrus, répondit le reporter, et, s'il le faut, nous mourrons tous pour la défendre !

L'ingénieur tendit la main à ses compagnons, qui la pressèrent avec effusion.

Seul, Ayrton, demeuré dans son coin, ne s'était pas joint aux colons. Peut-être lui, l'ancien convict, se sentait-il indigne encore !

Cyrus Smith comprit ce qui se passait dans l'âme d'Ayrton, et, allant à lui :

— Et vous, Ayrton, lui demanda-t-il, que ferez-vous ?

— Mon devoir, répondit Ayrton.

Puis, il alla se poster près de la fenêtre et plongea ses regards à travers le feuillage.

Il était sept heures et demie alors. Le soleil avait disparu depuis vingt minutes environ, en arrière de Granite-house. En conséquence, l'horizon de l'est s'assombrissait peu à peu. Cependant, le brick s'avançait toujours vers la baie de l'Union. Il n'en était pas à plus de huit milles alors, et précisément par le travers du plateau de Grande-Vue, car, après avoir viré à la hauteur du cap Griffe, il avait largement gagné dans le nord, étant servi par le courant de la marée montante. On peut même dire que, à cette distance, il était déjà entré dans la vaste baie, car une ligne droite, tirée du cap Griffe au cap Mandibule, lui fût restée à l'ouest, sur sa hanche de tribord.

Le brick allait-il s'enfoncer dans la baie ? c'était la première question. Une fois en baie, y mouillerait-il ? c'était la seconde. Ne se contenterait-il pas seulement, après avoir observé le littoral, de reprendre le large sans débarquer son équipage ? on le saurait avant une heure. Les colons n'avaient donc qu'à attendre.

Cyrus Smith n'avait pas vu sans une profonde anxiété le bâtiment suspect arborer le pavillon noir. N'était-ce pas une menace directe contre l'œuvre que ses compagnons et lui avaient menée à bien jusqu'alors ? Les pirates — on ne pouvait douter que les matelots de ce brick ne fussent tels — avaient-ils donc déjà fréquenté cette île, puisque, en y atterrissant, ils avaient hissé leurs couleurs ? Y avaient-ils antérieurement opéré quelque descente, ce qui aurait expliqué certaines particularités restées inexplicables jusqu'alors ? Existait-il dans ses portions non encore explorées quelque complice prêt à entrer en communication avec eux ?

A toutes ces questions qu'il se posait silencieusement, Cyrus Smith ne savait que répondre ; mais il sentait que la situation de la colonie ne pouvait être que très gravement compromise par l'arrivée de ce brick.

Toutefois, ses compagnons et lui étaient décidés à résister jusqu'à la dernière extrémité. Ces pirates étaient-ils nombreux et mieux armés que les colons ? voilà ce qu'il eût été bien important de savoir ! Mais le moyen d'arriver jusqu'à eux !

La nuit était faite. La lune nouvelle, emportée dans l'irradiation solaire, avait disparu. Une profonde obscurité enveloppait l'île et la mer. Les nuages, lourds, entassés à l'horizon, ne laissaient filtrer aucune lueur. Le vent était tombé complètement avec le crépuscule. Pas une feuille ne remuait aux arbres, pas une lame ne murmurait sur la grève. Du navire on ne voyait rien, tous ses feux étant condamnés, et, s'il était encore en vue de l'île, on ne pouvait même pas savoir quelle place il occupait.

— Eh ! qui sait ? dit alors Pencroff. Peut-être ce damné bâtiment aura-t-il fait route pendant la nuit, et ne le retrouverons-nous plus au point du jour ?

Comme une réponse faite à l'observation du marin, une vive lueur fusa au large, et un coup de canon retentit.

Le navire était toujours là, et il y avait des pièces d'artillerie à bord.

Six secondes s'étaient écoulées entre la lumière et le coup.

Donc, le brick était environ à un mille un quart de la côte.

Et, en même temps, on entendit un bruit de chaînes qui couraient en grinçant à travers les écubiers.

Le navire venait de mouiller en vue de Granite-house !

II

Il n'y avait plus aucun doute à avoir sur les intentions
des pirates. Ils avaient jeté l'ancre à une courte distance
de l'île, et il était évident que, le lendemain, au moyen
de leurs canots, ils comptaient accoster le rivage !

Cyrus Smith et ses compagnons étaient prêts à agir,
mais, si résolus qu'ils fussent, ils ne devaient pas oublier
d'être prudents. Peut-être leur présence pouvait-elle
encore être dissimulée, au cas où les pirates se contente-
raient de débarquer sur le littoral sans remonter dans
l'intérieur de l'île. Il se pouvait, en effet, que ceux-ci
n'eussent d'autre projet que de faire de l'eau à l'aiguade
de la Mercy, et il n'était pas impossible que le pont, jeté
à un mille et demi de l'embouchure, et les aménagements des Cheminées, échappassent à leurs regards.

Mais pourquoi ce pavillon arboré à la corne du
brick ? Pourquoi ce coup de canon ? Pure forfanterie
sans doute, à moins que ce ne fût l'indice d'une prise de
possession ! Cyrus Smith savait maintenant que le
navire était formidablement armé. Or, pour répondre
au canon des pirates, qu'avaient les colons de l'île
Lincoln ? Quelques fusils seulement.

— Toutefois, fit observer Cyrus Smith, nous sommes
ici dans une situation inexpugnable. L'ennemi ne sau-

rait découvrir l'orifice du déversoir, maintenant qu'il est caché sous les roseaux et les herbes, et, par conséquent, il lui est impossible de pénétrer dans Granite-house.

— Mais nos plantations, notre basse-cour, notre corral, tout enfin, tout! s'écria Pencroff en frappant du pied. Ils peuvent tout ravager, tout détruire en quelques heures!

— Tout, Pencroff, répondit Cyrus Smith, et nous n'avons aucun moyen de les en empêcher.

— Sont-ils nombreux? voilà la question, dit alors le reporter. S'ils ne sont qu'une douzaine, nous saurons les arrêter, mais quarante, cinquante, plus peut-être!...

— Monsieur Smith, dit alors Ayrton, qui s'avança vers l'ingénieur, voulez-vous m'accorder une permission?

— Laquelle, mon ami?

— Celle d'aller jusqu'au navire pour y reconnaître la force de son équipage.

— Mais, Ayrton... répondit en hésitant l'ingénieur, vous risquerez votre vie...

— Pourquoi pas, monsieur?

— C'est plus que votre devoir, cela.

— J'ai plus que mon devoir à faire, répondit Ayrton.

— Vous iriez avec la pirogue jusqu'au bâtiment? demanda Gédéon Spilett.

— Non, monsieur, mais j'irai à la nage. La pirogue ne passerait pas là où un homme peut se glisser entre deux eaux.

— Savez-vous bien que le brick est à un mille un quart de la côte? dit Harbert.

— Je suis bon nageur, monsieur Harbert.

— C'est risquer votre vie, vous dis-je, reprit l'ingénieur.

— Peu importe, répondit Ayrton. Monsieur Cyrus, je vous demande cela comme une grâce. C'est peut-être là un moyen de me relever à mes propres yeux!

— Allez, Ayrton, répondit l'ingénieur, qui sentait bien qu'un refus eût profondément attristé l'ancien convict, redevenu honnête homme.

— Je vous accompagnerai, dit Pencroff.

— Vous vous défiez de moi ! répondit vivement Ayrton. Puis, plus humblement : Hélas !

— Non ! non ! reprit avec animation Cyrus Smith, non, Ayrton ! Pencroff ne se défie pas de vous ! Vous avez mal interprété ses paroles.

— En effet, répondit le marin, je propose à Ayrton de l'accompagner jusqu'à l'îlot seulement. Il se peut, quoique cela soit peu probable, que l'un de ces coquins ait débarqué, et deux hommes ne seront pas de trop, dans ce cas, pour l'empêcher de donner l'éveil. J'attendrai Ayrton sur l'îlot, et il ira seul au navire, puisqu'il a proposé de le faire !

Les choses ainsi convenues, Ayrton fit ses préparatifs de départ. Son projet était audacieux, mais il pouvait réussir grâce à l'obscurité de la nuit. Une fois arrivé au bâtiment, Ayrton, accroché, soit aux sous-barbes, soit aux cadènes des haubans, pourrait reconnaître le nombre et peut-être surprendre les intentions des convicts.

Ayrton et Pencroff, suivis de leurs compagnons, descendirent sur le rivage. Ayrton se déshabilla et se frotta de graisse, de manière à moins souffrir de la température de l'eau, qui était encore froide. Il se pouvait, en effet, qu'il fût obligé d'y demeurer durant plusieurs heures.

Pencroff et Nab, pendant ce temps, étaient allés chercher la pirogue, amarrée quelques centaines de pas plus haut, sur la berge de la Mercy, et, quand ils revinrent, Ayrton était prêt à partir.

Une couverture fut jetée sur les épaules d'Ayrton, et les colons vinrent lui serrer la main.

Ayrton s'embarqua dans la pirogue avec Pencroff.

Il était dix heures et demie du soir, quand tous deux disparurent dans l'obscurité. Leurs compagnons revinrent les attendre aux Cheminées.

Le canal fut aisément traversé, et la pirogue vint accoster le rivage opposé de l'îlot. Cela fut fait non sans quelque précaution, au cas où des pirates eussent rôdé en cet endroit. Mais, après observation, il parut certain que l'îlot était désert. Donc, Ayrton, suivi de Pencroff, le traversa d'un pas rapide, effarouchant les oiseaux nichés dans les trous de roche ; puis, sans hésiter, il se jeta à la mer et nagea sans bruit dans la direction du navire, dont quelques lumières, allumées depuis peu, indiquaient alors la situation exacte.

Quant à Pencroff, il se blottit dans une anfractuosité du rivage et il attendit le retour de son compagnon.

Cependant, Ayrton nageait d'un bras vigoureux et glissait à travers la nappe d'eau sans y produire le plus léger frémissement. Sa tête sortait à peine, et ses yeux étaient fixés sur la masse sombre du brick, dont les feux se reflétaient dans la mer. Il ne pensait qu'au devoir qu'il avait promis d'accomplir, et ne songeait même pas aux dangers qu'il courait, non seulement à bord du navire, mais encore dans ces parages que les requins fréquentaient souvent. Le courant le portait, et il s'éloignait rapidement de la côte.

Une demi-heure après, Ayrton, sans avoir été aperçu ni entendu, filait entre deux eaux, accostait le navire et s'accrochait d'une main aux sous-barbes de beaupré. Il respira alors, et, se haussant sur les chaînes, il parvint à atteindre l'extrémité de la guibre. Là séchaient quelques culottes de matelot. Il en passa une. Puis, s'étant fixé solidement, il écouta.

On ne dormait pas à bord du brick. Au contraire. On discutait, on chantait, on riait. Et voici les propos, accompagnés de jurons, qui frappèrent principalement Ayrton :

— Bonne acquisition que notre brick !

— Il marche bien, le *Speedy* ! Il mérite son nom !

— Toute la marine de Norfolk peut se mettre à ses trousses ! Cours après !

— Hurrah pour son commandant !

— Hurrah pour Bob Harvey !

Ce qu'Ayrton éprouva lorsqu'il entendit ce fragment de conversation, on le comprendra, quand on saura que, dans ce Bob Harvey, il venait de reconnaître un de ses anciens compagnons d'Australie, un marin audacieux, qui avait repris la suite de ses criminels projets. Bob Harvey s'était emparé, sur les parages de l'île Norfolk, de ce brick, qui était chargé d'armes, de munitions, d'ustensiles et outils de toutes sortes, destinés à l'une des Sandwich. Toute sa bande avait passé à bord, et, pirates après avoir été convicts, ces misérables écumaient le Pacifique, détruisant les navires, massacrant les équipages, plus féroces que les Malais eux-mêmes !

Ces convicts parlaient à haute voix, ils racontaient leurs prouesses en buvant outre mesure, et voici ce qu'Ayrton put comprendre :

L'équipage actuel du *Speedy* se composait uniquement de prisonniers anglais, échappés de Norfolk.

Or, voici ce qu'est Norfolk.

Par 29° 2' de latitude sud et 165° 42' de longitude est, dans l'est de l'Australie, se trouve une petite île de six lieues de tour, que le mont Pitt domine à une hauteur de onze cents pieds au-dessus du niveau de la mer. C'est l'île Norfolk, devenue le siège d'un établissement, où sont parqués les plus intraitables condamnés des pénitenciers anglais. Ils sont là cinq cents, soumis à une discipline de fer, sous le coup de punitions terribles, gardés par cent cinquante soldats et cent cinquante employés sous les ordres d'un gouverneur. Il serait difficile d'imaginer une pire réunion de scélérats. Quelquefois — quoique cela soit rare —, malgré l'excessive surveillance dont ils sont l'objet, plusieurs parviennent à s'échapper, en s'emparant de navires qu'ils surprennent et ils courent alors les archipels polynésiens.

Ainsi avait fait ce Bob Harvey et ses compagnons. Ainsi avait voulu faire autrefois Ayrton. Bob Harvey s'était emparé du brick le *Speedy*, mouillé en vue de l'île Norfolk ; l'équipage avait été massacré, et, depuis un an, ce navire, devenu bâtiment de pirates, battait les mers du Pacifique, sous le commandement d'Harvey, autrefois capitaine au long cours, maintenant écumeur de mers, et que connaissait bien Ayrton !

Les convicts étaient pour la plupart réunis dans la dunette, à l'arrière du navire, mais quelques-uns, étendus sur le pont, causaient à haute voix.

La conversation continuant toujours au milieu des cris et des libations, Ayrton apprit que le hasard seul avait amené le *Speedy* en vue de l'île Lincoln. Bob Harvey n'y avait jamais encore mis le pied, mais, ainsi que l'avait pressenti Cyrus Smith, trouvant sur sa route cette terre inconnue, dont aucune carte n'indiquait la situation, il avait formé le projet de la visiter, et au besoin, si elle lui convenait, d'en faire le port d'attache du brick.

Quant au pavillon noir arboré à la corne du *Speedy* et au coup de canon qui avait été tiré, à l'exemple des navires de guerre au moment où ils amènent leurs couleurs, pure forfanterie de pirates. Ce n'était point un signal, et aucune communication n'existait encore entre les évadés de Norfolk et l'île Lincoln.

Le domaine des colons était donc menacé d'un immense danger. Évidemment, l'île, avec son aiguade facile, son petit port, ses ressources de toutes sortes si bien mises en valeur par les colons, ses profondeurs cachées de Granite-house, ne pouvait que convenir aux convicts ; entre leurs mains, elle deviendrait un excellent lieu de refuge, et, par cela même qu'elle était inconnue, elle leur assurerait, pour longtemps peut-être, l'impunité avec la sécurité. Évidemment aussi, la vie des colons ne serait pas respectée, et le premier soin de Bob Harvey et de ses complices serait de les massacrer sans merci. Cyrus Smith et les siens n'avaient donc pas même la ressource de fuir, de se cacher dans l'île, puisque les convicts comptaient y résider, et puisque, au cas où le *Speedy* partirait pour une expédition, il était probable que quelques hommes de l'équipage resteraient à terre, afin de s'y établir. Donc, il fallait combattre, il fallait détruire jusqu'au dernier ces misérables, indignes de pitié, et contre lesquels tout moyen serait bon.

Voilà ce que pensa Ayrton, et il savait bien que Cyrus Smith partagerait sa manière de voir.

Mais la résistance, et en dernier lieu la victoire, étaient-elles possibles ? Cela dépendait de l'armement du brick et du nombre d'hommes qui le montaient.

C'est ce qu'Ayrton résolut de reconnaître à tout prix, et comme, une heure après son arrivée, les vociférations avaient commencé à se calmer, et que bon nombre des convicts étaient déjà plongés dans le sommeil de l'ivresse, Ayrton n'hésita pas à s'aventurer sur le pont du *Speedy*, que les falots éteints laissaient alors dans une obscurité profonde.

Il se hissa donc sur la guibre, et, par le beaupré, il arriva au gaillard d'avant du brick. Se glissant alors entre les convicts étendus çà et là, il fit le tour du bâtiment, et il reconnut que le *Speedy* était armé de quatre canons, qui devaient lancer des boulets de huit à dix livres. Il vérifia même, en les touchant, que ces canons se chargeaient par la culasse. C'étaient donc des pièces modernes, d'un emploi facile et d'un effet terrible.

Quant aux hommes couchés sur le pont, ils devaient être au nombre de dix environ, mais il était supposable que d'autres, plus nombreux, dormaient à l'intérieur du brick. Et d'ailleurs, en les écoutant, Ayrton avait cru comprendre qu'ils étaient une cinquantaine à bord. C'était beaucoup pour les six colons de l'île Lincoln ! Mais enfin, grâce au dévouement d'Ayrton, Cyrus Smith ne serait pas surpris, il connaîtrait la force de ses adversaires et il prendrait ses dispositions en conséquence.

Il ne restait donc plus à Ayrton qu'à revenir rendre compte à ses compagnons de la mission dont il s'était chargé, et il se prépara à regagner l'avant du brick, afin de se glisser jusqu'à la mer.

Mais, à cet homme qui voulait — il l'avait dit — faire plus que son devoir, il vint alors une pensée héroïque. C'était sacrifier sa vie, mais il sauverait l'île et les colons. Cyrus Smith ne pourrait évidemment pas résister à cinquante bandits, armés de toutes pièces, qui, soit en pénétrant de vive force dans Granite-house, soit en y affamant les assiégés, auraient raison d'eux. Et alors il se représenta ses sauveurs, ceux qui avaient refait de lui un homme et un honnête homme, ceux auxquels il devait tout, tués sans pitié, leurs travaux anéantis, leur île changée en un repaire de pirates ! Il se dit qu'il était, en somme, lui, Ayrton, la cause première de tant de désastres, puisque son ancien compagnon, Bob Harvey, n'avait fait que réaliser ses propres projets, et un sentiment d'horreur s'empara de tout son être. Et alors il fut pris de cette irrésistible envie de faire sauter le brick, et avec lui tous ceux qu'il portait. Ayrton périrait dans l'explosion, mais il ferait son devoir.

Ayrton n'hésita pas. Gagner la soute aux poudres, qui est toujours située à l'arrière d'un bâtiment, c'était facile. La poudre ne devait pas manquer à un navire qui faisait un pareil métier, et il suffirait d'une étincelle pour l'anéantir en un instant.

Ayrton s'affala avec précaution dans l'entrepont, jonché de nombreux dormeurs, que l'ivresse, plus que le sommeil, tenait appesantis. Un falot était allumé au pied du grand mât, autour duquel était appendu un râtelier garni d'armes à feu de toutes sortes.

Ayrton détacha du râtelier un revolver et s'assura qu'il était chargé et amorcé. Il ne lui en fallait pas plus pour accomplir l'œuvre de destruction. Il se glissa donc vers l'arrière, de manière à arriver sous la dunette du brick, où devait être la soute.

Cependant, sur cet entrepont qui était presque obscur, il était difficile de ramper sans heurter quelque convict insuffisamment endormi. De là des jurons et des coups. Ayrton fut, plus d'une fois, forcé de suspendre sa marche. Mais, enfin, il arriva à la cloison fermant le compartiment d'arrière, et il trouva la porte qui devait s'ouvrir sur la soute même.

Ayrton, réduit à la forcer, se mit à l'œuvre. C'était une besogne difficile à accomplir sans bruit, car il s'agissait de briser un cadenas. Mais sous la main vigoureuse d'Ayrton, le cadenas sauta et la porte fut ouverte...

En ce moment, un bras s'appuya sur l'épaule d'Ayrton.

— Que fais-tu là? demanda d'une voix dure un homme de haute taille, qui, se dressant dans l'ombre, porta brusquement à la figure d'Ayrton la lumière d'une lanterne.

Ayrton se rejeta en arrière. Dans un rapide éclat de la lanterne, il avait reconnu son ancien complice, Bob Harvey, mais il ne pouvait l'être de celui-ci, qui devait croire Ayrton mort depuis longtemps.

— Que fais-tu là? dit Bob Harvey, en saisissant Ayrton par la ceinture de son pantalon.

Mais Ayrton, sans répondre, repoussa vigoureusement le chef des convicts et chercha à s'élancer dans la soute. Un coup de revolver au milieu de ces tonneaux de poudre, et tout eût été fini !

— A moi, garçons ! s'était écrié Bob Harvey.

Deux ou trois pirates, réveillés à sa voix, s'étaient relevés, et, se jetant sur Ayrton, ils essayèrent de le terrasser. Le vigoureux Ayrton se débarrassa de leurs étreintes. Deux coups de son revolver retentirent, et deux convicts tombèrent ; mais un coup de couteau qu'il ne put parer lui entailla les chairs de l'épaule.

Ayrton comprit bien qu'il ne pouvait plus exécuter son projet. Bob Harvey avait refermé la porte de la soute, et il se faisait dans l'entrepont un mouvement qui indiquait un réveil général des pirates. Il fallait qu'Ayrton se réservât pour combattre aux côtés de Cyrus Smith. Il ne lui restait plus qu'à fuir !

Mais la fuite était-elle encore possible ? C'était douteux, quoique Ayrton fût résolu à tout tenter pour rejoindre ses compagnons.

Quatre coups lui restaient à tirer. Deux éclatèrent alors, dont l'un, dirigé sur Bob Harvey, ne l'atteignit pas, du moins grièvement, et Ayrton, profitant d'un mouvement de recul de ses adversaires, se précipita vers l'échelle du capot, de manière à gagner le pont du brick. En passant devant le falot, il le brisa d'un coup de crosse, et une obscurité profonde se fit, qui devait favoriser sa fuite.

Deux ou trois pirates, réveillés par le bruit, descendaient l'échelle en ce moment. Un cinquième coup du revolver d'Ayrton en jeta un en bas des marches, et les autres s'effacèrent, ne comprenant rien à ce qui se passait. Ayrton, en deux bonds, fut sur le pont du brick, et trois secondes plus tard, après avoir déchargé une dernière fois son revolver à la face d'un pirate qui venait de le saisir par le cou, il enjambait les bastingages et se précipitait à la mer.

Ayrton n'avait pas fait six brasses que les balles crépitaient autour de lui comme une grêle.

Quelles durent être les émotions de Pencroff, abrité sous une roche de l'îlot, celles de Cyrus Smith, du reporter, d'Harbert, de Nab, blottis dans les Cheminées, quand ils entendirent ces détonations éclater à bord du brick. Ils s'étaient élancés sur la grève, et, leurs fusils épaulés, ils se tenaient prêts à repousser toute agression.

Pour eux, il n'y avait pas de doute possible ! Ayrton, surpris par les pirates, avait été massacré par eux, et peut-être ces misérables allaient-ils profiter de la nuit pour opérer une descente sur l'île !

Une demi-heure se passa au milieu de transes mortelles. Toutefois, les détonations avaient cessé, et ni Ayrton ni Pencroff ne reparaissaient. L'îlot était-il donc envahi ? Ne fallait-il pas courir au secours d'Ayrton et de Pencroff ? Mais comment ? La mer, haute en ce moment, rendait le canal infranchissable. La pirogue n'était plus là ! Que l'on juge de l'horrible inquiétude qui s'empara de Cyrus Smith et de ses compagnons !

Enfin, vers minuit et demi, une pirogue, portant deux hommes, accosta la grève. C'était Ayrton, légèrement blessé à l'épaule, et Pencroff, sain et sauf, que leurs amis reçurent à bras ouverts.

Aussitôt, tous se réfugièrent aux Cheminées. Là, Ayrton raconta ce qui s'était passé et ne cacha point ce projet de faire sauter le brick qu'il avait tenté de mettre à exécution.

Toutes les mains se tendirent vers Ayrton, qui ne dissimula pas combien la situation était grave. Les pirates avaient l'éveil. Ils savaient que l'île Lincoln était habitée. Ils n'y descendraient qu'en nombre et bien armés. Ils ne respecteraient rien. Si les colons tombaient entre leurs mains, ils n'avaient aucune pitié à attendre !

— Eh bien, nous saurons mourir ! dit le reporter.

— Rentrons et veillons, répondit l'ingénieur.

— Avons-nous quelque chance de nous en tirer, monsieur Cyrus ? demanda le marin.

— Oui, Pencroff.

— Hum ! Six contre cinquante !

— Oui ! six !... sans compter...

— Qui donc ? demanda Pencroff.

Cyrus ne répondit pas, mais il montra le ciel de la main.

III

LA BRUME SE LÈVE – LES DISPOSITIONS DE L'INGÉNIEUR – TROIS POSTES – AYRTON ET PENCROFF – LE PREMIER CANOT – DEUX AUTRES EMBARCATIONS – SUR L'ÎLOT – SIX CONVICTS À TERRE – LE BRICK LÈVE L'ANCRE – LES PROJECTILES DU « SPEEDY » – SITUATION DÉSESPÉRÉE – DÉNOUEMENT INATTENDU

La nuit s'écoula sans incident. Les colons s'étaient tenus sur le qui-vive et n'avaient point abandonné le poste des Cheminées. Les pirates, de leur côté, ne semblaient avoir fait aucune tentative de débarquement. Depuis que les derniers coups de fusil avaient été tirés sur Ayrton, pas une détonation, pas un bruit même n'avait décelé la présence du brick sur les atterrages de l'île. A la rigueur, on aurait pu croire qu'il avait levé l'ancre, pensant avoir affaire à trop forte partie, et qu'il s'était éloigné de ces parages.

Mais il n'en était rien, et, quand l'aube commença à paraître, les colons purent entrevoir dans les brumes du matin une masse confuse. C'était le *Speedy*.

— Voici, mes amis, dit alors l'ingénieur, les dispositions qu'il me paraît convenable de prendre, avant que ce brouillard soit complètement levé. Il nous dérobe aux yeux des pirates, et nous pourrons agir sans éveiller leur attention. Ce qu'il importe, surtout, de laisser croire aux convicts, c'est que les habitants de l'île sont nombreux et, par conséquent, capables de leur résister. Je vous propose donc de nous diviser en trois groupes qui se posteront, le premier aux Cheminées mêmes, le second à l'embouchure de la Mercy. Quant au troisième, je crois qu'il serait bon de le placer sur l'îlot, afin d'empêcher ou de retarder, au moins, toute tentative de débarquement. Nous avons à notre usage deux carabines et quatre fusils. Chacun de nous sera donc armé, et, comme nous sommes amplement fournis de poudre et de balles, nous n'épargnerons pas nos coups. Nous n'avons rien à craindre des fusils ni même des canons du brick. Que pourraient-ils contre ces roches ? et, comme nous ne tirerons pas des fenêtres de Granite-house, les pirates n'auront pas l'idée d'envoyer là des obus qui pourraient causer d'irréparables dommages. Ce qui est à redouter, c'est la nécessité d'en venir aux mains, puisque les convicts ont le nombre pour eux. C'est donc à tout débarquement qu'il faut tenter de s'opposer, mais sans se découvrir. Donc, n'économisons pas les munitions. Tirons souvent, mais tirons juste. Chacun de nous a huit ou dix ennemis à tuer, et il faut qu'il les tue !

Cyrus Smith avait chiffré nettement la situation, tout en parlant de la voix la plus calme, comme s'il se fût agi de travaux à diriger et non d'une bataille à régler. Ses compagnons approuvèrent ces dispositions sans même prononcer une parole. Il ne s'agissait plus pour chacun que de prendre son poste avant que la brume se fût complètement dissipée.

Nab et Pencroff remontèrent aussitôt à Granite-house et en rapportèrent des munitions suffisantes. Gédéon Spilett et Ayrton, tous deux très bons tireurs, furent armés des deux carabines de précision, qui portaient à près d'un mille de distance. Les quatre autres fusils furent répartis entre Cyrus Smith, Nab, Pencroff et Harbert.

Voici comment les postes furent composés.

Cyrus Smith et Harbert restèrent embusqués aux Cheminées, et ils commandaient ainsi la grève, au pied de Granite-house, sur un assez large rayon.

Gédéon Spilett et Nab allèrent se blottir au milieu des roches, à l'embouchure de la Mercy — dont le pont ainsi que les ponceaux avaient été relevés —, de manière à empêcher tout passage en canot et même tout débarquement sur la rive opposée.

Quant à Ayrton et à Pencroff, ils poussèrent à l'eau la pirogue et se disposèrent à traverser le canal pour occuper séparément deux postes sur l'îlot. De cette façon, des coups de feu, éclatant sur quatre points différents, donneraient à penser aux convicts que l'île était à la fois suffisamment peuplée et sévèrement défendue.

Au cas où un débarquement s'effectuerait sans qu'ils pussent l'empêcher, et même s'ils se voyaient sur le point d'être tournés par quelque embarcation du brick, Pencroff et Ayrton devaient revenir avec la pirogue reprendre pied sur le littoral et se porter vers l'endroit le plus menacé.

Avant d'aller occuper leur poste, les colons se serrèrent une dernière fois la main. Pencroff parvint à se rendre assez maître de lui pour comprimer son émotion quand il embrassa Harbert, son enfant!... et ils se séparèrent.

Quelques instants après, Cyrus Smith et Harbert d'un côté, le reporter et Nab de l'autre, avaient disparu derrière les roches, et cinq minutes plus tard, Ayrton et Pencroff, ayant heureusement traversé le canal, débarquaient sur l'îlot et se cachaient dans les anfractuosités de sa rive orientale.

Aucun d'eux n'avait pu être vu, car eux-mêmes encore distinguaient à peine le brick dans le brouillard.

Il était six heures et demie du matin.

Bientôt, le brouillard se déchira peu à peu dans les couches supérieures de l'air, et la pomme des mâts du brick sortit des vapeurs. Pendant quelques instants encore, de grosses volutes roulèrent à la surface de la mer; puis, une brise se leva, qui dissipa rapidement cet amas de brumes.

Le *Speedy* apparut tout entier, mouillé sur deux ancres, le cap au nord, et présentant à l'île sa hanche de bâbord. Ainsi que l'avait estimé Cyrus Smith, il n'était pas à plus d'un mille un quart du rivage.

Le sinistre pavillon noir flottait à sa corne.

L'ingénieur, avec sa lunette, put voir que les quatre canons composant l'artillerie du bord avaient été braqués sur l'île. Ils étaient évidemment prêts à faire feu au premier signal.

Cependant, le *Speedy* restait muet. On voyait une trentaine de pirates aller et venir sur le pont. Quelques-uns étaient montés sur la dunette; deux autres, postés sur les barres du grand perroquet et munis de longues-vues, observaient l'île avec une extrême attention.

Certainement, Bob Harvey et son équipage ne pouvaient que très difficilement se rendre compte de ce qui

536

s'était passé pendant la nuit à bord du brick. Cet homme, à demi nu, qui venait de forcer la porte de la soute aux poudres et contre lequel ils avaient lutté, qui avait déchargé son revolver six fois sur eux, qui avait tué un des leurs et blessé deux autres, cet homme avait-il échappé à leurs balles ? Avait-il pu regagner la côte à la nage ? D'où venait-il ? Que venait-il faire à bord ? Son projet avait-il réellement été de faire sauter le brick, ainsi que le pensait Bob Harvey ? Tout cela devait être assez confus dans l'esprit des convicts. Mais ce dont ils ne pouvaient plus douter, c'est que l'île inconnue devant laquelle le *Speedy* avait jeté l'ancre était habitée, et qu'il y avait là, peut-être, toute une colonie prête à la défendre. Et pourtant, personne ne se montrait, ni sur la grève ni sur les hauteurs. Le littoral paraissait être absolument désert. En tout cas, il n'y avait aucune trace d'habitation. Les habitants avaient-ils donc fui vers l'intérieur ?

Voilà ce que devait se demander le chef des pirates, et, sans doute, en homme prudent, il cherchait à reconnaître les localités avant d'y engager sa bande.

Pendant une heure et demie, aucun indice d'attaque ni de débarquement ne put être surpris à bord du brick. Il était évident que Bob Harvey hésitait. Ses meilleures lunettes, sans doute, ne lui avaient pas permis d'apercevoir un seul des colons blottis dans les roches. Il n'était même pas probable que son attention eût été éveillée par ce voile de branches vertes et de lianes qui dissimulait les fenêtres de Granite-house et tranchait sur la muraille nue. En effet, comment eût-il imaginé qu'une habitation était creusée, à cette hauteur, dans le massif granitique ? Depuis le cap Griffe jusqu'aux caps Mandibule, sur tout le périmètre de la baie de l'Union, rien n'avait dû lui apprendre que l'île fût et pût être occupée.

A huit heures, cependant, les colons observèrent un certain mouvement qui se produisait à bord du *Speedy*. On halait sur les palans des porte-embarcations, et un canot était mis à la mer. Sept hommes y descendirent. Ils étaient armés de fusils ; l'un d'eux se mit à la barre, quatre aux avirons, et les deux autres, accroupis à l'avant, prêts à tirer, examinaient l'île. Leur but était, sans doute, d'opérer une première reconnaissance, mais non de débarquer, car, dans ce dernier cas, ils seraient venus en plus grand nombre.

Les pirates, juchés dans la mâture jusqu'aux barres de perroquet, avaient évidemment pu voir qu'un îlot couvrait la côte et qu'il en était séparé par un canal large d'un demi-mille environ. Toutefois, il fut bientôt constant pour Cyrus Smith, en observant la direction suivie par le canot, qu'il ne chercherait pas tout d'abord à pénétrer dans ce canal, mais qu'il accosterait l'îlot, mesure de prudence justifiée, d'ailleurs.

Pencroff et Ayrton, cachés chacun de son côté dans d'étroites anfractuosités de roches, le virent venir directement sur eux, et ils attendirent qu'il fût à bonne portée.

Le canot s'avançait avec une extrême précaution. Les rames ne plongeaient dans l'eau qu'à de longs intervalles. On pouvait voir aussi que l'un des convicts placés à l'avant tenait une ligne de sonde à la main et qu'il cherchait à reconnaître le chenal creusé par le courant de la Mercy. Cela indiquait chez Bob Harvey l'intention de rapprocher autant qu'il le pourrait son brick de la côte. Une trentaine de pirates, dispersés dans les haubans, ne perdaient pas un des mouvements du canot et relevaient certains amers qui devaient leur permettre d'atterrir sans danger.

Le canot n'était plus qu'à deux encablures de l'îlot quand il s'arrêta. L'homme de barre, debout, cherchait le meilleur point sur lequel il pût accoster.

En un instant, deux coups de feu éclatèrent. Une petite fumée tourbillonna au-dessus des roches de l'îlot. L'homme de barre et l'homme de sonde tombèrent à la renverse dans le canot. Les balles d'Ayrton et de Pencroff les avaient frappés tous deux au même instant.

Presque aussitôt, une détonation plus violente se fit entendre, un éclatant jet de vapeur fusa des flancs du brick, et un boulet, frappant le haut des roches qui abritaient Ayrton et Pencroff, les fit voler en éclats, mais les deux tireurs n'avaient pas été touchés.

D'horribles imprécations s'étaient échappées du canot, qui reprit aussitôt sa marche. L'homme de barre fut immédiatement remplacé par un de ses camarades, et les avirons plongèrent vivement dans l'eau.

Toutefois, au lieu de retourner à bord, comme on eût pu le croire, le canot prolongea le rivage de l'îlot, de manière à le tourner par sa pointe sud. Les pirates faisaient force de rames afin de se mettre hors de la portée des balles.

Ils s'avancèrent ainsi jusqu'à cinq encablures de la partie rentrante du littoral que terminait la pointe de l'Épave, et, après l'avoir contournée par une ligne semi-circulaire, toujours protégés par les canons du brick, ils se dirigèrent vers l'embouchure de la Mercy.

Leur évidente intention était de pénétrer ainsi dans le canal et de prendre à revers les colons qui étaient postés sur l'îlot, de manière que ceux-ci, quel que fût leur nombre, fussent placés entre les feux du canot et les feux du brick, et se trouvassent dans une position très désavantageuse.

Un quart d'heure se passa ainsi, pendant que le canot avançait dans cette direction. Silence absolu, calme complet dans l'air et sur les eaux.

Pencroff et Ayrton, bien qu'ils comprissent qu'ils risquaient d'être tournés, n'avaient point quitté leur poste, soit qu'ils ne voulussent pas encore se montrer aux assaillants et s'exposer aux canons du *Speedy*, soit qu'ils comptassent sur Nab et Gédéon Spilett, veillant à l'embouchure de la rivière, et sur Cyrus Smith et Harbert, embusqués dans les roches des Cheminées.

Vingt minutes après les premiers coups de feu, le canot était par le travers de la Mercy à moins de deux encablures. Comme le flot commençait à monter avec sa violence habituelle, que provoquait l'étroitesse du pertuis, les convicts se sentirent entraînés vers la rivière, et ce ne fut qu'à force de rames qu'ils se maintinrent dans le milieu du canal. Mais, comme ils passaient à bonne portée de l'embouchure de la Mercy, deux balles les saluèrent au passage, et deux des leurs furent encore couchés dans l'embarcation. Nab et Spilett n'avaient point manqué leur coup.

Aussitôt le brick envoya un second boulet sur le poste que trahissait la fumée des armes à feu, mais sans autre résultat que d'écorner quelques roches.

En ce moment, le canot ne renfermait plus que trois hommes valides. Pris par le courant, il fila dans le canal avec la rapidité d'une flèche, passa devant Cyrus Smith et Harbert, qui, ne le jugeant pas à bonne portée, restèrent muets ; puis, tournant la pointe nord de l'îlot avec les deux avirons qui lui restaient, il se mit en mesure de regagner le brick.

Jusqu'ici les colons n'avaient point à se plaindre. La partie s'engageait mal pour leurs adversaires. Ceux-ci comptaient déjà quatre hommes blessés grièvement, morts peut-être ; eux, au contraire, sans blessures, n'avaient pas perdu une balle. Si les pirates continuaient à les attaquer de cette façon, s'ils renouvelaient quelque tentative de descente au moyen du canot, ils pouvaient être détruits un à un.

On comprend combien les dispositions prises par l'ingénieur étaient avantageuses. Les pirates pouvaient croire qu'ils avaient affaire à des adversaires nombreux et bien armés, dont ils ne viendraient pas facilement à bout.

Une demi-heure s'écoula avant que le canot, qui avait à lutter contre le courant du large, eût rallié le *Speedy*. Des cris épouvantables retentirent, quand il revint à bord avec les blessés, et trois ou quatre coups de canon furent tirés, qui ne pouvaient avoir aucun résultat.

Mais alors d'autres convicts, ivres de colère et peut-être encore des libations de la veille, se jetèrent dans l'embarcation au nombre d'une douzaine. Un second canot fut également lancé à la mer dans lequel huit hommes prirent place, et tandis que le premier se dirigeait droit sur l'îlot pour en débusquer les colons, le second manœuvrait de manière à forcer l'entrée de la Mercy.

La situation devenait évidemment très périlleuse pour Pencroff et Ayrton, et ils comprirent qu'ils devaient regagner la terre franche.

Cependant, ils attendirent encore que le premier canot fût à bonne portée, et deux balles, adroitement dirigées, vinrent encore apporter le désordre dans son équipage. Puis, Pencroff et Ayrton, abandonnant leur poste, non sans avoir essuyé une dizaine de coups de fusil, traversèrent l'îlot de toute la rapidité de leurs jambes, se jetèrent dans la pirogue, passèrent le canal au moment où le second canot en atteignit la pointe sud, et coururent se blottir aux Cheminées.

Ils avaient à peine rejoint Cyrus Smith et Harbert, que l'îlot était envahi et que les pirates de la première embarcation le parcouraient en tous sens.

Presque au même instant, de nouvelles détonations éclataient au poste de la Mercy, dont le second canot s'était rapidement rapproché. Deux, sur huit, des hommes qui le montaient, furent mortellement frappés par Gédéon Spilett et Nab, et l'embarcation elle-même, irrésistiblement emportée sur les récifs, s'y brisa à l'embouchure de la Mercy. Mais les six survivants, élevant leurs armes au-dessus de leur tête pour les préserver du contact de l'eau, parvinrent à prendre pied sur la rive droite de la rivière. Puis, se voyant exposés de trop près au feu du poste, ils s'enfuirent à toutes jambes dans la direction de la pointe de l'Épave, hors de la portée des balles.

La situation actuelle était donc celle-ci : sur l'îlot, douze convicts dont plusieurs blessés, sans doute, mais ayant encore un canot à leur disposition ; sur l'île, six débarqués, mais qui étaient dans l'impossibilité d'atteindre Granite-house, car ils ne pouvaient traverser la rivière, dont les ponts étaient relevés.

— Cela va ! avait dit Pencroff en se précipitant dans les Cheminées, cela va, monsieur Cyrus ! Qu'en pensez-vous ?

— Je pense, répondit l'ingénieur, que le combat va prendre une nouvelle forme, car on ne peut pas supposer que ces convicts soient assez inintelligents pour le continuer dans des conditions aussi défavorables pour eux !

— Ils ne traverseront toujours pas le canal, dit le marin. Les carabines d'Ayrton et de monsieur Spilett sont là pour les en empêcher. Vous savez bien qu'elles portent à plus d'un mille !

— Sans doute, répondit Harbert, mais que pourraient faire deux carabines contre les canons du brick ?

— Eh ! le brick n'est pas encore dans le canal, j'imagine ! répondit Pencroff.

— Et s'il y vient ? dit Cyrus Smith.

— C'est impossible, car il risquerait de s'y échouer et de s'y perdre !

— C'est possible, répondit alors Ayrton. Les convicts peuvent profiter de la mer haute pour entrer dans le canal, quitte à s'échouer à mer basse, et alors, sous le feu de leurs canons, nos postes ne seront plus tenables.

— Par les mille diables d'enfer ! s'écria Pencroff, il semble, en vérité, que les gueux se préparent à lever l'ancre.

— Peut-être serons-nous forcés de nous réfugier dans Granite-house ? fit observer Harbert.

— Attendons ! répondit Cyrus Smith.

— Mais Nab et monsieur Spilett ?... dit Pencroff.

— Ils sauront nous rejoindre en temps utile. Tenez-vous prêt, Ayrton. C'est votre carabine et celle de Spilett qui doivent parler maintenant.

Ce n'était que trop vrai ! Le *Speedy* commençait à virer sur son ancre et manifestait l'intention de se rapprocher de l'îlot. La mer devait encore monter pendant une heure et demie, et, le courant de flot étant déjà cassé, il serait facile au brick de manœuvrer. Mais, quant à entrer dans le canal, Pencroff, contrairement à l'opinion d'Ayrton, ne pouvait pas admettre qu'il osât le tenter.

Pendant ce temps, les pirates qui occupaient l'îlot s'étaient peu à peu reportés vers le rivage opposé, et ils n'étaient plus séparés de la terre que par le canal. Armés simplement de fusils, ils ne pouvaient faire aucun mal aux colons, embusqués, soit aux Cheminées, soit à l'embouchure de la Mercy ; mais, ne les sachant pas munis de carabines à longue portée, ils ne croyaient pas, non plus, être exposés de leur personne. C'était donc à découvert qu'ils arpentaient l'îlot et en parcouraient la lisière.

Leur illusion fut de courte durée. Les carabines d'Ayrton et de Gédéon Spilett parlèrent alors et dirent sans doute des choses désagréables à deux de ces convicts, car ils tombèrent à la renverse.

Ce fut une débandade générale. Les dix autres ne prirent même pas le temps de ramasser leurs compagnons blessés ou morts, ils se reportèrent en toute hâte sur l'autre côté de l'îlot, se jetèrent dans l'embarcation qui les avait amenés, et ils rallièrent le bord à force de rames.

— Huit de moins! s'était écrié Pencroff. Vraiment, on dirait que monsieur Spilett et Ayrton se donnent le mot pour opérer ensemble!

— Messieurs, répondit Ayrton en rechargeant sa carabine, voilà qui va devenir plus grave. Le brick appareille!

— L'ancre est à pic!... s'écria Pencroff.

— Oui, et elle dérape déjà.

En effet, on entendait distinctement le cliquetis du linguet qui frappait sur le guindeau, à mesure que virait l'équipage du brick. Le *Speedy* était d'abord venu à l'appel de son ancre; puis, quand elle eut été arrachée du fond, il commença à dériver vers la terre. Le vent soufflait du large; le grand foc et le petit hunier furent hissés, et le navire se rapprocha peu à peu de terre.

Des deux postes de la Mercy et des Cheminées, on le regardait manœuvrer sans donner signe de vie, mais non sans une certaine émotion. Ce serait une situation terrible que celle des colons, quand ils seraient exposés, à courte distance, au feu des canons du brick, et sans être en mesure d'y répondre utilement. Comment alors pourraient-ils empêcher les pirates de débarquer?

Cyrus Smith sentait bien cela, et il se demandait ce qu'il était possible de faire. Avant peu, il serait appelé à prendre une détermination. Mais laquelle? Se renfermer dans Granite-house, s'y laisser assiéger, tenir pendant des semaines, pendant des mois même, puisque les vivres y abondaient? Bien! Mais après? Les pirates n'en seraient pas moins maîtres de l'île, qu'ils ravageraient à leur guise, et, avec le temps, ils finiraient par avoir raison des prisonniers de Granite-house.

Cependant, une chance restait encore : c'était que Bob Harvey ne se hasardât pas avec son navire dans le canal et qu'il se tînt en dehors de l'îlot. Un demi-mille le séparerait encore de la côte, et, à cette distance, ses coups pourraient ne pas être extrêmement nuisibles.

— Jamais, répétait Pencroff, jamais ce Bob Harvey, puisqu'il est bon marin, n'entrera dans le canal ! Il sait bien que ce serait risquer le brick, pour peu que la mer devînt mauvaise ! Et que deviendrait-il sans son navire ?

Cependant, le brick s'était approché de l'îlot, et on put voir qu'il cherchait à en gagner l'extrémité inférieure. La brise était légère, et, comme le courant avait alors beaucoup perdu de sa force, Bob Harvey était absolument maître de manœuvrer comme il le voulait.

La route suivie précédemment par les embarcations lui avait permis de reconnaître le chenal, et il s'y était effrontément engagé. Son projet n'était que trop compréhensible : il voulait s'embosser devant les Cheminées et, de là, répondre par des obus et des boulets aux balles qui avaient jusqu'alors décimé son équipage.

Bientôt le *Speedy* atteignit la pointe de l'îlot ; il la tourna avec aisance ; la brigantine fut alors éventée, et le brick, serrant le vent, se trouva par le travers de la Mercy.

— Les bandits ! ils y viennent ! s'écria Pencroff.

En ce moment, Cyrus Smith, Ayrton, le marin et Harbert furent rejoints par Nab et Gédéon Spilett.

Le reporter et son compagnon avaient jugé convenable d'abandonner le poste de la Mercy, d'où ils ne pouvaient plus rien faire contre le navire, et ils avaient sagement agi. Mieux valait que les colons fussent réunis au moment où une action décisive allait sans doute s'engager. Gédéon Spilett et Nab étaient arrivés en se défilant derrière les roches, mais non sans essuyer une grêle de balles qui ne les avait point atteints.

— Spilett! Nab! s'était écrié l'ingénieur. Vous n'êtes pas blessés?

— Non! répondit le reporter, quelques contusions seulement, par ricochet! Mais ce damné brick entre dans le canal!

— Oui! répondit Pencroff, et, avant dix minutes, il aura mouillé devant Granite-house!

— Avez-vous un projet, Cyrus? demanda le reporter.

— Il faut nous réfugier dans Granite-house, pendant qu'il en est temps encore et que les convicts ne peuvent nous voir.

— C'est aussi mon avis, répondit Gédéon Spilett; mais une fois renfermés...

— Nous prendrons conseil des circonstances, répondit l'ingénieur.

— En route donc, et dépêchons! dit le reporter.

— Vous ne voulez pas, monsieur Cyrus, qu'Ayrton et moi nous restions ici? demanda le marin.

— A quoi bon, Pencroff? répondit Cyrus Smith. Non. Ne nous séparons pas!

Il n'y avait pas un instant à perdre. Les colons quittèrent les Cheminées. Un petit retour de la courtine empêchait qu'ils ne fussent vus du brick; mais deux ou trois détonations et le fracas des boulets sur les roches leur apprirent que le *Speedy* n'était plus qu'à courte distance.

Se précipiter dans l'ascenseur, se hisser jusqu'à la porte de Granite-house, où Top et Jup étaient renfermés depuis la veille, s'élancer dans la grande salle, ce fut l'affaire d'un moment.

Il était temps, car les colons, à travers les branchages, aperçurent le *Speedy* entouré de fumée, qui filait dans le canal. Ils durent même se mettre de côté, car les décharges étaient incessantes, et les boulets des quatre canons frappaient aveuglément tant sur le poste de la Mercy, bien qu'il ne fût plus occupé, que sur les Cheminées. Les roches étaient fracassées, et des hurrahs accompagnaient chaque détonation.

Cependant, on pouvait espérer que Granite-house serait épargné grâce à la précaution que Cyrus Smith avait prise d'en dissimuler les fenêtres, quand un boulet, effleurant la baie de la porte, pénétra dans le couloir.

— Malédiction ! Nous sommes découverts ? s'écria Pencroff.

Peut-être les colons n'avaient-ils pas été vus, mais il était certain que Bob Harvey avait jugé à propos d'envoyer un projectile à travers le feuillage suspect qui masquait cette portion de la haute muraille. Bientôt même, il redoubla ses coups, quand un autre boulet, ayant fendu le rideau de feuillage, laissa avoir une ouverture béante dans le granit.

La situation des colons était désespérée. Leur retraite était découverte. Ils ne pouvaient opposer d'obstacle à ces projectiles ni préserver la pierre, dont les éclats volaient en mitraille autour d'eux. Ils n'avaient plus qu'à se réfugier dans le couloir supérieur de Granite-house et à abandonner leur demeure à toutes les dévastations, quand un bruit sourd se fit entendre, qui fut suivi de cris épouvantables !

Cyrus Smith et les siens se précipitèrent à une des fenêtres...

Le brick, irrésistiblement soulevé sur une sorte de trombe liquide, venait de s'ouvrir en deux, et, en moins de dix secondes, il était englouti avec son criminel équipage !

IV

— Ils ont sauté ! s'écria Harbert.

— Oui ! sauté comme si Ayrton eût mis le feu aux poudres ! répondit Pencroff en se jetant dans l'ascenseur, en même temps que Nab et le jeune garçon.

— Mais que s'est-il passé ? demanda Gédéon Spilett, encore stupéfait de ce dénouement inattendu.

— Ah ! cette fois, nous saurons !... répondit vivement l'ingénieur.

— Que saurons-nous ?...

— Plus tard ! plus tard ! Venez, Spilett. L'important est que ces pirates aient été exterminés !

Et Cyrus Smith, entraînant le reporter et Ayrton, rejoignit sur la grève Pencroff, Nab et Harbert.

On ne voyait plus rien du brick, pas même sa mâture. Après avoir été soulevé par cette trombe, il s'était couché sur le côté et avait coulé dans cette position, sans doute par suite de quelque énorme voie d'eau. Mais, comme le canal en cet endroit ne mesurait pas plus de vingt pieds de profondeur, il était certain que les flancs du brick immergé reparaîtraient à marée basse.

Quelques épaves flottaient à la surface de la mer. On voyait toute une drome, consistant en mâts et vergues de rechange, des cages à poules avec leurs volatiles encore vivants, des caisses et des barils qui, peu à peu, montaient à la surface, après s'être échappés par les panneaux ; mais il n'y avait en dérive aucun débris, ni planches du pont, ni bordage de la coque — ce qui rendait assez inexplicable l'engloutissement subit du *Speedy*.

Cependant, les deux mâts, qui avaient été brisés à quelques pieds au-dessus de l'étambrai, après avoir rompu étais et haubans, remontèrent bientôt sur les eaux du canal, avec leurs voiles, dont les unes étaient déployées et les autres serrées. Mais il ne fallait pas laisser au jusant le temps d'emporter toutes ces richesses, et Ayrton et Pencroff se jetèrent dans la pirogue avec l'intention d'amarrer toutes ces épaves soit au littoral de l'île, soit au littoral de l'îlot.

Mais au moment où ils allaient s'embarquer, une réflexion de Gédéon Spilett les arrêta.

— Et les six convicts qui ont débarqué sur la rive droite de la Mercy ? dit-il.

En effet, il ne fallait pas oublier que les six hommes dont le canot s'était brisé sur les roches avaient pris pied à la pointe de l'Épave.

On regarda dans cette direction. Aucun des fugitifs n'était visible. Il était probable que, après avoir vu le brick s'engloutir dans les eaux du canal, ils avaient pris la fuite à l'intérieur de l'île.

— Plus tard, nous nous occuperons d'eux, dit alors Cyrus Smith. Ils peuvent encore être dangereux, car ils sont armés, mais enfin, six contre six, les chances sont égales. Allons donc au plus pressé.

Ayrton et Pencroff s'embarquèrent dans la pirogue et nagèrent vigoureusement vers les épaves.

La mer était étale alors, et très haute, car la lune était nouvelle depuis deux jours. Une grande heure, au moins, devait donc s'écouler avant que la coque du brick émergeât des eaux du canal.

Ayrton et Pencroff eurent le temps d'amarrer les mâts et les espars au moyen de cordages, dont le bout fut porté sur la grève de Granite-house. Là, les colons, réunissant leurs efforts, parvinrent à haler ces épaves. Puis la pirogue ramassa tout ce qui flottait, cages à poules, barils, caisses, qui furent immédiatement transportés aux Cheminées.

Quelques cadavres surnageaient aussi. Entre autres, Ayrton reconnut celui de Bob Harvey, et il le montra à son compagnon, en disant d'une voix émue :

— Ce que j'ai été, Pencroff !

— Mais ce que vous n'êtes plus, brave Ayrton ! répondit le marin.

Il était assez singulier que les corps qui surnageaient fussent en si petit nombre. On en comptait cinq ou six à peine, que le jusant commençait déjà à emporter vers la pleine mer. Très probablement les convicts, surpris par l'engloutissement, n'avaient pas eu le temps de fuir, et le navire, s'étant couché sur le côté, la plupart étaient restés engagés sous les bastingages. Or, le reflux, qui allait entraîner vers la haute mer les cadavres de ces misérables, épargnerait aux colons la triste besogne de les enterrer en quelque coin de leur île.

Pendant deux heures, Cyrus Smith et ses compagnons furent uniquement occupés à haler les espars sur le sable et à déverguer, puis à mettre au sec les voiles, qui étaient parfaitement intactes. Ils causaient peu, tant le travail les absorbait, mais que de pensées leur traversaient l'esprit ! C'était une fortune que la possession de ce brick, ou plutôt de tout ce qu'il renfermait. En effet, un navire est comme un petit monde au complet, et le matériel de la colonie allait s'augmenter de bon nombre d'objets utiles. Ce serait, « en grand », l'équivalent de la caisse trouvée à la pointe de l'Épave.

« Et en outre, pensait Pencroff, pourquoi serait-il impossible de renflouer ce brick ? S'il n'a qu'une voie d'eau, cela se bouche, une voie d'eau, et un navire de trois à quatre cents tonneaux, c'est un vrai navire auprès de notre *Bonadventure* ! Et l'on va loin avec cela ! Et l'on va où l'on veut ! Il faudra que monsieur Cyrus, Ayrton et moi, nous examinions l'affaire ! Elle en vaut la peine ! »

En effet, si le brick était encore propre à naviguer, les chances de rapatriement des colons de l'île Lincoln allaient être singulièrement accrues. Mais, pour décider cette importante question, il convenait d'attendre que la mer fût tout à fait basse, afin que la coque du brick pût être visitée dans toutes ses parties.

Lorsque les épaves eurent été mises en sûreté sur la grève, Cyrus Smith et ses compagnons s'accordèrent quelques instants pour déjeuner. Ils mouraient littéralement de faim. Heureusement, l'office n'était pas loin, et Nab pouvait passer pour un maître coq expéditif. On mangea donc auprès des Cheminées, et, pendant ce repas, on le pense bien, il ne fut question que de l'événement inattendu qui avait si miraculeusement sauvé la colonie.

— Miraculeusement est le mot, répétait Pencroff, car il faut bien avouer que ces coquins ont sauté juste au moment convenable ! Granite-house commençait à devenir singulièrement inhabitable !

— Et imaginez-vous, Pencroff, demanda le reporter, comment cela s'est passé, et qui a pu provoquer cette explosion du brick ?

— Eh ! monsieur Spilett, rien de plus simple, répondit Pencroff. Un navire de pirates n'est pas tenu comme un navire de guerre ! Des convicts ne sont pas des matelots ! Il est certain que les soutes du brick étaient ouvertes, puisqu'on nous canonnait sans relâche, et il aura suffi d'un imprudent ou d'un maladroit pour faire sauter la machine !

— Monsieur Cyrus, dit Harbert, ce qui m'étonne, c'est que cette explosion n'ait pas produit plus d'effet. La détonation n'a pas été forte, et, en somme, il y a peu de débris et de bordages arrachés. Il semblerait que le navire a plutôt coulé que sauté.

— Cela t'étonne, mon enfant ? demanda l'ingénieur.

— Oui, monsieur Cyrus.

— Et moi aussi, Harbert, répondit l'ingénieur, cela m'étonne ; mais quand nous visiterons la coque du brick, nous aurons sans doute l'explication de ce fait.

— Ah çà ! monsieur Cyrus, dit Pencroff, vous n'allez pas prétendre que le *Speedy* a tout simplement coulé comme un bâtiment qui donne contre un écueil ?

— Pourquoi pas ? fit observer Nab, s'il y a des roches dans le canal ?

— Bon ! Nab, répondit Pencroff. Tu n'as pas ouvert les yeux au bon moment. Un instant avant de s'engloutir, le brick, je l'ai parfaitement vu, s'est élevé sur une énorme lame, et il est retombé en s'abattant sur bâbord. Or, s'il n'avait fait que toucher, il eût coulé tout tranquillement, comme un honnête navire qui s'en va par le fond.

— C'est que précisément ce n'est pas un honnête navire ! répondit Nab.

— Enfin, nous verrons bien, Pencroff, reprit l'ingénieur.

— Nous verrons bien, ajouta le marin, mais je parierais ma tête qu'il n'y a pas de roches dans le canal. Voyons, monsieur Cyrus, de bon compte, est-ce que vous voudriez dire qu'il y a encore quelque chose de merveilleux dans cet événement ?

Cyrus Smith ne répondit pas.

— En tout cas, dit Gédéon Spilett, choc ou explosion, vous conviendrez, Pencroff, que cela est arrivé à point !

— Oui !... oui !... répondit le marin... mais ce n'est pas la question. Je demande à monsieur Smith s'il voit en tout ceci quelque chose de surnaturel.

— Je ne me prononce pas, Pencroff, dit l'ingénieur. Voilà tout ce que je puis vous répondre.

Réponse qui ne satisfit aucunement Pencroff. Il tenait pour « une explosion », et il n'en voulut pas démordre. Jamais il ne consentirait à admettre que dans ce canal, formé d'un lit de sable fin, comme la grève elle-même, et qu'il avait souvent traversé à mer basse, il y eût un écueil ignoré. Et d'ailleurs, au moment où le brick sombrait, la mer était haute, c'est-à-dire qu'il avait plus d'eau qu'il ne lui en fallait pour franchir, sans les heurter, toutes roches qui n'eussent pas découvert à mer basse. Donc, il ne pouvait y avoir eu choc. Donc, le navire n'avait pas touché. Donc, il avait sauté.

Et il faut convenir que le raisonnement du marin ne manquait pas d'une certaine justesse.

Vers une heure et demie, les colons s'embarquèrent dans la pirogue et se rendirent sur le lieu d'échouement. Il était regrettable que les deux embarcations du brick n'eussent pu être sauvées ; mais l'une, on le sait, avait été brisée à l'embouchure de la Mercy et était absolument hors d'usage ; l'autre avait disparu dans l'engloutissement du brick, et, sans doute écrasée par lui, n'avait pas reparu.

A ce moment, la coque du *Speedy* commençait à se montrer au-dessus des eaux. Le brick était plus que couché sur le flanc, car, après avoir rompu ses mâts sous le poids de son lest déplacé par la chute, il se tenait presque la quille en l'air. Il avait été véritablement retourné par l'inexplicable mais effroyable action sous-marine, qui s'était en même temps manifestée par le déplacement d'une énorme trombe d'eau.

Les colons firent le tour de la coque, et, à mesure que la mer baissait, ils purent reconnaître, sinon la cause qui avait provoqué la catastrophe, du moins l'effet produit.

Sur l'avant, des deux côtés de la quille, sept ou huit pieds avant la naissance de l'étrave, les flancs du brick étaient effroyablement déchirés sur une longueur de vingt pieds au moins. Là s'ouvraient deux larges voies d'eau qu'il eût été impossible d'aveugler. Non seulement le doublage de cuivre et le bordage avaient disparu, réduits en poussière sans doute, mais encore de la membrure même, des chevilles de fer et des gournables qui la liaient, il n'y avait plus trace. Tout le long de la coque, jusqu'aux façons d'arrière, les virures, déchiquetées, ne tenaient plus. La fausse quille avait été séparée avec une violence inexplicable, et la quille elle-même, arrachée de la carlingue en plusieurs points, était rompue sur toute sa longueur.

— Mille diables! s'écria Pencroff. Voilà un navire qu'il sera difficile de renflouer!

— Ce sera même impossible, dit Ayrton.

— En tout cas, fit observer Gédéon Spilett au marin, l'explosion, s'il y a eu explosion, a produit là de singuliers effets! Elle a crevé la coque du navire dans ses parties inférieures, au lieu d'en faire sauter le pont et les œuvres mortes! Ces larges ouvertures paraissent avoir plutôt été faites par le choc d'un écueil que par l'explosion d'une soute!

— Il n'y a pas d'écueil dans le canal! répliqua le marin. J'admets tout ce que vous voudrez, excepté le choc d'une roche!

— Tâchons de pénétrer à l'intérieur du brick, dit l'ingénieur. Peut-être saurons-nous à quoi nous en tenir sur la cause de sa destruction.

C'était le meilleur parti à prendre, et il convenait, d'ailleurs, d'inventorier toutes les richesses contenues à bord, et de tout disposer pour leur sauvetage.

L'accès à l'intérieur du brick était facile alors. L'eau baissait toujours, et le dessous du pont, devenu maintenant le dessus par le renversement de la coque, était praticable. Le lest, composé de lourdes gueuses de fonte, l'avait défoncé en plusieurs endroits. On entendait la mer qui bruissait, en s'écoulant par les fissures de la coque.

Cyrus Smith et ses compagnons, la hache à la main, s'avancèrent sur le pont à demi brisé. Des caisses de toutes sortes l'encombraient, et, comme elles n'avaient séjourné dans l'eau que pendant un temps très limité, peut-être leur contenu n'était-il pas avarié.

On s'occupa donc de mettre toute cette cargaison en lieu sûr. L'eau ne devait pas revenir avant quelques heures, et ces quelques heures furent utilisées de la manière la plus profitable. Ayrton et Pencroff avaient frappé, à l'ouverture pratiquée dans la coque, un palan qui servait à hisser les barils et les caisses. La pirogue les recevait et les transportait immédiatement sur la plage. On prenait tout, indistinctement, quitte à faire plus tard un triage de ces objets.

En tout cas, ce que les colons purent d'abord constater avec une extrême satisfaction, c'est que le brick possédait une cargaison très variée, un assortiment d'articles de toutes sortes, ustensiles, produits manufacturés, outils, tels que chargent les bâtiments qui font le grand cabotage de la Polynésie. Il était probable que l'on trouverait là un peu de tout, et on conviendra que c'était précisément ce qu'il fallait à la colonie de l'île Lincoln.

Toutefois — et Cyrus Smith l'observait dans un étonnement silencieux —, non seulement la coque du brick, ainsi qu'il a été dit, avait énormément souffert du choc quelconque qui avait déterminé la catastrophe, mais l'aménagement était dévasté, surtout vers l'avant. Cloisons et épontilles étaient brisées comme si quelque formidable obus eût éclaté à l'intérieur du brick. Les colons purent aller facilement de l'avant à l'arrière, après avoir déplacé les caisses qui étaient extraites au fur et à mesure. Ce n'étaient point de lourds ballots, dont le déplacement eût été difficile, mais de simples colis, dont l'arrimage, d'ailleurs, n'était plus reconnaissable.

Les colons parvinrent alors jusqu'à l'arrière du brick, dans cette partie que surmontait autrefois la dunette. C'était là que, suivant l'indication d'Ayrton, il fallait chercher la soute aux poudres. Cyrus Smith pensant qu'elle n'avait pas fait explosion, il était possible que quelques barils pussent être sauvés, et que la poudre, qui est ordinairement enfermée dans des enveloppes de métal, n'eût pas souffert du contact de l'eau.

Ce fut, en effet, ce qui était arrivé. On trouva, au milieu d'une grande quantité de projectiles, une vingtaine de barils, dont l'intérieur était garni de cuivre, et qui furent extraits avec précaution. Pencroff se convainquit par ses propres yeux que la destruction du *Speedy* ne pouvait être attribuée à une explosion. La portion de la coque dans laquelle se trouvait située la soute était précisément celle qui avait le moins souffert.

— Possible ! répondit l'entêté marin, mais, quant à une roche, il n'y a pas de roche dans le canal !

— Alors, que s'est-il passé ? demanda Harbert.

— Je n'en sais rien, répondit Pencroff, monsieur Cyrus n'en sait rien, et personne n'en sait et n'en saura jamais rien !

Pendant ces diverses recherches, plusieurs heures s'étaient écoulées, et le flot commençait à se faire sentir. Il fallut suspendre les travaux de sauvetage. Du reste, il n'y avait pas à craindre que la carcasse du brick fût entraînée par la mer, car elle était déjà enlisée, et aussi solidement fixée que si elle eût été affourchée sur ses ancres.

On pouvait donc sans inconvénient attendre le prochain jusant pour reprendre les opérations. Mais, quant au bâtiment lui-même, il était bien condamné, et il faudrait même se hâter de sauver les débris de la coque, car elle ne tarderait pas à disparaître dans les sables mouvants du canal.

Il était cinq heures du soir. La journée avait été rude pour les travailleurs. Ils mangèrent de grand appétit, et, quelles que fussent leurs fatigues, ils ne résistèrent pas, après leur dîner, au désir de visiter les caisses dont se composait la cargaison du *Speedy*.

La plupart contenaient des vêtements confectionnés, qui, on le pense, furent bien reçus. Il y avait là de quoi vêtir toute une colonie, du linge à tout usage, des chaussures à tous pieds.

— Nous voilà trop riches! s'écriait Pencroff. Mais qu'est-ce que nous allons faire de tout cela?

Et, à chaque instant, éclataient les hurrahs du joyeux marin, quand il reconnaissait des barils de tafia, des boucauts de tabac, des armes à feu et des armes blanches, des balles de coton, des instruments de labourage, des outils de charpentier, de menuisier, de forgeron, des caisses de graines de toute espèce, que leur court séjour dans l'eau n'avait point altérées. Ah! deux ans auparavant, comme ces choses seraient venues à point! Mais enfin, même maintenant que ces industrieux colons s'étaient outillés eux-mêmes, ces richesses trouveraient leur emploi.

La place ne manquait pas dans les magasins de Granite-house; mais, ce jour-là, le temps fit défaut, on ne put emmagasiner le tout. Il ne fallait pourtant pas oublier que six survivants de l'équipage du *Speedy* avaient pris pied sur l'île, que c'étaient vraisemblablement des chenapans de premier ordre, et qu'il y avait à se garder contre eux. Bien que le pont de la Mercy et que les ponceaux fussent relevés, ces convicts n'en étaient pas à s'embarrasser d'une rivière ou d'un ruisseau, et, poussés par le désespoir, de tels coquins pouvaient être redoutables.

On verrait plus tard quel parti il conviendrait de prendre à leur égard ; mais, en attendant, il fallait veiller sur les caisses et colis entassés auprès des Cheminées, et c'est à quoi les colons, pendant la nuit, s'employèrent tour à tour.

La nuit se passa, cependant, sans que les convicts eussent tenté quelque agression. Maître Jup et Top, de garde au pied de Granite-house, eussent vite fait de les signaler.

Les trois jours qui suivirent, 19, 20 et 21 octobre, furent employés à sauver tout ce qui pouvait avoir une valeur ou une utilité quelconque, soit dans la cargaison, soit dans le gréement du brick. A mer basse, on déménageait la cale. A mer haute, on emmagasinait les objets sauvés. Une grande partie du doublage en cuivre put être arrachée à la coque, qui, chaque jour, s'enlisait davantage. Mais, avant que les sables eussent englouti les objets pesants qui avaient coulé par le fond, Ayrton et Pencroff, ayant plusieurs fois plongé jusqu'au lit du canal, retrouvèrent les chaînes et les ancres du brick, les gueuses de son lest, et jusqu'aux quatre canons, qui, soulagés au moyen de barriques vides, purent être amenés à terre.

On voit que l'arsenal de la colonie avait non moins gagné au sauvetage que les offices et les magasins de Granite-house. Pencroff, toujours enthousiaste dans ses projets, parlait déjà de construire une batterie qui commanderait le canal et l'embouchure de la rivière. Avec quatre canons, il s'engageait à empêcher toute flotte, « si puissante qu'elle fût », de s'aventurer dans les eaux de l'île Lincoln !

Sur ces entrefaites, alors qu'il ne restait plus du brick qu'une carcasse sans utilité, le mauvais temps vint, qui acheva de la détruire. Cyrus Smith avait eu l'intention de la faire sauter afin d'en recueillir les débris à la côte, mais un gros vent du nord-est et une grosse mer lui permirent d'économiser sa poudre.

En effet, dans la nuit du 23 au 24, la coque du brick fut entièrement démantelée, et une partie des épaves s'échoua sur la grève.

Quant aux papiers du bord, inutile de dire que, bien qu'il eût fouillé minutieusement les armoires de la dunette, Cyrus Smith n'en trouva pas trace. Les pirates avaient évidemment détruit tout ce qui concernait, soit le capitaine, soit l'armateur du *Speedy*, et comme le nom de son port d'attache n'était pas porté au tableau d'arrière, rien ne pouvait faire soupçonner sa nationalité. Cependant, à certaines formes de son avant, Ayrton et Pencroff avaient paru croire que ce brick devait être de construction anglaise.

Huit jours après la catastrophe, ou plutôt après l'heureux mais inexplicable dénouement auquel la colonie devait son salut, on ne voyait plus rien du navire, même à mer basse. Ses débris avaient été dispersés, et Granite-house était riche de presque tout ce qu'il avait contenu.

Cependant, le mystère qui cachait son étrange destruction n'eût jamais été éclairci, sans doute, si, le 30 novembre, Nab, rôdant sur la grève, n'eût trouvé un morceau d'un épais cylindre de fer, qui portait des traces d'explosion. Ce cylindre était tordu et déchiré sur ses arêtes, comme s'il eût été soumis à l'action d'une substance explosive.

Nab apporta ce morceau de métal à son maître, qui était alors occupé avec ses compagnons à l'atelier des Cheminées.

Cyrus Smith examina attentivement ce cylindre, puis, se tournant vers Pencroff :

— Vous persistez, mon ami, lui dit-il, à soutenir que le *Speedy* n'a pas péri par suite d'un choc ?

— Oui, monsieur Cyrus, répondit le marin. Vous savez aussi bien que moi qu'il n'y a pas de roches dans le canal.

— Mais s'il avait heurté ce morceau de fer ? dit l'ingénieur en montrant le cylindre brisé.

— Quoi, ce bout de tuyau ? s'écria Pencroff d'un ton d'incrédulité complète.

— Mes amis, reprit Cyrus Smith, vous rappelez-vous qu'avant de sombrer, le brick s'est élevé au sommet d'une véritable trombe d'eau ?

— Oui, monsieur Cyrus ! répondit Harbert.

— Eh bien, voulez-vous savoir ce qui avait soulevé cette trombe ? C'est ceci, dit l'ingénieur en montrant le tube brisé.

— Ceci ? répliqua Pencroff.

— Oui ! ce cylindre est tout ce qui reste d'une torpille !

— Une torpille ! s'écrièrent les compagnons de l'ingénieur.

— Et qui l'avait mise là, cette torpille ? demanda Pencroff, qui ne voulait pas se rendre.

— Tout ce que je puis vous dire, c'est que ce n'est pas moi ! répondit Cyrus Smith, mais elle y était, et vous avez pu juger de son incomparable puissance !

V

Ainsi donc, tout s'expliquait par l'explosion sous-marine de cette torpille. Cyrus Smith, qui pendant la guerre de l'Union avait eu l'occasion d'expérimenter ces terribles engins de destruction, ne pouvait s'y tromper. C'est sous l'action de ce cylindre, chargé d'une substance explosive, nitroglycérine, picrate ou autre matière de même nature, que l'eau du canal s'était soulevée comme une trombe, que le brick, foudroyé dans ses fonds, avait coulé instantanément, et c'est pourquoi il avait été impossible de le renflouer, tant les dégâts subis par sa coque avaient été considérables. A une torpille qui eût détruit une frégate cuirassée aussi facilement qu'une simple barque de pêche, le *Speedy* n'avait pu résister !

Oui ! tout s'expliquait, tout... excepté la présence de cette torpille dans les eaux du canal !

— Mes amis, reprit alors Cyrus Smith, nous ne pouvons plus mettre en doute la présence d'un être mystérieux, d'un naufragé comme nous peut-être, abandonné sur notre île, et je le dis, afin qu'Ayrton soit au courant de ce qui s'est passé d'étrange depuis deux ans. Quel est ce bienfaisant inconnu dont l'intervention, si heureuse pour nous, s'est manifestée en maintes circonstances ? je ne puis l'imaginer. Quel intérêt a-t-il à agir ainsi, à se cacher après tant de services rendus ? je ne puis le comprendre. Mais ses services n'en sont pas moins réels, et de ceux que, seul, un homme disposant d'une puissance prodigieuse pouvait nous rendre. Ayrton est son obligé comme nous, car si c'est l'inconnu qui m'a sauvé des flots après la chute du ballon, c'est évidemment lui qui a écrit le document, qui a mis cette bouteille sur la route du canal et qui nous a fait connaître la situation de notre compagnon. J'ajouterai que cette caisse, si convenablement pourvue de tout ce qui nous manquait, c'est lui qui l'a conduite et échouée à la pointe de l'Épave ; que ce feu placé sur les hauteurs de l'île et qui vous a permis d'y atterrir, c'est lui qui l'a allumé ; que ce grain de plomb trouvé dans le corps du pécari, c'est lui qui l'a tiré ; que cette torpille qui a détruit le brick, c'est lui qui l'a immergée dans le canal ; en un mot, que tous ces faits inexplicables, dont nous ne pouvions nous rendre compte, c'est à cet être mystérieux qu'ils sont dus. Donc, quel qu'il soit, naufragé ou exilé sur cette île, nous serions ingrats, si nous nous croyions dégagés de toute reconnaissance envers lui. Nous avons contracté une dette, et j'ai l'espoir que nous la payerons un jour.

— Vous avez raison de parler ainsi, mon cher Cyrus, répondit Gédéon Spilett. Oui, il y a un être, presque tout-puissant, caché dans quelque partie de l'île, et dont l'influence a été singulièrement utile pour notre colonie. J'ajouterai que cet inconnu me paraît disposer de moyens d'action qui tiendraient du surnaturel, si dans les faits de la vie pratique le surnaturel était acceptable. Est-ce lui qui se met en communication secrète avec nous par le puits de Granite-house, et a-t-il ainsi connaissance de tous nos projets ? Est-ce lui qui nous a tendu cette bouteille, quand la pirogue a fait sa première excursion en mer ? Est-ce lui qui a rejeté Top des eaux du lac et donné la mort au dugong ? Est-ce lui, comme tout porte à le croire, qui vous a sauvé des flots, Cyrus, et cela dans des circonstances où tout autre qui n'eût été qu'un homme n'aurait pu agir ? Si c'est lui, il possède donc une puissance qui le rend maître des éléments.

L'observation du reporter était juste, et chacun le sentait bien.

— Oui, répondit Cyrus Smith, si l'intervention d'un être humain n'est plus douteuse pour nous, je conviens qu'il a à sa disposition des moyens d'action en dehors de ceux dont l'humanité dispose. Là est encore un mystère, mais si nous découvrons l'homme, le mystère se découvrira aussi. La question est donc celle-ci : devons-nous respecter l'incognito de cet être généreux ou devons-nous tout faire pour arriver jusqu'à lui ? Quelle est votre opinion à cet égard ?

— Mon opinion, répondit Pencroff, c'est que, quel qu'il soit, c'est un brave homme, et il a mon estime !

— Soit, reprit Cyrus Smith, mais cela n'est pas répondre, Pencroff.

— Mon maître, dit alors Nab, j'ai l'idée que nous pouvons chercher tant que nous voudrons le monsieur dont il s'agit, mais que nous ne le découvrirons que quand il lui plaira.

— Ce n'est pas bête, ce que tu dis là, Nab, répondit Pencroff.

— Je suis de l'avis de Nab, répondit Gédéon Spilett, mais ce n'est pas une raison pour ne point tenter l'aventure. Que nous trouvions ou que nous ne trouvions pas cet être mystérieux, nous aurons, au moins, rempli notre devoir envers lui.

— Et toi, mon enfant, donne-nous ton avis, dit l'ingénieur en se retournant vers Harbert.

— Ah ! s'écria Harbert, dont le regard s'animait, je voudrais le remercier, celui qui vous a sauvé d'abord et qui nous a sauvés ensuite !

— Pas dégoûté, mon garçon, riposta Pencroff, et moi aussi, et nous tous ! Je ne suis pas curieux, mais je donnerais bien un de mes yeux pour voir face à face ce particulier-là ! Il me semble qu'il doit être beau, grand, fort, avec une belle barbe, des cheveux comme des rayons, et qu'il doit être couché sur des nuages, une grosse boule à la main !

— Eh mais, Pencroff, répondit Gédéon Spilett, c'est le portrait de Dieu le Père que vous nous faites là !

— Possible, monsieur Spilett, répliqua le marin, mais c'est ainsi que je me le figure !

— Et vous, Ayrton ? demanda l'ingénieur.

— Monsieur Smith, répondit Ayrton, je ne puis guère vous donner mon avis en cette circonstance. Ce que vous ferez sera bien fait. Quand vous voudrez m'associer à vos recherches, je serai prêt à vous suivre.

— Je vous remercie, Ayrton, reprit Cyrus Smith, mais je voudrais une réponse plus directe à la demande que je vous ai faite. Vous êtes notre compagnon ; vous vous êtes déjà plusieurs fois dévoué pour nous, et, comme tous ici, vous devez être consulté quand il s'agit de prendre quelque décision importante. Parlez donc.

— Monsieur Smith, répondit Ayrton, je pense que nous devons tout faire pour retrouver ce bienfaiteur inconnu. Peut-être est-il seul ? Peut-être souffre-t-il ? Peut-être est-ce une existence à renouveler ? Moi aussi, vous l'avez dit, j'ai une dette de reconnaissance à lui payer. C'est lui, ce ne peut être que lui qui soit venu à l'île Tabor, qui y ait trouvé le misérable que vous avez connu, qui vous ait fait savoir qu'il y avait là un malheureux à sauver !... C'est donc grâce à lui que je suis redevenu un homme. Non, je ne l'oublierai jamais !

— C'est décidé, dit alors Cyrus Smith. Nous commencerons nos recherches le plus tôt possible. Nous ne laisserons pas une partie de l'île inexplorée. Nous la fouillerons jusque dans ses plus secrètes retraites, et que cet ami inconnu nous le pardonne en faveur de notre intention !

Pendant quelques jours, les colons s'employèrent activement aux travaux de la fenaison et de la moisson. Avant de mettre à exécution leur projet d'explorer les parties encore inconnues de l'île, ils voulaient que toute indispensable besogne fût achevée. C'était aussi l'époque à laquelle se récoltaient les divers légumes provenant des plants de l'île Tabor. Tout était donc à emmagasiner, et, heureusement, la place ne manquait pas à Granite-house, où l'on aurait pu engranger toutes les richesses de l'île. Les produits de la colonie étaient là, méthodiquement rangés, et en lieu sûr, on peut le croire, autant à l'abri des bêtes que des hommes. Nulle humidité n'était à craindre au milieu de cet épais massif de granit. Plusieurs des excavations naturelles situées dans le couloir supérieur furent agrandies ou évidées, soit au pic, soit à la mine, et Granite-house devint ainsi un entrepôt général renfermant les approvisionnements, les munitions, les outils et ustensiles de rechange, en un mot tout le matériel de la colonie.

Quant aux canons provenant du brick, c'étaient de jolies pièces en acier fondu qui, sur les instances de Pencroff, furent hissées au moyen de caliornes et de grues jusqu'au palier même de Granite-house ; des embrasures furent ménagées entre les fenêtres, et on put bientôt les voir allonger leur gueule luisante à travers la paroi granitique. De cette hauteur, ces bouches à feu commandaient véritablement toute la baie de l'Union. C'était comme un petit Gibraltar, et tout navire qui se fût embossé au large de l'îlot eût été inévitablement exposé au feu de cette batterie aérienne.

— Monsieur Cyrus, dit un jour Pencroff — c'était le 8 novembre —, à présent que cet armement est terminé, il faut pourtant bien que nous essayions la portée de nos pièces.

— Croyez-vous que cela soit utile ? répondit l'ingénieur.

— C'est plus qu'utile, c'est nécessaire ! Sans cela, comment connaître la distance à laquelle nous pouvons envoyer un de ces jolis boulets dont nous sommes approvisionnés ?

— Essayons donc, Pencroff, répondit l'ingénieur. Toutefois, je pense que nous devons faire l'expérience en employant non la poudre ordinaire, dont je tiens à laisser l'approvisionnement intact, mais le pyroxyle, qui ne nous manquera jamais.

— Ces canons-là pourront-ils supporter la déflagration du pyroxyle ? demanda le reporter, qui n'était pas moins désireux que Pencroff d'essayer l'artillerie de Granite-house.

— Je le crois. D'ailleurs, ajouta l'ingénieur, nous agirons prudemment.

L'ingénieur avait lieu de penser que ces canons étaient de fabrication excellente, et il s'y connaissait. Faits en acier forgé, et se chargeant par la culasse, ils devaient, par là même, pouvoir supporter une charge considérable, et par conséquent avoir une portée énorme. En effet, au point de vue de l'effet utile, la trajectoire décrite par le boulet doit être aussi tendue que possible, et cette tension ne peut s'obtenir qu'à la condition que le projectile soit animé d'une très grande vitesse initiale.

— Or, dit Cyrus Smith à ses compagnons, la vitesse initiale est en raison de la quantité de poudre utilisée. Toute la question se réduit, dans la fabrication des pièces, à l'emploi d'un métal aussi résistant que possible, et l'acier est incontestablement celui de tous les métaux qui résiste le mieux. J'ai donc lieu de penser que nos canons supporteront sans risque l'expansion des gaz du pyroxyle et donneront des résultats excellents.

— Nous en serons bien plus certains quand nous aurons essayé ! répondit Pencroff.

Il va sans dire que les quatre canons étaient en parfait état. Depuis qu'ils avaient été retirés de l'eau, le marin s'était donné la tâche de les astiquer consciencieusement. Que d'heures il avait passées à les frotter, à les graisser, à les polir, à nettoyer le mécanisme de l'obturateur, le verrou, la vis de pression ! Et maintenant ces pièces étaient aussi brillantes que si elles eussent été à bord d'une frégate de la marine des États-Unis.

Ce jour-là donc, en présence de tout le personnel de la colonie, maître Jup et Top compris, les quatre canons furent successivement essayés. On les chargea avec du pyroxyle, en tenant compte de sa puissance explosive, qui, on l'a dit, est quadruple de celle de la poudre ordinaire ; le projectile qu'ils devaient lancer était cylindro-conique.

Pencroff, tenant la corde de l'étoupille, était prêt à faire feu.

Sur un signe de Cyrus Smith, le coup partit. Le boulet, dirigé sur la mer, passa au-dessus de l'îlot et alla se perdre au large, à une distance qu'on ne put d'ailleurs apprécier avec exactitude.

Le second canon fut braqué sur les extrêmes roches de la pointe de l'Épave, et le projectile, frappant une pierre aiguë à près de trois milles de Granite-house, la fit voler en éclats.

C'était Harbert qui avait braqué le canon et qui l'avait tiré, et il fut tout fier de son coup d'essai. Il n'y eut que Pencroff à en être plus fier que lui ! Un coup pareil, dont l'honneur revenait à son cher enfant !

Le troisième projectile, lancé, cette fois, sur les dunes qui formaient la côte supérieure de la baie de l'Union, frappa le sable à une distance d'au moins quatre milles; puis, après avoir ricoché, il se perdit en mer dans un nuage d'écume.

Pour la quatrième pièce, Cyrus Smith força un peu la charge, afin d'en essayer l'extrême portée. Puis, chacun s'étant mis à l'écart pour le cas où elle aurait éclaté, l'étoupille fut enflammée au moyen d'une longue corde.

Une violente détonation se fit entendre, mais la pièce avait résisté, et les colons, s'étant précipités à la fenêtre, purent voir le projectile écorner les roches du cap Mandibule, à près de cinq milles de Granite-house, et disparaître dans le golfe du Requin.

— Eh bien, monsieur Cyrus, s'écria Pencroff, dont les hurrahs auraient pu rivaliser avec les détonations produites, qu'est-ce que vous dites de notre batterie? Tous les pirates du Pacifique n'ont qu'à se présenter devant Granite-house! Pas un n'y débarquera maintenant sans notre permission!

— Si vous m'en croyez, Pencroff, répondit l'ingénieur, mieux vaut n'en pas faire l'expérience.

— A propos, reprit le marin, et les six coquins qui rôdent dans l'île, qu'est-ce que nous en ferons? Est-ce que nous les laisserons courir nos forêts, nos champs, nos prairies? Ce sont de vrais jaguars, ces pirates-là, et il me semble que nous ne devons pas hésiter à les traiter comme tels? Qu'en pensez-vous, Ayrton? ajouta Pencroff en se retournant vers son compagnon.

Ayrton hésita d'abord à répondre, et Cyrus Smith regretta que Pencroff lui eût un peu étourdiment posé cette question. Aussi fut-il fort ému, quand Ayrton répondit d'une voix humble :

— J'ai été un de ces jaguars, monsieur Pencroff, et je n'ai pas le droit de parler...

Et d'un pas lent il s'éloigna.

Pencroff avait compris.

— Satanée bête que je suis! s'écria-t-il. Pauvre Ayrton! il a pourtant droit de parler ici autant que qui que ce soit!...

— Oui, dit Gédéon Spilett, mais sa réserve lui fait honneur, et il convient de respecter ce sentiment qu'il a de son triste passé.

— Entendu, monsieur Spilett, répondit le marin, et on ne m'y reprendra plus! J'aimerais mieux avaler ma langue que de causer un chagrin à Ayrton! Mais revenons à la question. Il me semble que ces bandits n'ont droit à aucune pitié et que nous devons au plus tôt en débarrasser l'île.

— C'est bien votre avis, Pencroff? demanda l'ingénieur.

— Tout à fait mon avis.

— Et avant de les poursuivre sans merci, vous n'attendriez pas qu'ils eussent de nouveau fait acte d'hostilité contre nous?

— Ce qu'ils ont fait ne suffit donc pas? demanda Pencroff, qui ne comprenait rien à ces hésitations.

— Ils peuvent revenir à d'autres sentiments! dit Cyrus Smith, et peut-être se repentir...

— Se repentir, eux! s'écria le marin en levant les épaules.

— Pencroff, pense à Ayrton! dit alors Harbert, en prenant la main du marin. Il est redevenu un honnête homme!

Pencroff regarda ses compagnons les uns après les autres. Il n'aurait jamais cru que sa proposition dût soulever une hésitation quelconque. Sa rude nature ne pouvait pas admettre que l'on transigeât avec les coquins qui avaient débarqué sur l'île, avec des complices de Bob Harvey, les assassins de l'équipage du *Speedy*, et il les regardait comme des bêtes fauves qu'il fallait détruire sans hésitation et sans remords.

— Tiens ! fit-il. J'ai tout le monde contre moi ! Vous voulez faire de la générosité avec ces gueux-là ! Soit. Puissions-nous ne pas nous en repentir !

— Quel danger courons-nous, dit Harbert, si nous avons soin de nous tenir sur nos gardes ?

— Hum ! fit le reporter, qui ne se prononçait pas trop. Ils sont six et bien armés. Que chacun d'eux s'embusque dans un coin et tire sur l'un de nous, ils seront bientôt maîtres de la colonie !

— Pourquoi ne l'ont-ils pas fait ? répondit Harbert. Sans doute parce que leur intérêt n'était pas de le faire. D'ailleurs, nous sommes six aussi.

— Bon ! bon ! répondit Pencroff, qu'aucun raisonnement n'eût pu convaincre. Laissons ces braves gens vaquer à leurs petites occupations, et ne songeons plus à eux !

— Allons, Pencroff, dit Nab, ne te fais pas si méchant que cela ! Un de ces malheureux serait ici, devant toi, à bonne portée de ton fusil, que tu ne tirerais pas dessus...

— Je tirerais sur lui comme sur un chien enragé, Nab, répondit froidement Pencroff.

— Pencroff, dit alors l'ingénieur, vous avez souvent témoigné beaucoup de déférence à mes avis. Voulez-vous, dans cette circonstance, vous en rapporter encore à moi ?

— Je ferai comme il vous plaira, monsieur Smith, répondit le marin, qui n'était nullement convaincu.

— Eh bien, attendons, et n'attaquons que si nous sommes attaqués.

Ainsi fut décidée la conduite à tenir vis-à-vis des pirates, bien que Pencroff n'en augurât rien de bon. On ne les attaquerait pas, mais on se tiendrait sur ses gardes. Après tout, l'île était grande et fertile. Si quelque sentiment d'honnêteté leur était resté au fond de l'âme, ces misérables pouvaient peut-être s'amender. Leur intérêt bien entendu n'était-il pas, dans les conditions où ils avaient à vivre, de se refaire une vie nouvelle ? En tout cas, ne fût-ce que par humanité, on devait attendre. Les colons n'auraient peut-être plus, comme auparavant, la facilité d'aller et de venir sans défiance. Jusqu'alors ils n'avaient eu à se garder que des fauves, et maintenant six convicts, peut-être de la pire espèce, rôdaient sur leur île. C'était grave, sans doute, et c'eût été, pour des gens moins braves, la sécurité perdue.

N'importe ! Dans le présent, les colons avaient raison contre Pencroff. Auraient-ils raison dans l'avenir ? On le verrait.

VI

PROJETS D'EXPÉDITION – AYRTON AU CORRAL – VISITE À PORT BALLON – REMARQUES DE PENCROFF FAITES À BORD DU « BONADVENTURE » – DÉPÊCHE ENVOYÉE AU CORRAL – PAS DE RÉPONSE D'AYRTON – DÉPART DU LENDEMAIN – POURQUOI LE FIL NE FONCTIONNE PLUS – UNE DÉTONATION

Cependant, la grande préoccupation des colons était d'opérer cette exploration complète de l'île, qui avait été décidée, exploration qui aurait maintenant deux buts : découvrir d'abord l'être mystérieux dont l'existence n'était plus discutable, et, en même temps, reconnaître ce qu'étaient devenus les pirates, quelle retraite ils avaient choisie, quelle vie ils menaient et ce qu'on pouvait avoir à craindre de leur part.

Cyrus Smith désirait partir sans retard ; mais, l'expédition devant durer plusieurs jours, il avait paru convenable de charger le chariot de divers effets de campement et d'ustensiles qui faciliteraient l'organisation des haltes. Or, en ce moment, un des onaggas, blessé à la jambe, ne pouvait être attelé ; quelques jours de repos lui étaient nécessaires, et l'on crut pouvoir sans inconvénient remettre le départ d'une semaine, c'est-à-dire au 20 novembre. Le mois de novembre, sous cette latitude, correspond au mois de mai des zones boréales. On était donc dans la belle saison. Le soleil arrivait sur le tropique du Capricorne et donnait les plus longs jours de l'année. L'époque serait donc tout à fait favorable à l'expédition projetée, expédition qui, si elle n'atteignait pas son principal but, pouvait être féconde en découvertes, surtout au point de vue des productions naturelles, puisque Cyrus Smith se proposait d'explorer ces épaisses forêts du Far-West, qui s'étendaient jusqu'à l'extrémité de la presqu'île Serpentine.

Pendant les neuf jours qui allaient précéder le départ, il fut convenu que l'on mettrait la main aux derniers travaux du plateau de Grande-Vue.

Cependant, il était nécessaire qu'Ayrton retournât au corral, où les animaux domestiques réclamaient ses soins. On décida donc qu'il y passerait deux jours, et qu'il ne reviendrait à Granite-house qu'après avoir largement approvisionné les étables.

Au moment où il allait partir, Cyrus Smith lui demanda s'il voulait que l'un d'eux l'accompagnât, lui faisant observer que l'île était moins sûre qu'autrefois.

Ayrton répondit que c'était inutile, qu'il suffirait à la besogne, et que, d'ailleurs, il ne craignait rien. Si quelque incident se produisait au corral ou dans les environs, il en préviendrait immédiatement les colons par un télégramme à l'adresse de Granite-house.

Ayrton partit donc le 9 dès l'aube, emmenant le chariot, attelé d'un seul onagga, et, deux heures après, le timbre électrique annonçait qu'il avait trouvé tout en ordre au corral.

Pendant ces deux jours, Cyrus Smith s'occupa d'exécuter un projet qui devait mettre définitivement Granite-house à l'abri de toute surprise. Il s'agissait de dissimuler absolument l'orifice supérieur de l'ancien déversoir, qui était déjà maçonné et à demi caché sous des herbes et des plantes, à l'angle sud du lac Grant. Rien n'était plus aisé, puisqu'il suffisait de surélever de deux à trois pieds le niveau des eaux du lac, sous lesquelles l'orifice serait alors complètement noyé.

Or, pour rehausser ce niveau, il n'y avait qu'à établir un barrage aux deux saignées faites au lac et par lesquelles s'alimentaient le Creek-Glycérine et le creek de la Grande-Chute. Les colons furent conviés à ce travail, et les deux barrages, qui, d'ailleurs, n'excédaient pas sept à huit pieds en largeur sur trois de hauteur, furent dressés rapidement au moyen de quartiers de roches bien cimentés.

Ce travail achevé, il était impossible de soupçonner qu'à la pointe du lac existait un conduit souterrain par lequel se déversait autrefois le trop-plein des eaux.

Il va sans dire que la petite dérivation qui servait à l'alimentation du réservoir de Granite-house et à la manœuvre de l'ascenseur avait été soigneusement ménagée, et que l'eau ne manquerait en aucun cas. L'ascenseur une fois relevé, cette sûre et confortable retraite défiait toute surprise ou coup de main.

Cet ouvrage avait été rapidement expédié, et Pencroff, Gédéon Spilett et Harbert trouvèrent le temps de pousser une pointe jusqu'à port Ballon. Le marin était très désireux de savoir si la petite anse au fond de laquelle était mouillé le *Bonadventure* avait été visitée par les convicts.

— Précisément, fit-il observer, ces gentlemen ont pris terre sur la côte méridionale, et, s'ils ont suivi le littoral, il est à craindre qu'ils n'aient découvert le petit port, auquel cas je ne donnerais pas un demi-dollar de notre *Bonadventure*.

Les appréhensions de Pencroff n'étaient pas sans quelque fondement, et une visite à port Ballon parut être fort opportune.

Le marin et ses compagnons partirent donc dans l'après-dîner du 10 novembre, et ils étaient bien armés. Pencroff, en glissant ostensiblement deux balles dans chaque canon de son fusil, secouait la tête, ce qui ne présageait rien de bon pour quiconque l'approcherait de trop près, « bête ou homme », dit-il. Gédéon Spilett et Harbert prirent aussi leur fusil, et, vers trois heures, tous trois quittèrent Granite-house.

Nab les accompagna jusqu'au coude de la Mercy, et, après leur passage, il releva le pont. Il était convenu qu'un coup de fusil annoncerait le retour des colons, et que Nab, à ce signal, reviendrait rétablir la communication entre les deux berges de la rivière.

La petite troupe s'avança directement par la route du port vers la côte méridionale de l'île. Ce n'était qu'une distance de trois milles et demi, mais Gédéon Spilett et ses compagnons mirent deux heures à la franchir. Aussi, avaient-ils fouillé toute la lisière de la route, tant du côté de l'épaisse forêt que du côté du marais des Tadornes. Ils ne trouvèrent aucune trace des fugitifs, qui, sans doute, n'étant pas encore fixés sur le nombre des colons et sur les moyens de défense dont ils disposaient, avaient dû gagner les portions les moins accessibles de l'île.

Pencroff, arrivé à port Ballon, vit avec une extrême satisfaction le *Bonadventure* tranquillement mouillé dans l'étroite crique. Du reste, port Ballon était si bien caché au milieu de ces hautes roches que ni de la mer ni de la terre, on ne pouvait le découvrir, à moins d'être dessus ou dedans.

— Allons, dit Pencroff, ces gredins ne sont pas encore venus ici. Les grandes herbes conviennent mieux aux reptiles, et c'est évidemment dans le Far-West que nous les retrouverons.

— Et c'est fort heureux, car s'ils avaient trouvé le *Bonadventure*, ajouta Harbert, ils s'en seraient emparés pour fuir, ce qui nous eût empêchés de retourner prochainement à l'île Tabor.

— En effet, répondit le reporter, il sera important d'y porter un document qui fasse connaître la situation de l'île Lincoln et la nouvelle résidence d'Ayrton, pour le cas où le yacht écossais viendrait le reprendre.

— Eh bien, le *Bonadventure* est toujours là, monsieur Spilett! répliqua le marin. Son équipage et lui sont prêts à partir au premier signal!

— Je pense, Pencroff, que ce sera chose à faire dès que notre expédition dans l'île sera terminée. Il est possible, après tout, que cet inconnu, si nous parvenons à le trouver, en sache long et sur l'île Lincoln et sur l'île Tabor. N'oublions pas qu'il est l'auteur incontestable du document, et il sait peut-être à quoi s'en tenir sur le retour du yacht!

— Mille diables! s'écria Pencroff, qui ça peut-il bien être? Il nous connaît, ce personnage, et nous ne le connaissons pas! Si c'est un simple naufragé, pourquoi se cache-t-il? Nous sommes de braves gens, je suppose, et la société de braves gens n'est désagréable à personne! Est-il venu volontairement ici? Peut-il quitter l'île si cela lui plaît? Y est-il encore? N'y est-il plus?...

En causant ainsi, Pencroff, Harbert et Gédéon Spilett s'étaient embarqués et parcouraient le pont du *Bonadventure*. Tout à coup, le marin, ayant examiné la bitte sur laquelle était tourné le câble de l'ancre:

— Ah! par exemple! s'écria-t-il. Voilà qui est fort!

— Qu'y a-t-il, Pencroff? demanda le reporter.

— Il y a que ce n'est pas moi qui ai fait ce nœud!

Et Pencroff montrait une corde qui amarrait le câble sur la bitte même, pour l'empêcher de déraper.

— Comment, ce n'est pas vous? demanda Gédéon Spilett.

— Non! j'en jurerais. Ceci est un nœud plat, et j'ai l'habitude de faire deux demi-clefs.

— Vous vous serez trompé, Pencroff.

— Je ne me suis pas trompé! affirma le marin. On a ça dans la main, naturellement, et la main ne se trompe pas!

— Alors, les convicts seraient donc venus à bord? demanda Harbert.

— Je n'en sais rien, répondit Pencroff, mais ce qui est certain, c'est qu'on a levé l'ancre du *Bonadventure* et qu'on l'a mouillée de nouveau! Et tenez! voilà une autre preuve. On a filé du câble de l'ancre, et sa garniture n'est plus au portage de l'écubier. Je vous répète qu'on s'est servi de notre embarcation!

— Mais si les convicts s'en étaient servis, ou ils l'auraient pillée, ou bien ils auraient fui...

— Fui!... où cela?... à l'île Tabor?... répliqua Pencroff. Croyez-vous donc qu'ils se seraient hasardés sur un bateau d'aussi faible tonnage?

— Il faudrait, d'ailleurs, admettre qu'ils avaient connaissance de l'îlot, répondit le reporter.

— Quoi qu'il en soit, dit le marin, aussi vrai que je suis Bonadventure Pencroff, du Vineyard, notre *Bonadventure* a navigué sans nous!

Le marin était tellement affirmatif que ni Gédéon Spilett ni Harbert ne purent contester son dire. Il était évident que l'embarcation avait été déplacée, plus ou moins, depuis que Pencroff l'avait ramenée à port Ballon. Pour le marin, il n'y avait aucun doute que l'ancre n'eût été levée, puis ensuite renvoyée par le fond. Or, pourquoi ces deux manœuvres, si le bateau n'avait pas été employé à quelque expédition ?

— Mais comment n'aurions-nous pas vu le *Bonadventure* passer au large de l'île ? fit observer le reporter, qui tenait à formuler toutes les objections possibles.

— Eh ! monsieur Spilett, répondit le marin, il suffit de partir la nuit avec une bonne brise, et, en deux heures, on est hors de vue de l'île !

— Eh bien, reprit Gédéon Spilett, je le demande encore, dans quel but les convicts se seraient-ils servis du *Bonadventure*, et pourquoi, après s'en être servis, l'auraient-ils ramené au port ?

— Eh ! monsieur Spilett, répondit le marin, mettons cela au nombre des choses inexplicables, et n'y pensons plus ! L'important était que le *Bonadventure* fût là, et il y est. Malheureusement, si les convicts le prenaient une seconde fois, il pourrait bien ne plus se retrouver à sa place !

— Alors, Pencroff, dit Harbert, peut-être serait-il prudent de ramener le *Bonadventure* devant Granite-house ?

— Oui et non, répondit Pencroff, ou plutôt non. L'embouchure de la Mercy est un mauvais endroit pour un bateau, et la mer y est dure.

— Mais en le halant sur le sable, jusqu'au pied même des Cheminées ?...

— Peut-être... oui..., répondit Pencroff. En tout cas, puisque nous devons quitter Granite-house pour une assez longue expédition, je crois que le *Bonadventure* sera plus en sûreté ici pendant notre absence, et que nous ferons bien de l'y laisser jusqu'à ce que l'île soit purgée de ces coquins.

— C'est aussi mon avis, dit le reporter. Au moins, en cas de mauvais temps, il ne sera pas exposé comme il le serait à l'embouchure de la Mercy.

— Mais si les convicts allaient de nouveau lui rendre visite ! dit Harbert.

— Eh bien, mon garçon, répondit Pencroff, ne le retrouvant plus ici, ils auraient vite fait de le chercher du côté de Granite-house, et, pendant notre absence, rien ne les empêcherait de s'en emparer ! Je pense donc, comme monsieur Spilett, qu'il faut le laisser à port Ballon. Mais lorsque nous serons revenus, si nous n'avons pas débarrassé l'île de ces gredins-là, il sera prudent de ramener notre bateau à Granite-house jusqu'au moment où il n'aura plus à craindre aucune méchante visite.

— C'est convenu. En route ! dit le reporter.

Pencroff, Harbert et Gédéon Spilett, quand ils furent de retour à Granite-house, firent connaître à l'ingénieur ce qui s'était passé, et celui-ci approuva leurs dispositions pour le présent et pour l'avenir. Il promit même au marin d'étudier la portion du canal située entre l'îlot et la côte, afin de voir s'il ne serait pas possible d'y créer un port artificiel au moyen de barrages. De cette façon, le *Bonadventure* serait toujours à portée, sous les yeux des colons, et au besoin sous clé.

Le soir même, on envoya un télégramme à Ayrton pour le prier de ramener une couple de chèvres que Nab voulait acclimater sur les prairies du plateau. Chose singulière, Ayrton n'accusa pas réception de la dépêche, ainsi qu'il avait l'habitude de le faire. Cela ne laissa pas d'étonner l'ingénieur. Mais il pouvait se faire qu'Ayrton ne fût pas en ce moment au corral, ou même qu'il fût en route pour revenir à Granite-house. En effet, deux jours s'étaient écoulés depuis son départ, et il avait été décidé que le 10 au soir, ou le 11 au plus tard, dès le matin, il serait de retour.

Les colons attendirent donc qu'Ayrton se montrât sur les hauteurs de Grande-Vue. Nab et Harbert veillèrent même aux approches du pont, afin de le baisser dès que leur compagnon se présenterait.

Mais, vers dix heures du soir, il n'était aucunement question d'Ayrton. On jugea donc convenable de lancer une nouvelle dépêche, demandant une réponse immédiate.

Le timbre de Granite-house resta muet.

Alors l'inquiétude des colons fut grande. Que s'était-il passé ? Ayrton n'était-il donc plus au corral, ou, s'il s'y trouvait encore, n'avait-il plus la liberté de ses mouvements ? Devait-on aller au corral par cette nuit obscure ?

On discuta. Les uns voulaient partir, les autres rester.

— Mais, dit Harbert, peut-être quelque accident s'est-il produit dans l'appareil télégraphique et ne fonctionne-t-il plus ?

— Cela se peut, dit le reporter.

— Attendons à demain, répondit Cyrus Smith. Il est possible, en effet, qu'Ayrton n'ait pas reçu notre dépêche, ou même que nous n'ayons pas reçu la sienne.

On attendit, et, cela se comprend, non sans une certaine anxiété.

Dès les premières heures du jour — 11 novembre —, Cyrus Smith lançait encore le courant électrique à travers le fil et ne recevait aucune réponse.

Il recommença : même résultat.

— En route pour le corral ! dit-il.

— Et bien armés ! ajouta Pencroff.

Il fut aussitôt décidé que Granite-house ne resterait pas seul et que Nab y demeurerait. Après avoir accompagné ses compagnons jusqu'au Creek-Glycérine, il relèverait le pont, et, embusqué derrière un arbre, il guetterait soit leur retour, soit celui d'Ayrton.

Au cas où les pirates se présenteraient et essaieraient de franchir le passage, il tenterait de les arrêter à coups de fusil, et, en fin de compte, il se réfugierait dans Granite-house, où, l'ascenseur une fois relevé, il serait en sûreté.

Cyrus Smith, Gédéon Spilett, Harbert et Pencroff devaient se rendre directement au corral, et, s'ils n'y trouvaient point Ayrton, battre le bois dans les environs.

A six heures du matin, l'ingénieur et ses trois compagnons avaient passé le Creek-Glycérine, et Nab se postait derrière un léger épaulement que couronnaient quelques grands dragonniers, sur la rive gauche du ruisseau.

Les colons, après avoir quitté le plateau de Grande-Vue, prirent immédiatement la route du corral. Ils portaient le fusil sur le bras, prêts à faire feu à la moindre démonstration hostile. Les deux carabines et les deux fusils avaient été chargés à balle.

De chaque côté de la route, le fourré était épais et pouvait aisément cacher des malfaiteurs, qui, grâce à leurs armes, eussent été véritablement redoutables.

Les colons marchaient rapidement et en silence. Top les précédait, tantôt courant sur la route, tantôt faisant quelque crochet sous bois, mais toujours muet et ne paraissant rien pressentir d'insolite. Et l'on pouvait compter que le fidèle chien ne se laisserait pas surprendre et qu'il aboierait à la moindre apparence de danger.

En même temps que la route, Cyrus Smith et ses compagnons suivaient le fil télégraphique qui reliait le corral et Granite-house. Après avoir marché pendant deux milles environ, ils n'y avaient encore remarqué aucune solution de continuité. Les poteaux étaient en bon état, les isoloirs intacts, le fil régulièrement tendu. Toutefois, à partir de ce point, l'ingénieur observa que cette tension paraissait être moins complète, et enfin, arrivé au poteau n° 74, Harbert, qui tenait les devants, s'arrêta en criant :

— Le fil est rompu !

Ses compagnons pressèrent le pas et arrivèrent à l'endroit où le jeune garçon s'était arrêté.

Là, le poteau renversé se trouvait en travers de la route. La solution de continuité du fil était donc constatée, et il était évident que les dépêches de Granite-house n'avaient pu être reçues au corral, ni celles du corral à Granite-house.

— Ce n'est pas le vent qui a renversé ce poteau, fit observer Pencroff.

— Non, répondit Gédéon Spilett. La terre a été creusée à son pied, et il a été déraciné de main d'homme.

— En outre, le fil est brisé, ajouta Harbert, en montrant les deux bouts du fil de fer, qui avait été violemment rompu.

— La cassure est-elle fraîche ? demanda Cyrus Smith.

— Oui, répondit Harbert, et il y a certainement peu de temps que la rupture a été produite.

— Au corral ! au corral ! s'écria le marin.

Les colons se trouvaient alors à mi-chemin de Granite-house et du corral. Il leur restait donc encore deux milles et demi à franchir. Ils prirent le pas de course.

En effet, on devait craindre que quelque grave événement ne se fût accompli au corral. Sans doute, Ayrton avait pu envoyer un télégramme qui n'était pas arrivé, et ce n'était pas là la raison qui devait inquiéter ses compagnons, mais, circonstance plus inexplicable, Ayrton, qui avait promis de revenir la veille au soir, n'avait pas reparu. Enfin, ce n'était pas sans motif que toute communication avait été interrompue entre le corral et Granite-house, et quels autres que les convicts avaient intérêt à interrompre cette communication ?

Les colons couraient donc, le cœur serré par l'émotion. Ils s'étaient sincèrement attachés à leur nouveau compagnon. Allaient-ils le trouver frappé de la main même de ceux dont il avait été autrefois le chef?

Bientôt ils arrivèrent à l'endroit où la route longeait ce petit ruisseau dérivé du creek Rouge, qui irriguait les prairies du corral. Ils avaient alors modéré leur pas, afin de ne pas se trouver essoufflés au moment où la lutte allait peut-être devenir nécessaire. Les fusils n'étaient plus au cran de repos, mais armés. Chacun surveillait un côté de la forêt. Top faisait entendre quelques sourds grognements qui n'étaient pas de bon augure.

Enfin, l'enceinte palissadée apparut à travers les arbres. On n'y voyait aucune trace de dégâts. La porte en était fermée comme à l'ordinaire. Un silence profond régnait dans le corral. Ni les bêlements accoutumés des mouflons ni la voix d'Ayrton ne se faisaient entendre.

— Entrons! dit Cyrus Smith.

Et l'ingénieur avança, pendant que ses compagnons, faisant le guet à vingt pas de lui, étaient prêts à faire feu.

Cyrus Smith leva le loquet intérieur de la porte, et il allait repousser un des battants, quand Top aboya avec violence. Une détonation éclata au-dessus de la palissade, et un cri de douleur lui répondit.

Harbert, frappé d'une balle, gisait à terre!

VII

Au cri d'Harbert, Pencroff, laissant tomber son arme, s'était élancé vers lui.

— Ils l'ont tué ! s'écria-t-il ! Lui, mon enfant ! Ils l'ont tué !

Cyrus Smith, Gédéon Spilett s'étaient précipités vers Harbert. Le reporter écoutait si le cœur du pauvre enfant battait encore.

— Il vit, dit-il. Mais il faut le transporter...

— A Granite-house ? C'est impossible ! répondit l'ingénieur.

— Au corral, alors ! s'écria Pencroff.

— Un instant, dit Cyrus Smith.

Et il s'élança sur la gauche de manière à contourner l'enceinte. Là, il se vit en présence d'un convict qui, l'ajustant, lui traversa le chapeau d'une balle. Quelques secondes après, avant même qu'il eût eu le temps de tirer son second coup, il tombait, frappé au cœur par le poignard de Cyrus Smith, plus sûr encore que son fusil.

Pendant ce temps, Gédéon Spilett et le marin se hissaient aux angles de la palissade, ils en enjambaient le faîte, ils sautaient dans l'enceinte, ils renversaient les étais qui maintenaient la porte intérieurement, ils se précipitaient dans la maison qui était vide, et, bientôt, le pauvre Harbert reposait sur le lit d'Ayrton.

Quelques instants après, Cyrus Smith était près de lui.

A voir Harbert inanimé, la douleur du marin fut terrible. Il sanglotait, il pleurait, il voulait se briser la tête contre la muraille. Ni l'ingénieur ni le reporter ne purent le calmer. L'émotion les suffoquait eux-mêmes. Ils ne pouvaient parler.

Toutefois, ils firent tout ce qui dépendait d'eux pour disputer à la mort le pauvre enfant qui agonisait sous leurs yeux. Gédéon Spilett, après tant d'incidents dont sa vie avait été semée, n'était pas sans avoir quelque pratique de médecine courante. Il savait un peu de tout, et maintes circonstances s'étaient déjà rencontrées dans lesquelles il avait dû soigner des blessures produites soit par une arme blanche, soit par une arme à feu. Aidé de Cyrus Smith, il procéda donc aux soins que réclamait l'état d'Harbert.

Tout d'abord, le reporter fut frappé de la stupeur générale qui l'accablait, stupeur due soit à l'hémorragie, soit même à la commotion, si la balle avait heurté un os avec assez de force pour déterminer une secousse violente.

Harbert était extrêmement pâle, et son pouls d'une faiblesse telle que Gédéon Spilett ne le sentit battre qu'à de longs intervalles, comme s'il eût été sur le point de s'arrêter. En même temps, il y avait une résolution presque complète des sens et de l'intelligence. Ces symptômes étaient très graves.

La poitrine d'Harbert fut mise à nu, et, le sang ayant été étanché à l'aide de mouchoirs, elle fut lavée à l'eau froide.

La contusion, ou plutôt la plaie contuse apparut. Un trou ovalisé existait sur la poitrine entre la troisième et la quatrième côte. C'est là que la balle avait atteint Harbert.

Cyrus Smith et Gédéon Spilett retournèrent alors le pauvre enfant, qui laissa échapper un gémissement si faible, qu'on eût pu croire que c'était son dernier soupir.

Une autre plaie contuse ensanglantait le dos d'Harbert, et la balle qui l'avait frappé s'en échappa aussitôt.

— Dieu soit loué! dit le reporter, la balle n'est pas restée dans le corps, et nous n'aurons pas à l'extraire.

— Mais le cœur?... demanda Cyrus Smith.

— Le cœur n'a pas été touché, sans quoi Harbert serait mort!

— Mort! s'écria Pencroff, qui poussa un rugissement!

Le marin n'avait entendu que les derniers mots prononcés par le reporter.

— Non, Pencroff, répondit Cyrus Smith, non! Il n'est pas mort. Son pouls bat toujours! Il a même fait entendre un gémissement. Mais, dans l'intérêt même de votre enfant, calmez-vous. Nous avons besoin de tout notre sang-froid. Ne nous le faites pas perdre, mon ami.

Pencroff se tut, mais, une réaction s'opérant en lui, de grosses larmes inondèrent son visage.

Cependant, Gédéon Spilett essayait de se rappeler ses souvenirs et de procéder avec méthode. D'après son observation, il n'était pas douteux, pour lui, que la balle, entrée par-devant, ne fût sortie par-derrière. Mais quels ravages cette balle avait-elle causés dans son passage? Quels organes essentiels étaient atteints? Voilà ce qu'un chirurgien de profession eût à peine pu dire en ce moment, et, à plus forte raison, le reporter.

Cependant, il savait une chose : c'est qu'il aurait à prévenir l'étranglement inflammatoire des parties lésées, puis à combattre l'inflammation locale et la fièvre qui résulteraient de cette blessure — blessure mortelle peut-être ! Or, quels topiques, quels antiphlogistiques employer ? Par quels moyens détourner cette inflammation ?

En tout cas, ce qui était important, c'était que les deux plaies fussent pansées sans retard. Il ne parut pas nécessaire à Gédéon Spilett de provoquer un nouvel écoulement de sang, en les lavant à l'eau tiède et en comprimant les lèvres. L'hémorragie avait été très abondante, et Harbert n'était que trop affaibli par la perte de son sang.

Le reporter crut donc devoir se contenter de laver les deux plaies à l'eau froide.

Harbert était placé sur le côté gauche, et il fut maintenu dans cette position.

— Il ne faut pas qu'il remue, dit Gédéon Spilett. Il est dans la position la plus favorable pour que les plaies du dos et de la poitrine puissent suppurer à l'aise, et un repos absolu est nécessaire.

— Quoi ! nous ne pouvons le transporter à Granite-house ? demanda Pencroff.

— Non, Pencroff, répondit le reporter.

— Malédiction ! s'écria le marin, dont le poing se tourna vers le ciel.

— Pencroff ! dit Cyrus Smith.

Gédéon Spilett s'était remis à examiner l'enfant blessé avec une extrême attention. Harbert était toujours si affreusement pâle que le reporter se sentit troublé.

— Cyrus, dit-il, je ne suis pas médecin... je suis dans une perplexité terrible... Il faut que vous m'aidiez de vos conseils, de votre expérience !...

— Reprenez votre calme... mon ami, répondit l'ingénieur, en serrant la main du reporter... Jugez avec sang-froid... Ne pensez qu'à ceci : il faut sauver Harbert !

Ces paroles rendirent à Gédéon Spilett cette possession de lui-même, que, dans un instant de découragement, le vif sentiment de sa responsabilité lui avait fait perdre. Il s'assit près du lit. Cyrus Smith se tint debout. Pencroff avait déchiré sa chemise, et, machinalement, il faisait de la charpie.

Gédéon Spilett expliqua alors à Cyrus Smith qu'il croyait devoir, avant tout, arrêter l'hémorragie, mais non pas fermer les deux plaies ni provoquer leur cicatrisation immédiate, parce qu'il y avait eu perforation intérieure et qu'il ne fallait pas laisser la suppuration s'accumuler dans la poitrine.

Cyrus Smith l'approuva complètement, et il fut décidé qu'on panserait les deux plaies sans essayer de les fermer par une coaptation immédiate. Fort heureusement, il ne sembla pas qu'elles eussent besoin d'être débridées.

Et maintenant, pour réagir contre l'inflammation qui surviendrait, les colons possédaient-ils un agent efficace ?

Oui ! Ils en avaient un, car la nature l'a généreusement prodigué. Ils avaient l'eau froide, c'est-à-dire le sédatif le plus puissant dont on puisse se servir contre l'inflammation des plaies, l'agent thérapeutique le plus efficace dans les cas graves, et qui, maintenant, est adopté de tous les médecins. L'eau froide a, de plus, l'avantage de laisser la plaie dans un repos absolu et de la préserver de tout pansement prématuré, avantage considérable, puisqu'il est démontré par l'expérience que le contact de l'air est funeste pendant les premiers jours.

Gédéon Spilett et Cyrus Smith raisonnèrent ainsi avec leur simple bon sens, et ils agirent comme eût fait le meilleur chirurgien. Des compresses de toile furent appliquées sur les deux blessures du pauvre Harbert et durent être constamment imbibées d'eau froide.

Le marin avait, tout d'abord, allumé du feu dans la cheminée de l'habitation, qui ne manquait pas des choses nécessaires à la vie. Du sucre d'érable, des plantes médicinales — celles-là mêmes que le jeune garçon avait cueillies sur les berges du lac Grant — permirent de faire quelques rafraîchissantes tisanes, et on les lui fit prendre sans qu'il s'en rendît compte. Sa fièvre était extrêmement forte, et toute la journée et la nuit se passèrent ainsi sans qu'il eût repris connaissance. La vie d'Harbert ne tenait plus qu'à un fil, et ce fil pouvait se rompre à tout instant.

Le lendemain, 12 novembre, Cyrus Smith et ses compagnons reprirent quelque espoir. Harbert était revenu de sa longue stupeur. Il ouvrit les yeux, il reconnut Cyrus Smith, le reporter, Pencroff. Il prononça deux ou trois mots. Il ne savait ce qui s'était passé. On le lui apprit, et Gédéon Spilett le supplia de garder un repos absolu, lui disant que sa vie n'était pas en danger et que ses blessures se cicatriseraient en quelques jours. Du reste, Harbert ne souffrait presque pas, et cette eau froide, dont on les arrosait incessamment, empêchait toute inflammation des plaies. La suppuration s'établissait d'une façon régulière, la fièvre ne tendait pas à augmenter, et l'on pouvait espérer que cette terrible blessure n'entraînerait aucune catastrophe. Pencroff sentit son cœur se dégonfler peu à peu. Il était comme une sœur de charité, comme une mère au lit de son enfant.

Harbert s'assoupit de nouveau, mais son sommeil parut être meilleur.

— Répétez-moi que vous espérez, monsieur Spilett ! dit Pencroff. Répétez-moi que vous sauverez Harbert !

— Oui, nous le sauverons ! répondit le reporter. La blessure est grave, et peut-être même la balle a-t-elle traversé le poumon, mais la perforation de cet organe n'est pas mortelle.

— Dieu vous entende ! répéta Pencroff.

Comme on le pense bien, depuis vingt-quatre heures qu'ils étaient au corral, les colons n'avaient eu d'autre pensée que de soigner Harbert. Ils ne s'étaient préoccupés ni du danger qui pouvait les menacer si les convicts revenaient, ni des précautions à prendre pour l'avenir.

Mais ce jour-là, pendant que Pencroff veillait au lit du malade, Cyrus Smith et le reporter s'entretinrent de ce qu'il convenait de faire.

Tout d'abord, ils parcoururent le corral. Il n'y avait aucune trace d'Ayrton. Le malheureux avait-il été entraîné par ses anciens complices ? Avait-il été surpris par eux dans le corral ? Avait-il lutté et succombé dans la lutte ? Cette dernière hypothèse n'était que trop probable. Gédéon Spilett, au moment où il escaladait l'enceinte palissadée, avait parfaitement aperçu l'un des convicts qui s'enfuyait par le contrefort sud du mont Franklin et vers lequel Top s'était précipité. C'était l'un de ceux dont le canot s'était brisé sur les roches, à l'embouchure de la Mercy. D'ailleurs, celui que Cyrus Smith avait tué, et dont le cadavre fut retrouvé en dehors de l'enceinte, appartenait bien à la bande de Bob Harvey.

Quant au corral, il n'avait encore subi aucune dévastation. Les portes en étaient fermées, et les animaux domestiques n'avaient pu se disperser dans la forêt. On ne voyait, non plus, aucune trace de lutte, aucun dégât, ni à l'habitation ni à la palissade. Seulement, les munitions, dont Ayrton était approvisionné, avaient disparu avec lui.

— Le malheureux aura été surpris, dit Cyrus Smith, et, comme il était homme à se défendre, il aura succombé.

— Oui ! cela est à craindre ! répondit le reporter. Puis, sans doute, les convicts se sont installés au corral, où ils trouvaient tout en abondance, et ils n'ont pris la fuite que lorsqu'ils nous ont vus arriver. Il est bien évident aussi qu'à ce moment Ayrton, mort ou vivant, n'était plus ici.

— Il faudra battre la forêt, dit l'ingénieur, et débarrasser l'île de ces misérables. Les pressentiments de Pencroff ne le trompaient pas, quand il voulait qu'on leur donnât la chasse comme à des bêtes fauves. Cela nous eût épargné bien des malheurs!

— Oui, répondit le reporter, mais maintenant nous avons le droit d'être sans pitié!

— En tout cas, dit l'ingénieur, nous sommes forcés d'attendre quelque temps et de rester au corral jusqu'au moment où l'on pourra sans danger transporter Harbert à Granite-house.

— Mais Nab? demanda le reporter.

— Nab est en sûreté.

— Et si, inquiet de notre absence, il se hasardait à venir?

— Il ne faut pas qu'il vienne! répondit vivement Cyrus Smith. Il serait assassiné en route!

— C'est qu'il est bien probable qu'il cherchera à nous rejoindre!

— Ah! si le télégraphe fonctionnait encore, on pourrait le prévenir! Mais c'est impossible maintenant! Quant à laisser seuls ici Pencroff et Harbert, nous ne le pouvons pas!... Eh bien, j'irai seul à Granite-house.

— Non, non! Cyrus, répondit le reporter, il ne faut pas que vous vous exposiez! Votre courage n'y pourrait rien. Ces misérables surveillent évidemment le corral, ils sont embusqués dans les bois épais qui l'entourent, et, si vous partiez, nous aurions bientôt à regretter deux malheurs au lieu d'un!

— Mais Nab? répétait l'ingénieur. Voilà vingt-quatre heures qu'il est sans nouvelles de nous! Il voudra venir!

— Et comme il sera encore moins sur ses gardes que nous ne le serions nous-mêmes, répondit Gédéon Spilett, il sera frappé !...

— N'y a-t-il donc pas moyen de le prévenir ?

Pendant que l'ingénieur réfléchissait, ses regards tombèrent sur Top, qui, allant et venant, semblait dire : « *Est-ce que je ne suis pas là, moi ?* »

— Top ! s'écria Cyrus Smith.

L'animal bondit à l'appel de son maître.

— Oui, Top ira ! dit le reporter, qui avait compris l'ingénieur. Top passera où nous ne passerions pas ! Il portera à Granite-house des nouvelles du corral, et il nous rapportera celles de Granite-house !

— Vite ! répondit Cyrus Smith. Vite !

Gédéon Spilett avait rapidement déchiré une page de son carnet, et il y écrivit ces lignes :

« Harbert blessé. Nous sommes au corral. Tiens-toi sur tes gardes. Ne quitte pas Granite-house. Les convicts ont-ils paru aux environs ? Réponse par Top. »

Ce billet laconique contenait tout ce que Nab devait apprendre et lui demandait en même temps tout ce que les colons avaient intérêt à savoir. Il fut plié et attaché au collier de Top, d'une façon très apparente.

— Top ! mon chien, dit alors l'ingénieur en caressant l'animal, Nab, Top ! Nab ! Va ! va !

Top bondit à ces paroles. Il comprenait, il devinait ce qu'on exigeait de lui. La route du corral lui était familière. En moins d'une demi-heure, il pouvait l'avoir franchie, et il était permis d'espérer que là où ni Cyrus Smith ni le reporter n'auraient pu se hasarder sans danger, Top, courant dans les herbes ou sous la lisière du bois, passerait inaperçu.

L'ingénieur alla à la porte du corral, et il en repoussa un des battants.

— Nab ! Top, Nab ! répéta encore une fois l'ingé-

nieur, en étendant la main dans la direction de Granite-
house.

Top s'élança au-dehors et disparut presque aussitôt.

— Il arrivera! dit le reporter.

— Oui, et il reviendra, le fidèle animal!

— Quelle heure est-il? demanda Gédéon Spilett.

— Dix heures.

— Dans une heure il peut être ici. Nous guetterons
son retour.

La porte du corral fut refermée. L'ingénieur et
le reporter rentrèrent dans la maison. Harbert était
alors profondément assoupi. Pencroff maintenait ses
compresses dans un état permanent d'humidité.
Gédéon Spilett, voyant qu'il n'y avait rien à faire en ce
moment, s'occupa de préparer quelque nourriture, tout
en surveillant avec soin la partie de l'enceinte adossée
au contrefort, par laquelle une agression pouvait se
produire.

Les colons attendirent le retour de Top, non sans
anxiété. Un peu avant onze heures, Cyrus Smith et le
reporter, la carabine à la main, étaient derrière la porte,
prêts à l'ouvrir au premier aboiement de leur chien. Ils
ne doutaient pas que si Top avait pu arriver heureusement à Granite-house, Nab ne l'eût immédiatement
renvoyé.

Ils étaient tous deux là, depuis dix minutes environ,
quand une détonation retentit et fut aussitôt suivie
d'aboiements répétés.

L'ingénieur ouvrit la porte, et, voyant encore un reste
de fumée à cent pas dans le bois, il fit feu dans cette
direction.

Presque aussitôt Top bondit dans le corral, dont la
porte fut vivement refermée.

— Top, Top! s'écria l'ingénieur, en prenant la bonne
grosse tête du chien entre ses bras.

Un billet était attaché à son cou, et Cyrus Smith lut ces mots, tracés de la grosse écriture de Nab :

« Point de pirates aux environs de Granite-house. Je ne bougerai pas. Pauvre monsieur Harbert ! »

VIII

LES CONVICTS AUX ENVIRONS DU CORRAL — INSTALLATION PROVISOIRE — CONTINUATION DU TRAITEMENT D'HARBERT — LES PREMIÈRES JUBILATIONS DE PENCROFF — RETOUR SUR LE PASSÉ — CE QUE RÉSERVE L'AVENIR — LES IDÉES DE CYRUS SMITH À CE SUJET

Ainsi, les convicts étaient toujours là, épiant le corral, et décidés à tuer les colons l'un après l'autre ! Il n'y avait plus qu'à les traiter en bêtes féroces. Mais de grandes précautions devaient être prises, car ces misérables avaient, en ce moment, l'avantage de la situation, voyant et n'étant pas vus, pouvant surprendre par la brusquerie de leur attaque et ne pouvant être surpris.

Cyrus Smith s'arrangea donc de manière à vivre au corral, dont les approvisionnements, d'ailleurs, pouvaient suffire pendant un assez long temps. La maison d'Ayrton avait été pourvue de tout ce qui était nécessaire à la vie, et les convicts, effrayés par l'arrivée des colons, n'avaient pas eu le temps de la mettre au pillage. Il était probable, ainsi que le fit observer Gédéon Spilett, que les choses s'étaient passées comme suit : Les six convicts, débarqués sur l'île, en avaient suivi le littoral sud, et, après avoir parcouru le double rivage de la presqu'île Serpentine, n'étant point d'humeur à s'aventurer sous les bois du Far-West, ils avaient atteint l'embouchure de la rivière de la Chute. Une fois à ce point, en remontant la rive droite du cours d'eau, ils étaient arrivés aux contreforts du mont Franklin, entre lesquels il était naturel qu'ils cherchassent quelque retraite, et ils n'avaient pu tarder à découvrir le corral, alors inhabité. Là, ils s'étaient vraisemblablement installés en attendant le moment de mettre à exécution leurs abominables projets. L'arrivée d'Ayrton les avait surpris, mais ils étaient parvenus à s'emparer du malheureux, et... la suite se devinait aisément !

Maintenant, les convicts — réduits à cinq, il est vrai, mais bien armés — rôdaient dans les bois, et s'y aventurer c'était s'exposer à leurs coups, sans qu'il y eût possibilité ni de les parer ni de les prévenir.

— Attendre ! Il n'y a pas autre chose à faire ! répétait Cyrus Smith. Lorsque Harbert sera guéri, nous pourrons organiser une battue générale de l'île et avoir raison de ces convicts. Ce sera l'objet de notre grande expédition, en même temps...

— Que la recherche de notre protecteur mystérieux, ajouta Gédéon Spilett, en achevant la phrase de l'ingénieur. Ah ! il faut avouer, mon cher Cyrus, que, cette fois, sa protection nous a fait défaut, et au moment même où elle nous eût été le plus nécessaire !

— Qui sait ! répondit l'ingénieur.

— Que voulez-vous dire ? demanda le reporter.

— Que nous ne sommes pas au bout de nos peines, mon cher Spilett, et que la puissante intervention aura peut-être encore l'occasion de s'exercer. Mais il ne s'agit pas de cela. La vie d'Harbert avant tout.

C'était la plus douloureuse préoccupation des colons. Quelques jours se passèrent, et l'état du pauvre garçon n'avait heureusement pas empiré. Or, du temps gagné sur la maladie, c'était beaucoup. L'eau froide, toujours maintenue à la température convenable, avait absolument empêché l'inflammation des plaies. Il sembla même au reporter que cette eau, un peu sulfureuse — ce qu'expliquait le voisinage du volcan —, avait une action plus directe sur la cicatrisation. La suppuration était beaucoup moins abondante, et, grâce aux soins incessants dont il était entouré, Harbert revenait à la vie, et sa fièvre tendait à baisser. Il était, d'ailleurs, soumis à une diète sévère, et, par conséquent, sa faiblesse était et devait être extrême ; mais les tisanes ne lui manquaient pas, et le repos absolu lui faisait le plus grand bien.

Cyrus Smith, Gédéon Spilett et Pencroff étaient devenus très habiles à panser le jeune blessé. Tout le linge de l'habitation avait été sacrifié. Les plaies d'Harbert, recouvertes de compresses et de charpie, n'étaient serrées ni trop ni trop peu, de manière à provoquer leur cicatrisation sans déterminer de réaction inflammatoire. Le reporter apportait à ces pansements un soin extrême, sachant bien quelle en était l'importance, et répétant à ses compagnons ce que la plupart des médecins reconnaissent volontiers : c'est qu'il est plus rare peut-être de voir un pansement bien fait qu'une opération bien faite.

Au bout de dix jours, le 22 novembre, Harbert allait sensiblement mieux. Il avait commencé à prendre quelque nourriture. Les couleurs revenaient à ses joues, et ses bons yeux souriaient à ses gardes-malades. Il causait un peu, malgré les efforts de Pencroff, qui, lui, parlait tout le temps pour l'empêcher de prendre la parole et racontait les histoires les plus invraisemblables. Harbert l'avait interrogé au sujet d'Ayrton, qu'il était étonné de ne pas voir près de lui, pensant qu'il devait être au corral. Mais le marin, ne voulant point affliger Harbert, s'était contenté de répondre qu'Ayrton avait rejoint Nab, afin de défendre Granite-house.

— Hein ! disait-il, ces pirates ! Voilà des gentlemen qui n'ont plus droit à aucun égard ! Et monsieur Smith

qui voulait les prendre par les sentiments ! Je leur enver-
rai du sentiment, moi, mais en bon plomb de calibre !

— Et on ne les a pas revus ? demanda Harbert.

— Non, mon enfant, répondit le marin, mais nous les
retrouverons, et, quand vous serez guéri, nous verrons si
ces lâches, qui frappent par-derrière, oseront nous attaquer face à face !

— Je suis encore bien faible, mon pauvre Pencroff !

— Eh ! les forces reviendront peu à peu ! Qu'est-ce
qu'une balle à travers la poitrine ? Une simple plaisanterie ! J'en ai vu bien d'autres, et je ne m'en porte
pas plus mal !

Enfin, les choses paraissaient être pour le mieux, et,
du moment qu'aucune complication ne survenait, la
guérison d'Harbert pouvait être regardée comme assurée. Mais quelle eût été la situation des colons si son
état se fût aggravé, si, par exemple, la balle lui fût restée
dans le corps, si son bras ou sa jambe avaient dû être
amputés !

— Non, dit plus d'une fois Gédéon Spilett, je n'ai
jamais pensé à une telle éventualité sans frémir !

— Et cependant, s'il avait fallu agir, lui répondit un
jour Cyrus Smith, vous n'auriez pas hésité ?

— Non, Cyrus ! dit Gédéon Spilett, mais que Dieu
soit béni de nous avoir épargné cette complication !

Ainsi que dans tant d'autres conjonctures, les colons
avaient fait appel à cette logique du simple bon sens qui
les avait tant de fois servis, et encore une fois, grâce à
leurs connaissances générales, ils avaient réussi ! Mais le
moment ne viendrait-il pas où toute leur science serait
mise en défaut ? Ils étaient seuls sur cette île. Or, les
hommes se complètent par l'état de société, ils sont
nécessaires les uns aux autres. Cyrus Smith le savait
bien, et quelquefois il se demandait si quelque circonstance ne se produirait pas, qu'ils seraient impuissants à surmonter !

Il lui semblait, d'ailleurs, que ses compagnons et lui, jusque-là si heureux, fussent entrés dans une période néfaste. Depuis plus de deux ans et demi qu'ils s'étaient échappés de Richmond, on peut dire que tout avait été à leur gré. L'île leur avait abondamment fourni minéraux, végétaux, animaux, et si la nature les avait constamment comblés, leur science avait su tirer parti de ce qu'elle leur offrait. Le bien-être matériel de la colonie était pour ainsi dire complet. De plus, en de certaines circonstances, une influence inexplicable leur était venue en aide!... Mais tout cela ne pouvait avoir qu'un temps!

Bref, Cyrus Smith croyait s'apercevoir que la chance semblait tourner contre eux.

En effet, le navire des convicts avait paru dans les eaux de l'île, et si ces pirates avaient été pour ainsi dire miraculeusement détruits, six d'entre eux, du moins, avaient échappé à la catastrophe. Ils avaient débarqué sur l'île, et les cinq qui survivaient y étaient à peu près insaisissables. Ayrton avait été, sans aucun doute, massacré par ces misérables, qui possédaient des armes à feu, et, au premier emploi qu'ils en avaient fait, Harbert était tombé, frappé presque mortellement. Étaient-ce donc là les premiers coups que la fortune contraire adressait aux colons? Voilà ce que se demandait Cyrus Smith! Voilà ce qu'il répétait souvent au reporter, et il leur semblait aussi que cette intervention, si étrange, mais si efficace, qui les avait tant servis jusqu'alors, leur faisait maintenant défaut. Cet être mystérieux, quel qu'il fût, dont ils ne pouvaient nier l'existence, avait-il donc abandonné l'île? Avait-il succombé à son tour?

A ces questions, aucune réponse n'était possible. Mais qu'on ne s'imagine pas que Cyrus Smith et son compagnon, parce qu'ils causaient de ces choses, fussent gens à désespérer! Loin de là. Ils regardaient la situation en face, ils analysaient les chances, ils se préparaient à tout événement, ils se posaient fermes et droits devant l'avenir, et si l'adversité devait enfin les frapper, elle trouverait en eux des hommes préparés à la combattre.

IX

ON EST SANS NOUVELLES DE NAB — PROPOSITION DE PENCROFF ET DU REPORTER QUI N'EST PAS ACCEPTÉE — QUELQUES SORTIES DE GÉDÉON SPILETT — UN LAMBEAU D'ÉTOFFE — UN MESSAGE — DÉPART PRÉCIPITÉ — ARRIVÉE AU PLATEAU DE GRANDE-VUE

La convalescence du jeune malade marchait régulièrement. Une seule chose était maintenant à désirer, c'était que son état permît de le ramener à Granite-house. Quelque bien aménagée et approvisionnée que fût l'habitation du corral, on ne pouvait y trouver le confortable de la saine demeure de granit. En outre, elle n'offrait pas la même sécurité, et ses hôtes, malgré leur surveillance, y étaient toujours sous la menace de quelque coup de feu des convicts. Là-bas, au contraire, au milieu de cet inexpugnable et inaccessible massif, ils n'auraient rien à redouter, et toute tentative contre leurs personnes devrait forcément échouer. Ils attendaient donc impatiemment le moment auquel Harbert pourrait être transporté sans danger pour sa blessure, et ils étaient décidés à opérer ce transport, bien que les communications à travers les bois du Jacamar fussent très difficiles.

On était sans nouvelles de Nab, mais sans inquiétude à son égard. Le courageux Nègre, bien retranché dans les profondeurs de Granite-house, ne se laisserait pas surprendre. Top ne lui avait pas été renvoyé, et il avait paru inutile d'exposer le fidèle chien à quelque coup de fusil qui eût privé les colons de leur plus utile auxiliaire.

On attendait donc, mais les colons avaient hâte d'être réunis à Granite-house. Il en coûtait à l'ingénieur de voir ses forces divisées, car c'était faire le jeu des pirates. Depuis la disparition d'Ayrton, ils n'étaient plus que quatre contre cinq, car Harbert ne pouvait compter encore, et ce n'était pas le moindre souci du brave enfant qui comprenait bien les embarras dont il était la cause !

La question de savoir comment, dans les conditions actuelles, on agirait contre les convicts, fut traitée à fond dans la journée du 29 novembre entre Cyrus Smith, Gédéon Spilett et Pencroff, à un moment où Harbert, assoupi, ne pouvait les entendre.

— Mes amis, dit le reporter, après qu'il eût été question de Nab et de l'impossibilité de communiquer avec lui, je crois comme vous, que se hasarder sur la route du corral, ce serait risquer de recevoir un coup de fusil sans pouvoir le rendre. Mais ne pensez-vous pas que ce qu'il conviendrait de faire maintenant, ce serait de donner franchement la chasse à ces misérables ?

— C'est à quoi je songeais, répondit Pencroff. Nous n'en sommes pas, je suppose, à redouter une balle, et, pour mon compte, si monsieur Cyrus m'approuve, je suis prêt à me jeter sur la forêt ! Que diable ! Un homme en vaut un autre !

— Mais en vaut-il cinq ? demanda l'ingénieur.

— Je me joindrai à Pencroff, répondit le reporter, et tous deux, bien armés, accompagnés de Top...

— Mon cher Spilett, et vous Pencroff, reprit Cyrus Smith, raisonnons froidement. Si les convicts étaient gîtés dans un endroit de l'île, si cet endroit nous était connu, et s'il ne s'agissait que de les en débusquer, je comprendrais une attaque directe. Mais n'y a-t-il pas lieu de craindre, au contraire, qu'ils ne soient assurés de tirer le premier coup de feu ?

— Eh, monsieur Cyrus, s'écria Pencroff, une balle ne va pas toujours à son adresse !

— Celle qui a frappé Harbert ne s'est pas égarée, Pencroff, répondit l'ingénieur. D'ailleurs, remarquez que si tous les deux vous quittiez le corral, j'y resterais seul pour le défendre. Répondez-vous que les convicts ne vous verront pas l'abandonner, qu'ils ne vous laisseront pas vous engager dans la forêt, et qu'ils ne l'attaqueront pas pendant votre absence, sachant qu'il n'y aura plus ici qu'un enfant blessé et un homme ?

— Vous avez raison, monsieur Cyrus, répondit Pencroff, dont une sourde colère gonflait la poitrine, vous avez raison. Ils feront tout pour reprendre le corral, qu'ils savent être bien approvisionné ! Et, seul, vous ne pourriez tenir contre eux ! Ah ! si nous étions à Granite-house !

— Si nous étions à Granite-house, répondit l'ingénieur, la situation serait très différente ! Là, je ne craindrais pas de laisser Harbert avec l'un de nous, et les trois autres iraient fouiller les forêts de l'île. Mais nous sommes au corral, et il convient d'y rester jusqu'au moment où nous pourrons le quitter tous ensemble !

Il n'y avait rien à répondre aux raisonnements de Cyrus Smith, et ses compagnons le comprirent bien.

— Si seulement Ayrton eût encore été des nôtres ! dit Gédéon Spilett. Pauvre homme ! Son retour à la vie sociale n'aura été que de courte durée !

— S'il est mort ?... ajouta Pencroff d'un ton assez singulier.

— Espérez-vous donc, Pencroff, que ces coquins l'aient épargné ? demanda Gédéon Spilett.

— Oui! s'ils ont eu intérêt à le faire!

— Quoi! vous supposeriez qu'Ayrton, retrouvant ses anciens complices, oubliant tout ce qu'il nous doit...

— Que sait-on? répondit le marin, qui ne hasardait pas sans hésiter cette fâcheuse supposition.

— Pencroff, dit Cyrus Smith en prenant le bras du marin, vous avez là une mauvaise pensée, et vous m'affligeriez beaucoup si vous persistiez à parler ainsi! Je garantis la fidélité d'Ayrton!

— Moi aussi, ajouta vivement le reporter.

— Oui... oui!... monsieur Cyrus... j'ai tort, répondit Pencroff. C'est une mauvaise pensée, en effet, que j'ai eue là, et rien ne la justifie! Mais que voulez-vous? Je n'ai plus tout à fait la tête à moi. Cet emprisonnement au corral me pèse horriblement, et je n'ai jamais été surexcité comme je le suis!

— Soyez patient, Pencroff, répondit l'ingénieur. Dans combien de temps, mon cher Spilett, croyez-vous qu'Harbert puisse être transporté à Granite-house?

— Cela est difficile à dire, Cyrus, répondit le reporter, car une imprudence pourrait entraîner des conséquences funestes. Mais enfin, sa convalescence se fait régulièrement, et si d'ici huit jours les forces lui sont revenues, eh bien, nous verrons!

Huit jours! Cela remettait le retour à Granite-house aux premiers jours de décembre seulement.

A cette époque, le printemps avait déjà deux mois de date. Le temps était beau, et la chaleur commençait à devenir forte. Les forêts de l'île étaient en pleine frondaison, et le moment approchait où les récoltes accoutumées devraient être faites. La rentrée au plateau de Grande-Vue serait donc suivie de grands travaux agricoles qu'interromprait seule l'expédition projetée dans l'île.

On comprend donc combien cette séquestration au corral devait nuire aux colons. Mais s'ils étaient obligés de se courber devant la nécessité, ils ne le faisaient pas sans impatience.

Une ou deux fois, le reporter se hasarda sur la route et fit le tour de l'enceinte palissadée. Top l'accompagnait, et Gédéon Spilett, sa carabine armée, était prêt à tout événement.

Il ne fit aucune mauvaise rencontre et ne trouva aucune trace suspecte. Son chien l'eût averti de tout danger, et, comme Top n'aboya pas, on pouvait conclure qu'il n'y avait rien à craindre, en ce moment du moins, et que les convicts étaient occupés dans une autre partie de l'île.

Cependant, à sa seconde sortie, le 27 novembre, Gédéon Spilett, qui s'était aventuré sous bois pendant un quart de mille, dans le sud de la montagne, remarqua que Top sentait quelque chose. Le chien n'avait plus son allure indifférente ; il allait et venait, furetant dans les herbes et les broussailles, comme si son odorat lui eût révélé quelque objet suspect.

Gédéon Spilett suivit Top, l'encouragea, l'excita de la voix, tout en ayant l'œil aux aguets, la carabine épaulée, et en profitant de l'abri des arbres pour se couvrir. Il n'était pas probable que Top eût senti la présence d'un homme, car, dans ce cas, il l'aurait annoncée par des aboiements à demi contenus et une sorte de colère sourde. Or, puisqu'il ne faisait entendre aucun grondement, c'est que le danger n'était ni prochain ni proche.

Cinq minutes environ se passèrent ainsi, Top furetant, le reporter le suivant avec prudence, quand, tout à coup, le chien se précipita vers un épais buisson et en tira un lambeau d'étoffe.

C'était un morceau de vêtement, maculé, lacéré, que Gédéon Spilett rapporta immédiatement au corral.

Là, les colons l'examinèrent, et ils reconnurent que c'était un morceau de la veste d'Ayrton, morceau de ce feutre uniquement fabriqué à l'atelier de Granite-house.

— Vous le voyez, Pencroff, fit observer Cyrus Smith, il y a eu résistance de la part du malheureux Ayrton. Les convicts l'ont entraîné malgré lui ! Doutez-vous encore de son honnêteté ?

— Non, monsieur Cyrus, répondit le marin, et voilà longtemps que je suis revenu de ma défiance d'un instant ! Mais il y a, ce me semble, une conséquence à tirer de ce fait.

— Laquelle ? demanda le reporter.

— C'est qu'Ayrton n'a pas été tué au corral ! C'est qu'on l'a entraîné vivant, puisqu'il a résisté ! Or, peut-être vit-il encore !

— Peut-être, en effet, répondit l'ingénieur, qui demeura pensif.

Il y avait là un espoir, auquel pouvaient se reprendre les compagnons d'Ayrton. En effet, ils avaient dû croire que, surpris au corral, Ayrton était tombé sous quelque balle, comme était tombé Harbert. Mais, si les convicts ne l'avaient pas tué tout d'abord, s'ils l'avaient emmené vivant dans quelque autre partie de l'île, ne pouvait-on admettre qu'il fût encore leur prisonnier ? Peut-être même l'un d'eux avait-il retrouvé dans Ayrton un ancien compagnon d'Australie, le Ben Joyce, le chef des convicts évadés ? Et qui sait s'ils n'avaient pas conçu l'espoir impossible de ramener Ayrton à eux ! Il leur eût été si utile, s'ils avaient pu en faire un traître !...

Cet incident fut donc favorablement interprété au corral, et il ne sembla plus impossible qu'on retrouvât Ayrton. De son côté, s'il n'était que prisonnier, Ayrton ferait tout, sans doute, pour échapper aux mains de ces bandits, et ce serait un puissant auxiliaire pour les colons !

— En tout cas, fit observer Gédéon Spilett, si, par bonheur, Ayrton parvient à se sauver, c'est à Granite-house qu'il ira directement, car il ne connaît pas la tentative d'assassinat dont Harbert a été victime, et, par conséquent, il ne peut croire que nous soyons emprisonnés au corral.

— Ah! je voudrais qu'il y fût, à Granite-house! s'écria Pencroff, et que nous y fussions aussi! Car enfin, si les coquins ne peuvent rien tenter contre notre demeure, du moins peuvent-ils saccager le plateau, nos plantations, notre basse-cour!

Pencroff était devenu un vrai fermier, attaché de cœur à ses récoltes. Mais il faut dire qu'Harbert était plus que tous impatient de retourner à Granite-house, car il savait combien la présence des colons y était nécessaire. Et c'était lui qui les retenait au corral! Aussi cette idée unique occupait-elle son esprit : quitter le corral, le quitter quand même! Il croyait pouvoir supporter le transport à Granite-house. Il assurait que les forces lui reviendraient plus vite dans sa chambre, avec l'air et la vue de la mer!

Plusieurs fois il pressa Gédéon Spilett, mais celui-ci, craignant, avec raison, que les plaies d'Harbert, mal cicatrisées, ne se rouvrissent en route, ne donnait pas l'ordre de partir.

Cependant, un incident se produisit, qui entraîna Cyrus Smith et ses deux amis à céder aux désirs du jeune garçon, et Dieu sait ce que cette détermination pouvait leur causer de douleurs et de remords!

On était au 29 novembre. Il était sept heures du matin. Les trois colons causaient dans la chambre d'Harbert, quand ils entendirent Top pousser de vifs aboiements.

Cyrus Smith, Pencroff et Gédéon Spilett saisirent leurs fusils, toujours prêts à faire feu, et ils sortirent de la maison.

Top, ayant couru au pied de l'enceinte palissadée, sautait, aboyait, mais c'était contentement, non colère.

— Quelqu'un vient !

— Oui !

— Ce n'est pas un ennemi !

— Nab, peut-être ?

— Ou Ayrton ?

A peine ces mots avaient-ils été échangés entre l'ingénieur et ses deux compagnons, qu'un corps bondissait par-dessus la palissade et retombait sur le sol du corral.

C'était Jup, maître Jup en personne, auquel Top fit un véritable accueil d'ami !

— Jup ! s'écria Pencroff.

— C'est Nab qui nous l'envoie ! dit le reporter.

— Alors, répondit l'ingénieur, il doit avoir quelque billet sur lui.

Pencroff se précipita vers l'orang. Évidemment, si Nab avait eu quelque fait important à faire connaître à son maître, il ne pouvait employer un plus sûr et plus rapide messager, qui pouvait passer là où ni les colons ni Top lui-même n'auraient peut-être pu le faire.

Cyrus Smith ne s'était pas trompé. Au cou de Jup était pendu un petit sac, et dans ce sac se trouvait un billet tracé de la main de Nab.

Que l'on juge du désespoir de Cyrus Smith et de ses compagnons, quand ils lurent ces mots :

« Vendredi, 6 h matin.

Plateau envahi par les convicts !

Nab. »

Ils se regardèrent sans prononcer un mot, puis ils rentrèrent dans la maison. Que devaient-ils faire ? Les convicts au plateau de Grande-Vue, c'était le désastre, la dévastation, la ruine !

Harbert, en voyant rentrer l'ingénieur, le reporter et Pencroff, comprit que la situation venait de s'aggraver, et quand il aperçut Jup, il ne douta plus qu'un malheur ne menaçât Granite-house.

— Monsieur Cyrus, dit-il, je veux partir. Je puis supporter la route! Je veux partir!

Gédéon Spilett s'approcha d'Harbert. Puis, après l'avoir regardé.

— Partons donc! dit-il.

La question fut vite décidée de savoir si Harbert serait transporté sur une civière ou dans le chariot qui avait été amené par Ayrton au corral. La civière aurait eu des mouvements plus doux pour le blessé, mais elle nécessitait deux porteurs, c'est-à-dire que deux fusils manqueraient à la défense, si une attaque se produisait en route.

Ne pouvait-on, au contraire, en employant le chariot, laisser tous les bras disponibles? Était-il donc impossible d'y placer les matelas sur lesquels reposait Harbert et de s'avancer avec tant de précaution que tout choc lui fût évité? On le pouvait.

Le chariot fut amené. Pencroff y attela l'onagga. Cyrus Smith et le reporter soulevèrent les matelas d'Harbert, et ils les posèrent sur le fond du chariot entre les deux ridelles.

Le temps était beau. De vifs rayons de soleil se glissaient à travers les arbres.

— Les armes sont-elles prêtes? demanda Cyrus Smith.

Elles l'étaient. L'ingénieur et Pencroff, armés chacun d'un fusil à deux coups, et Gédéon Spilett, tenant sa carabine, n'avaient plus qu'à partir.

— Es-tu bien, Harbert? demanda l'ingénieur.

— Ah! monsieur Cyrus, répondit le jeune garçon, soyez tranquille, je ne mourrai pas en route!

En parlant ainsi, on voyait que le pauvre enfant faisait appel à toute son énergie, et que, par une suprême volonté, il retenait ses forces prêtes à s'éteindre.

L'ingénieur sentit son cœur se serrer douloureusement. Il hésita encore à donner le signal du départ. Mais c'eût été désespérer Harbert, le tuer peut-être.

— En route ! dit Cyrus Smith.

La porte du corral fut ouverte. Jup et Top, qui savaient se taire à propos, se précipitèrent en avant. Le chariot sortit, la porte fut refermée, et l'onagga, dirigé par Pencroff, s'avança d'un pas lent.

Certes, mieux aurait valu prendre une route autre que celle qui allait directement du corral à Granite-house, mais le chariot eût éprouvé de grandes difficultés à se mouvoir sous bois. Il fallut donc suivre cette voie, bien qu'elle dût être connue des convicts.

Cyrus Smith et Gédéon Spilett marchaient de chaque côté du chariot, prêts à répondre à toute attaque. Toutefois, il n'était pas probable que les convicts eussent encore abandonné le plateau de Grande-Vue. Le billet de Nab avait évidemment été écrit et envoyé dès que les convicts s'étaient montrés. Or, ce billet était daté de six heures du matin, et l'agile orang, habitué à venir fréquemment au corral, avait mis à peine trois quarts d'heure à franchir les cinq milles qui le séparaient de Granite-house. La route devait donc être sûre en ce moment, et, s'il y avait à faire le coup de feu, ce ne serait vraisemblablement qu'aux approches de Granite-house.

Cependant, les colons se tenaient sévèrement sur leurs gardes. Top et Jup, celui-ci armé de son bâton, tantôt en avant, tantôt battant le bois sur les côtés du chemin, ne signalaient aucun danger.

Le chariot avançait lentement, sous la direction de Pencroff. Il avait quitté le corral à sept heures et demie. Une heure après, quatre milles sur cinq avaient été franchis, sans qu'il se fût produit aucun incident.

La route était déserte comme toute cette partie du bois de Jacamar qui s'étendait entre la Mercy et le lac.

Aucune alerte n'eût lieu. Les taillis semblaient être aussi déserts qu'au jour où les colons atterrirent sur l'île.

On approchait du plateau. Un mille encore, et on apercevrait le ponceau du creek Glycérine. Cyrus Smith ne doutait pas que ce ponceau ne fût en place, soit que les convicts fussent entrés par cet endroit, soit que, après avoir passé un des cours d'eau qui fermaient l'enceinte, ils eussent pris la précaution de l'abaisser, afin de se ménager une retraite.

Enfin, la trouée des derniers arbres laissa voir l'horizon de mer. Mais le chariot continua sa marche, car aucun de ses défenseurs ne pouvait songer à l'abandonner.

En ce moment, Pencroff arrêta l'onagga, et d'une voix terrible :

— Ah ! les misérables ! s'écria-t-il.

Et de la main il montra une épaisse fumée qui tourbillonnait au-dessus du moulin, des étables et des bâtiments de la basse-cour.

Un homme s'agitait au milieu de ces vapeurs.

C'était Nab.

Ses compagnons poussèrent un cri. Il les entendit et courut à eux...

Les convicts avaient abandonné le plateau depuis une demi-heure environ, après l'avoir dévasté !

— Et monsieur Harbert ? s'écria Nab.

Gédéon Spilett revint en ce moment au chariot.

Harbert avait perdu connaissance !

X

Des convicts, des dangers qui menaçaient Granite-house, des ruines dont le plateau était couvert, il ne fut plus question. L'état d'Harbert dominait tout. Le transport lui avait-il été funeste, en provoquant quelque lésion intérieure ? le reporter ne pouvait le dire, mais ses compagnons et lui étaient désespérés.

Le chariot fut amené au coude de la rivière. Là, quelques branches, disposées en forme de civière, reçurent les matelas sur lesquels reposait Harbert évanoui. Dix minutes après, Cyrus Smith, Gédéon Spilett et Pencroff étaient au pied de la muraille, laissant à Nab le soin de reconduire le chariot sur le plateau de Grande-Vue.

L'ascenseur fut mis en mouvement, et bientôt Harbert était étendu sur sa couchette de Granite-house.

Les soins qui lui furent prodigués le ramenèrent à la vie. Il sourit un instant en se retrouvant dans sa chambre, mais il put à peine murmurer quelques paroles, tant sa faiblesse était grande.

Gédéon Spilett visita ses plaies. Il craignait qu'elles ne se fussent rouvertes, étant imparfaitement cicatrisées... il n'en était rien. D'où venait donc cette prostration ? Pourquoi l'état d'Harbert avait-il empiré ?

609

Le jeune garçon fut pris alors d'une sorte de sommeil fiévreux, et le reporter et Pencroff demeurèrent près de son lit.

Pendant ce temps, Cyrus Smith mettait Nab au courant de ce qui s'était passé au corral, et Nab racontait à son maître les événements dont le plateau venait d'être le théâtre.

C'était seulement pendant la nuit précédente que les convicts s'étaient montrés sur la lisière de la forêt, aux approches du Creek-Glycérine. Nab, qui veillait près de la basse-cour, n'avait pas hésité à faire feu sur l'un de ces pirates, qui se disposait à traverser le cours d'eau; mais, dans cette nuit assez obscure, il n'avait pu savoir si ce misérable avait été atteint. En tout cas, cela n'avait pas suffi pour écarter la bande, et Nab n'eut que le temps de remonter à Granite-house, où il se trouva, du moins, en sûreté.

Mais que faire alors? Comment empêcher les dévastations dont les convicts menaçaient le plateau? Nab avait-il un moyen de prévenir son maître? Et d'ailleurs, dans quelle situation se trouvaient eux-mêmes les hôtes du corral?

Cyrus Smith et ses compagnons étaient partis depuis le 11 novembre, et l'on était au 29. Il y avait donc dix-neuf jours que Nab n'avait eu d'autres nouvelles que celles que Top lui avait apportées, nouvelles désastreuses: Ayrton disparu, Harbert grièvement blessé, l'ingénieur, le reporter, le marin, pour ainsi dire, emprisonnés dans le corral!

Que faire? se demandait le pauvre Nab. Pour lui personnellement, il n'avait rien à craindre, car les convicts ne pouvaient l'atteindre dans Granite-house. Mais les constructions, les plantations, tous ces aménagements à la merci des pirates! Ne convenait-il pas de laisser Cyrus Smith juge de ce qu'il aurait à faire et de le prévenir, au moins, du danger qui le menaçait?

Nab eut alors la pensée d'employer Jup et de lui confier un billet. Il connaissait l'extrême intelligence de l'orang, qui avait été souvent mise à l'épreuve. Jup comprenait ce mot de corral, qui avait été souvent prononcé devant lui, et l'on se rappelle même que bien souvent il y avait conduit le chariot en compagnie de Pencroff. Le jour n'avait pas encore paru. L'agile orang saurait bien passer inaperçu dans ces bois, dont les convicts, d'ailleurs, devraient le croire un des habitants naturels.

Nab n'hésita pas. Il écrivit le billet, il l'attacha au cou de Jup, il amena le singe à la porte de Granite-house, de laquelle il laissa dérouler une longue corde jusqu'à terre ; puis, à plusieurs reprises, il répéta ces mots :

— Jup ! Jup ! corral ! corral !

L'animal comprit, saisit la corde, se laissa glisser rapidement jusqu'à la grève et disparut dans l'ombre, sans que l'attention des convicts eût été aucunement éveillée.

— Tu as bien fait, Nab, répondit Cyrus Smith, mais, en ne nous prévenant pas, peut-être aurais-tu mieux fait encore ! »

Et, en parlant ainsi, Cyrus Smith songeait à Harbert, dont le transport semblait avoir si gravement compromis la convalescence.

Nab acheva son récit. Les convicts ne s'étaient point montrés sur la grève. Ne connaissant pas le nombre des habitants de l'île, ils pouvaient supposer que Granite-house était défendu par une troupe importante. Ils devaient se rappeler que, pendant l'attaque du brick, de nombreux coups de feu les avaient accueillis, tant des roches inférieures que des roches supérieures, et, sans doute, ils ne voulurent pas s'exposer. Mais le plateau de Grande-Vue leur était ouvert et n'était point enfilé par les feux de Granite-house. Ils s'y livrèrent donc à leur instinct de déprédation, saccageant, brûlant, faisant le mal pour le mal, et ils ne se retirèrent qu'une demi-heure avant l'arrivée des colons qu'ils devaient croire encore confinés au corral.

Nab s'était précipité hors de sa retraite. Il était remonté sur le plateau au risque d'y recevoir quelque balle, il avait essayé d'éteindre l'incendie qui consumait les bâtiments de la basse-cour, et il avait lutté, mais inutilement, contre le feu, jusqu'au moment où le chariot parut sur la lisière du bois.

Tels avaient été ces graves événements. La présence des convicts constituait une menace permanente pour les colons de l'île Lincoln, jusque-là si heureux, et qui pouvaient s'attendre à de plus grands malheurs encore !

Gédéon Spilett demeura à Granite-house près d'Harbert et de Pencroff, tandis que Cyrus Smith, accompagné de Nab, allait juger par lui-même de l'étendue du désastre.

Il était heureux que les convicts ne se fussent pas avancés jusqu'au pied de Granite-house. Les ateliers des Cheminées n'auraient pas échappé à la dévastation. Mais, après tout, ce mal eût été peut-être plus facilement réparable que les ruines accumulées sur le plateau de Grande-Vue !

Cyrus Smith et Nab se dirigèrent vers la Mercy et en remontèrent la rive gauche, sans rencontrer aucune trace du passage des convicts. De l'autre côté de la rivière, dans l'épaisseur du bois, ils n'aperçurent non plus aucun indice suspect.

D'ailleurs, voici ce qu'on pouvait admettre, suivant toute probabilité : ou les convicts connaissaient le retour des colons à Granite-house, car ils avaient pu les voir passer sur la route du corral ; ou, après la dévastation du plateau, ils s'étaient enfoncés dans le bois de Jacamar, en suivant le cours de la Mercy, et ils ignoraient ce retour.

Dans le premier cas, ils avaient dû retourner vers le corral, maintenant sans défenseurs, et qui renfermait des ressources précieuses pour eux.

Dans le second, ils avaient dû regagner leur campement, et attendre là quelque occasion de recommencer l'attaque.

Il y aurait donc lieu de les prévenir ; mais toute entreprise destinée à en débarrasser l'île était encore subordonnée à la situation d'Harbert. En effet, Cyrus Smith n'aurait pas trop de toutes ses forces, et personne ne pouvait, en ce moment, quitter Granite-house.

L'ingénieur et Nab arrivèrent sur le plateau. C'était une désolation. Les champs avaient été piétinés. Les épis de la moisson, qui allait être faite, gisaient sur le sol. Les autres plantations n'avaient pas moins souffert. Le potager était bouleversé. Heureusement, Granite-house possédait une réserve de graines qui permettait de réparer ces dommages.

Quant au moulin et aux bâtiments de la basse-cour, à l'étable des onaggas, le feu avait tout détruit. Quelques animaux effarés rôdaient à travers le plateau. Les volatiles, qui s'étaient réfugiés pendant l'incendie sur les eaux du lac, revenaient déjà à leur emplacement habituel sur les rives. Là, tout serait à refaire.

La figure de Cyrus Smith, plus pâle que d'ordinaire, dénotait une colère intérieure qu'il ne dominait pas sans peine, mais il ne prononça pas une parole. Une dernière fois il regarda ses champs dévastés, la fumée qui s'élevait encore des ruines, puis il revint à Granite-house.

Les jours qui suivirent furent les plus tristes que les colons eussent jusqu'alors passés dans l'île ! La faiblesse d'Harbert s'accroissait visiblement. Il semblait qu'une maladie plus grave, conséquence du profond trouble physiologique qu'il avait subi, menaçât de se déclarer, et Gédéon Spilett pressentait une telle aggravation dans son état qu'il serait impuissant à la combattre !

En effet, Harbert demeurait dans une sorte d'assoupissement presque continu, et quelques symptômes de délire commencèrent à se manifester. Des tisanes rafraîchissantes, voilà les seuls remèdes qui fussent à la disposition des colons. La fièvre n'était pas encore très forte, mais bientôt elle parut vouloir s'établir par accès réguliers.

Gédéon Spilett le reconnut le 6 décembre. Le pauvre enfant, dont les doigts, le nez, les oreilles devinrent extrêmement pâles, fut d'abord pris de frissons légers, d'horripilations, de tremblements. Son pouls était petit et irrégulier, sa peau sèche, sa soif intense. A cette période succéda bientôt une période de chaleur ; le visage s'anima, la peau rougit, le pouls s'accéléra ; puis une sueur abondante se manifesta, à la suite de laquelle la fièvre parut diminuer. L'accès avait duré cinq heures environ.

Gédéon Spilett n'avait pas quitté Harbert, qui était pris maintenant d'une fièvre intermittente, ce n'était que trop certain, et cette fièvre, il fallait à tout prix la couper avant qu'elle devînt plus grave.

— Et pour la couper, dit Gédéon Spilett à Cyrus Smith, il faut un fébrifuge.

— Un fébrifuge !... répondit l'ingénieur. Nous n'avons ni quinquina ni sulfate de quinine !

— Non, dit Gédéon Spilett, mais il y a des saules sur le bord du lac, et l'écorce de saule peut quelquefois remplacer la quinine.

— Essayons donc sans perdre un instant ! répondit Cyrus Smith.

L'écorce de saule, en effet, a été justement considérée comme un succédané du quinquina, aussi bien que le marronnier de l'Inde, la feuille de houx, la serpentaire, etc. Il fallait évidemment essayer de cette substance, bien qu'elle ne valût pas le quinquina, et l'employer à l'état naturel, puisque les moyens manquaient pour en extraire l'alcaloïde, c'est-à-dire la salicine.

Cyrus Smith alla lui-même couper sur le tronc d'une espèce de saule noir quelques morceaux d'écorce ; il les rapporta à Granite-house, il les réduisit en poudre, et cette poudre fut administrée le soir même à Harbert.

La nuit se passa sans incidents graves. Harbert eut quelque délire, mais la fièvre ne reparut pas dans la nuit, et elle ne revint pas davantage le jour suivant.

Pencroff reprit quelque espoir. Gédéon Spilett ne disait rien. Il pouvait se faire que les intermittences ne fussent pas quotidiennes, que la fièvre fût tierce, en un mot, et qu'elle revînt le lendemain. Aussi, ce lendemain, l'attendit-on avec la plus vive anxiété.

On pouvait remarquer, en outre, que, pendant la période apyrexique, Harbert demeurait comme brisé, ayant la tête lourde et facile aux étourdissements. Autre symptôme qui effraya au dernier point le reporter : le foie d'Harbert commençait à se congestionner, et bientôt un délire plus intense démontra que son cerveau se prenait aussi.

Gédéon Spilett fut atterré devant cette nouvelle complication. Il emmena l'ingénieur à part.

— C'est une fièvre pernicieuse ! lui dit-il.

— Une fièvre pernicieuse ! s'écria Cyrus Smith. Vous vous trompez, Spilett. Une fièvre pernicieuse ne se déclare pas spontanément. Il faut en avoir eu le germe !...

— Je ne me trompe pas, répondit le reporter, Harbert aura sans doute contracté ce germe dans les marais de l'île, et cela suffit. Il a déjà éprouvé un premier accès. Si un second accès survient, et si nous ne parvenons pas à empêcher le troisième... il est perdu !...

— Mais cette écorce de saule ?...

— Elle est insuffisante, répondit le reporter, et un troisième accès de fièvre pernicieuse qu'on ne coupe pas au moyen de la quinine est toujours mortel !

Heureusement, Pencroff n'avait rien entendu de cette conversation. Il fût devenu fou.

On comprend dans quelles inquiétudes furent l'ingénieur et le reporter pendant cette journée du 7 novembre et pendant la nuit qui la suivit.

Vers le milieu de la journée, le second accès se produisit. La crise fut terrible. Harbert se sentait perdu ! Il tendait ses bras vers Cyrus Smith, vers Spilett, vers Pencroff ! Il ne voulait pas mourir !... Cette scène fut déchirante. Il fallut éloigner Pencroff.

L'accès dura cinq heures. Il était évident qu'Harbert n'en supporterait pas un troisième.

La nuit fut affreuse. Dans son délire, Harbert disait des choses qui fendaient le cœur de ses compagnons ! Il divaguait, il luttait contre les convicts, il appelait Ayrton ! Il suppliait cet être mystérieux, ce protecteur, disparu maintenant, et dont l'image l'obsédait... Puis il retombait dans une prostration profonde qui l'anéantissait tout entier... Plusieurs fois, Gédéon Spilett crut que le pauvre garçon était mort !

La journée du lendemain, 8 décembre, ne fut qu'une succession de faiblesses. Les mains amaigries d'Harbert se crispaient à ses draps. On lui avait administré de nouvelles doses d'écorce pilée, mais le reporter n'en attendait plus aucun résultat.

— Si avant demain matin nous ne lui avons pas donné un fébrifuge plus énergique, dit le reporter, Harbert sera mort !

La nuit arriva — la dernière nuit sans doute de cet enfant courageux, bon, intelligent, si supérieur à son âge, et que tous aimaient comme leur fils ! Le seul

remède qui existât contre cette terrible fièvre pernicieuse, le seul spécifique qui pût la vaincre, ne se trouvait pas dans l'île Lincoln!

Pendant cette nuit du 8 au 9 décembre, Harbert fut
repris d'un délire plus intense. Son foie était horriblement congestionné, son cerveau attaqué, et déjà il était
impossible qu'il reconnût personne.

Vivrait-il jusqu'au lendemain, jusqu'à ce troisième
accès qui devait immanquablement l'emporter? Ce
n'était plus probable. Ses forces étaient épuisées, et,
dans l'intervalle des crises, il était comme inanimé.

Vers trois heures du matin, Harbert poussa un cri
effrayant. Il sembla se tordre dans une suprême
convulsion. Nab, qui était près de lui, épouvanté, se
précipita dans la chambre voisine, où veillaient ses
compagnons!

Top, en ce moment, aboya d'une façon étrange...

Tous rentrèrent aussitôt et parvinrent à maintenir
l'enfant mourant, qui voulait se jeter hors de son lit,
pendant que Gédéon Spilett, lui prenant le bras, sentait
son pouls remonter peu à peu.

Il était cinq heures du matin. Les rayons du soleil
levant commençaient à se glisser dans les chambres de
Granite-house. Une belle journée s'annonçait, et cette
journée allait être la dernière du pauvre Harbert!...

Un rayon se glissa jusqu'à la table qui était placée
près du lit.

Soudain, Pencroff, poussant un cri, montra un objet
placé sur cette table...

C'était une petite boîte oblongue, dont le couvercle
portait ces mots:

Sulfate de quinine.

XI

INEXPLICABLE MYSTÈRE — LA CONVALESCENCE D'HARBERT
— LES PARTIES DE L'ÎLE À EXPLORER — PRÉPARATIFS DE
DÉPART — PREMIÈRE JOURNÉE — LA NUIT — DEUXIÈME
JOURNÉE — LES KAURIS — LE COUPLE DE CASOARS —
EMPREINTES DE PAS DANS LA FORÊT — ARRIVÉE AU PROMON-
TOIRE DU REPTILE

Gédéon Spilett prit la boîte, il l'ouvrit. Elle contenait
environ deux cents grains d'une poudre blanche dont il
porta quelques particules à ses lèvres. L'extrême amer-
tume de cette substance ne pouvait le tromper. C'était
bien le précieux alcaloïde du quinquina, l'anti-pério-
dique par excellence.

Il fallait sans hésiter administrer cette poudre à
Harbert. Comment elle se trouvait là, on le discuterait
plus tard.

— Du café, demanda Gédéon Spilett.

Quelques instants après, Nab apportait une tasse de
l'infusion tiède. Gédéon Spilett y jeta environ dix-huit
grains[1] de la quinine, et on parvint à faire boire cette
mixture à Harbert.

Il était temps encore, car le troisième accès de la
fièvre pernicieuse ne s'était pas manifesté !

Et, qu'il soit permis d'ajouter, il ne devait pas revenir !

D'ailleurs, il faut le dire, tous avaient repris espoir.
L'influence mystérieuse s'était de nouveau exercée, et

1. 10 grammes.

dans un moment suprême, quand on désespérait d'elle !...

Au bout de quelques heures, Harbert reposait plus paisiblement. Les colons purent causer alors de cet incident. L'intervention de l'inconnu était plus évidente que jamais. Mais comment avait-il pu pénétrer pendant la nuit jusque dans Granite-house ? C'était absolument inexplicable, et, en vérité, la façon dont procédait le « génie de l'île » était non moins étrange que le génie lui-même.

Durant cette journée, et de trois heures en trois heures environ, le sulfate de quinine fut administré à Harbert.

Harbert, dès le lendemain, éprouvait une certaine amélioration. Certes, il n'était pas guéri, et les fièvres intermittentes sont sujettes à de fréquentes et dangereuses récidives, mais les soins ne lui manquèrent pas. Et puis, le spécifique était là, et non loin, sans doute, celui qui l'avait apporté ! Enfin, un immense espoir revint au cœur de tous.

Cet espoir ne fut pas trompé. Dix jours après, le 20 décembre, Harbert entrait en convalescence. Il était faible encore, et une diète sévère lui avait été imposée, mais aucun accès n'était revenu. Et puis, le docile enfant se soumettait si volontiers à toutes les prescriptions qu'on lui imposait ! Il avait tant envie de guérir !

Pencroff était comme un homme qu'on a retiré du fond d'un abîme. Il avait des crises de joie qui tenaient du délire. Après que le moment du troisième accès eut été passé, il avait serré le reporter dans ses bras à l'étouffer. Depuis lors, il ne l'appela plus que le docteur Spilett.

Restait à découvrir le vrai docteur.

— On le découvrira ! répétait le marin.

Et certes, cet homme, quel qu'il fût, devait s'attendre à quelque rude embrassade du digne Pencroff !

Le mois de décembre se termina, et avec lui cette année 1867, pendant laquelle les colons de l'île Lincoln venaient d'être si durement éprouvés. Ils entrèrent dans l'année 1868 avec un temps magnifique, une chaleur superbe, une température tropicale, que la brise de mer venait heureusement rafraîchir. Harbert renaissait, et de son lit, placé près d'une des fenêtres de Granite-house, il humait cet air salubre, chargé d'émanations salines, qui lui rendait la santé. Il commençait à manger, et Dieu sait quels bons petits plats, légers et savoureux, lui préparait Nab !

— C'était à donner envie d'avoir été mourant ! disait Pencroff.

Pendant toute cette période, les convicts ne s'étaient pas montrés une seule fois aux environs de Granite-house. D'Ayrton, point de nouvelles, et, si l'ingénieur et Harbert conservaient encore quelque espoir de le retrouver, leurs compagnons ne mettaient plus en doute que le malheureux n'eût succombé. Toutefois, ces incertitudes ne pouvaient durer, et, dès que le jeune garçon serait valide, l'expédition, dont le résultat devait être si important, serait entreprise. Mais il fallait attendre un mois peut-être, car ce ne serait pas trop de toutes les forces de la colonie pour avoir raison des convicts.

Du reste, Harbert allait de mieux en mieux. La congestion du foie avait disparu, et les blessures pouvaient être considérées comme cicatrisées définitivement.

Pendant ce mois de janvier, d'importants travaux furent faits au plateau de Grande-Vue ; mais ils consistèrent uniquement à sauver ce qui pouvait l'être des récoltes dévastées, soit en blé, soit en légumes. Les graines et les plants furent recueillis, de manière à fournir une nouvelle moisson pour la demi-saison prochaine. Quant à relever les bâtiments de la basse-cour, le moulin, les écuries, Cyrus Smith préféra attendre. Tandis que ses compagnons et lui seraient à la poursuite des convicts, ceux-ci pourraient bien rendre une nouvelle visite au plateau, et il ne fallait pas leur donner sujet de reprendre leur métier de pillards et d'incendiaires. Quand on aurait purgé l'île de ces malfaiteurs, on verrait à réédifier.

Le jeune convalescent avait commencé à se lever dans la seconde quinzaine du mois de janvier, d'abord une heure par jour, puis deux, puis trois. Les forces lui revenaient à vue d'œil, tant sa constitution était vigoureuse. Il avait dix-huit ans alors. Il était grand et promettait de devenir un homme de noble et belle prestance. A partir de ce moment, sa convalescence, tout en exigeant encore quelques soins — et le docteur Spilett se montrait fort sévère —, marcha régulièrement.

Vers la fin du mois, Harbert parcourait déjà le plateau de Grande-Vue et les grèves. Quelques bains de mer qu'il prit en compagnie de Pencroff et de Nab lui firent le plus grand bien. Cyrus Smith crut pouvoir d'ores et déjà indiquer le jour du départ, qui fut fixé au 15 février prochain. Les nuits, très claires à cette époque de l'année, seraient propices aux recherches qu'il s'agissait de faire sur toute l'île.

Les préparatifs exigés par cette exploration furent donc commencés, et ils devaient être importants, car les colons s'étaient juré de ne point rentrer à Granite-house avant que leur double but eût été atteint : d'une part, détruire les convicts et retrouver Ayrton, s'il vivait encore ; de l'autre, découvrir celui qui présidait si efficacement aux destinées de la colonie.

De l'île Lincoln, les colons connaissaient à fond toute la côte orientale depuis le cap Griffe jusqu'aux caps Mandibule, les vastes marais des Tadornes, les environs du lac Grant, les bois de Jacamar compris entre la route du corral et la Mercy, les cours de la Mercy et du creek Rouge, et enfin les contreforts du mont Franklin, entre lesquels avait été établi le corral.

Ils avaient exploré, mais d'une manière imparfaite seulement, le vaste littoral de la baie Washington depuis le cap Griffe jusqu'au promontoire du Reptile, la lisière forestière et marécageuse de la côte ouest, et ces interminables dunes qui finissaient à la gueule entr'ouverte du golfe du Requin.

Mais ils n'avaient reconnu en aucune façon les larges portions boisées qui couvraient la presqu'île Serpentine, toute la rive droite de la Mercy, la rive gauche de la rivière dé la Chute, et l'enchevêtrement de ces contreforts et de ces contre-vallées qui supportaient les trois quarts de la base du mont Franklin à l'ouest, au nord et à l'est, là où tant de retraites profondes existaient sans doute. Par conséquent, plusieurs milliers d'acres de l'île avaient encore échappé à leurs investigations.

Il fut donc décidé que l'expédition se porterait à travers le Far-West, de manière à englober toute la partie située sur la rive droite de la Mercy.

Peut-être eût-il mieux valu se diriger d'abord sur le corral, où l'on devait craindre que les convicts ne se fussent de nouveau réfugiés, soit pour le piller, soit pour s'y installer. Mais, ou la dévastation du corral était un fait accompli maintenant, et il était trop tard pour l'empêcher, ou les convicts avaient eu intérêt à s'y retrancher, et il serait toujours temps d'aller les relancer dans leur retraite.

Donc, après discussion, le premier plan fut maintenu, et les colons résolurent de gagner à travers bois le promontoire du Reptile. Ils chemineraient à la hache et jetteraient ainsi le premier tracé d'une route qui mettrait en communication Granite-house et l'extrémité de la presqu'île, sur une longueur de seize à dix-sept milles.

Le chariot était en parfait état. Les onaggas, bien reposés, pourraient fournir une longue traite. Vivres, effets de campement, cuisine portative, ustensiles divers furent chargés sur le chariot, ainsi que les armes et les munitions choisies avec soin dans l'arsenal maintenant si complet de Granite-house. Mais il ne fallait pas oublier que les convicts couraient peut-être les bois, et que, au milieu de ces épaisses forêts, un coup de fusil était vite tiré et reçu. De là, nécessité pour la petite troupe des colons de rester compacte et de ne se diviser sous aucun prétexte.

Il fut également décidé que personne ne resterait à Granite-house. Top et Jup, eux-mêmes, devaient faire partie de l'expédition. L'inaccessible demeure pouvait se garder toute seule.

Le 14 février, veille du départ, était un dimanche. Il fut consacré tout entier au repos et sanctifié par les actions de grâces, que les colons adressèrent au Créateur. Harbert, entièrement guéri, mais un peu faible encore, aurait une place réservée sur le chariot.

Le lendemain, au point du jour, Cyrus Smith prit les mesures nécessaires pour mettre Granite-house à l'abri de toute invasion. Les échelles qui servaient autrefois à l'ascension furent apportées aux Cheminées et profondément enterrées dans le sable, de manière qu'elles pussent servir au retour, car le tambour de l'ascenseur fut démonté, et il ne resta plus rien de l'appareil. Pencroff resta le dernier dans Granite-house pour achever cette besogne, et il en redescendit au moyen d'une corde dont le double était maintenu en bas, et qui, une fois ramenée au sol, ne laissa plus subsister aucune communication entre le palier supérieur et la grève.

Le temps était magnifique.

— Une chaude journée qui se prépare ! dit joyeusement le reporter.

— Bah ! docteur Spilett, répondit Pencroff, nous cheminerons à l'abri des arbres et nous n'apercevrons même pas le soleil !

— En route ! dit l'ingénieur.

Le chariot attendait sur le rivage, devant les Cheminées. Le reporter avait exigé qu'Harbert y prît place, au moins pendant les premières heures du voyage, et le jeune garçon dut se soumettre aux prescriptions de son médecin.

Nab se mit en tête des onaggas. Cyrus Smith, le reporter et le marin prirent les devants. Top gambadait d'un air joyeux. Harbert avait offert une place à Jup dans son véhicule, et Jup avait accepté sans façons. Le moment du départ était arrivé, et la petite troupe se mit en marche.

Le chariot tourna d'abord l'angle de l'embouchure, puis, après avoir remonté pendant un mille la rive gauche de la Mercy, il traversa le pont au bout duquel s'amorçait la route de port Ballon, et, là, les explorateurs, laissant cette route sur leur gauche, commencèrent à s'enfoncer sous le couvert de ces immenses bois qui formaient la région du Far-West.

Pendant les deux premiers milles, les arbres, largement espacés, permirent au chariot de circuler librement : de temps en temps il fallait trancher quelques lianes et des forêts de broussailles, mais aucun obstacle sérieux n'arrêta la marche des colons.

L'épaisse ramure des arbres entretenait une ombre fraîche sur le sol. Deodars, douglas, casuarinas, banksias, gommiers, dragonniers et autres essences déjà reconnues se succédaient au-delà des limites du regard. Le monde des oiseaux habituels à l'île s'y retrouvait au complet, tétras, jacamars, faisans, loris et toute la famille babillarde des kakatoès, perruches et perroquets. Agoutis, kangourous, cabiais filaient entre les herbes, et tout cela rappelait aux colons les premières excursions qu'ils avaient faites à l'arrivée sur l'île.

— Toutefois, fit observer Cyrus Smith, je remarque que ces animaux, quadrupèdes et volatiles, sont plus craintifs qu'autrefois. Ces bois ont donc été récemment parcourus par les convicts, dont nous devons retrouver certainement des traces.

Et, en effet, en maint endroit, on put reconnaître le passage plus ou moins récent d'une troupe d'hommes : ici, des brisées faites aux arbres, peut-être dans le but de jalonner le chemin ; là, des cendres d'un foyer éteint, et des empreintes de pas que certaines portions glaiseuses du sol avaient conservées. Mais, en somme, rien qui parût appartenir à un campement définitif.

L'ingénieur avait recommandé à ses compagnons de s'abstenir de chasser. Les détonations des armes à feu auraient pu donner l'éveil aux convicts, qui rôdaient peut-être dans la forêt. D'ailleurs, les chasseurs auraient nécessairement été entraînés à quelque distance du chariot, et il était sévèrement interdit de marcher isolément.

Dans la seconde partie de la journée, à six milles environ de Granite-house, la circulation devint assez difficile. Afin de passer certains fourrés, il fallut abattre des arbres et faire un chemin. Avant de s'y engager, Cyrus Smith avait soin d'envoyer dans ces épais taillis Top et Jup, qui accomplissaient consciencieusement leur mandat, et quand le chien et l'orang revenaient sans avoir rien signalé, c'est qu'il n'y avait rien à craindre, ni de la part des convicts ni de la part des fauves, — deux sortes d'individus du genre animal que leurs féroces instincts mettaient au même niveau.

Le soir de cette première journée, les colons campèrent à neuf milles environ de Granite-house, sur le bord d'un petit affluent de la Mercy, dont ils ignoraient l'existence, et qui devait se rattacher au système hydrographique auquel ce sol devait son étonnante fertilité.

On soupa copieusement, car l'appétit des colons était fortement aiguisé, et les mesures furent prises pour que la nuit se passât sans encombre. Si l'ingénieur n'avait eu affaire qu'à des animaux féroces, jaguars ou autres, il eût simplement allumé des feux autour de son campement, ce qui eût suffi à le défendre ; mais les convicts, eux, eussent été plutôt attirés qu'arrêtés par ces flammes, et mieux valait dans ce cas s'entourer de profondes ténèbres.

La surveillance fut, d'ailleurs, sévèrement organisée. Deux des colons durent veiller ensemble, et, de deux heures en deux heures, il était convenu qu'ils seraient relevés par leurs camarades. Or, comme, malgré ses réclamations, Harbert fut dispensé de garde, Pencroff et Gédéon Spilett, d'une part, l'ingénieur et Nab, de l'autre, montèrent la garde à tour de rôle aux approches du campement.

Du reste, il y eut à peine quelques heures de nuit. L'obscurité était due plutôt à l'épaisseur des ramures qu'à la disparition du soleil. Le silence fut à peine troublé par de rauques hurlements de jaguars et des ricanements de singes, qui semblaient agacer particulièrement maître Jup.

La nuit se passa sans incident, et le lendemain, 16 février, la marche, plutôt lente que pénible, fut reprise à travers la forêt.

Ce jour-là, on ne put franchir que six milles, car à chaque instant il fallait se frayer une route à la hache.

Véritables « setlers », les colons épargnaient les grands et beaux arbres, dont l'abattage, d'ailleurs, leur eût coûté d'énormes fatigues, et ils sacrifiaient les petits; mais il en résultait que la route prenait une direction peu rectiligne et s'allongeait de nombreux détours.

Pendant cette journée, Harbert découvrit des essences nouvelles, dont la présence n'avait pas encore été signalée dans l'île, telles que des fougères arborescentes, avec palmes retombantes, qui semblaient s'épancher comme les eaux d'une vasque, des caroubiers, dont les onaggas broutèrent avec avidité les longues gousses et qui fournirent des pulpes sucrées d'un goût excellent. Là, les colons retrouvèrent aussi de magnifiques kauris, disposés par groupes, et dont les troncs cylindriques, couronnés d'un cône de verdure, s'élevaient à une hauteur de deux cents pieds. C'étaient bien là ces arbres-rois de la Nouvelle-Zélande, aussi célèbres que les cèdres du Liban.

Quant à la faune, elle ne présenta pas d'autres échantillons que ceux dont les chasseurs avaient eu connaissance jusqu'alors. Cependant, ils entrevirent, mais sans pouvoir l'approcher, un couple de ces grands oiseaux qui sont particuliers à l'Australie, sortes de casoars, que l'on nomme émeus, et qui, hauts de cinq pieds et bruns de plumage, appartiennent à l'ordre des échassiers. Top s'élança après eux de toute la vitesse de ses quatre pattes, mais les casoars le distancèrent aisément, tant leur rapidité était prodigieuse.

Quant aux traces laissées par les convicts dans la forêt, on en releva quelques-unes encore. Près d'un feu qui paraissait avoir été récemment éteint, les colons remarquèrent des empreintes qui furent observées avec une extrême attention. En les mesurant l'une après l'autre suivant leur longueur et leur largeur, on retrouva aisément la trace des pieds de cinq hommes. Les cinq convicts avaient évidemment campé en cet endroit; mais — et c'était là l'objet d'un examen si minutieux! — on ne put découvrir une sixième empreinte, qui, dans ce cas, eût été celle du pied d'Ayrton.

— Ayrton n'était pas avec eux! dit Harbert.

— Non, répondit Pencroff, et, s'il n'était pas avec eux, c'est que ces misérables l'avaient déjà tué! Mais ces gueux-là n'ont donc pas une tanière où on puisse aller les traquer comme des tigres!

— Non, répondit le reporter. Il est plus probable qu'ils vont à l'aventure, et c'est leur intérêt d'errer ainsi jusqu'au moment où ils seront les maîtres de l'île.

— Les maîtres de l'île! s'écria le marin. Les maîtres de l'île!... répéta-t-il, et sa voix était étranglée comme si un poignet de fer l'eût saisi à la gorge. Puis, d'un ton plus calme: Savez-vous, monsieur Cyrus, dit-il, quelle est la balle que j'ai fourrée dans mon fusil?

— Non, Pencroff!

— C'est la balle qui a traversé la poitrine d'Harbert, et je vous promets que celle-là ne manquera pas son but!

Mais ces justes représailles ne pouvaient rendre la vie à Ayrton, et, de cet examen des empreintes laissées sur le sol, on dut, hélas! conclure qu'il n'y avait plus à conserver aucun espoir de jamais le revoir!

Ce soir-là, le campement fut établi à quatorze milles de Granite-house, et Cyrus Smith estima qu'il ne devait pas être à plus de cinq milles du promontoire du Reptile.

Et, en effet, le lendemain, l'extrémité de la presqu'île était atteinte, et la forêt traversée sur toute sa longueur; mais aucun indice n'avait permis de trouver la retraite où s'étaient réfugiés les convicts, ni celle, non moins secrète, qui donnait asile au mystérieux inconnu.

XII

EXPLORATION DE LA PRESQU'ÎLE SERPENTINE — CAMPEMENT
À L'EMBOUCHURE DE LA RIVIÈRE DE LA CHUTE — À SIX CENTS
PAS DU CORRAL — RECONNAISSANCE OPÉRÉE PAR GÉDÉON
SPILETT ET PENCROFF — LEUR RETOUR — TOUS EN
AVANT ! — UNE PORTE OUVERTE — UNE FENÊTRE ÉCLAIRÉE —
À LA LUMIÈRE DE LA LUNE !

La journée du lendemain, 18 février, fut consacrée à
l'exploration de toute cette partie boisée qui formait le
littoral depuis le promontoire du Reptile jusqu'à la
rivière de la Chute. Les colons purent fouiller à fond
cette forêt, dont la largeur variait de trois à quatre
milles, car elle était comprise entre les deux rivages de
la presqu'île Serpentine. Les arbres, par leur haute taille
et leur épaisse ramure, attestaient la puissance végéta-
tive du sol, plus étonnante ici qu'en aucune autre portion de l'île. On eût dit un coin de ces forêts vierges de
l'Amérique ou de l'Afrique Centrale, transporté sous
cette zone moyenne. Ce qui portait à admettre que ces
superbes végétaux trouvaient dans ce sol, humide à sa
couche supérieure, mais chauffé à l'intérieur par des
feux volcaniques, une chaleur qui ne pouvait appartenir
à un climat tempéré. Les essences dominantes étaient
précisément ces kauris et ces eucalyptus qui prenaient
des dimensions gigantesques.

Mais le but des colons n'était pas d'admirer ces
magnificences végétales. Ils savaient déjà que, sous ce
rapport, l'île Lincoln eût mérité de prendre rang dans ce
groupe des Canaries, dont le premier nom fut celui

d'îles Fortunées. Maintenant, hélas! leur île ne leur appartenait plus tout entière; d'autres en avaient pris possession, des scélérats en foulaient le sol, et il fallait les détruire jusqu'au dernier.

Sur la côte occidentale, on ne retrouva plus aucune trace, quelque soin qu'on mît à les rechercher. Plus d'empreintes de pas, plus de brisées aux arbres, plus de cendres refroidies, plus de campements abandonnés.

— Cela ne m'étonne pas, dit Cyrus Smith à ses compagnons. Les convicts ont abordé l'île aux environs de la pointe de l'Épave, et ils se sont immédiatement jetés dans les forêts du Far-West, après avoir traversé le marais des Tadornes. Ils ont donc suivi à peu près la route que nous avons prise en quittant Granite-house. C'est ce qui explique les traces que nous avons reconnues dans les bois. Mais, arrivés sur le littoral, les convicts ont bien compris qu'ils n'y trouveraient point de retraite convenable, et c'est alors que, étant remontés vers le nord, ils ont découvert le corral...

— Où ils sont peut-être revenus... dit Pencroff.

— Je ne le pense pas, répondit l'ingénieur, car ils doivent bien supposer que nos recherches se porteront de ce côté. Le corral n'est pour eux qu'un lieu d'approvisionnement, et non un campement définitif.

— Je suis de l'avis de Cyrus, dit le reporter, et, suivant moi, ce doit être au milieu des contreforts du mont Franklin que les convicts auront cherché un repaire.

— Alors, monsieur Cyrus, droit au corral! s'écria Pencroff. Il faut en finir, et jusqu'ici nous avons perdu notre temps!

— Non, mon ami, répondit l'ingénieur. Vous oubliez que nous avions intérêt à savoir si les forêts du Far-West ne renfermaient pas quelque habitation. Notre exploration a un double but, Pencroff. Si, d'une part, nous devons châtier le crime, de l'autre, nous avons un acte de reconnaissance à accomplir!

— Voilà qui est bien parlé, monsieur Cyrus, répondit le marin. M'est avis, toutefois, que nous ne trouverons ce gentleman que s'il le veut bien !

Et, vraiment, Pencroff ne faisait qu'exprimer l'opinion de tous. Il était probable que la retraite de l'inconnu ne devait pas être moins mystérieuse qu'il ne l'était lui-même !

Ce soir-là, le chariot s'arrêta à l'embouchure de la rivière de la Chute. La couchée fut organisée suivant la coutume, et on prit pour la nuit les précautions habituelles. Harbert, redevenu le garçon vigoureux et bien portant qu'il était avant sa maladie, profitait largement de cette existence au grand air, entre les brises de l'Océan et l'atmosphère vivifiante des forêts. Sa place n'était plus sur le chariot, mais en tête de la caravane.

Le lendemain, 19 février, les colons, abandonnant le littoral, sur lequel, au-delà de l'embouchure, s'entassaient si pittoresquement des basaltes de toutes formes, remontèrent le cours de la rivière par sa rive gauche. La route était en partie dégagée par suite des excursions précédentes qui avaient été faites depuis le corral jusqu'à la côte ouest. Les colons se trouvaient alors à une distance de six milles du mont Franklin.

Le projet de l'ingénieur était celui-ci : observer minutieusement toute la vallée dont le thalweg formait le lit de la rivière, et gagner avec circonspection les environs du corral ; si le corral était occupé, l'enlever de vive force ; s'il ne l'était pas, s'y retrancher et en faire le centre des opérations qui auraient pour objectif l'exploration du mont Franklin.

Ce plan fut unanimement approuvé des colons, et il leur tardait, vraiment, d'avoir repris possession entière de leur île !

On chemina donc dans l'étroite vallée qui séparait deux des plus puissants contreforts du mont Franklin.

Les arbres, pressés sur les berges de la rivière, se raréfiaient vers les zones supérieures du volcan. C'était un sol montueux, assez accidenté, très propre aux embûches, et sur lequel on ne se hasarda qu'avec une extrême précaution. Top et Jup marchaient en éclaireurs, et, se jetant de droite et de gauche dans les épais taillis, ils rivalisaient d'intelligence et d'adresse. Mais rien n'indiquait que les rives du cours d'eau eussent été récemment fréquentées, rien n'annonçait ni la présence ni la proximité des convicts.

Vers cinq heures du soir, le chariot s'arrêta à six cents pas à peu près de l'enceinte palissadée. Un rideau semi-circulaire de grands arbres la cachait encore.

Il s'agissait donc de reconnaître le corral, afin de savoir s'il était occupé. Y aller ouvertement, en pleine lumière, pour peu que les convicts y fussent embusqués, c'était s'exposer à recevoir quelque mauvais coup, ainsi qu'il était arrivé à Harbert. Mieux valait donc attendre que la nuit fût venue.

Cependant, Gédéon Spilett voulait, sans plus tarder, reconnaître les approches du corral, et Pencroff, à bout de patience, s'offrit à l'accompagner.

— Non, mes amis, répondit l'ingénieur. Attendez la nuit. Je ne laisserai pas l'un de vous s'exposer en plein jour.

— Mais, monsieur Cyrus... répliqua le marin, peu disposé à obéir.

— Je vous en prie, Pencroff, dit l'ingénieur.

— Soit ! répondit le marin, qui donna un autre cours à sa colère en gratifiant les convicts des plus rudes qualifications du répertoire maritime.

Les colons demeurèrent donc autour du chariot, et ils surveillèrent avec soin les parties voisines de la forêt.

Trois heures se passèrent ainsi. Le vent était tombé, et un silence absolu régnait sous les grands arbres. La brisée de la plus mince branche, un bruit de pas sur les feuilles sèches, le glissement d'un corps entre les herbes, eussent été entendus sans peine. Tout était tranquille. Du reste, Top, couché à terre, sa tête allongée sur ses pattes, ne donnait aucun signe d'inquiétude.

A huit heures, le soir parut assez avancé pour que la reconnaissance pût être faite dans de bonnes conditions. Gédéon Spilett se déclara prêt à partir, en compagnie de Pencroff. Cyrus Smith y consentit. Top et Jup durent rester avec l'ingénieur, Harbert et Nab, car il ne fallait pas qu'un aboiement ou un cri, lancés mal à propos, donnassent l'éveil.

— Ne vous engagez pas imprudemment, recommanda Cyrus Smith au marin et au reporter. Vous n'avez pas à prendre possession du corral, mais seulement à reconnaître s'il est occupé ou non.

— C'est convenu, répondit Pencroff.

Et tous deux partirent.

Sous les arbres, grâce à l'épaisseur de leur feuillage, une certaine obscurité rendait déjà les objets invisibles au-delà d'un rayon de trente à quarante pieds. Le reporter et Pencroff, s'arrêtant dès qu'un bruit quelconque leur semblait suspect, n'avançaient qu'avec les plus extrêmes précautions.

Ils marchaient l'un écarté de l'autre, afin d'offrir moins de prise aux coups de feu. Et, pour tout dire, ils s'attendaient, à chaque instant, à ce qu'une détonation retentît.

Cinq minutes après avoir quitté le chariot, Gédéon Spilett et Pencroff étaient arrivés sur la lisière du bois, devant la clairière au fond de laquelle s'élevait l'enceinte palissadée.

Ils s'arrêtèrent. Quelques vagues lueurs baignaient encore la prairie dégarnie d'arbres. A trente pas se dressait la porte du corral, qui paraissait être fermée.

Ces trente pas qu'il s'agissait de franchir entre la lisière du bois et l'enceinte constituaient la zone dangereuse, pour employer une expression empruntée à la balistique. En effet, une ou plusieurs balles, parties de la crête de la palissade, auraient jeté à terre quiconque se fût hasardé sur cette zone.

Gédéon Spilett et le marin n'étaient point hommes à reculer, mais ils savaient qu'une imprudence de leur part, dont ils seraient les premières victimes, retomberait ensuite sur leurs compagnons. Eux tués, que deviendraient Cyrus Smith, Nab, Harbert ?

Mais Pencroff, surexcité en se sentant si près du corral, où il supposait que les convicts s'étaient réfugiés, allait se porter en avant, quand le reporter le retint d'une main vigoureuse.

— Dans quelques instants, il fera tout à fait nuit, murmura Gédéon Spilett à l'oreille de Pencroff, et ce sera le moment d'agir.

Pencroff, serrant convulsivement la crosse de son fusil, se contint et attendit en maugréant.

Bientôt, les dernières lueurs du crépuscule s'effacèrent complètement. L'ombre qui semblait sortir de l'épaisse forêt envahit la clairière. Le mont Franklin se dressait comme un énorme écran devant l'horizon du couchant, et l'obscurité se fit rapidement, ainsi que cela arrive dans les régions déjà basses en latitude. C'était le moment.

Le reporter et Pencroff, depuis qu'ils s'étaient postés sur la lisière du bois, n'avaient pas perdu de vue l'enceinte palissadée. Le corral semblait être absolument abandonné. La crête de la palissade formait une ligne un peu plus noire que l'ombre environnante, et rien n'en altérait la netteté. Cependant, si les convicts étaient là, ils avaient dû poster un des leurs, de manière à se garantir de toute surprise.

Gédéon Spilett serra la main de son compagnon, et tous deux s'avancèrent en rampant vers le corral, leurs fusils prêts à faire feu.

Ils arrivèrent à la porte de l'enceinte sans que l'ombre eût été sillonnée d'un seul trait de lumière.

Pencroff essaya de pousser la porte, qui, ainsi que le reporter et lui l'avaient supposé, était fermée. Cependant, le marin put constater que les barres extérieures n'avaient pas été mises.

On en pouvait donc conclure que les convicts occupaient alors le corral, et que, vraisemblablement, ils avaient assujetti la porte, de manière qu'on ne pût la forcer.

Gédéon Spilett et Pencroff prêtèrent l'oreille.

Nul bruit à l'intérieur de l'enceinte. Les mouflons et les chèvres, endormis sans doute dans leurs étables, ne troublaient aucunement le calme de la nuit.

Le reporter et le marin, n'entendant rien, se demandèrent s'ils devaient escalader la palissade et pénétrer dans le corral. Ce qui était contraire aux instructions de Cyrus Smith.

Il est vrai que l'opération pouvait réussir, mais elle pouvait échouer aussi. Or, si les convicts ne se doutaient de rien, s'ils n'avaient pas connaissance de l'expédition tentée contre eux, si enfin il existait, en ce moment, une chance de les surprendre, devait-on compromettre cette chance, en se hasardant inconsidérément à franchir la palissade ?

Ce ne fut pas l'avis du reporter. Il trouva raisonnable d'attendre que les colons fussent tous réunis pour essayer de pénétrer dans le corral. Ce qui était certain, c'est que l'on pouvait arriver jusqu'à la palissade sans être vu, et que l'enceinte ne paraissait pas être gardée. Ce point déterminé, il ne s'agissait plus que de revenir vers le chariot, et on aviserait.

Pencroff, probablement, partagea cette manière de voir, car il ne fit aucune difficulté de suivre le reporter, quand celui-ci se replia sous le bois.

Quelques minutes après, l'ingénieur était mis au courant de la situation.

— Eh bien, dit-il, après avoir réfléchi, j'ai maintenant lieu de croire que les convicts ne sont pas au corral.

— Nous le saurons bien, répondit Pencroff, quand nous aurons escaladé l'enceinte.

— Au corral, mes amis! dit Cyrus Smith.

— Laissons-nous le chariot dans le bois? demanda Nab.

— Non, répondit l'ingénieur, c'est notre fourgon de munitions et de vivres, et, au besoin, il nous servira de retranchement.

— En avant donc! dit Gédéon Spilett.

Le chariot sortit du bois et commença à rouler sans bruit vers la palissade. L'obscurité était profonde alors, le silence aussi complet qu'au moment où Pencroff et le reporter s'étaient éloignés en rampant sur le sol. L'herbe épaisse étouffait complètement le bruit des pas.

Les colons étaient prêts à faire feu. Jup, sur l'ordre de Pencroff, se tenait en arrière. Nab menait Top en laisse, afin qu'il ne s'élançât pas en avant.

La clairière apparut bientôt. Elle était déserte. Sans hésiter, la petite troupe se porta vers l'enceinte. En un court espace de temps, la zone dangereuse fut franchie. Pas un coup de feu n'avait été tiré. Lorsque le chariot eut atteint la palissade, il s'arrêta. Nab resta à la tête des onaggas pour les contenir. L'ingénieur, le reporter, Harbert et Pencroff se dirigèrent alors vers la porte, afin de voir si elle était barricadée intérieurement...

Un des battants était ouvert!

— Mais que disiez-vous? demanda l'ingénieur en se retournant vers le marin et Gédéon Spilett.

Tous deux étaient stupéfaits.

— Sur mon salut, dit Pencroff, cette porte était fermée tout à l'heure !

Les colons hésitèrent alors. Les convicts étaient-ils donc au corral au moment où Pencroff et le reporter en opéraient la reconnaissance ? Cela ne pouvait être douteux, puisque la porte, alors fermée, n'avait pu être ouverte que par eux ! Y étaient-ils encore, ou un des leurs venait-il de sortir ?

Toutes ces questions se présentèrent instantanément à l'esprit de chacun, mais comment y répondre ?

En ce moment, Harbert, qui s'était avancé de quelques pas à l'intérieur de l'enceinte, recula précipitamment et saisit la main de Cyrus Smith.

— Qu'y a-t-il ? demanda l'ingénieur.

— Une lumière !

— Dans la maison ?

— Oui !

Tous cinq s'avancèrent vers la porte, et, en effet, à travers les vitres de la fenêtre qui leur faisait face, ils virent trembloter une faible lueur.

Cyrus Smith prit rapidement son parti.

— C'est une chance unique, dit-il à ses compagnons, de trouver les convicts enfermés dans cette maison, ne s'attendant à rien ! Ils sont à nous ! En avant !

Les colons se glissèrent alors dans l'enceinte, le fusil prêt à être épaulé. Le chariot avait été laissé au-dehors sous la garde de Jup et de Top, qu'on y avait attachés par prudence.

Cyrus Smith, Pencroff, Gédéon Spilett, d'un côté, Harbert et Nab, de l'autre, en longeant la palissade, observèrent cette portion du corral qui était absolument obscure et déserte.

En quelques instants, tous furent près de la maison, devant la porte qui était fermée.

Cyrus Smith fit à ses compagnons un signe de la main qui leur recommandait de ne pas bouger, et il s'approcha de la vitre, alors faiblement éclairée par la lumière intérieure.

Son regard plongea dans l'unique pièce, formant le rez-de-chaussée de la maison.

Sur la table brillait un fanal allumé. Près de la table était le lit qui servait autrefois à Ayrton.

Sur le lit reposait le corps d'un homme.

Soudain Cyrus Smith recula, et d'une voix étouffée :

— Ayrton ! s'écria-t-il.

Aussitôt, la porte fut plutôt enfoncée qu'ouverte, et les colons se précipitèrent dans la chambre.

Ayrton paraissait dormir. Son visage attestait qu'il avait longuement et cruellement souffert. A ses poignets et à ses chevilles se voyaient de larges meurtrissures.

Cyrus Smith se pencha sur lui.

— Ayrton ! s'écria l'ingénieur en saisissant le bras de celui qu'il venait de retrouver dans des circonstances si inattendues.

A cet appel, Ayrton ouvrit les yeux, et regardant en face Cyrus Smith, puis les autres :

— Vous, s'écria-t-il, vous ?

— Ayrton ! Ayrton ! répéta Cyrus Smith.

— Où suis-je ?

— Dans l'habitation du corral !

— Seul ?

— Oui !

— Mais ils vont venir ! s'écria Ayrton ! Défendez-vous ! défendez-vous !

Et Ayrton retomba épuisé.

— Spilett, dit alors l'ingénieur, nous pouvons être attaqués d'un moment à l'autre. Faites entrer le chariot dans le corral. Puis, barricadez la porte, et revenez tous ici.

Pencroff, Nab et le reporter se hâtèrent d'exécuter les ordres de l'ingénieur. Il n'y avait pas un instant à perdre. Peut-être même le chariot était-il déjà entre les mains des convicts !

En un instant, le reporter et ses deux compagnons eurent traversé le corral et regagné la porte de la palissade, derrière laquelle on entendait Top gronder sourdement.

L'ingénieur, quittant Ayrton un instant, sortit de la maison, prêt à faire le coup de feu. Harbert était à ses côtés. Tous deux surveillaient la crête du contrefort qui dominait le corral. Si les convicts étaient embusqués en cet endroit, ils pouvaient frapper les colons l'un après l'autre.

En ce moment, la lune apparut dans l'est au-dessus du noir rideau de la forêt, et une blanche nappe de lumière se répandit à l'intérieur de l'enceinte. Le corral s'éclaira tout entier avec ses bouquets d'arbres, le petit cours d'eau qui l'arrosait et son large tapis d'herbes. Du côté de la montagne, la maison et une partie de la palissade se détachaient en blanc. A la partie opposée, vers la porte, l'enceinte restait sombre.

Une masse noire se montra bientôt. C'était le chariot qui entrait dans le cercle de lumière, et Cyrus Smith put entendre le bruit de la porte que ses compagnons refermaient et dont ils assujettissaient solidement les battants à l'intérieur.

Mais, en ce moment, Top, rompant violemment sa laisse, se mit à aboyer avec fureur et s'élança vers le fond du corral, sur la droite de la maison.

— Attention, mes amis, et en joue !... cria Cyrus Smith.

Les colons avaient épaulé leurs fusils et attendaient le moment de faire feu. Top aboyait toujours, et Jup, courant vers le chien, fit entendre des sifflements aigus.

Les colons le suivirent et arrivèrent sur le bord du petit ruisseau, ombragé de grands arbres.

Et là, en pleine lumière, que virent-ils ?

Cinq corps, étendus sur la berge !

C'étaient ceux des convicts qui, quatre mois auparavant, avaient débarqué sur l'île Lincoln !

XIII

LE RÉCIT D'AYRTON — PROJETS DE SES ANCIENS COMPLICES — LEUR INSTALLATION AU CORRAL — LE JUSTICIER DE L'ÎLE LINCOLN — LE « BONADVENTURE » — RECHERCHES AUTOUR DU MONT FRANKLIN — LES VALLÉES SUPÉRIEURES — GRONDEMENTS SOUTERRAINS — UNE RÉPONSE DE PENCROFF — AU FOND DU CRATÈRE — RETOUR

Qu'était-il arrivé ? Qui avait frappé les convicts ? Était-ce donc Ayrton ? Non, puisque, un instant avant, il redoutait leur retour !

Mais Ayrton était alors sous l'empire d'un assoupissement profond dont il ne fut plus possible de le tirer. Après les quelques paroles qu'il avait prononcées, une torpeur accablante s'était emparée de lui, et il était retombé sur son lit, sans mouvement.

Les colons, en proie à mille pensées confuses, sous l'influence d'une violente surexcitation, attendirent pendant toute la nuit, sans quitter la maison d'Ayrton, sans retourner à cette place où gisaient les corps des convicts. A propos des circonstances dans lesquelles ceux-ci avaient trouvé la mort, il était vraisemblable qu'Ayrton ne pourrait rien leur apprendre, puisqu'il ne savait pas lui-même être dans la maison du corral. Mais au moins serait-il en mesure de raconter les faits qui avaient précédé cette terrible exécution.

Le lendemain, Ayrton sortait de cette torpeur, et ses compagnons lui témoignaient cordialement toute la joie qu'ils éprouvaient à le revoir, à peu près sain et sauf, après cent quatre jours de séparation.

Ayrton raconta alors en peu de mots ce qui s'était passé, ou du moins ce qu'il savait.

Le lendemain de son arrivée au corral, le 10 novembre dernier, à la tombée de la nuit, il fut surpris par les convicts, qui avaient escaladé l'enceinte. Ceux-ci le lièrent et le bâillonnèrent ; puis, il fut emmené dans une caverne obscure, au pied du mont Franklin, là où les convicts s'étaient réfugiés.

Sa mort avait été résolue, et, le lendemain, il allait être tué, lorsqu'un des convicts le reconnut et l'appela du nom qu'il portait en Australie. Ces misérables voulaient massacrer Ayrton ! Ils respectèrent Ben Joyce !

Mais, depuis ce moment, Ayrton fut en butte aux obsessions de ses anciens complices. Ceux-ci voulaient le ramener à eux, et ils comptaient sur lui pour s'emparer de Granite-house, pour pénétrer dans cette inaccessible demeure, pour devenir les maîtres de l'île, après en avoir assassiné les colons !

Ayrton résista. L'ancien convict, repentant et pardonné, fût plutôt mort que de trahir ses compagnons.

Ayrton, attaché, bâillonné, gardé à vue, vécut dans cette caverne pendant quatre mois.

Cependant, les convicts avaient découvert le corral, peu de temps après leur arrivée sur l'île, et, depuis lors, ils vivaient sur ses réserves, mais il ne l'habitaient pas. Le 11 novembre, deux de ces bandits, inopinément surpris par l'arrivée des colons, firent feu sur Harbert, et l'un d'eux revint en se vantant d'avoir tué un des habitants de l'île, mais il revint seul. Son compagnon, on le sait, était tombé sous le poignard de Cyrus Smith.

Que l'on juge des inquiétudes et du désespoir d'Ayrton, quand il apprit cette nouvelle de la mort d'Harbert! Les colons n'étaient plus que quatre, et pour ainsi dire à la merci des convicts!

A la suite de cet événement, et pendant tout le temps que les colons, retenus par la maladie d'Harbert, demeurèrent au corral, les pirates ne quittèrent pas leur caverne, et même, après avoir pillé le plateau de Grande-Vue, ils ne crurent pas prudent de l'abandonner.

Les mauvais traitements infligés à Ayrton redoublèrent alors. Ses mains et ses pieds portaient encore la sanglante empreinte des liens qui l'attachaient jour et nuit. A chaque instant il attendait la mort à laquelle il ne semblait pas qu'il pût échapper.

Ce fut ainsi jusqu'à la troisième semaine de février. Les convicts, guettant toujours une occasion favorable, quittèrent rarement leur retraite, et ne firent que quelques excursions de chasse, soit à l'intérieur de l'île, soit jusque sur la côte méridionale. Ayrton n'avait plus de nouvelles de ses amis, et il n'espérait plus les revoir!

Enfin, le malheureux, affaibli par les mauvais traitements, tomba dans une prostration profonde qui ne lui permit plus ni de voir ni d'entendre. Aussi, à partir de ce moment, c'est-à-dire depuis deux jours, il ne pouvait même dire ce qui s'était passé.

— Mais, monsieur Smith, ajouta-t-il, puisque j'étais emprisonné dans cette caverne, comment se fait-il que je me retrouve au corral?

— Comment se fait-il que les convicts soient étendus là, morts, au milieu de l'enceinte? répondit l'ingénieur.

— Morts! s'écria Ayrton, qui, malgré sa faiblesse, se souleva à demi.

Ses compagnons le soutinrent. Il voulut se lever, on le laissa faire, et tous se dirigèrent vers le petit ruisseau.

Il faisait grand jour.

Là, sur la berge, dans la position où les avait surpris une mort qui avait dû être foudroyante, gisaient les cinq cadavres des convicts!

Ayrton était atterré. Cyrus Smith et ses compagnons le regardaient sans prononcer une parole.

Sur un signe de l'ingénieur, Nab et Pencroff visitèrent ces corps, déjà raidis par le froid.

Ils ne portaient aucune trace apparente de blessure.

Seulement, après les avoir rigoureusement examinés, Pencroff aperçut au front de l'un, à la poitrine de l'autre, au dos de celui-ci, à l'épaule de celui-là, un petit point rouge, sorte de contusion à peine visible, et dont il était impossible de reconnaître l'origine.

— C'est là qu'ils ont été frappés! dit Cyrus Smith.

— Mais avec quelle arme? s'écria le reporter.

— Une arme foudroyante dont nous n'avons pas le secret!

— Et qui les a foudroyés?... demanda Pencroff.

— Le justicier de l'île, répondit Cyrus Smith, celui qui vous a transporté ici, Ayrton, celui dont l'influence vient encore de se manifester, celui qui fait pour nous tout ce que nous ne pouvons faire nous-mêmes, et qui, cela fait, se dérobe à nous.

— Cherchons-le donc! s'écria Pencroff.

— Oui, cherchons-le, répondit Cyrus Smith, mais l'être mystérieux qui accomplit de tels prodiges, nous ne le trouverons que s'il lui plaît enfin de nous appeler à lui!

Cette protection invisible, qui réduisait à néant leur propre action, irritait et touchait à la fois l'ingénieur. L'infériorité relative qu'elle constatait était de celles dont une âme fière peut se sentir blessée. Une générosité qui s'arrange de façon à éluder toute marque de reconnaissance accusait une sorte de dédain pour les obligés, qui gâtait jusqu'à un certain point aux yeux de Cyrus Smith le prix du bienfait.

— Cherchons, reprit-il, et Dieu veuille qu'il nous soit permis un jour de prouver à ce protecteur hautain qu'il n'a point affaire à des ingrats ! Que ne donnerais-je pas pour que nous puissions nous acquitter envers lui, en lui rendant à notre tour, et fût-ce au prix de notre vie, quelque signalé service !

Depuis ce jour, cette recherche fut l'unique préoccupation des habitants de l'île Lincoln. Tout les poussait à découvrir le mot de cette énigme, mot qui ne pouvait être que le nom d'un homme doué d'une puissance véritablement inexplicable et en quelque sorte surhumaine.

Après quelques instants, les colons rentrèrent dans l'habitation du corral, où leurs soins rendirent promptement à Ayrton son énergie morale et physique.

Nab et Pencroff transportèrent les cadavres des convicts dans la forêt, à quelque distance du corral, et ils les enterrèrent profondément.

Puis, Ayrton fut mis au courant des faits qui s'étaient accomplis pendant sa séquestration. Il apprit alors les aventures d'Harbert, et par quelles séries d'épreuves les colons avaient passé. Quant à ceux-ci, ils n'espéraient plus revoir Ayrton et avaient à redouter que les convicts ne l'eussent impitoyablement massacré.

— Et maintenant, dit Cyrus Smith en terminant son récit, il nous reste un devoir à accomplir. La moitié de notre tâche est remplie, mais si les convicts ne sont plus à craindre, ce n'est pas à nous que nous devons d'être redevenus maîtres de l'île.

— Eh bien, répondit Gédéon Spilett, fouillons tout ce labyrinthe des contreforts du mont Franklin ! Ne laissons pas une excavation, pas un trou inexploré ! Ah ! si jamais reporter s'est trouvé en présence d'un mystère émouvant, c'est bien moi qui vous parle, mes amis !

— Et nous ne rentrerons à Granite-house, répondit Harbert, que lorsque nous aurons retrouvé notre bienfaiteur.

— Oui ! dit l'ingénieur, nous ferons tout ce qu'il est humainement possible de faire... mais, je le répète, nous ne le retrouverons que s'il veut bien le permettre !

— Restons-nous au corral ? demanda Pencroff.

— Restons-y, répondit Cyrus Smith, les provisions y sont abondantes, et nous sommes ici au centre de notre cercle d'investigations. D'ailleurs, si cela est nécessaire, le chariot se rendra rapidement à Granite-house.

— Bien, répondit le marin. Seulement, une observation.

— Laquelle ?

— Voici la belle saison qui s'avance, et il ne faut pas oublier que nous avons une traversée à faire.

— Une traversée ? dit Gédéon Spilett.

— Oui ! celle de l'île Tabor, répondit Pencroff. Il est nécessaire d'y porter une notice qui indique la situation de notre île, où se trouve actuellement Ayrton, pour le cas où le yacht écossais viendrait le reprendre. Qui sait s'il n'est pas déjà trop tard ?

— Mais, Pencroff, demanda Ayrton, comment comptez-vous faire cette traversée ?

— Sur le *Bonadventure* !

— Le *Bonadventure* ! s'écria Ayrton... Il n'existe plus.

— Mon *Bonadventure* n'existe plus ! hurla Pencroff en bondissant.

— Non ! répondit Ayrton. Les convicts l'ont découvert dans son petit port, il y a huit jours à peine, ils ont pris la mer, et...

— Et ? fit Pencroff, dont le cœur palpitait.

— Et, n'ayant plus Bob Harvey pour manœuvrer, ils se sont échoués sur les roches, et l'embarcation a été entièrement brisée !

— Ah ! les misérables ! les bandits ! les infâmes coquins ! s'écria Pencroff.

— Pencroff, dit Harbert, en prenant la main du marin, nous ferons un autre *Bonadventure*, un plus grand ! Nous avons toutes les ferrures, tout le gréement du brick à notre disposition !

— Mais savez-vous, répondit Pencroff, qu'il faut au moins cinq à six mois pour construire une embarcation de trente à quarante tonneaux ?

— Nous prendrons notre temps, répondit le reporter, et nous renoncerons pour cette année à faire la traversée de l'île Tabor.

— Que voulez-vous, Pencroff, il faut bien se résigner, dit l'ingénieur, et j'espère que ce retard ne nous sera pas préjudiciable.

— Ah ! mon *Bonadventure* ! mon pauvre *Bonadventure* ! s'écria Pencroff, véritablement consterné de la perte de son embarcation, dont il était si fier !

La destruction du *Bonadventure* était évidemment un fait regrettable pour les colons, et il fut convenu que cette perte devrait être réparée au plus tôt. Ceci bien arrêté, on ne s'occupa plus que de mener à bonne fin l'exploration des plus secrètes portions de l'île.

Des recherches furent commencées le jour même, 19 février, et durèrent une semaine entière. La base de la montagne, entre ses contreforts et leurs nombreuses ramifications, formait un labyrinthe de vallées et de contre-vallées disposé très capricieusement. C'était évidemment là, au fond de ces étroites gorges, peut-être même à l'intérieur du massif du mont Franklin, qu'il convenait de poursuivre les recherches. Aucune partie de l'île n'eût été plus propre à cacher une habitation dont l'hôte voulait rester inconnu. Mais tel était l'enchevêtrement des contreforts que Cyrus Smith dut procéder à leur exploration avec une sévère méthode.

Les colons visitèrent d'abord toute la vallée qui s'ouvrait au sud du volcan et qui recueillait les premières eaux de la rivière de la Chute. Ce fut là qu'Ayrton leur montra la caverne où s'étaient réfugiés les convicts et dans laquelle il avait été séquestré jusqu'à son transport au corral. Cette caverne était absolument dans l'état où Ayrton l'avait laissée. On y retrouva une certaine quantité de munitions et de vivres que les convicts avaient enlevés avec l'intention de se créer une réserve.

Toute la vallée qui aboutissait à la grotte, vallée ombragée de beaux arbres, parmi lesquels dominaient les conifères, fut explorée avec un soin extrême, et le contrefort sud-ouest ayant été tourné à sa pointe, les colons s'engagèrent dans une gorge plus étroite qui s'amorçait à cet entassement si pittoresque des basaltes du littoral.

Ici les arbres étaient plus rares. La pierre remplaçait l'herbe. Les chèvres sauvages et les mouflons gambadaient entre les roches. Là commençait la partie aride de l'île. On pouvait reconnaître déjà que, de ces nombreuses vallées qui se ramifiaient à la base du mont Franklin, trois seulement étaient boisées et riches en pâturages comme celle du corral, qui confinait par l'ouest à la vallée de la rivière de la Chute, et, par l'est, à la vallée du creek Rouge. Ces deux ruisseaux, changés plus bas en rivières par l'absorption de quelques affluents, se formaient de toutes les eaux de la montagne et déterminaient ainsi la fertilité de sa portion méridionale. Quant à la Mercy, elle était plus directement alimentée par d'abondantes sources, perdues sous le couvert du bois de Jacamar, et c'étaient également des sources de cette nature qui, s'épanchant par mille filets, abreuvaient le sol de la presqu'île Serpentine.

Or, de ces trois vallées où l'eau ne manquait pas, l'une aurait pu servir de retraite à quelque solitaire qui y eût trouvé toutes les choses nécessaires à la vie. Mais les colons les avaient déjà explorées, et nulle part ils n'avaient pu constater la présence de l'homme.

Était-ce donc au fond de ces gorges arides, au milieu des éboulis de roches, dans les âpres ravins du nord, entre les coulées de laves que se trouveraient cette retraite et son hôte?

La partie nord du mont Franklin se composait uniquement à sa base de deux vallées, larges, peu profondes, sans apparence de verdure, semées de blocs erratiques, zébrées de longues moraines, pavées de laves, accidentées de grosses tumeurs minérales, saupoudrées d'obsidiennes et de labradorites. Cette partie exigea de longues et difficiles explorations. Là se creusaient mille cavités, peu confortables sans doute, mais absolument dissimulées et d'un accès difficile. Les colons visitèrent même de sombres tunnels qui dataient de l'époque plutonienne, encore noircis par le passage des feux d'autrefois, et qui s'enfonçaient dans le massif du mont. On parcourut ces sombres galeries, on y promena des résines enflammées, on fouilla les moindres excavations, on sonda les moindres profondeurs. Mais partout le silence, l'obscurité. Il ne semblait pas qu'un être humain eût jamais porté ses pas dans ces antiques couloirs, que son bras eût jamais déplacé un seul de ces blocs. Tels ils étaient, tels le volcan les avait projetés au-dessus des eaux à l'époque de l'émersion de l'île.

Cependant, si ces substructions parurent être absolument désertes, si l'obscurité y était complète, Cyrus Smith fut forcé de reconnaître que l'absolu silence n'y régnait pas.

En arrivant au fond de l'une de ces sombres cavités, qui se prolongeaient sur une longueur de plusieurs centaines de pieds à l'intérieur de la montagne, il fut surpris d'entendre de sourds grondements, dont la sonorité des roches accroissait l'intensité.

Gédéon Spilett, qui l'accompagnait, entendit également ces lointains murmures, qui indiquaient une revivification des feux souterrains. A plusieurs reprises, tous deux écoutèrent, et ils furent d'accord sur ce point que quelque réaction chimique s'élaborait dans les entrailles du sol.

— Le volcan n'est donc pas totalement éteint ? dit le reporter.

— Il est possible que, depuis notre exploration du cratère, répondit Cyrus Smith, quelque travail se soit accompli dans les couches inférieures. Tout volcan, bien qu'on le considère comme éteint, peut évidemment se rallumer.

— Mais si une éruption du mont Franklin se préparait, demanda Gédéon Spilett, est-ce qu'il n'y aurait pas danger pour l'île Lincoln ?

— Je ne le pense pas, répondit l'ingénieur. Le cratère, c'est-à-dire la soupape de sûreté, existe, et le trop-plein des vapeurs et des laves s'échappera, comme il le faisait autrefois, par son exutoire accoutumé.

— A moins que ces laves ne se frayent un nouveau passage vers les parties fertiles de l'île !

— Pourquoi, mon cher Spilett, répondit Cyrus Smith, pourquoi ne suivraient-elles pas la route qui leur est naturellement tracée ?

— Eh ! les volcans sont capricieux ! répondit le reporter.

— Remarquez, reprit l'ingénieur, que l'inclinaison de tout le massif du mont Franklin favorise l'épanchement des matières vers les vallées que nous explorons en ce

moment. Il faudrait qu'un tremblement de terre chan-
geât le centre de gravité de la montagne pour que cet
épanchement se modifiât.

— Mais un tremblement de terre est toujours à
craindre dans ces conditions, fit observer Gédéon
Spilett.

— Toujours, répondit l'ingénieur, surtout quand les
forces souterraines commencent à se réveiller et que les
entrailles du globe risquent d'être obstruées, après un
long repos. Aussi, mon cher Spilett, une éruption serait-
elle pour nous un fait grave, et vaudrait-il beaucoup
mieux que ce volcan n'eût pas la velléité de se réveiller !
Mais nous n'y pouvons rien, n'est-ce pas ? En tout cas,
quoi qu'il arrive, je ne crois pas que notre domaine de
Grande-Vue puisse être sérieusement menacé. Entre lui
et la montagne, le sol est notablement déprimé, et si
jamais les laves prenaient le chemin du lac, elles
seraient rejetées sur les dunes et les portions voisines du
golfe du Requin.

— Nous n'avons encore vu à la tête du mont aucune
fumée qui indique quelque éruption prochaine, dit
Gédéon Spilett.

— Non, répondit Cyrus Smith, pas une vapeur ne
s'échappe du cratère, dont précisément hier j'ai
observé le sommet. Mais il est possible que, à la partie
inférieure de la cheminée, le temps ait accumulé des
rocs, des cendres, des laves durcies, et que cette soupape dont je parlais soit trop chargée momentanément.
Mais, au premier effort sérieux, tout obstacle disparaîtra, et vous pouvez être certain, mon cher Spilett, que
ni l'île, qui est la chaudière, ni le volcan, qui est la cheminée, n'éclateront sous la pression des gaz. Néanmoins, je le répète, mieux vaudrait qu'il n'y eût pas
d'éruption.

— Et cependant nous ne nous trompons pas, reprit le reporter. On entend bien de sourds grondements dans les entrailles mêmes du volcan !

— En effet, répondit l'ingénieur, qui écouta encore avec une extrême attention, il n'y a pas à s'y tromper... Là se fait une réaction dont nous ne pouvons évaluer l'importance ni le résultat définitif.

Cyrus Smith et Gédéon Spilett, après être sortis, retrouvèrent leurs compagnons, auxquels ils firent connaître cet état de choses.

— Bon ! s'écria Pencroff, ce volcan qui voudrait faire des siennes ! Mais qu'il essaie ! Il trouvera son maître !...

— Qui donc ? demanda Nab.

— Notre génie, Nab, notre génie, qui lui bâillonnera son cratère, s'il fait seulement mine de l'ouvrir !

On le voit, la confiance du marin envers le dieu spécial de son île était absolue, et, certes, la puissance occulte qui s'était manifestée jusqu'ici par tant d'actes inexplicables paraissait être sans limites ; mais aussi, elle sut échapper aux minutieuses recherches des colons, car, malgré tous leurs efforts, malgré le zèle, plus que le zèle, la ténacité qu'ils apportèrent à leur exploration, l'étrange retraite ne put être découverte.

Du 19 au 25 février, le cercle des investigations fut étendu à toute la région septentrionale de l'île Lincoln, dont les plus secrets réduits furent fouillés. Les colons en arrivèrent à sonder chaque paroi rocheuse, comme font des agents aux murs d'une maison suspecte. L'ingénieur prit même un levé très exact de la montagne, et il porta ses fouilles jusqu'aux dernières assises qui la soutenaient. Elle fut explorée ainsi même à la hauteur du cône tronqué qui terminait le premier étage des roches, puis jusqu'à l'arête supérieure de cet énorme chapeau au fond duquel s'ouvrait le cratère.

On fit plus : on visita le gouffre, encore éteint, mais dans les profondeurs duquel des grondements se faisaient distinctement entendre. Cependant, pas une fumée, pas une vapeur, pas un échauffement de la paroi n'indiquaient une éruption prochaine. Mais ni là ni en aucune autre partie du mont Franklin, les colons ne trouvèrent les traces de celui qu'ils cherchaient.

Les investigations furent alors dirigées sur toute la région des dunes. On visita avec soin les hautes murailles laviques du golfe du Requin, de la base à la crête, bien qu'il fût extrêmement difficile d'atteindre le niveau même du golfe. Personne! Rien!

Finalement, ces deux mots résumèrent tant de fatigues inutilement dépensées, tant d'obstination qui ne produisit aucun résultat, et il y avait comme une sorte de colère dans la déconvenue de Cyrus Smith et de ses compagnons.

Il fallut donc songer à revenir, car ces recherches ne pouvaient se poursuivre indéfiniment. Les colons étaient véritablement en droit de croire que l'être mystérieux ne résidait pas à la surface de l'île, et alors les plus folles hypothèses hantèrent leurs imaginations surexcitées. Pencroff et Nab, particulièrement, ne se contentaient plus de l'étrange et se laissaient emporter dans le monde du surnaturel.

Le 25 février, les colons rentraient à Granite-house, et au moyen de la double corde, qu'une flèche reporta au palier de la porte, ils rétablirent la communication entre leur domaine et le sol.

Un mois plus tard, ils saluaient, au vingt-cinquième jour de mars, le troisième anniversaire de leur arrivée sur l'île Lincoln!

XIV

Trois ans s'étaient écoulés depuis que les prisonniers de Richmond s'étaient enfuis, et que de fois, pendant ces trois années, ils parlèrent de la patrie, toujours présente à leur pensée !

Ils ne mettaient pas en doute que la guerre civile ne fût alors terminée, et il leur semblait impossible que la juste cause du Nord n'eût pas vaincu. Mais quels avaient été les incidents de cette terrible guerre ? Quel sang avait-elle coûté ? Quels amis, à eux, avaient succombé dans la lutte ? Voilà ce dont ils causaient souvent, sans entrevoir encore le jour où il leur serait donné de revoir leur pays. Y retourner, ne fût-ce que quelques jours, renouer le lien social avec le monde habité, établir une communication entre leur patrie et leur île, puis passer le plus long, le meilleur peut-être de leur existence dans cette colonie qu'ils avaient fondée et qui relèverait alors de la métropole, était-ce donc un rêve irréalisable ?

Mais ce rêve, il n'y avait que deux manières de le réaliser : ou un navire se montrerait quelque jour dans les eaux de l'île Lincoln, ou les colons construiraient eux-mêmes un bâtiment assez fort pour tenir la mer jusqu'aux terres les plus rapprochées.

— A moins, disait Pencroff, que notre génie ne fournisse lui-même les moyens de nous rapatrier !

Et, vraiment, on fût venu dire à Pencroff et à Nab qu'un navire de trois cents tonneaux les attendait dans le golfe du Requin ou à port Ballon qu'ils n'auraient pas même fait un geste de surprise. Dans cet ordre d'idées, ils s'attendaient à tout.

Mais Cyrus Smith, moins confiant, leur conseilla de rentrer dans la réalité, et ce fut à propos de la construction d'un bâtiment, besogne véritablement urgente, puisqu'il s'agissait de déposer le plus tôt possible à l'île Tabor un document qui indiquât la nouvelle résidence d'Ayrton.

Le *Bonadventure* n'existant plus, six mois, au moins, seraient nécessaires pour la construction d'un nouveau navire. Or, l'hiver arrivait, et le voyage ne pourrait se faire avant le printemps prochain.

— Nous avons donc le temps de nous mettre en mesure pour la belle saison, dit l'ingénieur, qui causait de ces choses avec Pencroff. Je pense donc, mon ami, que, puisque nous avons à refaire notre embarcation, il sera préférable de lui donner des dimensions plus considérables. L'arrivée du yacht écossais à l'île Tabor est fort problématique. Il peut se faire même que, venu depuis plusieurs mois, il en soit reparti, après avoir vainement cherché quelque trace d'Ayrton. Ne serait-il donc pas à propos de construire un navire qui, le cas échéant, pût nous transporter soit aux archipels polynésiens, soit à la Nouvelle-Zélande ? Qu'en pensez-vous ?

— Je pense, monsieur Cyrus, répondit le marin, je pense que vous êtes tout aussi capable de fabriquer un grand navire qu'un petit. Ni le bois ni les outils ne nous manquent. Ce n'est qu'une question de temps.

— Et combien de mois demanderait la construction d'un navire de deux cent cinquante à trois cents tonneaux ? demanda Cyrus Smith.

— Sept ou huit mois au moins, répondit Pencroff. Mais il ne faut pas oublier que l'hiver arrive et que, par les grands froids, le bois est difficile à travailler. Comptons donc sur quelques semaines de chômage, et, si notre bâtiment est prêt pour le mois de novembre prochain, nous devrons nous estimer très heureux.

— Eh bien, répondit Cyrus Smith, ce serait précisément l'époque favorable pour entreprendre une traversée de quelque importance, soit à l'île Tabor, soit à une terre plus éloignée.

— En effet, monsieur Cyrus, répondit le marin. Faites donc vos plans, les ouvriers sont prêts, et j'imagine qu'Ayrton pourra nous donner un bon coup de main dans la circonstance.

Les colons, consultés, approuvèrent le projet de l'ingénieur, et c'était, en vérité, ce qu'il y avait de mieux à faire. Il est vrai que la construction d'un navire de deux à trois cents tonneaux, c'était une grosse besogne, mais les colons avaient en eux-mêmes une confiance que justifiaient bien des succès déjà obtenus.

Cyrus Smith s'occupa donc de faire le plan du navire et d'en déterminer le gabarit. Pendant ce temps, ses compagnons s'employèrent à l'abattage et au charroi des arbres qui devaient fournir les courbes, la membrure et le bordé. Ce fut la forêt du Far-West qui donna les meilleures essences en chênes et en ormes. On profita de la trouée déjà faite lors de la dernière excursion pour ouvrir une route praticable, qui prit le nom de route du Far-West, et les arbres furent transportés aux Cheminées, où fut établi le chantier de construction. Quant à la route en question, elle était capricieusement tracée, et ce fut un peu le choix des bois qui en détermina le tracé, mais elle facilita l'accès d'une notable portion de la presqu'île Serpentine.

Il était important que ces bois fussent promptement coupés et débités, car on ne pouvait les employer verts encore, et il fallait laisser au temps le soin de les durcir. Les charpentiers travaillèrent donc avec ardeur pendant le mois d'avril, qui ne fut troublé que par quelques coups de vent d'équinoxe assez violents. Maître Jup les aidait adroitement, soit qu'il grimpât au sommet d'un arbre pour y fixer les cordes d'abattage, soit qu'il prêtât ses robustes épaules pour transporter les troncs ébranchés.

Tous ces bois furent empilés sous un vaste appentis en planches, qui fut construit auprès des Cheminées, et, là, ils attendirent le moment d'être mis en œuvre.

Le mois d'avril fut assez beau, comme l'est souvent le mois d'octobre de la zone boréale. En même temps, les travaux de la terre furent activement poussés, et bientôt toute trace de dévastation eut disparu du plateau de Grande-Vue. Le moulin fut rebâti, et de nouveaux bâtiments s'élevèrent sur l'emplacement de la basse-cour. Il avait paru nécessaire de les reconstruire sur de plus grandes dimensions, car la population volatile s'accroissait dans une proportion considérable. Les étables contenaient maintenant cinq onaggas, dont quatre vigoureux, bien dressés, se laissant atteler ou monter, et un petit qui venait de naître. Le matériel de la colonie s'était augmenté d'une charrue, et les onaggas étaient employés au labourage, comme de véritables bœufs du Yorkshire ou du Kentucky. Chacun des colons se distribuait l'ouvrage, et les bras ne chômaient pas. Aussi, quelle belle santé que celle de ces travailleurs, et de quelle belle humeur ils animaient les soirées de Granite-house, en formant mille projets pour l'avenir !

Il va sans dire qu'Ayrton partageait absolument l'existence commune, et qu'il n'était plus question pour lui d'aller vivre au corral. Toutefois, il restait toujours triste, peu communicatif, et se joignait plutôt aux travaux qu'aux plaisirs de ses compagnons. Mais c'était un rude ouvrier à la besogne, vigoureux, adroit, ingénieux, intelligent. Il était estimé et aimé de tous, il ne pouvait l'ignorer.

Cependant, le corral ne fut pas abandonné. Tous les deux jours, un des colons, conduisant le chariot ou montant un des onaggas, allait soigner le troupeau de mouflons et de chèvres et rapportait le lait qui approvisionnait l'office de Nab. Ces excursions étaient en même temps des occasions de chasse. Aussi Harbert et Gédéon Spilett — Top en avant — couraient-ils plus souvent qu'aucun autre de leurs compagnons sur la route du corral, et, avec les armes excellentes dont ils disposaient, cabiais, agoutis, kangourous, sangliers, porcs sauvages pour le gros gibier, canards, tétras, coqs de bruyère, jacamars, bécassines pour le petit, ne manquaient jamais à la maison. Les produits de la garenne, ceux de l'huîtrière, quelques tortues qui furent prises, une nouvelle pêche de ces excellents saumons qui vinrent encore s'engouffrer dans les eaux de la Mercy, les légumes du plateau de Grande-Vue, les fruits naturels de la forêt, c'étaient richesses sur richesses, et Nab, le maître coq, suffisait à peine à les emmagasiner.

Il va sans dire que le fil télégraphique jeté entre le corral et Granite-house avait été rétabli, et qu'il fonctionnait, lorsque l'un ou l'autre des colons se trouvait au corral et jugeait nécessaire d'y passer la nuit. D'ailleurs, l'île était sûre maintenant, et aucune agression n'était à redouter — du moins de la part des hommes.

Cependant, le fait qui s'était passé pouvait encore se reproduire. Une descente de pirates, et même de convicts évadés, était toujours à craindre. Il était possible que des compagnons, des complices de Bob Harvey, encore détenus à Norfolk, eussent été dans le secret de ses projets et fussent tentés de l'imiter. Les colons ne laissaient donc pas d'observer les atterrages de l'île, et chaque jour leur longue-vue était promenée sur ce large horizon qui fermait la baie de l'Union et la baie Washington. Quand ils allaient au corral, ils examinaient avec non moins d'attention la partie ouest de la mer, et, en s'élevant sur le contrefort, leur regard pouvait parcourir un large secteur de l'horizon occidental.

Rien de suspect n'apparaissait, mais encore fallait-il se tenir toujours sur ses gardes.

Aussi l'ingénieur, un soir, fit-il part à ses amis du projet qu'il avait conçu de fortifier le corral. Il lui semblait prudent d'en rehausser l'enceinte palissadée et de la flanquer d'une sorte de blockhaus dans lequel, le cas échéant, les colons pourraient tenir contre une troupe ennemie. Granite-house devant être considéré comme inexpugnable par sa position même, le corral, avec ses bâtiments, ses réserves, les animaux qu'il renfermait, serait toujours l'objectif des pirates, quels qu'ils fussent, qui débarqueraient sur l'île, et, si les colons étaient forcés de s'y renfermer, il fallait qu'ils pussent résister sans désavantage.

C'était là un projet à mûrir, et dont l'exécution, d'ailleurs, fut forcément remise au printemps prochain.

Vers le 15 mai, la quille du nouveau bâtiment s'allongeait sur le chantier, et bientôt l'étrave et l'étambot, emmortaisés à chacune de ses extrémités, s'y dressèrent presque perpendiculairement. Cette quille, en bon chêne, mesurait cent dix pieds de longueur, ce qui permettrait de donner au maître-bau une largeur de vingt-cinq pieds. Mais ce fut là tout ce que les charpentiers purent faire avant l'arrivée des froids et du mauvais temps. Pendant la semaine suivante, on mit encore en place les premiers couples de l'arrière : puis, il fallut suspendre les travaux.

Pendant les derniers jours du mois, le temps fut extrêmement mauvais. Le vent soufflait de l'est, et parfois avec la violence d'un ouragan. L'ingénieur eut quelques inquiétudes pour les hangars du chantier de construction — que, d'ailleurs, il n'aurait pu établir en aucun autre endroit, à proximité de Granite-house —, car l'îlot ne couvrait qu'imparfaitement le littoral contre les fureurs du large, et, dans les grandes tempêtes, les lames venaient battre directement le pied de la muraille granitique.

Mais, fort heureusement, ces craintes ne se réalisèrent pas. Le vent hala plutôt la partie sud-est, et, dans ces conditions, le rivage de Granite-house se trouvait complètement couvert par le redan de la pointe de l'Épave.

Pencroff et Ayrton, les deux plus zélés constructeurs du nouveau bâtiment, poursuivirent leurs travaux aussi longtemps qu'ils le purent. Ils n'étaient point hommes à s'embarrasser du vent qui leur tordait la chevelure, ni de la pluie qui les traversait jusqu'aux os, et un coup de marteau est aussi bon par un mauvais que par un beau temps. Mais quand un froid très vif eut succédé à cette période humide, le bois, dont les fibres acquéraient la dureté du fer, devint extrêmement difficile à travailler, et, vers le 10 juin, il fallut définitivement abandonner la construction du bateau.

Cyrus Smith et ses compagnons n'avaient point été sans observer combien la température était rude pendant les hivers de l'île Lincoln. Le froid était comparable à celui que ressentent les États de la Nouvelle-Angleterre, situés à peu près à la même distance qu'elle de l'équateur. Si, dans l'hémisphère boréal, ou tout au moins dans la partie occupée par la Nouvelle-Bretagne et le nord des États-Unis, ce phénomène s'explique par la conformation plate des territoires qui confinent au pôle, et sur lesquels aucune intumescence du sol n'oppose d'obstacles aux bises hyperboréennes, ici, en ce qui concernait l'île Lincoln, cette explication ne pouvait valoir.

— On a même observé, disait un jour Cyrus Smith à ses compagnons, que, à latitudes égales, les îles et les régions du littoral sont moins éprouvées par le froid que les contrées méditerranéennes. J'ai souvent entendu affirmer que les hivers de la Lombardie, par exemple, sont plus rigoureux que ceux de l'Écosse, et cela tiendrait à ce que la mer restitue pendant l'hiver les chaleurs qu'elle a reçues pendant l'été. Les îles sont donc dans les meilleures conditions pour bénéficier de cette restitution.

— Mais alors, monsieur Cyrus, demanda Harbert, pourquoi l'île Lincoln semble-t-elle échapper à la loi commune ?

— Cela est difficile à expliquer, répondit l'ingénieur. Toutefois, je serais disposé à admettre que cette singularité tient à la situation de l'île dans l'hémisphère austral, qui, comme tu le sais, mon enfant, est plus froid que l'hémisphère boréal.

— En effet, dit Harbert, et les glaces flottantes se rencontrent sous des latitudes plus basses dans le sud que dans le nord du Pacifique.

— Cela est vrai, répondit Pencroff, et, quand je faisais le métier de baleinier, j'ai vu des icebergs jusque par le travers du cap Horn.

— On pourrait peut-être expliquer alors, dit Gédéon Spilett, les froids rigoureux qui frappent l'île Lincoln, par la présence de glaces ou de banquises à une distance relativement très rapprochée.

— Votre opinion est très admissible, en effet, mon cher Spilett, répondit Cyrus Smith, et c'est évidemment à la proximité de la banquise que nous devons nos rigoureux hivers. Je vous ferai remarquer aussi qu'une cause toute physique rend l'hémisphère austral plus froid que l'hémisphère boréal. En effet, puisque le soleil est plus rapproché de cet hémisphère pendant l'été, il en est nécessairement plus éloigné pendant l'hiver. Cela explique donc qu'il y ait excès de température dans les deux sens, et, si nous trouvons les hivers très froids à l'île Lincoln, n'oublions pas que les étés y sont très chauds, au contraire.

— Mais pourquoi donc, s'il vous plaît, monsieur Smith, demanda Pencroff en fronçant le sourcil, pourquoi donc notre hémisphère, comme vous dites, est-il si mal partagé ? Ce n'est pas juste, cela !

— Ami Pencroff, répondit l'ingénieur en riant, juste ou non, il faut bien subir la situation, et voici d'où vient cette particularité. La terre ne décrit pas un cercle autour du soleil, mais bien une ellipse, ainsi que le veulent les lois de la mécanique rationnelle. La terre occupe un des foyers de l'ellipse, et, par conséquent, à une certaine époque de son parcours, elle est à son apogée, c'est-à-dire à son plus grand éloignement du soleil, et à une autre époque, à son périgée, c'est-à-dire à sa plus courte distance. Or, il se trouve que c'est précisément pendant l'hiver des contrées australes qu'elle est à son point le plus éloigné du soleil, et, par conséquent, dans les conditions voulues pour que ces régions éprouvent de plus grands froids. A cela, rien à faire, et les hommes, Pencroff, si savants qu'ils puissent être, ne pourront jamais changer quoi que ce soit à l'ordre cosmographique établi par Dieu même.

— Et pourtant, ajouta Pencroff, qui montra une certaine difficulté à se résigner, le monde est bien savant !

Quel gros livre, monsieur Cyrus, on ferait avec tout ce qu'on sait !

— Et quel plus gros livre encore avec tout ce qu'on ne sait pas, répondit Cyrus Smith.

Enfin, pour une raison ou pour une autre, le mois de juin ramena les froids avec leur violence accoutumée, et les colons furent le plus souvent consignés dans Granite-house.

Ah ! cette séquestration leur semblait dure à tous, et peut-être plus particulièrement à Gédéon Spilett.

— Vois-tu, dit-il un jour à Nab, je te donnerais bien par acte notarié tous les héritages qui doivent me revenir un jour, si tu étais assez bon garçon pour aller, n'importe où, m'abonner à un journal quelconque ! Décidément, ce qui manque le plus à mon bonheur, c'est de savoir tous les matins ce qui s'est passé la veille, ailleurs qu'ici !

Nab s'était mis à rire.

— Ma foi, avait-il répondu, ce qui m'occupe, moi, c'est la besogne quotidienne !

La vérité est que, au-dedans comme au-dehors, le travail ne manqua pas.

La colonie de l'île Lincoln se trouvait alors à son plus haut point de prospérité, et trois ans de travaux soutenus l'avaient faite telle. L'incident du brick détruit avait été une nouvelle source de richesses. Sans parler du gréement complet, qui servirait au navire en chantier, ustensiles et outils de toutes sortes, armes et munitions, vêtements et instruments encombraient maintenant les magasins de Granite-house. Il n'avait même plus été nécessaire de recourir à la confection de grosses étoffes de feutre. Si les colons avaient souffert du froid pendant leur premier hivernage, à présent, la mauvaise saison pouvait venir sans qu'ils eussent à en redouter les rigueurs. Le linge était abondant aussi, et on l'entretenait, d'ailleurs, avec un soin extrême. De ce chlorure de sodium, qui n'est autre chose que le sel marin, Cyrus Smith avait facilement extrait la soude et le chlore. La soude, qu'il fut facile de transformer en carbonate de soude, et le chlore, dont il fit des chlorures de chaux et autres, furent employés à divers usages domestiques et précisément au blanchiment du linge. D'ailleurs, on ne faisait plus que quatre lessives par année, ainsi que cela se pratiquait jadis dans les familles du vieux temps, et qu'il soit permis d'ajouter que Pencroff et Gédéon Spilett, en attendant que le facteur lui apportât son journal, se montrèrent des blanchisseurs distingués.

Ainsi se passèrent les mois d'hiver, juin, juillet et août. Ils furent très rigoureux, et la moyenne des observations thermométriques ne donna pas plus de 8° F (13-33 °C au-dessous de zéro). Elle fut donc inférieure à la température du précédent hivernage. Aussi, quel bon feu flambait incessamment dans les cheminées de Granite-house, dont les fumées tachaient de longues zébrures noires la muraille de granit ! On n'épargnait pas le combustible, qui poussait tout naturellement à quelque pas de là. En outre, le superflu des bois destinés à la construction du navire permit d'économiser la houille, qui exigeait un transport plus pénible.

Hommes et animaux se portaient tous bien. Maître Jup se montrait un peu frileux, il faut en convenir. C'était peut-être son seul défaut, et il fallut lui faire une bonne robe de chambre, bien ouatée. Mais quel domestique, adroit, zélé, infatigable, pas indiscret, pas bavard, et on eût pu avec raison le proposer pour modèle à tous ses confrères bipèdes de l'Ancien et du Nouveau Monde !

— Après ça, disait Pencroff, quand on a quatre mains à son service, c'est bien le moins que l'on fasse convenablement sa besogne !

Et, de fait, l'intelligent quadrumane la faisait bien!

Pendant les sept mois qui s'écoulèrent depuis les dernières recherches opérées autour de la montagne et pendant le mois de septembre, qui ramena les beaux jours, il ne fut aucunement question du génie de l'île. Son action ne se manifesta en aucune circonstance. Il est vrai qu'elle eût été inutile, car nul incident ne se produisit qui pût mettre les colons à quelque pénible épreuve.

Cyrus Smith observa même que si, par hasard, les communications entre l'inconnu et les hôtes de Granite-house s'étaient jamais établies à travers le massif de granit, et si l'instinct de Top les avait pour ainsi dire pressenties, il n'en fut plus rien pendant cette période. Les grondements du chien avaient complètement cessé, aussi bien que les inquiétudes de l'orang. Les deux amis — car ils l'étaient — ne rôdaient plus à l'orifice du puits intérieur, ils n'aboyaient pas et ne gémissaient plus de cette singulière façon qui avait donné, dès le début, l'éveil à l'ingénieur. Mais celui-ci pouvait-il assurer que tout était dit sur cette énigme, et qu'il n'en aurait jamais le mot? Pouvait-il affirmer que quelque conjoncture ne se reproduirait pas, qui ramènerait en scène le mystérieux personnage? Qui sait ce que réservait l'avenir?

Enfin, l'hiver s'acheva; mais un fait dont les conséquences pouvaient être graves, en somme, se produisit précisément dans les premiers jours qui marquèrent le retour du printemps.

Le 7 septembre, Cyrus Smith, ayant observé le sommet du mont Franklin, vit une fumée qui se contournait au-dessus du cratère, dont les premières vapeurs se projetaient dans l'air.

XV

Les colons, avertis par l'ingénieur, avaient suspendu leurs travaux et considéraient en silence la cime du mont Franklin.

Le volcan s'était donc réveillé, et les vapeurs avaient percé la couche minérale entassée au fond du cratère. Mais les feux souterrains provoqueraient-ils quelque éruption violente ? c'était là une éventualité qu'on ne pouvait prévenir.

Cependant, même en admettant l'hypothèse d'une éruption, il était probable que l'île Lincoln n'en souffrirait pas dans son ensemble. Les épanchements de matières volcaniques ne sont pas toujours désastreux. Déjà l'île avait été soumise à cette épreuve, ainsi qu'en témoignaient les coulées de lave qui zébraient les pentes septentrionales de la montagne. En outre, la forme du cratère, l'égueulement creusé à son bord supérieur devaient projeter les matières vomies à l'opposé des portions fertiles de l'île.

Toutefois, le passé n'engageait pas nécessairement l'avenir. Souvent, à la cime des volcans, d'anciens cratères se ferment et de nouveaux s'ouvrent. Le fait s'est produit dans les deux mondes, à l'Etna, au Popocatepetl, à l'Orizaba, et, la veille d'une éruption, on peut tout craindre. Il suffisait, en somme, d'un tremblement de terre — phénomène qui s'accompagne quelquefois des épanchements volcaniques — pour que la disposition intérieure de la montagne fût modifiée et que de nouvelles voies se frayassent aux laves incandescentes.

Cyrus Smith expliqua ces choses à ses compagnons, et, sans exagérer la situation, il leur en fit connaître le pour et le contre.

Après tout, on n'y pouvait rien. Granite-house, à moins d'un tremblement de terre qui ébranlerait le sol, ne semblait pas devoir être menacée. Mais le corral aurait tout à craindre, si quelque nouveau cratère s'ouvrait dans les parois sud du mont Franklin.

Depuis ce jour, les vapeurs ne cessèrent d'empanacher la cime de la montagne, et l'on put même reconnaître qu'elles gagnaient en hauteur et en épaisseur, sans qu'aucune flamme se mêlât à leurs épaisses volutes. Le phénomène se concentrait encore dans la partie inférieure de la cheminée centrale.

Cependant, avec les beaux jours, les travaux avaient été repris. On pressait le plus possible la construction du navire, et, au moyen de la chute de la grève, Cyrus Smith parvint à établir une scierie hydraulique qui débita plus rapidement les troncs d'arbres en planches et en madriers. Le mécanisme de cet appareil fut aussi simple que ceux qui fonctionnent dans les rustiques scieries de la Norvège. Un premier mouvement horizontal à imprimer à la pièce de bois, un second mouvement vertical à donner à la scie, c'était là tout ce qu'il s'agissait d'obtenir, et l'ingénieur y réussit au moyen d'une roue, de deux cylindres et de poulies, convenablement disposés.

Vers la fin du mois de septembre, la carcasse du navire, qui devait être gréé en goélette, se dressait sur le chantier de construction. La membrure était presque entièrement terminée, et tous ces couples ayant été maintenus par un cintre provisoire, on pouvait déjà apprécier les formes de l'embarcation. Cette goélette, fine de l'avant, très dégagée dans ses façons d'arrière, serait évidemment propre à une assez longue traversée, le cas échéant ; mais la pose du bordage, du vaigrage intérieur et du pont devait exiger encore un laps considérable de temps. Fort heureusement, les ferrures de l'ancien brick avaient pu être sauvées après l'explosion sous-marine. Des bordages et des courbes mutilés, Pencroff et Ayrton avaient arraché les chevilles et une grande quantité de clous de cuivre. C'était autant d'économisé pour les forgerons, mais les charpentiers eurent beaucoup à faire.

Les travaux de construction durent être interrompus pendant une semaine pour ceux de la moisson, de la fenaison et la rentrée des diverses récoltes qui abondaient au plateau de Grande-Vue. Cette besogne terminée, tous les instants furent désormais consacrés à l'achèvement de la goélette.

Lorsque la nuit arrivait, les travailleurs étaient véritablement exténués. Afin de ne point perdre de temps, ils avaient modifié les heures de repas : ils dînaient à midi et ne soupaient que lorsque la lumière du jour venait à leur manquer. Ils remontaient alors à Granite-house, et ils se hâtaient de se coucher.

Quelquefois, cependant, la conversation, lorsqu'elle portait sur quelque sujet intéressant, retardait quelque peu l'heure du sommeil. Les colons se laissaient aller à parler de l'avenir, et ils causaient volontiers des changements qu'apporterait à leur situation un voyage de la goélette aux terres les plus rapprochées. Mais au milieu de ces projets dominait toujours la pensée d'un retour ultérieur à l'île Lincoln. Jamais ils n'abandonneraient cette colonie, fondée avec tant de peines et de succès, et à laquelle les communications avec l'Amérique donneraient un développement nouveau.

Pencroff et Nab surtout espéraient bien y finir leurs jours.

— Harbert, disait le marin, vous n'abandonnerez jamais l'île Lincoln ?

— Jamais, Pencroff, et surtout si tu prends le parti d'y rester !

— Il est tout pris, mon garçon, répondait Pencroff, je vous attendrai ! Vous me ramènerez votre femme et vos enfants, et je ferai de vos petits de fameux lurons !

— C'est entendu, répliquait Harbert, riant et rougissant à la fois.

— Et vous, monsieur Cyrus, reprenait Pencroff enthousiasmé, vous serez toujours le gouverneur de l'île ! Ah, çà ! combien pourra-t-elle nourrir d'habitants ? Dix mille, au moins !

On causait de la sorte, on laissait aller Pencroff, et, de propos en propos, le reporter finissait par fonder un journal, le *New Lincoln Herald* !

Ainsi en est-il du cœur de l'homme. Le besoin de faire œuvre qui dure, qui lui survive est le signe de sa supériorité sur tout ce qui vit ici-bas. C'est ce qui a fondé sa domination, et c'est ce qui la justifie dans le monde entier.

Après cela, qui sait si Jup et Top n'avaient pas, eux aussi, leur petit rêve d'avenir ?

Ayrton, silencieux, se disait qu'il voudrait revoir lord Glenarvan et se montrer à tous, réhabilité.

Un soir, le 15 octobre, la conversation, lancée à travers ces hypothèses, s'était prolongée plus que de coutume. Il était neuf heures du soir. Déjà de longs bâillements, mal dissimulés, sonnaient l'heure du repos, et Pencroff venait de se diriger vers son lit, quand le timbre électrique, placé dans la salle, résonna soudain.

Tous étaient là, Cyrus Smith, Gédéon Spilett, Harbert, Ayrton, Pencroff, Nab. Il n'y avait donc aucun des colons au corral.

Cyrus Smith s'était levé. Ses compagnons se regardaient, croyant avoir mal entendu.

— Qu'est-ce que cela veut dire ? s'écria Nab. Est-ce le diable qui sonne ?

Personne ne répondit.

— Le temps est orageux, fit observer Harbert. L'influence de l'électricité ne peut-elle pas...

Harbert n'acheva pas sa phrase. L'ingénieur, vers lequel tous les regards étaient tournés, secouait la tête négativement.

— Attendons, dit alors Gédéon Spilett. Si c'est un signal, quel que soit celui qui le fasse, il le renouvellera.

— Mais qui voulez-vous que ce soit ? s'écria Nab.

— Mais, répondit Pencroff, celui qui...

La phrase du marin fut coupée par un nouveau frémissement du trembleur sur le timbre.

Cyrus Smith se dirigea vers l'appareil et, lançant le courant à travers le fil, il envoya cette demande au corral :

— Que voulez-vous ?

Quelques instants plus tard, l'aiguille, se mouvant sur le cadran alphabétique, donnait cette réponse aux hôtes de Granite-house :

— Venez au corral en toute hâte.

— Enfin ! s'écria Cyrus Smith.

Oui ! Enfin ! Le mystère allait se dévoiler ! Devant cet immense intérêt qui allait les pousser au corral, toute fatigue des colons avait disparu, tout besoin de repos avait cessé. Sans avoir prononcé une parole, en quelques instants, ils avaient quitté Granite-house et se trouvaient sur la grève. Seuls, Jup et Top étaient restés. On pouvait se passer d'eux.

La nuit était noire. La lune, nouvelle ce jour-là même, avait disparu en même temps que le soleil. Ainsi que l'avait fait observer Harbert, de gros nuages orageux formaient une voûte basse et lourde, qui empêchait tout rayonnement d'étoiles. Quelques éclairs de chaleur, reflets d'un orage lointain, illuminaient l'horizon.

Il était possible que, quelques heures plus tard, la foudre tonnât sur l'île même. C'était une nuit menaçante.

Mais l'obscurité, si profonde qu'elle fût, ne pouvait arrêter des gens habitués à cette route du corral. Ils remontèrent la rive gauche de la Mercy, atteignirent le plateau, passèrent le pont du Creek-Glycérine et s'avancèrent à travers la forêt.

Ils marchaient d'un bon pas, en proie à une émotion très vive. Pour eux, cela ne faisait pas doute, ils allaient apprendre enfin le mot tant cherché de l'énigme, le nom de cet être mystérieux, si profondément entré dans leur vie, si généreux dans son influence, si puissant dans son action! Ne fallait-il pas, en effet, que cet inconnu eût été mêlé à leur existence, qu'il en connût les moindres détails, qu'il entendît tout ce qui se disait à Granite-house, pour avoir pu toujours agir à point nommé?

Chacun, abîmé dans ses réflexions, pressait le pas. Sous cette voûte d'arbres, l'obscurité était telle que la lisière de la route ne se voyait même pas. Aucun bruit, d'ailleurs, dans la forêt. Quadrupèdes et oiseaux, influencés par la lourdeur de l'atmosphère, étaient immobiles et silencieux. Nul souffle n'agitait les feuilles. Seul, le pas des colons résonnait, dans l'ombre, sur le sol durci.

Le silence, pendant le premier quart d'heure de marche, ne fut interrompu que par cette observation de Pencroff:

— Nous aurions dû prendre un fanal.

Et par cette réponse de l'ingénieur:

— Nous en trouverons un au corral.

Cyrus Smith et ses compagnons avaient quitté Granite-house à neuf heures douze minutes. A neuf heures quarante-sept, ils avaient franchi une distance de trois milles sur les cinq qui séparaient l'embouchure de la Mercy du corral.

En ce moment, de grands éclairs blanchâtres s'épanouissaient au-dessus de l'île et dessinaient en noir les découpures du feuillage. Ces éclats intenses éblouissaient et aveuglaient. L'orage, évidemment, ne pouvait tarder à se déchaîner. Les éclairs devinrent peu à peu plus rapides et plus lumineux. Des grondements lointains roulaient dans les profondeurs du ciel. L'atmosphère était étouffante.

Les colons allaient, comme s'ils eussent été poussés en avant par quelque irrésistible force.

A neuf heures un quart, un vif éclair leur montrait l'enceinte palissadée, et ils n'avaient pas franchi la porte que le tonnerre éclatait avec une formidable violence.

En un instant, le corral était traversé, et Cyrus Smith se trouvait devant l'habitation.

Il était possible que la maison fût occupée par l'inconnu, puisque c'était de la maison même que le télégramme avait dû partir. Toutefois, aucune lumière n'en éclairait la fenêtre.

L'ingénieur frappa à la porte.

Pas de réponse.

Cyrus Smith ouvrit la porte, et les colons entrèrent dans la chambre, qui était profondément obscure.

Un coup de briquet fut donné par Nab, et, un instant après, le fanal était allumé et promené à tous les coins de la chambre...

Il n'y avait personne. Les choses étaient dans l'état où on les avait laissées.

— Avons-nous été dupes d'une illusion? murmura Cyrus Smith.

Non! ce n'était pas possible! Le télégramme avait bien dit:

« Venez au corral en toute hâte. »

On s'approcha de la table qui était spécialement affectée au service du fil. Tout y était en place, la pile et la boîte qui la contenait, ainsi que l'appareil récepteur et transmetteur.

— Qui est venu pour la dernière fois ici? demanda l'ingénieur.

— Moi, monsieur Smith, répondit Ayrton.

— Et c'était?...

— Il y a quatre jours.

— Ah! une notice! s'écria Harbert, qui montra un papier déposé sur la table.

Sur ce papier étaient écrits ces mots, en anglais:

« Suivez le nouveau fil. »

— En route! s'écria Cyrus Smith, qui comprit que la dépêche n'était pas partie du corral, mais bien de la retraite mystérieuse qu'un fil supplémentaire, raccordé à l'ancien, réunissait directement à Granite-house.

Nab prit le fanal allumé, et tous quittèrent le corral.

L'orage se déchaînait alors avec une extrême violence. L'intervalle qui séparait chaque éclair de chaque coup de tonnerre diminuait sensiblement. Le météore allait bientôt dominer le mont Franklin et l'île entière. A l'éclat des lueurs intermittentes, on pouvait voir le sommet du volcan empanaché de vapeurs.

Il n'y avait dans toute la portion du corral qui séparait la maison de l'enceinte palissadée aucune communication télégraphique. Mais, après avoir franchi la porte, l'ingénieur, courant droit au premier poteau, vit à la lueur d'un éclair qu'un nouveau fil retombait de l'isoloir jusqu'à terre.

— Le voilà ! dit-il.

Ce fil traînait sur le sol, mais sur toute sa longueur il était entouré d'une substance isolante, comme l'est un câble sous-marin, ce qui assurait la libre transmission des courants. Par sa direction, il semblait s'engager à travers les bois et les contreforts méridionaux de la montagne, et, conséquemment, il courait vers l'ouest.

— Suivons-le ! dit Cyrus Smith.

Et tantôt à la lueur du fanal, tantôt au milieu des fulgurations de la foudre, les colons se lancèrent sur la voie tracée par le fil.

Les roulements du tonnerre étaient continus alors, et leur violence telle qu'aucune parole n'eût pu être entendue. D'ailleurs, il ne s'agissait pas de parler, mais d'aller en avant.

Cyrus Smith et les siens gravirent d'abord le contrefort dressé entre la vallée du corral et celle de la rivière de la Chute, qu'ils traversèrent dans sa partie la plus étroite. Le fil, tantôt tendu sur les basses branches des arbres, tantôt se déroulant à terre, les guidait sûrement.

L'ingénieur avait supposé que ce fil s'arrêterait peut-être au fond de la vallée, et que là serait la retraite inconnue.

Il n'en fut rien. Il fallut remonter le contrefort du sud-ouest et redescendre sur ce plateau aride que terminait cette muraille de basaltes si étrangement amoncelés. De temps en temps, l'un ou l'autre des colons se baissait, tâtait le fil de la main et rectifiait la direction au besoin. Mais il n'était plus douteux que ce fil courût directement à la mer. Là, sans doute, dans quelque profondeur des roches ignées, se creusait la demeure si vainement cherchée jusqu'alors.

Le ciel était en feu. Un éclair n'attendait pas l'autre. Plusieurs frappaient la cime du volcan et se précipitaient dans le cratère au milieu de l'épaisse fumée. On

673

eût pu croire, par instants, que le mont projetait des flammes.

A dix heures moins quelques minutes, les colons étaient arrivés sur la haute lisière qui dominait l'Océan à l'ouest. Le vent s'était levé. Le ressac mugissait à cinq cents pieds plus bas.

Cyrus Smith calcula que ses compagnons et lui avaient franchi la distance d'un mille et demi depuis le corral.

A ce point, le fil s'engageait au milieu des roches, en suivant la pente assez raide d'un ravin étroit et capricieusement tracé.

Les colons s'y engagèrent, au risque de provoquer quelque éboulement de rocs mal équilibrés et d'être précipités dans la mer. La descente était extrêmement périlleuse, mais ils ne comptaient pas avec le danger, ils n'étaient plus maîtres d'eux-mêmes, et une irrésistible attraction les attirait vers ce point mystérieux, comme l'aimant attire le fer.

Aussi descendirent-ils presque inconsciemment ce ravin, qui, même en pleine lumière, eût été pour ainsi dire impraticable. Les pierres roulaient et resplendissaient comme des bolides enflammés, quand elles traversaient les zones de lumière. Cyrus Smith était en tête. Ayrton fermait la marche. Ici, ils allaient pas à pas ; là, ils glissaient sur la roche polie ; puis ils se relevaient et continuaient leur route.

Enfin, le fil, faisant un angle brusque, toucha les roches du littoral, véritable semis d'écueils que les grandes marées devaient battre. Les colons avaient atteint la limite inférieure de la muraille basaltique.

Là se développait un étroit épaulement qui courait horizontalement et parallèlement à la mer. Le fil le suivait, et les colons s'y engagèrent. Ils n'avaient pas fait cent pas que l'épaulement, s'inclinant par une pente modérée, arrivait ainsi au niveau même des lames.

L'ingénieur saisit le fil, et il vit qu'il s'enfonçait dans la mer.

Ses compagnons, arrêtés près de lui, étaient stupéfaits.

Un cri de désappointement, presque un cri de désespoir, leur échappa ! Faudrait-il donc se précipiter sous ces eaux et y chercher quelque caverne sous-marine ? Dans l'état de surexcitation morale et physique où ils se trouvaient, ils n'eussent pas hésité à le faire.

Une réflexion de l'ingénieur les arrêta.

Cyrus Smith conduisit ses compagnons sous une anfractuosité des roches, et là :

— Attendons, dit-il. La mer est haute. A mer basse, le chemin sera ouvert.

— Mais qui peut vous faire croire... ? demanda Pencroff.

— Il ne nous aurait pas appelés, si les moyens devaient manquer pour arriver jusqu'à lui !

Cyrus Smith avait parlé avec un tel accent de conviction qu'aucune objection ne fut soulevée. Son observation, d'ailleurs, était logique. Il fallait admettre qu'une ouverture, praticable à mer basse, que le flot obstruait en ce moment, s'ouvrait au pied de la muraille.

C'étaient quelques heures à attendre. Les colons restèrent donc silencieusement blottis sous une sorte de portique profond, creusé dans la roche. La pluie commençait alors à tomber, et ce fut bientôt en torrents que se condensèrent les nuages déchirés par la foudre. Les échos répercutaient le fracas du tonnerre et lui donnaient une sonorité grandiose.

L'émotion des colons était extrême. Mille pensées étranges, surnaturelles traversaient leur cerveau, et ils évoquaient quelque grande et surhumaine apparition qui, seule, eût pu répondre à l'idée qu'ils se faisaient du génie mystérieux de l'île.

A minuit, Cyrus Smith, emportant le fanal, descendit jusqu'au niveau de la grève afin d'observer la disposition des roches. Il y avait déjà deux heures de mer baissée.

L'ingénieur ne s'était pas trompé. La voussure d'une vaste excavation commençait à se dessiner au-dessus des eaux. Là, le fil, se coudant à angle droit, pénétrait dans cette gueule béante.

Cyrus Smith revint près de ses compagnons et leur dit simplement :

— Dans une heure, l'ouverture sera praticable.

— Elle existe donc ? demanda Pencroff.

— En avez-vous douté ? répondit Cyrus Smith.

— Mais cette caverne sera remplie d'eau jusqu'à une certaine hauteur, fit observer Harbert.

— Ou cette caverne assèche complètement, répondit Cyrus Smith, et dans ce cas nous la parcourrons à pied, ou elle n'assèche pas, et un moyen quelconque de transport sera mis à notre disposition.

Une heure s'écoula. Tous descendirent sous la pluie au niveau de la mer. En trois heures, la marée avait baissé de quinze pieds. Le sommet de l'arc tracé par la voussure dominait son niveau de huit pieds au moins. C'était comme l'arche d'un pont, sous laquelle passaient les eaux, mêlées d'écume.

En se penchant, l'ingénieur vit un objet noir qui flottait à la surface de la mer. Il l'attira à lui.

C'était un canot, amarré par une corde à quelque saillie intérieure de la paroi. Ce canot était fait en tôle boulonnée. Deux avirons étaient au fond, sous les bancs.

— Embarquons, dit Cyrus Smith.

Un instant après, les colons étaient dans le canot. Nab et Ayrton s'étaient mis aux avirons, Pencroff au gouvernail. Cyrus Smith à l'avant, le fanal posé sur l'étrave, éclairait la marche.

La voûte, très surbaissée, sous laquelle le canot passa d'abord, se relevait brusquement ; mais l'obscurité était trop profonde, et la lumière du fanal trop insuffisante pour que l'on pût reconnaître l'étendue de cette caverne, sa largeur, sa hauteur, sa profondeur. Au milieu de cette substruction basaltique régnait un silence imposant. Nul bruit du dehors n'y pénétrait, et les éclats de la foudre ne pouvaient percer ses épaisses parois.

Il existe en quelques parties du globe de ces cavernes immenses, sortes de cryptes naturelles qui datent de son époque géologique. Les unes sont envahies par les eaux de la mer ; d'autres contiennent des lacs entiers dans leurs flancs. Telle la grotte de Fingal, dans l'île de Staffa, l'une des Hébrides, telles les grottes de Morgat, sur la baie de Douarnenez, en Bretagne, les grottes de Bonifacio, en Corse, celles du Lyse-Fjord, en Norvège, telle l'immense caverne du Mammouth, dans le Kentucky, haute de cinq cents pieds et longue de plus de vingt milles ! En plusieurs points du globe, la nature a creusé ces cryptes et les a conservées à l'admiration de l'homme.

Quant à cette caverne que les colons exploraient alors, s'étendait-elle donc jusqu'au centre de l'île ? Depuis un quart d'heure, le canot s'avançait en faisant des détours que l'ingénieur indiquait à Pencroff d'une voix brève, quand, à un certain moment :

— Plus à droite ! commanda-t-il.

L'embarcation, modifiant sa direction, vint aussitôt longer la paroi de droite. L'ingénieur voulait, avec raison, reconnaître si le fil courait toujours le long de cette paroi.

Le fil était là, accroché aux saillies du roc.

— En avant ! dit Cyrus Smith.

Et les deux avirons, plongeant dans les eaux noires, enlevèrent l'embarcation.

Le canot marcha pendant un quart d'heure encore, et, depuis l'ouverture de la caverne, il devait avoir franchi une distance d'un demi-mille, lorsque la voix de Cyrus Smith se fit entendre de nouveau.

— Arrêtez! dit-il.

Le canot s'arrêta, et les colons aperçurent une vive lumière qui illuminait l'énorme crypte, si profondément creusée dans les entrailles de l'île.

Il fut alors possible d'examiner cette caverne, dont rien n'avait pu faire soupçonner l'existence.

A une hauteur de cent pieds s'arrondissait une voûte, supportée sur des fûts de basalte qui semblaient avoir tous été fondus dans le même moule. Des retombées irrégulières, des nervures capricieuses s'appuyaient sur ces colonnes que la nature avait dressées par milliers aux premières époques de la formation du globe. Les tronçons basaltiques, emboîtés l'un dans l'autre, mesuraient quarante à cinquante pieds de hauteur, et l'eau, paisible malgré les agitations du dehors, venait en baigner la base. L'éclat du foyer de lumière, signalé par l'ingénieur, saisissant chaque arête prismatique et les piquant de pointes de feux, pénétrait pour ainsi dire les parois comme si elles eussent été diaphanes et changeait en autant de cabochons étincelants les moindres saillies de cette substruction.

Par suite d'un phénomène de réflexion, l'eau reproduisait ces divers éclats à sa surface, de telle sorte que le canot semblait flotter entre deux zones scintillantes.

Il n'y avait pas à se tromper sur la nature de l'irradiation projetée par le centre lumineux dont les rayons, nets et rectilignes, se brisaient à tous les angles, à toutes les nervures de la crypte. Cette lumière provenait d'une source électrique, et sa couleur blanche en trahissait l'origine. C'était là le soleil de cette caverne, et il l'emplissait tout entière.

Sur un signe de Cyrus Smith, les avirons retombèrent en faisant jaillir une véritable pluie d'escarboucles, et le canot se dirigea vers le foyer lumineux, dont il ne fut bientôt plus qu'à une demi-encablure.

En cet endroit, la largeur de la nappe d'eau mesurait environ trois cent cinquante pieds, et l'on pouvait apercevoir, au-delà du centre éblouissant, un énorme mur basaltique qui fermait toute issue de ce côté. La caverne s'était donc considérablement élargie, et la mer y formait un petit lac. Mais la voûte, les parois latérales, la muraille du chevet, tous ces prismes, tous ces cylindres, tous ces cônes étaient baignés dans le fluide électrique, à ce point que cet éclat leur paraissait propre, et l'on eût pu dire de ces pierres, taillées à facettes comme des diamants de grand prix, qu'elles suaient la lumière !

Au centre du lac, un long objet fusiforme flottait à la surface des eaux, silencieux, immobile. L'éclat qui en sortait s'échappait de ses flancs, comme de deux gueules de four qui eussent été chauffées au blanc soudant. Cet appareil, semblable au corps d'un énorme cétacé, était long de deux cent cinquante pieds environ et s'élevait de dix à douze pieds au-dessus du niveau de la mer.

Le canot s'en approcha lentement. A l'avant, Cyrus Smith s'était levé. Il regardait, en proie à une violente agitation. Puis, tout à coup, saisissant le bras du reporter.

— Mais c'est lui ! Ce ne peut être que lui ! s'écria-t-il, lui !...

Puis, il retomba sur son banc, en murmurant un nom que Gédéon Spilett fut seul à entendre.

Sans doute, le reporter connaissait ce nom, car cela fit sur lui un prodigieux effet, et il répondit d'une voix sourde :

— Lui! un homme hors la loi!

— Lui! dit Cyrus Smith.

Sur l'ordre de l'ingénieur, le canot s'approcha de ce singulier appareil flottant. Le canot accosta la hanche gauche, de laquelle s'échappait un faisceau de lumière à travers une épaisse vitre.

Cyrus Smith et ses compagnons montèrent sur la plate-forme. Un capot béant était là. Tous s'élancèrent par l'ouverture.

Au bas de l'échelle se dessinait une coursive intérieure, éclairée électriquement. A l'extrémité de cette coursive s'ouvrait une porte que Cyrus Smith poussa.

Une salle richement ornée, que traversèrent rapidement les colons, confinait à une bibliothèque, dans laquelle un plafond lumineux versait un torrent de lumière.

Au fond de la bibliothèque, une large porte, fermée également, fut ouverte par l'ingénieur.

Un vaste salon, sorte de musée où étaient entassées, avec tous les trésors de la nature minérale, des œuvres de l'art, des merveilles de l'industrie, apparut aux yeux des colons, qui durent se croire féeriquement transportés dans le monde des rêves.

Étendu sur un riche divan, ils virent un homme qui ne sembla pas s'apercevoir de leur présence.

Alors Cyrus Smith éleva la voix, et, à l'extrême surprise de ses compagnons, il prononça ces paroles :

— Capitaine Nemo, vous nous avez demandés? Nous voici.

XVI

A ces mots, l'homme couché se releva, et son visage apparut en pleine lumière : tête magnifique, front haut, regard fier, barbe blanche, chevelure abondante et rejetée en arrière.

Cet homme s'appuya de la main sur le dossier du divan qu'il venait de quitter. Son regard était calme. On voyait qu'une maladie lente l'avait miné peu à peu, mais sa voix parut forte encore, quand il dit en anglais, et d'un ton qui annonçait une extrême surprise :

— Je n'ai pas de nom, monsieur.

— Je vous connais ! répondit Cyrus Smith.

Le capitaine Nemo fixa un regard ardent sur l'ingénieur, comme s'il eût voulu l'anéantir.

Puis, retombant sur les oreillers du divan :

— Qu'importe, après tout, murmura-t-il, je vais mourir !

Cyrus Smith s'approcha du capitaine Nemo, et Gédéon Spilett prit sa main, qu'il trouva brûlante. Ayrton, Pencroff, Harbert et Nab se tenaient respectueusement à l'écart dans un angle de ce magnifique salon, dont l'air était saturé d'effluences électriques.

Cependant, le capitaine Nemo avait aussitôt retiré sa

main, et d'un signe il pria l'ingénieur et le reporter de s'asseoir.

Tous le regardaient avec une émotion véritable. Il était donc là celui qu'ils appelaient le « génie de l'île », l'être puissant dont l'intervention, en tant de circonstances, avait été si efficace, ce bienfaiteur auquel ils devaient une si large part de reconnaissance ! Devant les yeux, ils n'avaient qu'un homme, là où Pencroff et Nab croyaient trouver presque un dieu, et cet homme était prêt à mourir !

Mais comment se faisait-il que Cyrus Smith connût le capitaine Nemo ? Pourquoi celui-ci s'était-il si vivement relevé en entendant prononcer ce nom, qu'il devait croire ignoré de tous ?...

Le capitaine avait repris place sur le divan, et, appuyé sur son bras, il regardait l'ingénieur, placé près de lui.

— Vous savez le nom que j'ai porté, monsieur ? demanda-t-il.

— Je le sais, répondit Cyrus Smith, comme je sais le nom de cet admirable appareil sous-marin.

— Le *Nautilus* ? dit en souriant à demi le capitaine.

— Le *Nautilus*.

— Mais savez-vous... savez-vous qui je suis ?

— Je le sais.

— Il y a pourtant trente années que je n'ai plus aucune communication avec le monde habité, trente ans que je vis dans les profondeurs de la mer, le seul milieu où j'ai trouvé l'indépendance ! Qui donc a pu trahir mon secret ?

— Un homme qui n'avait jamais pris d'engagement envers vous, capitaine Nemo, et qui, par conséquent, ne peut être accusé de trahison.

— Ce Français que le hasard jeta à mon bord il y a seize ans ?

— Lui-même.

— Cet homme et ses deux compagnons n'ont donc pas péri dans le Maëlstrom, où le *Nautilus* s'était engagé ?

— Ils n'ont pas péri, et il a paru, sous le titre de *Vingt mille lieues sous les mers*, un ouvrage qui contient votre histoire.

— Mon histoire de quelques mois seulement, monsieur ! répondit vivement le capitaine.

— Il est vrai, reprit Cyrus Smith, mais quelques mois de cette vie étrange ont suffi à vous faire connaître...

— Comme un grand coupable, sans doute ? répondit le capitaine Nemo, en laissant passer sur ses lèvres un sourire hautain. Oui, un révolté, mis peut-être au ban de l'humanité !

L'ingénieur ne répondit pas.

— Eh bien, monsieur ?

— Je n'ai point à juger le capitaine Nemo, répondit Cyrus Smith, du moins en ce qui concerne sa vie passée. J'ignore, comme tout le monde, quels ont été les mobiles de cette étrange existence, et je ne puis juger des effets sans connaître les causes ; mais ce que je sais, c'est qu'une main bienfaisante s'est constamment étendue sur nous depuis notre arrivée à l'île Lincoln, c'est que tous nous devons la vie à un être bon, généreux, puissant, et que cet être puissant, généreux et bon, c'est vous, capitaine Nemo !

— C'est moi, répondit simplement le capitaine.

L'ingénieur et le reporter s'étaient levés. Leurs compagnons s'étaient rapprochés, et la reconnaissance qui débordait de leurs cœurs allait se traduire par les gestes, par les paroles...

Le capitaine Nemo les arrêta d'un signe, et d'une voix plus émue qu'il ne l'eût voulu sans doute :

— Quand vous m'aurez entendu, dit-il.

Et le capitaine, en quelques phrases nettes et pressées, fit connaître sa vie tout entière.

Son histoire fut brève, et, cependant, il dut concentrer en lui tout ce qui lui restait d'énergie pour la dire jusqu'au bout. Il était évident qu'il luttait contre une extrême faiblesse. Plusieurs fois, Cyrus Smith l'engagea à prendre quelque repos, mais il secoua la tête en homme auquel le lendemain n'appartient plus, et quand le reporter lui offrit ses soins :

— Ils sont inutiles, répondit-il, mes heures sont comptées.

Le capitaine Nemo était un Indien, le prince Dakkar, fils d'un rajah du territoire alors indépendant du Bundelkund et neveu du héros de l'Inde, Tippo-Saïb. Son père, dès l'âge de dix ans, l'envoya en Europe, afin qu'il y reçût une éducation complète et dans la secrète intention qu'il pût lutter un jour, à armes égales, avec ceux qu'il considérait comme les oppresseurs de son pays.

De dix ans à trente ans, le prince Dakkar, supérieurement doué, grand de cœur et d'esprit, s'instruisit en toutes choses, et dans les sciences, dans les lettres, dans les arts il poussa ses études haut et loin.

Le prince Dakkar voyagea dans toute l'Europe. Sa naissance et sa fortune le faisaient rechercher, mais les séductions du monde ne l'attirèrent jamais. Jeune et beau, il demeura sérieux, sombre, dévoré de la soif d'apprendre, ayant un implacable ressentiment rivé au cœur.

Le prince Dakkar haïssait. Il haïssait le seul pays où il n'avait jamais voulu mettre le pied, la seule nation dont il refusa constamment les avances : il haïssait l'Angleterre et d'autant plus que sur plus d'un point il l'admirait.

C'est que cet Indien résumait en lui toutes les haines farouches du vaincu contre le vainqueur. L'envahisseur n'avait pu trouver grâce chez l'envahi. Le fils de l'un de ces souverains dont le Royaume-Uni n'a pu que nominalement assurer la servitude, ce prince, de la famille de Tippo-Saïb, élevé dans les idées de revendication et de vengeance, ayant l'inéluctable amour de son poétique pays chargé des chaînes anglaises, ne voulut jamais poser le pied sur cette terre par lui maudite, à laquelle l'Inde devait son asservissement.

Le prince Dakkar devint un artiste que les merveilles de l'art impressionnaient noblement, un savant auquel rien des hautes sciences n'était étranger, un homme d'État qui se forma au milieu des cours européennes. Aux yeux de ceux qui l'observaient incomplètement, il passait peut-être pour un de ces cosmopolites, curieux de savoir, mais dédaigneux d'agir, pour un de ces opulents voyageurs, esprits fiers et platoniques, qui courent incessamment le monde et ne sont d'aucun pays.

Il n'en était rien. Cet artiste, ce savant, cet homme était resté Indien par le cœur, Indien par le désir de la vengeance, Indien par l'espoir qu'il nourrissait de pouvoir revendiquer un jour les droits de son pays, d'en chasser l'étranger, de lui rendre son indépendance.

Aussi, le prince Dakkar revint-il au Bundelkund dans l'année 1849. Il se maria avec une noble Indienne dont le cœur saignait comme le sien aux malheurs de sa patrie. Il en eut deux enfants qu'il chérissait. Mais le bonheur domestique ne pouvait lui faire oublier l'asservissement de l'Inde. Il attendait une occasion. Elle se présenta.

Le joug anglais s'était trop pesamment peut-être alourdi sur les populations hindoues. Le prince Dakkar emprunta la voix des mécontents. Il fit passer dans leur esprit toute la haine qu'il éprouvait contre l'étranger. Il parcourut non seulement les contrées encore indépendantes de la péninsule indienne, mais aussi les régions directement soumises à l'administration anglaise. Il rappela les grands jours de Tippo-Saïb, mort héroïquement à Seringapatam pour la défense de sa patrie.

En 1857, la grande révolte des cipayes éclata. Le prince Dakkar en fut l'âme. Il organisa l'immense soulèvement. Il mit ses talents et ses richesses au service de cette cause. Il paya de sa personne ; il se battit au premier rang ; il risqua sa vie comme le plus humble de ces héros qui s'étaient levés pour affranchir leur pays ; il fut blessé dix fois en vingt rencontres et n'avait pu trouver la mort, quand les derniers soldats de l'indépendance tombèrent sous les balles anglaises.

Jamais la puissance britannique dans l'Inde ne courut un tel danger, et si, comme ils l'avaient espéré, les cipayes eussent trouvé secours au-dehors, c'en était fait peut-être en Asie de l'influence et de la domination du Royaume-Uni.

Le nom du prince Dakkar fut illustre alors. Le héros qui le portait ne se cacha pas et lutta ouvertement. Sa tête fut mise à prix, et, s'il ne se rencontra pas un traître pour la livrer, son père, sa mère, sa femme, ses enfants payèrent pour lui avant même qu'il pût connaître les dangers qu'à cause de lui ils couraient...

Le droit, cette fois encore, était tombé devant la force. Mais la civilisation ne recule jamais, et il semble qu'elle emprunte tous les droits à la nécessité. Les cipayes furent vaincus, et le pays des anciens rajahs retomba sous la domination plus étroite de l'Angleterre.

Le prince Dakkar, qui n'avait pu mourir, revint dans les montagnes du Bundelkund. Là, seul désormais, pris d'un immense dégoût contre tout ce qui portait le nom d'homme, ayant la haine et l'horreur du monde civilisé, voulant à jamais le fuir, il réalisa les débris de sa fortune, réunit une vingtaine de ses plus fidèles compagnons, et, un jour, tous disparurent.

Où donc le prince Dakkar avait-il été chercher cette indépendance que lui refusait la terre habitée ? Sous les eaux, dans la profondeur des mers, où nul ne pouvait le suivre.

A l'homme de guerre se substitua le savant. Une île déserte du Pacifique lui servit à établir ses chantiers, et, là, un bateau sous-marin fut construit sur ses plans. L'électricité, dont, par des moyens qui seront connus un jour, il avait su utiliser l'incommensurable force mécanique, et qu'il puisait à d'intarissables sources, fut employée à toutes les nécessités de son appareil flottant, comme force motrice, force éclairante, force calorifique. La mer, avec ses trésors infinis, ses myriades de poissons, ses moissons de varechs et de sargasses, ses énormes mammifères, et non seulement tout ce que la nature y entretenait, mais aussi tout ce que les hommes y avaient perdu, suffit amplement aux besoins du prince et de son équipage — et ce fut l'accomplissement de son plus vif désir, puisqu'il ne voulait plus avoir aucune communication avec la terre. Il nomma son appareil sous-marin le *Nautilus*, il s'appela le capitaine Nemo, et il disparut sous les mers.

Pendant bien des années, le capitaine visita tous les océans, d'un pôle à l'autre. Paria de l'univers habité, il recueillit dans ces mondes inconnus des trésors admirables. Les millions perdus dans la baie de Vigo, en 1702, par les galions espagnols, lui fournirent une mine inépuisable de richesses dont il disposa toujours, et anonymement, en faveur des peuples qui se battaient pour l'indépendance de leur pays.

Enfin, il n'avait eu, depuis longtemps, aucune communication avec ses semblables, quand, pendant la nuit du 6 novembre 1866, trois hommes furent jetés à son bord. C'étaient un professeur français, son domestique et un pêcheur canadien. Ces trois hommes avaient été précipités à la mer, dans un choc qui s'était produit entre le *Nautilus* et la frégate des États-Unis l'*Abraham-Lincoln*, qui lui donnait la chasse.

Le capitaine Nemo apprit de ce professeur que le *Nautilus*, tantôt pris pour un mammifère géant de la famille des cétacés, tantôt pour un appareil sous-marin renfermant un équipage de pirates, était poursuivi sur toutes les mers.

Le capitaine Nemo aurait pu rendre à l'Océan ces trois hommes, que le hasard jetait ainsi à travers sa mystérieuse existence. Il ne le fit pas, il les garda prisonniers, et, pendant sept mois, ils purent contempler toutes les merveilles d'un voyage qui se poursuivit pendant vingt mille lieues sous les mers.

Un jour, le 22 juin 1867, ces trois hommes, qui ne savaient rien du passé du capitaine Nemo, parvinrent à s'échapper, après s'être emparés du canot du *Nautilus*. Mais comme à ce moment le *Nautilus* était entraîné sur les côtes de Norvège, dans les tourbillons du Maëlstrom, le capitaine dut croire que les fugitifs, noyés dans ces effroyables remous, avaient trouvé la mort au fond du gouffre. Il ignorait donc que le Français et ses deux compagnons eussent été miraculeusement rejetés à la côte, que des pêcheurs des îles Loffoden les avaient recueillis, et que le professeur, à son retour en France, avait publié l'ouvrage dans lequel sept mois de cette étrange et aventureuse navigation du *Nautilus* étaient racontés et livrés à la curiosité publique.

Pendant longtemps encore, le capitaine Nemo continua de vivre ainsi, courant les mers. Mais, peu à peu, ses compagnons moururent et allèrent reposer dans leur cimetière de corail, au fond du Pacifique. Le vide se fit dans le *Nautilus*, et enfin le capitaine Nemo resta seul de tous ceux qui s'étaient réfugiés avec lui dans les profondeurs de l'Océan.

Le capitaine Nemo avait alors soixante ans. Quand il fut seul, il parvint à ramener son *Nautilus* vers un des ports sous-marins qui lui servaient quelquefois de points de relâche.

L'un de ces ports était creusé sous l'île Lincoln, et c'était celui qui donnait en ce moment asile au *Nautilus*.

Depuis six ans, le capitaine était là, ne naviguant plus, attendant la mort, c'est-à-dire l'instant où il serait réuni à ses compagnons, quand le hasard le fit assister à la chute du ballon qui emportait les prisonniers des Sudistes. Revêtu de son scaphandre, il se promenait sous les eaux, à quelques encablures du rivage de l'île, lorsque l'ingénieur fut précipité dans la mer. Un bon mouvement entraîna le capitaine... et il sauva Cyrus Smith.

Tout d'abord, ces cinq naufragés, il voulut les fuir, mais son port de refuge était fermé, et, par suite d'un exhaussement du basalte qui s'était produit sous l'influence des actions volcaniques, il ne pouvait plus franchir l'entrée de la crypte. Où il y avait encore assez d'eau pour qu'une légère embarcation pût passer la barre, il n'y en avait plus assez pour le *Nautilus*, dont le tirant d'eau était relativement considérable.

Le capitaine Nemo resta donc, puis, il observa ces hommes jetés sans ressource sur une île déserte, mais il ne voulut point être vu. Peu à peu, quand il les vit honnêtes, énergiques, liés les uns aux autres par une amitié fraternelle, il s'intéressa à leurs efforts. Comme malgré lui, il pénétra tous les secrets de leur existence. Au moyen du scaphandre, il lui était facile d'arriver au fond du puits intérieur de Granite-house, et, s'élevant par les saillies du roc jusqu'à son orifice supérieur, il entendait les colons raconter le passé, étudier le présent et l'avenir. Il apprit d'eux l'immense effort de l'Amérique contre l'Amérique même, pour abolir l'esclavage. Oui ! ces hommes étaient dignes de réconcilier le capitaine Nemo avec cette humanité qu'ils représentaient si honnêtement dans l'île !

Le capitaine Nemo avait sauvé Cyrus Smith. Ce fut lui aussi qui ramena le chien aux Cheminées, qui rejeta Top des eaux du lac, qui fit échouer à la pointe de l'Épave cette caisse contenant tant d'objets utiles pour les colons, qui renvoya le canot dans le courant de la Mercy, qui jeta la corde du haut de Granite-house, lors de l'attaque des singes, qui fit connaître la présence d'Ayrton à l'île Tabor, au moyen du document enfermé dans la bouteille, qui fit sauter le brick par le choc d'une torpille disposée au fond du canal, qui sauva Harbert d'une mort certaine en apportant le sulfate de quinine, lui, enfin, qui frappa les convicts de ces balles électriques dont il avait le secret et qu'il employait dans ses chasses sous-marines. Ainsi s'expliquaient tant d'incidents qui devaient paraître surnaturels, et qui, tous, attestaient la générosité et la puissance du capitaine.

Cependant, ce grand misanthrope avait soif du bien. Il lui restait d'utiles avis à donner à ses protégés, et, d'autre part, sentant battre son cœur rendu à lui-même par les approches de la mort, il manda, comme on sait, les colons de Granite-house, au moyen d'un fil par lequel il relia le corral au *Nautilus*, qui était muni d'un appareil alphabétique... Peut-être ne l'eût-il pas fait, s'il avait su que Cyrus Smith connaissait assez son histoire pour le saluer de ce nom de Nemo.

Le capitaine avait terminé le récit de sa vie. Cyrus Smith prit alors la parole ; il rappela tous les incidents qui avaient exercé sur la colonie une si salutaire influence, et, au nom de ses compagnons comme au sien, il remercia l'être généreux auquel ils devaient tant.

Mais le capitaine Nemo ne songeait pas à réclamer le prix des services qu'il avait rendus. Une dernière pensée agitait son esprit, et avant de serrer la main que lui présentait l'ingénieur :

— Maintenant, monsieur, dit-il, maintenant que vous connaissez ma vie, jugez-la !

En parlant ainsi, le capitaine faisait évidemment allusion à un grave incident dont les trois étrangers jetés à son bord avaient été témoins — incident que le professeur français avait nécessairement raconté dans son ouvrage et dont le retentissement devait avoir été terrible.

En effet, quelques jours avant la fuite du professeur et de ses deux compagnons, le *Nautilus*, poursuivi par une frégate dans le nord de l'Atlantique, s'était précipité comme un bélier sur cette frégate et l'avait coulée sans merci.

Cyrus Smith comprit l'allusion et demeura sans répondre.

— C'était une frégate anglaise, monsieur, s'écria le capitaine Nemo, redevenu un instant le prince Dakkar, une frégate anglaise, vous entendez bien ! Elle m'attaquait ! J'étais resserré dans une baie étroite et peu profonde !... Il me fallait passer, et... j'ai passé ! Puis, d'une voix plus calme : J'étais dans la justice et dans le droit, ajouta-t-il. J'ai fait partout le bien que j'ai pu, et aussi le mal que j'ai dû. Toute justice n'est pas dans le pardon !

Quelques instants de silence suivirent cette réponse, et le capitaine Nemo prononça de nouveau cette phrase :

— Que pensez-vous de moi, messieurs ?

Cyrus Smith tendit la main au capitaine, et, à sa demande, il répondit d'une voix grave :

— Capitaine, votre tort est d'avoir cru qu'on pouvait

ressusciter le passé, et vous avez lutté contre le progrès nécessaire. Ce fut une de ces erreurs que les uns admirent, que les autres blâment, dont Dieu seul est juge et que la raison humaine doit absoudre. Celui qui se trompe dans une intention qu'il croit bonne, on peut le combattre, on ne cesse pas de l'estimer. Votre erreur est de celles qui n'excluent pas l'admiration, et votre nom n'a rien à redouter des jugements de l'histoire. Elle aime les héroïques folies, tout en condamnant les résultats qu'elles entraînent.

La poitrine du capitaine Nemo se souleva, et sa main se tendit vers le ciel.

— Ai-je eu tort, ai-je eu raison ? murmura-t-il.

Cyrus Smith reprit :

— Toutes les grandes actions remontent à Dieu, car elles viennent de lui ! Capitaine Nemo, les honnêtes gens qui sont ici, eux que vous avez secourus, vous pleureront à jamais !

Harbert s'était rapproché du capitaine. Il plia les genoux, il prit sa main et la lui baisa.

Une larme glissa des yeux du mourant.

— Mon enfant, dit-il, sois béni !...

XVII

LES DERNIÈRES HEURES DU CAPITAINE NEMO — LES VOLONTÉS D'UN MOURANT — UN SOUVENIR À SES AMIS D'UN JOUR — LE CERCUEIL DU CAPITAINE NEMO — QUELQUES CONSEILS AUX COLONS — LE MOMENT SUPRÊME — AU FOND DES MERS

Le jour était venu. Aucun rayon lumineux ne pénétrait dans cette profonde crypte. La mer, haute en ce moment, en obstruait l'ouverture. Mais la lumière factice qui s'échappait en longs faisceaux à travers les parois du *Nautilus* n'avait pas faibli, et la nappe d'eau resplendissait toujours autour de l'appareil flottant.

Une extrême fatigue accablait alors le capitaine Nemo, qui était retombé sur le divan. On ne pouvait songer à le transporter à Granite-house, car il avait manifesté sa volonté de rester au milieu de ces merveilles du *Nautilus*, que des millions n'eussent pas payées, et d'y attendre la mort, qui ne pouvait tarder à venir.

Pendant une assez longue prostration qui le tint presque sans connaissance, Cyrus Smith et Gédéon Spilett observèrent avec attention l'état du malade. Il était visible que le capitaine s'éteignait peu à peu. La force allait manquer à ce corps autrefois si robuste, maintenant frêle enveloppe d'une âme qui allait s'échapper. Toute la vie était concentrée au cœur et à la tête.

L'ingénieur et le reporter s'étaient consultés à voix basse. Y avait-il quelque soin à donner à ce mourant ? Pouvait-on, sinon le sauver, du moins prolonger sa vie pendant quelques jours ? Lui-même avait dit qu'il n'y avait aucun remède, et il attendait tranquillement la mort, qu'il ne craignait pas.

— Nous ne pouvons rien, dit Gédéon Spilett.

— Mais de quoi meurt-il ? demanda Pencroff.

— Il s'éteint, répondit le reporter.

— Cependant, reprit le marin, si nous le transportions en plein air, en plein soleil, peut-être se ranimerait-il ?

— Non, Pencroff, répondit l'ingénieur, rien n'est à tenter ! D'ailleurs, le capitaine Nemo ne consentirait pas à quitter son bord. Il y a trente ans qu'il vit sur le *Nautilus*, c'est sur le *Nautilus* qu'il veut mourir.

Sans doute, le capitaine Nemo entendit la réponse de Cyrus Smith, car il se releva un peu, et d'une voix plus faible, mais toujours intelligible :

— Vous avez raison, monsieur, dit-il. Je dois et je veux mourir ici. Aussi ai-je une demande à vous faire.

Cyrus Smith et ses compagnons s'étaient rapprochés du divan, et ils en disposèrent les coussins de telle sorte que le mourant fût mieux appuyé.

On put voir alors son regard s'arrêter sur toutes les merveilles de ce salon, éclairé par les rayons électriques que tamisaient les arabesques d'un plafond lumineux, il regarda, l'un après l'autre, les tableaux accrochés aux splendides tapisseries des parois, ces chefs-d'œuvre des maîtres italiens, flamands, français et espagnols, les réductions de marbre et de bronze qui se dressaient sur leurs piédestaux, l'orgue magnifique adossé à la cloison d'arrière, puis les vitrines disposées autour d'une vasque centrale, dans laquelle s'épanouissaient les plus admirables produits de la mer, plantes marines, zoophytes, chapelets de perles d'une inappréciable valeur, et, enfin, ses yeux s'arrêtèrent sur cette devise inscrite au fronton de ce musée, la devise du *Nautilus* :

Mobilis in mobili.

Il semblait qu'il voulût une dernière fois caresser du regard ces chefs-d'œuvre de l'art et de la nature, auxquels il avait limité son horizon pendant un séjour de tant d'années dans l'abîme des mers !

Cyrus Smith avait respecté le silence que gardait le capitaine Nemo. Il attendait que le mourant reprît la parole.

Après quelques minutes, pendant lesquelles il revit passer devant lui, sans doute, sa vie tout entière, le capitaine Nemo se retourna vers les colons et leur dit :

— Vous croyez, messieurs, me devoir quelque reconnaissance?...

— Capitaine, nous donnerions notre vie pour prolonger la vôtre!

— Bien, reprit le capitaine Nemo, bien!... Promettez-moi d'exécuter mes dernières volontés, et je serai payé de tout ce que j'ai fait pour vous.

— Nous vous le promettons, répondit Cyrus Smith.

Et, par cette promesse, il engageait ses compagnons et lui.

— Messieurs, reprit le capitaine, demain, je serai mort.

Il arrêta d'un signe Harbert, qui voulut protester.

— Demain, je serai mort, et je désire ne pas avoir d'autre tombeau que le *Nautilus*. C'est mon cercueil, à moi! Tous mes amis reposent au fond des mers, j'y veux reposer aussi.

Un silence profond accueillit ces paroles du capitaine Nemo.

— Écoutez-moi bien, messieurs, reprit-il. Le *Nautilus* est emprisonné dans cette grotte, dont l'entrée s'est exhaussée. Mais, s'il ne peut quitter sa prison, il peut du moins s'engouffrer dans l'abîme qu'elle recouvre et y garder ma dépouille mortelle.

Les colons écoutaient religieusement les paroles du mourant.

— Demain, après ma mort, monsieur Smith, reprit le capitaine, vous et vos compagnons, vous quitterez le *Nautilus*, car toutes les richesses qu'il contient doivent disparaître avec moi. Un seul souvenir vous restera du prince Dakkar, dont vous savez maintenant l'histoire. Ce coffret... là... renferme pour plusieurs millions de diamants, la plupart, souvenirs de l'époque où, père et époux, j'ai presque cru au bonheur, et une collection de perles recueillies par mes amis et moi au fond des mers.

Avec ce trésor, vous pourrez faire, à un jour donné, de bonnes choses. Entre des mains comme les vôtres et celles de vos compagnons, monsieur Smith, l'argent ne saurait être un péril. Je serai donc, de là-haut, associé à vos œuvres, et je ne les crains pas !

Après quelques instants de repos, nécessités par son extrême faiblesse, le capitaine Nemo reprit en ces termes :

— Demain, vous prendrez ce coffret, vous quitterez ce salon, dont vous fermerez la porte ; puis, vous remonterez sur la plate-forme du *Nautilus*, et vous rabattrez le capot, que vous fixerez au moyen de ses boulons.

— Nous le ferons, capitaine, répondit Cyrus Smith.

— Bien. Vous vous embarquerez alors sur le canot qui vous a amenés. Mais, avant d'abandonner le *Nautilus*, allez à l'arrière, et là, ouvrez deux larges robinets qui se trouvent sur la ligne de flottaison. L'eau pénétrera dans les réservoirs, et le *Nautilus* s'enfoncera peu à peu sous les eaux pour aller reposer au fond de l'abîme.

Et, sur un geste de Cyrus Smith, le capitaine ajouta :

— Ne craignez rien ! Vous n'ensevelirez qu'un mort !

Ni Cyrus Smith ni aucun de ses compagnons n'eussent cru devoir faire une observation au capitaine Nemo. C'étaient ses dernières volontés qu'il leur transmettait, et ils n'avaient qu'à s'y conformer.

— J'ai votre promesse, messieurs ? ajouta le capitaine Nemo.

— Vous l'avez, capitaine, répondit l'ingénieur.

Le capitaine fit un signe de remerciement et pria les colons de le laisser seul pendant quelques heures. Gédéon Spilett insista pour rester près de lui, au cas où une crise se produirait, mais le mourant refusa, en disant :

— Je vivrai jusqu'à demain, monsieur !

Tous quittèrent le salon, traversèrent la bibliothèque, la salle à manger, et arrivèrent à l'avant, dans la
chambre des machines, où étaient établis les appareils
électriques, qui, en même temps que la chaleur et la
lumière, fournissaient la force mécanique au *Nautilus*.

Le *Nautilus* était un chef-d'œuvre qui contenait des
chefs-d'œuvre, et l'ingénieur fut émerveillé.

Les colons montèrent sur la plate-forme, qui s'élevait
de sept ou huit pieds au-dessus de l'eau. Là, ils s'étendirent près d'une épaisse vitre lenticulaire qui obturait
une sorte de gros œil d'où jaillissait une gerbe de
lumière. Derrière cet œil s'évidait une cabine qui contenait les roues du gouvernail et dans laquelle se tenait le
timonier, quand il dirigeait le *Nautilus* à travers les
couches liquides, que les rayons électriques devaient
éclairer sur une distance considérable.

Cyrus Smith et ses compagnons restèrent d'abord
silencieux, car ils étaient vivement impressionnés de ce
qu'ils venaient de voir, de ce qu'ils venaient d'entendre,
et leur cœur se serrait, quand ils songeaient que celui
dont le bras les avait tant de fois secourus, que ce protecteur qu'ils auraient connu quelques heures à peine
était à la veille de mourir !

Quel que fût le jugement que prononcerait la posté-
rité sur les actes de cette existence pour ainsi dire extra-
humaine, le prince Dakkar resterait toujours une de ces
physionomies étranges, dont le souvenir ne peut s'effacer.

— Voilà un homme ! dit Pencroff. Est-il croyable
qu'il ait ainsi vécu au fond de l'Océan ! Et quand je
pense qu'il n'y a peut-être pas trouvé plus de tranquillité qu'ailleurs !

— Le *Nautilus*, fit alors observer Ayrton, aurait peut-
être pu nous servir à quitter l'île Lincoln et à gagner
quelque terre habitée.

— Mille diables! s'écria Pencroff, ce n'est pas moi qui me hasarderais jamais à diriger un pareil bateau. Courir sur les mers, bien! mais sous les mers, non!

— Je crois, répondit le reporter, que la manœuvre d'un appareil sous-marin tel que ce *Nautilus* doit être très facile, Pencroff, et que nous aurions vite fait de nous y habituer. Pas de tempêtes, pas d'abordages à craindre. A quelques pieds au-dessous de sa surface, les eaux de la mer sont aussi calmes que celles d'un lac.

— Possible! riposta le marin, mais j'aime mieux un bon coup de vent à bord d'un navire bien gréé. Un bateau est fait pour aller sur l'eau et non dessous.

— Mes amis, répondit l'ingénieur, il est inutile, au moins à propos du *Nautilus*, de discuter cette question des navires sous-marins. Le *Nautilus* n'est pas à nous, et nous n'avons pas le droit d'en disposer. Il ne pourrait, d'ailleurs, nous servir en aucun cas. Outre qu'il ne peut plus sortir de cette caverne, dont l'entrée est maintenant fermée par un exhaussement des roches basaltiques, le capitaine Nemo veut qu'il s'engloutisse avec lui après sa mort. Sa volonté est formelle, et nous l'accomplirons.

Cyrus Smith et ses compagnons, après une conversation qui se prolongea quelque temps encore, redescendirent à l'intérieur du *Nautilus*. Là, ils prirent quelque nourriture et rentrèrent dans le salon.

Le capitaine Nemo était sorti de cette prostration qui l'avait accablé, et ses yeux avaient repris leur éclat. On voyait comme un sourire se dessiner sur ses lèvres.

Les colons s'approchèrent de lui.

— Messieurs, leur dit le capitaine, vous êtes des hommes courageux, honnêtes et bons. Vous vous êtes tous dévoués sans réserve à l'œuvre commune. Je vous ai souvent observés. Je vous ai aimés, je vous aime!... Votre main, monsieur Smith!

Cyrus Smith tendit sa main au capitaine, qui la serra affectueusement.

— Cela est bon! murmura-t-il. Puis, reprenant : Mais c'est assez parler de moi! J'ai à vous parler de vous-mêmes et de l'île Lincoln, sur laquelle vous avez trouvé refuge... Vous comptez l'abandonner?

— Pour y revenir, capitaine! répondit vivement Pencroff.

— Y revenir?... En effet, Pencroff, répondit le capitaine en souriant, je sais combien vous aimez cette île. Elle s'est modifiée par vos soins, et elle est bien vôtre!

— Notre projet, capitaine, dit alors Cyrus Smith, serait d'en doter les États-Unis et d'y fonder pour notre marine une relâche qui serait heureusement située dans cette portion du Pacifique.

— Vous pensez à votre pays, messieurs, répondit le capitaine. Vous travaillez pour sa prospérité, pour sa gloire. Vous avez raison. La patrie!... c'est là qu'il faut retourner! C'est là que l'on doit mourir!... Et moi, je meurs loin de tout ce que j'ai aimé!

— Auriez-vous quelque dernière volonté à trans-mettre? dit vivement l'ingénieur, quelque souvenir à donner aux amis que vous avez pu laisser dans ces montagnes de l'Inde?

— Non, monsieur Smith. Je n'ai plus d'amis! Je suis le dernier de ma race... et je suis mort depuis longtemps pour tous ceux que j'ai connus... Mais revenons à vous. La solitude, l'isolement sont choses tristes, au-dessus des forces humaines... Je meurs d'avoir cru que l'on pouvait vivre seul!... Vous devez donc tout tenter pour quitter l'île Lincoln et pour revoir le sol où vous êtes nés. Je sais que ces misérables ont détruit l'embarcation que vous aviez faite...

— Nous construisons un navire, dit Gédéon Spilett, un navire assez grand pour nous transporter aux terres les plus rapprochées ; mais si nous parvenons à la quitter tôt ou tard, nous reviendrons à l'île Lincoln. Trop de souvenirs nous y rattachent pour que nous l'oubliions jamais !

— C'est ici que nous aurons connu le capitaine Nemo, dit Cyrus Smith.

— Ce n'est qu'ici que nous retrouverons votre souvenir tout entier ! ajouta Harbert.

— Et c'est ici que je reposerai dans l'éternel sommeil, si... répondit le capitaine.

Il hésita, et, au lieu d'achever sa phrase, il se contenta de dire :

— Monsieur Smith, je voudrais vous parler... à vous seul !

Les compagnons de l'ingénieur, respectant ce désir du mourant, se retirèrent.

Cyrus Smith resta quelques minutes seulement enfermé avec le capitaine Nemo, et bientôt il rappela ses amis, mais il ne leur dit rien des choses secrètes que le mourant avait voulu lui confier.

Gédéon Spilett observa alors le malade avec une extrême attention. Il était évident que le capitaine n'était plus soutenu que par une énergie morale, qui ne pourrait bientôt plus réagir contre son affaiblissement physique.

La journée se termina sans qu'aucun changement se manifestât. Les colons ne quittèrent pas un instant le *Nautilus*. La nuit était venue, bien qu'il fût impossible de s'en apercevoir dans cette crypte.

Le capitaine Nemo ne souffrait pas, mais il déclinait. Sa noble figure, pâlie par les approches de la mort, était calme. De ses lèvres s'échappaient parfois des mots presque insaisissables, qui se rapportaient à divers incidents de son étrange existence. On sentait que la vie se retirait peu à peu de ce corps, dont les extrémités étaient déjà froides.

Une ou deux fois encore, il adressa la parole aux colons rangés près de lui, et il leur sourit de ce dernier sourire qui se continue jusque dans la mort.

Enfin, un peu après minuit, le capitaine Nemo fit un mouvement suprême, et il parvint à croiser ses bras sur sa poitrine, comme s'il eût voulu mourir dans cette attitude.

Vers une heure du matin, toute la vie s'était uniquement réfugiée dans son regard. Un dernier feu brilla sous cette prunelle, d'où tant de flammes avaient jailli autrefois. Puis, murmurant ces mots : « Dieu et Patrie ! », il expira doucement.

Cyrus Smith, s'inclinant alors, ferma les yeux de celui qui avait été le prince Dakkar et qui n'était même plus le capitaine Nemo.

Harbert et Pencroff pleuraient. Ayrton essuyait une larme furtive. Nab était à genoux près du reporter, changé en statue.

Cyrus Smith, élevant la main au-dessus de la tête du mort :

— Que Dieu ait son âme ! dit-il, et, se retournant vers ses amis, il ajouta : Prions pour celui que nous avons perdu !

Quelques heures après, les colons remplissaient la promesse faite au capitaine, ils accomplissaient les dernières volontés du mort.

Cyrus Smith et ses compagnons quittèrent le *Nautilus*, après avoir emporté l'unique souvenir que leur eût légué leur bienfaiteur, ce coffret qui renfermait cent fortunes.

Le merveilleux salon, toujours inondé de lumière, avait été fermé soigneusement. La porte de tôle du capot fut alors boulonnée, de telle sorte que pas une goutte d'eau ne pût pénétrer à l'intérieur des chambres du *Nautilus*.

Puis, les colons descendirent dans le canot, qui était amarré au flanc du bateau sous-marin.

Ce canot fut conduit à l'arrière. Là, à la ligne de flottaison, s'ouvraient deux larges robinets qui étaient en communication avec les réservoirs destinés à déterminer l'immersion de l'appareil.

Ces robinets furent ouverts, les réservoirs s'emplirent, et le *Nautilus*, s'enfonçant peu à peu, disparut sous la nappe liquide.

Mais les colons purent le suivre encore à travers les couches profondes. Sa puissante lumière éclairait les eaux transparentes, tandis que la crypte redevenait obscure. Puis, ce vaste épanchement d'effluences électriques s'effaça enfin, et bientôt le *Nautilus*, devenu le cercueil du capitaine Nemo, reposait au fond des mers.

XVIII

LES RÉFLEXIONS DE CHACUN – REPRISE DES TRAVAUX DE CONSTRUCTION – LE 1er JANVIER 1869 – UN PANACHE À LA CIME DU VOLCAN – PREMIERS SYMPTÔMES D'UNE ÉRUPTION – AYRTON ET CYRUS SMITH AU CORRAL – EXPLORATION À LA CRYPTE DAKKAR – CE QUE LE CAPITAINE NEMO AVAIT DIT À L'INGÉNIEUR

Au point du jour, les colons avaient regagné silencieusement l'entrée de la caverne, à laquelle ils donnèrent le nom de « crypte Dakkar », en souvenir du capitaine Nemo. La marée était basse alors, et ils purent aisément passer sous l'arcade, dont le flot battait le pied-droit basaltique.

Le canot de tôle demeura en cet endroit, et de telle manière qu'il fût à l'abri des lames. Par surcroît de précaution, Pencroff, Nab et Ayrton le halèrent sur la petite grève qui confinait à l'un des côtés de la crypte, en un endroit où il ne courait aucun danger.

L'orage avait cessé avec la nuit. Les derniers roulements du tonnerre s'évanouissaient dans l'ouest. Il ne pleuvait plus, mais le ciel était encore chargé de nuages. En somme, ce mois d'octobre, début du printemps austral, ne s'annonçait pas d'une façon satisfaisante, et le vent avait une tendance à sauter d'un point du compas à l'autre, qui ne permettait pas de compter sur un temps fait.

Cyrus Smith et ses compagnons, en quittant la crypte Dakkar, avaient repris la route du corral. Chemin faisant, Nab et Harbert eurent soin de dégager le fil qui avait été tendu par le capitaine entre le corral et la crypte, et qu'on pourrait utiliser plus tard.

En marchant, les colons parlaient peu. Les divers incidents de cette nuit du 15 au 16 octobre les avaient très vivement impressionnés. Cet inconnu dont l'influence les protégeait si efficacement, cet homme dont leur imagination faisait un génie, le capitaine Nemo n'était plus. Son *Nautilus* et lui étaient ensevelis au fond d'un abîme. Il semblait à chacun qu'ils étaient plus isolés qu'avant. Ils s'étaient pour ainsi dire habitués à compter sur cette intervention puissante qui leur manquait aujourd'hui, et Gédéon Spilett et Cyrus Smith lui-même n'échappaient pas à cette impression. Aussi gardèrent-ils tous un profond silence en suivant la route du corral.

Vers neuf heures du matin, les colons étaient rentrés à Granite-house.

Il avait été bien convenu que la construction du navire serait très activement poussée, et Cyrus Smith y donna plus que jamais son temps et ses soins. On ne savait ce que réservait l'avenir. Or, c'était une garantie pour les colons d'avoir à leur disposition un bâtiment solide, pouvant tenir la mer même par un gros temps, et assez grand pour tenter, au besoin, une traversée de quelque durée. Si, le bâtiment achevé, les colons ne se décidaient pas à quitter encore l'île Lincoln et à gagner, soit un archipel polynésien du Pacifique, soit les côtes de la Nouvelle-Zélande, du moins devaient-ils se rendre au plus tôt à l'île Tabor, afin d'y déposer la notice relative à Ayrton. C'était une indispensable précaution à prendre pour le cas où le yacht écossais reparaîtrait dans ces mers, et il ne fallait rien négliger à cet égard.

Les travaux furent donc repris. Cyrus Smith, Pencroff et Ayrton, aidés de Nab, de Gédéon Spilett et d'Harbert, toutes les fois que quelque autre besogne pressante ne les réclamait pas, travaillèrent sans relâche. Il était nécessaire que le nouveau bâtiment fût prêt dans cinq mois, c'est-à-dire pour le commencement de mars, si l'on voulait rendre visite à l'île Tabor avant que les coups de vent d'équinoxe eussent rendu cette traversée impraticable. Aussi les charpentiers ne perdirent-ils pas un moment. Du reste, ils n'avaient pas à se préoccuper de fabriquer un gréement, car celui du *Speedy* avait été sauvé en entier. C'était donc, avant tout, la coque du navire qu'il fallait achever.

La fin de l'année 1868 s'écoula au milieu de ces importants travaux, presque à l'exclusion de tous autres. Au bout de deux mois et demi, les couples avaient été mis en place, et les premiers bordages étaient ajustés. On pouvait déjà juger que les plans donnés par Cyrus Smith étaient excellents, et que le navire se comporterait bien à la mer. Pencroff apportait à ce travail une activité dévorante et ne se gênait pas de grommeler, quand l'un ou l'autre abandonnait la hache du charpentier pour le fusil du chasseur. Il fallait bien, cependant, entretenir les réserves de Granite-house, en vue du prochain hiver. Mais n'importe. Le brave marin n'était pas content lorsque les ouvriers manquaient au chantier. Dans ces occasions-là, et en bougonnant, il faisait — par colère — l'ouvrage de six hommes.

Toute cette saison d'été fut mauvaise. Pendant quelques jours, les chaleurs étaient accablantes, et l'atmosphère, saturée d'électricité, ne se déchargeait ensuite que par de violents orages qui troublaient profondément les couches d'air. Il était rare que des roulements lointains du tonnerre ne se fissent pas entendre. C'était comme un murmure sourd, mais permanent, tel qu'il se produit dans les régions équatoriales du globe.

Le 1er janvier 1869 fut même signalé par un orage d'une violence extrême, et la foudre tomba plusieurs fois sur l'île. De gros arbres furent atteints par le fluide et brisés, entre autres un de ces énormes micocouliers qui ombrageaient la basse-cour à l'extrémité sud du lac. Ce météore avait-il une relation quelconque avec les phénomènes qui s'accomplissaient dans les entrailles de la terre ? Une sorte de connexité s'établissait-elle entre les troubles de l'air et les troubles des portions intérieures du globe ? Cyrus Smith fut porté à le croire, car le développement de ces orages fut marqué par une recrudescence des symptômes volcaniques.

Ce fut le 3 janvier que Harbert, étant monté dès l'aube au plateau de Grande-Vue pour seller l'un des onaggas, aperçut un énorme panache qui se déroulait à la cime du volcan.

Harbert prévint aussitôt les colons, qui vinrent de suite observer le sommet du mont Franklin.

— Eh ! s'écria Pencroff, ce ne sont pas des vapeurs, cette fois ! Il me semble que le géant ne se contente plus de respirer, mais qu'il fume !

Cette image, employée par le marin, traduisait justement la modification qui s'était opérée à la bouche du volcan. Depuis trois mois déjà, le cratère émettait des vapeurs plus ou moins intenses, mais qui ne provenaient encore que d'une ébullition intérieure des matières minérales. Cette fois, aux vapeurs venait de succéder une fumée épaisse, s'élevant sous la forme d'une colonne grisâtre, large de plus de trois cents pieds à la base, et qui s'épanouissait comme un immense champignon à une hauteur de sept à huit cents pieds au-dessus de la cime du mont.

— Le feu est dans la cheminée, dit Gédéon Spilett.

— Et nous ne pourrons pas l'éteindre ! répondit Harbert.

— On devrait bien ramoner les volcans, fit observer Nab, qui sembla parler le plus sérieusement du monde.

— Bon, Nab, s'écria Pencroff. Est-ce toi qui te chargerais de ce ramonage-là ?

Et Pencroff poussa un gros éclat de rire.

Cyrus Smith observait avec attention l'épaisse fumée projetée par le mont Franklin, et il prêtait même l'oreille, comme s'il eût voulu surprendre quelque grondement éloigné. Puis, revenant vers ses compagnons, dont il s'était écarté quelque peu :

— En effet, mes amis, une importante modification s'est produite, il ne faut pas se le dissimuler. Les matières volcaniques ne sont plus seulement à l'état d'ébullition, elles ont pris feu, et, très certainement, nous sommes menacés d'une éruption prochaine !

— Eh bien, monsieur Smith, on la verra, l'éruption, s'écria Pencroff, et on l'applaudira si elle est réussie ! Je ne pense pas qu'il y ait là de quoi nous préoccuper !

— Non, Pencroff, répondit Cyrus Smith, car l'ancienne route des laves est toujours ouverte, et, grâce à sa disposition, le cratère les a jusqu'ici épanchées vers le nord. Et cependant...

706

— Et cependant, puisqu'il n'y a aucun avantage à retirer d'une éruption, mieux vaudrait que celle-ci n'eût pas lieu, dit le reporter.

— Qui sait? répondit le marin. Il y a peut-être dans ce volcan quelque utile et précieuse matière qu'il vomira complaisamment, et dont nous ferons bon usage!

Cyrus Smith secoua la tête en homme qui n'attendait rien de bon du phénomène dont le développement était si subit. Il n'envisageait pas aussi légèrement que Pencroff les conséquences d'une éruption. Si les laves, par suite de l'orientation du cratère, ne menaçaient pas directement les parties boisées et cultivées de l'île, d'autres complications pouvaient se présenter. En effet, il n'est pas rare que les éruptions soient accompagnées de tremblements de terre, et une île, de la nature de l'île Lincoln, formée de matières si diverses, basaltes d'un côté, granit de l'autre, laves au nord, sol meuble au midi, matières qui, par conséquent, ne pouvaient être solidement liées entre elles, aurait couru le risque d'être désagrégée. Si donc l'épanchement des substances volcaniques ne constituait pas un danger très sérieux, tout mouvement dans la charpente terrestre qui eût secoué l'île pouvait entraîner des conséquences extrêmement graves.

— Il me semble, dit Ayrton, qui s'était couché de manière à poser son oreille sur le sol, il me semble entendre des roulements sourds, comme ferait un chariot chargé de barres de fer.

Les colons écoutèrent avec une extrême attention et purent constater qu'Ayrton ne se trompait pas. Aux roulements se mêlaient parfois des mugissements souterrains qui formaient une sorte de « rinforzando » et s'éteignaient peu à peu, comme si quelque brise violente eût passé dans les profondeurs du globe. Mais aucune détonation proprement dite ne se faisait encore entendre. On pouvait donc en conclure que les vapeurs et les fumées trouvaient un libre passage à travers la cheminée centrale, et que, la soupape étant assez large, aucune dislocation ne se produirait, aucune explosion ne serait à craindre.

— Ah çà! dit alors Pencroff, est-ce que nous n'allons pas retourner au travail? Que le mont Franklin fume, braille, gémisse, vomisse feu et flammes tant qu'il lui plaira, ce n'est pas une raison pour ne rien faire! Allons, Ayrton, Nab, Harbert, monsieur Cyrus, monsieur Spilett, il faut aujourd'hui que tout le monde mette la main à la besogne! Nous allons ajuster les précintes, et une douzaine de bras ne seront pas de trop. Avant deux mois, je veux que notre nouveau *Bonadventure* — car nous lui conserverons ce nom, n'est-il pas vrai? — flotte sur les eaux du port Ballon! Donc, pas une heure à perdre!

Tous les colons, dont les bras étaient réclamés par Pencroff, descendirent au chantier de construction et procédèrent à la pose des précintes, épais bordages qui forment la ceinture d'un bâtiment et relient solidement entre eux les couples de sa carcasse. C'était là une grosse et pénible besogne, à laquelle tous durent prendre part.

On travailla donc assidûment pendant toute cette journée du 3 janvier, sans se préoccuper du volcan, qu'on ne pouvait apercevoir, d'ailleurs, de la grève de Granite-house. Mais, une ou deux fois, de grandes ombres, voilant le soleil qui décrivait son arc diurne sur un ciel extrêmement pur, indiquèrent qu'un épais nuage de fumée passait entre son disque et l'île. Le vent, soufflant du large, emportait toutes ces vapeurs dans l'ouest. Cyrus Smith et Gédéon Spilett remarquèrent parfaitement ces assombrissements passagers, et causèrent à plusieurs reprises des progrès que faisait évidemment le phénomène volcanique, mais le travail ne fut pas interrompu. Il était, d'ailleurs, d'un haut intérêt, à tous les points de vue, que le bâtiment fût achevé dans le plus bref délai. En présence d'éventualités qui pouvaient naître, la sécurité des colons n'en serait que mieux garantie. Qui sait si ce navire ne serait pas un jour leur unique refuge ?

Le soir, après souper, Cyrus Smith, Gédéon Spilett et Harbert remontèrent sur le plateau de Grande-Vue. La nuit était déjà faite, et l'obscurité devait permettre de reconnaître si, aux vapeurs et aux fumées accumulées à la bouche du cratère, se mêlaient soit des flammes, soit des matières incandescentes, projetées par le volcan.

— Le cratère est en feu ! s'écria Harbert, qui, plus leste que ses compagnons, était arrivé le premier au plateau.

Le mont Franklin, distant de six milles environ, apparaissait alors comme une gigantesque torche, au sommet de laquelle se tordaient quelques flammes fuligineuses. Tant de fumée, tant de scories et de cendres peut-être y étaient mêlées, que leur éclat, très atténué, ne tranchait pas au vif sur les ténèbres de la nuit. Mais une sorte de lueur fauve se répandait sur l'île et découpait confusément la masse boisée des premiers plans. D'immenses tourbillons obscurcissaient les hauteurs du ciel, à travers lesquels scintillaient quelques étoiles.

— Les progrès sont rapides ! dit l'ingénieur.

— Ce n'est pas étonnant, répondit le reporter. Le réveil du volcan date depuis un certain temps déjà. Vous vous rappelez, Cyrus, que les premières vapeurs ont apparu vers l'époque à laquelle nous avons fouillé les contreforts de la montagne pour découvrir la retraite du capitaine Nemo. C'était, si je ne me trompe, vers le 15 octobre ?

— Oui! répondit Harbert, et voilà déjà deux mois et demi de cela!

— Les feux souterrains ont donc couvé pendant dix semaines, reprit Gédéon Spilett, et il n'est pas étonnant qu'ils se développent maintenant avec cette violence!

— Est-ce que vous ne sentez pas certaines vibrations dans le sol? demanda Cyrus Smith.

— En effet, répondit Gédéon Spilett, mais de là à un tremblement de terre...

— Je ne dis pas que nous soyons menacés d'un tremblement de terre, répondit Cyrus Smith, et Dieu nous en préserve! Non. Ces vibrations sont dues à l'effervescence du feu central. L'écorce terrestre n'est autre chose que la paroi d'une chaudière, et vous savez que la paroi d'une chaudière, sous la pression des gaz, vibre comme une plaque sonore. C'est cet effet qui se produit en ce moment.

— Les magnifiques gerbes de feu! s'écria Harbert.

En ce moment jaillissait du cratère une sorte de bouquet d'artifices dont les vapeurs n'avaient pu diminuer l'éclat. Des milliers de fragments lumineux et de points vifs se projetaient en directions contraires. Quelques-uns, dépassant le dôme de fumée, le crevaient d'un jet rapide et laissaient après eux une véritable poussière incandescente. Cet épanouissement fut accompagné de détonations successives comme le déchirement d'une batterie de mitrailleuses.

Cyrus Smith, le reporter et le jeune garçon, après avoir passé une heure au plateau de Grande-Vue, redescendirent sur la grève et regagnèrent Granite-house. L'ingénieur était pensif, préoccupé même, à ce point que Gédéon Spilett crut devoir lui demander s'il pressentait quelque danger prochain, dont l'éruption serait la cause directe ou indirecte.

— Oui et non, répondit Cyrus Smith.

— Cependant, reprit le reporter, le plus grand malheur qui pourrait nous arriver, ne serait-ce pas un tremblement de terre qui bouleverserait l'île ? Or, je ne crois pas que cela soit à redouter, puisque les vapeurs et les laves ont trouvé un libre passage pour s'épancher au-dehors.

— Aussi, répondit Cyrus Smith, ne crains-je pas un tremblement de terre dans le sens que l'on donne ordinairement aux convulsions du sol provoquées par l'expansion des vapeurs souterraines. Mais d'autres causes peuvent amener de grands désastres.

— Lesquels, mon cher Cyrus ?

— Je ne sais trop... il faut que je voie... que je visite la montagne... Avant quelques jours, je serai fixé à cet égard.

Gédéon Spilett n'insista pas, et bientôt, malgré les détonations du volcan, dont l'intensité s'accroissait et que répétaient les échos de l'île, les hôtes de Granite-house dormaient d'un profond sommeil.

Trois jours s'écoulèrent, les 4, 5 et 6 janvier. On travaillait toujours à la construction du bateau, et, sans s'expliquer autrement, l'ingénieur activait le travail de tout son pouvoir. Le mont Franklin était alors encapuchonné d'un sombre nuage d'aspect sinistre, et avec les flammes il vomissait des roches incandescentes, dont les unes retombaient dans le cratère même. Ce qui faisait dire à Pencroff, qui ne voulait considérer le phénomène que par ses côtés amusants :

— Tiens ! le géant qui joue au bilboquet ! le géant qui jongle !

Et, en effet, les matières vomies retombaient dans l'abîme, et il ne semblait pas que les laves, gonflées par la pression intérieure, se fussent encore élevées jusqu'à l'orifice du cratère. Du moins, l'égueulement du nord-est, qui était en partie visible, ne versait aucun torrent sur le talus septentrional du mont.

Cependant, quelque pressés que fussent les travaux de construction, d'autres soins réclamaient la présence des colons sur divers points de l'île. Avant tout, il fallait aller au corral, où le troupeau de mouflons et de chèvres était renfermé, et renouveler la provision de fourrage de ces animaux. Il fut alors convenu qu'Ayrton s'y rendrait le lendemain 7 janvier, et comme il pouvait suffire seul à cette besogne, dont il avait l'habitude, Pencroff et les autres manifestèrent une certaine surprise, quand ils entendirent l'ingénieur dire à Ayrton :

— Puisque vous allez demain au corral, je vous y accompagnerai.

— Eh ! monsieur Cyrus ! s'écria le marin, nos jours de travail sont comptés, et, si vous partez aussi, cela va nous faire quatre bras de moins !

— Nous serons revenus le lendemain, répondit Cyrus Smith, mais j'ai besoin d'aller au corral... Je désire reconnaître où en est l'éruption.

— L'éruption ! l'éruption ! répondit Pencroff d'un air peu satisfait. Quelque chose d'important que cette éruption, et voilà qui ne m'inquiète guère !

Quoi qu'en eût le marin, l'exploration, projetée par l'ingénieur, fut maintenue pour le lendemain. Harbert aurait bien voulu accompagner Cyrus Smith, mais il ne voulut pas contrarier Pencroff en s'absentant.

Le lendemain, dès le lever du jour, Cyrus Smith et Ayrton, montant le chariot attelé des deux onaggas, prenaient la route du corral et y couraient au grand trot.

Au-dessus de la forêt passaient de gros nuages auxquels le cratère du mont Franklin fournissait incessamment des matières fuligineuses. Ces nuages, qui roulaient pesamment dans l'atmosphère, étaient évidemment composés de substances hétérogènes. Ce n'était pas à la fumée seule du volcan qu'ils devaient d'être si étrangement opaques et lourds. Des scories à l'état de poussière, telles que de la pouzzolane pulvérisée et des cendres grisâtres aussi fines que la plus fine fécule, se tenaient en suspension au milieu de leurs épaisses volutes. Ces cendres sont si ténues, qu'on les a vues se maintenir quelquefois dans l'air durant des mois entiers. Après l'éruption de 1783, en Islande, pendant plus d'une année, l'atmosphère fut ainsi chargée de poussières volcaniques que les rayons du soleil perçaient à peine.

Mais, le plus souvent, ces matières pulvérisées se rabattent, et c'est ce qui arriva en cette occasion. Cyrus Smith et Ayrton étaient à peine arrivés au corral, qu'une sorte de neige noirâtre semblable à une légère poudre de chasse tomba et modifia instantanément l'aspect du sol. Arbres, prairies, tout disparut sous une couche mesurant plusieurs pouces d'épaisseur. Mais, très heureusement, le vent soufflait du nord-est, et la plus grande partie du nuage alla se dissoudre au-dessus de la mer.

— Voilà qui est singulier, monsieur Smith, dit Ayrton.

— Voilà qui est grave, répondit l'ingénieur. Cette pouzzolane, ces pierres ponces pulvérisées, toute cette poussière minérale en un mot, démontre combien le trouble est profond dans les couches inférieures du volcan.

— Mais n'y a-t-il rien à faire ?

— Rien, si ce n'est à se rendre compte des progrès du phénomène. Occupez-vous donc, Ayrton, des soins à donner au corral. Pendant ce temps, je remonterai jusqu'au-delà des sources du creek Rouge et j'examinerai l'état du mont sur sa pente septentrionale. Puis...

— Puis... monsieur Smith ?

— Puis nous ferons une visite à la crypte Dakkar... Je veux voir... Enfin, je reviendrai vous prendre dans deux heures.

Ayrton entra alors dans la cour du corral, et, en attendant le retour de l'ingénieur, il s'occupa des mouflons et des chèvres qui semblaient éprouver un certain malaise devant ces premiers symptômes d'une éruption.

Cependant, Cyrus Smith, s'étant aventuré sur la crête des contreforts de l'est, tourna le creek Rouge et arriva à l'endroit où ses compagnons et lui avaient découvert une source sulfureuse, lors de leur première exploration.

Les choses avaient bien changé! Au lieu d'une seule colonne de fumée, il en compta treize qui fusaient hors de terre, comme si elles eussent été violemment poussées par quelque piston. Il était évident que l'écorce terrestre subissait en ce point du globe une pression effroyable. L'atmosphère était saturée de gaz sulfureux, d'hydrogène, d'acide carbonique, mêlés à des vapeurs aqueuses. Cyrus Smith sentait frémir ces tufs volcaniques dont la plaine était semée, et qui n'étaient que des cendres pulvérulentes dont le temps avait fait des blocs durs, mais il ne vit encore aucune trace de laves nouvelles.

C'est ce que l'ingénieur put constater plus complètement, quand il observa tout le revers septentrional du mont Franklin. Des tourbillons de fumée et de flammes s'échappaient du cratère; une grêle de scories tombait sur le sol; mais aucun épanchement lavique ne s'opérait par le goulot du cratère, ce qui prouvait que le niveau des matières volcaniques n'avait pas encore atteint l'orifice supérieur de la cheminée centrale.

— Et j'aimerais mieux que cela fût! se dit Cyrus Smith. Au moins je serais certain que les laves ont repris leur route accoutumée. Qui sait si elles ne se déverseront pas par quelque nouvelle bouche? Mais là n'est pas le danger! Le capitaine Nemo l'a bien pressenti! Non! le danger n'est pas là!

Cyrus Smith s'avança jusqu'à l'énorme chaussée dont le prolongement encadrait l'étroit golfe du Requin. Il put donc examiner suffisamment de ce côté les anciennes zébrures des laves. Il n'y avait pas doute pour lui que la dernière éruption ne remontât à une époque très éloignée.

Alors il revint sur ses pas, prêtant l'oreille aux roulements souterrains qui se propageaient comme un tonnerre continu, et sur lequel se détachaient d'éclatantes détonations. A neuf heures du matin, il était de retour au corral.

Ayrton l'attendait.

— Les animaux sont pourvus, monsieur Smith, dit Ayrton.

— Bien, Ayrton.

— Ils semblent inquiets, monsieur Smith.

— Oui, l'instinct parle en eux, et l'instinct ne trompe pas.

— Quand vous voudrez...

— Prenez un fanal et un briquet, Ayrton, répondit l'ingénieur, et partons.

Ayrton fit ce qui lui était commandé. Les onaggas, dételés, erraient dans le corral. La porte fut fermée extérieurement, et Cyrus Smith, précédant Ayrton, prit, vers l'ouest, l'étroit sentier qui conduisait à la côte.

Tous deux marchaient sur un sol ouaté par les matières pulvérulentes tombées du nuage. Aucun quadrupède n'apparaissait sous bois. Les oiseaux eux-mêmes avaient fui. Quelquefois, une brise qui passait soulevait la couche de cendre, et les deux colons, pris dans un tourbillon opaque, ne se voyaient plus. Ils avaient soin alors d'appliquer un mouchoir sur leurs yeux et leur bouche, car ils couraient le risque d'être aveuglés et étouffés.

Cyrus Smith et Ayrton ne pouvaient, dans ces conditions, marcher rapidement. En outre, l'air était lourd,

715

comme si son oxygène eût été en partie brûlé et qu'il fût devenu impropre à la respiration. Tous les cent pas, il fallait s'arrêter et reprendre haleine. Il était donc plus de dix heures, quand l'ingénieur et son compagnon atteignirent la crête de cet énorme entassement de roches basaltiques et porphyritiques qui formait la côte nord-ouest de l'île.

Ayrton et Cyrus Smith commencèrent à descendre cette côte abrupte, en suivant à peu près le chemin détestable qui, pendant cette nuit d'orage, les avait conduits à la crypte Dakkar. En plein jour, cette descente fut moins périlleuse, et, d'ailleurs, la couche de cendres, recouvrant le poli des roches, permettait d'assurer plus solidement le pied sur leurs surfaces déclives.

L'épaulement qui prolongeait le rivage, à une hauteur de quarante pieds environ, fut bientôt atteint. Cyrus Smith se rappelait que cet épaulement s'abaissait par une pente douce, jusqu'au niveau de la mer. Quoique la marée fût basse en ce moment, aucune grève ne découvrait, et les lames, salies par la poussière volcanique, venaient directement battre les basaltes du littoral.

Cyrus Smith et Ayrton retrouvèrent sans peine l'ouverture de la crypte Dakkar, et ils s'arrêtèrent sous la dernière roche, qui formait le palier inférieur de l'épaulement.

— Le canot de tôle doit être là ? dit l'ingénieur.

— Il y est, monsieur Smith, répondit Ayrton, attirant à lui la légère embarcation, qui était abritée sous la voussure de l'arcade.

— Embarquons, Ayrton.

Les deux colons s'embarquèrent dans le canot. Une légère ondulation des lames l'engagea plus profondément sous le cintre très surbaissé de la crypte, et là, Ayrton, après avoir battu le briquet, alluma le fanal.

Puis, il saisit les deux avirons, et le fanal ayant été posé sur l'étrave du canot, de manière à projeter ses rayons en avant, Cyrus Smith prit la barre et se dirigea au milieu des ténèbres de la crypte.

Le *Nautilus* n'était plus là pour embraser de ses feux cette sombre caverne. Peut-être l'irradiation électrique, toujours nourrie par son foyer puissant, se propageait-elle encore au fond des eaux, mais aucun éclat ne sortait de l'abîme, où reposait le capitaine Nemo.

La lumière du fanal, quoique insuffisante, permit cependant à l'ingénieur de s'avancer, en suivant la paroi de droite de la crypte. Un silence sépulcral régnait sous cette voûte, du moins dans sa portion antérieure, car bientôt Cyrus Smith entendit distinctement les grondements qui se dégageaient des entrailles de la montagne.

— C'est le volcan, dit-il.

Bientôt, avec ce bruit, les combinaisons chimiques se trahirent par une vive odeur, et des vapeurs sulfureuses saisirent à la gorge l'ingénieur et son compagnon.

— Voilà ce que craignait le capitaine Nemo! murmura Cyrus Smith, dont la figure pâlit légèrement. Il faut pourtant aller jusqu'au bout.

— Allons! répondit Ayrton, qui se courba sur ses avirons et poussa le canot vers le chevet de la crypte.

Vingt-cinq minutes après avoir franchi l'ouverture, le canot arrivait à la paroi terminale et s'arrêtait.

Cyrus Smith, montant alors sur son banc, promena le fanal sur les diverses parties de la paroi, qui séparait la crypte de la cheminée centrale du volcan. Quelle était l'épaisseur de cette paroi? Était-elle de cent pieds ou de dix, on n'eût pu le dire. Mais les bruits souterrains étaient trop perceptibles pour qu'elle fût bien épaisse.

L'ingénieur, après avoir exploré la muraille suivant une ligne horizontale, fixa le fanal à l'extrémité d'un aviron, et il le promena de nouveau à une plus grande hauteur sur la paroi basaltique.

Là, par des fentes à peine visibles, à travers les prismes mal joints, transpirait une fumée âcre, qui infectait l'atmosphère de la caverne. Des fractures zébraient la muraille, et quelques-unes, plus vivement dessinées, s'abaissaient jusqu'à deux ou trois pieds seulement des eaux de la crypte.

Cyrus Smith resta d'abord pensif. Puis, il murmura encore ces paroles :

— Oui ! le capitaine avait raison ! Là est le danger, et un danger terrible !

Ayrton ne dit rien, mais, sur un signe de Cyrus Smith, il reprit ses avirons, et, une demi-heure après, l'ingénieur et lui sortaient de la crypte Dakkar.

XIX

LE RÉCIT QUE FAIT CYRUS SMITH DE SON EXPLORATION — ON ACTIVE LES TRAVAUX DE CONSTRUCTION — UNE DERNIÈRE VISITE AU CORRAL — LE COMBAT ENTRE LE FEU ET L'EAU — CE QUI RESTE À LA SURFACE DE L'ÎLE — ON SE DÉCIDE À LANCER LE NAVIRE — LA NUIT DU 8 AU 9 MARS

Le lendemain matin, 8 janvier, après une journée et une nuit passées au corral, toutes choses étant en état, Cyrus Smith et Ayrton rentraient à Granite-house.

Aussitôt, l'ingénieur rassembla ses compagnons, et il leur apprit que l'île Lincoln courait un immense danger, qu'aucune puissance humaine ne pouvait conjurer.

— Mes amis, dit-il — et sa voix décelait une émotion profonde —, l'île Lincoln n'est pas de celles qui doivent durer autant que le globe lui-même. Elle est vouée à une destruction plus ou moins prochaine, dont la cause est en elle, et à laquelle rien ne pourra la soustraire !

Les colons se regardèrent et regardèrent l'ingénieur. Ils ne pouvaient le comprendre.

— Expliquez-vous, Cyrus ! dit Gédéon Spilett.

— Je m'explique, répondit Cyrus Smith, ou plutôt, je ne ferai que vous transmettre l'explication que, pendant nos quelques minutes d'entretien secret, m'a donnée le capitaine Nemo.

— Le capitaine Nemo ! s'écrièrent les colons.

— Oui, et c'est le dernier service qu'il a voulu nous rendre avant de mourir !

— Le dernier service ! s'écria Pencroff ! Le dernier service ! Vous verrez que, tout mort qu'il est, il nous en rendra d'autres encore !

— Mais que vous a dit le capitaine Nemo ? demanda le reporter.

— Sachez-le donc, mes amis, répondit l'ingénieur. L'île Lincoln n'est pas dans les conditions où sont les autres îles du Pacifique, et une disposition particulière que m'a fait connaître le capitaine Nemo doit amener tôt ou tard la dislocation de sa charpente sous-marine.

— Une dislocation ! l'île Lincoln ! Allons donc ! s'écria Pencroff, qui, malgré tout le respect qu'il avait pour Cyrus Smith, ne put s'empêcher de hausser les épaules.

— Écoutez-moi, Pencroff, reprit l'ingénieur. Voici ce qu'avait constaté le capitaine Nemo, et ce que j'ai constaté moi-même, hier, pendant l'exploration que j'ai faite à la crypte Dakkar. Cette crypte se prolonge sous l'île jusqu'au volcan, et elle n'est séparée de la cheminée centrale que par la paroi qui en ferme le chevet. Or, cette paroi est sillonnée de fractures et de fentes qui laissent déjà passer les gaz sulfureux développés à l'intérieur du volcan.

— Eh bien ? demanda Pencroff, dont le front se plissait violemment.

— Eh bien, j'ai reconnu que ces fractures s'agrandissaient sous la pression intérieure, que la muraille de basalte se fendait peu à peu, et que, dans un temps plus ou moins court, elle livrerait passage aux eaux de la mer dont la caverne est remplie.

— Bon ! répliqua Pencroff, qui essaya de plaisanter encore une fois. La mer éteindra le volcan, et tout sera fini !

— Oui, tout sera fini ! répondit Cyrus Smith. Le jour où la mer se précipitera à travers la paroi et pénétrera par la cheminée centrale jusque dans les entrailles de l'île où bouillonnent les matières éruptives, ce jour-là, Pencroff, l'île Lincoln sautera comme sauterait la Sicile si la Méditerranée se précipitait dans l'Etna !

Les colons ne répondirent rien à cette phrase si affirmative de l'ingénieur. Ils avaient compris quel danger les menaçait.

Il faut dire, d'ailleurs, que Cyrus Smith n'exagérait en aucune façon. Bien des gens ont déjà eu l'idée qu'on pourrait peut-être éteindre les volcans, qui, presque tous, s'élèvent sur les bords de la mer ou des lacs, en ouvrant passage à leurs eaux. Mais ils ne savaient pas qu'on se fût exposé ainsi à faire sauter une partie du globe, comme une chaudière dont la vapeur est subitement tendue par un coup de feu. L'eau, se précipitant dans un milieu clos dont la température peut être évaluée à des milliers de degrés, se vaporiserait avec une si soudaine énergie qu'aucune enveloppe n'y pourrait résister.

Il n'était donc pas douteux que l'île, menacée d'une dislocation effroyable et prochaine, ne durerait que tant que la paroi de la crypte Dakkar durerait elle-même. Ce n'était même pas une question de mois ni de semaines, mais une question de jours, d'heures peut-être !

Le premier sentiment des colons fut une douleur profonde ! Ils ne songèrent pas au péril qui les menaçait directement, mais à la destruction de ce sol qui leur avait donné asile, de cette île qu'ils avaient fécondée, de cette île qu'ils aimaient, qu'ils voulaient rendre si florissante un jour ! Tant de fatigues inutilement dépensées, tant de travaux perdus !

Pencroff ne put retenir une grosse larme qui glissa sur sa joue, et qu'il ne chercha point à cacher.

La conversation continua pendant quelque temps encore. Les chances auxquelles les colons pouvaient encore se rattacher furent discutées ; mais, pour conclure, on reconnut qu'il n'y avait pas une heure à perdre, que la construction et l'aménagement du navire devaient être poussés avec une prodigieuse activité, et que là, maintenant, était la seule chance de salut pour les habitants de l'île Lincoln !

Tous les bras furent donc requis. A quoi eût servi désormais de moissonner, de récolter, de chasser, d'accroître les réserves de Granite-house ? Ce que contenaient encore le magasin et les offices suffirait, et au-delà, à approvisionner le navire pour une traversée, si longue qu'elle pût être ! Ce qu'il fallait, c'était qu'il fût à la disposition des colons avant l'accomplissement de l'inévitable catastrophe.

Les travaux furent repris avec une fiévreuse ardeur. Vers le 23 janvier, le navire était à demi bordé. Jusqu'alors, aucune modification ne s'était produite à la cime du volcan. C'était toujours des vapeurs, des fumées mêlées de flammes et traversées de pierres incandescentes, qui s'échappaient du cratère. Mais, pendant la nuit du 23 au 24, sous l'effort des laves, qui arrivèrent au niveau du premier étage du volcan, celui-ci fut décoiffé du cône qui formait chapeau. Un bruit effroyable retentit. Les colons crurent d'abord que l'île se disloquait. Ils se précipitèrent hors de Granite-house.

Il était environ deux heures du matin.

Le ciel était en feu. Le cône supérieur — un massif haut de mille pieds, pesant des milliards de livres — avait été précipité sur l'île, dont le sol trembla. Heureusement, ce cône inclinait du côté du nord, et il tomba sur la plaine de sables et de tufs qui s'étendait entre le volcan et la mer. Le cratère, largement ouvert alors, projetait vers le ciel une si intense lumière, que, par le simple effet de la réverbération, l'atmosphère semblait être incandescente. En même temps, un torrent de laves, se gonflant à la nouvelle cime, s'épanchait en longues cascades, comme l'eau qui s'échappe d'une vasque trop pleine, et mille serpents de feu rampaient sur les talus du volcan.

— Le corral ! le corral ! s'écria Ayrton.

C'était, en effet, vers le corral que se portaient les laves, par suite de l'orientation du nouveau cratère, et, conséquemment, c'étaient les parties fertiles de l'île, les sources du creek Rouge, les bois de Jacamar qui étaient menacés d'une destruction immédiate.

Au cri d'Ayrton, les colons s'étaient précipités vers l'étable des onaggas. Le chariot avait été attelé. Tous n'avaient qu'une pensée ! Courir au corral et mettre en liberté les animaux qu'il renfermait.

Avant trois heures du matin, ils étaient arrivés au corral. D'effroyables hurlements indiquaient assez quelle épouvante terrifiait les mouflons et les chèvres. Déjà un torrent de matières incandescentes, de minéraux liquéfiés, tombait du contrefort sur la prairie et rongeait ce côté de la palissade. La porte fut brusquement ouverte par Ayrton, et les animaux, affolés, s'échappèrent en toutes directions.

Une heure après, la lave bouillonnante emplissait le corral, volatilisait l'eau du petit rio qui le traversait, incendiait l'habitation, qui flamba comme un chaume, et dévorait jusqu'au dernier poteau l'enceinte palissadée. Du corral il ne restait plus rien !

Les colons avaient voulu lutter contre cet envahissement, ils l'avaient essayé, mais follement et inutilement, car l'homme est désarmé devant ces grands cataclysmes.

Le jour était venu — 24 janvier —, Cyrus Smith et ses compagnons, avant de revenir à Granite-house, voulurent observer la direction définitive qu'allait prendre cette inondation de laves. La pente générale du sol s'abaissait du mont Franklin à la côte est, et il était à craindre que, malgré les bois épais de Jacamar, le torrent ne se propageât jusqu'au plateau de Grande-Vue.

— Le lac nous couvrira, dit Gédéon Spilett.

— Je l'espère ! répondit Cyrus Smith, et ce fut là toute sa réponse.

Les colons auraient voulu s'avancer jusqu'à la plaine sur laquelle s'était abattu le cône supérieur du mont Franklin, mais les laves leur barraient alors le passage. Elles suivaient, d'une part, la vallée du creek Rouge, et, de l'autre, la vallée de la rivière de la Chute, en vaporisant ces deux cours d'eau sur leur passage. Il n'y avait aucune possibilité de traverser ce torrent ; il fallait, au contraire, reculer devant lui. Le volcan, découronné, n'était plus reconnaissable. Une sorte de table rase le terminait et remplaçait l'ancien cratère. Deux égueulements, creusés à ses bords sud et est, versaient incessamment les laves, qui formaient ainsi deux courants distincts. Au-dessus du nouveau cratère, un nuage de fumée et de cendres se confondait avec les vapeurs du ciel, amassées au-dessus de l'île. De grands coups de tonnerre éclataient et se confondaient avec les grondements de la montagne. De sa bouche s'échappaient des roches ignées qui, projetées à plus de mille pieds, éclataient dans la nue et se dispersaient comme une mitraille. Le ciel répondait à coups d'éclairs à l'éruption volcanique.

Vers sept heures du matin, la position n'était plus tenable pour les colons, qui s'étaient réfugiés à la lisière du bois de Jacamar. Non seulement les projectiles commençaient à pleuvoir autour d'eux, mais les laves, débordant du lit du creek Rouge, menaçaient de couper la route du corral. Les premiers rangs d'arbres prirent feu, et leur sève, subitement transformée en vapeur, les fit éclater comme des boîtes d'artifice, tandis que d'autres, moins humides, restèrent intacts au milieu de l'inondation.

Les colons avaient repris la route du corral. Ils marchaient lentement, à reculons pour ainsi dire. Mais, par suite de l'inclinaison du sol, le torrent gagnait rapidement dans l'est, et, dès que les couches inférieures des laves s'étaient durcies, d'autres nappes bouillonnantes les recouvraient aussitôt.

Cependant, le principal courant de la vallée du creek Rouge devenait de plus en plus menaçant. Toute cette partie de la forêt était embrasée, et d'énormes volutes de fumée roulaient au-dessus des arbres, dont le pied crépitait déjà dans la lave.

Les colons s'arrêtèrent près du lac, à un demi-mille de l'embouchure du creek Rouge. Une question de vie ou de mort allait se décider pour eux.

Cyrus Smith, habitué à chiffrer les situations graves, et sachant qu'il s'adressait à des hommes capables d'entendre la vérité, quelle qu'elle fût, dit alors :

— Ou le lac arrêtera ce courant, et une partie de l'île sera préservée d'une dévastation complète, ou le courant envahira les forêts du Far-West, et pas un arbre, pas une plante ne restera à la surface du sol. Nous n'aurons plus en perspective sur ces rocs dénudés qu'une mort que l'explosion de l'île ne nous fera pas attendre !

— Alors, s'écria Pencroff, en se croisant les bras et en frappant la terre du pied, inutile de travailler au bateau, n'est-ce pas ?

— Pencroff, répondit Cyrus Smith, il faut faire son devoir jusqu'au bout !

En ce moment, le fleuve de laves, après s'être frayé un passage à travers ces beaux arbres qu'il dévorait, arriva à la limite du lac. Là existait un certain exhaussement du sol qui, s'il eût été plus considérable, eût peut-être suffi à contenir le torrent.

— A l'œuvre ! s'écria Cyrus Smith.

La pensée de l'ingénieur fut aussitôt comprise. Ce torrent, il fallait l'endiguer, pour ainsi dire, et l'obliger ainsi à se déverser dans le lac.

Les colons coururent au chantier. Ils en rapportèrent des pelles, des pioches, des haches, et là, au moyen de terrassements et d'arbres abattus, ils parvinrent, en quelques heures, à élever une digue haute de trois pieds sur quelques centaines de pas de longueur. Il leur semblait, quand ils eurent fini, qu'ils n'avaient travaillé que quelques minutes à peine !

Il était temps. Les matières liquéfiées atteignirent presque aussitôt la partie inférieure de l'épaulement. Le fleuve se gonfla comme une rivière en pleine crue qui cherche à déborder et menaça de dépasser le seul obstacle qui pût l'empêcher d'envahir tout le Far-West... Mais la digue parvint à le contenir, et, après une minute d'hésitation qui fut terrible, il se précipita dans le lac Grant par une chute haute de vingt pieds.

Les colons, haletants, sans faire un geste, sans prononcer une parole, regardèrent alors cette lutte des deux éléments.

Quel spectacle que ce combat entre l'eau et le feu! Quelle plume pourrait décrire cette scène d'une merveilleuse horreur, et quel pinceau la pourrait peindre! L'eau sifflait en s'évaporant au contact des laves bouillonnantes. Les vapeurs, projetées dans l'air, tourbillonnaient à une incommensurable hauteur, comme si les soupapes d'une immense chaudière eussent été subitement ouvertes. Mais, si considérable que fût la masse d'eau contenue dans le lac, elle devait finir par être absorbée, puisqu'elle ne se renouvelait pas, tandis que le torrent, s'alimentant à une source inépuisable, roulait sans cesse de nouveaux flots de matières incandescentes.

Les premières laves qui tombèrent dans le lac se solidifièrent immédiatement et s'accumulèrent de manière à émerger bientôt. A leur surface glissèrent d'autres laves qui se firent pierres à leur tour, mais en gagnant vers le centre. Une jetée se forma de la sorte et menaça de combler le lac, qui ne pouvait déborder, car le trop-plein des eaux se dépensait en vapeurs. Sifflements et grésillements déchiraient l'air avec un bruit assourdissant, et les buées, entraînées par le vent, retombaient en pluie sur la mer. La jetée s'allongeait, et les blocs de laves solidifiées s'entassaient les uns sur les autres. Là où s'étendaient autrefois des eaux paisibles apparaissait un énorme entassement de rocs fumants, comme si un soulèvement du sol eût fait surgir des milliers d'écueils. Que l'on suppose ces eaux bouleversées pendant un ouragan, puis subitement solidifiées par un froid de vingt degrés, et on aura l'aspect du lac, trois heures après que l'irrésistible torrent y eut fait irruption.

Cette fois, l'eau devait être vaincue par le feu.

Cependant, ce fut une circonstance heureuse pour les colons, que l'épanchement lavique eût été dirigé vers le lac Grant. Ils avaient devant eux quelques jours de répit. Le plateau de Grande-Vue, Granite-house et le chantier de construction étaient momentanément préservés. Or, ces quelques jours, il fallait les employer à border le navire et à le calfater avec soin. Puis, on le lancerait à la mer et on s'y réfugierait, quitte à le gréer, quand il reposerait dans son élément. Avec la crainte de l'explosion qui menaçait de détruire l'île, il n'y avait plus aucune sécurité à demeurer à terre. Cette retraite de Granite-house, si sûre jusqu'alors, pouvait à chaque minute refermer ses parois de granit!

Pendant les six jours qui suivirent, du 25 au 30 janvier, les colons travaillèrent au navire autant que vingt hommes eussent pu le faire. A peine prenaient-ils quelque repos, et l'éclat des flammes qui jaillissaient du cratère leur permettait de continuer nuit et jour. L'épanchement volcanique se faisait toujours, mais peut-être avec moins d'abondance. Ce fut heureux, car le lac Grant était presque entièrement comblé, et si de nouvelles laves eussent glissé à la surface des anciennes, elles se fussent inévitablement répandues sur le plateau de Grande-Vue, et de là sur la grève.

Mais si de ce côté l'île était en partie protégée, il n'en était pas ainsi de sa portion occidentale.

En effet, le second courant de laves qui avait suivi la vallée de la rivière de la Chute, vallée large, dont les terrains se déprimaient de chaque côté du creek, ne devait trouver aucun obstacle. Le liquide incandescent s'était donc répandu à travers la forêt du Far-West. A cette époque de l'année où les essences étaient desséchées par une chaleur torride, la forêt prit feu instantanément, de telle sorte que l'incendie se propagea à la fois par la base des troncs et par les hautes ramures dont l'entrelacement aidait aux progrès de la conflagration. Il semblait même que le courant de flamme se déchaînât plus vite à la cime des arbres que le courant de laves à leur pied.

Il arriva, alors, que les animaux affolés, fauves ou autres, jaguars, sangliers, cabiais, koulas, gibier de poil et de plume, se réfugièrent du côté de la Mercy et dans le marais des Tadornes, au-delà de la route de port Ballon. Mais les colons étaient trop occupés de leur besogne, pour faire attention même aux plus redoutables de ces animaux. Ils avaient, d'ailleurs, abandonné Granite-house, ils n'avaient même pas voulu chercher abri dans les Cheminées, et ils campaient sous une tente, près de l'embouchure de la Mercy.

Chaque jour, Cyrus Smith et Gédéon Spilett montaient au plateau de Grande-Vue. Quelquefois Harbert les accompagnait, jamais Pencroff, qui ne voulait pas voir sous son aspect nouveau l'île si profondément dévastée !

C'était un spectacle désolant, en effet. Toute la partie boisée de l'île était maintenant dénudée. Un seul bouquet d'arbres verts se dressait à l'extrémité de la presqu'île Serpentine. Çà et là grimaçaient quelques souches ébranchées et noircies. L'emplacement des forêts détruites était plus aride que le marais des Tadornes. L'envahissement des laves avait été complet. Où se développait autrefois cette admirable verdure, le sol n'était plus qu'un sauvage amoncellement de tufs volcaniques. Les vallées de la rivière de la Chute et de la Mercy ne versaient plus une seule goutte d'eau à la mer, et les colons n'auraient eu aucun moyen d'apaiser leur soif, si le lac Grant eût été entièrement asséché. Mais, heureusement, sa pointe sud avait été épargnée et formait une sorte d'étang, contenant tout ce qui restait d'eau potable dans l'île. Vers le nord-ouest se dessinaient en âpres et vives arêtes les contreforts du volcan, qui figuraient une griffe gigantesque appliquée sur le sol. Quel spectacle douloureux, quel aspect épouvantable, et quels regrets pour ces colons, qui, d'un domaine fertile, couvert de forêts, arrosé de cours d'eau, enrichi de récoltes, se trouvaient en un instant transportés sur un roc dévasté, sur lequel, sans leurs réserves, ils n'eussent pas même trouvé à vivre !

— Cela brise le cœur ! dit un jour Gédéon Spilett.

— Oui, Spilett, répondit l'ingénieur. Que le Ciel nous donne le temps d'achever ce bâtiment, maintenant notre seul refuge !

— Ne trouvez-vous pas, Cyrus, que le volcan semble vouloir se calmer ? Il vomit encore des laves, mais moins abondamment, si je ne me trompe !

— Peu importe, répondit Cyrus Smith. Le feu est toujours ardent dans les entrailles de la montagne, et la mer peut s'y précipiter d'un instant à l'autre. Nous sommes dans la situation de passagers dont le navire est dévoré par un incendie qu'ils ne peuvent éteindre, et qui savent que tôt ou tard il gagnera la soute aux poudres ! Venez, Spilett, venez, et ne perdons pas une heure !

Pendant huit jours encore, c'est-à-dire jusqu'au 7 février, les laves continuèrent à se répandre, mais l'éruption se maintint dans les limites indiquées. Cyrus Smith craignait par-dessus tout que les matières liquéfiées ne vinssent à s'épancher sur la grève, et, dans ce cas, le chantier de construction n'eût pas été épargné. Cependant, vers cette époque, les colons sentirent dans la charpente de l'île des vibrations qui les inquiétèrent au plus haut point.

On était au 20 février. Il fallait encore un mois avant que le navire fût en état de prendre la mer. L'île tiendrait-elle jusque-là ? L'intention de Pencroff et de Cyrus Smith était de procéder au lancement du navire dès que sa coque serait suffisamment étanche. Le pont, l'accastillage, l'aménagement intérieur et le gréement se feraient après, mais l'important était que les colons eussent un refuge assuré en dehors de l'île. Peut-être même conviendrait-il de conduire le navire au port Ballon, c'est-à-dire aussi loin que possible du centre éruptif, car, à l'embouchure de la Mercy, entre l'îlot et la muraille de granit, il courait le risque d'être écrasé, en cas de dislocation. Tous les efforts des travailleurs tendirent donc à l'achèvement de la coque.

Ils arrivèrent ainsi au 3 mars, et ils purent compter que l'opération de lancement se ferait dans une dizaine de jours.

L'espoir revint au cœur des colons, si éprouvés pendant cette quatrième année de leur séjour à l'île Lincoln! Pencroff, lui-même, parut sortir quelque peu de cette sombre taciturnité dans laquelle l'avaient plongé la ruine et la dévastation de son domaine. Il ne songeait plus alors, il est vrai, qu'à ce navire, sur lequel se concentraient toutes ses espérances.

— Nous l'achèverons, dit-il à l'ingénieur, nous l'achèverons, monsieur Cyrus, et il est temps, car voici la saison qui s'avance, et nous serons bientôt en plein équinoxe. Eh bien, s'il le faut, on relâchera à l'île Tabor pour y passer l'hiver! Mais l'île Tabor après l'île Lincoln! Ah! malheur de ma vie! Aurais-je cru jamais voir pareille chose!

— Hâtons-nous! répondait invariablement l'ingénieur.

Et l'on travaillait sans perdre un instant.

— Mon maître, demanda Nab quelques jours plus tard, si le capitaine Nemo eût encore été vivant, croyez-vous que tout cela serait arrivé?

— Oui, Nab répondit Cyrus Smith.

— Eh bien, moi, je ne le crois pas! murmura Pencroff à l'oreille de Nab.

— Ni moi! répondit sérieusement Nab.

Pendant la première semaine de mars, le mont Franklin redevint menaçant. Des milliers de fils de verre, faits de laves fluides, tombèrent comme une pluie sur le sol. Le cratère s'emplit à nouveau de laves qui s'épanchèrent sur tous les revers du volcan. Le torrent courut à la surface des tufs durcis, et il acheva de détruire les maigres squelettes d'arbres qui avaient résisté à la première éruption. Le courant, suivant, cette fois, la rive sud-ouest du lac Grant, se porta au-delà du Creek-Glycérine et envahit le plateau de Grande-Vue. Ce dernier coup porté à l'œuvre des colons fut terrible. Du moulin, des bâtiments de la basse-cour, des étables, il ne resta plus rien. Les volatiles, effarés, disparurent en toutes directions. Top et Jup donnaient des signes du plus grand effroi, et leur instinct les avertissait qu'une catastrophe était prochaine. Bon nombre des animaux de l'île avaient péri pendant la première éruption. Ceux qui avaient survécu ne trouvèrent d'autre refuge que le marais des Tadornes, sauf quelques-uns auxquels le plateau de Grande-Vue offrit asile. Mais cette dernière retraite leur fut enfin fermée, et le fleuve de laves, débordant l'arête de la muraille granitique, commença à précipiter sur la grève ses cataractes de feu. La sublime horreur de ce spectacle échappe à toute description. Pendant la nuit, on eût dit un Niagara de fonte liquide, avec ses vapeurs incandescentes en haut et ses masses bouillonnantes en bas!

Les colons étaient forcés dans leur dernier retranchement, et, bien que les coutures supérieures du navire ne fussent pas encore calfatées, ils résolurent de le lancer à la mer!

Pencroff et Ayrton procédèrent donc aux préparatifs du lancement, qui devait avoir lieu le lendemain, dans la matinée du 9 mars.

731

Mais, pendant cette nuit du 8 au 9, une énorme colonne de vapeurs, s'échappant du cratère, monta au milieu de détonations épouvantables à plus de trois mille pieds de hauteur. La paroi de la caverne Dakkar avait évidemment cédé sous la pression des gaz, et la mer, se précipitant par la cheminée centrale dans le gouffre ignivome, se vaporisa soudain. Mais le cratère ne put donner une issue suffisante à ces vapeurs. Une explosion, qu'on eût entendue à cent milles de distance, ébranla les couches de l'air. Des morceaux de montagnes retombèrent dans le Pacifique, et, en quelques minutes, l'Océan recouvrait la place où avait été l'île Lincoln.

XX

UN ROC ISOLÉ SUR LE PACIFIQUE – LE DERNIER REFUGE DES
COLONS DE L'ÎLE LINCOLN – LA MORT EN PERSPECTIVE –
LE SECOURS INATTENDU – POURQUOI ET COMMENT IL
ARRIVE – LE DERNIER BIENFAIT – UNE ÎLE EN TERRE FERME –
LA TOMBE DU CAPITAINE NEMO

Un roc isolé, long de trente pieds, large de quinze, émergeant de dix à peine, tel était le seul point solide que n'eussent pas envahi les flots du Pacifique.

C'était tout ce qui restait du massif de Granitehouse ! La muraille avait été culbutée, puis disloquée, et quelques-unes des roches de la grande salle s'étaient amoncelées de manière à former ce point culminant. Tout avait disparu dans l'abîme autour de lui : le cône inférieur du mont Franklin, déchiré par l'explosion, les mâchoires laviques du golfe du Requin, le plateau de

Grande-Vue, l'îlot du Salut, les granits de port Ballon, les basaltes de la crypte Dakkar, la longue presqu'île Serpentine, si éloignée cependant du centre éruptif! De l'île Lincoln, on ne voyait plus que cet étroit rocher qui servait alors de refuge aux six colons et à leur chien Top.

Les animaux avaient également péri dans la catastrophe, les oiseaux aussi bien que les autres représentants de la faune de l'île, tous écrasés ou noyés, et le malheureux Jup lui-même avait, hélas! trouvé la mort dans quelque crevasse du sol!

Si Cyrus Smith, Gédéon Spilett, Harbert, Pencroff, Nab, Ayrton avaient survécu, c'est que, réunis alors sous leur tente, ils avaient été précipités à la mer, au moment où les débris de l'île pleuvaient de toutes parts.

Lorsqu'ils revinrent à la surface, ils ne virent plus, à une demi-encablure, que cet amas de roches, vers lequel ils nagèrent, et sur lequel ils prirent pied.

C'était sur ce roc nu qu'ils vivaient depuis neuf jours! Quelques provisions retirées avant la catastrophe du magasin de Granite-house, un peu d'eau douce que la pluie avait versée dans un creux de roche, voilà tout ce que les infortunés possédaient. Leur dernier espoir, leur navire, avait été brisé. Ils n'avaient aucun moyen de quitter ce récif. Pas de feu ni de quoi en faire. Ils étaient destinés à périr!

Ce jour-là, 18 mars, il ne leur restait plus de conserves que pour deux jours, bien qu'ils n'eussent consommé que le strict nécessaire. Toute leur science, toute leur intelligence ne pouvait rien dans cette situation. Ils étaient uniquement entre les mains de Dieu.

Cyrus Smith était calme. Gédéon Spilett, plus nerveux, et Pencroff, en proie à une sourde colère, allaient et venaient sur ce roc. Harbert ne quittait pas l'ingénieur, et le regardait, comme pour lui demander un

733

secours que celui-ci ne pouvait apporter. Nab et Ayrton étaient résignés à leur sort.

— Ah! misère! misère! répétait souvent Pencroff! Si nous avions, ne fût-ce qu'une coquille de noix, pour nous conduire à l'île Tabor! Mais rien, rien!

— Le capitaine Nemo a bien fait de mourir! dit une fois Nab.

Pendant les cinq jours qui suivirent, Cyrus Smith et ses malheureux compagnons vécurent avec la plus extrême parcimonie, ne mangeant juste que ce qu'il fallait pour ne pas succomber à la faim. Leur affaiblissement était extrême. Harbert et Nab commencèrent à donner quelques signes de délire.

Dans cette situation, pouvaient-ils conserver même une ombre d'espoir? Non! Quelle était leur seule chance? Qu'un navire passât en vue du récif? Mais ils savaient bien, par expérience, que les bâtiments ne visitaient jamais cette portion du Pacifique! Pouvaient-ils compter que, par une coïncidence vraiment providentielle, le yacht écossais vînt précisément à cette époque rechercher Ayrton à l'île Tabor? C'était improbable, et, d'ailleurs, en admettant même qu'il y vînt, comme les colons n'avaient pu déposer une notice indiquant les changements survenus dans la situation d'Ayrton, le commandant du yacht, après avoir fouillé l'îlot sans résultat, reprendrait la mer et regagnerait de plus basses latitudes.

Non! ils ne pouvaient conserver aucune espérance d'être sauvés, et une horrible mort, la mort par la faim et par la soif, les attendait sur ce roc!

Et, déjà, ils étaient étendus sur ce roc, inanimés, n'ayant plus la conscience de ce qui se passait autour d'eux. Seul, Ayrton, par un suprême effort, relevait encore la tête et jetait un regard désespéré sur cette mer déserte!...

Mais voilà que, dans la matinée du 24 mars, les bras d'Ayrton s'étendirent vers un point de l'espace, il se releva, à genoux d'abord, puis debout, sa main sembla faire un signal...

Un navire était en vue de l'île! Ce navire ne courait point la mer à l'aventure. Le récif était pour lui un but vers lequel il se dirigeait en droite ligne, en forçant sa vapeur, et les infortunés l'auraient aperçu depuis plusieurs heures déjà, s'ils avaient eu la force d'observer l'horizon!

— Le *Duncan*! murmura Ayrton, et il retomba sans mouvement.

Lorsque Cyrus Smith et ses compagnons eurent repris connaissance, grâce aux soins dont ils furent comblés, ils se trouvaient dans la chambre d'un steamer, sans pouvoir comprendre comment ils avaient échappé à la mort.

Un mot d'Ayrton suffit à leur tout apprendre.

— Le *Duncan*! murmura-t-il.

— Le *Duncan*! répondit Cyrus Smith.

Et, levant les bras au ciel, il s'écria:

— Ah! Dieu tout-puissant! tu as donc voulu que nous fussions sauvés!

C'était le *Duncan*, en effet, le yacht de lord Glenarvan, alors commandé par Robert, le fils du capitaine Grant, qui avait été expédié à l'île Tabor pour y chercher Ayrton et le rapatrier après douze ans d'expiation!...

Les colons étaient sauvés, ils étaient déjà sur le chemin du retour!

— Capitaine Robert, demanda Cyrus Smith, qui donc a pu vous donner la pensée, après avoir quitté l'île Tabor, où vous n'aviez plus trouvé Ayrton, de faire route à cent milles de là dans le nord-est?

— Monsieur Smith, répondit Robert Grant, c'était pour aller chercher, non seulement Ayrton, mais vos compagnons et vous !

— Mes compagnons et moi ?

— Sans doute ! A l'île Lincoln !

— L'île Lincoln ! s'écrièrent à la fois Gédéon Spilett, Harbert, Nab et Pencroff, au dernier degré de l'étonnement.

— Comment connaissez-vous l'île Lincoln ? demanda Cyrus Smith, puisque cette île n'est même pas portée sur les cartes ?

— Je l'ai connue par la notice que vous aviez laissée à l'île Tabor, répondit Robert Grant.

— Une notice ? s'écria Gédéon Spilett.

— Sans doute, et la voici, répondit Robert Grant, en présentant un document qui indiquait en longitude et en latitude la situation de l'île Lincoln, « résidence actuelle d'Ayrton et de cinq colons américains ».

— Le capitaine Nemo !... dit Cyrus Smith, après avoir lu la notice et reconnu qu'elle était de la même main qui avait écrit le document trouvé au corral !

— Ah ! dit Pencroff, c'était donc lui qui avait pris notre *Bonadventure*, lui qui s'était hasardé, seul, jusqu'à l'île Tabor !...

— Pour y déposer cette notice ! répondit Harbert.

— J'avais donc bien raison de dire, s'écria le marin, que, même après sa mort, le capitaine nous rendrait encore un dernier service !

— Mes amis, dit Cyrus Smith d'une voix profondément émue, que le Dieu de toutes les miséricordes reçoive l'âme du capitaine Nemo, notre sauveur !

Les colons s'étaient découverts à cette dernière phrase de Cyrus Smith et murmuraient le nom du capitaine.

En ce moment, Ayrton, s'approchant de l'ingénieur, lui dit simplement :

— Où faut-il déposer ce coffret?

C'était le coffret qu'Ayrton avait sauvé au péril de sa vie, au moment où l'île s'engloutissait, et qu'il venait fidèlement remettre à l'ingénieur.

— Ayrton! Ayrton! dit Cyrus Smith avec une émotion profonde.

Puis, s'adressant à Robert Grant:

— Monsieur, ajouta-t-il, où vous aviez laissé un coupable, vous retrouvez un homme que l'expiation a refait honnête, et auquel je suis fier de donner la main!

Robert Grant fut mis alors au courant de cette étrange histoire du capitaine Nemo et des colons de l'île Lincoln. Puis, relèvement fait de ce qui restait de cet écueil qui devait désormais figurer sur les cartes du Pacifique, il donna l'ordre de virer de bord.

Quinze jours après, les colons débarquaient en Amérique, et ils retrouvaient leur patrie pacifiée, après cette terrible guerre qui avait amené le triomphe de la justice et du droit.

Des richesses contenues dans le coffret légué par le capitaine Nemo aux colons de l'île Lincoln, la plus grande partie fut employée à l'acquisition d'un vaste domaine dans l'État d'Iowa. Une seule perle, la plus belle, fut distraite de ce trésor et envoyée à lady Glenarvan, au nom des naufragés rapatriés par le *Duncan*.

Là, sur ce domaine, les colons appelèrent au travail, c'est-à-dire à la fortune et au bonheur, tous ceux auxquels ils avaient compté offrir l'hospitalité de l'île Lincoln. Là fut fondée une vaste colonie à laquelle ils donnèrent le nom de l'île disparue dans les profondeurs du Pacifique. Il s'y trouvait une rivière qui fut appelée la Mercy, une montagne qui prit le nom de Franklin, un petit lac qui fut le lac Grant, des forêts qui devinrent les forêts du Far-West. C'était comme une île en terre ferme.

Là, sous la main intelligente de l'ingénieur et de ses compagnons, tout prospéra. Pas un des anciens colons de l'île Lincoln ne manquait, car ils avaient juré de toujours vivre ensemble, Nab là où était son maître, Ayrton prêt à se sacrifier à toute occasion, Pencroff plus fermier qu'il n'avait jamais été marin, Harbert, dont les études s'achevèrent sous la direction de Cyrus Smith, Gédéon Spilett lui-même, qui fonda le *New Lincoln Herald*, lequel fut le journal le mieux renseigné du monde entier.

Là, Cyrus Smith et ses compagnons reçurent à plusieurs reprises la visite de lord et de lady Glenarvan, du capitaine John Mangles et de sa femme, sœur de Robert Grant, de Robert Grant lui-même, du major Mac Nabbs, de tous ceux qui avaient été mêlés à la double histoire du capitaine Grant et du capitaine Nemo.

Là, enfin, tous furent heureux, unis dans le présent comme ils l'avaient été dans le passé ; mais jamais ils ne devaient oublier cette île, sur laquelle ils étaient arrivés, pauvres et nus, cette île qui, pendant quatre ans, avait suffi à leurs besoins, et dont il ne restait plus qu'un morceau de granit battu par les lames du Pacifique, tombe de celui qui fut le capitaine Nemo !